U0574211

教育部人文社会科学重点研究基地
重大项目

海外汉学
与
中国文论

· 东亚卷 ·

张哲俊 主编

李勇 高贝

[韩] 姜贵仁 等 合著

北京师范大学出版集团
BEIJING NORMAL UNIVERSITY PUBLISHING GROUP
北京师范大学出版社

总　序

以"海外汉学与中国文论"作为项目的标题，即已显示出我们对研究范围与目标的大致限定。讲得更明确一些，也就是对海外学者的中国古典文论研究的一种再研究。鉴于近年来国内学界对与此相关的话题表现出的日益递进的兴趣，本课题意在通过知识学上的追踪，比较全面地展示出该领域的历史进程，及穿梭与流动其间的各种大小论题、已取得的主要成就等，并冀望借此推进与之相关的研究。

诚然，正如我们已看到的，题目中所示的"汉学"与"文论"这样的术语并非含义十分确定并可直接使用的概念，而是长期以来便存在着判说上的分歧，进而涉及在具体的学术操作过程中如何把握话题边界等的问题，并不能模糊处之，绕行不顾。选择怎样的一种命名，或赋予这些命名何种意义，不仅要求充分考虑指涉对象的属性，而且也取决于研究者的认知与态度。有籍于此，我们也希望在进入文本的全面展示之前，首先为业已择定的几个关键概念的使用清理出一条能够容身的通道，以便在下一步的研究中不再为因之带来的歧解或疑惑所纠缠。

一、为什么是"汉学"？

目前我们习惯上使用的"汉学"一语，译自英语"Sinology"。虽然"Sinology"在早期还不是一个涵盖世界各地区同类研究的称谓，但 20 世纪之后，随着西方汉学日益成为国际学界关注的重心，它也遂逐渐演变为一个流行语词，甚至也为东亚地区的学者所受纳。仅就这一概念本身而

言，如果将之译成"汉学"，那么至少还会涉及两个不甚明了的问题：一
是在西语的语境中，"Sinology"这一概念在最初主要反映了怎样一种意
识，并在后来发生了哪些变化？二是为什么在起初便将这一西语名词对
译成了"汉学"，而不是译作"中国学"或其他术语，以至于造成了目前的
各种争议？如果我们能对这两个问题有所解答，并梳理出一个可供理解
与认同的思路，进而在其间（中外两种表述）寻找到某些合适的对应点，
那么也就可以对这一概念的使用做出限定性的解释，使我们的研究取得
一个合理展开的框架。

　　总起来看，海外对中国的研究进程因地区之间的差异而有迟早之别。
例如，日本与韩国的研究便先于欧美等其他地区，甚至可以溯至唐代或
唐以前。然而，正如目前学界一般所认同的，如将"Sinology"或"汉学"
这一近代以来出现的称谓视作一种学科性的标记，则对之起源的考察大
致有两个可供参照的依据：一是于正式的大学体制内设立相应教席的情
况；二是"Sinology"这一示范性概念的提出与确立。关于专业教学席位
的设立，一般都会追溯自法国在 1814 年于法兰西学院建立的"汉语及鞑
靼—满族语语言文学教席"（La Chaire de langues et literatures chinoises
et tartars-mandchoues），随后英（1837）、俄（1837）、荷（1875）、美
（1877）、德（1909）等国的大学也相继开设了类似的以讲授与研究汉语（或
中国境内其他语种）及其文献为主的教席。① 后来的学者在述及各国汉学
史的发生时，往往会将这些事件作为"Sinology"（汉学）正式确立的标志，
似乎并没有存在太多的疑义。

　　关于"Sinology"这一术语的缘起，据德国学者傅海波（Herbert
Franke）的考订，1838 年首先在法文中出现的是"sinologist"（汉学家），
用以指称一种专门化的职业，但尚不属于对学科的命名。② 作为学科性

---

　　① 　各国首设教席的时间是参考各种资料后获取的，然也由于学者们对此教席上的理解
（究竟何种算是正式的）并不完全一致，因此也可能存在出入。

　　② 　参见 Herbert Franke，"In Search of China：Some General Remarks on the History of
European Sinology"，Ming Wilson & John Cayley（eds.），*Europe Studies China*，London，
Han-Shan Tang，1995.

概念的"Sinology"的流行，另据当时资料的反映，当在 19 世纪六七十年代。① 尤其是 70 年代出现在英文版《中国评论》上的几篇文章，即发表于 1873 年第 1 期上的欧德理（Ernest John Eitel）撰写的《业余汉学》②，同年第 3 期上以"J. C."之名发表的《汉学是一种科学吗?》③，已明确地将"Sinology"当作学科的用语加以讨论，从而也刺激与加速了这一概念的传播。从欧德理等人所述及的内容看，其中一个关键点在于，将已然出现的专业汉学与此前的所谓"业余汉学"区分开来，并通过后缀"-ology"使之成为一门在学术体制内能够翘首立足的"学科"。正如 1876 年《中国评论》刊载的一篇题为"汉学或汉学家"（"Sinology"or"Sinologist"）的小文所述，经过将法文的"sinologue"移换为英文的"sinologist"，研究中国的专家也就可与在其他学科中的专家如"语文学家"（philologist）、"埃及学家"（Egyptologist）、"鸟类学家"（ornithologist）等齐肩而立。④ 由此可知，在当时，Sinology 也是为对这一领域的研究进行学科性归化而提出来的一个概念（同时也带有某种排他性⑤），因而与在大学中设置专业教席的行为是具有同等意义的，它们共同催生了一门新的学科。

从研究的范畴上看，尤其从所设教席的名称上便可知悉，这些教席基本上是以讲授与研究语言文学为主的。例如，法兰西学院的教席冠以的是"语言文学"，英国早期几个大学所设的教席也冠以类似的名目，如伦敦大学学院、伦敦国王学院所设的教席是"professor in chinese language and literature"，牛津与剑桥大学等所设的教席称为"professor of chinese"，其他诸国初设的教席名称大多与之类似，这也与其时欧洲的东方学研究传统与习则，以及大学基础教育的特点等有密切的关系。当然，

① 参见 Robert C. Childers，"'Sinology' or 'Sinologist'"，*The China Review*，Vol. 4，No. 5，1876，p. 331.

② E. J. Eitel，"Amateur Sinology"，*The China Review*，Vol. 2，No. 1，1873，pp. 1-8.

③ J. C.，"Is Sinology A Science"，*The China Review*，Vol. 2，No. 3，1873，pp. 169-173.

④ 参见 Robert C. Childers，"'Sinology' or 'Sinologist'"，*The China Review*，Vol. 4，No. 5，1876，p. 331.

⑤ 很明显，"业余汉学"这个称谓带有某种藐视的含义，故也有一些学者提议，可将"Sinology"确立以前的汉学称为"前汉学"（protosinology）。

我们对"语言"与"文学"的概念仍应当做更为宽泛的理解。例如，所谓的
"语言"并非单指词汇、语法等的研究，而是更需要从"philology"（语文
学）的意义上来知解。① 所谓的"文学"（或"中文"），事实上涵括了各种杂
多性文类在内的书写文献，毕竟当时在西方也还没有出现现代意义上的
"文学"概念。正因如此，后来的学者往往多倾向于将"Sinology"视为一
种基于传统语言文献的研究类型。

当然，尽管对形式化标志（教席与名称）的描绘是有意义的，但落实
到具体的研究实践中，情况要复杂得多。在"中国学"这一学科概念正式
确立之前，或者说在被笼统地概称为"Sinology"的时代，我们也务须注
意到几种混杂或边界并不确定的现象。一是尽管汉语文献的确已成为此
期研究的主要对象，但跨语种的研究始终存在于"Sinology"这一名目下，
这当然也与"Sino-"的指称范围有关。② 19 世纪前（即"前汉学"时期）的来
华传教士，如张诚、白晋、钱德明等人，兼擅几种中国境内语言的事例
似不必多提，即便是法国的第一个汉学教席也是取鞑靼语、满语与汉语
并置设位的，座主雷慕沙（Abel Rémusat）及其哲嗣儒莲（Stanislas Julien）
等人的著述均反映出对多语系的熟练掌握，而 19 世纪至 20 世纪前半期，
擅长数种境内（周边）语种的汉学家更是大有人在③，并均被归在"Sinolo-
gy"的名目之下，而不是单指汉语文献的研究。二是跨时段的研究，这是

---

① 这既与其时的 Sinology 主要建立在语文学（philology）与文献研究的基础上，同时也
与 19 世纪西方学院系统中的东方学—印欧、闪米特语语言学的分科意识有关。19 世纪相关
的代表性著作，可参见 Joseph Edkins, *China's Place in Philologu：An attempt to Show that
the Language of Europe and Asia Have a Common Origin*，Trubner & Co.，1871. 关于 phi-
lology 在 19 世纪时的含义及后来语义的缩减与变化，则可参见 René Wellek & Austin
Warre，*Theory of Literature*，Third Edition，Harcourt，Brace & World，1956，p. 38.

② "Sino-"的词源近于"Sin""Sinae"等，而对后面这些名称的考订可见卫三畏的著述，
尽管会以汉族为主体，但均属对总体上的中国区域的一个称名。参见 S. Wells Williams，*The
MiddleKindow*，New York，Charles Scribner's Sons，1883，pp. 2-4.

③ 此处需要注意的是，因为这些研究多仍投射到对中国的研究中，因此大多数当时的
研究者，并没有将自己多语种的研究划分为"汉学""满学""蒙古学""藏学""西夏学"等不同的
学科区域。中国境内由各少数民族语言形成的所谓"××学"的独持性及与汉学的分限，始终
都是含糊不清的。

指在对传统古典文献的研究之外，海外对中国国情的研究也不乏其著，这在下文还会提及。三是跨体制的研究，即便是在强势性的"专业汉学"概念初步确立之后，所谓的"业余汉学"也并未由此消失，而是仍然在相当长的一个时期占有重要的地位，有些成果还达到了很高的学术水准。这种趋势至少延续到 20 世纪 30 年代。既然如此，"Sinology"尽管会被赋予一个相对集中的含义，但同时也会呈示出边界的模糊性。尤其是因为存在着跨语种（同时也是跨种族）研究的现象，当我们将"Sinology"转译为"汉学"这一看似含有确定族性特征，在范畴上也更为狭隘的对应语时，的确很难不遭人诟病，并使这一译名从一开始便带上了难以遽然消弭的歧义。① 以故，后来也有学者提出当用"中国学"这一称谓来弥补中译"汉学"一语的不足。

关于另一相关概念，即"中国学"的称谓，其含义也并不是十分确定的，从早期的事例看，中国学界其实在 20 世纪 40 年代之前，也存在着常用"中国学"指称海外同类研究的现象，在多数情况下，与当时措用的"汉学"概念之间并无严格的区分。日本自近代以来，也出现了"中国学"的称名，虽然就日本学界内部的变化看，其所指称的应是一种有别于传统"汉学"的新形式，但如果我们将之置于国际化的背景上看，则所谓的"中国学"并未超出西方近代汉学的基本框架，并且也是在其影响下发展起来的。而这一新的称谓的获取，也与西语中将中国称为"Sinae""Chi-

---

　　① 关于使用"汉学"来对称国外的研究，日本学者高田时雄在『國際漢學の出現と漢學の變容』一文中认为，可能最初与王韬在《法国儒莲传》中将儒莲的《汉文指南》(*Syntaxe Nouvelle de La Langue Chinoise*)误译为《汉学指南》有关。原文见『中國—社會と文化』，第 17 號，18～24 页，2002。但我认为，将这一事件确定为"汉学"通行的依据，会有偶证之嫌。"汉学"之通行更有可能是受到日本等用名的影响，因为日本（包括韩国）在早期都习惯用"汉学"或"汉文学"来称呼对中国古籍的研究，这也是从他者的位置出发对中国研究的一种表达，并多集中在汉语文献上。而在中国国内，约至 20 世纪 20 年代以后，用"汉学"指称海外研究的说法也已逐渐流行，至 20 世纪 40 年代则愈趋普遍，并出现了莫东寅的综合性著述《汉学发达史》。

na"有直接的关系。①

当然，目前学术界更为流行的是"Chinese Studies"，这一词语国内后来也多直译为"中国学"，并一般将之归功于第二次世界大战后以费正清为代表的"美国学派"的发明，视其为一种新范式的开端，并以为可借此更替具有欧洲传统特色的"Sinology"的治学模式。毫无疑问，"Chinese Studies"的出现所带来的学术转型是可以通过梳理勾勒出来的，但是如果限于笼统的判识，也会引起一些误解。譬如说，一是所谓的将中国的研究从汉民族扩展至对整个"国家"地域的囊括。这点其实在我们以上描述20世纪40年代之前"Sinology"的概况时已有辨析，并非为新的范式所独据，而早期费氏等人在研究中所凭借的也主要限于汉语文献（甚至于不比"Sinology"的研究范围更广）。二是所谓的开始将对当代中国的政治、经济、社会等纳入研究的视野之中。这其实也如上所述，是19世纪西人中国研究本有的范畴。勿论那些大量印行的旨在描述与研究中国政体、商贸、交通、农业、外事等的著述，即便是在19世纪来华人士所办的外文期刊，如《中国丛报》《中国评论》《皇家亚洲文会会刊》等中，也可窥知西人对这些实践领域或"现场性知识"所持的广泛兴趣了。以此而言，要想将"Chinese Studies"与"Sinology"做一时段与内涵上的分明切割，是存在一定困难的。美国战后新兴的中国学的最主要贡献，或更在于其将对近代以来中国社会诸面向的研究明确地移植进学科的体制之中，从而打破了以传统文献研究为主要旨趣的"Sinology"在体制内长期称雄的格局，而这也正好接应了当时在美国兴起的社会科学理论（既称为"科学"，又称为"理论"），并借此而获得了一些新的探索工具。

即使如此，我们也需要再次注意到，"中国学"（特指以美国学派为发端的）这一范型的最初构建便是携有强烈的实用化动机的，又多偏向于在特定的"国家"利益框架下选择课题，从而带有"国情"研究，甚至于新殖

---

①　此处也可参见梁绳祎早年所撰《外国汉学研究概观》："日人自昔输入中国文化，言学术者以汉和分科。近所谓'中国学'者，其名称畴范均译自西文。"（参见《国学丛刊》第5册，1941）由此可知，其当时仍受西方"汉学"的影响，而非后来流行的"中国学"的影响。

民研究的一些特点。① 早期日本著名中国研究专家，如白鸟库吉、内藤湖南等的所谓"中国学"研究同样未能免脱这一路径，并非就可以不加分析地完全称之为一种"科学"的研究。当然，"中国学"也一直处于自身的模式转换之中，因此我们也需要进一步关注这一连续体在不同时期，尤其是当代所发生的各种重大变动。② 与之同时，虽然"中国学"所造成的影响已于今天为各国学者所认同与步趋，但并不等于说"Sinology"就随之而消隐至历史的深处，尤其在人文学科中，不仅这一命名仍然为当代许多学者频繁使用，而且如做细致的窥察，也能见其自身在所谓的"中国学"范畴以外，仍然沿着原有轨道往下强劲延伸的比较清晰的脉络，并在经历了多次理念上的涤荡与方法论上的扩充之后，延续到了今日。就此而言，在比较确定的层次上，也可将赓续至今的以传统语言文献资料为基础的有关中国的研究，继续称作"Sinology"。③ 当然，有时它也会与"Chinese Studies"的治学模式含混地交叠在一起，尤其是在一些史学研究领域中。

由上述可知，"Sinology"这一命名，至少会与"Chinese Studies"、中译语的"汉学"、中译语的"中国学"这三个概念存在意义上的纠葛关系，四者之间均很难直接对应，尽管语义上的缝隙仍有大小之别。中国学者也曾于这一问题上多有分辨，并提出过一些建设性的意见。但是就目前来看，还无法达成统一的认识。撇开那些望文生义的判断，这多少也是由概念史本身的复杂性所造成的。在此情形之下，相对而言，也按照惯

---

① 对此新殖民话语模式的一种透彻分析，也可参见 Tani E. Barlow, "Colonialism's Career in Postwar China Studies", *Positions*：*East Asia Cultures Critique*，Vol. 1，No. 1，1993.

② 前一阶段已发生的变化，可参见黄宗智：《三十年来美国研究中国近现代史（兼及明清史）的概况》，载《中国史研究动态》，1980(9)。该文已将之厘为三个阶段。

③ 关于"Sinology"的名称与含义变化，汉学家中许多人都发表过自己的看法。举例而言，瑞典学者罗多弼(Torbjörn Lodén)在《面向新世纪的中国研究》一文中认为，汉学这一名称的界义范围是有变化的，可宽可窄。参见萧俊明：《北欧中国学追述（上）》，载《国外社会科学》，2005(5)。又如德国学者德林(Ole Dörning)在《处在文化主义和全球十字路口的汉学》中认为，我们可以根据不同情况使用"Chinese Studies"与"Sinology"这两个不同的概念，而"Sinology"是可以在一种特殊的语境中被继续使用的。参见马汉茂等：《德国汉学：历史、发展、人物与视角》，52～53 页，郑州，大象出版社，2005。

例，将"Sinology"译成"汉学"，并与"Chinese Studies"或中译的"中国学"
有所区别，仍是一种较为可取的方式。在这样一种分疏之下，鉴于本项
目所针对的是海外学者的中国传统文论研究，而海外的这一研究针对的
又是汉语言典籍（不涉及中国境内的其他语种），因此即便是从狭义"汉
学"的角度看，也不会超出其定义的边界，不至于引起太多的误解。再就
是，本项目涉及的这段学术史，除了依实际情况会将 20 世纪以来的研究
作为重点，也会溯自之前海外学者对中国文论的一些研究情况。至少在
早期的语境中，西方的这一类研究尚处在"Sinology"的概念时段之中，
因此以"汉学"来指称之也是更为妥帖的。这也如同即便我们允许用"中国
学"这一术语统称其后发生的学术活动，但用之表述 20 世纪前的研究，
无疑还是甚为别扭的。

二、什么样的"文论"？

"文论"这一概念同样带有较大的不确定性，既因为"文学"与"文论"
的语义均处于历史变动之中，也因为对"文论"的理解也会因人而异，有
不同的解说。

"文学"概念的变化似不需要在此详加讨论了，而"文论"概念的变化，
如不是限于目前既有的名称，而是从更大的学科谱系上来看，就中国而
言，根据我们的考察，大体经历了以下几个命说的阶段。第一阶段是古
典言说时期，学者也略称之为"诗文评"。这一名称行用于晚明焦竑《国史
经籍志》、祁承爍《澹生堂藏书目》，后被《四库全书总目提要》列为集部中
一支目之后，使得过去散布在分类学系统之外的各种诗话、文则、品评、
论著、题解等，均有了统一归属，尽管收录难免有显庞杂，然也大致显
示了试图为传统相关领域划分与确定畛域的某种意识。第二阶段是现代
言说时期，以陈钟凡 1927 年的《中国文学批评史》为公认的标志，始而通
用"批评（史）"的命名，后如郭绍虞、罗根泽、朱东润、方孝岳、傅庚生
等民国时期该领域最有代表性的学者也均是以这一概念来冠名自己的著
作的。"批评"的术语似延续了古典言说时期的部分含义，但正如陈钟凡

所述，实源于西语中的"批评"①，因此在使用中也必然会注入西方批评学的主要理念，比如对松散的知识进行系统化、学理化的归纳与整合，在"批评"概念的统一观照与指导下将来自各文类的、更为多样的文学批评史料纳入其中，同时排除那些在诗话等中的非文学性史料②，以现代的思维方式重新梳理与评述传统知识对象等，由此将批评史打造成有自身逻辑体系的新的学科范型。第三个阶段大约从 20 世纪 40 年代萌蘖并历经一较长过渡，至 80 年代初而最终确立了以"文论"（"文学理论"）为导向性话语的当代言说系统。③ "文论"或"文学理论"遂成为学科命名的核心语词，这也与西方同一领域中所发生的概念转换趋势衔接。与此理论性的冲动相关，一方面是大量哲学、美学的论说被援入体系的构建中，甚至于将之作为支撑整个体系性论说的"基础"；另一方面是不断地从相关史料中寻绎与抽取理论化的要素，使之满足于抽象思辨的需要。受其影响，该期对传统对象的研究一般也都会以"文论史"的概念来命名。相对于批评史而言，"文论"的概念也会带有更强的意义上的受控性与排他性，从而使过去被包括在"批评史"范畴中的许多史料内容，进而被删汰至言说系统以外。

由以上梳理可知，文论或文论史概念的确立，并非就是沿批评与批评史的概念顺势以下，可与此前的言说模式无缝对接，而是包含新的企图，即从批评史的概念中分出，并通过扩大与批评史之间的裂隙，对原有的学科进行再疆域化的重建。关于这点，中西学者都有较为明确的认识，并曾为此提出过一套解释性的框架。罗根泽在 20 世纪 40 年代出版的《中国文学批评史》"绪言"中，以为从更完整的视野上看，西语的"criti-

---

① 参见陈钟凡：《中国文学批评史》，5 页，南京，江苏文艺出版社，2008。

② 这种意识也见于朱自清评罗根泽的一段论述："靠了文学批评这把明镜，照清楚诗文评的面目。诗文评里有一部分与文学批评无干，得清算出去；这是将文学批评还给文学批评，是第一步。"朱自清：《诗文评的发展》，见《朱自清全集》（三），25 页，南京，江苏教育出版社，1996。

③ 对这一过渡情况的描述与探讨，可参见黄卓越：《批评史、文论史及其他》，见《黄卓越思想史与批评学论文集》，1～17 页，北京，北京语言大学出版社，2012。

cism"不应当像此前国人所理解的只有"裁判"的意思，而是应当扩大至包含批评理论与文学理论。若当如此，我们也就有了狭义与广义两套关于批评的界说，而广义的界说是能够将狭义的界说涵容在内的。① 以此而复审中国传统的文学批评，总体而言，当将之视为广义性的，即偏重于理论的造诣。以故，若循名质实，便应当将"批评"二字改为"评论"。②很显然，罗根泽的这一论述已经开始有意地突出"理论"的向度，但为遵循旧例，仍选择了"批评"的概念命其所著。

　　在西方，对后期汉学中的文学研究产生较大影响的有韦勒克、艾布拉姆斯等人所做的分疏。这自然也与此期西方开始从前期的各种"批评"转向热衷于"理论"的趋势密切相关。在 1949 年出版的《文学理论》(*Theory of Literature*)一书中，韦勒克即将"文学理论"看作一种区别于"文学批评"的智力形态，并认为在文学研究的大区域内，"将文学理论、文学批评与文学史三者加以区分，是至为重要的"③。他后来撰写的《文学理论、文学批评和文学史》(Literary Theory，Criticism and History)一文，再次重申了理论的重要性，认为尽管理论的构建也需要争取到批评的辅助，但换一个视角看，"批评家的意见、等级的划分和判断也由于他的理论而得到支持、证实和发展"④。为此，他将理论视为隐藏在批评背后的另一套关联性原则，认为理论具有统摄批评的作用。艾布拉姆斯的观点与韦勒克相近，但他在这一问题上的着力点是试图阐明"所有的批评都预

　　① 　参见罗根泽：《周秦两汉文学批评史》，3～6 页，上海，商务印书馆，民国 33 年(1944)。罗著《中国文学批评史》最初由人文书店梓行于 1934 年，只有一个简短的"绪言"，未全面论述其对"批评"与"批评史"的意见。后所见长篇绪言则始刊于 1944 年重梓本，然其时是以分卷形式出版的，该书正题为"周秦两汉文学批评史"，副题曰"中国文学批评史第一分册"。

　　② 　参见罗根泽：《周秦两汉文学批评史》，8～10 页。

　　③ 　René Wellek & Austin Warre，*Theory of Literature*，p. 39.

　　④ 　René Wellek，*Concepts of Criticism*，Yale University Press，1963. ［美］雷内·韦勒克：《批评的概念》，5 页，北京，中国美术学院出版社，1999。

设了理论"①，即前辈所完成的各种批评著述，都是隐含某种理论结构的。以故，我们也可以借助理论来重新勾勒出这些批评活动的特征，或统一称之为"批评理论"，从而进一步将理论的价值安置在批评之上。沿着这一思路，我们可以看到，20世纪70年代，刘若愚在撰述其声名甚显的《中国文学理论》(Chinese Theories of Literature)一书，并演述其著作的构架时便明确表示同时参照了韦勒克与艾布拉姆斯的学说，以为可根据韦勒克的建议，在传统通行的两分法的基础上(文学史与文学批评)，再将文学批评分割为实际的批评与理论的批评两大部分，从而构成一个三分法的解说框架。② 根据艾布拉姆斯的意见，"将隐含在中国批评家著作中的文学理论提取出来"，以形成"更有系统、更完整的分析"③，这也是他将自己的论著取名为"文学理论"而不是"文学批评"的主要理由。与刘若愚发布以上论述差不多同时，在西方汉学的多个领域中出现了以理论为研究旨趣的强劲趋势。无独有偶，中国国内的研究也开始迈入一个以大写的"文论"为标榜的时代。

　　然从历史的进程来看，"文论"(文学理论、文学理论史)主要是迟延性的概念，并非可以涵括从起始至终结，以致永久不变的全称性定义。在历史系谱中曾经出现的每一个定义，不仅均显示了其在分类学上的特殊设定，而且也指向各有所不同的话语实践。尽管某种"理论性"也许会像一条隐线那样穿梭于诸如"诗文评"或"文学批评"的历史言说中，以致我们可以将之提取出来，并权用"文论"的概念去统观这段更长的历史，然也如上已述，这种"理论性"依然是被不同的意识、材料与规则等组合在多种有所差异的赋名活动中的，由此也造成了意义的延宕。这也要求我们能以更开放的姿态怀拥时间之流推向我们的各种特殊的"历史时刻"，及在此思想的流动过程中发生的各种表述。这既指原发性的中国文论，

---

　　① ［美］M. H. 艾布拉姆斯：《艺术理论化何用？》，见《以文行事：艾布拉姆斯精选集》，47页，南京，译林出版社，2010。而这样一种鲜明的主张，在其1953年撰述《镜与灯：浪漫主义文论及批评传统》时即已形成，并在后来一再强调与补充说明之。

　　② 参见［美］刘若愚：《中国文学理论》，1～2页，南京，江苏教育书版社，2006。

　　③ 参见［美］刘若愚：《中国文学理论》，5页。

又指汉学谱系中对中国文论的研究。

此外，从研究的实况看，大约 20 世纪 90 年代伊始，无论是中国国内学界还是国际汉学界，在相关领域中又出现了一些新的变化。以中国国内为例，像"文学思想史""文学观念史""文化诗学"等概念的相继提出，均意在避开原先"文论"概念所划定的区域而绕道以进，其中也涉及如何在多重场域中重新勘定文论边界等问题。在新的研究理念中，这些场域被看作或是可由思想史，或是可由观念史与文化史等形构的，它们当然也是被以不同的理解方式建立起来的。如果我们承认有"文学思想"(literary thought)或"文学观念"(literary idea)或"文学文化"(literary culture)等更具统合性的场域的存在，那么也意味着借助这些视域的探索，是可以重组引起定义的关联性法则的。其中之一，比如，也可以到文学史及其作品中寻找各种"理论"的条理。事实上，我们也很难想象绝大部分文学制品的生产是可以不受某种诗学观、文论观的影响而独立形成的。文学史与批评史、文论史的展开也是一个相互提供"意识"的过程，因而至少在文学作品中会隐含有关文学的思想、观念与文化理念等。① 甚至也有这样一种情况，如宇文所安曾指出的，曹丕的《论文》、欧阳修的《六一诗话》，以及陆机的《文赋》、司空图的《二十四诗品》本身便是文学作品。② 按照这样一种理解，我们也就可以突破以批评史或文论史"原典"为限的分界，将从文学史文本中"发现文论"的研究一并纳入文论研究的范围。再有一种新的趋势，便是当学者们试图用某种理论去审视传统的文献资源时，也有可能以这种方式重构规则性解释，即将历史资源再理

---

① 关于这点，前已为马修·阿诺德所述，参见 Matthew Arnold, " The Function of Criticism at the Present Time", *Essays by Matthew Arnold*, London, Humphrey Milford, Oxford University Press, 1925. 宇文所安对之也有解释，如谓："每一伟大作品皆暗含某种诗学，它总是以这种或那种方式与某一明确说出的诗学相关(如果该文明已形成了某种诗学的话)，这种关系也会成为该诗作的一部分。"另一方面，又谓："文学作品和文学思想之间绝非一种简单的关系，而是一种始终充满张力的关系。"Stephen Owen, *Readings in Chinese Literary Thought*, Harvard University Press, 1992, p. 4. 也可参见[美]宇文所安:《中国文论：英译与评论》,"中译本序", 2～3 页, 上海, 上海社会科学出版社, 2003。

② 参见[美]宇文所安:《中国文论：英译与评论》, 12～13 页。

论化或再文论化。这里涉及的理论可以是文学研究系统中的新批评、叙事学等，也可以是某些文化理论，如性别理论、书写理论、媒介理论、翻译理论等。后者之所以能够被移植入文学或文论的研究中，是因为存在一个"文本"（"文"）的中介，而文本又可被视为是某种"想象性"构造的产物。这种"建构文论"的方式在习惯了实证模式的眼睛中或许显得有些异类，但其实有一大批中国传统文论也是据此形成的。其结果是使得文化理论与文学理论的边界变得愈益模糊。

正是由于这些新的学理观的出现，"文论"的本质主义假设受到了来自于多方的挑战。在 20 世纪 90 年代之后的汉学领域中，为严格的学科化方式所界定的文论研究已经开始渐次退位，由此也打开了一个重新识别与定义文论的协议空间。一方面是文论愈益被置于其所产生的各种场域、语境之中予以考察，另一方面是对理论的诉求也在发生变化，从而将我们带入了一个以后理论或后文论为主要言述特征的时代。或许，我们可以称之为文论研究的"第四期"。既然如此，同时也是兼顾整个概念史的演变历程，便有必要调整我们对"文论"的界说，以便将更为多样的实验包含在项目的实施之中。为了遵循概念使用上的习惯，当然仍旧可以取用"文论"这一术语，但我们所意指的已经不是那个狭义的、为第三阶段言说而单独确认的"文论"，而是包容此前或此后的各种话语实践，并可以以多层次方式加以展示的广义的"文论"。尽管根据实际的情况，前者仍然会是一个被关注的焦点。

而正是在疏通以上两大概念的前提下，我们才有可能从容地从事下一步工作。

三、附带的说明

本课题初议之时，即幸获教育部重点研究基地北京师范大学文艺学研究中心的大力支持，并经申报列入部属重大科研项目之中。我们希望在一个全景式的视域下展现出海外中国文论研究的丰富面相，并为之设计出三个研究单元：欧洲卷、东亚卷、英美卷，分别由方维规教授、张哲俊教授与我担纲主持，在统一拟定的框架下各行其职，分身入流。

就几大区域对中国传统文论研究的史实来看，东亚（主要是日本与韩国）无疑是最早涉足其中的。中国、日本与韩国等均处在东亚文化交流圈中，这种地域上的就近性给日、韩等地对中国文论的研究提供了先行条件。即便是在 20 世纪之后，东亚诸国的研究出现了一些融入国际的趋势，但仍然会受其内部学术惯力的影响与制约，形成独具特色的谱系。随后出现的是近代欧洲汉学及其对中国文学、文论的研究，将这一大的地理板块视为一个整体，也是常见的，似无须多加论证。但不同国家的学术研究以及知识形态会受到自身语言、机制等方面的规定性限制，多保留自身的一些特点，并呈现出多系脉并发的路径。英国的汉学与文论研究，从主要的方面看，最初是嵌入欧洲这一知识与文化共同体之中的，特殊性并不是特别明显，然而由于 20 世纪之后北美汉学的崛起，两地在语言上的一致及由此引起的频繁沟通，遂为后者部分地裹挟。从一个粗略的框架上看，也可将两地区的研究共置梳理。以上即我们进行各卷划分与内部调配的主要根据。与之同时，正因各大区域之间在文论研究方面存在差异（加之也为避免与国内一些已有研究的重复），各分卷主编在设计编写规划时，也会有自己的一些考虑，在步调上并非完全一致。当然，本书的撰写也受到一些客观条件，尤其是语种上的约束，尽管我们也邀请到了目前在意大利、德国、法国与韩国等地的一些学者参与项目撰写，却也无法将所有地区与国家的研究都囊括于内，不过遗缺的部分是有限的。

汉学研究作为一种"他者"对中国的研究，即便是在一般性知识组织的层面上，也会与中国的本土性研究有所不同，甚至差异颇大，也正因此，给我们带来的启发必将是十分丰富的。关于这点，中国国内学者已有大量阐述，可略而不论。然而，如果对这一学术形态做更深入的思考，则又会触及文化与知识"身份"的问题。有一道几乎是与生俱来的，首先是身体上然后是观念上的界分，规定了这些异域的学者在对"中国"这一外部客体加以观望时所采取的态度。在许多情况下，这些态度会潜伏于意识深处，需要借助自反性追踪才有可能被发现。而我们对之所做的研究也不出例外，等于是从"界"的另一端，再次观望或凝视异方的他者，由此成为另一重意义上的，也是附加在前一个他者之上的他者。像这样一些研究，要想彻底担保自身的正确性与权威性，并为对方所认可，显然存在一定困难。即使是在貌似严整的知识性梳理中，也免不了会带入某种主体的习性。但是，如果将理解作为一种前提，那么两个"他者"之间也可能产生一种目光的对流，在逐渐克服陌生感与区隔感之后，于交错的互视中取得一些会意的融通。这，或许也是本项目期望获取的另外一点效果吧！是以为记。

黄卓越

目　录

绪　论　东亚学者视野中的中国古代文论

一、从汉学到中国学的中国古代文论

在中国古代文学理论的研究过程中，东亚学者具有特殊的地位与贡献。与其他国家的学者比较而言，日本与韩国学者对中国古代文学理论的观念与问题并不陌生，这主要是因为中国古代文学理论早已融入日本文学与韩国文学中，成了东亚古代共有的文学理论。概念与理论是以共有的形态存在的，但实际包含的意义未必完全相同，其中不乏变化与发展。但是仍然可以比较清楚地看到与中国古代文学理论千丝万缕的关系，这使东亚学者与西方学者对中国古代文学理论的认识与体验有所不同。20 世纪之后，东亚学者更加倾力求索的是西方文学的概念与理论，中国古代文学理论失去了原有的地位和影响力，不再对文学创作产生直接的影响。但在学术研究中的地位与影响并没有减弱，随着西方文学的概念与理论传入，中国古代文学理论的研究得到了进一步的发展。

日本古代文人最早接触中国古代文学理论是始于奈良时期，在最早的一本书《古事记》中可以看到中国古代文学理论的因素，"邦家之经纬，王化之鸿基"是编撰《古事记》的原则。这里没有直接提及中国文学理论，但实际上这是对曹丕《典论·论文》"文章，乃经国之大业，不朽之盛事"

观念的接受与运用，也是最初涉及中国古代文学理论。文章与国家政治
的关系是中国古代文学理论的基点之一，这一点为日本文人接受，成了
编撰《古事记》的原则。《古事记》是一本史书，记述了皇权的诞生与发展，
与"文章，乃经国之大业"的说法完全相合。曹丕所说的文章并非特指诗
文，而是指包括诗文的各种文类。接受曹丕的理论并不就是研究，但这
表明日本史学、文学在其产生的初期就与中国古代文学理论产生了关系。
此外在最早的汉诗集《怀风藻》序言中，也可以看到中国古代文学理论的
因素。向来为学术界所重视的《古今集》的真名序与假名序基本上是以中
国古代文学理论为基础写成的。空海的《文镜秘府》第一次系统地收录与
探究了中国古代文学理论，中世、近世出现了不少的诗话类著作，其中
不乏研究中国古代文学理论的部分。

　　中国学意义上的中国文学理论研究，与古代汉学研究完全不同，京
都学派代表了中国学的新高度。狩野直喜、内藤湖南、铃木虎雄等学者
开创了中国学的新时期，也结束了汉学的旧时期。从 20 世纪到现在，形
成了以京都学派为代表的中国学，广岛、九州和东京也出现了具有代表
性的中国学学者。日本学者对日本中国学的中国古代文论研究史做过探
索①，根据日本学者的研究，可以将日本学者的中国古代文学理论研究
划分为三个发展阶段。

　　第一阶段是第二次世界大战之前的研究。

　　京都学派是由狩野直喜、铃木虎雄、内藤湖南等人开创的，第一代
京都学派的学者就开启了中国古代文学理论研究的先河，铃木虎雄出版

---

　　① 　[日]冈村繁：《日本研究中国古代文论的概况》，见王元化编选：《日本研究〈文心雕
龙〉论文集》，济南，齐鲁书社，1983。古川末喜编：《日本有关中国古代文论研究的文献目
录(1945—1982)》，见《中国文艺思想史论丛(第二辑)》，北京，北京大学出版社，1985。另
外《中国文学专门家事典》和京都大学人文科学研究所编《东洋史研究文献类目》(1945—
1960)、《东洋学研究文献类目》(1961—1962)、《东洋学文献类目》(1963—1980)，日本中国
学会编《日本中国学会报·学会展望》，京都大学中国语学中国文学研究室编《中国文学报·
最近文献目录》等，都是可资参考的文献。

了《支那诗论史》①。作为东亚最早的一部中国古代诗歌理论史，这是一部起点极高的研究著作，也展示了从汉学到中国学的新高度。铃木虎雄开创了文论研究的传统，后代京都学派的学者持续研究中国古代文学理论。京都学派的一个特征是不同时代的学者不断地在同一领域内持续研究，取得了相当丰硕的成果，连续性是传统的保证。青木正儿是京都学派的第二代学者，他对戏曲等俗文学的研究延续了狩野直喜的研究领域，对文学理论的研究主要延续了铃木虎雄的研究领域。1943年，青木正儿出版了《支那文学思想史》，此书与《支那诗论史》既是第二次世界大战前中国古代文论研究的代表性成果，也是标志日本中国学中国古代文论研究的嚆矢。② 青木正儿没有止步于《支那文学思想史》，七年后又出版了《清代文学评论史》。青木正儿的研究与其他日本学者稍异，他喜欢在学术层面上研究中国的饮食文化、器物与风俗，是第二次世界大战前相对独特的中国学学者。他研究饮食文化、器物、风俗的目的是还原古代文人的生活，也是为了更深入地研究中国古代文学与理论。

---

① 支那，日文写作しな，是外国人对中国的称呼。一般认为支那的名称源于秦字，秦字传入西方，后讹变为支那，标记为 China 或 Thin，这就是中国记载为支那的起始，英语 China、法语 Chine 亦源于此。古代印度将中国写为支那斯坦（Cinasthāna），梵文佛典标记为支那，又音译为脂那、震旦，唐初玄奘记载中国在中亚与印度被称为支那。此词通过佛典传入日本，空海的《性灵集》出现了此词。此词在日本普遍流行是从江户时代中期开始的，新井白石的《西洋纪闻》等文献中就使用了此词。近代明治时期为了与西方语言对应，也为了与清朝、中华民国区别，支那就成为了广为使用的名称。支那一词的意义与色彩不是由词源及其本义决定的，本义并无蔑视中国的色彩。但日本人给支那附上了蔑视的意义。晚清开始中国的留日学生越来越多，1905 年留学生人数达到了 8000 人，当时是相当可观的规模。这时日本人对中国的认识开始发生变化，支那一词中包含了侮辱之意。日本在侵略亚洲的过程中，为了使侵略合理化与正当化，将侵略国家的住民视为劣等民族，这样支那成了与帝国主义、军国主义联系在一起的蔑称，民族歧视的用语。由于强烈的侮辱色彩，第二次世界大战之后，大多日本人不再使用支那一词。此书的研究对象主要是明治以后的日本汉学，相当多的汉学著作以及杂志等出版于第二次世界大战之前，因而大量使用了支那一词。这一时期的书名、文章名以及引文已经成为历史事实，不可更改，因而在本书中沿用了"支那"一词，如果改为"中国"，就无法找到对应的书名、文章名涉及的引文。本书的研究部分不再使用"支那"一词，而表达为"中国"。

② ［日］冈村繁：《日本研究中国古代文论的概况》，见王元化编选：《日本研究〈文心雕龙〉论文集》，296 页，济南，齐鲁书社，1983。

　　第二阶段是从第二次世界大战后到 20 世纪 70 年代。

　　这个时期的中国古代文论研究相对比较萧条，至少研究论文与著作不是很多，主要的研究是在文学方面。林田慎之助是较为突出的学者，他毕业于九州大学，后任九州大学教授、神户女子大学文学部教授。林田慎之助的《中国中世文学评论史》收录了十余篇论文，主要研究的是魏晋、齐梁、隋唐的文学理论，葛洪、阮籍、嵇康等人的文学思想等，是作者对中国六朝文论研究的代表著作。此书其实是一部论文集，但不失系统性，各个章节之间存在一定的关联。这部书在出版后，兴膳宏、釜谷武志、小西升等日本中国学的一流学者纷纷撰写书评，受到了学术界的高度关注。釜谷武志为《中国中世文学评论史》的深度与广度所感动，他认为：“林田氏试图在魏晋文学批评发生的层面上来把握，汉代没有自由表现思想的空间，文学批评不能发生和成熟，东汉末年儒教万能的时代即将终结，可以享受各种思想，这是文学批评产生的基础。”①东汉末年到魏晋时期，产生了文学批评，也产生了诸多文学现象，这大多与汉代皇权社会和礼制崩溃有关，显然，林田慎之助的研究是深刻的。

　　这个时期最为令人瞩目的是中国古代文论的注释、翻译以及索引。注释与翻译似乎不是学术研究，但在日本学术界却是一种特殊的研究方式。注译并非始于第二次世界大战后，第二次世界大战前就已经开始了此类研究，只是第二次世界大战后注译较多，而且取得了极为令人欣喜的成果。很多注译直到今天仍然是研究者们经常使用的研究文献，这不只是为学术研究提供了可靠的文本，而且还推进了中国文学与理论的研究，同时也推进了日本文学的研究。其中最有代表性的是《文心雕龙》的注译，斯波六郎在 20 世纪 50 年代发表了《文心雕龙范注补正》和《文心雕龙札记(1—4)》，这显示了日本学者的水平。后来又出现了兴膳宏译本、

　　① ［日］釜谷武志：《林田慎之助〈中国中世文学评论史〉》，载《中国文学报》，1980(32)。

目加田诚译本①、户田浩晓译本。兴膳宏的《文心雕龙》全译本出版于
1976 年，是日本的第一个全译本，此本的影响深远，注释的内容深入可
靠，提供了《文心雕龙》研究的重要基础。兴膳宏从事《文心雕龙》研究不
是偶然，京都学派的铃木虎雄第一次研究了《文心雕龙》的敦煌本，并撰
有《敦煌本文心雕龙校勘记》和《黄叔琳本文心雕龙校勘记》。其校勘较为
细密，范文澜的《文心雕龙注》也参考了铃木虎雄的校勘。户田浩晓也做
过校勘，发表了多篇校勘论文。编制索引也是这个时期令人瞩目的成就，
冈村繁的《文心雕龙索引》最有代表性。

　　《诗品》的译注也相当兴盛，1959 年高松亨明出版了《诗品详解》，内
容分“总记”“校订”“注解”三部分。为了进一步推进对《诗品》的研究，
1962 年由高桥和巳提议，在京都成立了以立命馆大学的高木正一为代表
的“诗品研究会”，参加的学者都是当时一流的中国学学者。②“诗品研究
会”获得了日本科学研究费，在五年的时间里组织学者展开了钟嵘《诗品》
的研究，主要是集体校注《诗品》，探讨了《诗品》的字词、典事、义理等。
其成果后来分别发表于《立命馆文学》第 232 号以后(1964—1971 年)的各
刊。研究会的最终成果《钟嵘诗品》，1978 年由东海大学出版会出版。
《钟嵘诗品》是研究会成员的共同成果，主编高木正一撰写了《钟嵘的文学
观》，另附官版《吟窗杂录》本钟嵘《诗品》的图版。此书由于“文本校订准
确，注解精密”③，受到学界的高度评价。书中保留了日本学者对文本的
不同解释，这对学术界无疑极有价值。研究会结束之后，学者对《诗品》

---

　　①　目加田诚(1904—　)是中国文学研究者，毕业于东京帝国大学，日本学士院院士，
其妻为日本文学研究者。目加田诚主要是中国文学研究者，他的主要研究领域是先秦文学与
唐代文学，《诗经》和屈原是他的主要研究领域，著有《新释诗经》《杜甫物语》《唐诗散策》等著
作。目加田诚的中国古代文论研究始于第二次世界大战之后，《风雅集》中就收入了中国文学
思想与理论研究的篇什。1991 年出版修订版时改名为《中国的文艺思想》，目加田诚也做了
《文心雕龙》译注。
　　②　此学会有京都大学的吉川幸次郎、小川环树、清水茂、兴膳宏、田中谦二、尾崎雄
二郎，东京大学的福永光司，东北大学的村上哲见，神户大学的伊藤正文、一海知义，广岛
大学的小尾郊一，东京教育大学的铃木修次，东洋大学的船津富彦，立命馆大学的白川静、
笠原仲二，以及岛根大学、名古屋大学等大学的 20 余人参加。
　　③　[日]釜谷武志：《高木正一译注〈钟嵘诗品〉》，载《中国文学报》，1979(30)。

的研究并没有结束，还出现了一系列的研究成果，其中有兴膳宏译注的
《诗品》和论文《文心雕龙与诗品在文学观上的对立》、《关于〈诗品〉》，还
有船津富彦的《梁钟嵘的故事论》、高木正一的《钟嵘的文学观》、林田慎
之助的《钟嵘的文学理念》等。此外还有佐竹保子《钟嵘〈诗品〉选评里的文
学价值标准》、荒井健《诗的喜悦——〈诗品〉与〈沧浪诗话〉》等研究成果。
这里值得注意的是《诗品》研究会的研究方式，每一条注释出自不同的学
者，但又都听取了研究会其他学者的质疑与意见，因而也可以说是研究
会学者共同智慧与学识的结晶。

　　第三阶段是从 20 世纪 80 年代到现在。

　　这一阶段中国古代文论的研究成果突然出现了很多，数量非常集中。
就以对《文心雕龙》的研究而言，前一个阶段的论文与著作有 40 余部
（篇），这个阶段的数量翻了两倍以上。这个阶段研究中国文论的学者数
量激增，既有不少在上个阶段已经开始研究的学者，如斯波六郎、目加
田诚、冈村繁、林田慎之助、户田浩晓、兴膳宏等；也有新一代的学者，
如安东谅、门胁广文、甲斐胜二、金场正美等。学者人数的增加也带来
了学术研究的变化，这个阶段的研究是全方位的，研究成果覆盖了先秦
到清代的所有时期。研究方式多种多样，既有译注，也有研究论著，不
过最为明显的是研究论著数量突增。这个阶段的日本学者比较注意理论
研究，理论研究分为两个方面：一方面是对中国古代文论发展历史的研
究；另一方面是对中国古代文论基本问题的研究。兴膳宏是中国古代文论
研究代表性的学者之一，他的《中国的文学理论》是一本论文集，收录的十
五篇论文发表于 1968—1988 年。此书的主要内容是六朝文论，分别研究了
《文赋》《文章流别志》《宋书·谢灵运传》《文心雕龙》《出三藏记》《诗品》和颜
之推的文学理论等，另外，还有对唐代王昌龄的文学理论研究。其中，
《〈文心雕龙〉与〈出三藏记集〉——围绕其被隐藏的关系》主要研究了《文心雕
龙》与佛教、社会背景的关系，揭示了学界没有注意的《文心雕龙》中的佛教
因素。《〈文心雕龙〉之自然关照——寻找其渊源》〈文心雕龙〉与〈诗品〉在文
学观上的对立》等论文，主要是研究文学的理论问题。清水凯夫高度评价
兴膳宏的《文心雕龙》研究，认为"是接近《文心雕龙》本质的佳论，受到高

度评价"①。很多日本的中国学学者常常关注日本文学中的中国文学问题，兴膳宏也是如此，他的这本论文集还收录了《古今和歌集》的研究论文。户田浩晓在译注《文心雕龙》的基础上，还撰写了不少研究论文，收录于他的《中国文学论考》，其中有一些是研究《文心雕龙》的论文。上海古籍出版社1992年出版的户田浩晓《文心雕龙研究》（曹旭译）收录了18篇论文。理论问题也是日本学者关注的问题，高桥和巳的《刘勰〈文心雕龙〉文学论的基本概念之研究》、林田慎之助的《〈文心雕龙〉文学原理论的各种问题——围绕刘勰的美学理念》、安东谅的《〈文心雕龙〉之原理论》等，理论研究并不是日本学者最擅长的方面，但这些论文也深入研究了文学的基本观念。此外，横田辉俊《中国近世文学批评史》也是这个时期的重要成果。

　　韩国学人对中国古代文论的研究也是始于古代，韩国古代文学、理论与中国古代文论密切相关，韩国古代诗话中时时会提及或运用中国古代文论。然而韩国学者现代中国学意义上的中国古代文论研究，比日本学者的研究晚得多，始于1945年。有趣的是韩国学者的中国文论研究起点与日本相同，最早的研究是作为中国文学史的一部分展开的，尹永春的《中国文学史》，车柱环、车相辕等人的《中国文学史》，以及李家源的《中国文学思潮史》等，都涉及对中国古代文论的研究，《中国文学思潮史》关注的理论问题更多一些。日本与韩国的中国古代文论研究作为中国文学史的一部分开始，是因为近代意义上的中国文学研究与建构中国文学史密切相关，不管日本与韩国学术界有无直接的影响关系，面临的学术问题是类似的。

　　中国古代文论研究的真正起点应当是把中国古代文论作为独立的研究对象，开启这一真正序幕的学者是车柱环与车相辕，二人在编撰《中国文学史》之后就都开始了对中国古代文论的研究。二人都是在首尔大学完成了博士学位，首尔大学在中国古代文论研究中做出的贡献是极为突

---

　　①　［日］清水凯夫：《六朝文学论文集·前言》，韩基国译，3页，重庆，重庆出版社，1989。

出的。

　　车柱环的博士论文《钟嵘诗品校证》是在一系列的相关研究基础上完成的。在撰写博士论文之前，车柱环撰著了《钟嵘诗品校证(文言文)》《钟嵘诗品校证(续完)》《钟嵘诗品校证(校证补)》《钟嵘诗品古诗条疏释》《刘勰和他的文学观——文心雕龙论》《谢灵运和他的诗——以钟嵘的评论为中心》等，还译注了《诗话与漫录》，这是以译注的方式展开的研究，其中还介绍和研究了自高丽时代到李氏朝鲜时期的文学理论，这一点是在东亚中国学著作中常见的现象。另一位古代文论研究的开创者车相辕，以《中国古典文学理论》获得了首尔大学博士学位，这也是中国古代文论开创时期的重要成果。车相辕在参与编撰《中国文学史》之后，开始研究古代文论，撰写了多篇研究论文，在此基础上完成了博士论文。在博士论文之后也没有放弃研究中国古代文论。

　　韩国的中国古代文论研究以十年为一个发展阶段，20世纪70年代的主要成就是《文心雕龙》的注译，20世纪80年代的研究成就体现在各个方面，从先秦到清朝的各朝主要文论皆有研究，《文心雕龙》与《诗品》的研究占有着重要的地位。韩愈、白居易、苏轼、欧阳修和桐城派等清代文论成为研究的重点。20世纪90年代以后出现了原理论研究的倾向，主要集中在《文心雕龙》和《诗品》的原理论研究，代表性的学者主要有车柱环、车相辕、金学主、文璇奎、李炳汉、朴宰雨等，他们在各自的领域中都取得了重要的成果。在这里可以再一次看到与日本中国学界相同的现象，《文心雕龙》与《诗品》在日本学者的研究中曾经占有着特殊的地位，很多研究成果集中在《文心雕龙》与《诗品》上；韩国的中国学学者也将研究的力量集中在了《文心雕龙》与《诗品》上。我们不能认为每一位学者都受到了日本学术界的影响，但文璇奎曾经留学日本，应当是受到了日本中国学的影响。

二、东亚中国学的中国古代文论研究特征

　　东亚学者的中国古代文论既保持了汉学的特征，也具有鲜明的中国

学特征。这一方面体现在观念的变化，由于观念不同，问题意识也就会不同；另一方面也体现在方式与方法的变化，呈现了近代以前从未出现过的新的方式。

第一，从汉学到中国学是从文到文学的发展。

日本的中国古代文论研究是从汉学时代走进中国学时代的，一个代表性的变化就是从文的观念走向了文学的观念。文是汉学时代的概念，文学是中国学时代的概念，从文到文学不单单是概念的转换，实际上也是基本认识的改变。这个转变以东亚文人接受西方的文学观念为前提，西方的文学观念传入东亚，引起了革命性的变革，这不只体现在文学创作的变革，也体现在文学研究领域的变革。最先介绍西方文学与研究，最先引起变革的是日本文学史的研究，接着引起变革的是中国文学史的研究。随着中国文学史的研究变革，中国古代文论研究也发生了变革。中国文学史及其理论的研究同日本文学、西方文学的介绍和研究结合在一起，但相对迟晚一些，是在介绍西方文学、研究日本文学的基础上展开的。

日本文学是从文的概念开始的，《古事记》《日本书纪》与《怀风藻》《万叶集》《本朝文粹》《文华秀丽集》等是性质完全不同的作品，但在文的概念层面上更多体现的是共通性，《古事记》《日本书纪》是史学，但其中又含有丰富的文学作品和文学性较强的作品。《本朝文粹》《文华秀丽集》等各体文选，也体现了文的概念，选入的作品并不都是符合现今文学概念的作品。以文学概念替代文的概念是发生在明治维新之后，最早文学概念层面上的中国文论研究，是作为中国文学史的一部分开始的，不过不是出现在最初编撰的文学史。最初的日本文学史与中国文学史都经历了文的概念与文学的概念混用的阶段，在文学史中既纳入了纯文学的作品，也收入了非文学类的作品；既使用了文的概念，也使用了文学的概念。东亚最早的文学史是由三上参次、高津锹三郎写的《日本文学史》，该书出版于 1890 年。两年之后，大和田建树出版了《和文学史》，接着在1899—1900 年，又写出了《日本大文学史》。最早的中国文学史是由日本学者古城贞吉(1866—1949 年)在 1897 年写的《支那文学史》。明治三十年（1897年），几乎与古城贞吉的《支那文学史》出现的同时，还出版了藤田、田冈等编撰的十卷本《支那文学大纲》。此后，笹川临风也撰写了《支那文学史》。中国人自己编著的最早的中国文学史出现于1905年，是由京师大学堂教授林传甲编著的《中国文学史》，该书受到了笹川临风《支那文学史》的影响。中国文学史是在日本文学史的影响下产生的，在日本文学史中，文与文学的概念混在的现象，同样也存在于最早的中国文学史。在最早的文学史中没有研究各个时代的文论著作，这是文与文学的概念还没有彻底转换造成的。20世纪之后，文论著作进入了文学史家的研究视野，1909年儿岛献吉郎（866—1931年）出版了《支那大文学史》，其中设两章来研究了《诗品》和《文心雕龙》，这是日本中国学第一次探究中国文学理论。儿岛献吉郎是日本的中国文学学者，曾任京城帝国大学教授、二松学舍大学校长，他还著有《支那文学史纲》等著作。儿岛献吉郎的《支那大文学史》具有特别的意义，表明中国文论的研究从汉学时代开始走向了中国学时代。

　　京都大学教授狩野直喜（1868—1947年）是京都学派的开创者之一，他是中国学学者，主要从事思想、历史与文学的研究。狩野直喜没有研究过中国古代文论，但是在他的《中国哲学史》《支那文学史》等著作中涉及了中国古代文论的基本概念，并做了一定程度的解释。真正研究中国古代文论的学者是铃木虎雄（1878—1963年），文学理论是他文学研究的主要部分之一。他的《支那诗论史》是东亚第一本中国古代文论史的著作，也是日本中国学时代的代表性著作之一。这本《中国诗论史》是出现在日本文学史和中国文学史之后，也是出现在儿岛献吉郎《支那大文学史》之后，中国学意义上的中国古代文论研究进程是清楚的。将诗歌理论作为中国学时代的代表性著作，似乎并不具有代表性，因为无论是汉学时代还是中国学时代，诗歌一直都是最有代表性的文学文体之一，因而难于看出从汉学时代的文到中国学时代的文学的变化。无论是古代文人还是现代学者，多以诗歌的各种因素与美的关系为中心展开的，语言、风格、意象、典故等方面的研究古今相同，并无本质的变化。铃木虎雄的《中国诗论史》系统地研究了各个时代的诗论，但并不限于诗论，其中也包含了其他的文体，同时又探究了儒家以及道教、佛教的诗歌思想。这些内容无论是在汉学层面上还是在中国学层面上展开研究都不会有太大的不同。然而铃木虎雄是在文学概念层面上展开研究的，他提出了纯文学与非纯文学的研究视角，提出了文学的自觉意识之类的问题。另外，铃木虎雄的《中国诗论史》第一次采用了文学史的研究模式，将诗歌理论按照文学史的方式研究，使之成为理论史著作。这与古代文人诗话之类的著述方式完全不同，是中国古代文论研究中国学化的一部分。铃木虎雄的《中国古代文艺论史》是在《中国诗论史》之后撰写的著作，其文体范围更广。韩国的中国古代文论研究与日本中国学的研究特征相似，这是东亚中国学应当研究的一个课题。

第二，文学自觉问题的提出与研究。

日本的中国学学者在中国古代文论研究方面提出了很多问题，但影响最广的问题无疑是文学自觉意识的问题。这个问题最初由铃木虎雄提出，后来在日本学界与中国学界都产生了影响，直到今天仍有相关问题的论文。文学自觉意识觉醒的问题实际上就是文学概念的问题，也是文学本质的问题，涉及文学的诸多因素。铃木虎雄对此问题的研究价值并不在于他如何解决了这个问题，而在于提出这个问题本身。铃木虎雄并没有真正展开论述，在他看来文学自觉意识的觉醒就是认识到文学的独立性："由上可见，在魏代，有关文学的独立的评论已经兴起。"[①]铃木虎雄以为文学的独立始于曹丕的《典论·论文》，这个观点有一定的说服力。文学的自觉总是需要通过自觉的批评和理论表现出来，批评与理论是自觉的标志。曹丕的《典论·论文》既然是最早的中国文学理论文章之一，那么认为中国文学的自觉始于曹魏时期应当是比较合理的说法。不过，文学自觉意识的觉醒问题比较复杂，铃木虎雄的解释没有能够成为学术界的共同认识，反而提出了很多不同的看法。姑且不论文学概念与文学自觉意识觉醒的完整关系，即使是按照铃木虎雄所说的文学独立的说法去研究，也不是没有可以讨论的余地，难以认为曹魏时期文学获得了

---

① ［日］铃木虎雄：《中国诗论史》，许总译，39 页，南宁，广西人民出版社，1989。

独立。

　　曹丕以为"经国之大业"者是文章，而不是文学，文章与文学是完全不同的两个概念。文章的概念比文学的概念大得多，文学只是文章中的一小部分而已。曹丕没有使用文学的概念，而是使用了文章的概念。文章与经国大业确实存在着密切的关系，将文章置换为文学来理解与经国大业的关系，并不符合曹丕原来的意思。由于文章与文学的概念不同，直接将"文章，乃经国之大业"作为文学意识觉醒的标志，应该不是很可靠的说法。曹丕的《典论·论文》没有在文学独立的层面上论述文学，而是将文学与国家政治联系在一起论述的，文学的最高价值体现在国家政治，并不是体现在文学自身。文学与政治毕竟不是同一种事物，政治价值不等于文学价值，由此来看曹魏时期文学自觉的说法还是值得商榷的。也正是这个原因，铃木虎雄提出文学自觉的问题之后，很多学者参与讨论这个话题，提出了各自不同的看法，其中有中岛敏夫《关于"文学"的概念——围绕〈论语〉的"文学"展开》，石川忠久《〈论语〉中学到的"文"的思想》，等等。然而这是一个相对开放性的问题，见仁见智，无法形成定论。概念问题总是难于取得一致的看法，如果概念问题得不到彻底解决，文学自觉意识形成的看法也会变得难以确定。

　　第三，中国古代文论与日韩古代文学的密切关系。

　　中国古代文论对于日本、韩国的学者而言，并不只是置身于外的研究对象。如何认识中国古代文论，实际上也关系到日本文学与韩国文学，日韩学者的中国古代文论研究时常会涉及日本文学与韩国文学，或者日本文学与韩国文学的研究会涉及中国古代文论的基本问题。铃木虎雄提出文学自觉的问题并不是偶然，它与日本文学的传统有着密切的关系。日本文学具有与中国文学不同的传统，日本文学从一开始就具有了文学独立于政治的传统，最早的诗歌总集《万叶集》就已出现这样的倾向。虽然并非所有的日本文学作品都有这种倾向，但这的确是日本文学的传统之一。铃木虎雄是中国文学的研究者，但归根结底是日本文人，热衷于创作俳句。由于他无法脱离日本文学的传统，必然自觉或不自觉地站在日本文学的传统审视中国文学，且能敏感地意识到中国文学不同于日本文学的特征。

在中国古代文论的研究中时常可以看到日本文学的背景，东洋大学文学部教授船津富彦是诗话研究的奠基人，同时也是日本诗话的研究者。他的《中国诗话研究》是第一部研究中国诗话的专著，中国诗话与日本诗话之间存在着深刻的关系，但又存在着各自的特征，日本诗话更善于模仿性、实用性、本土化。其实有一部分中国古代文论的研究是在日本文学研究领域中发表和出版的，田中和夫《关于诗的兴》(上、中)发表于《日本文学笔记》第35期，等等。兴的问题不只是中国文学的问题，也是日本文学的问题，作为日本文学的研究成果发表并不奇怪。门胁广文的《文心雕龙的研究》是系统研究六朝文学理论的专著，受到了学术界的赞誉。甲斐胜二认为这部书是日本《文心雕龙》研究的纪念碑，起到了引导今后《文心雕龙》研究的作用。此书分为三个部分，第一部分为"文章世界的构造"，第二部分为"从文章世界的构造到文章的创作"，第三部分为"文章创作时的问题"。三个部分独立完整，但门胁广文还增设了附录，附录的标题是"江户时代以前日本对《文心雕龙》接受的历史"，梳理和研究了奈良时期至江户时期《文心雕龙》的接受历史。这一部分似乎是多余的，但其实并不多余。这一部分属于汉学，门胁广文的研究属于中国学，二者之间不仅存在从汉学到中国学的发展关系，更重要的是附录部分展示了《文心雕龙》与日本古代文学的关系。

韩国的中国学研究也有类似的现象，在中国古代文论的研究中时而会看到韩国古代文学的相关内容，在韩国古代文学的研究中也时而会看到中国古代文论的内容。李炳汉的《散见于诗话中的李朝文人文学观——通过与中国文学理论的比较》、金兴圭的《朝鲜后期的诗经论和诗意识》(1982年)是韩国文学的研究课题，但涉及了中国文学理论与《诗经》评述。产生这种现象的原因是中国古代文论融入了韩国古代文学，成了韩国文学的一部分，研究韩国古代文学时就不能不研究中国古代文论。中国学的研究一方面推进了中国文学及其理论的研究，另一方面也推进了日本文学与韩国文学的研究。其实仅仅研读日本、韩国的文学作品与文献，必然难以深入正确地研究，必须将日本文学与韩国文学置于东亚文学关系中，因为日本与韩国的古代文学是在与中国文学理论不断地交流过程中生成的。

第四，细致深入的实证研究。

日本学者的中国文论研究基本上是中国文论发展史的研究，不是文学理论本体的建构。这种性质决定了日本学者的研究必然是以还原中国古代文论为最终目标，创造新的文论不是日本学者的研究方向。追求中国文学理论的原意就免不了考释中国文论原典中的语词、典故的来源等。如果没有深入细致地研究理论文本，没有彻底清查，就难以判断哪些说法符合原典的本意，哪些说法偏离了本意。一丝一毫的疏忽都会产生偏差，细致研究是必然的要求。日本学者和韩国学者都以注译作为细读的方式，如果说注释是基础研究的方法不会有太多的争议，但是认为翻译是研究的方式，恐怕有不少争议。其实翻译并非只是简单的语言转换，这是以准确的理解为基础，很多问题的发现与解决都是在注释与翻译的过程中完成的。

日本学者斯波六郎的《文心雕龙》研究获得了学界的普遍赞扬，他的研究以精密的考证见长。1952 年斯波六郎发表了《文心雕龙范注补正》，此后还准备撰写《文心雕龙》的训诂札记，但仅作了《原道》《征圣》《宗经》《正纬》四篇，未能全部完成就逝世了。斯波六郎的《文心雕龙范注补正》对范文澜的《文心雕龙注》进行了补充和修正，对杨明照的《范文澜〈文心雕龙注〉举正》也发表了不同的看法，此文最早由中国台湾黄锦铉翻译。学界对斯波六郎研究的反应是非常强烈的，吉川幸次郎在书评《评斯波六郎〈文心雕龙原道、征圣篇札记〉》中说："钩隐发微，其为文之宏博精深，海内外久未之见。"[1]吉川幸次郎的弟子兴膳宏是《文心雕龙》的研究专家，他也高度评价斯波六郎的研究："在中国，那时像斯波氏那样对《文心雕龙》有精致研究的，仅仅是杨明照《文心雕龙校注拾遗》的旧稿与黄叔琳注的合刊(一九五一)，除此之外几乎没有值得一看的了。……我三十多年

---

① ［日］吉川幸次郎：《评斯波六郎〈文心雕龙原道、征圣篇札记〉》，见王元化编选：《日本研究〈文心雕龙〉论文集》，31 页，济南，齐鲁书社，1983。

前第一次翻译《文心雕龙》全译注（一九六八年，筑摩书房）时，只依靠旧注是不行的，自己便也尽力发掘新的典据，可好不容易找到的词句，碰到斯伯氏的著作一看，才知道已经被他指摘过了。这样的经历有许多次。"①斯波六郎的《文心雕龙》研究在中国学术界也产生了强烈反响。牟世金的《〈文心雕龙〉的"范注补正"》评价斯波六郎的《文心雕龙范注补正》："不少相当重要的出典为斯波首先提出。"②突破范文澜等中国代表性学者的成果，对中国学者而言不是简单的事情，对一个外国学者而言更是不易。

　　编制索引或引得是重要的研究基础，值得一提的是冈村繁编制的《文心雕龙索引》。我国学者朱迎平是在 20 世纪 80 年代编制了《文心雕龙索引》。冈村繁是日本卓越的中国文论研究专家，与中国学者有着广泛的学术交往，他对中国学界也产生了重要影响。冈村繁的《文心雕龙》研究受到了学术界的赞誉，这与他编制《文心雕龙索引》不无关系。在计算机数据化时代的今天，古代文献研究在一定程度上可以依赖计算机，但在还没有计算机的时代主要依赖引得或索引。引得或索引在计算机时代几乎丧失了价值，不过不能否定引得和索引曾经具有与古代文本的计算机数据化类似的功能，而且发挥过不可替代的重要作用。冈村繁研究《文心雕龙》与编制《文心雕龙索引》，主要是受到了他的导师斯波六郎的极大影响。他继承了斯波六郎的《文心雕龙》研究，也继承了斯波六郎《文选》的研究方法。由于细致深入的研究需要一定的条件，因而斯波六郎与平冈武夫、西谷登七郎、小尾郊一、白木直野等人一起编制了《文选索引》，并于 1956 年最终完成，为此油印整理了 25 五万张卡片。③ 1957—1960年，京都大学人文科学研究所排印出版了《文选索引》4 册。这是世界上第一部《文选》索引，对《文选》研究的贡献是不可低估的。

　　周密准确的译注不只是文本的语言层面的解释，还需要深入研究同

---

① ［日］兴膳宏：《斯波六郎氏的著作》，5 页，东京，创文社，2005。
② 牟世金：《〈文心雕龙〉的"范注补正"》，载《社会科学战线》，1984(4)。
③ ［日］小尾郊一：《对六朝文学的思索·序言》，1 页，东京，创文社，2004。

一时期的其他文学作品。其实斯波六郎并不是文论研究专家，他首先是《文选》研究专家，吉川幸次郎并举契冲与斯波六郎："江户的契冲，昭和的斯波"①。《文选》与《文心雕龙》不是同一类型的文献，但差不多是同一时期的文献，因而二者之间存在着一定的关系。《文选》的研究可以推动《文心雕龙》的研究，《文心雕龙》的研究也可以推动《文选》的研究。斯波六郎的《文心雕龙》研究与《文选》研究在研究方法上是相同的，他的《文选》研究也是以《文选》的注释为中心展开的。《文选书类李注引文考证》（一、二），《关于文选集注》和《李善文选注引文义例考》，等等，都倾力研究了注释。1942 年，斯波六郎以《〈文选〉李善注所引〈尚书〉考证》获得了博士学位。还原是实证研究的基本目标，斯波六郎博士论文的基本目标就是还原李善注的本来面目。斯波六郎的《对六朝文学的思索》是遗稿集，也是在注释与索引基础上深入研究的成果。韩国学者也是把译注作为主要的研究方式之一，甚至作为研究的前提与基础，这与日本学界的研究方式完全相同。注译其实不只是简单地解释字词，实际上是全面研究文学文本的基本方式。

　　本书的体例并不统一，日本部分选择性地研究了 20 世纪具有代表性的学者，韩国部分主要采用了概述的方式。日本学者往往喜欢选点深入，不大会展开全面宏观的研究。韩国学者则喜欢全面的宏观研究，选择相对宏大的题目。这样的体例是为了较好地体现日本与韩国学者的研究方式。

---

①　［日］斯波六郎：《对六朝文学的思索》，695 页，东京，创文社，2004。

第一章　铃木虎雄与《中国诗论史》

铃木虎雄(1878—1963 年)在日本中国学界地位极高，现代著名中国学家青木正儿、吉川幸次郎、小川还树都出其门下。他的学术成就是多方面的，在中国文学研究中，他对中国文学史的各个阶段和各种形式的文学都有专著或专文论及。他不仅整理介绍了大量的中国文学精华，而且在诸多领域做出了开拓性的贡献，尤其是《中国诗论史》，作为文学批评史的开创之作，更为日本中国学界所推崇。本章以《中国诗论史》一书为核心，分别从"周汉诸家的诗说""魏代文学自觉说""格调说、神韵说、性灵说"三个部分重点论述铃木虎雄关于中国古代文论的研究成果。

一、周汉诸家的诗说

铃木虎雄在《中国诗论史》的开篇第一章就这样讲道："中国上古时代的诗论，由于没有文献可征，所以难以了解详情，即使是有文献可查考者，也恐怕不能算作真正的诗歌理论。任何理论都是建立在大量的现象材料基础之上的，因而诗歌理论只能产生于民族文化得到较大的发展之后，在中国，也就是魏晋以后。"[①]所以在本书中，铃木虎雄关于周汉诸家诗说的论述占了很少的篇幅，只对其加以粗略的描述。但基于铃木虎

---

① 　[日]铃木虎雄：《中国诗注史》，许总译，3 页，南京，广西人民出版社，1989。

雄《中国诗论史》研究的开创性地位，他先期性的研究无形之中会给后学研究带来一定的影响，所以拟取其有争议的个别观点进行分析和探讨。

(一)诗言志说

铃木虎雄在论述尧舜及夏殷时代的诗论时，举出了《尚书·舜典》记载的一段话："帝曰：夔！命女典乐，教胄子。直而温，宽而栗，刚而无虐，简而无傲。诗言志，歌永言，声依永，律和声，八音克谐，无相夺伦，神人以和。"

铃木虎雄指出：在舜的时代，"志"为广义的"在心为志"①。对于铃木的此种说法，以下关注的主要有两点：第一，把《尚书·舜典》作为尧舜时代的诗歌评论；第二，认为此时的"诗言志"为广义的"在心为志"。

关于第一点，即把《尚书·舜典》作为尧舜时代的诗歌评论，这点是不恰当的。近代学者多以为《尚书》编定于战国时期。当然，书的编订年代一般晚于产生时代，但是只根据《尚书·舜典》的内容来看，在尧舜时代也无法产生如此进步的思想。例如，铃木虎雄的学生青木正儿在《周汉的音乐思想》一文中，根据对《虞书》中音乐思想的考证，得出《虞书》成书于《诗经》之后的战国时代。而《舜书》出自《虞书》，自然也产生于战国时代。首先，青木正儿举出了三种《虞书》中可以看到音乐思想的文献，有：

①帝曰："夔！命女典乐，教胄子。……诗言志，歌永言，声依永，律和声。八音克谐，无相夺伦，神人以和。"夔曰："於！予击石拊石，百兽率舞。"(《舜典》②)

②子欲闻六律五声八音，在治忽，以出纳五言。(《益稷》)

③夔曰："戛击鸣球搏拊琴瑟以咏，祖考来格。虞宾在位，群后德让，下管鼗鼓，合止柷敔，笙镛以间，鸟兽跄跄，箫韶

---

①　[日]铃木虎雄：《中国诗论史》，许总译，4页，南宁，广西人民出版社，1989。

②　《舜典》是记叙舜的事迹的书。本篇伏生本、郑玄本、王肃本都合在《尧典》，晋元帝时梅赜所献的古文尚书也没有《舜典》。分《尧典》为两篇，是元帝以后的事。

九成，凤皇来仪。"夔曰："於！予击石拊石，百兽率舞，庶尹允
谐。"(《益稷》)

之后青木正儿指出："这与《诗经》相比，在思想上不能不说是一种进
步。上边所举的三段都是《虞书》即记载尧舜时代事迹的记录中见到的。
然而把它们当作舜时代的思想则是没有根据的。我们认为《虞书》可以看
作大约是战国时期儒家的拟作。仅就上边关于音乐的记载来看，我们便
可发现比《诗经》更为新颖的时代思想。"①接着青木正儿对其进行了合理
的推理和论证，其论证如下。

例①《舜典》中所谓的"诗言志"这句话，其论法竟是这样有组织的抽
象的理论。这种理论在《书经》中最足信任的《周书》中却没有见到，我们
据此来考虑，则必须看作比《周书》更为进步的后代人的记载了。

例②《益稷》上有"六律五声八音"一语。所谓六律应该说是六律六吕
(十二律)，作为其代表名称才只举了这六律，这是自后汉郑玄以来的儒
者们没有异议的。我认为如此发达之乐理是在战国以后出现的，因为把
十二律分为六律六吕是受了自战国时代开始流行的阴阳思想的影响，因
此《益稷》的记载也是战国时代的思想。

例③上有曰："戛击鸣球，搏拊琴瑟以咏，祖考来格。"(鸣球是玉磬，
祖考是祖先或亡去之父)这话是说用演奏磬及琴瑟这些乐器来祭祀祖先。
而《诗经》中祭祀祖先的惯例是用管乐而不是用弦乐。这种和《诗经》的差
异，不正是在古乐已经亡佚的战国时代，儒家拟作此书之时没有留意旧
的习惯，但求文章上的花样而任意配以乐器所造成的吗？并且孔子以后
的儒家之徒有注重弦歌即弦乐的迹象，像上文这样先叙述琴瑟后配以管
箫的说法，也许是来自这种习惯的吧！②

由此，青木正儿推定《虞书》成书于战国时代，他的说法是令人信服

---

① 　[日]青木正儿：《中国文学思想史》，孟庆文译，171 页，沈阳，春风文艺出版社，
1985。

② 　据[日]青木正儿：《中国文学思想史》，孟庆文译，170~172 页，沈阳，春风文艺出
版社，1985。

的。不仅日本学者有如此的看法，国内学者的看法也与其相一致。罗根泽也从声律的角度对《尚书·虞书》中"诗言志，歌永言，声依永，律和声"的成书年代做了质疑。他认为："声律的起源很晚，自然不能认为是尧舜时代之说。"① 朱东润认为《虞书》所说的虞舜之言"所托虽古，实不足信。求古人之言论，要不出春秋以来……今日吾人所读之古籍，《诗》《书》《春秋》，皆此时期以来之产物也"②。朱自清指出："《尧典》，据考证是战国时人作的。"③ 张少康认为"《尚书·尧典》晚出，大约是战国时写成的，所记舜的话自然是不可靠的"④。王运熙、顾易生的《中国文学批评史》也认为，"《今文尚书·尧典》说：'诗言志，歌永言，声依永，律和声。'这自然不能想念是上古时代的文献。"

综上所述，《尚书·舜典》被大多学者认为成书于战国时代。所以，铃木虎雄把《尚书·舜典》作为舜时期的文论是不稳妥的，因为即使文论的某些方面再现了舜的时代的生活和思想，但是作为战国时期的创作，这些文论不免又掺杂有战国时期人们较为进步的思想观念，不能视为纯粹的舜时代的文论。那么，《尚书·舜典》中的"诗言志"之说是属于战国时期的创造呢，还是只是战国时期人们对尧舜时代思想的总结和概括呢？

根据目前已知的文献资料，"诗言志"最早出现于战国时代的文献。目前文献资料有两处最早提到"诗言志"，二是《尚书·尧典》，二是《左传·襄公二十七年》，前者已证实其不可信，故多认为后者较为可信。《左传·襄公二十七年》有"文子告叔向曰：'伯有将为戮矣。诗以言志，志诬其上，而公怨之，以为宾荣，其能久乎？幸而后亡。'"襄公二十七年乃公元前 546年，大约是春秋末战国初期，所以"诗言志"的提出大约是在战国时期。而到战国中期"诗言志"已是一个普遍的观念。例如，《庄子·天下篇》中说："诗以道志。"《荀子·儒效》云："《诗》言是，其志也。"

虽然"诗言志"一语最早记载于战国时期的文献，但是尧舜时代已经

---

① 罗根泽：《中国文学批评史》，33 页，上海，上海古籍出版社，1984。

② 朱东润：《中国文学批评史大纲》，4 页，上海，上海古籍出版社，2001。

③ 朱自清：《中国文学批评研究讲义》，2 页，天津，天津古籍出版社，2004。

④ 张少康：《中国文学理论批评史》（上），20 页，北京，北京大学出版社，2005。

孕育了"诗言志"的思想，所以，铃木虎雄把《尚书·舜典》作为舜时代的文论也有一定的合理性。《尚书·尧典》云："诗言志，歌永言，声依永，律和声，八音克谐，无相夺伦，神人以和。""诗言志"一语中"志"的所指并不明确，但从"神人以和"一语可见出"志"中含有着浓厚的宗教祭祀的因素。

　　"诗言志"的含义并不是固定不变的，而是在不同的时期有其不同的含义，而且一直在向前发展和完善。按照"诗言志"不同时期发展阶段的特点，朱自清把"诗言志"说划分为以下四个时期："第一个时期，献诗陈志。……第二个时期，赋诗言志。……第三个时期，教诗明志。……第四个时期，作诗言志。"①朱自清的论述并不从"诗言志"这一概念提出的时代开始论述，而是根据史实的记录，从诗产生之日起开始推测和判定人们作诗的目的和意图，这是不错的。但是朱自清把周王朝的"献诗陈志"即"王使公卿献诗以陈其志"作为"诗言志"的第一阶段，并不十分妥当。在舜的时代，虽然没有产生"诗言志"这一术语，但是也孕育了"诗言志"的最初内涵：诗是一种人们与神明的沟通的方式。这大概也可以看作"诗言志"发展的第一个阶段。

　　关于第二点，即铃木虎雄认为舜的此番言论说明"作为音乐所歌咏的内容的语言形式的诗是人的心志的表现。志的涵义，按照后世解释，广义的是所谓'在心为志'，狭义的则指按照一定的方向发展的思想。在舜的时代，大概是指如前所说的没有特定目标的广义的产生于心中的各种心理现象。如此看来，诗作为记述浮现于心灵的现象的范围是没有限制的。后人引用此语，亦大多作如此解。"②铃木虎雄的阐释是否正确呢？

　　按照铃木虎雄的解释，"广义的'在心为志'"就是指"没有特定目标的广义的产生于心中的各种心理现象"，是指"诗作为记述浮现于心灵的现象的范围是没有限制的"。张少康先生的解释与此相类似，他认为"志"即"心"；"心"借助语言来体现，即为"志"。"志"也有"情"的因素，因为

---

① 朱自清：《中国文学批评研究讲义》，3～9页，天津，天津古籍出版社，2004。

② ［日］铃木虎雄：《中国诗论史》，许总译，3～4页，南宁，广西人民出版社，1989。

"情"亦是蕴藏于心的。所以"诗言志"应当是指"诗乃是人的思想、意愿、情感的表现，是人的心灵世界的呈现"。① 铃木虎雄所谓"狭义的则指按照一定的方向发展的思想"大概是指强调诗歌的政治性诉求而忽视诗歌其他功用的片面的"诗言志"说吧。但是铃木对"诗言志"的解释过于简单，没有揭示出"诗言志"内涵的发展和变化过程。其实，"诗言志"内涵的演变是由狭义到广义的过程。由最初的"神人沟通"到"反映时政"到"抒发情感"到"在心为志"，含义是不断丰富且更具有包容性的。与铃木虎雄简单的论述相比，朱自清对于"诗言志"含义演变过程的阐释更为完备，虽然朱自清对"诗言志"含义的阐释还没有溯源到尧舜时期，即"神人沟通"的时期，但朱自清对"神人沟通"时期之后几个时期的叙述相当经典。朱自清把"诗言志"说划分为四个时期。第一个时期，献诗陈志。《诗·卷阿》篇《毛传》言："明王使公卿献诗以陈其志。"所谓"献诗陈志"，是陈己之志。古代诗歌未分，君主的乐队一方面自己编歌，另一方面采集民歌，当时作用只为娱乐。但后来的战国人把春秋理想化，以为古代采诗是为了明民病，臣子以歌规谏君主，而君主以歌警惕自己。所以，献诗陈志，据战国人所想，所陈的"志"都是与政教有关的。第二个时期，赋诗言志。春秋时各国交往，使臣常赋诗。赋诗往往断章取义，所言之"志"是关系教化、政治的。例如，《左传·襄公二十七年》中郑伯见晋赵文子，截取《野有蔓草》中的一段表示自己的欢迎之意。第三个时期，教诗明志。春秋末，礼崩乐坏，君主权旁落于大夫。孔子开始收集旧歌，期望扭转世风，恢复周礼。孔子特别重视诗的教化作用，认为读诗可以事父、事君。虽说可多识于草木之名，但这点并不重要。在孔子与学生讨论"巧笑倩兮，美目盼兮，素以为绚兮"时，诗文中是说一个美貌女子的，孔子却说"绘事后素"及"治国礼后"，完全断章取义了。"思无邪"亦是重教化。第四个时期，作诗言志。诗之有作者，起于战国时。荀子之《佹》是第一篇有作者的诗歌。与荀子同时的屈原亦露面。虽表示个人失志，但所言之

---

① 张少康、刘三富：《中国文学理论批评发展史》（上），8页，北京，北京大学出版社，2011。

志亦与政教有关，因为他们说到个人还是为国家。后来，特别是东汉以来，赋中言志的很多，都是一方面表示个人，另一方面却是关及政教，言一己穷通及国政得失的。

综合以上两点所述，铃木虎雄把《尚书·舜典》作为舜时代的诗歌评论而加以解析是不恰当的。而且铃木虎雄对"诗言志"含义的解释过为简单化，没有注意到"诗言志"含义的发展和变化的过程。这不能不说是其论著的一个瑕疵。

(二)思无邪说

铃木虎雄认为孔子诗学观在以下一句话中表现得最为明了，"子曰：诗三百，一言以蔽之，曰思无邪(《论语·为政篇》)。"①接着铃木虎雄分别引用了包咸、程子、朱子对"思无邪"的注解："包咸解曰'归于正'，程子曰'思无邪，诚也'，朱子曰'凡诗之言，善者可以感发人之善心，恶者可以惩创人之逸志，其用归于使人得其情性之正而已'。"②之后，得出自己的结论："所谓邪，是与正相对而言的。视无邪为正、为诚，是妥当的。"③铃木虎雄不赞同朱子对"思无邪"的注解，认为：虽然"'思无邪'与'得其情性之正'几乎同义，但是，'其用归于使人'六字……朱子执此一端，则不免过于偏狭，实际上，'思无邪'三字既可以之说明作者的心理状态，又兼为对诗的总体评价。即使是淫奔之诗，论其性情时，也有卖弄骚情与热诚恋情之间的差别，孔子斥其伪者而存其诚者，故而仍存有郑卫之诗。由此可见，孔子论诗，并不似后世儒者的道德论那样偏狭。……读了思无邪的诗篇之人达到温柔敦厚的境界，是孔子所希望的，但是，这种诗教的效果是间接的。总的说来，在孔子那里，诗并未被当作直接的伦理教训的工具。"④

① [日]铃木虎雄：《中国诗论史》，许总译，15页，南宁，广西人民出版社，1989。
② [日]铃木虎雄：《中国诗论史》，许总译，15页，南宁，广西人民出版社，1989。
③ [日]铃木虎雄：《中国诗论史》，许总译，15页，南宁，广西人民出版社，1989。
④ [日]铃木虎雄：《中国诗论史》，许总译，15～16页，南宁，广西人民出版社，1989。

对此，需要明确的是，铃木虎雄立论的背景为赞同"孔子删诗说"。虽然这一说法得到了大多数学者的质疑，认为孔子虽然对《诗经》的完善、传播和保存做出了巨大贡献，但是他未曾删诗。《诗经》的最后删选编订者应该是周朝的乐官。[①] 在此对"孔子删诗与否"暂且不予讨论，只是指出铃木虎雄的立论背景，让读者明白其推论进行的过程。铃木虎雄推论过程图如下：

去除→卖弄骚情（伪）
郑卫之诗"思无邪"→保存→热诚恋情（诚）｝郑卫之诗

由上可知铃木虎雄的推论过程：因孔子以"思无邪"之标准论诗故而孔子存有郑卫之"热诚恋情"之诗，由此可见"在孔子那里，诗并未被当作直接的伦理教训的工具"。[②] 可以看出，铃木虎雄认为"思无邪"是孔子预设的选诗标准。他认为孔子"存有郑卫之诗"是因为"即使是淫奔之诗，论其性情时，也有卖弄骚情与热诚恋情之间的差别，孔子斥其伪者而存其诚者"。[③] 但在探讨孔子删诗说之时，在解释像郑卫之诗那种所谓淫奔之作得以保留下来这一现象的原因时，又认为孔子删诗是以"合乎礼义"为取法准则，由此衡量诗歌的文辞意义，将那些妨碍道德风化的诗歌剔除出去，如孔子有"放郑声，远佞人，郑声淫，佞人殆"（《论语·卫灵公》）。

---

①　宋代以朱熹为代表的一批学者更是明确打起了反对删诗说的旗号，在学术上产生了重大影响。之后反对"删诗说"的阵营逐渐扩大，有郑樵、吕祖谦、叶适、朱彝尊、王士祯、赵翼、崔述、魏源、方玉润等人。现代的主要反对者是梁启超、胡适、顾颉刚、钱玄同等人。例如，朱东润也认为："《诗》三百五篇之结集，大约在孔子之前，当时朝聘盟会，以赋《诗》为常事，乐工肄习，亦自有其通行之本。此三百五篇之《诗》，殆其时统治阶级咏歌之作，而乐工之所通习者也。此三百五篇之本，因流行于各地，篇幅章句之同。容有异同，按之古籍，尚可得其端倪。然其大数，要必不异，故孔子言《诗》三百，墨子亦言《诗》三百，至于篇章之异者，亦不多见，则当时之有通行本可知矣。"朱东润认为在孔子之前，《诗》已经有了通行本，并不待孔子对其进行删减。

②　［日］铃木虎雄：《中国诗论史》，许总译，16 页，南宁，广西人民出版社，1989。

③　［日］铃木虎雄：《中国诗论史》，许总译，15～16 页，南宁，广西人民出版社，1989。

但是孔子的襟怀也是宽大的，所以他保留了部分郑卫之诗，目的是为了让国君了解民俗，使民众能宣泄下情。

据上可知，在论述孔子"存郑卫之诗"的原因时，铃木虎雄给出了互相矛盾的答案。其一为"思无邪"的选诗观，即"孔子斥其伪者而存其诚者"。说明"孔子论诗，并不似后世儒者的道德论那样偏狭"，"在孔子那里，诗并未被当作直接的伦理教训的工具"；其二为"视其足以了解民情的成分，以决定保存与否"①的选诗观。说明孔子主要是把诗当作伦理教训的工具。那么，在孔子眼里，诗是被看作"诗"本身来看待呢，还是只是作为伦理教训的手段呢？

铃木虎雄在该书第四章谈及"孔子及孔门诸子论诗"之时，举了孔子论诗的多个例子，如《论语·八佾》有"子夏问曰：'巧笑倩兮，美目盼兮，素以为绚兮'何谓也？'子曰：'绘事后素。'曰：'礼后乎？'子曰：'起予者商也，始可与言《诗》已矣。'"师生讨论的是《诗经·卫风·硕人》篇中诗句的理解。原诗写的是高大女子（或说为庄姜）的美丽容颜，笑态可掬，眉眼传情。"素以为绚兮"一句，不见于今存《诗经》，是逸诗。原义近似不加妆饰而光彩照人，有一种天生丽质。孔子却说是"绘事后素"，从字面去理解，拿绘画作譬喻。朱熹《集注》解释说："绘事，绘画之事也；后素，后于素也。《考工记》曰：'绘画之事后素功。'谓先以粉地为质，而后施五采，犹人有美质，然后可加文饰。"②意即绘事后于素。这已经曲解了逸诗原意了，子夏更进一步将"素"附会为"礼"，说"礼后乎"，大受孔子的夸奖。因为子夏的附会正合孔子礼治的思想，一切以礼为基础，即所谓"不学礼，无以立"（《论语·季氏》）。所以，铃木虎雄认为："按照孔子对诗的解释，诗的原意的其他方面都被套上政教方面的特殊含义。"③这恰恰又是孔子把诗当作伦理教训工具的明证，是对自己"诗并未被当作

----

① 　[日]铃木虎雄：《中国诗论史》，许总译，10 页，南宁，广西人民出版社，1989。

② 　(宋)朱熹撰：《四书章句集注　论语集注卷二　八佾第三》，63 页，北京，中华书局，1983。

③ 　[日]铃木虎雄：《中国诗论史》，许总译，17 页，南宁，广西人民出版社，1989。

直接的伦理教训的工具"①论述的反驳。

　　铃木虎雄的论述出现自相矛盾之处，关键在于他对"思无邪"之解出现了偏差。铃木虎雄认为孔子选取了富含"热诚恋情"的郑卫之诗，体现了孔子以诚实、真挚为原则的选诗和评诗标准。那么，事实又是怎样的呢？孔子称郑卫之诗为"乱世之音也"（《礼记·乐记》），曾对颜回说："放郑声，远佞人，郑声淫，佞人殆"（《论语·卫灵公》）。孔子解诗都套上政教方面的含义，如解读"唐棣之华，偏其反而。岂不尔思，室是远而"（《论语·子罕》）之诗时引申其为"仁远乎哉？我欲仁，斯仁至矣"（《论语·述而》）显然是为说教而穿凿附会的产物。孔子如果认为"思无邪"以"诚"为核心，并且按照"诚"来选取诗篇，那么他解诗也应该本着"诚"的态度还原诗的真实内涵，但是他一味歪曲诗意来宣传自我主张的做法又何来其"诚"？所以，他这样解释是行不通的。那么，"思无邪"该如何理解？铃木虎雄指出"'思无邪'三字原为《鲁颂》駉篇的一句"②，但他对此没有进行释义，让读者无法得知"思无邪"辞义的演变过程。在此方面做得好的有林东海先生，他的《说"思无邪"》一文通过考察自《诗经》产生到战国时代"邪"字含义的演变过程，据此考定孔子"思无邪"的真实内涵。林东海先生查找了《诗经》中出现的"邪"字，发现共有三处，即《诗经·鲁颂·駉》《诗经·邶风·北风》以及《诗经·小雅·采菽》，接着具体分析了"邪"字的释义，认为"《诗经》中三处'邪'字的运用，都是状写自然形态的"。之后列举了《左传·桓公二年》《左传·隐公十一年》中"邪"字的释义，指出到了"春秋后期，'邪'字的运用，已由表现自然形态进而用以表达观念形态，引申其'斜'义与'正'对举，意识形态便有了'邪'与'正'之分。……春秋后期，'邪'字才被引入意识形态领域，以表达非纯正的道德政治。"通过对"邪"释义演变的考察，林东海先生认为"从文学语言的发展看，孔子是有可能借用'邪'字来表达观念中非纯正之意的"③。林东海

　　①　[日]铃木虎雄：《中国诗论史》，许总译，16页，南宁，广西人民出版社，1989。

　　②　[日]铃木虎雄：《中国诗论史》，许总译，15页，南宁，广西人民出版社，1989。

　　③　林东海：《说"思无邪"》，载《文史知识》，2010(1)。

先生对孔子"思无邪"做的意识形态化的理解是有道理的。

综上所述，可以认为铃木虎雄把"思无邪"解释为"诗之诚"是不恰当的，这样就淡化了孔子诗学观的道德色彩，不符合孔子一贯的解诗风格，而铃木虎雄也不能自圆其说。孔子作为儒家学派的创始人，更为看重的是诗歌的道德训诫之义，诗歌只是宣扬其教义的手段和工具。《诗》三百中的"无邪"之作与"有邪"之作共同担当起了"劝善惩恶"的伦理教化作用，其终极目的在于"使人得其情性之正"。

二、魏代文学自觉说

在中国学界，铃木氏的六朝文学以及文学理论研究最为知名，如《中国诗论史》《赋史大要》，在日本出版不久后就有汉译本，其中《中国诗论史》在出版后的当年就被鲁迅购得，此书中的"魏代——中国文学的自觉期"的学说给当时及以后的国内外学界以很深的影响。由于学者们理解的多样性，此说一产生即引发了诸多的争议。下面试对该说进行梳理和分析，力求还原铃木虎雄"魏代文学自觉说"的本义，并对其做出恰当的评价。

（一）铃木虎雄的"魏代文学自觉说"

铃木虎雄提出"魏代文学自觉说"，他认为的理由有以下两点。

第一，铃木虎雄在论述"周汉诸家的诗说"的开篇就首先强调："中国上古时代的诗论，由于没有文献可征，所以难以了解详情，即使是有文献可查考者，也恐怕不能算作真正的诗歌理论。任何理论都是建立在大量的现象材料基础之上的，因而诗歌理论只能产生于民族文化得到较大的发展之后，在中国，也就是魏晋以后。"[①]由此可知，铃木虎雄认为理论只能产生于文化大发展之后，所以直到魏晋才出现了诗论。

何谓"诗歌理论只能产生于民族文化得到较大的发展之后，在中国，

---

①　[日]铃木虎雄：《中国诗论史》，许总译，3 页，南宁，广西人民出版社，1989。

也就是魏晋以后"? 接下来将重点对此加以探讨。

首先值得我们注意的是铃木虎雄对文化发展与诗歌理论关系的论述。他认为诗歌理论只能产生于"民族文化得到较大的发展之后",强调文化的繁荣是诗歌理论产生的基础和必要条件。关于诗论产生于"民族文化得到较大的发展之后",应该是指魏晋之前文化的积累已经到达一定程度,为魏晋诗论的发展做好了铺垫。例如,铃木虎雄这样评析后汉的文学与文论:

> 在后汉的时代,辞赋与前汉同样流行,五言诗大为兴盛,散文则呈现骈体化而与辞赋相接近,可谓文运隆盛。但是,在这些文体兴盛之始,有关对这些体裁的文学的议论却几乎没有。而纯粹的文学意义上的议论的兴起,无疑在于后汉之末、魏代之初。①

于此,铃木虎雄肯定了汉代的"文运隆盛",并且认为魏晋之前的文学已经得到了较大发展。他指出了文化发展与诗论发展的不平衡性,即诗论发展滞后于文化的发展,经过汉代的"文运隆盛"之后直到魏晋才出现了"纯粹的文学意义上的议论"。当然,在魏晋时代,中国文学也进入了高度繁荣期。韩泉欣也认为:"文学创作的繁荣始终是文学理论批评发展的基础和动力。"这一时期,"作家蜂起,作品繁复,而兴起集部编纂之风;从魏晋到齐梁,我国古代文学的主要形式体裁趋于定型和成熟,尤其是诗赋创作有长足的发展"②。在有了如此丰富的文学铺垫之后,专门的文论便呼之欲出了。

我们要特别注意铃木虎雄的此番表述,他认为"诗歌理论"产生于"魏晋以后"的同时并不否认前代文化已经得到发展的事实。

---

① ［日］铃木虎雄:《中国诗论史》,许总译,34 页,南宁,广西人民出版社,1989。

② 李壮鹰、李春青:《中国古代文论教程》,111～167 页,北京,高等教育出版社,2005。

第二，铃木虎雄指出了魏晋之前文学重视道德内涵甚于文学本身的事实，他说："通观自孔子以来直至汉末，基本上没有离开道德论的文学观，并且在这一段时期内进而形成只以对道德思想的鼓吹为手段来看文学的存在价值的倾向。如果照此自然发展，那么到魏代以后，并不一定能够产生从文学自身看其存在价值的思想。因此，我认为，魏的时代是中国文学的自觉时代。"①接下来，铃木虎雄指出"魏的时代是中国文学的自觉时代"的根据，他认为有关文学的议论自曹丕及其弟曹植始，并对两人的文论进行了解析。

曹丕《典论·论文》有云："盖文章，经国之大业，不朽之盛事。年寿有时而尽，荣乐止乎其身，二者必至之常期，未若文章之无穷。是以古之作者，寄身于翰墨，见意于篇籍，不假良史之辞，不托飞驰之势，而声名自传于后。故西伯幽而演《易》，周旦显而制《礼》，不以隐约而弗务，不以康乐而加思。"铃木虎雄认为"《典论》中最为可贵的是其认为文学具有无穷的生命"②，"其所谓的'经国'也恐非对道德的直接宣扬，而可以说是以文学为经纶国事之根基"③，"以文学为经纶国事之根基"是指文章是关乎经邦治国的伟大功业。铃木虎雄认为曹丕最关切的是借"经国之大业"来抬高文学的地位，而非宣扬文学必须关乎"经国"之内容；是为了肯定文学的价值，而非强调文学的道德内容。

为什么这样说呢？

首先要澄清铃木虎雄所指"文学"的范畴。曹丕"盖文章，经国之大业，不朽之盛事"是指"文章"而言，铃木虎雄用"文学"来置换"文章"，可知在他眼里，这两者的范畴是一致的。事实是不是如此呢？先来分析曹丕文章之范畴。

曹丕在宣扬文章"不朽之盛事"之时，用两个事例来证实。"西伯幽而演《易》，周旦显而制《礼》"，是讲周文王遭到幽禁时而推演《周易》，周公

---

① 　[日]铃木虎雄：《中国诗论史》，许总译，37页，南宁，广西人民出版社，1989。
② 　[日]铃木虎雄：《中国诗论史》，许总译，37页，南宁，广西人民出版社，1989。
③ 　[日]铃木虎雄：《中国诗论史》，许总译，38页，南宁，广西人民出版社，1989。

且显贵时不忘制定《周礼》,《周易》和《周礼》属于儒家经典,是被排斥于纯文学之外的。曹丕在《典论·论文》中还提到"融等已逝,唯干著论,成一家言",是讲孔融等人已经去世了,唯有徐干著有《中论》(二十余篇),成一家之言。那么被曹丕标举"成一家言"的《中论》是一部什么著作?《中论》是一部政论性著作,系属子书,其意旨"大都阐发义理,原本经训,而归之于圣贤之道"①。据此可知,《中论》属于诸子学说,也不属于纯文学范畴。所以,曹丕的"文章"概念属于古时传统的杂文学观念,迥异于如今的纯文学观。

那么铃木虎雄的论述是不是也建立在古时的杂文学观之上呢?还是他把曹丕的杂文学观误解为如今的纯文学观了呢?以下将从四个方面来说明铃木虎雄所指的"文学"其实就是指古时的杂文学。

其一,铃木虎雄认为《典论》中"所谓的'经国'也恐非对道德的直接宣扬,而可以说是以文学为经纶国事之根基"②。在此要十分注意铃木虎雄的措辞,"恐非对道德的直接宣扬",就是指出曹丕文论不以宣扬道德为直接目的,并没有否定曹丕文论的道德属性。"以文学为经纶国事之根基"则是为了借"经国之大业"来提升文学的独特价值。所以,他的论述并没有把曹丕的杂文学观误解为纯文学观。

其二,《典论·论文》云:"夫文本同而末异,盖奏议宜雅,书论宜理,铭诔尚实,诗赋欲丽。此四科不同,故能之者偏也;唯通才能备其体。"铃木虎雄认为"在《典论》中,曹丕根据文学作品的各种文体说明其各自追求的主要目标是各不相同的","这是根据不同的文体说明其归趣之异"③。"奏议""书论""铭诔""诗赋"都被他认为属于"文学作品",只是"不同的文体"之异。这也说明了铃木虎雄所谓文学观是基于古时的杂文学观之上的。

其三,铃木虎雄指出:"曹丕著有《典论》一书,其中有对同时作家孔

① 　徐干撰,孙启治解诂:《中论解诂》,404页,北京,中华书局,2014。
② 　[日]铃木虎雄:《中国诗论史》,许总译,38页,南宁,广西人民出版社,1989。
③ 　[日]铃木虎雄:《中国诗论史》,许总译,38页,南宁,广西人民出版社,1989。

融、陈琳、王粲、徐干、阮瑀、应场、刘桢的评论，其在《与吴质书》中也有对除孔融以外的其他六家的评论。评论之道即自此而盛。"①我们知道《典论·论文》中的文学评论属于古时的杂文学评论，如《典论·论文》云："琳、瑀之章表书记，今之隽也。"这是把"章表书记"纳入文章范畴加以评论。所以，铃木虎雄所谓"评论之道即自此而盛"是指杂文学观念之下广义的文学评论。

其四，曹植《与杨德祖书》云："若吾志不果，吾道不行，亦将采史官之实录，辩时俗之得失，定仁义之衷，成一家之言。虽未能藏之于名山，将以传之同好。"②铃木虎雄认为："曹植似乎志向不在文笔，而欲直接建立勋业，只是若勋业不成，才退而著书以成一家之言。但是，细察曹植生平及思想，这实为其激愤之言。"③从曹植"将采庶官之实录，辩时俗之得失，定仁义之衷，成一家之言"的文学志向可以看出，曹植的文学观属于杂文学观。铃木虎雄举其例来说明曹植对文学的重视，实际上也说明他的文学观也属于杂文学观。

由此可知，铃木虎雄所指的文学是指杂文学。他用"文学"置换曹丕的"文章"概念容易使读者误认为他所指的文学是纯文学，但是用"文学"这一称谓来指曹丕的"文章"也是有其合理性的。古时的"文章"与"文学"所指范畴一致，都是指文章博学，有别于如今的纯文学观。例如，《论语·先进》有"子曰：从我于陈、蔡者，皆不及门也。德行：颜渊，闵子骞，冉伯牛，仲弓。言语：宰我，子贡。政事：冉有、季路。文学：子游、子夏。"宋代学者邢昺在《论语注疏》中对这段话进行了注解，他认为："言若任用德行，则有颜渊、闵子骞、冉伯牛、仲弓四人；若用其言语辩说以为行人使适四方，则有宰我、子贡二人；若治理政事，决断不疑，则有冉有、季路二人；若文章博学，则有子游、子夏二人也。"④在此，邢昺理解的"文学"就是指"文章博学"。

---

①　[日]铃木虎雄：《中国诗论史》，许总译，37页，南宁，广西人民出版社，1989。

②　严可均校辑：《全上古三代秦汉三国六朝文》，1140页，北京，中华书局，1958。

③　[日]铃木虎雄：《中国诗论史》，许总译，39页，南宁，广西人民出版社，1989。

④　何晏等注、邢昺疏：《论语注疏》，95页，上海，上海古籍出版社，1990。

综上所述，铃木虎雄认为曹丕、曹植的文论开启了"文学"自觉的时代，是为了肯定他们对"文学"价值的发现以及创作首篇"文学"评论的功绩，但此"文学"非我们现时所指的"纯文学"，而是指彼时的"杂文学"。曹丕对"文学"价值的发现以及创作首篇"文学"评论表明了他对广义文学价值的发现和重视，而非发现和重视纯文学的价值。

那又如何理解铃木虎雄的魏代以后"产生从文学自身看其存在价值的思想"的看法呢？这岂不是和曹丕文论的道德属性自相矛盾？其实，在铃木虎雄看来，二者并不矛盾。铃木虎雄的主张其实不在于文学是否体现道德，而在于文学本身是手段还是目的，即文学是体现道德的手段还是文学本身才是目的，而道德只是文学的一项附属功能。

文学的属性之一即为道德属性，就像张哲俊所说的那样："如果从中国文学史的主流来看，文学很少被看成纯粹是美的现象，更多情况下文学是与政治、社会联系在一起……政治性、社会性是中国文学的基本特征。"①所以，文学历来就有社会批评的功能，对于道德思想的鼓吹也是"文学自身"的价值之一。就像上文所论述的，铃木虎雄举曹丕"盖文章，经国之大业"一段话为例，说其所谓"经国"，"恐非对道德的直接宣扬"②，他也承认文学对道德间接宣扬的功能，并不否认文学的实用价值。铃木虎雄之所以把曹丕"盖文章经国之大业，不朽之盛事"作为"魏晋文学自觉"的分水岭，是因为曹丕不把文学看作"经国之大业"的手段，而指出文学是"经国之大业"的根基，文学本身即为目的，而不再是附庸。邹旻也指出："从铃木虎雄在《中国诗论史》中的整体思路来判断，他的所谓'文学自身看其存在价值的思想'，其实是指魏代以后对文学价值的发现和肯定；而所谓的'只以对道德思想的鼓吹为手段来看文学的存在价值的倾向'，则是指魏代以前只关注文学中的道德思想的价值，而没有意识到作为宣扬道德思想的工具的文学的价值，也就是说，在铃木虎雄的判

---

① 张哲俊：《吉川幸次郎研究》，134 页，北京，中华书局，2004。
② ［日］铃木虎雄：《中国诗论史》，许总译，38 页，南宁，广西人民出版社，1989。

断中，魏代以前文学的价值是没有得到发现和承认的。"①例如，铃木虎雄在评价诸子诗说时称："上述管子以下诸子的诗说，以诗为记人、记物、言志，其言辞虽有不同，但以诗作为可以在政治的和伦理的方面加以应用的见解却几乎完全一致。"②又如，他在评价汉代诗说时称："余之目的在于说明汉儒解诗是如何为了便于阐述自己的学说而举诗为证的。……诸家诗说……各自联系当时时事说诗，则更失作诗之原意。……另外，汉代宰相皆通经术，成为儒流之美谈，但是对于文学意义上的诗之道无疑是一大厄。"③从上面的几个例子可知，铃木虎雄认为在魏代以前与文学相关的评论中，关注更多的是文学中的政治伦理、道德教化，是为了阐述各家自己的学说，缺乏"纯粹的文学意义上的议论"，评论的重心不在文学而在道德。

根据上文解析可知，要理解铃木虎雄的"魏代文学自觉说"必须澄清两方面的事实。第一，他所指的"文学"是基于古时杂文学观念之下的"文学"，迥异于今日舶来的西方纯文学观念；第二，他以曹丕《典论·论文》作为文学自觉的标志，是因为曹丕抬高了文学地位并创设了专门的文论，不再把文学看作道德的隶属物，发现了文学自身独立存在的价值。虽然曹丕之论还属于广义的文论范畴，但至少把文学看作一个独立的现象，也是有其进步意义的。

在明确了铃木虎雄所指"魏代文学自觉说"是指广义文学的自觉之后，那么他的这一提法是否正确呢？"文学"的自觉是"文学"创作和"文学"批评的统一，所以包括"文学"创作的自觉和"文学"批评的自觉两方面内容。"文学"创作的自觉是指人们开始有意识地进行"文学"创作并形成书面"文学"作品，如《诗经》《楚辞》的出现即昭示了"文学"作品的自觉。而"文学"批评的自觉指的是"文学"创作主体意识到"文学"的独立性和价值性，自

---

① 邹旻：《汉末魏初诗文论重心的转移与文学价值的发现——试论铃木虎雄文学自觉说的内涵及其判断依据》，载《西北农林科技大学学报》（社会科学版），2010(10)。

② ［日］铃木虎雄：《中国诗论史》，许总译，29 页，南宁，广西人民出版社，1989。

③ ［日］铃木虎雄：《中国诗论史》，许总译，32～33 页，南宁，广西人民出版社，1989。

觉地对"文学"的本质和发展规律等进行探讨和认识，并形成专门的"文学"批评著作。鉴于"任何理论都是建立在大量的现象材料基础之上"，"文学"批评的发展总是建立在"文学"发展的基础之上，"文学"批评的发展也总是滞后于"文学"作品的发展。专门的"文学"批评著作的出现才是"文学"批评建立的前提。在魏代之前"文学"作品的发展已趋繁荣，但是专门的"文学"批评著作却始终没有出现，除了掺杂在其他论著中的零星片语。例如，扬雄在《解嘲》中自言："雄以为赋者，将以风也，必推类而言，极丽靡之辞，闳侈巨衍，竞于使人不能加也。"仅限于片段式议论，不能称其为独立的研究。直到《典论・论文》的出现才标志着"文学"批评的正式建立，"文学"自觉也才得以最终实现。所以，从这一角度来看的话，铃木虎雄标举的"魏代文学自觉说"是合理的。①

(二)铃木虎雄文学观的特殊性

从对铃木虎雄"魏代文学自觉说"的考察中我们还可以得知铃木虎雄的文学观具有特殊性：既尊重古时中国的杂文学观，又积极推崇现时的纯文学观。例如，铃木虎雄在论述"魏代文学自觉说"之时所指的文学观是杂文学观，但他在字里行间又流露出对类似纯文学观的古文论的推崇。关于铃木虎雄的杂文学观，前文已有论述，以下着重论述铃木虎雄的纯文学观念，由《中国诗论史》一书可以见出端倪，主要体现在两个方面。

第一，从《中国诗论史》的编写体例来看，是参照中国的历史朝代，着重选取三个时期来对中国诗论展开研究。中国古代文论的存在状态是零散且杂乱的，概念是模糊且缺失的。铃木虎雄通过学科化、体系化、范畴化的系统改造工作，将古代文论进行梳理、分类、界定，以适应西方的学科体制与思维模式，使中国古代文论获得了重生，价值得到彰显。他在阐释诗论时，往往对其进行条分缕析，这迥异于中国古代文论批评家随意性很强的评点式解读，因此更有利于读者全面把握诗论的内涵和

---

① 以上笔者所指的文学盖指古时广义文学之谓，为区别于现时文学之义，以引号加注于文学二字。

特征。例如，在对明清三诗说进行论述时，都设立专节对各派诗说的特征进行归纳和总结，方便读者对具体诗论的理解。

第二，他对一些体现出纯文学观念的中国古代文论特别予以关注。中国古代的文学属于杂文学，他尊重这一事实并且其相关的论述也是以此为前提的。但是，他是在西方纯文学观念濡染之下成长起来的现代学者，所以他不可避免地对一些接近于纯文学观念的中国古代文论表现出高度的认同和赞赏，且非常注重挖掘古代文论与西方文学观的契合点。为了尊重和还原中国古代杂文学观的原貌，铃木虎雄并没有拿西方的纯文学观去硬套中国的古代文论，但这绝不意味着他的文学观缺乏现代性。例如，在论述曹丕文论的四科八体之时，他特别指出曹丕的"诗赋欲丽"说。又如，他肯定萧统对"立意""能文"的区别，肯定其"以能文者作为文学的衡量标准"①；也肯定萧纲提出"抒性情写天然者与经义的差别"，肯定其"以美文为文学的衡量标准"②。这些观念都反映了铃木虎雄对西方纯文学观的肯定和赞赏，显示了其文学观的现代意义。吉川幸次郎在《铃木虎雄先生的功绩》中指出了铃木虎雄文学观的实质内容："日本的儒学传统，未必知道文学的尊严。先生从中而出，主张文学的尊严。"③又云："先生赞赏《文选》，乃至赞赏包括《玉台新咏》中的恋爱诗的中古美文学……正是先生最具划时代性的业绩。盖先生认为美文的表现，是文学的必须要素，因此，与对杜诗的研究一样，对《文选》的研究，也可以说体现出先生最重要的学术观点。"④由此可知，吉川认为铃木虎雄所谓"文学"是"美文的表现"，是摆脱儒学附庸地位的具有自己独特价值和尊严的"文学"。由此可知铃木虎雄对纯文学观的推崇。

铃木虎雄何以形成既尊重中国古代杂文学观又暗中提倡西方纯文学观的思想观念呢？一个人思想观念的形成一般与同时期的学术风气有关，所以试对与铃木虎雄同时期学者的文学观念进行考察，借此来探讨其文

①　［日］铃木虎雄：《中国诗论史》，许总译，71 页，南宁，广西人民出版社，1989。
②　［日］铃木虎雄：《中国诗论史》，许总译，71 页，南宁，广西人民出版社，1989。
③　［日］铃木虎雄：《中国诗论史》，许总译，224 页，南宁，广西人民出版社，1989。
④　［日］铃木虎雄：《中国诗论史》，许总译，245 页，南宁，广西人民出版社，1989。

学观形成的学术背景。和铃木虎雄同一时期的研究中国文学的主要学者有古城贞吉、狩野直喜、儿岛献吉郎、盐谷温等，通过对他们撰写的文学批评史的考察，可以探究同时期日本学者持有怎样的一种文学观。

古城贞吉（1866—1949 年）的《中国文学史》按照中国朝代的划分系统地梳理了中国文学的发展演变，并对各个时期文学分门别类地做了介绍，使中国传统的文学研究样式发生了变化。但是，该部文学史仍有着浓厚的中国传统文学概念的影子，如把"五经"诸子、唐宋的儒学算作"文学"以及把戏曲小说排除在中国文学史之外等。

狩野直喜（1868—1947 年）在日本的大学中开设了中国文学的课程，使之逐步形成一门专门的学科。从 1908 年京都帝国大学正式开设中国语学、中国文学的课程以来，他主持教席 22 年，讲授了六朝文学、元曲选、王先谦续古文辞类纂、清朝文学、两汉学术考、礼记注疏、仪礼注疏、尚书注疏、元杂剧等一系列的课程，培育了一大批中国文学的研究者。由此可见，他开设的课程主要以中国经学为讲授内容，即使讲授了小说、戏曲等近代纯文学的内容，但他的思想上归宗于儒学，经学的立场非常明确。例如，吉川幸次郎曾这样论述狩野的"文学观"："中国的'经学'和文学，是由同一主体运营的，根据这样的原则，所以是不可分的。如果把两者各自独立地进行研究的话，两者都得不到圆满的研究结果——这是作者生平的主张。"①综上所述，狩野的文学观应该属于中国传统的杂文学观。

儿岛献吉郎（1866—1931 年）的《支那大文学史——古代篇》是"继古城贞吉的《文学史》之后，反映 20 世纪初日本中国学界对中国文学史研究水平的著作"②。作为该书补充的是《支那文学史纲》，这是从上古到清代的文学通论，是一部比较简单的概述之作。儿岛献吉郎的《文学史》突破了原来古城贞吉《文学史》完全按中国历史朝代分期的方法，而从文学的

①　吉川幸次郎：《魏晋学术考 • 跋》，见《吉川幸次郎全集》17 卷，283 页，东京，筑摩书房，1986。

②　李庆：《日本汉学史》（第一部），565 页，上海，上海外语教育出版社，2002。

角度进行了宏观的构思。例如，在《支那文学史纲》中，把从上古到清朝的文学发展，分为上古（唐虞到秦）、中古（两汉到隋）、近古（唐到明）、近世（清）这样四个阶段。而且儿岛献吉郎摆脱了中国正统文学对戏曲小说的偏见，对中国的戏曲小说进行了简要的叙述，体现了现代的学术眼光。但是儿岛献吉郎对"文学"概念的理解很大程度是根据中国传统的"文学"概念来展开的，他把经史子集都归于"文学"之内，也迥异于现时的纯文学观念。①

笹川种郎（1870—1949 年）的《支那小说戏曲小史》于 1897 年由东华堂出版。次年他所编的《支那文学史》作为帝国百科文库的一种，由博文堂出版。笹川种郎在两本书中对中国的小说戏曲多有介绍，体现了其现代意义上的文学观。②

久保天随（1875—1935 年）的《支那文学史》把《周易》《尚书》等都列为上古文学，同时把戏曲小说也列入文学研究对象，说明他的"文学"观念也是传统与现代文学观念相结合的产物。

由此可见，这些日本学者的文学观表现出了双重性和复杂性：既未完全摆脱中国传统的杂文学观念的影响，又受到舶来的西方纯文学观念的影响。铃木虎雄身为其中一员也是如此，在对西方纯文学概念有所吸收的同时还保留中国传统杂文学观的基本概念和范畴。例如，他的《中国诗论史》的编写体例遵循西方的体系化建构，最重要的是他对一些近似于西方文论观点的中国古代文论给予了特别关注；但他在论述"魏代文学自觉说"的时候却是以古时杂文学观念为前提，这也说明他对中国传统杂文学观念的尊重和认可。

（三）"魏代文学自觉说"对国内同时期学者的影响

在国内学术界首倡"魏代文学自觉说"的学者是鲁迅。鲁迅于 1927 年 9 月在广州做的题为《魏晋风度及文章与药及酒之关系》的演讲中指出：

---

① 李庆：《日本汉学史》（第一部），568～569 页，上海，上海外语教育出版社，2002。
② 李庆：《日本汉学史》（第一部），570～571 页，上海，上海外语教育出版社，2002。

　　孝文帝曹丕，以长子而承父业，篡汉而即帝位。他是喜欢
文章的。其弟曹植，还有明帝曹睿，都是喜欢文章的。不过到
那个时候，于通脱之外，更加上华丽。丕著有《典论》，现在已
失散无全本，那里面说："诗赋欲丽"，"文以气为主"。《典论》
的零零碎碎，在唐宋类书中；一篇完整的《论文》，在文选中可
以见到。……后来有一般人很不以他的见解为然。他说诗赋不
必寓教训，反对当时那些寓训勉于诗赋的见解，用近代的文学
眼光看来，曹丕的一个时代可说是"文学的自觉时代"，或如近
代所说是为艺术而艺术（Art for Art's Sake）的一派。所以曹丕
诗赋做得很好，更因他以气为主，故于华丽以外，加上壮大。
归纳起来，汉末魏初的文章，可说是"清峻通脱，华丽壮大"。①

　　鲁迅的演讲使得"曹丕时代文学自觉说"得到了广泛的传播，以致之
后编写的中国文学史、文学批评史的著作都沿袭了这一观点，但鲜有人
知鲁迅的观点其实来自铃木虎雄。张晨《鲁迅与铃木虎雄的"文学的自觉"
说——兼谈对海外中国文学研究成果的借鉴》一文对此进行了详细的考
证，其中的两点理由很让人信服。第一，"据《鲁迅日记》1925 年 9 月鲁
迅先生'往东亚公司（日本商人在中国开的一家公司）买《支那诗论史》一
本'，日记后所附的鲁迅该年的书单上也有同样的记录，这正是同年初铃
木虎雄在日本出版的著作。（按：《中国诗论史》的日文书名直译应为《支
那诗论史》，翻译成中文即为《中国诗论史》。）可见鲁迅对日本中国学界相
当熟悉，早已得到了铃木的第一手观点和资料。"第二，"1936 年鲁迅先
生受聘于厦门大学，在讲授中国文学史课程时编写了一本讲义，后以《汉
文学史纲要》为名编入《鲁迅全集》。在其中第四篇《屈原与宋玉》后所附的
'参考书目'中，鲁迅列出铃木虎雄先生的另一本研究中国古代文学的力
作《支那文学之研究》。（按：此书中文名称应译作《中国文学研究》，一直

---

① 　《鲁迅全集》，第 5 卷，118 页，北京，人民文学出版社，2014。

没有中译本出版发行。)可知鲁迅对铃木虎雄相当熟悉，对其著作十分推崇。"①最后，张晨得出了鲁迅对铃木虎雄的观点存在借鉴关系的结论。

鲁迅在国内首次宣扬"曹丕时代文学自觉说"之后，这样的说法逐渐出现于国内的早期文学批评史著作中，对文学批评造成了很大的影响，这可以从侧面反映出铃木虎雄"魏代文学自觉说"这一论断的价值和意义。现简单介绍如下。

在铃木虎雄《中国诗论史》出版后的第二年，国内出版了陈钟凡先生的《中国文学批评史》，之后出版了郭绍虞《中国文学批评史》、罗根泽《中国文学批评史》、方孝岳《中国文学批评》、朱东润《中国文学批评史大纲》等文学批评史专著。

许总指出："细察陈中〔钟〕凡先生的《中国文学批评史》，其以铃木此书为借鉴，也是有迹可寻的。"②这可以从陈钟凡赞成"魏代文学自觉说"体现出来。陈钟凡《中国文学批评史》第四章在论述"周秦批评史"时指出："其时既无批评专家，更无批评专书，实无批评学之可言……儒家盖以文章为缘饰礼乐之工具，不认其有独立之价值也。"③第五章在论述"两汉批评史"时指出："汉世虽重辞赋，然诸家论文，仍不脱先秦儒家之窠臼也。"④第六章在论述"魏晋批评史"时指出："中国论文之有专著也，始于魏晋。时人论文，既知区分体制为比较分析的研寻；又能注重才程。盖彼等确认文章有独立之价值，故能尽扫陈言，独标真谛，故谓中国文论起于建安以后可也。"⑤

郭绍虞的《中国文学批评史》在"上古期——自上古至东汉"这一章中指出："在周秦诸子的学说中本来无所谓文学批评，不过，这不等于说周

① 张晨：《鲁迅与铃木虎雄的"文学的自觉"说——兼谈对海外中国文学研究成果的借鉴》，载《求是学刊》，2003(6)。

② 许总：《译者序》，见〔日〕铃木虎雄：《中国诗论史》，许总译，2～3页，南宁，广西人民出版社，1989。

③ 陈钟凡：《中国文学批评史》，13页，南京，江苏文艺出版社，2008。

④ 陈钟凡：《中国文学批评史》，20页，南京，江苏文艺出版社，2008。

⑤ 陈钟凡：《中国文学批评史》，29页，南京，江苏文艺出版社，2008。

秦诸子对于文学没有一种看法。这一种看法就是后来文学批评的萌芽，
对于后世的文学批评起着相当大的影响。"①在"中古期——自东汉建安至
五代"这一章中指出："由于两汉辞赋的发展，这种侈丽闳衍之辞的写作
技巧，给当时文人以一种新的启发，于是文学就逐渐走向骈俪的道路，
甚至纪叙文也用骈偶，甚至韵文也倾向到骈偶。……由于有这种倾向，
于是使一般人逐渐从文学的形式上认识到文学的性质，于是文学批评也
就有了相当的发展和成就。所以到了魏晋，始有专门论文的作品。另一
方面，由于汉末的清议，重在人物的品藻，于是从人的言论风采方面转
移到文学作品方面，也就产生了自觉的文学批评。"②

　　罗根泽在《中国文学批评史》中指出："古代文学概念的突变时期在魏
晋……以前也不是没有文，但一则比较崇实尚质，二则偏于纪事载言。
至建安，'甫乃以情纬文，以文被质'，才造成文学的自觉时代。"③

　　由上可见，由鲁迅介绍的铃木虎雄的"魏代文学自觉说"在同时期的
国内学术界产生了相当大的影响。但国内学者们却曲解了铃木虎雄的"魏
代文学自觉说"，把铃木虎雄所谓文学自觉等同于纯文学的自觉，如陈钟
凡把"重辞赋""区分体制""注重才程"当作文学自觉的标志，显然是以纯
文学为标准的自觉；郭绍虞所指的重"文学形式"、重"文学性质"也是指
纯文学的自觉；罗根泽认为建安时期出现了"以情纬文，以文被质"的文
学，也是把建安时期文学的自觉等同于纯文学的自觉。这些都与铃木虎
雄论述的前提——"尊重中国古代的杂文学观念"，把魏晋文学自觉当作
广义文学的自觉是不相符合的。

　　国内的学者何以会一致地曲解铃木虎雄之说？这与鲁迅的宣扬有关。
鲁迅受铃木虎雄"魏代文学自觉说"影响之后，把该看法介绍给国内学者，
并错误地理解其为"为艺术而艺术"，后学者沿袭了鲁迅的说法，渐成风
靡之势，但却偏离了铃木虎雄本身的论述。但鲁迅的此种宣扬何以如此

　　①　郭绍虞：《中国文学批评史》，9页，上海，上海古籍出版社，1979。
　　②　郭绍虞：《中国文学批评史》，42页，上海，上海古籍出版社，1979。
　　③　罗根泽：《中国文学批评史》，123页，上海，上海古籍出版社，1984。

深入人心，得到大多数学者的拥护？这又得追溯到中国五四时期的社会
氛围。例如，汪春泓在《关于"文章学"与"文学批评"的思考》一文中指出：

> 为何在"五四"以后，读书人所认识的"文学"与传统产生了
> 距离，这与帝王政治解纽有直接的联系。反封建思潮激荡之下，
> 读书人关于文学抒情的"情"的理解狭隘化了。不管其是非如何，
> 这种理解仅仅属于"五四"之后中国知识界的特殊语境，当时知
> 识界面对关涉君臣政治的"情"，一般持否定的态度，这牵涉到
> 对许多文体存在价值的重新估量。但是这与此前的中国社会语
> 境却并不吻合。
> ……何以会造成时代之间的隔膜？是否存在一种可能，那
> 就是将"五四"之后比较极端的思维方式也渗透到了学术研究之
> 中，这种渗透有的是有益的，有的却会产生消极的作用。①

汪春泓指出了由于五四时期"帝王政治解纽""反封建思潮激荡"，文
学不能寓意旧道德旧思想，而注重个体情感的抒发。学者们"将'五四'之
后比较极端的思维方式渗透到学术研究之中"②，结果产生了对传统文学
观的弃之不顾和对纯文学观一味张扬的局面。汪春泓所言确是。五四时期，
中国掀起了反对旧文学、提倡新文学的革命运动，陈独秀《文学革命论》宣
扬的"三大主义"是其肇始：推倒雕凿的阿谀的贵族文学，建设平易的抒情
的国民文学；推倒陈腐的铺张的古典文学，建设新鲜的立诚的写实文学；
推倒迂腐的艰涩的山林文学，建设明了的通俗的社会文学。在此大环境之
下，古典文学是被打倒和推翻的对象，西方纯文学观是借鉴和宣扬的主体，
所以学者们在编写古代批评史著作之时不免迎合这种趋向，屈从于彼时的
一种政治意识形态，无法做到实事求是和客观公允的评价。铃木虎雄的"魏
代文学自觉说"在这种社会背景下被曲解也是符合常理的。

---

① 汪春泓：《关于"文章学"与"文学批评"的思考》，载《湘南学院学报》，2004(3)。
② ［日］铃木虎雄：《中国诗论史》，许总译，2 页，南宁，广西人民出版社，1989。

三、格调说、神韵说、性灵说

铃木虎雄认为"中国文学理论的繁荣在六朝与明清之际两个时期"①，因此他主要致力于这两个时期的研究。而在致力于明清诗论的研究时，铃木虎雄选取了明清时期比较有代表性的三个诗派——格调派、神韵派、性灵派来统摄明清的诗学，现特设专章对三派诗说进行详细论述。

（一）格调说

铃木虎雄于三诗说中最为推崇格调说，他认为："格调说最具概括性，神韵说与性灵说都不过是撷取诗中某一部分特异之处并以之为标举。若论各派诗歌风格趣味所达到程度的高低，即使是将其置放于现在的时代，也仍然是不得不将格调、神韵二派列为上等的。"②那么，铃木虎雄为何对格调说有如此高的评价？下面拟先从铃木虎雄与格调说的接触说起，对格调说的内涵和特征进行探究，以期对铃木虎雄所理解的格调说有个正确的评价。

1. 铃木虎雄与格调说的接触

日本学者森冈缘认为，铃木虎雄从桂湖村那里第一次接触到李梦阳的诗集。那桂湖村何许人也？这得追溯到铃木虎雄的祖父铃木文台（1795—1870 年）。铃木文台创办了一家名为长善馆的汉学塾，后由铃木虎雄的父亲铃木惕轩（1835—1895 年）继承经营，而桂湖村就是这个私塾的学生。之后，桂湖村与其师铃木惕轩偶有通信，从惕轩的《寄怀桂五十郎用其所寄之诗韵》《寄五十郎》《寄桂五十郎京寓用其所寄韵》等诗可以知晓。1900 年 7 月，铃木虎雄在东京帝国大学的汉学科毕业。1901 年 5 月，他在陆羯南的日本新闻社担任记者。而早在 1892 年（明治二十五年），桂湖村（1858—1938 年）就进入了日本新闻社。

---

① ［日］铃木虎雄：《中国诗论史》，许总译，2 页，南宁，广西人民出版社，1989。
② ［日］铃木虎雄：《中国诗论史》，许总译，229 页，南宁，广西人民出版社，1989。

由于铃木虎雄既是长善馆的后辈，又是恩师的爱子，所以桂湖村对铃木虎雄有提拔和照顾之意。铃木虎雄曾求学于桂湖村，从桂湖村那里第一次接触到李梦阳的诗集。日本学者森罔缘认为铃木虎雄的偏好与桂湖村的影响密不可分。因为身为桂家第六代的桂誉正曾经入平田笃胤①的门下，所以桂湖村非常重视万叶调，同时也推崇与万叶调风格相似的格调派，而桂湖村曾经指导铃木虎雄学习诗歌，所以铃木虎雄的观念可能受其影响。例如，他对铃木虎雄的《送国府犀东之台湾》有此评价，"湖村小隐曰：（引用者中略）……近人送别之作，大抵辞虽美，而无规戒，或其有焉，未为详赡，此特词意并到，与昔贤为伍。王世贞论杜诗云：以意为主、以独造为宗、以奇拔沈雄为贵，此篇亦几乎有之。"②由此可见，桂湖村不光自己崇尚格调派，而且以格调派的评诗标准来品评铃木虎雄的汉诗，这样无形之中也会影响其对格调说的态度。而且当时报纸《日本》汉诗栏的负责人国分青崖（1857—1944 年）也非常推崇李梦阳。因此，在周遭环境的影响之下，铃木虎雄开始接受并推崇格调说是不难理解的。

　　2. 格调说的渊源

　　任何诗论都不是凭空产生的，时下推崇的学术风气是其产生的契机，前人的学术积淀是其产生的土壤。对于格调说而言，明初推崇唐诗的学术风气是格调说产生的契机，严羽、李东阳等前辈的诗论成果是其产生的土壤。

　　（1）关于《唐诗品汇》与格调说

　　铃木虎雄认为："福清人林鸿，于诗倡以盛唐为法，高棅即奉其说而选编《唐诗品汇》。该书体例以元代杨伯谦《唐音》为据，品题标准则以林鸿之说为本。唐诗在明代诗坛的地位实由此书而确定，《明史·文苑传》即谓终明之世馆阁皆以此书为宗。"③在此，铃木虎雄指出了高棅《唐诗品

---

　　①　在日本，荷田春满（1669—1736 年）、贺茂真渊（1697—1769 年）、本居宣长（1730—1801 年）、平田笃胤（1776—1842 年）被称为"国学"的"四大金刚"。

　　②　［日］铃木虎雄：《豹轩诗钞》卷三"明治三十三年庚子"，见《铃木教授还历纪念会刊》，昭和十有三年戊寅新正。

　　③　［日］铃木虎雄：《中国诗论史》，许总译，125 页，南宁，广西人民出版社，1989。

汇》对明代形成崇尚唐诗风气所起的巨大作用。

高棅的《唐诗品汇》九十卷及拾遗十卷，共选入唐代诗人 580 余家，辑录诗歌 5700 余首，将唐诗划分为初、盛、中、晚四个阶段，有助于对唐诗发展流变的认识。此外，《唐诗品汇》与格调派之间存在着渊源，实有《四库全书总目提要》为证，其云："《明史·文苑传》谓终明之世，馆阁以此书为宗。厥后李梦阳、何景明等，名为崛起，其胚胎实兆于此。平心而论，唐音之流为肤廓者，此书实启其弊；唐音之不绝于后世者，亦此书实衍其传。功过并存，不能互掩。后来过毁过誉，皆门户之见，非公论也。"①此说可以大致概括《唐诗品汇》与格调说的渊源。

(2)严羽、李东阳诗说与格调说

铃木虎雄认为："严羽标举的格力、音节以及李东阳所谓的如珠走盘的古诗声调与神会自得的近体声调等学说，到明代弘治、正德年间，由于李梦阳、何景明等人的提倡而得到极度的发挥。"②下文从严羽，李东阳诗说与格调之间的密切关系进行论证。

其一，严羽与格调派。铃木虎雄认为："严羽论诗宗旨，固然主要在于力辟江西、四灵之弊，但其具体论述却似乎同时包含着后代格调、神韵二派的诗论内容。"③铃木虎雄阐述的理由为三点。第一，他认为严羽论述"诗之法"所谓的体制、格力、气象、兴趣、音节皆为后世格调说所力倡者。第二，他认为严羽对汉魏盛唐的标举深深影响了格调派的诗学倾向。第三，严羽提倡"格力雄壮，气象浑厚"的诗歌风格，这也为后世主格调者所继承和发展。这些都不失为确论。

其二，李东阳与格调派。关于李东阳与格调派的关系，铃木虎雄指出了"李东阳所谓的如珠走盘的古诗声调与神会自得的近体声调等学说"④对格调派的影响，但并没有加以论证，在此略为补充以示说明。

---

① 永瑢等撰：《四库全书总目》，1713 页，北京，中华书局，1965。

② ［日］铃木虎雄：《中国诗论史》，许总译，127 页，南宁，广西人民出版社，1989。

③ ［日］铃木虎雄：《中国诗论史》，许总译，122～123 页，南宁，广西人民出版社，1989。

④ ［日］铃木虎雄：《中国诗论史》，许总译，127 页，南宁，广西人民出版社，1989。

首先，何谓"如珠走盘的古诗声调"？铃木虎雄认为："东阳论诗，强调由音节证入，以声调为主，认为即使在古诗乐府长短不定的诗句中，亦有自然之音节存乎其中。"①《怀麓堂诗话》有云：

> 古律诗各有音节，然皆限于字数，求之不难。惟乐府长短句，初无定数，最难调叠。然亦有自然之声。古所谓"声依永"者，谓有长短之节，非徒永也。故随其长短，皆可以播之律吕，而其太长太短之无节者，则不足以为乐。今泥古诗之成声，平侧短长，句句字字，摹仿而不敢失，非惟格调有限，亦无以发人之情性。若往复讽咏，久而自有所得。得于心而发之乎声，则虽千变万化，如珠之走盘，自不越乎法度之外矣。②

由材料可见，李东阳认为应该学习古诗乐府的"自然之音节"。而李东阳也有相似的诗论，认为理想的古诗是在汉魏，认为"诗至唐古调亡矣"，也极力推崇汉魏古诗。

其次，何谓"神会自得的近体声调"？

> 今之歌诗者，其声调有轻重清浊长短高下缓急之异，听之者不问而知其为吴为越也。汉以上古诗弗论。所谓律者，非独字数之同，而凡声之平仄，亦无不同也。然其调之为唐为宋为元者，亦较然明甚。此何故耶？大匠能与人以规矩，不能使人巧。律者，规矩之谓，而其为调，则有巧存焉。苟非心领神会，自有所得，虽日提耳而教之，无益也。③

---

① ［日］铃木虎雄：《中国诗论史》，许总译，125 页，南宁，广西人民出版社，1989。

② 李东阳：《怀麓堂诗话（选录）》，见郭绍虞主编：《中国历代文论选》（第三册），28页，上海，上海古籍出版社，2001。

③ 李东阳：《怀麓堂诗话（选录）》，见郭绍虞主编：《中国历代文论选》（第三册），29页，上海，上海古籍出版社，2001。

"汉以上古诗弗论"，李东阳指出了律诗近体在各个朝代所形成的不同风格，而这种声调的形成"只可神会自得，而无法传之于他人"①。显然，李东阳已经意识到了各个朝代诗歌声调的不同。李梦阳等人主张"诗必盛唐"也是在承认各个朝代诗歌声调不同的前提之下而取法盛唐，不得不说是受了李东阳的影响。

由以上两点论述可知，李东阳诗论与格调派的诗论有相似之处。许多学者也指出两者确实存在着影响关系。王士禛《池北偶谈》卷十四称，"海盐徐丰厓《诗谈》云：'本朝诗，莫盛国初，莫衰宣、正。至弘治，西涯倡之，空同、大复继之，自是作者森起，于今为烈。'"②当代学者朱东润也说："前七子之说盛于弘治、正德间，而为之卵翼者，则有李东阳。"③鉴于两者影响关系已为定论，许多学者也举出具体例证进行了论述，在此暂不赘述。

3. 格调说的代表人物

(1)关于李梦阳诗论

把铃木虎雄对李梦阳诗论的阐述概括为以下几个方面。

第一，铃木虎雄认为李梦阳不同于一般的道学者。铃木虎雄引李梦阳《缶音序》为证：

> 诗至唐古调亡矣，然自有唐调可歌咏，高者，犹足被管弦。宋人主理不主调，于是唐调亦亡。黄陈师法杜甫，号大家，今其词艰涩不香，色流动如入神庙坐土木骸，即冠服与人等，谓之人可乎？夫诗比兴错杂，假物以神变者也，难言不测之妙，感触突发，流动情思。故其气柔厚，其声悠扬，其言切而不迫。故歌之心畅，而闻之者动也。宋人主理作理语，于是薄风云月露，一切铲去不为。又作诗话教人，人复不知诗矣。诗何尝无

---

① ［日］铃木虎雄：《中国诗论史》，许总译，126 页，南宁，广西人民出版社，1989。

② 王士禛撰，靳斯仁点校：《池北偶谈》，345 页，北京，中华书局，1982。

③ 朱东润：《中国文学批评史大纲》，221 页，上海，上海古籍出版社，2001。

理，若专作理语，何不作文而诗为邪？今人有作性气诗，辄自贤于"穿花蛱蝶"、"点水蜻蜓"等句，此何异痴人前说梦也？即以理言，则所谓"深深"、"款款"者何物邪？诗云："鸢飞戾天，鱼跃于渊"又何说也？①

由此，铃木虎雄得出这样的结论："他（李梦阳）认为，诗始终是本于情的，因此，即不像一般的儒家学者那样轻视风云月露之辞（描写自然美的诗文），对宋人菲薄抒情写景之论及其自身以诗说理的创作更予斥责。这就是梦阳论诗与一般道学者流的主要不同之处。"②

第二，铃木虎雄列举李梦阳诗之七难以及诗十三要素之说，认为"从梦阳对诗中如此多种要素的寻求看，格与调自然仅为构成其诗论整体的一个部分，只不过占有尤为重要的地位而已"③。

先引述梦阳诗之七难以及诗十三要素之说如下：

> 诗有七难：格古、调逸、气舒、句浑、音圆、思冲、情以发之。七者备，而后诗昌也。然非色弗神，（李梦阳《潜虬山人记》）④
> 故辞断而意属者，其体也，文之势也。联而比之者，事也。柔淡者思，含蓄者意也，典厚者义也。高古者格，宛亮者调，沈着雄丽、清峻闲雅者才之类也，而发于辞。辞之畅者，其气也。中和者，气之最也。夫然，又华之以色，永之以味，溢之以香。是以古之文者，一挥而众善具也。⑤

---

① 转引自［日］铃木虎雄：《中国诗论史》，许总译，134～135 页，南宁，广西人民出版社，1989。

② ［日］铃木虎雄：《中国诗论史》，许总译，130 页，南宁，广西人民出版社，1989。

③ ［日］铃木虎雄：《中国诗论史》，许总译，133 页，南宁，广西人民出版社，1989。

④ 转引自［日］铃木虎雄：《中国诗论史》，许总译，133 页，南宁，广西人民出版社，1989。

⑤ 李梦阳：《驳何氏论文书》，见郭绍虞主编：《中国历代文论选》（第三册），47 页，上海，上海古籍出版社，2001。

对于以上的"七难"（包括"色"实际上为八点）和"十三要素"，铃木虎雄用下图来表示各种要素之间的关系，其中标有"。"符号为诗之"七难"；标有"·"符号为诗之"十三要素"，而气、思、格、调、色皆各属"七难""十三要素"，所以两度重复出现。

$$
格一\begin{cases} 内一意一气、思、情、事、思、意、义、气 \\ 外一\begin{cases} 格一格、句、体、格、辞 \\ 调一调、音、调 \end{cases} \end{cases} 一色、才、色、味、香①
$$

接着铃木虎雄对其加以归纳分类："气、思、情、事、思、意、义、气归入意类；格、句、体、格、辞归入格类；调、音、调归入调类；而色、才、色、味、香则是与意类、格类、调类都有关联的要素。以上诸种要素虽已归入各类，但每种要素本身也是一种复合体，如气，就可看作意与调的混合。要而言之，意类包括几乎所有的精神方面的要素，格类包括诗的形式方面的要素如历代诗在文法、修辞方面的习惯于规则等，而调类则包括由每一个字的音调以及由全篇各要素所形成的音调。而以此与诗体相契适，则认为汉魏盛唐诗或初唐某种作品最为优秀并以之作为诗论标准。这就是李何格调说的精神实质并被李王继承并加以推扩的。"②所以铃木虎雄得出这样的结论："从梦阳对诗中如此多种要素的寻求看，格与调自然仅为构成其诗论整体的一个部分，只不过占有尤为重要的地位而已。"③

铃木虎雄肯定格与调"占有尤为重要的地位"，也就是指出了李梦阳诗论还是有所侧重的，而且其对格调的偏重是显而易见的。李梦阳"诗之七难"，首先要求"格高""调逸"。格要古，调要逸，也就是要求在诗歌创作上遵法古诗的格调，即以古诗的章法结构和音调为标准，学到了古人

---

① ［日］铃木虎雄：《中国诗论史》，许总译，148 页，南宁，广西人民出版社，1989。
② ［日］铃木虎雄：《中国诗论史》，许总译，148 页，南宁，广西人民出版社，1989。
③ ［日］铃木虎雄：《中国诗论史》，许总译，133 页，南宁，广西人民出版社，1989。

的格调，然后才可以"诗昌"。而所谓格式，具体说也就是古诗开合顿挫的规则，所谓"前疏者后必密，半阔者半必细"之类的格式，或如他所引的沈约关于音韵的理论"若前有浮声，则后须切响"等内容。① 李梦阳曾批评何景明："盖君诗徒知神情会处，下笔成章为高，而不知高而不法，其势如搏巨蛇，驾风螭，步骤即奇，不足训也。君诗结语太咄易，七言律与绝句等更不成篇，亦寡音节。'百年''万里'，何其层见而叠出也。七言若剪得上二字，言何必七也。"②他认为何景明的诗"不成篇""亦寡音节"，可见李梦阳所谓"格调"，就是指音韵格律方面的东西。梦阳的格调说虽然包含很广，但其着力点仍在格调，所以无怪乎其诗派被称为"格调派"。

此外，为了正确认识李梦阳诗论的包容性，我们还应该对"诗之七难"之"情"特别加以关注。李梦阳云："诗有七难：格古、调逸、气舒、句浑、音圆、思冲、情以发之。七者备，而后诗昌也。"③格调重在强调形式，但"情以发之"却在强调内容，那么李梦阳诗论是如何化解二者的矛盾呢？

实际上，这两者在李梦阳看来是彼此相通的，并不是彼此对立的。李梦阳的格调强调诗歌的法式要取法古人，这种法式不同于一般的作文之法，而是"天生"的。张少康认为因其"天生""物之自则"，所以也就为梦阳诗学中重情、重真、重自然的另一方面打开了通路。李梦阳在《诗集自序》云：

　　曹县盖有王叔武云，其言曰：夫诗者，天地自然之音也。今途咢而巷讴，劳呻而康吟，一唱而群和者，其真也，斯之谓

---

①　李梦阳：《答周子书》，见郭绍虞主编：《中国历代文论选》(第三册)，51页，上海，上海古籍出版社，2001。

②　李梦阳：《答周子书》，见郭绍虞主编：《中国历代文论选》(第三册)，51页，上海，上海古籍出版社，2001。

③　转引自[日]铃木虎雄：《中国诗论史》，许总译，133页，南宁，广西人民出版社，1989。

风也。孔子曰："礼失而求之野。"今真诗乃在民间。而文人学
子，顾往往为韵言，谓之诗。……夫文人学子，比兴寡而直率
多。何也？出于情寡而工于词多也。夫途巷蠢蠢之夫，固无文
也。乃其讴也，咢也，呻也，吟也，行呫而坐歌，食咄而寤嗟，
此唱而彼和，无不有比焉兴焉，无非其情焉，斯足以观义矣。
故曰：诗者，天地自然之音也。……李子闻之惧且惭。曰：予
之诗，非真也。王子所谓文人学子韵言耳，出之情寡而工之词
多者也。然又弘治、正德间诗耳，故自题曰《弘德集》。每自欲
改之以求其真，然今老矣！①

所以对于李梦阳来说，他在对古人"法式"的追求中也包含了对古
人"真情"的追求。铃木虎雄的学生吉川幸次郎就肯定了李梦阳关于诗
与文学本质的认识。吉川认为如果提炼李梦阳的理论就是："所谓的诗
是发于情感，以'调'的节奏为主，必须含有色的感觉因素"②，李梦阳
作为最初倡导古文辞运动的人，他的"文学理论具有激越的革命性，他的
行为充满了激情"，"王阳明主情主义的哲学与古文辞的理论有着一定的
渊源关系"。③

但由于"真情"具有当下性和不可模拟性，所以具体到作诗之法，李
梦阳倡导学诗的根本途径是由学习古人作诗的形式而最终达到"以我之
情，述今之事，尺寸古法，罔袭其辞"。例如，张少康的《中国文学理论
批评史》就指出："李梦阳倡言的复古主要是指学习古人的艺术表现方法，
而不是其思想内容。"④郭绍虞也指出："他要于诗文方面复古，而不是于
道的方面复古，易言之，即偏重在文之形式复古，而不重文之内容复古。

①　李梦阳：《诗集自序》，见郭绍虞主编：《中国历代文论选》（第三册），55～56 页，上
海，上海古籍出版社，2001。
②　[日]吉川幸次郎：《吉川幸次郎全集》，501 页，东京，筑摩书房，1968。
③　张哲俊：《吉川幸次郎研究》，346 页，北京，中华书局，2004。
④　张少康：《中国文学理论批评史》（下），141 页，北京，北京大学出版社，2005。

因此，他的复古论终究偏在格调一方面。"①由于形式层面的易把握与易操作，导致李梦阳在形式层面复古。

第三，铃木虎雄认为"讨论格调派诗论，亦必须首先区分其论各种诗体的不同情况"②，"梦阳决非对诗都只是尊奉盛唐"③。

铃木虎雄认为："中国古典诗歌的各种体裁至唐代已基本皆备。从总体上看，首先是古体、近体之分，然后，古体之中又包括四言、五言古诗及五七杂言乐府等，近体中亦有五七言律诗、五七言绝句之不同，此外，介乎古近体之间的还有七言歌行。"④在辨别各种诗体之后，铃木虎雄指出："梦阳所谓'诗至唐古调亡矣'之诗，主要是对五言诗而言。攀龙所谓'唐无五言古诗'，添以五言二字，亦即此意。梦阳之论主旨在于，唐代的五言古诗虽然尚可以唐调歌咏，但作为其理想的五言古诗之调已不复存在。……这种所谓的'古'，在梦阳诗论中主要是指其力主之汉魏，至迟也得是晋宋以前。……'夫五言者，不祖汉则祖魏，固也。乃其下者，即当效陆谢矣。'（李梦阳《刻陆谢诗序》)"⑤铃木虎雄还指出："梦阳于七古并推初唐、盛唐，于近体则推盛唐。……梦阳在根本上确实是推尊盛唐李杜的。……具体地说，于李是对绝句、五言律诗、七言歌行、五言古诗、乐府而言，于杜则是对五言七言律诗、七言歌行及五言古诗而言。不过对于五古一体，梦阳认为李杜是犹有不足之处的。"⑥

铃木虎雄此论是很正确的。关于李梦阳区分不同诗体的情况进行论诗，张少康也指出李梦阳学习古诗根据体制的差异而有所不同，对元、白、韩、孟、皮、陆亦盛为不满所以主张古体学习汉魏，近体学习盛唐，其目的是要取法乎上，学习古代最优秀的作家、作品，如严羽所说的从

————————

① 郭绍虞：《中国文学批评史》，347 页，上海，上海古籍出版社，1979。
② ［日］铃木虎雄：《中国诗论史》，许总译，130 页，南宁，广西人民出版社，1989。
③ ［日］铃木虎雄：《中国诗论史》，许总译，132 页，南宁，广西人民出版社，1989。
④ ［日］铃木虎雄：《中国诗论史》，许总译，131 页，南宁，广西人民出版社，1989。
⑤ ［日］铃木虎雄：《中国诗论史》，许总译，131 页，南宁，广西人民出版社，1989。
⑥ ［日］铃木虎雄：《中国诗论史》，许总译，132～133 页，南宁，广西人民出版社，1989。

"第一义悟入"。李梦阳论诗"并不专主盛唐，他只是受沧浪所谓第一义的影响，而于各种体制之中，都择其高格以为标的而已。古体宗汉魏，近体宗盛唐，而七古则兼及初唐。……其《潜虬山人记》中论及诗文标准，说：'山人商宋梁时，犹学宋人诗。会李子客梁，谓之曰宋无诗。山人于是遂弃宋而学唐。已问唐所无，曰唐无赋哉！问汉，曰汉无骚哉！山人于是则又究心赋骚于唐汉之上'(《空同集》四十七)"①。

第四，铃木虎雄认为李梦阳诗论意蕴丰富，兼具各种风韵。铃木虎雄对李梦阳的诗论做出了概括："诗中兼具柔淡、含蓄、沉着、闲雅、味、香等要素。"②在格调之外，李梦阳诗论也存在风趣，抒情等关键要素，使得文章流露着自然美。

从以上铃木虎雄对李梦阳的论述来看，他不满于后人对李梦阳的误解，认为李梦阳的诗论涵盖性是极广的，李梦阳主张"文道并重"，论诗不偏执于格调一端且能区分不同诗体，最后又不弃风韵。由此看来，铃木虎雄对李梦阳诗论的把握是全面而不执一端的，对李梦阳的诗论是肯定和欣赏的。

(2)关于李何之异同

铃木虎雄认为何景明对诗歌格调的追求"同样是通过尊奉汉魏盛唐而体现出来"③，"景明于诗所追求的目标，五言古诗在于汉魏，歌行、近体则在于李杜及其他盛唐、初唐诸家"④。结合上文李梦阳的观点，李何二人均主张效法古人，遵循古法。

但是李何诗论并非完全相同，还是有差异的，李何二人以诗论相辩难，是在李梦阳于正德六年(1511年)任江西提学副使之后出现的。李梦阳首先致书何景明，论其诗之弊，并忠告其加以改变(此书已佚)。对此，何景明回书《与李空同论诗书》。李梦阳则又回赠《驳何氏论文书》，之后，意犹未足，又续作《再与何氏书》。这是两人直接的书信往复。铃木虎雄

① 郭绍虞：《中国文学批评史》，341～342 页，上海，上海古籍出版社，1979。
② [日]铃木虎雄：《中国诗论史》，许总译，133 页，南宁，广西人民出版社，1989。
③ [日]铃木虎雄：《中国诗论史》，许总译，136 页，南宁，广西人民出版社，1989。
④ [日]铃木虎雄：《中国诗论史》，许总译，137 页，南宁，广西人民出版社，1989。

认为李、何论旨分歧有二：一是关于诗法之论；二是二人互相对对方作品的评论。

关于诗法方面他指出："景明认为梦阳过于泥古，因劝诫其应当自出机轴，独创门庭；梦阳则认为古法非死法，守法之后始可产生变化，发挥个人的特异性。也就是说，一是将法只作为固定之法来看，一是将法作为由法而生变化之法来看，便是李何二人对所谓诗法的理解和主张的不同的关键所在。"①具体来说何氏认为学古的方法，是"富于材积，领会神情，临景构结，不仿形迹"②，"佛有筏喻，言舍筏则达岸也，达岸则舍筏矣"③。学古的目的，是"自创一堂室，开一户牖，成一家之言，以传不朽者"④。李梦阳认为自己所守古法之法是要遵守事物的自身规律；要"因质顺势"，即根据文章的内容进行适当的变化，遵循古法但不拘泥于古法。

前面已经说过，李梦阳认为复古创作的学习应先从外在的体格入手，也就是首先要在外在的体貌上学习古诗，然后再在此基础上由熟生巧，达到从心所欲而不逾矩的境界，使情与格最终达到统一。因而，格调高古与真实性情的和谐统一也一直是他努力追求的目标。所以，在李梦阳的设想当中，复古创作也是一个循序渐进的过程。"形似"只是他对复古初学者最基本的要求。他之所以"刻意古范""独守尺寸"，是因为他认为学古者只有严守本法，经过长期大量的创作实践，才能使法度娴熟于胸，最终自然而然地臻于古雅的境界，取得古人那样的艺术成就，实现由形似到神似的质的飞跃。换言之，学习者只有达到一定阶段和水平，即"达岸"后，才能"舍筏"，这时便不再刻意范古，能从心所欲而不逾矩。"达岸"是"舍筏"的必要前提，"舍筏"是"达岸"的自然结果。如果自身远未"达岸"，也就是说远没有臻于古雅，就试图"舍筏"，放弃成法，必然会导致复古创作的失败。从理论上说，"舍筏"是结果，"达岸"是前提，而

---

① 　［日］铃木虎雄：《中国诗论史》，许总译，141页，南宁，广西人民出版社，1989。
② 　顾有孝辑：《明文英华》卷五《与李空同论诗书》，清康熙传万堂刻本。
③ 　顾有孝辑：《明文英华》卷五《与李空同论诗书》，清康熙传万堂刻本。
④ 　顾有孝辑：《明文英华》卷五《与李空同论诗书》，清康熙传万堂刻本。

不是相反。何景明拈出"舍筏达岸"说，以"舍筏"的方式来实现"达岸"，在李梦阳看来是危险的。因为如何才算"达岸"，何时才能"舍筏"，在很大程度上讲是很难予以明确规定的。如果贸然提出抛弃成法，广大追随者就会或者茫然不知所从，或者欣欣然都自以为可以"舍筏达岸"，显然会导致复古运动的失败。何景明作为复古运动的另一领袖，具有很大的号召性，难怪李梦阳会竭力掊击了。

（3）关于李攀龙、王世贞之诗论

铃木虎雄认为："于鳞诗说最明晰的表现，是其所撰《选唐诗序》。此序中对唐诗的论说，可分为五言古诗、七言古诗、五言律诗、排律、七言律诗、五七言绝句诸项。"①接着铃木虎雄论述了李攀龙对于各种诗体的看法，指出："对于五古，其云'唐无五言古诗，而有其古诗'，论唐代五古，连陈子昂这样的大家也在其不满之列。而其'唐无五言古诗'之语，正是本于如前所述的李梦阳《缶音序》中'诗至唐，古调亡矣，然自有唐调可歌咏，高者犹足被管弦'之论。……于鳞在七古方面，认为唯杜子美不仅不失初唐气格，并有其纵横风致，而且是以盛唐气格兼融初唐气格，因而能使其纵横风致更为发扬。对李白，则认为虽有纵横风致，但往往如强弩之末间杂长语，对其犹如英雄欺人之势加以贬抑。在五律方面，则对唐代诸家皆概言多有佳句。在七律方面，推王维、李颀为妙，对杜甫则贬为'愦焉自放'。在五七言绝句方面，则专推李白为唐代三百年间一人而已。"②而且李攀龙编有《古今诗删》，"选取从上古至明代之诗，即将中唐以后及宋元时期之诗全部排除在外"，"明显有迎合明代诗坛所好的趋向"。③ 这些都可见李攀龙对诗尊汉魏盛唐说的明确赞同。所以，铃木虎雄认为："联系李何以来格调说的发展脉络看，李梦阳、何景明是对格调说原则的提出和说明，至李攀龙已显示了这一理论的成熟的实例，王世贞

---

① ［日］铃木虎雄：《中国诗论史》，许总译，146 页，南宁，广西人民出版社，1989。

② ［日］铃木虎雄：《中国诗论史》，许总译，146～147 页，南宁，广西人民出版社，1989。

③ ［日］铃木虎雄：《中国诗论史》，许总译，147 页，南宁，广西人民出版社，1989。

则可谓是使根据这种理论原则和实例而形成的明确主张传播于世者。"①

　　据此铃木虎雄得出这样的结论："王世贞的诗论与李于鳞可谓大体相同，甚至可以视为是对于鳞不足之处的补正，因而在此即拟略而不谈。"②但李何的诗论真的是"大体相同"吗？其对李攀龙诗论又有何补正？

　　首先对其"大体相同"之处做出说明。由于王世贞与李攀龙作为后七子的代表，同时主盟文坛，其"大体相同"之处是显而易见的。第一，从文学思想总的方面来看，李攀龙和王世贞都始终高举复古大旗。《明史·文苑传·李攀龙传》云："其持论谓文自西京，诗自天宝而下，俱无足观，于本朝独推李梦阳。诸子翕然和之，非是，则诋为宋学。"《明史·文苑传·王世贞传》云："世贞始与李攀龙狎主文盟，攀龙殁，独操柄二十年。才最高，地望最显，声华意气笼盖海内。一时士大夫及山人、词客、衲子、羽流，莫不奔走门下。片言褒赏，声价骤起。其持论，文必西汉，诗必盛唐，大历以后书勿读，而藻饰太甚。"王世贞也十分推崇李梦阳："李献吉劝人勿读唐以后文，吾始甚狭之，今乃信其然耳。……自今而后，拟以纯灰三斛，细涤其肠，日取《六经》、《周礼》、《孟子》、《老子》、《庄子》、《列子》、《荀子》、《国语》、《左传》、《战国策》、《韩非子》、《离骚》、《吕氏春秋》、《淮南子》、《史记》、班氏《汉书》，西京以还至六朝及韩柳，便须铨择佳者，熟读涵泳之，令其渐渍汪洋。遇有操觚，一师心匠，气从意畅，神与境合，分途策取，默受指挥，台阁山林，绝迹大漠，岂不快哉！"③第二，王世贞对李攀龙的诗论大体上是肯定的。王世贞《艺苑卮言》云："于鳞才可谓前无古人，至于裁鉴，亦不能无意。向余为其《古今诗删》序云：'令于鳞而轻退古之作者，间有之；于鳞舍格而轻进古之作者，则无是也。'此语虽为于鳞解纷，然亦大是实录。"④

　　其次"对于鳞不足之处的补正"进行说明。王世贞从嘉靖三十七年（1558 年）33 岁时，开始写作《艺苑卮言》，七年后也就是 40 岁时，刊行

①　[日]铃木虎雄：《中国诗论史》，许总译，147 页，南宁，广西人民出版社，1989。

②　[日]铃木虎雄：《中国诗论史》，许总译，147 页，南宁，广西人民出版社，1989。

③　丁福保辑：《历代诗话续编》，964 页，北京，中华书局，1983。

④　丁福保辑：《历代诗话续编》，1063～1064 页，北京，中华书局，1983。

了六卷。此时虽是与李攀龙一起推崇古代诗文，热情地倡导古文辞的时期，然而在《艺苑卮言》中已经出现了针对攀龙《唐诗选序》的批判言论。之后，我们还可以看到他对格调说及明诗的批判，对被格调说排斥的元稹、白居易诗风的倾慕，对苏东坡的看法的变迁，与性灵派相类似的主张以及诗文变迁论。到了晚年，准确地说是从隆庆末年万历初年，王世贞终于超越了古文辞之说的藩篱。例如，王世贞晚年在《书西涯古乐府后》云："余作《艺苑卮言》时年未四十，方与于鳞辈是古非今，此长彼短，未为定论。至于戏学《世说》，比拟形似，既不切当，又伤儇薄。行世已久，不能复秘。姑随事改正，勿令多误后人而已。"①可以看出，王世贞晚年时对早年竭力倡导复古颇有悔意。因此，虽然一般笼统地称作"李、王的古文辞"，而李攀龙与王世贞之间是有相当大的差异的。

王世贞的诗论可以说是对李攀龙格调说的一种调剂。李攀龙的诗文论，文以秦汉，诗以汉魏盛唐为理想。王世贞学文降至六朝、唐代，学诗降至大历以后。王世贞有言："西京以还至六朝及韩柳，便须铨择佳者，熟读涵泳之。"②此外，王世贞还主张新的"诗文变迁论"。例如，王世贞对各个朝代的作品进行评说时有言："自何李诸公之论定，而诗于古无不汉魏晋宋者，近体无不盛唐者，文无不西京者。汉魏晋宋之下，乃有降而梁陈，盛唐之上，有晋而初唐，亦有降而晚唐，诗之变也。西京而下，有靡而六朝，有敛而四家，则文之变也。语不云乎，有物有则。能极其则，正可耳，变亦无不可。"③王世贞承认其变，而且认为学习这种变也不坏，由这种观点再前进一步，主张诗文"然各有至者，未可以时代优劣也"④，"代不能废人，人不能废篇，篇不能废句"⑤。

反映王世贞调剂论的资料几乎都收录在《弇州山人续稿》里。先于《弇州山人续稿》的《弇州山人四部稿》成于万历三年（1575 年）王世贞 50 岁

---

① 永瑢等撰：《四库全书总目》，1508 页，北京，中华书局，1965。
② 丁福保辑：《历代诗话续编》，964 页，北京，中华书局，1983。
③ 王世贞：《弇州山人续稿》卷五十二，清文渊阁四库全书。
④ 丁福保辑：《历代诗话续编》，1005 页，北京，中华书局，1983。
⑤ 王世贞：《弇州山人四部续稿》卷四十一，清文渊阁四库全书。

时，其中所收录的都是 50 岁以前的作品，《弇州山人续稿》所收的大概是 50 岁以后的作品。所以，可以把王世贞的调剂论看作他晚年的定论。而这个时期正是李攀龙死后王世贞已执格调说之牛耳的时期，王世贞的目的是把诸多对立的主张加以调剂以再一次统一混乱的明末文坛。所以，主张调剂论的时期与王世贞超越格调说的时期相一致，这是理所当然的。

松下忠在《江户时代的诗风诗论——兼论明清三大诗论及其影响》中认为，王世贞超越格调说的时期应该在隆庆、万历之交。松下忠举了以下两个事实来说明。王世贞在所写的周子义传记中这样说："呜呼！当隆万之间，天下之文极矣。公独欲挽之以质，而尽归于实用。"[①]据此可知，隆庆、万历间格调说风靡天下，天下文章走到了尽头。在这时候，周子义想以质实来挽救文章，使之归于实用。据此，我们可以推断王世贞因为想超越古文辞，从格调说蜕化出来，所以才极力称赞周子义挽回文章的功劳。

王世贞主张调剂论大概与明末文坛的分裂和格调说本身的缺陷有关。王世贞认为，现实的时代要求不仅来自外部情势的诱致，而且也有内部方面的原因。唐顺之、王慎中骂李梦阳只是一个剽掠司马迁、杜甫等诗文的盗侠。唐、王之外，作为属于"唐宋八大家"系统的古文派，前有王鏊，后有薛应旂、姜宝、吴钦等与格调说相角逐，杨慎与何景明、李梦阳对立，归有光敬慕太史公及唐宋韩愈、欧阳修，主张以经术为本的古文，以反对格调说，甚至骂王世贞为"妄庸巨子"，茅坤也学习太史公及唐宋诸家，特别学习欧阳修，主张古文之说，徐渭、汤显祖亦排斥李、王的古文辞而作自己的文章，袁宏道倡性灵说以攻击古文辞。当时的情势并不仅限于此，在李攀龙在世之时，尚格调者中就已经有李先芳、谢榛等掉队者。再有，魏允中、王锡爵、汪道昆等人虽主张格调说，而能自省。遭遇以上这种文坛上的变动期，对于处于文坛指导地位的王世贞来说，除了立足于高处、大处调剂并统一文坛各派意见而外，别无其他选择。所以从王世贞当时所处的情势来看，对格调说进行调剂是顺应时

---

①　王世贞：《弇州山人四部续稿》卷六十八，清文渊阁四库全书。

代的必然选择。

4. 格调说的主要特征

在分析了格调说的核心代表人物之后，铃木虎雄对格调说的主要特征和实现方式进行了阐述，条理分明，概括简洁得当，使读者能够对格调说有一个总体的认识和把握。

铃木虎雄认为格调说理论主张的主要特征有以下四点。

第一，"格调说要求意与格调的统一"。① 铃木虎雄认为，格与意紧密相关，格与调密不可分，意、格、调三者是一个不可分割的整体。所以，不论是广泛意义上的格调说，还是李何标举的特殊意义上的格调说，都同时要求正意、正格、正调。因此，尚格调者并非仅为对格调的要求，实际上也同时是对意的要求。这就是格调说的真义和精髓所在。至于其流弊所及，只摹声调、拟格形而不问其意，因而必然成为"肤廓"。正如铃木虎雄所说："这种不同时含有意的格调、格形，不可用真正意义上的格调之名，其冒用格调之名造成肤廓之弊，也正如同戏子扮关羽一样。"②

第二，"格调说先正格调再及于意"。③ 对于此点的理解可见于上文中对李梦阳诗论的论述，即李梦阳倡导学诗的根本途径是由学习古人作诗的形式而最终达到"以我之情，述今之事，尺寸古法，罔袭其辞"，也就是"由外及内""先正格调再及于意"。

铃木虎雄没有理解格调派诗的"佳妙处"。他为格调说辩护道："后世奉格调说者，少有知晓整饬音调而多有怒号之声，即使偶有较为优秀者知晓整饬之道，但对如上所说的与诗意的紧密关联仍未有解会者。此所以对于斯说略窥其皮相易而把握其真相难也。至于如何可得诗意，则又与作者的人格密切相关。作者胸中须具备多种灵魂，若写忠臣孝子，则须备忠臣孝子之魂，若描才子佳人，则须备才子佳人之魂，欲写草木鸟

---

① ［日］铃木虎雄：《中国诗论史》，许总译，149 页，南宁，广西人民出版社，1989。

② ［日］铃木虎雄：《中国诗论史》，许总译，149 页，南宁，广西人民出版社，1989。

③ ［日］铃木虎雄：《中国诗论史》，许总译，149 页，南宁，广西人民出版社，1989。

兽、山河日月，亦须使人格精神化入草木鸟兽、山河日月之中。所谓'天工，人其代之'，即如同此意。……（作家）最为重要的因素为诚实，若不诚实即为虚伪。若欲使人哭泣，必须先自哭泣；诚实的自泣，虽出语笨拙，人亦必感动而泣。为人敬重的诗人，对于历来所称为'词人'、'辞人'之名者向来是轻视的，何故如此？正因为那一类人的作品不由诚实而发，无使人感动之处，而其与格调说所谓的正诗意之义也正是背道而驰的。"①综上所述，铃木虎雄认为格调说主张的内在方面正意而主诚实，外在方面不失体格并整饬音调。

第三，格调说贵质实。铃木虎雄在文中这样评价格调说的"质实"二字，"合乎人情，不背事实，是为质实"②。

第四，"格调说贵骨力斥靡弱。格调派的诗作之长处在于雄浑、悲壮、高华、浏亮。所谓雄、壮，皆为骨力的表现，与靡弱相反，构成所谓的高华，是与其品格密切相关的。这两点，正分别是意与调的反映。至于浏亮，则专属调的范畴，是与所谓淫哇唧哳相反的。"③

在此，铃木虎雄对格调说所要求之"意"和所要求之"调"做了具体的说明："意"为"贵质实""贵骨力"；"调"为崇"高华"、崇"浏亮"。格调派诗人们的创作也可以体现他们以上的要求。铃木虎雄列举了李何、李王的作品，认为："李梦阳之作，雄丽沉劲者，可置唐人集中，其高华凄婉者，即以李白、王昌龄、高适、岑参，当亦不耻与之为伍，何况绝句在梦阳诸体中还是较为逊色者。何景明'双井'、'华岳'二首，可谓用意高深，托兴微婉，得王龙标、李供奉之佳境。李攀龙诸作，有高朗秀华者，亦有幽婉凄丽者，用工虽不同，但其所得之格调则甚为一致。王世贞'旌旗春偃'一首，其所得格调已广为人知，而'蹋臂'、'点点'、'窄衫'三首之绝佳风调，即以嫌弃李王的钱谦益亦皆选取。"④铃木虎雄的观点是符合学者们的一般论述的。

---

①　［日］铃木虎雄：《中国诗论史》，许总译，227 页，南宁，广西人民出版社，1989。

②　［日］铃木虎雄：《中国诗论史》，许总译，149 页，南宁，广西人民出版社，1989。

③　［日］铃木虎雄：《中国诗论史》，许总译，150 页，南宁，广西人民出版社，1989。

④　［日］铃木虎雄：《中国诗论史》，许总译，214 页，南宁，广西人民出版社，1989。

(二)神韵说

神韵说是被铃木虎雄"列为上等"的仅次于格调说的理论，所以他对其的论述是十分详细的。下面从渔洋神韵说的由来、神韵说的特征等方面对铃木虎雄的诗论观进行必要的阐释，并试图对其做出客观的评价。

1. 渔洋神韵说的由来

对学术流派进行溯源的考察，是古已有之的传统。"考镜源流"可以让我们知道事物的递承关系，使我们能有一个全面而深刻的理解。因此，谈到渔洋的神韵说，首先要对其进行溯源，指出其对前辈的借鉴和发展，在历史的纵向考察中揭示其独特的诗论价值。所以，以下将依次从"神韵"二字的由来、渔洋神韵说对前辈的借鉴这两个方面对渔洋神韵说的由来进行考察。

关于"神韵"一词的由来，铃木虎雄首先提及了渔洋的《池北偶谈》，该书有云：

> 汾阳孔文谷云："诗以达性，然须清远为尚。"薛西原论诗，独取谢康乐、王摩诘、孟浩然、韦应物，言："白云抱幽石，绿筱媚清涟。清也。表灵物莫赏，蕴真谁为传。远也。何必丝与竹，山水有清音；景昃鸣禽集，水木湛清华。清远兼之也。总其妙在神韵矣。"神韵二字，予向论诗，首为学人拈出，不知先见于此。①

孔天胤(号文谷)是嘉靖十一年(1532年)进士，薛惠(号西原)是正德九年(1514)进士。天胤主张"清远"之说，薛惠除了"清远"还主张"神韵"。薛惠以神韵论诗，作为其理想的诗人列举了谢灵运、王维、孟浩然、韦应物四人。渔洋以为自己首为学人拈出了"神韵"二字，后来才知道神韵之语已经见于薛惠之言，并说这是偶然的一致。铃木虎雄认为："'神韵'

---

① 王士禛撰，靳斯仁点校：《池北偶谈》，430 页，北京，中华书局，1982。

二字的提出，不待孔天允，前人已有用之，然渔洋称之，盖有深意。从渔洋对孔氏之说的称赞看，可见作为神韵的属性主要在于'清'与'远'。"①但铃木虎雄没有具体指出"前人已有用之"的具体事实。中国古代诗论向来注重溯源意识，所以有必要对事实进行探源和梳理。

王小舒认为"神韵"一词最早是作为人物评论来使用的："见载于南朝的史籍，如'神韵冲简'（《宋书·王敬弘传》），'神韵峻举'（梁武帝《赠萧子显诏》），专指人的精神气质。六朝时期注重人的内在品质、标榜个性，此类词汇遂颇为流行，诸如'风韵'、'思韵'、'高韵'、'远韵'、'风神'、'风气韵度'等，大体意思相同，又各有侧重。"②

接着，"神韵"一词被引入画界，成为古代绘画品评用语。最早见于南朝谢赫的《古画品录》，谢赫在评顾骏之的画时说："神韵气力，不逮前贤；精微谨细，有过往哲。"谢赫（479—502 年）是中国南朝齐梁间画家，绘画理论家，著有《古画品录》。《古画品录》评价了 3—4 世纪的重要画家，为我国最古的绘画论著。谢赫提出了中国绘画的"六法"：一是气韵生动，二是骨法用笔，三是应物象形，四是随类赋彩，五是经营位置，六是传移模写。"气韵生动"，是指表现的目的，即人物画要以表现出对象的精神状态与性格特征为目的。所以谢赫提倡的"神韵"应该就是"气韵生动"之意。唐代张彦远在其《论画六法》中又有所发挥，其云："古之画或能移其形似，而尚其骨气，以形似之外求其画，此难可与俗人道也；今之画，纵得形似，而气韵不生，以气韵求其画，则形似在其间矣"，"至于鬼神人物，有生动之可状，须神韵而后全。若气韵不周，空陈形似；笔力未遒，空善赋彩，谓非妙也。"③在此，"神韵"和"气韵"同指一事，而与"形似"对举，侧重于指传神、神似之意。

最后，"神韵"二字逐渐由画论进入诗论。唐司空图论诗提倡"近而不浮，远而不尽"的"韵外之致"，其云：

---

① ［日］铃木虎雄：《中国诗论史》，许总译，180 页，南宁，广西人民出版社，1989。
② 王小舒：《神韵诗学》，294 页，济南，山东人民出版社，2006。
③ 张彦远：《历代名画记》，16 页，杭州，浙江人民美术出版社，2011。

　　诗贯六义，则讽谕、抑扬、停蓄、温雅，皆在其间矣。然直致所得，以格自奇。前辈诸集，亦不专工于此，矧其下者耶！王右丞、韦苏州澄澹精致，格在其中，岂妨于道举哉？贾浪仙诚有警句，视其全篇，意思殊馁，大抵附于蹇涩，方可致才，亦为体之不备也，矧其下者哉！噫！近而不浮，远而不尽，然后可以言韵外之致耳。①

　　司空图所谓“韵外之致”就是指意境作品表层文字、声韵覆盖下的无尽情致。

　　到了宋代，对“韵”阐释尤为详细的是宋代范温的《潜溪诗眼》，其云：

　　王偁定观好论书画，尝诵山谷之言曰：“书画以韵为主。”予谓之曰：“夫书画文章，盖一理也。然而巧，吾知其为巧，奇，吾知其为奇；布置开合，皆有法度；高妙古淡，亦可指陈。独韵者，果何形貌耶？”定观曰：“不俗之谓韵。”予曰：……乃告之曰：“有余意之谓韵。……且以文章言之，有巧丽，有雄伟，有奇，有巧，有典，有富，有深，有稳，有清，有古，有此一者，则可以立于世而成名矣。然而一不备焉，不足以为韵；众善皆备而露才见长，亦不足以为韵；必也备众善而自韬晦，行于简易闲淡之中，而有深远无穷之味，观于世俗若出寻常，至于识者遇之，则暗然心服，油然心会，测之而益深，究之而益来，其是之谓矣。”②

　　范温首先对“韵”的历史，对此前有关韵的种种解释都做了回顾，做了清理。在范温看来，“有余意”乃是韵作为审美范畴的一个基本规定。

　　①　司空图：《与李生论诗书》，见郭绍虞主编：《中国历代文论选》（第二册），196 页，上海，上海古籍出版社，2001。

　　②　郭绍虞辑：《宋诗话辑佚》，372～373 页，北京，中华书局，1980。

韵不是某一种具体的美，如巧丽、雄伟、奇、巧、典、富、深、稳、清、古之类，而是对各种具体美的一个总的要求。这就是说，不同类型的美都以达到韵、获得韵为其极致，而达到韵、获得韵的标志就是"有余"。这已经和渔洋的神韵说内涵大致相同了。

到明代胡应麟《诗薮》、陆时雍《诗镜》等书中，"神韵"已是常见的词。张少康的《中国文学理论批评史》即辟有专节"明代中后期的'神韵说'"来论述他们的诗说，而且明确指出他们的诗歌创作理论对清代王士禛的诗歌理论有直接的影响。① 胡应麟虽然推崇盛唐诗，提倡复古，但是他的诗论同时注重诗歌审美意象的神韵之美，他认为诗歌意象之美的关键在于是否具有神韵。他说："盛唐气象浑成，神韵轩举"②，"大率唐人诗主神韵，不主气格"③。对宋诗则认为除苏轼外大都缺少神韵，"宋人学杜得其骨，不得其肉；得其气，不得其韵；得其意，不得其象，至声与色并亡之矣"④。在胡应麟的思想里，格调诗是具体的、外在的，而神韵是虚幻的、内在的，神韵比格调重要，格调只是体现神韵的一种手段。陆时雍也认为诗歌的艺术美主要在使审美意象具有神韵的特色，"诗之佳，拂拂如风，洋洋如水，一往神韵，行乎其间"⑤。

至于渔洋神韵说的渊源问题，铃木虎雄在书中提出了自己的观点："渔洋诗学既不弃李何之格调，同时又不弃初中唐及宋元诸家，并能进而以冲淡趣味为标举形成自己诗学的独特观点和风貌。"⑥铃木虎雄的说法传达出以下三个信息：首先，指出了神韵说对格调说的汲取。其次，指出了渔洋所师众多，不弃初中唐及宋元诸家。最后，指出渔洋形成"以冲淡趣味"为标举的诗学观。也就是说，渔洋是在汲取格调说、性灵说以及

---

① 张少康：《中国文学理论批评史》（上），175～179 页，北京，北京大学出版社，2005。

② 胡应麟：《诗薮》，89 页，北京，中华书局，1985。

③ 胡应麟：《诗薮》，84 页，北京，中华书局，1985。

④ 胡应麟：《诗薮》，58 页，北京，中华书局，1985。

⑤ 丁福保辑：《历代诗话续编》，1403 页，北京，中华书局，1983。

⑥ ［日］铃木虎雄：《中国诗论史》，许总译，159 页，南宁，广西人民出版社，1989。

其他诗说的基础上形成自己的神韵说的。

关于"不弃李何之格调"，铃木虎雄指出了渔洋与格调派诗人的事实联系。他指出渔洋在诗学上的杰出成就与其受"乡土文风之熏陶"有关，并列举出李攀龙。李攀龙是嘉靖年间后七子的代表，是渔洋之乡先辈。虽然，渔洋对李攀龙、王世贞稍有微言，其曰"自王李专言格调，清音中绝"①，指出了李攀龙的一些流弊，但是渔洋同时对李攀龙之长处绝不等闲视之，他曾明确指出"吾乡风雅，盛于明弘正嘉隆之世，前有边尚书华泉，后有李观察沧溟"②，这从另一侧面体现了渔洋对李攀龙的推崇。由此，铃木虎雄得出结论："盖自明代中叶李何出后的一代文学，诗文皆无不受到复古说的影响，至清初亦然，即使是反对李何并对其极加抨击者实际上也不免受到其一定的影响。因此，以渔洋之敏思睿智，对李何等人的长处的认识与汲取，正在情理之中"③。

关于"不弃初中唐及宋元诸家"，铃木虎雄指出渔洋于诗尝受业于钱谦益和吴伟业。钱谦益对渔洋诗非常嘉赏，曾云："伏读佳集，泱泱大风，青丘东海，吞吐于尺幅之间，良非笔舌所能赞叹。词坛有人，余子皆可以敛手矣。"④那么钱谦益的诗论何如？铃木虎雄指出钱谦益于格调说"暗中却有所取之"⑤，又"以初唐、中唐、宋元为标榜"⑥。钱谦益起初顺应时代的风潮而喜欢格调说的诗文，后来与性灵说的首倡者"三袁"中的末弟袁中郎成为朋友而倾向于反格调，推称"三袁"的性灵派。

例如，钱谦益在《列朝诗集》小传中对李梦阳及其诗论有如下批评：

> 献吉以复古自命，曰古诗必汉、魏，必三谢，今体必初、盛唐，必杜，舍是无诗焉，牵率模拟，剽贼于声句字之间，如

---

① 王士祯撰，靳斯仁点校：《池北偶谈》，273 页，北京，中华书局，1982。
② 王士祯：《带经堂诗话》，99 页，北京，人民文学出版社，1982。
③ ［日］铃木虎雄：《中国诗论史》，许总译，158 页，南宁，广西人民出版社，1989。
④ 王士祯撰，赵伯陶点校：《古夫于亭杂录》，75 页，北京，中华书局，1988。
⑤ ［日］铃木虎雄：《中国诗论史》，许总译，159 页，南宁，广西人民出版社，1989。
⑥ ［日］铃木虎雄：《中国诗论史》，许总译，159 页，南宁，广西人民出版社，1989。

婴儿之学语，如桐子之洛诵，字则字，句则句，篇则篇，毫不
能吐其心之所有。①

又论袁宏道及其诗论说：

中郎之论出，王、李之云雾一扫，天下之文人才士始知疏
瀹心灵，搜剔慧性，以荡涤摹拟涂泽之病，其功伟矣。②

从钱谦益的诗论中可以看出，钱谦益反对一味复古，强调"疏瀹心
灵""各出杼轴"。渔洋的神韵说主张"不以时代或人物分界""诗之根柢与
兴会并重"深受其师钱谦益的影响。换言之，渔洋的神韵说是对性灵说也
是有所摄取的。

关于吴伟业，铃木虎雄编有《吴梅村年谱》，铃木虎雄认为他"与初唐
诸家、中唐元白、元代虞集等人气味相近"。③《四库提要》论吴伟业诗歌
云："格律本乎四杰，而情韵为深；叙述类乎香山，而风华为胜。"④吴伟
业在继承元、白诗歌的基础上，自成一种具有艺术个性的"梅村体"。它
吸取白居易《长恨歌》《琵琶行》和元稹《连昌宫词》等歌行的写法，重在叙
事，辅以初唐四杰的采藻缤纷，温庭筠、李商隐的风情韵味，在叙事诗
里独具一格。渔洋"不弃初中唐及宋元诸家"与吴伟业的影响也是有关
的吧。

关于渔洋对"冲淡趣味"的诗歌的喜爱，铃木虎雄首先追溯到渔洋的
家学方面，指出了渔洋长兄王士禄对渔洋形成冲淡趣味的影响。渔洋长
兄是王士禄。时士禄见渔洋之诗甚善，即取刘顷阳所编《唐诗宿》中王维、
孟浩然、王昌龄、刘眘虚、韦应物、柳宗元等人诗命渔洋钞读。士禄尝
于岁末大雪之夜，聚兄弟于堂中置酒，酒半时，取出王维、裴迪《辋川

---

① 钱谦益编：《列朝诗集》，3466 页，北京，中华书局，2007。
② 钱谦益编：《列朝诗集》，5317 页，北京，中华书局，2007。
③ ［日］铃木虎雄：《中国诗论史》，许总译，159 页，南宁，广西人民出版社，1989。
④ 永瑢等撰：《四库全书总目》，1520 页，北京，中华书局，1965。

集》，以兄弟皆知之，每一诗成，辙互为激赏击节，诗成酒尽而雪未止。其次，铃木虎雄在论述渔洋所受乡土文风之熏陶时指出了渔洋对其乡先辈边贡诗歌的推崇。边贡为山东历城人，是渔洋的乡先辈，五七言绝句则尤为独擅，陈子龙评其"五言尤称长城"①，朱彝尊亦谓"华泉诸体不及三家(指李、何、徐)，独五言绝句擅场"②，皆为知言。边贡仲子边习(字仲学)，亦善为诗。渔洋尝为边贡刻印《华泉集》，并将边习之诗加以选录附刻于后，可见其对乡先辈贤哲之尊奉。关于边贡的诗风，何良俊《丛说》谓："世人独推何、李为当代第一，余以为空同关中人，气稍过劲，未免失之怒张，大复之俊节亮语，出于天性，亦难到；但工于言句，而乏意外之趣。独边华泉兴象飘逸，而语尤清圆，故当共推此人。"③

由上可知，渔洋所学繁杂，以至于造成渔洋诗论主张的"三变"，即其早年宗唐，中年主宋，晚年复归于唐。虽然渔洋所学流派繁多而互相抵触，但由于渔洋天资聪颖，能够博采众长，最终形成了他独特的神韵诗学观。

2. 神韵说的特征

铃木虎雄从八个方面来概括"神韵"的性质和特征："一曰心理状态要平静""二曰外部环境要广远""三曰对物象的描写虽然不排斥分明性，但使其稍有迷茫之感则更为适宜""四曰对于时节的适应性""五曰对事物的描写，无论何种表现，皆以程度不高者为贵""六曰避忌有力的猛烈的活动，而要求代之以温和的表现""七曰清远""八曰不即不离"④。下面拟选取几点对其着重进行阐释。

关于"心理状态要平静"。铃木虎雄指出："这就如同水面平静、风波不起那样。但这并不是意味着心理活动的停止，而是使心理活动保持平衡而形成的平静，因此与那种情调激越动荡者是绝对不能相容的。这种

---

① 宋彝尊选编：《明诗综》，1564 页，北京，中华书局，2007。
② 宋彝尊选编：《明诗综》，1564 页，北京，中华书局，2007。
③ 何良俊撰：《四友斋丛说》，234 页，北京，中华书局，1959。
④ ［日］铃木虎雄：《中国诗论史》，许总译，179～181 页，南宁，广西人民出版社，1989。

平静的心理若由平静更进而达到沉冥之境，则愈为绝妙，所谓冲淡之
'冲'即指如此心境。"①

　　纵观渔洋的诗歌，多倾向于吟风弄月、模山范水，缺乏深刻的现实
内容，所以渔洋的诗句从来不会表露出多么炽烈的情感，"与那种情调
激越动荡者"截然相反。但渔洋的此种平静"并不是意味着心理活动的
停止"，而是将自己的主观情感暗含在对景物的客观描绘之中，情感表
达间接、含蓄而不外露。试举渔洋诗《江山》为例："吴头楚尾路如何，烟
雨秋深暗白波。晚趁寒潮渡江去，满林黄叶雁声多。"②这首诗通过描写
萧条的秋景抒发了旅途中的凄凉之情。但此种情感的抒发含蓄而朦胧，
并不强烈。对比李白的《宣州谢朓楼饯别校书叔云》的"长风万里送秋雁，
对此可以酣高楼"，同样是写秋景，两者的风格迥异。渔洋诗含蓄蕴藉，
余味无穷，得待读者慢慢品味，而李白诗气象开阔，直抒胸臆，感情强
烈，动人心魄。这也反映了渔洋诗歌"对事物的描写，无论何种表现，皆
以程度不高者为贵"③，以及"避忌有力的猛烈的活动，而要求代之以温
和的表现"④。

　　"这种平静的心理若由平静更进而达到沉冥之境，则愈为绝妙，所谓
冲淡之'冲'即指如此心境。"⑤这与渔洋酷爱以禅论诗密切相关。渔洋特
别欣赏严羽以禅论诗的主张，尝有云："严沧浪以禅喻诗，余深契其说，
而五言尤为近之。"⑥又云："舍筏登岸，禅家以为悟境，诗家以为化境，
诗禅一致，等无差别。"⑦可知，渔洋认为禅家之悟境与诗家之化境是完
全同一的，甚至明言"诗禅一致"。"沉冥"原为佛教语，是指坐禅入定之
境。铃木虎雄以"沉冥之境"释其作诗之心境，准确地把握了渔洋以禅论

---

①　[日]铃木虎雄：《中国诗论史》，许总译，179 页，南宁，广西人民出版社，1989。
②　王士禛：《带经堂集》卷七，清康熙五十年程哲七略书堂刻本。
③　[日]铃木虎雄：《中国诗论史》，许总译，179 页，南宁，广西人民出版社，1989。
④　[日]铃木虎雄：《中国诗论史》，许总译，180 页，南宁，广西人民出版社，1989。
⑤　[日]渔洋虎雄：《中国诗论史》，许总译，179 页，南宁，广西人民出版社，1989。
⑥　王士禛：《带经堂诗话》，83 页，北京，人民文学出版社，1982。
⑦　王士禛：《带经堂诗话》，83 页，北京，人民文学出版社，1982。

诗的精神，解释十分恰当。

关于"对物象的描写虽然不排斥分明性，但使其稍有迷茫之感则更为适宜"这一特征。铃木虎雄指出渔洋诗中佳句如"吴楚青苍""蒙蒙夕照""晴川森森""秋草萋萋"等，皆多少含有一些迷茫意味。

关于这一特征产生的原因，当与王士祯主张诗画相通有关。王士祯有云："予尝闻荆浩论山水而悟诗家三昧矣。其言曰：'远人无目，远水无波，远山无皴。'又王楙《野客丛书》有云：'太史公如郭忠恕画天外数峰，略有笔墨，意在笔墨之外。'诗文之道，大抵皆然。"①由此看出，王士祯推崇的是一种写意的绘画手法，即不着眼于详尽如实、细针密缕地摹写现实，而着重以简练的笔墨表现客观物象的神韵和抒写画家主观的情致。继之，王士祯认为"诗文之道，大抵皆然"②，所以他标举的"神韵说"也注重写意的精神，点到即止，韵味无穷。

关于"清远"这一特征，应对其进行重点评述。前文所引渔洋《池北偶谈》中论述了"神韵"二字的渊源。铃木虎雄认为"'神韵'二字的提出，不待孔天允，前人已有用之，然渔洋称之，盖有深意"③，是为了通过称赞孔氏之说来阐述作为"神韵"的性质和特征——"清远"。关于"清远"，铃木虎雄解释为"所谓'清'，似指物象分明与诗思高洁。……所谓'远'，主要似指心理的距离，如前所述的沉冥之境、迷茫之境、温和之境并皆使人有远的感受，甚至隽永超诣之诗趣实亦有远的意味"④。

铃木虎雄释"清"为"物象分明"与"诗思高洁"。渔洋认同薛西原诗论"'白云抱幽石，绿筱媚清涟'，清也"。"清"之"物象分明"应该是指神韵说主张描绘事物之时表现出一种清新明快亮丽之感。这也可以看出渔洋诗学的多面性，既崇尚"迷茫之感"，又"不排斥分明性"。"清"之"诗思高洁"应该是着眼于渔洋的本性来说的。关于渔洋"清"的本性。袁枚《随园诗话》卷二有云："先生才本清雅，气少排奡，为王、孟、韦、柳则有余，

---

① 王士祯：《带经堂诗话》，86 页，北京，人民文学出版社，1982。
② 王士祯：《带经堂诗话》，86 页，北京，人民文学出版社，1982。
③ ［日］铃木虎雄：《中国诗论史》，许总译，180 页，南宁，广西人民出版社，1989。
④ ［日］铃木虎雄：《中国诗论史》，许总译，180 页，南宁，广西人民出版社，1989。

为李、杜、韩、苏则不足也。余学遗山，《论诗》一绝云：'清才未合长依傍，雅调如何可诋娸？我奉渔洋如貌执，不相菲薄不相师。'"①这段话是说王士禛具有清雅之才，缺少排奡之气，可见"清才"与韩愈所说的"横空盘硬语，妥帖力排奡"②的刚健有力的特征是相对的。

"所谓'远'，主要似指心理的距离"该如何理解呢？铃木虎雄解释为"使人有远的感受"的"沉冥之境""迷茫之境""温和之境"。由上文可知，"沉冥之境"指作诗之化境，"迷茫之境"指写意之境，"温和之境"指超脱物我之境。这些都表现为一种"心理的距离"。铃木虎雄的解释是一种诗化的解释，不容易让人理解。对此，我们可以参照王小舒的解释。王小舒在《神韵诗学》一书中把正始诗人嵇康、阮籍等划归为清远派，认为清远派最本质的特征是"超越现实"和"归向自然"，并把清远派看作"神韵诗派的初期形态"。他在阐释清远派之"远"的时候，也与铃木虎雄一样把"远"的含义引申为"一种心理上的距离"，不过他的解释更为具体："它是指诗人对外界的一种远远的关照。就是说，诗人应该从更为广阔的空间和时间背景中去把握现实，与现实进行交流。阮籍诗的'言在耳目之内，情寄八荒之表'、'使人忘其鄙近，自致远大'，指的就是这样一种审美态度。"③王小舒指出了在"广阔的时间和空间背景中去把握现实"即可做到"心理的距离"，这样的解释比铃木虎雄的解释更容易把握和理解。

何谓"远"之"隽永超诣之诗趣"？渔洋颇爱以画论诗，喜拿诗与画做比较，因此渔洋的诗论画论相结合，二者之间有着非常紧密的联系。渔洋由画论推及诗论，认为诗论与画论相通，欣赏"意在笔墨之外""不著一字，尽得风流"的诗歌，也就是以简单的笔墨显现出无限韵味的诗歌。吉川幸次郎也把王士禛神韵说的特征归结为"远"并做出解释："欲含意远，必省其词。若极言之，不著一字。"④这大概就是指"远"之"隽永超诣之诗趣"吧。

---

①　袁枚：《随园诗话》卷二，清康熙十四年刻本。

②　方世举编年笺注：《韩昌黎诗集编年笺注》，62 页，北京，中华书局，2012。

③　王小舒：《神韵诗学》，7 页，济南，山东人民出版社，2006。

④　张哲俊：《吉川幸次郎研究》，356 页，北京，中华书局，2004。

　　王士禛论诗，多次出现"清""远"或者相近的字样，如"清挺""清警"
"淡""平淡""古淡"等。例如，在王士禛极为推崇的司空图的论诗的二十
四品中，"冲淡""自然""清奇"三品皆属于清幽淡雅优悠不迫一派，超凡
脱俗。在王士禛看来，它们代表了诗歌意境的最高成就。在对门人传授
作诗经验时，王士禛反复强调诗歌要有清远的风格。在王士禛的诗论中，
"清"与"淡"常可并举，王士禛要求作诗最后要回归平淡的风格，这就看
出他嗜"清"的趣味。张少康就指出王渔洋论神韵特别强调"清远"的特色，
并指出渔洋选《唐贤三昧集》以严羽、司空图的诗论为旨归，以"隽永超
诣"为标准，选王右丞而下四十二人，表面上说仿王安石《唐百家诗》例，
不录李、杜，实际上还是和他的"清远"宗旨有关的。又举出翁方纲在《七
言诗三昧举隅》中的论述："先生于唐独推右丞、少伯以下诸家得三昧之
旨。盖专以冲和淡远为主，不欲以雄鸷奥博为宗。若选李、杜而不取其
雄鸷博奥之作，可乎？吾观先生之意，固不得不以李、杜为诗家正轨也，
而其沉思独往者，则独在冲和淡远一派，此固右丞之支裔，而非李、杜
之嗣音矣。"①

　　关于"不即不离"。铃木虎雄认为"既不拘泥于物象，又不拘泥于心
意，而能游刃于物心契合、主客相融之间，则庶可为'不即不离'之
境"②。他认为这是渔洋借用佛典之语形容诗境之辞。铃木虎雄在阐释
"不即不离"这一特征之时只是引用了渔洋诗论，而没有对该诗论本身做
深层阐发，读者不免难以理解，所以试对其做进一步说明。由渔洋诗论
可知，"不即不离"和"曹洞宗所云参活句"均是对严羽"如镜中花，如水中
月，如水中咸味，如羚羊挂角，无迹可求"③的解释。要理解铃木虎雄归
纳的"不即不离"特征可以从严羽诗论和"曹洞宗所云参活句"入手。

　　严羽的"空中之音、相中之色、水中之月、镜中之象"是指诗歌表现
出的一种虚实相生的空灵美，即铃木虎雄所谓"不拘泥于物象"。何谓参

①　张少康：《中国文学理论批评史》(下)，327 页，北京，北京大学出版社，2005。

②　[日]铃木虎雄：《中国诗论史》，许总译，181 页，南宁，广西人民出版社，1989。

③　永瑢等撰：《四库全书总目》，1788 页，北京，中华书局，1965。

活句？渔洋在《居易录》中说："《林间录》载洞山语云：'语中有语，名为死句；语中无语，名为活句。'予尝举似学诗者。今日门人邓州彭太史直上来问予选《唐贤三昧集》之旨，因引洞山前语语之，退而笔记。夹山曰：'坐却舌头，别生见解；参他活意，不参死意。'达官曰：'才涉唇吻，便落意思，并是死门，故非活路。'"①这是以禅喻诗，是指诗歌重在"悟"，要有自己的新意，即铃木虎雄所谓"不拘泥于心意"。综以上两点言之，只有"既不拘泥于物象，又不拘泥于心意"②，最终才能达到"心物契合，主客交融"的"不即不离"之境。

（三）性灵说

虽然铃木虎雄对性灵说的评价不高，但他对性灵说的研究还是十分详赡的。基于铃木虎雄对性灵说的论述，以下将从性灵说的渊源谈起，之后对袁枚对其他诗派的批判进行叙述和探讨，最后阐释性灵说的主要特征。

1. 性灵说渊源

关于袁枚性灵说的渊源，铃木虎雄提及了三个来源：杨诚斋、温庭筠以及袁宏道，以下分别加以探讨。

首先，铃木虎雄认为"性灵之说实由诚斋生发而来"③，并认为"杨诚斋对随园的影响，可以看作是宋诗中的性灵渊源"④。铃木虎雄引《随园诗话》为证，表达了袁枚对杨诚斋诗论的认可和喜爱。

其次，铃木虎雄探究性灵之说的渊源还进一步追溯到晚唐诗人温庭筠。铃木指出："（温）庭筠与李商隐并称温李，作诗以典赡秾丽为特色。五代之时，蜀有韦縠编《才调集》，其中多收有关闺房之作，温李之诗亦被选入。其所选之诗，一般皆为风调翩翩者，王渔洋在《十种唐诗选》中，为该集作序即称其'专尚风调'。……随园以《才调集》教授其弟子，实亦

---

① 王士禛：《居易录》卷二十七，清文渊阁四库全书本。
② 张少康：《中国文学理论批评史》（下），329 页，北京，北京大学出版社，2005。
③ ［日］铃木虎雄：《中国诗论史》，许总译，187 页，南宁，广西人民出版社，1989。
④ ［日］铃木虎雄：《中国诗论史》，许总译，188 页，南宁，广西人民出版社，1989。

体现出对才调翩翩之诗的主观选择和趣好倾向。……随园对萨都剌、高启、黄任的推崇，显示了对其轻俊而不庄重的诗风的喜好，这也几乎是以与喜好《才调集》完全一样的眼光予以观照的结果。"①

最后，铃木虎雄认为随园与袁宏道的诗说存在渊源关系。他指出："中郎兄弟排斥李王之肤廓并兼取中晚唐与宋元之诗。……随园论诗，多言善辩，但却一言未及袁宏道，原因何在，尚待探考。"②

事实上，任何一派诗说都是在吸收前代学说精华的基础上而创立的，虽然没有明确的证据来证明前代某一学说对袁枚的影响关系，但这些学说对袁枚诗说产生无意识的影响也是可能存在的。王英志对《文心雕龙》与袁枚诗说关系的探讨是富有创建性的，可以启发读者对性灵说深厚的文化内蕴做进一步的思考，丰富性灵说的内涵。当然，读者首先要了解袁枚直接提及并重点借鉴的诗论，这样才能更切实际地把握袁枚性灵说的内涵。总言之，作为早期的诗论史著作，铃木虎雄对袁枚性灵说渊源的探讨是富有启发性的，对后世的诗论产生了深远的影响。

2. 性灵说的主要特征

铃木虎雄将袁枚诗说的主要特点罗列了11条，现略对其进行归类而分别探讨之。

从诗歌风格来看，有"一曰贵清新避陈腐"，"二曰贵轻妙弃庄重"，"三曰贵机巧不喜典雅"。铃木虎雄认为："随园的清新则主要是针对李王格调派，因而李王等人倡汉、魏、盛唐，随园即取中晚唐、宋、元而与之相对抗。此外，渔洋的神韵说，亦非不取中晚唐、宋、元之境，但与随园所取者相比，性质上却有差异，比如'清'字，渔洋所取颇重此义，随园所取则将'清新'二字视为一义。确实，随园所取诗境，在格调派与神韵派所弃之不顾处做努力开掘之功，但也正因此，其在创作中，对自己认定为清新的中晚唐、宋、元的某种诗境致力摹拟，又不免有陈腐之

---

① ［日］铃木虎雄：《中国诗论史》，许总译，188页，南宁，广西人民出版社，1989。

② ［日］铃木虎雄：《中国诗论史》，许总译，188～190页，南宁，广西人民出版社，1989。

感。不过尽管如此，其除去陈腐之气者还是有激赏价值的。"①

那么，袁枚自身是如何理解"清新"二字的呢？若以袁枚《随园诗话》为研究对象，可以发现"清新"二字在其中出现五次，均用于袁枚对他人诗风的赞赏性评价。袁枚认为，"清新"之诗与明七子诗风迥异；"清新"之诗专主性灵。而由其所赞赏"清新"之诗来看，这些诗颇有中晚唐宋元诗境。

"轻妙"当与"机巧"同义，盖指袁枚诗歌所谓"灵"。"庄重"与"典雅"同义，盖指符合传统儒学所推重的"温柔敦厚"之诗风。袁枚"贵轻妙""贵机巧"是世人所共语，暂不赘述。但铃木虎雄指出其"弃庄重""不喜典雅"却是与袁枚所倡的诗论有出入的，从袁枚批驳沈德潜之文可以看出端倪。

从诗歌创作来看，有"四曰以意匠运用为贵，以发挥自己性情为贵"。② 在此，铃木虎雄从性灵说对诗歌的外在和内在要求对性灵说进行了概括，并做出了解释："凡是由自己艺术功夫中创造而出者皆为可贵，而模仿别人者则最为禁忌。"③这是说袁枚要求诗人在艺术形式上有独创性，在内容上能抒发自己的性情，不必囿于其他时代之诗人和诗作来削足适履。王英志先生对此说得明白："对于诗的艺术表现的'独创性'来讲，诗人这'创造者的主体性'中的个性特征的制约作用是十分明显的。'主体性'表现为诗人具有独自的思想、生活、艺术方面的积累，有其自己的审美感受，并采取其独出心裁的艺术构思、表现手法来反映所抒写的'对象的特征'，从而形成独具一格的作品。"④

从诗歌内容来看，有"五曰诗境取之于眼前卑近之处"，"六曰以由自然风景咏及人事者为贵"，"七曰以由风景咏及人情者为贵"，"八曰在人情之中，尤喜所谓'世话物'式的作品"，"九曰与形式相比内容为贵"，"十曰与道德相背离"。

---

①　[日]铃木虎雄：《中国诗论史》，许总译，222～223 页，南宁，广西人民出版社，1989。

②　[日]铃木虎雄：《中国诗论史》，许总译，223 页，南宁，广西人民出版社，1989。

③　[日]铃木虎雄：《中国诗论史》，许总译，223 页，南宁，广西人民出版社，1989。

④　王英志：《性灵派研究》，60 页，沈阳，辽宁大学出版社，1998。

铃木虎雄认为袁枚"在人情之中，尤喜所谓'世话物'式的作品"①。那么何谓"世话物"？这是日语的说法。"世话物"是以表现百姓世俗生活为题材的文学作品。铃木虎雄认为袁枚"在人情之中，尤喜所谓'世话物'式的作品"是说袁枚喜欢反映世俗生活的作品，此评是非常恰当的。袁枚从身边生活取材，反映日常人情，而不赞同单纯的咏物写景和反映宏阔的题材。这也可以从他创作的诗歌中见出端倪，如他的《齿痛》《拔齿》《补齿》《留须》《镊须》《染须》《不染须》《觉衰》《恶老》《喜老》等作品表现出对日常生活琐事的关注，题材俗之又俗，贴近百姓生活，反映了世俗人情。

铃木虎雄认为袁枚喜欢"世话物"倾向的发展，"甚至达到本能主义的程度，不仅不弃浮薄鄙亵，反而以之作为对性灵的发挥。其所谓'清脆'、'芬芳悱恻'等语，表面上是就广义的性情而言，但实质上仍然主要是就情中的这一部分而言。"②铃木虎雄此言虽然反映了一定真相，但明显带有贬斥意味，没有意识到袁枚诗说的进步意义。

第一，铃木虎雄认为其诗歌毫不掩饰地表达了真实的情感这个评价是中肯的。袁枚创作了大量的情诗，他的作品涉及对姬妾的思恋之情以及一些寻花问柳之事。例如，《寄聪娘》之一云："寻常并坐犹嫌远，今日分飞竟半年。知否萧郎如断雁，风飘雨泊灞桥边。"③张健先生认为："这些作品写男女之爱时，乃将其作为性爱本身来对待，并且往往是将这种感情不加掩饰地直接呈现出来，而不是通过传统的含蓄委婉的方式来表现，这样就使得这种情感比较炽热，感性的成分比较浓厚。"④可见，袁枚诗作内容的直接与开放。

但是，也应该看到袁枚诗歌的进步意义。袁枚《答蕺园论诗书》有云："且夫诗者，由情生者也。有必不可解之情，而后有必不可朽之诗。情所最先，莫如男女。古之人屈平以美人比君，苏、李以夫妻喻友，由来尚

①　［日］铃木虎雄：《中国诗论史》，许总译，223页，南宁，广西人民出版社，1989。
②　［日］铃木虎雄：《中国诗论史》，许总译，223页，南宁，广西人民出版社，1989。
③　袁枚：《小仓山房集》卷八，清乾隆刻增修本。
④　张健：《清代诗学研究》，735页，北京，北京大学出版社，1999。

矣。"①袁枚认为抒发男女之情是诗歌古来有之的传统，把创作情诗提高到继承传统的高度之上，这样的宣言在当时的社会无疑是振聋发聩且大逆不道的。抱有贬斥的态度袁枚还主张诗歌可以"有关系"，也可以"无关系"，并通过对经典的诠释来证明其理论，如他举孔子之说"诗可以兴、观、群、怨，迩之事父，远之事君，多识于草木鸟兽之名"，认为孔子所云"迩之事父，远之事君"是"有关系者"，"多识于草木鸟兽之名"是"无关系者"。他区分诗歌的不同功能，反对以伦理功能为统帅。本来"无关系者"在儒家诗学价值系统中没有地位，但他却赋予"无关系者"诗歌与"有关系"的诗歌同样的地位。这体现在袁枚与沈德潜的相互驳难中。沈德潜以王次回之诗为"害人心术"的"温柔乡语"而加以斥责。沈德潜上承儒家诗学，强调诗歌的社会功能，强调其"用如此其重也"，因此他主张诗歌应该"有关系"。而袁枚却不持此种偏见，肯定了王次回诗的成就，用人性论来批驳沈德潜诗说，不允许沈德潜以正统儒学的名义来限制文学的多样性。

第二，从文字运用来看，性灵派善于运用虚字。铃木虎雄认为格调派善用实字，神韵派善用叠字，那么性灵派可谓善于以虚字为斡旋。盖以虚字之斡旋，则意调流畅；而若失当，则难免于靡弱之病。

关于虚字的作用，学者多有论述。清初刘淇在《助字辨略·自序》中说："构文之道，不过虚字、实字两端，实字其体骨，而虚字其性情也。"②刘淇在此说明的是虚字构成文章的体骨，虚字体现文章的性情。清代刘大櫆在《论文偶记》中对虚字的作用论述得更为详细，其云："上古文字初开，实字多，虚字少，典谟训诰，何等简奥，然文法自是未备。至孔子之时，虚字详备，作者神态毕出。左氏情韵并美，文采照耀。至先秦战国，更加疏纵。汉人敛之，稍归劲质。文必虚字备而后神态出，何可节损。然枝蔓软弱，古人后重之气，自是后人文渐薄处。"③刘大櫆

---

① 羊春秋、何严编：《历代治学论文书信选》，398 页，长沙，岳麓书社，1983。
② 刘淇：《助字辨略》，1 页，北京，中华书局，1954。
③ 郑奠、麦梅翘编：《古汉语语法学资料汇编》，92 页，北京，中华书局，1964。

说文章要写出神态，虚字必须详备，不能少用或不用。可是，后来人写的一些文章，虚字用得不得其法，造成"枝蔓软弱"，这就缺少了古人文章中的"后重之气"。铃木虎雄所谓的"盖以虚字之斡旋，则意调流畅；而若失当，则难免于靡弱之病"①表达的就是上述的意思。

第三，"性灵派之长处，一言以蔽之曰'才'"。② 铃木虎雄此说并非十分妥当，对于"性灵"的理解流于表面。郭绍虞认为性灵说的特征应为"情"与"才"的综合，此外，邬国平先生也认为袁枚所谓"性灵"，"主要指自然地、风趣地抒写自己个人的真实情绪、感受和思考。'性'即性情、情感，'灵'有灵机、灵趣等意思。'性灵'是'性情'与'灵机'、'真'与'巧'的结合，而性情的真实诚信又是其诗歌学说最重要的基础"。③ 所以，铃木虎雄此说是片面的，缺乏对袁枚诗论的全面关照。

(四)对三诗说的总评

1. 铃木虎雄对三诗说的总评

在分别论述格调、神韵、性灵之说后，铃木虎雄对三诗说做出了如下总结："格调派长于雄浑高华，神韵派喜好闲远清淡，性灵派则倾心于机巧轻妙。要之，格调说以意力性、热情性并不失诚实为主，神韵说以情感性及平静淡泊为主，性灵说以才智性及清新机巧为主。一主体格，一主兴趣，一主意匠。一为实字性，一为叠字性，一为虚字性。诗中之雄浑、高华、悲壮、浏亮等方面，当以格调派之诗为冠；冲淡、清远、超诣、隽永等方面，当以神韵派之诗为冠；轻妙、机活等方面，当以性灵派之诗所独得。而容易陷入形式，容易流于靡弱，容易偏于浮薄，则为三派各自之弊。"④在此，铃木虎雄分别概括了三诗说各自的特征，并提及了各派容易出现的流弊，评价可谓客观而公允。同时铃木虎雄也显

---

① ［日］铃木虎雄：《中国诗论史》，许总译，224 页，南宁，广西人民出版社，1989。

② ［日］铃木虎雄：《中国诗论史》，许总译，224 页，南宁，广西人民出版社，1989。

③ 王运熙、顾易生主编：《中国文学批评史新编》，274～275 页，上海，复旦大学出版社，2001。

④ ［日］铃木虎雄：《中国诗论史》，许总译，229 页，南宁，广西人民出版社，1989。

示出自己的偏好，他认为"作为诗歌理论，格调说最具概括性，神韵说与性灵说都不过是撷取诗中某一部分特异之处并以之为标举。若论各派诗歌风格趣味所达到程度的高低，即使是将其置放于现在的时代，也仍然是不得不将格调、神韵二派列为上等的"，① 在此表达了对格调与神韵说的偏爱以及对性灵说的保留态度。

2. 同时期中国学者对三诗说的态度

陈国球在《明清格调诗说的现代研究》一文中对同时期中国学者对格调说和性灵说的看法进行了梳理。陈国球认为"现代中国文学批评研究的开展，与新文学运动关系相当密切，早期的文学批评家如朱自清、郭绍虞等都是'五四'时期的新文学运动中人"，所以这一时期格调说和性灵说的研究是与新文学运动的开展紧密联系在一起的，新文学运动的主张影响了学者们对两诗说的态度。陈国球的论述值得我们参考，现摘引如下：

> 胡适《改良文学刍议》(1917)就说元代开始了白话文学的趋势，"不意此趋势骤为明代所阻，政府既以八股取士，而当时文人如何、李七子之徒，又争以复古为高，于是此千年难遇言文合一之机会，遂中道夭折矣。"陈独秀《文学革命论》(1917)则认为有妖魔阻厄，"以至今日中国之文学，委琐陈腐，远不能与欧、美比肩。此妖魔为何？即明之前后七子及八家文派之归、方、刘、姚是也"，又说："若夫七子之诗，刻意模古，直谓之抄袭可也。"七子的复古运动被视为文学发展的反动，在这个运动以外的人物，就赢得新文学运动中人的正面评价。例如胡适早在 1915 年的留学日记就在作这种搜寻工夫，说："明诗正传，不在七子，亦不在复社诸人，乃在唐伯虎、王阳明一派。……'公安派'袁宏道之流亦承此绪。"到后来周作人更大力推许公安三袁，认为袁中郎所讲的"独抒性灵，不拘格套"、"信腕信口，皆成律度"，与胡适的主张一样，公安反七子好比新文学运动推

_____

① 　[日]铃木虎雄：《中国诗论史》，许总译，229 页，南宁，广西人民出版社，1989。

倒旧文化，二者的精神同源，于是在正反相衬之下，贬七子的
文学史评断更为明确。事实上，新文学运动这个论述方向，可
说支配了以后有关前后七子的研究。即使是与新文学运动相抗
衡的《学衡》杂志，也有夏崇璞的《明代复古派与唐宋文派之潮
流》(1922)，认为七子尊尚秦汉之文，"但知摹仿，不知创造"，
"真可谓文章一厄"，与其对立的"唐宋派"则"挽狂澜于既倒"，
至于袁宏道兄弟则"创公安体，以宗眉山，唐宋派势力益巩
固"……经过 30 年代公安小品大盛的风潮，这些传统论者对公
安派和竟陵派的评价也较高，所以文中又会说："古文家之排诋
复古，仍有待诸公安竟陵，为之羽翼，然后其说得以成功，公
安竟陵，绝不依附古人，而另辟蹊径，对复古之论，作根本之
推翻，此又古文家所预想不到者也。"①

　　陈国球的论述符合当时学术思想界的大体状况。新文学运动反对封
建主义的旧思想、旧道德、旧文化，提倡民主主义的新思想、新道德、
新文化，是五四时期反对旧文学、提倡新文学的革命运动。学者们认为
明七子的格调说"以复古为高"，与新文学运动破旧立新的精神不相符，
所以对该诗说极力批判。相反，"公安反七子好比新文学运动推倒旧文
化，二者的精神同源"，所以学者们对该诗说极力拥护。袁枚诗说与公安
诗说主张大体相同，所以也得到了学者们的推崇。

　　综上所述，同时期中国学术界对三诗说的态度深受新文学运动的影
响，表现出了明显的爱憎倾向，无法做到客观地就诗论诗。而铃木虎雄
作为一名日本学者，可以有所超脱，以比较客观的态度对三诗说做出评
价。这也是铃木虎雄《中国诗论史》一书重要的价值所在。

―――――――――

　　①　陈国球：《明清格调诗说的现代研究》，见复旦大学中国语言文学研究所主编：《古
代文化研究的回顾与前瞻：复旦大学 2000 年国际学术会议论文集》，139～140 页，上海，复
旦大学出版社，2002。

四、结　语

铃木虎雄认为"中国文学理论的繁荣在于六朝与明清之际两个时期"①，因此他主要致力于这两个时期的研究，所以对《中国诗论史》研究的着力点也在这两个时期，而对周汉诸家诗说的研究只选取两点进行介绍和探讨。

关于周汉诸家诗说，重点探讨了"诗言志说"和"思无邪说"。对于"诗言志说"需要指出的是，铃木虎雄把《尚书·舜典》作为舜时代的诗歌评论加以解析是不恰当的。而且他对"诗言志"含义的解释过于简单化，没有注意到"诗言志"含义发展和变化的过程。这不能不说是其论著的一个瑕疵。对于"思无邪说"，应当看到他把"思无邪"解释为"诗之诚"是不恰当的，这样就淡化了孔子诗学观的道德色彩，不符合孔子一贯的解诗风格，而他也不能自圆其说。孔子作为儒家学派的创始人，更为看重的是诗歌的道德训诫之义，诗歌只是宣扬其教义的手段和工具。《诗经》中的"无邪"之作与"有邪"之作共同担当起了"劝善惩恶"的伦理教化作用，其终极目的在于"使人得其情性之正"。

关于六朝文论，铃木虎雄提出了著名的"魏晋文学自觉说"。该说法从产生之后，对国内外学界都产生了深远的影响。要理解铃木虎雄的"魏代文学自觉说"必须澄清两方面的事实：首先，他所指的"文学"是基于古代杂文学观念之下的"文学"，迥异于今日舶来的西方纯文学观念；其次，他以曹丕《典论·论文》作为文学自觉的标志，是因为曹丕抬高了文学地位并创设了专门的文论，不再把文学看作道德的隶属物，发现了文学自身独立存在的价值。在认识到古时文学与今日文学迥异的前提下，可以看出他标举的"魏代文学自觉说"有其合理性。而"文学"的自觉是"文学"创作和"文学"批评的统一，所以包括"文学"创作的自觉和"文学"批评的自觉两方面内容。"文学"创作的自觉是指书面"文学"作品的真正出现。

① ［日］铃木虎雄：《中国诗论史》，许总译，2页，南宁，广西人民出版社，1989。

例如，《诗经》《楚辞》的出现即开启了"文学"创作自觉的序幕。而"文学"批评的自觉指的是"文学"及"文学"创作主体意识到"文学"的独立性和价值性，自觉地对"文学"的本质和发展规律等进行探讨和认识，并形成专门的"文学"批评著作。例如，《典论·论文》的出现标志着"文学"批评的创建。而直到此时，"文学"自觉才得以最终实现。①

关于明清三诗说，铃木虎雄着重探讨了格调说、神韵说、性灵说。对此，本节分作三部分对三诗说加以研究，每部分又分别介绍了三方面的内容：铃木虎雄与该诗说的接触、该诗说的渊源以及该诗说的主要特征，并对铃木虎雄的一些观点进行了解释、辨析和评价。例如，对于格调说，肯定了铃木虎雄对李梦阳诗论不是只重视格调，而是"尤重格调"②，对诗文的其他方面也给予了一定程度的关注；也指出李梦阳倡导学诗的根本途径是由学习古人作诗的形式而最终达到"以我之情，述今之事，尺寸古法，罔袭其辞"③。对于神韵说，铃木虎雄追溯了神韵说的渊源，还对神韵说"清远"的特征进行了重点研究。对于性灵说，主要对性灵说言情的特征展开研究，指出其诗论的进步意义，并指出袁枚性灵说的特征应为"情"与"才"的综合。

在对《中国诗论史》进行了具体的研究之后，可以把铃木虎雄研究中国古代文论的特点归纳为以下四点。

第一，注重对具体诗论概念的界定和命名，并擅于对某一诗论的特点进行归纳和总结。有关明清的诗学主张，一般研究论述都会列举"神韵""格调""性灵"之说。"神韵说"指清代王渔洋的诗论主张，"性灵说"则以袁枚为代表，也有上及明代的公安三袁；至于"格调说"的范围则较宽，大概包括明代前后七子等人的主张，以及清代沈德潜的诗学理论。这些讲法几乎已成为当今文学批评研究的共识，但这些概念的使用实际是由铃木虎雄肇其端的。

---

① 以上所指"文学"均指古时广义之文学，加引号以与今日之文学进行区别。

② ［日］铃木虎雄：《中国诗论史》，许总译，130 页，南宁，广西人民出版社，1989。

③ 李梦阳：《空同集》卷六十二书，清文渊阁四库全书补配清文津阁四库全书本。

之前，中国古代文论的存在状态是零散且杂乱的，概念是模糊且缺失的。铃木虎雄通过学科化、体系化、范畴化的系统改造工作，将古代文论进行梳理、分类、界定，以适应西方的学科体制与思维模式，使中国古代文论获得了重生，价值得到了彰显。铃木虎雄在阐释诗论时，往往对其进行条分缕析，而这迥异于中国古代文论批评家随意性很强的评点式解读，因而更有利于读者全面把握诗论的内涵和特征。例如，在对明清三诗说进行论述时，都设立专节对各派诗说的特征进行了归纳和总结，方便读者对具体诗论的理解。

第二，注重实证主义研究。铃木虎雄是京都学派的第一代学者。京都学派注重实证主义研究，强调确实的事实，讲究文献的考定，推行原典的研究。所以铃木虎雄的研究也力求阐明经典本意，而不务空泛的"理气之辩"。例如，他对诗论的考镜源流，就是建立在丰富的文献资料基础之上的，而不做莫须有的缺乏事实依据的推断。在介绍严羽《沧浪诗话》之时，就例举了严羽诗话中的众多例子来说明诗话与后代格调说、神韵说的相似之处，这才谨慎地得出后代格调说与神韵说对严羽诗话的有所借鉴的结论。又如，在考察袁枚诗学观渊源之时，注重根据袁枚本人的诗论来断定其对前人学说的继承关系。由于袁枚没有诗论明确说明自己对袁宏道诗论的继承关系，所以铃木虎雄对两者的继承关系只是表示了推测和存疑。

第三，注重联系诗论家本人的性格、经历以及诗歌创作来考察其诗学观。例如，铃木虎雄立专节对袁枚的生活状态进行了叙述，认为袁枚为人不修操行，恣纵淫荡，对男女情色之事亦津津乐道。又立专节对袁枚诗歌创作进行了品评，将袁枚诗论与日本"世话物"相类比。可见，铃木虎雄在对诗论考察的同时亦不放弃对诗人的考察，这让我们对抽象的诗论有了更为感性的认识，同时也有助于读者对诗论的理解。

第四，具有明确的理论意识。"格调""神韵""性灵"三说本来是历时的毫不相干的三个诗学流派，但铃木虎雄却以一种超越时空的姿态对其进行了共时的比较，进行了抽象的理论演绎，而不仅仅局限于事实层面的历史性叙述。例如，他这样总结三诗说："格调派长于雄浑高华，神韵派喜好闲远清淡，性灵派则倾心于机巧轻妙。要之，格调说以意力性、热情性并不失诚实为主，神韵说以情感性及平静淡泊为主，性灵说以才智性及清新机巧为主。"①这大概与铃木虎雄所处的位置有关吧。铃木虎雄是一名外国中国学家，所以他才能以一种更为超脱的态度来观照中国古代的诗论，不拘泥于传统中国诗论的历史性叙述。

　　当然，铃木虎雄的《中国诗论史》作为草创时期的首部中国文学批评史著作，还存在着一些明显的不足。例如，虽然题名为《中国诗论史》的研究，却"对唐宋金元部分的论述过于简略，对清代嘉道以后时期尚付阙如"②；对一些事实层面的叙述出现错误，如把"诗言志"说归为尧舜时代的诗论；对一些诗作的理解和评价太过于注重个人的偏好，因而缺乏客观性，如对袁枚抒发男女之情诗歌的一味排斥等。但是瑕不掩瑜，铃木虎雄的《中国诗论史》作为世界上第一部中国文学批评史著作，不仅具有开创性价值，而且具有重大的学术价值，对之后学者的相关研究产生了深远的影响。

---

① ［日］铃木虎雄：《中国诗论史》，许总译，147 页，南宁，广西人民出版社，1989。
② ［日］铃木虎雄：《中国诗论史》，许总译，2 页，南宁，广西人民出版社，1989。

第二章　青木正儿的中国文艺思想研究

在日本中国学京都学派的学术承传谱系中，青木正儿（1887—1964年）是继狩野直喜、铃木虎雄之后，以中国文学为研究主业的第二代学人。在戏曲、诗文、绘画、民俗等诸方面，青木正儿均取得了引人注目的研究成果，其代表作有《中国近世戏曲史》《中国文学思想史》等，其著作、论文均收录于《青木正儿全集》。青木正儿对中国文化有一股浓郁的乡愁感，对老庄文化极为痴迷，并满怀热情地参与中国新文化的建设。宏观的文学史研究，微观的名物学研究，宏观与微观相结合的文学思想史研究，青木正儿建立了一个完整而独特、中西合璧的文艺思想研究体系。本章将以青木正儿的中国文艺理论研究为聚焦点，对其基本观点、研究模式、研究方法、学术影响进行系统梳理，并从 20 世纪中日学术史的宏观角度对其研究成果做出客观评价。

一、文学史研究模式与中国文学理论史的时期划分

"文学史"（Literary History）的研究模式，在当今中国的文学研究领域早属司空见惯。然而，在 20 世纪初，"文学史"观念还是刚刚登陆中国文学研究领域的西方舶来品，但是很快便产生了"忽如一夜春风来，千树万树梨花开"的效果，并且对国内学界产生了深远的影响。它不仅促进了中国文学研究的现代化转型，而且间接推动了"文学革命"与"新文化运

动"的深入开展。

最早将"文学史"研究模式引入中国文学研究领域的并不是中国学界，而是明治维新之后从事中国文学研究的日本中国学家们。① 1882 年，日本文学社出版了末松谦澄的《支那古文学略史》。自此以后，一股"中国文学史"的写作风潮在日本蓬勃兴起，一系列的中国文学史著作随即出版，如古城贞吉的《支那文学史》、藤田丰八等的《支那文学大纲》、笹川临风的《支那文学史》等。日本中国学学界的中国文学史著作确立了纯文学的观念，促进了文学与经学的分离。而更为重要的学术革新，则是促进了从敏感细微的"鉴赏主义"到客观理性的"文学史"的文学研究转型。正如严绍璗在《日本中国学史稿》一书中所说的："从个别文学作品的鉴赏和评释中挣脱出来，开始建立以历史演进为线索的总体文学研究，这是日本对中国文学研究迈向近代意义的第一步。"② 随着宏观整体的"中国文学史"著作的大量涌现，"文学史"研究模式日渐深入，断代文学史、分文体的文学史（如中国小说史、中国诗歌史）、文学研究具体分支学科的文学史（如中国文学批评史）也随即而出，全方位地推进了中国文学研究。正是在"文学史"研究模式风行于日本中国学学界的学术大气候中，青木正儿写就了《中国文学思想史》和《清代文学评论史》，系统详细地论述了中

────────────────

　　①　最早以"中国文学史"为题名的著作是俄国汉学家瓦西里耶夫所著的《中国文学史纲要》(1880)。全书篇幅不大，共 163 页，分为十五个小节：第一节，引言；第二节，中国人的语言和文字；第三节，关于汉字与中国文献的古代性问题——中国人对此问题所持的观点；第四节，儒学的第一个时期——孔子及其功绩、儒家的三部古书：作为中国精神发展基础的《诗经》《春秋》和《论语》；第五节，儒家的伦理道德基础《孝经》、宗教与儒家政治、体现儒家精神的治国理想的《尚书》；第六节，《孟子》；第七节，儒学的第二个时期；第八节，儒家以外的哲学家、道家；第九节，佛教；第十节，中国人的科技发展——历史与地理著作；第十一节，中国人的律法；第十二节，语言学、批评、古籍；第十三节，中国人的农书、自然科学、兵书；第十四节，中国人的美文学；第十五节，民间文学：戏曲、小说、章回小说。通过详细的章节目录，可知瓦西里耶夫的《中国文学史纲要》类似于中国思想史或中国文化史的著作，真正和文学史相关的部分大概只有五分之一。因此，最早的中国文学史著作并不是瓦西里耶夫的《中国文学史纲要》。关于瓦西里耶夫及其所撰写的《中国文学史纲要》的详细情况，请参看赵春梅所著的《瓦西里耶夫与中国》(北京，学苑出版社，2007)一书。
　　②　严绍璗：《日本中国学史稿》，234 页，北京，学苑出版社，2009。

国古代文学思想的发展演变史，既总结出了中国文学思想的基本特点，又勾勒出了中国文学发展的演进轨迹与规律。无独有偶，在日本中国学、特别是铃木虎雄所撰之《中国诗论史》的影响下，陈钟凡、朱东润、郭绍虞、罗根泽等中国学人也纷纷将"文学史"研究模式运用到中国古代文学理论的研究中。因此，在中日学者的共同努力下，20世纪三四十年代出现了一个"中国文学批评史"的热潮。

那么，"文学史"研究理念具有怎样的内涵呢，为什么会成为传统学术走向现代学术的转折点呢？青木正儿对中国文艺思想史做出了怎样的评价呢？

（一）青木正儿与中国文艺理论史的"三分法"

全新研究方法与体系的建立，与全新研究领域的开拓，是我国中国学研究得以进步的路径。仅就文学一科而言，文学史研究法建立了全新的研究体系，而对戏曲、小说等通俗文学评价渐高，从而开拓了全新的研究领域。

中国古代文艺理论丰富、零散，缺乏抽象化、系统化的梳理和总结。因此，对中国文艺理论的发展脉络和核心观念进行概括分析，成为摆在20世纪初中国现代学人面前的当务之急。在20世纪二三十年代，中、日两国的研究者同时展开中国文艺理论批评史的研究，均取得了优秀的理论成果。京都学派第二代学者青木正儿的《中国文学思想史》和《清代文学评论史》，就是其中代表性的理论成果。从国际中国学的宏观角度来看，日本中国学和欧美中国学在中国文学的研究理念与研究方法上存在着很大的差异。由于中西异质文化和话语体系的迥异，欧美中国学家在论述中国文学时往往会有隔靴搔痒之感，甚至会出现误读和歪曲。而此类问题对日本中国学界来说是极容易克服的。日本亦属于"汉字文化圈"，对儒家、道家和佛家思想均有不同程度的接受。自隋唐时代起，中日两国有着长达千年的文化交流史。因此，对中国文学诞生与发展的文化语境的谙熟，成了日本中国学研究的巨大优势。青木正儿之所以能在中国文学研究领域取得卓越的成就，无不是对此优势的充分发挥。

应该说，《中国文学思想史》是京都学派中国文艺理论研究的总结性之作，在内藤湖南、狩野直喜、铃木虎雄等前辈学者的基础上，青木正儿为中国文艺理论建立了一个完整而清晰的理论框架，其中最引人注目的是中国文艺理论批评史"三分法"的时期划分原则。然而，国内学界并没有真正重视青木正儿的《中国文学思想史》，并未对其理论创见和研究方法进行过深入介绍与分析。例如，在《中国文学批评史研究》一书中，韩经太较为详细地论述了郭绍虞、罗根泽、朱东润、方孝岳等前辈学者的研究成果，而对铃木虎雄、狩野直喜、盐谷温、儿岛献吉郎、青木正儿等日本中国文学研究者的研究成果只字未提。① 因此，对日本中国学学界相关研究成果的总结和分析就显得十分必要。

1. "三分法"与青木正儿中国文艺思想史的研究思路

总体而言，青木正儿的中国文艺理论研究主要有四大视角，这在《中国文学思想史》②一书中表现得尤为明显。首先，从思想史与文学史的互动关系出发，探讨儒、道、佛（禅宗）三派思想对中国文学理论的影响。作为中国古典文化思潮的三大组成部分，儒、道、佛（禅宗）在不同的时期、领域和层次对中国文艺产生了深远的影响，并且形成了各自的文艺观。例如，《中国文艺和伦理思想》《道家的文艺思潮》就分别论述了儒家和道家的文艺观。其次，从跨学科相互渗透的视角出发，探讨美术、音乐与中国文学理论的关系。中国古代的文艺观，是在包括文学、绘画、音乐等的广义"文艺"观念的基础上产生的，并且形成了用音乐、绘画来阐释文学的思维习惯，因此对中国文学理论的审察，必须考虑到文学与绘画、音乐的密切联系。例如，《周汉的音乐思想》《周代的美术思想》《诗

---

① 韩经太：《中国文学批评史研究》，98～155 页，福州，福建人民出版社，2006。

② 青木正儿的《支那文学思想史》有一个草创本《支那文艺思潮》（共包括文艺思想的概观、原始的文艺思潮、儒家的文艺思潮、道家的文艺思潮等四章）。1928 年（昭和三年）青木正儿为"世界思潮"的岩波系列讲座著写了《支那文艺思潮》；1934—1935 年，在《支那文学思潮》的基础上，青木正儿为"东洋思潮"的岩波系列讲座著写了《支那文学思想史》，并于同年由岩波书店出版。关于中文译本，《支那文学思想史》（包含《支那文艺思潮》）共有四个翻译版本，分别为王俊瑜译的《中国古代文艺思潮论》，汪馥泉译的《中国文学思潮史纲》，郑梁生、张仁青合译的《中国文学思想史》和孟庆文译的《中国文学思想史》。

文书画中的虚实之理》等便着重论述不同文艺领域的相互影响关系。最后，从雅文学(以诗、文为主)和俗文学(以戏曲、小说为主)并立发展的角度，尝试对俗文学理论进行总结。从狩野直喜开始，京都学派的中国文学研究，与中国学界的胡适、鲁迅、郑振铎等学者的学术研究遥相呼应，极为注重戏曲、小说等俗文学的研究。青木正儿也曾费尽心力研究戏曲，并著有《中国近世戏曲史》和《元人杂剧序说》等戏剧研究的巨著。然而，在《中国文学思想史》一书中，青木正儿所论述的文学思想，既包括诗歌和散文的理论，也包括小说和戏曲的理论，尽管后者所费笔墨远远少于前者。之所以如此，并不是青木正儿的理论构架的缺陷，恰恰体现了青木正儿对中国文学实际情况的谙熟。中国文学自古以来就以"诗文"为尊，小说和戏曲并未真正赋予正统文学的地位，因此顺理成章地，中国文学理论以诗歌、散文的理论为主，而忽视了小说和戏曲的理论。[①]"文学史"写作必须求"真"，不能因为学者极富个性的文学观念而"歪曲"文学史的真相。

　　然而，真正主宰《中国文学思想史》一书研究视角的是文学史研究模式。青木正儿运用"史学的观念"——即文学史的历时研究模式，从"创造主义"和"仿古主义"两大角度出发，不仅重新梳理了中国文艺理论的发展脉络和演变规律，而且总结出了中国文艺的三大创作观念——"达意主义""修辞主义""气格主义"。在上述核心观念的基础上，青木正儿将中国文艺理论批评史划分为"三大时期"。

　　那么，对中国文艺理论批评史"三大分期"的划定及其总体特征的概括，到底是如何得出来的？青木正儿指出："若对仿古主义和创造主义从古今文学发展的大的趋势来进行研究，主要在诗文方面，从周代到唐代，代代都有新体诗产生，显示出创作的活力很旺盛，可以说到这时，各体诗文大致

---

　　① 然而，若与同时代的中国文学理论批评史著作相比，青木正儿的《中国文学思想史》已经给俗文学留下了一定的位置。中国学界还未真正冲破传统文学观念的封闭框架，郭绍虞的《中国文学批评史》仅论述了诗歌和散文的理论，陈钟凡的《中国文学批评史》和朱东润的《中国文学批评史大纲》稍有突破，在论述诗文理论的同时，也涉及了词曲的理论，小说和戏曲理论则完全被忽略了。

都已完备。正因如此，宋以后的文人多以唐代以前的作者作为学习榜样，这种风气，一般说来是比较盛行的。"①换言之，从"创造主义"和"仿古主义"的视角出发，中国文学史可首先分为两大阶段：第一阶段是"创造阶段"，从周代直至唐代；第二阶段是"仿古阶段"，包括宋、元、明、清。

　　在此基础上，青木正儿把从周代至唐代的"创造阶段"划分为"实用娱乐时代"（周、汉）和"文艺至上时代"（六朝至唐）。虽然这两个时期都属于文艺创造革新的时代，但是却有自觉与非自觉的区别。从上古到汉代，文学艺术并未获得独立的地位，其发展亦非自觉；虽然各个时期的文艺观在不断进步，但概括看来，不脱实用主义的窠臼。在原始社会，文艺"源于人性中美意识的表露"，是"把人类的快乐当作目的"的，因为美意识使人身心愉悦，由此可见，文艺是作为原始人最重要的娱乐形式而存在的②。在周代，文艺成为道德教育和政治统治的工具，这种实用主义的文艺观后来被以孔子为代表的儒家思想所发扬光大，后来成为汉朝的正统的文艺观。而在魏晋时期，在道家思想的激发下，"文艺被认为是脱离了道德羁绊，有了自身独立的价值"，因此，文艺至上的文艺观在魏晋六朝时代开始形成。而"唐朝可以说是六朝文艺的完成时期。它继承了前代自觉的文运，并使之更进一步发展，于是为了努力追求'美'而竟至呈现出文艺至上的黄金时代，趋脱了徘徊于尚古的思想范畴"③。

　　综上所述，青木正儿结合文艺思想的"创造"与"仿古"，"自觉"与"非自觉"这两大标准，把中国古代文艺理论批评史划定为三大时期。"三大时期"的划分和"实用娱乐""文艺至上""仿古低徊"的时期命名，无疑是对中国古代文艺思潮的最简明概括和总结。

　　2. 铃木虎雄对"三分法"的贡献

　　中日学术界对中国文艺理论批评史的研究，最早的理论成果是日本

---

①　［日］青木正儿：《中国文学思想史》，孟庆文译，14 页，沈阳，春风文艺出版社，1985。

②　［日］青木正儿：《中国文学思想史》，孟庆文译，10 页，沈阳，春风文艺出版社，1985。

③　［日］青木正儿：《中国文学思想史》，孟庆文译，10 页，沈阳，春风文艺出版社，1985。

京都学派中国文学研究大家铃木虎雄的《中国诗论史》，其中三大组成部分《论格调、神韵、性灵三诗说》《周汉诸家的诗说》《魏晋南北朝时代的文学论》早已分别于 1911 年、1919 年、1920 年在日本学术期刊《艺文》上发表。开风气之先的《中国诗论史》对后来中日学术界的相关研究产生了深远的影响，对作为嫡传弟子的青木正儿来说尤其如此。

　　在《中国文学思想史》的序言中，青木正儿阐述了此书与铃木虎雄《中国诗论史》的学术渊源："在这里所提出的全是中国文学思想的精华，其研究精确无比，实在是不朽的名著，但在时代方面，关于唐宋仅在第三篇的绪言里提示出其梗概，在范围方面，除了魏晋南北朝时代之外，仅限于诗学思想。那是因为这部著作，开始并非有计划地在一种体系的基础上起草的，而收集的是在不同时间发表在杂志上的三篇文章。所以当我在为岩波讲座执笔时，注意尽力拾取先生所遗下的，想为先生的名著而效力，但只叙述其大意，望读者亲自去看先生的书，这样既可以宣扬先生的伟业，又有便于版面的节约了。"①由此可见，青木正儿指出了恩师著作的三个不足之处：第一，全书并未形成整一的框架，只是零散论文的松散结合；第二，全书并未对中国文学理论批评发展史进行全方位的观照，只是着重对魏晋南北朝和明清两个时代的诗论进行总结概括；第三，全书并未描绘出中国文学理论的全景面貌，只是对诗歌理论的重要思潮、观点进行梳理分析，对散文、小说、戏曲理论尚未涉及。在《中国文学思想史》一书中，青木正儿在这些疏漏之处的基础上，力图有所创新。铃木虎雄在《中国诗论史》中说："至于以'诗论史'而不以'文学理论史'为名，是因为论述主要在于诗的方面。此外，书中对唐宋金元部分的论述过于简略，对清代嘉道以后时期尚付阙如，而对这些阙遗之处的补充，或者进而更改书名，修改充实成为《中国文学理论史》，则有待于日后的努力了。"②可以说，青木正儿的《中国文学思想史》最终实现了授业

　　①　[日]青木正儿：《中国文学思想史·序》，孟庆文译，2 页，沈阳，春风文艺出版社，1985。

　　②　[日]铃木虎雄：《中国诗论史·著者序》，许总译，2 页，南宁，广西人民出版社，1989。

恩师的学术心愿。

尽管如此，在中国文学批评史的学术研究史上，铃木虎雄的《中国诗论史》依然具有开风气之先的首创价值。首先，重大理论问题的提出。在《魏晋南北朝时代的文学论》中，铃木虎雄提出了"魏晋文学自觉说"。此学说经由鲁迅的演讲《魏晋风度及文章与药及酒之关系》的宣传，已经成为学术界的通识。而在《论格调、神韵、性灵三诗说》中，他将"格调""神韵""性灵"认定为明清最具影响力的三大诗说，并对三大诗说的内涵及理论演变史做了详细的论述。香港学者陈国球评价说："铃木《论格调、神韵、性灵三诗说》一文最值得注意的，是作者的目的不仅限于历史叙述，他更有意于普遍性的诗学理论的定位。……'格调'、'神韵'、'性灵'三说本来各有其历时的位置，但铃木这些界划，却让三说以并时的形式呈现；经过这样的绅绎平列，就可以作出一种超越具体历史的评价。"[1]在后代的中国文学评论史中，"三大诗说"已经成为明清诗学的一个重要理论参考系。

其次，中国文学理论批评史发展轨迹的初步拓清。虽然《中国诗论史》仍不具备中国文学批评史的完整形态，但是文学批评史观已经显露无遗。铃木虎雄在此书的《著者序》中说：

在中国文学的悠久历史中，真正的评论产生于魏晋以降，兴盛于齐梁时代，而衰落于唐宋金元，复兴于明清时期。由此观之，唐代诗赋创作的繁荣，与其归之于政治制度的优越，不如说更多的是由于诗人们对在六朝以来已经得到充分探究的文学批评标准的遵循和实践。因此，唐代诗论的衰落并不影响诗坛的繁荣；而宋代诗歌创作的衰落，与其说是由于诗话兴起所致，不如说正是由于其缺乏明确的评论标准所造成；至于明清时期的各派诗论，其主张都有各自的根源，构成堂堂理论阵营

---

[1]　陈国球：《"格调"的发现与建构》，见《明代复古派唐诗论研究》，324页，北京，北京大学出版社，2007。

而对峙相持，各派的创作也随着各派理论主张的差异显示出不
同的风貌，从而促使诗学大观局面的形成。①

在中国文艺理论的分期问题上，"上古""中古""近古"三大时期的分
期思想虽然由青木正儿最终明确提出，但是在铃木虎雄的《中国诗论史》
中已经萌芽。在研究和著作过程中，铃木虎雄对中国文学理论批评的发
展史有着清晰的认识："我在进行中国文学史研究的同时，试图寻绎中国
文学理论的发展"，"我认为中国文学理论的繁荣在于六朝与明清之际两
个时期，因此也就主要致力于对这两个时期的研究。"②魏晋六朝时代是
文学理论的兴起与繁荣期，而明清时代则是文学理论的复兴与总结期。
因此，《中国诗论史》便对这两个时期倾注了更多的研究心力。按照铃木
虎雄的论述，我们不妨暂时把其分期思想概括为"四大时期"：第一期，
文学理论萌芽期，远古直至汉代；第二期，文学理论繁荣期，魏晋六朝
时代；第三期，文学理论衰落期，唐、宋、金、元诸代；第四期，文学
理论复兴期，明、清两代。

表面上看，青木正儿的"三个时期"与其导师铃木虎雄的"四个时期"
存在着很大差异，而本质却并非如此。其分歧仅限于如何对唐、宋、金、
元"文学衰落期"的文学理论进行处理。在《中国诗论史》中，铃木虎雄并
未专门对"文学衰落期"的文学理论成就进行论述，而是化整为零地按照
文学理论发展的内在规律被归入其他时期进行论述。对于隋、唐两代，
铃木虎雄把它归入第二时期，他认为：

　　　在中国，儒者与文士、道德与文学的对立，是贯穿于历朝
历代的。上述的这一历史时期，这种现象也是反复出现的。从
局部看，南朝之内有文质两派的相争；从整体看，南朝与北朝

---

　　① ［日］铃木虎雄：《中国诗论史·著者序》，许总译，1～2 页，南宁，广西人民出版
社，1989。

　　② ［日］铃木虎雄：《中国诗论史·著者序》，许总译，2 页，南宁，广西人民出版社，
1989。

质文的对立难以调和。然而客观地看，无论偏于文还是偏于质，都不免产生弊端。而正是在这两种偏向分别都发展到极端之时，幸而出现了隋代。隋代在政治上的南北大一统局面的形成，无疑为造成文学上文质合流的可能性创造出了历史的地理的重要条件。而作为这种可能的发展，终于在下一朝代产生了灿烂辉煌的唐代文学。可以认为，善于兼取南朝之长与北朝之长并将其融合，正是唐代文学极盛局面形成的重要原因之一。①

由此可见，虽然在隋、唐时期文学理论处于衰落时期，但是其繁荣辉煌的创作恰恰是对魏晋南北朝文学理论的文学实践，因此把隋、唐两代划入"第二时期"就顺理成章了。与此对应，宋、金、元三代和明、清两代合并为"第三时期"。以欧阳修的《六一诗话》为开端，诗话自宋代开始繁荣起来，成为中国古典文学理论写作的重要形式之一；宋、金、元各代的诗话著作，特别是严羽的《沧浪诗话》和元好问的《论诗绝句》，已经出现了明、清两代主流诗论"神韵说""格调说""性灵说"的萌芽。因此，从宋代到清代，为中国文学理论发展史的"第三时期"亦合情合理。总言之，铃木虎雄的《中国诗论史》已基本具备了"三个时期"观点的雏形，而青木正儿则在此基础上形成了明确的理论主张。

3. "宋代近世说"对"三分法"的影响

从铃木虎雄的"四个时期"到青木正儿的"三个时期"，东洋史学巨擘内藤湖南②的影响显而易见，青木正儿对中国文学理论批评史所做的时期划分与内藤湖南对中国历史所做的时期划分可谓如出一辙。

在《中国上古史》的"绪言"中，内藤湖南对朝代分期和仿照西洋历史

---

① ［日］铃木虎雄：《中国诗论史》，许总译，102 页，南宁，广西人民出版社，1989。

② 内藤湖南(1866—1934 年)，日本中国学京都学派的创建者之一。在内藤湖南的开拓努力之下，京都帝国大学的中国史史学学科得以建立和发展，他研究范围十分广泛，从对中国稀见古籍史料的搜集、考证、编辑、出版，到对中国历史发展的时代划分、中国文化的发展趋势、中国近代史重大历史事件的分析评论，以及在中国史学史、美术史、目录学、敦煌学、满蒙史等领域，也卓有建树。其史学代表作有《支那上古史》《支那中古的文化》《支那近世史》和《支那史学史》。

的分期法是有所不满的："中国虽然时常发生革命，但各朝代之间是连续的，一般认为依此划分时代最为方便。近来，又效仿西方，开始划分为上古史、中世史、近世史。一般是这样划分的，即上古是自从开天辟地以来到三代；中世为两汉、六朝；唐、宋为下一个阶段；元、明、清又为再下一个阶段。但是，从作为代表东洋整体的中国文化发展史来说，这种划分是无意义的。"①中国史的时期划分，与中国文学史的时期划分面临着同样的困境，朝代分期法太过琐碎凌乱，而西洋历史的分期法未必会贴合中国历史的发展状况。这两种分期法均或多或少地忽视了中国历史发展的自身特点与内部规律。

内藤湖南认为："依照文化的时代特色而划分时代，这是最自然、最合理的方法。"②根据文化的时代特色及其演变轨迹③，内藤湖南将中国历史分为"上古""中世""近世"三大时代：

第一期　　从开天辟地到后汉中期——上古时代
第一过渡期　从后汉的后半期到西晋
第二期　　从五胡十六国到唐的中期——中世时代
第二过渡期　由唐末至五代

---

① ［日］内藤湖南：《中国上古史·绪言》，见《中国史通论》，夏应元等译，4 页，北京，社会科学文献出版社，2004。

② ［日］内藤湖南：《中国上古史·绪言》，见《中国史通论》，夏应元等译，5 页，北京，社会科学文献出版社，2004。

③ 日本中国史研究者谷川道雄在《魏晋南北朝隋唐史的基本问题总论》一文中对内藤湖南的分期依据进行了详细说明。他指出："内藤湖南从内外两个方面构筑了中国史的体系。一个方面是皇帝政治运作方式的转变，另一个方面是中国和周边民族关系的消长。拿前者来说，中国政治在清朝以前可以分为贵族政治与君主独裁政治这两种形式，而两者的分界线则划在唐宋之间"，"内藤湖南的分期论的另一个着眼点是中国和周边民族的关系。内藤认为，在古代，中国文化呈向周边地区扩展的趋势。但是，当这一扩展促进了周边民族的觉醒时，那种力量就转而向中国内部发生作用。当这种由内向外的扩展转变为反作用时，就形成了中世社会。然而，在转向之际，有一个运动暂停的时期，构成了过渡期。具体来说，就是自东汉中期到西晋的两个世纪。在那以后，五胡十六国、北朝以及胡族色彩更浓的隋唐时期相继到来。"（［日］谷川道雄主编：《魏晋南北朝隋唐史学的基本问题》，李凭译，4～5 页，北京，中华书局，2010）

第三期　宋、元时代——近世时代前期

第四期　明、清时代——近世时代后期①

　　和依据西洋历史的分期法相比，内藤湖南的"三分法"最大的理论价值在于"宋代近世说"，即将宋代确立为中国近代史的开端。中国史的时期划分及其"宋代近世说"，潜藏着内藤湖南对中国文明史的基本评价，"内藤湖南通过对以上这些特征的梳理和概括，向读者说明：中国文化在进入近代以后已是高度发达的文化，这在一个历史短、经验浅的国家内是绝对难以达到的，相对于欧洲文明，中国文明无疑是一个'早熟'的、高等的文明。"②在文明发展模式与演变道路上，中国与西方可谓是截然不同。

　　内藤湖南指出，由唐入宋，中国历史在政治、经济、文化等方面均发生了质的变化，正式进入近代阶段；和西洋历史相比，中国历史更早地进入了"近代"，其时间比西方大概早 500 年。中国历史的近代化转型的核心标志是平民时代的到来。③ 钱婉约在《内藤湖南研究》一书中解释道："在这样的时代里，君主与平民直接相对，平民拥有了土地、物品、财产的所有权；劳动不是人民的义务，而是人民的权利，即平民对劳动有自主权，平民还有了通过考试晋升官吏的权利，有了研究学问的自由。"④在经济、政治、教育、文化诸方面，平民的地位均获得了提升。随着平民社会的建立，平民文化蓬勃发展起来了，中国近世时代出现了一个与欧洲近代历史相似的文艺复兴时代。日本学者佐竹靖彦指出，中国近世社会是一个"知识时代"，儒、释、道均发生了深刻的自我变革并

―――――――――

　　①　［日］内藤湖南：《中国上古史·绪言》，见《中国史通论》，夏应元等译，5 页，北京，社会科学文献出版社，2004。

　　②　钱婉约：《从汉学到中国学》，239 页，北京，中华书局，2007。

　　③　美国华裔汉学家刘子健在《中国转向内在——两宋之际的文化转向》一书中的论点与内藤湖南的观点形成了有益的对照。首先，他们均批判了对西洋历史分期法的简单挪用。其次，他们均将宋代作为中国近代史的开端，但是衡量标准却有所区别，刘子健强调的是政治因素，而内藤湖南强调的则是更为宽泛的文化因素。

　　④　钱婉约：《内藤湖南研究》，108 页，北京，中华书局，2004。

呈现出三教合流的状态，平民出身的读书人——士大夫的候选人——成为思想文化的决定力量，以平民为中心的理性文化得以建立。①

　　内藤湖南的"宋代近世说"和历史分期法对日本中国学研究领域产生了广泛的影响。青木正儿作为内藤湖南的学生和后辈，必然受到内藤湖南中国历史分期法的影响。从京都学派的学术观念和教学体制，可以明显看出这一点。钱婉约论道："在主要以东京为中心的东洋史、东洋学建立前后的一段时间内，在京都，中国历史被称为支那史，有关中国研究的学问，被称为支那学。这是因为，一方面，在过去的很长时间内，'支那'一词被广泛地作为中国的别称而使用；另一方面，'东洋学'与'支那史'、'东洋学'与'支那学'概念的并存，也反映了当时在京都研究中国的学术圈内，存在着不同于东京'东洋史学'的倾向：以狩野直喜、内藤湖南、富冈谦藏、冈崎文夫等人为代表，主张中国史、中国文学、中国哲学不应分开来研究，而应该三位一体地构成支那学，中国史是支那学的一部分，称为'支那史'。"②"三位一体"的学术理念和教学体制，促使青木正儿等新一辈学者养成了"跨学科"的学术视野。因此，在中国文学理论发展史的研究中，青木正儿会自觉借鉴老师内藤湖南的学术思想，其中便包括"三分法"的分期原则。

　　值得注意的是，内藤湖南的"宋代近世说"对青木正儿的影响，并非仅在于中国文艺理论批评史的时期划分，而且遍及名物学与诗文的研究。在名物学研究中，青木正儿就对文化趣味的时代变迁特别留心。在《文房趣味》一文中，青木正儿就指出，中古文人偏向于华丽典雅，而近古文化则嗜好清雅淡泊。究其原因，贵族社会与平民社会的不同，便使文化趣味自然而然地产生了差异。

　　综上所述，青木正儿在《中国文学思想史》所确立的"三分法"，是更富学理性的分期法。他总结了 19 世纪 80 年代至 20 世纪 30 年代日本学

---

　　①　［日］佐竹靖彦：《总论》，见近藤一成编：《宋元史学的基本问题》，5 页，北京，中华书局，2010。

　　②　钱婉约：《从汉学到中国学》，34 页，北京，中华书局，2007。

者所撰写的"中国文学史"的诸多分期法，在授业导师铃木虎雄《中国诗论史》的基础上，形成了清晰的文学批评史观——两大创作态度（"创造主义"和"仿古主义"）和三个文学观念（"达意主义""修辞主义"和"气格主义"），并明确概括出了三个时期的总体特征（"实用娱乐""文艺至上"与"仿古低徊"）。

（二）时期划分原则与青木正儿的中国文学史观

作为一种历史叙事的"文学史"，时期划分是其在叙事框架上最为显著的特征，亦是对文学史的发展演变轨迹所做出的最为简明的概括与总结。青木正儿的《中国文学思想史》将中国古典文学思想的发展演变史分为上古（周、汉）、中古（魏晋南北朝、唐）、近古（宋、元、明、清）三大时期。① "三大时期"的分期法是否符合中国文学发展的实际情况，是否恰如其分地概括出了中国文学思想的演变轨迹？实际上，在青木正儿的《中国文学思想史》之前，许多日本中国文学研究者早已尝试对"中国文学史"进行时期划分。如果忽略日本明治、大正时代的中国文学研究的学术背景，就无法客观理性地审视与评价青木正儿"三个时期"的分期法。

1. 日本学者所撰"中国文学史"的时期划分

"文学批评史"事实上和"文学史"具有血缘上的天然联系。郭绍虞在《中国文学批评史》的"序言"中说："我屡次想尝试编著一部中国文学史，也曾努力搜集材料，也曾努力着手整理，而且有时也还自觉有些见解，差能满意；然而终于知难而退，终没有更大的勇气以从事于这巨大的工作……所以缩小范围，权且写这一部《中国文学批评史》。我只想从文学批评史以印证文学史，以解决文学史上的许多问题。因为这——文学批评，是与文学之演变最有密切的关系的。"② 那么，理所当然的是，"文学

---

① 青木正儿在《中国文学思想史》中将中国文学思想史的三个时期分别称为"上世""中世""近世"，而《中国文学思想史》的两个完整的中译本——台湾开明书店版与春风文艺出版社版——均将"上世""中世""近世"翻译为"上古""中古""近古"。为了术语名词的统一，本论文将使用"上古""中古"与"近古"这一在中国学术界更为通行的名称。

② 郭绍虞：《中国文学批评史·自序》，1页，天津，百花文艺出版社，2008。

批评史"的时期划分和"文学史"的时期划分会化为同一个问题。青木正儿的《中国文学思想史》写就于 1935 年，而日本学者撰写"中国文学史"的历史已接近半个世纪。早在青木正儿之前，已有大量的日本中国文学研究专家尝试在更为宏观的视角上对"中国文学史"进行时期划分。然而，文学观和文学史观的巨大差异，使"中国文学史"的时期划分呈现出纷繁混乱的状态。（见表 2-1）

表 2-1　日本学者所撰"中国文学史"著作的分期状况一览表（1882—1940 年）①

书名	著者	出版社及出版时间	文学史分期状况
支那古文学略史	末松谦澄	文学社，1882 年	本书仅撰写了上古文学部分，按照时代分期法将上古文学分为夏商、周代、周末三大时期，又进而将周末分为三小时期加以详细论述
文学小史	儿岛献吉郎	汉文书院，1894 年	本书分三部分刊行于汉文书院所出的《支那学》杂志上。它仅撰写了上古文学部分，按照时代分期法将上古文学分为虞夏、殷周、春秋战国三个时期
支那大文学史古代篇	儿岛献吉郎	富山房，1909 年	本书仅撰写了从上古直到魏晋六朝时代的文学史。它按照时代分期法将此段文学史分为羲黄时代、唐虞三代、春秋战国、秦、两汉、六朝六个时期，并将之分别称为胚胎时代、发达时代、全盛时代、破坏时代、弥缝时代、浮华时代。另外，此书通过序论对中国文学的基本特色进行了宏观概说
支那文学史纲	儿岛献吉郎	富山房，1912 年	本书撰写了从上古直到清代的文学史。此书将中国文学史分为上古文学（远古到秦）、中古文学（汉代至隋代）、近古文学（唐代至明代）、近世文学（清代）四大时期

①　此表根据川合康三所编《中国的文学史观》（创文社，2002 年）的相关资料制作而成。

续表

书名	著者	出版社及出版时间	文学史分期状况
支那文学史	古城贞吉	经济杂志社，1897 年	本书撰写了从上古直到清代的文学史。按照时代分期法，此书将中国文学史分为文学起源期（远古至周代）、诸子时代（春秋战国）、汉代、六朝、唐朝、宋朝、金元两朝、明朝、清朝九大时期
支那文学史	藤田丰八	约 1895 年至 1897 年	本书为东京专门学校所藏的讲义。此书仅撰写了从上古到汉代的中国文学史。它将此段文学分为古代（远古至春秋战国）与中世（两汉）两大时期
支那文学史·先秦文学	藤田丰八	东华堂，1897 年	本书仅撰写了先秦文学史（上古文学史），并将之分为夏商周三代与春秋战国两大时期。值得一提的是，此书将先秦文学按照文化地理的原则分为南方文学与北方文学两大部分，并讲述了其从并立到合流的发展趋势。另外，此书还详细论述了史传文学的发展史
支那文学大纲	笹川临风、白河鲤洋、大町桂月、藤田剑峰、田冈岭云	东京大日本图书株式会社，1897 年至 1904 年	本书并未勾勒出中国文学史的发展脉络，而是以几乎是"一卷一人"的撰写原则介绍了在中国文学史上具有"正典"意义的作家，如庄子、李白、司马迁、陶渊明等，且经典作家论的若干章节并未按照时间先后顺序进行排列
支那文学史	笹川临风	博文馆，1898 年	本书撰写了从上古至清代的中国文学史，按照时代分期法的原则，将之分为春秋以前、春秋战国、两汉、魏晋南北朝、唐朝、宋朝、金元、明朝、清朝九大时期

续表

书名	著者	出版社及出版时间	文学史分期状况
支那文学史	高濑武次郎	哲学馆，约为 1899 年至 1905 年	本书虽然只撰写了从上古到隋朝的中国文学史，但是在《绪论》第十章《时期的区分》中清晰地对中国文学史进行了时期划分。高濑武次郎将中国文学史分为上古（包括三代以上、春秋战国两小时期）、中世（包括秦汉、魏晋南北朝、唐三小时期）、近世（包括宋、金元、明、清四小时期）三大时期
支那文学史要	中根淑	金港堂，1900 年	本书篇幅短小（仅有 172 页），却事无巨细地论述了从上古到清代的中国文学史。其时期划分极为琐碎，将整个中国文学史划分为太古、唐虞、夏、殷、西周、东周、秦、西汉、后汉、三国、西晋、东晋、南北朝、隋、唐、五代、宋、南宋、元、明、清 21 个时期
支那文学史	久保天随	人文社，1903 年	本书撰写了从上古到清代的中国文学史。按照时代分期法，它将中国文学史分为三代、周末、两汉、魏晋、六朝、唐代、宋代、元代、明代、清代十大时期。值得一提的是，久保天随根据文化地理的差异，进而将周末文学划分为北方文学、南方文学、中部思潮三大部分①
支那文学史	久保天随	平民书房，1907 年	本书撰写了从上古到清代的中国文学史。它将中国文学史分为上古（远古至秦代）、中古（汉代至六朝）、中世（唐代至宋代）、近世（金元至清代）四大时期

---

　　①　和久保天随的看法类似，青木正儿也看到了文化地理与文学的密切关系。他在《中国文学思想史》一书的序论中说："构成中国国民性的基调，因地处南北而有别。南方和北方，天然就有很大区别，从人种来看，远自上古就有根本不同，因而国民性的特色自然有异。这种地方特色必然反映在各种文物上，文艺也不会例外。所以，今天我们考察其文艺思潮的纵流时，不能忘记，首先要对南北横的方面，即地区的特色进行考察。"（[日]青木正儿：《中国文学思想史》，孟庆文译，3 页，沈阳，春风文艺出版社，1985）由此可见，青木正儿接受了法国文艺理论家泰纳的文艺观，特别是文艺发展的三要素：种族、环境、时代。

续表

书名	著者	出版社及出版时间	文学史分期状况
支那文学史谈	松平康国	早稻田大学出版部收藏，刊行年不详	本书撰写了从上古到宋代的中国文学史。它将此段中国文学史分为上世与中世两大时期。关于上世时代，此书又分为三小时期——唐虞三代、春秋、战国，并分别概括为"经典时代""立教时代""分争时代"。关于中世，则根据朝代更迭，又分为秦、汉、魏晋六朝、唐、宋五小时期
支那近世文学史	宫崎繁吉	早稻田大学出版部收藏，刊行年不详	本书仅撰写了从金元到清代的中国近世文学史。它按照朝代的更迭，进而将中国近世文学史分为金元、明朝、清朝三个小时期
文检参考支那文学史要	橘文七	启文社，1927年	本书撰写了从上古到清代的中国文学史。它将中国文学史分为上古（远古至秦代）、中古（汉魏六朝）、近古（唐宋元明）、近世（清代）四大时期
支那文学史概说	西泽道宽	同文社，1928年	本书撰写了从上古到清代的中国文学史。它将中国文学史分为上古（远古至秦代）、中古（汉魏六朝）、近古文学（第一期：唐宋；第二期：元明）、近世（清代）四大时期
文部省检定受验参考支那文学史	小林甚之助	大同馆书店，1931年	本书撰写了从上古到清代的中国文学史。它将中国文学史分为上古（远古至秦代）、中古（汉魏六朝）、近古（唐宋元明）、近世（清代）四大时期
新讲支那文学史	水野平次	东洋图书株式合资会社，1932年	本书撰写了从上古到清代的中国文学史。它将中国文学史分为上古（远古至秦代）、中古（汉魏六朝）、近古（唐宋）、近世（元明清）四大时期
文检参考问题解说支那文学史·哲学史	松崎末义	启文社，1933年	本书撰写了从上古到清代的中国文学史。按照朝代的更迭，此书将中国文学史分为先秦、两汉、魏晋六朝、唐、宋、金元、明、清八个时期

续表

书名	著者	出版社及出版时间	文学史分期状况
表解支那文学史要·表解支那哲学史要	冈田稔、郑嘉昌	东文堂书店，1942 年	本书撰写了从上古到新文化运动时期的中国文学史。它将中国文学史分为上古（远古至秦代）、中古（汉魏六朝）、近古（唐宋金元明）、近世（清）、现代五大时期

　　总体来说，在明治、大正时代和昭和初期，日本学者所撰写的"中国文学史"，大致具有三种时期划分法。无独有偶，中国学者所撰写的"中国文学史"也存在类似的三种时期划分法。

　　第一，朝代（时代）分期法。这是最简便易行的时期划分法，只需依据中国史的朝代更迭，一个朝代（时代）的文学就会形成一个文学时期。明治时期的几部具有学术史开创意义的"中国文学史"，如古城贞吉的《支那文学史》、笹川临风的《支那文学史》、中根淑的《支那文学史要》、久保天随的《支那文学史》、儿岛献吉郎的《支那大文学史古代篇》等，均采用朝代分期法来梳理中国文学史。另外，英国中国学家翟里斯（H. A. Giles）的《中国文学史》（*A History of Chinese Literature*）也采用朝代分期法进行时期划分，整部中国文学史被分为八个时期：封建时代（公元前 600—前 200 年）、汉代、魏晋南北朝、唐代、宋代、元代、明代、清代。中国学者胡云翼的《新著中国文学史》①也援用了朝代分期法。

　　第二，"四分法"。它超越了琐碎的朝代分期法，对中国文学史的理解更加宏观概括，更加简明扼要。"四分法"将中国文学史划分为上古、中古、中世、近世四大时期，尽管其各个时期的时间起终点的划定不尽相同。若对表格中所列举的"中国文学史"著作进行分析，就会发现，"四分法"是昭和初期日本学者所撰写的"中国文学史"最常采用的时期划分法。需要关注的是，日本文学史最为通行的时期划分法亦是"四分法"。日本学者用日本文学的研究思路来审视中国文学史，其学理上的合理性

―――――――――――

① 此书曾在 1941 年被译介到日本，译者为井东宪，由东京高山书院出版。

是很值得怀疑的。中国学者所著的"中国文学史"也有采用"四分法"的，最具代表性和最富想象力的无疑是林庚的《中国文学史》。

第三，"三分法"。上世（上古）、中世（中古）、近世（近古、近代）原本是西方历史通行的分期法。在日本中国史专家那珂通世（1851—1908年）的倡导下，日本大学从1910年起纷纷建立了与"西洋史"相对应的"东洋史"学科。于是"西洋史"的研究理念与研究方法也被移植到"东洋史"的研究中，其中就包括历史分期法。参照了西方历史的分期法，中国史也被划分为上古、中古与近古三大时期。随后"三分法"就自然而然渗透到中国学研究的其他领域，中国文学当然也包括其中。与朝代分期法和"四分法"相比较，"三分法"的使用率不高，只有高濑武次郎的《支那文学史》使用了"三分法"，写就了一部完整的中国文学史。而在中国学界，"三分法"的使用率则较高，代表著作是谢无量的《中国大文学史》和郑振铎的《插图本中国文学史》。前者的"三分法"为上古文学（五帝时期到秦代）、中古文学（汉代到隋代）、近古文学（唐代到清代），而后者的"三分法"为古代文学（西晋以前的中国文学）、中世文学（东晋到明正德年间，317—1521年）、近世文学（明嘉靖年间到清代，1522—1911年）。比较谢无量和郑振铎的划分法，我们会发现其显而易见的差别，虽然同样是对西方历史划分法的运用，但是两位学者在具体时期的时间点的确立上尚难达成共识。

由此可见，在"中国文学史"的草创时期，中日学者都在摸索"文学史"的写法和体例，分期法的纷繁混乱几乎是无法避免的。究其原因，一方面是对西方历史分期法的生搬硬套，对中国历史和中国文化史的认识尚属肤浅；另一方面是"隔靴搔痒"地仅从外部环境的变化（如朝代的更迭、历史时期的转换）来衡量文学，文学自身发展演变的内在规律还未被作为一个"文学史"时期划分的重要原则。

2. 诸种"文学史"时期划分原则的反思

朝代（时代）分期法、"四分法"与"三分法"这三种"中国文学史"的分期方法均存在着严重的理论缺失。朝代分期法因为简便易行，目前仍是学术界一个很流行的分期法，大量断代文学史，如唐代文学史、清代文学评论史、明清小说史等，仍潜在地遵守着朝代分期法的分期原则。然而，贯彻朝代分期法的中国文学史结构松散、冗长，以王朝政权更替的政治标准为分期原则，较难凸显中国文学发展的来龙去脉与演进规律。由朝代分期法到"四分法""三分法"，事实上是分期原则的进步，政治的标准被历史的标准所替换。钱婉约说："19、20 世纪之交，随着西方近代史学理论的东传，将历史分为上古、中古、近世（近代）的编年体做法，也开始传入日本和中国的史学界。受其影响，日中史学家开始改变传统的以朝代的更替代替历史阶段的区分的旧习，意识到有必要以一定的标准来衡量历史发展的进程，从而体现史学家对历史发展的认识与判断。"[1]历史标准及其分期原则的引进，无疑会加深对中国文学史的认识。值得特别注意的是，所谓历史标准及其分期原则并不是在中国史研究的基础上所得出的理论成果。因此，在纷繁混乱得几乎让人如坠云雾的"三分法""四分法"背后，隐藏着更为深层次的问题，即西方历史分期法适合中国历史文化发展的国情吗？答案当然是否定的。

西方历史的分期法可以被挪用至日本历史，因为欧洲中世纪的封建制和日本中世、近世的幕藩制存在着类同性，正如冯天瑜所指出的："西欧中世纪社会与日本'中世'及'近世'存在的类似之处，愈益昭显，诸如封君封臣与封土的结合；王权旁落、主权分割；职官世袭；等级制度；庄园经济；由兵农分离和对领主从属导致的武士（欧洲称骑士）传统；人身依附、复仇观念等。这些相近的社会及文化特色，不约而同地在西欧和远东的日本列岛呈现出来，时间又都在古代与近代之间的几个世纪。"[2]核心的问题是"封建制"，在中国历史中，只有实行"分封制"的西周符合封建社会的定义，中古时代的中国是贵族制社会，这便与欧洲、日本的中古历史呈现出鲜明的差异。日本中国史学者川胜义雄在《六朝贵族制社会研究》中说：

---

①　钱婉约：《内藤湖南研究》，97 页，北京，中华书局，2004。

②　冯天瑜：《近代日本"封建"概念的形成及中国历史分期的提出》，载《华中师范大学学报》（人文社会科学版），2007(3)。

　　一般而言，贵族制度社会是在汉帝国的统一瓦解之后出现的一种体制，它产生于分裂与战乱不断的六朝时期，此后一直延续到唐代，具有十分鲜明的时代特色。凡政治、经济、文化等几乎所有的社会领域内，占居领导地位的是被称作贵族或豪族的社会阶层。这一阶层并没有朝武人所具有的封建领主化方向发展，他们作为教养颇深的文人，形成了官僚机构，并且通过垄断这一机构来维护其统治体制。掌握着军事力量的武人，以领主制的形式构成贵族阶层，这就是欧洲与日本的中世封建社会呈现出的状况。可是，中国六朝社会却与之截然不同，目前除了用贵族制社会这一特殊的术语以外，我们似乎还找不到别的什么适当词汇来称呼。①

　　秦汉以后中古历史的发展，并未走向"封建制"，而是"贵族制"。另外，和欧洲、日本历史发展呈现出鲜明的阶段不同，中国历史具有稳定性和延续性，中央集团的帝制贯穿了秦汉至明清的两千年历史。虽然每一个朝代都会给中国文化输入新的思想与制度，但是稳定中的渐变依然是中国历史发展的常态，因此清晰分明的时期划分对中国历史来说是极为困难的。尽管如此，中国历史还是可以进行时期划分的，但其前提是必须从中国历史（文化）发展的内在规律出发。例如，在《国史大纲》一书中，钱穆就从政治制度的演变出发，对中国历史进行了时期划分："综观国史，政制演进，约得三级：由封建而跻统一，一也。（此在秦、汉完成之。）由宗室、外戚、军人所组之政府，渐变而为士人政府，二也。（自此

---

　　① ［日］川胜义雄：《六朝贵族制社会研究·序》，徐谷梵、李济沧译，1页，上海，上海古籍出版社。冯天瑜也有相似观点："中国的殷周实行'封土建国'制度，也呈现与上列诸点相近的特色，而秦汉至明清的主要时段实行君主专制制度，其特点则是：封爵而不授土，或授土而不临民；王权至上，中央集权，实行郡县制；命官一流官制、官员经考选产生；土地可以买卖；右文政策，尚武精神渐趋低落；人身控制相对松弛；如此等等，中国秦汉至明清的社会形态与西欧中世纪及日本中世、近世大相差异。"参见冯天瑜：《近代日本"封建"概念的形成及中国历史分期的提出》，载《华中师范大学学报》(人文社会科学版)，2007(3)。

西汉中叶以下，迄于东汉完成之。)由士族门第再变而为科举竞选，三也。(此在隋、唐两代完成之。)"①以政治制度的演变为标准对中国历史进行时期划分，无疑是一个可喜的进步，其学术合理性暂且不论，毕竟中国历史的自身特点受到了足够的尊重。

历史发展的稳定性，进而带来文化发展的稳定性。梁漱溟在《中国文化要义》中曾指出中国古代文化发展的一个重要特征，"次言中国文化停滞不进，社会历久鲜变一点。这涵括两问题在内：一是后两千年的中国，竟然不见进步之可怪；再一是从社会史上讲，竟难判断它是什么社会之可怪。因为讲社会史者都看人类社会自古迄今一步进一步，大致可以分为几阶段，独中国那两千多年，却难于判断它为某阶段。两问题自有分别，事情却是一件事情。"②在梁漱溟看来，中国文化的发展呈现出与西方文化完全不同的状态，它不像西方文化那样，呈现出明显的发展进步阶段。与此同时，中国文化和西方文化本属异质，因此西方文化的演进模式对中国文化来说并非适用。换言之，按照西方历史"古代""中世纪""近代"的分期法来划分中国文学史，必然纰漏百出。因此，朝代分期法与借鉴西方历史分期的"三分法""四分法"都不是最富学理性的分期方法。

那么，最为合理的分期方法应该坚持怎样的分期原则呢？在《中国文学史的分期问题》一文中，郑振铎提出了中国文学史的分期的原则，是为：第一，是和一般历史的发展规律相同的；第二，是和中国历史发展的规律的步调相一致的；第三，同时也是有它的若干特殊性或特点的。③此三原则无疑具有启发意义，不仅对解决中国文学史的分期问题至关重要，而且也可成为解决中国文学理论发展史的分期问题时的总原则。换言之，中国文学理论史的时期划分，要参考中国文学史、中国历史的时期划分，既参照文学理论的发生、发展的文化环境，又兼顾文学理论的自身进化、演变的特点，如此的时期划分才会更加科学合理。

---

　　①　钱穆：《国史大纲·引论》，14 页，北京，商务印书馆，1996。

　　②　梁漱溟：《中国文化要义》，12~13 页，上海，上海人民出版社，2005。

　　③　郑振铎：《中国文学史的分期问题》，见《郑振铎文集》(第七卷)，76 页，北京，人民文学出版社，1988。

在 20 世纪三四十年代专事文学理论批评史研究的学者中，对"文学史"分期原则最具洞察的非郭绍虞莫属。他在《中国文学批评史》的总论中说：

> 盖文学批评所由形成之主要的关系，不外两方面：一是文学的关系，即是对于文学之自觉，二是思想的关系，即是所以佐其批评的根据。由前者言，文学批评常与文学发生相互联带的关系。易言之，即文学批评的转变，恒随文学上的演变为转移；而有时文学上的演化，又每因文学批评之影响而改变。因此，中国文学批评史的讲述，其效用最少足以解决中国文学史问题的一部分。由后者言，文学批评又常与学术思想发生相互联带的关系；因此中国的文学批评，即在陈陈相因的老生常谈中也足以看出其社会思想的背景。这固然不同欧西的文学批评一样，一时代有一时代所标榜的主义，而于各时代中均似可有明划的区分；然亦不能谓中国文学批评全没有其思想上的根据。[1]

欧洲文学批评的发展阶段清晰分明，"一个时代有一个时代所标榜的主义"，而中国文学批评常在"老生常谈"中缓慢发展，并将时代特色灌注其中。因此，西方历史分期法注定不会适合中国文学的发展实况，学者们必须找寻中国文学发展的独特规律，并进而断定其时期划分。郭绍虞指出，文学（文学批评）发展有两大影响因素：一是文学自身的发展，"文学之自觉"的不断反思与调整；二是思想史的强势介入。显而易见，郭绍虞的文学史观同时兼顾了文学内部的观念演进与文化史（思想史）的外部渗透，将自律文学史观与他律文学史观有机地结合起来了。

3. 青木正儿的中国文学史观

在文学史研究和文学批评史研究中，时期划分是一个需要特别关注的问题。通过时期划分的深度分析，文学史家的"文学观"和"文学史观"就会丝缕必现。青木正儿也将文学发展的内部因素与外部因素、文学史

---

[1]   郭绍虞：《中国文学批评史》，3 页，天津，百花文艺出版社，2008。

观的自律原则与他律原则结合起来，去审视中国文学思想的发展演变。

　　首先，文学史观的自律原则与内部因素。推动文学思想史发展的内部动力，是"达意主义""修辞主义"和"气格主义"三大文学观念的竞争，而具体表现出来的演进路线则要么是"创造主义"，要么是"仿古主义"。通过这五个关键词，青木正儿高屋建瓴地构造了一个"文学思想史"的理论框架，所有的批评家、批评著作和批评观念都各归其位。然而很遗憾的是，《中国文学思想史》却忽略了另外一个推动文学思想发展的内部动力——雅与俗的流变。青木正儿重视俗文学（"口语体文学"），也简明扼要地介绍了俗文学的评点理论，但是并未从中国文学史的宏观角度，看到雅文学与俗文学的互动关系。郑振铎在《中国俗文学史》中说："因为正统文学的发展，和'俗文学'的发展是息息相关的。许多的正统文学的文体原都是由'俗文学'升格而来的。……当民间发生了一种新的文体时，学士大夫们其初是完全忽视的，是鄙夷不屑一读的。但渐渐的，有勇气的文人学士们采取这种新鲜的新文体作为自己的创作的型式了，渐渐的这种的新文体得了大多数的文人学士们的支持了。渐渐的这种的新文体升格而成为王家贵族的东西了。至此，而他们渐渐的远离了民间，而成为正统的文学的一体了。"①比较而言，青木正儿并未觉察出雅、俗文学的密切联系，因此并未从雅俗流变的角度来梳理中国文学思想的发展演变。

　　其次，文学史观的他律原则与外部因素。以儒、道、佛（禅宗）为核心的思想史和以绘画、音乐为代表的艺术，都是影响文学发展的外部因素。青木正儿对佛教论述甚少，更多谈论儒、道两大思潮对中国文学思想的影响。② 他说："自古以来中国人民头脑中流传着的两大思潮，就是

---

　　①　郑振铎：《中国俗文学史（上）》（影印本），2～3 页，上海，上海书店，1984。

　　②　对此，《中国文学思想史》一书的中文译者孟庆文说："但本书也存在一些不足，如认为文艺产生于美感和只谈儒、道两家文艺思潮，不谈佛教对中国文学思想的影响，以及对一些重要文论专著只作一般介绍等。"（《中国文学思想史·译后记》，277 页，沈阳，春风文艺出版社，1985）忽略了佛教对中国文学思想的重大影响，的确是青木正儿《中国文学思想史》的一大缺失。

儒家思想和道家思想，前者代表入世的现实的思想；后者代表出世的非现实的思想。前者最关心的是人伦道德的匡正，并且注意人为的文化发展；后者以保全天真为第一义，认为不能保全天真便不能复归到无欲、无知、无为那样太古的自然境地。即前者是文化主义；后者是反文化主义。所以，儒家对待文学，往往律之以道德，劝之以实用功利。道家却相反，教人超脱入世，无为而为，想象自由。"①儒家文艺观与道家文艺观的对立交锋，亦成为推动中国文学思想发展的动力。与此同时，出于兴趣爱好，青木正儿亦非常重视绘画与音乐，自始至终从广义"文艺"的视角来谈论文学思想。正如他在《中国文学思想史》的序言中说："所谓文艺，普通指的是文学一科，但这时我出于个人的兴趣和野心，把它解释为文学及其他艺术，叙述了音乐美术及其思潮的沿革。"②用绘画、音乐来解释说明文学，无疑是中国文学思想史的一个传统。孔子《论语》的音乐论和苏轼的"诗画合一"就是最为突出的例证。

结合了文学史观的自律原则与他律原则，青木正儿在《中国文学思想史》一书中把中国文学理论的发展历史划分为三大时期：第一时期，上古时期（周、汉）；第二时期，中古时期（魏晋南北朝、唐）；第三时期，近古时期（宋、元、明、清）。而且，他还对各个时代文艺思想的总体特征进行了概括，并分别命名为"实用娱乐时代""文艺至上时代""仿古低徊时代"。这无疑是一个具有创建的中国文学理论研究框架。

4. 中国文艺理论史诸种分期法的比较

张少康在《中国文学理论批评史》一书中说："20 世纪 60 年代以来新出版的几种文学批评史，一般以历史朝代为线索，按先秦、两汉、魏晋南北朝、隋唐五代、宋金元、明、清、近代等分编，或将先秦两汉合为一编，或将明清合为一编，这中间自然也包含了对分期的某种看法，但

---

①　［日］青木正儿：《中国文学思想史》，孟庆文译，11 页，沈阳，春风文艺出版社，1985。

②　［日］青木正儿：《中国文学思想史・序》，孟庆文译，1 页，沈阳，春风文艺出版社，1985。

都没有对分期问题发表专门的意见。"①对"中国文学批评史(中国文学思想史)"写作来说,分期法绝对不是可有可无的小问题,而是关系到著者的文学观与文学史观的重大问题,其代表着著者对中国文学批评史发展轨迹与脉络的宏观判断。因此,甚有必要对中日学者所撰"中国文学批评史"的分期法进行比较分析,以探寻出最富学理性的分期法。

关于分期原则,青木正儿和郭绍虞所倡导与实践的理念——文学史他律史观与自律史观的结合——已经得到了学术界的普遍认同。例如,罗根泽曾分别论述了文学批评与时代意识、文学批评家、文学体类的关系。②换言之,共有三大因素影响着文学批评的发展走向。时代意识是思想文化的具体表现,文化史、思想史的变迁,会带来文学批评风尚的转向。和"文如其人"同理,具体的文学批评亦能折射出批评家的个性气质。不管是时代意识,还是文学批评家,均是影响文学批评发展的外部因素,只不过前者是宏观因素,后者是微观因素。而文类则是影响文学批评的外部因素,"诗赋欲丽""铭诔尚实"就实例,不同的文类应该有不同的文学批评标准。罗根泽的文学批评史观虽然和青木正儿、郭绍虞相比尚显稚嫩,但已经明确形成了自律史观与他律史观相结合的批评史观。再如,张少康在《中国文学理论批评史》中说:"我们认为对中国文学理论批评发展的历史分期,应当以文学理论批评发展的特点和规律为中心,结合历史发展阶段的特征和文学创作发展的状况,做综合的分析研究。"③这几乎与青木正儿、郭绍虞的文学批评史观是一模一样。

文学批评史观趋于一致,具体的分期法却依然千差万别。几乎每一个时代都是承前启后的,因此强求分期法的整齐划一是没有必要的,关键问题是应该对每一种分期法的学理性展开具体分析。在中、日两国学

---

①　张少康:《中国文学理论批评史(上卷)·前言》,2页,北京,北京大学出版社,2005。

②　罗根泽:《中国文学批评史·周秦两汉文学批评史》,15～20页,上海,上海书店出版社,1984。

③　张少康:《中国文学理论批评史(上卷)·前言》,2页,北京,北京大学出版社,2005。

者所撰写的"中国文学批评史"中，分期意识最为清晰的有青木正儿的《中国文学思想史》、郭绍虞的《中国文学批评史》和张少康的《中国文学理论批评史》。张少康的《中国文学理论批评史》论述从上古至近代的文学批评史，如果将近代部分切除后，"四分法"的分期法就呈现出来了："一、先秦——萌芽产生期；二、汉魏六朝——发展成熟期；三、唐宋金元——深入扩展期；四、明清——繁荣鼎盛期。"①然而，"四分法"的分期法存在着两大学理上的瑕疵。首先，汉代的归属问题。汉代是经学时代，居于主导位置的依然是儒家文艺观，文学批评侧重于对文学外部规律的探索，特别是文学与政治教化的关系。虽然文学已与学术分离，其独立地位已经得到肯定，道家的文艺观也产生了一定影响。而魏晋六朝则是玄学与佛学的时代，儒家文艺观衰落了，取而代之是道家、玄学的文艺观，文学批评重视文学的内部规律，文学的审美特性得以凸显，创作论、技巧论、鉴赏论等全面繁荣。② 显而易见，汉代与魏晋六朝的文学批评表现出截然不同的特征和风貌，将之确立为中国文学批评史的一个发展阶段并不合适。更好的处理方式则是把汉代与先秦归属为一个时代，从文学观念的萌芽到儒家文艺观的占据主流。其次，唐宋金元能否成为一个独立自主的时期。张少康指出："唐宋金元时期中国文学理论批评发展的基本特点，是在汉魏六朝时期文学理论批评基础上的深化和扩展"，"唐宋金元时期是中国古代文学理论批评发展承上启下的重要转折时期"。③唐宋金元时期既然是"承上启下"的转折时期，那么就明显缺乏充分的自足性，应该无法作为一个独立的时期存在。和文学创作的繁荣璀璨相比，唐代的文学批评显得寂寞冷清得多。但从中国文学史的宏观角度来看，唐诗的成熟、魏晋六朝的理论拓清和诗歌实践是密不可分的。因而将唐与魏晋六朝合并为一个时期，似乎更具合理性。宋代诗话的兴起开启了

---

① 张少康：《中国文学理论批评史（上卷）·前言》，2 页，北京，北京大学出版社，2005。

② 张少康：《中国文学理论批评史（上卷）》，87 页，北京，北京大学出版社，2005。

③ 张少康：《中国文学理论批评史（上卷）》，255～256 页，北京，北京大学出版社，2005。

一个全新的时代，诗学理论的探索日趋深入，为明清两代诗学理论的成熟做了充足的铺垫。与此同时，宋代揭幕了一个俗文学的时代，从宋元话本到元杂剧，再到明清白话小说，俗文学的发展一浪高过一浪，与此相随，小说、戏曲的评点也进而繁荣。由此可知，宋金元明清在文学史和文学批评史上的联系异常密切，划为一个时期应该是具有充分学理性的。总之，《中国文学理论批评史》一书在宏观上对中国文学批评史的把握还不准确，"四分法"的分期法仍需改进与完善。

比较而言，青木正儿与郭绍虞的文学批评史观极为相似，"创造主义""拟古主义"与"演进""复古"如出一辙，而"达意主义""修辞主义"与"偏于质""偏于文"相互对应。另外，青木正儿与郭绍虞均将明、清两代视为中国文学理论批评史的总结时期。郭绍虞虽然也主张"三分法"，但其具体内涵与青木正儿的"三分法"并不尽相同：

> 既讲整个的中国文学批评史，总得划出几个时期。关于这个，只能就文学批评本身的演进，以为分期的标准。至于各个派别的不同的主张，只能在分期中间各别述之，而不能有明显的时代的区分。大抵由于中国的文学批评而言，详言之，可以分为三个时期：一是文学观念演进期，一是文学观念复古期，一是文学批评完成期。自周、秦以迄南北朝，为文学观念演进期。白隋、唐以讫北宋，为文学观念复古期。南宋、金、元以后直至现代，庶几成为文学批评之完成期。简言之，则文学观念之演进与复古二时期，恰恰成为文学批评分途发展的现象。前一时期的批评风气偏于文，而后一时期则偏于质。前一时期重在形式，而后一时期则重在内容。所以这正是文学批评之分途发展期。至于以后，进为文学批评之完成期，则一方面完成一种极端偏向的理论，一方面又能善于调剂融合种种不同的理论而汇于一以集其大成。由质言，较以前为精确、为完备；由

量言，亦较以前为丰富、为普遍。①

　　对于郭绍虞的"三分法"，张少康评论说："郭先生的分期法在当时自是有见地的，他没有简单地按历史朝代顺序划分文学批评史的阶段，而是对文学批评发展的历史及其内在规律，作了相当深入的思考的。虽然他的分期，今天看来未必恰当，但还是很有参考价值的。"②此评价可以说是客观公允的。郭绍虞的"三分法"的确勾勒出了中国文学理论批评史的发展轨迹。上古到魏晋六朝，是文学观念的演进期，从重"质"演变为重"文"；从唐到明清，则是文学观念的复古期，从重"文"返回到重"质"。

　　然而，郭绍虞的"三分法"依然存在着以下问题。第一，"复古"的界定。事实上，对"复古"的内涵，青木正儿和郭绍虞的理解存在着微妙的差别。郭绍虞所谓"复古"，侧重于一种文学观念的发展倾向，自唐代始，文学观念出现了从重"文"到重"质"的转变。对郭绍虞来说，"演进"与"复古"潜含着一种价值评判，"复古"意味着文学观念的退化。《二十世纪中国古代文论学术研究史》一书论道："大概是受到了五四新文化运动反传统精神的影响，郭先生认为六朝人所建立的'由混而析'的文学观念是'渐趋正确'的，因而以否定六朝文风为开始的唐代复古思潮，就自然被定性为文学观念演进史上的一种'逆流'。"③青木正儿所谓"复古"，侧重于一种创作潮流，它将前代经典作品视为可资借鉴的范本，并在创作过程中进行亦步亦趋的模仿。创作上的复古主义，如以唐诗为宗还是以宋诗为宗，则带来了诗学理论的拓展与深化，因此对青木正儿来说，"复古"并不代表着文学观念的"退化"。复古潮流实际上包含着对达意主义、修辞主义和气格主义这三大创作原则的深入研究。关于"复古"的原因，

────────────

　　① 郭绍虞：《中国文学批评史》，4页，天津，百花文艺出版社，1999。

　　② 张少康：《中国文学理论批评史（上卷）·前言》，2页，北京，北京大学出版社，2005。

　　③ 蒋述卓等：《二十世纪中国古代文论学术研究史》，43页，北京，北京大学出版社，2005。

郭绍虞强调的是儒家道学思想的影响，而青木正儿则强调的是文学观念自身在创作与理论上的探索。因此，郭绍虞认为，复古主义的高潮是在唐代与北宋，而青木正儿则认为，复古主义在宋代兴起，在明、清两代达到高潮。总言之，在《中国文学批评史》一书中，郭绍虞并未全面观察其清晰全面的文学批评史观，他过多地关注思想史对文学批评史的影响，而忽略了文学史与文学批评史的对应关系。将"复古"与儒家重"质"的实用主义文艺观画上等号，并不符合中国文学史发展的实际情况。不管是陈子昂的诗歌复古，还是韩愈的散文复古，固然受到了儒家文艺观的影响，但更为根本的因素则是对六朝过于华丽绮靡文风的反叛。

　　第二，划定文学时期的微观原则。文学时期的划定，除了遵守文学批评史观的宏观原则，还要依照看似无关大局的微观原则。首先，关键点与转折点的确定。文学批评史的任务，既要勾勒出文学观念的发展轨迹，又要标点出文学观念的关键点与转折点。这些关键点与转折点应该成为文学时期的起点与终点。在中国文学批评史中，"文的自觉"与文学观念的"复古"就是两个关键点与转折点。郭绍虞"三分法"的最大问题，并不是以关键点与转折点作为具体文学时期的起点与终点，因此并未将中国文学批评史文学观念的跃进点标识出来。其次，总体特征的统一与稳定。在一个独立自足的文学时期中，所有的文学现象应该统摄于一个总体特征。在郭绍虞的《中国文学批评史》中，文学观念演进期是文学观念的从"质"到"文"，文学观念复古期是文学观念的从"文"到"质"，每一个时期都无法具有一个统一与稳定的总体特征。因而，更加清晰的划分方法，是依据"文""质"的总体特征，以"文"与"质"的转变点作为文学时期的起点与终点。

　　总言之，19 世纪末和 20 世纪初，中、日两国学者均在探索"中国文学史"的写作模式，而其文学史观也随之不断进化而日渐科学。通过《中国文学思想史》之时期划分原则的深度解析，青木正儿的中国文学史观便清晰可见了。在 20 世纪 30 年代，青木正儿已经能够纯熟地运用文学史研究模式，兼顾了文学史的内部规律与外部规律，从而真切地还原了中国文艺理论批评史的发展脉络。

二、"文学思想史"与青木正儿的中国文艺理论研究模式

近 30 年来，"文学思想史"的研究模式已经受到学术界越来越多的关注，已经成为中国古典文学理论研究领域的基本研究模式之一。而真正将"文学思想史"的研究模式发扬光大的学者，非罗宗强先生莫属，其标志性的理论著作是《隋唐五代文学思想史》和《魏晋南北朝文学思想史》。但是，如果回溯百年中国文学理论研究的学术史，就会发现，早在 20 世纪 30 年代，日本学者青木正儿就开始运用"文学思想史"的研究模式展开中国古典文艺理论的研究，其代表著作正是《中国文学思想史》。对此，韩经太在《中国文学批评史研究》一书中论道："'中国文学思想史'这样一个题目，按说已是一个老题目。日本学者青木正儿的《中国文学思想史》，早在 20 世纪 30 年代(1936 年)就已问世。该著分内外两篇，内篇之所关注，如其序论所论述，主要涉及文学的地方色彩，文艺思潮的变迁，儒、道两大思潮与文学思想，文学思想在创作态度以及表现形式上的体现等。而外篇之所关注者，则有文艺与伦理思想的关系，文学思想与音乐思想、美术思想的关系，以及魏晋清谈与文艺思想的关系等。简言之，内篇从纵的方面分析论述，外篇从横的方面分析论述，纵横交织，含纳深广，已然显示出'文学思想史'研究的学术特色。"[①]让人遗憾的是，本书对于青木正儿的"文学思想史"研究仅是蜻蜓点水的介绍，而缺乏深入细致的分析与研究。本章将从"文学思想史"的研究理念出发，既要总结青木正儿"文学思想史"研究模式的基本特点，又要分析青木正儿对中国文艺思想史的总体评判。

(一)青木正儿中国文学思想史研究的基本特色

"昭和三年，我开始为岩波讲座世界思潮写了《中国文艺思潮》。所谓

---

① 韩经太：《中国文学批评史研究》，545 页，福州，福建人民出版社，2006。

文艺，普通指的是文学一科，但这时我出于个人的兴趣和野心，把它解释为文学及其他艺术，叙述了音乐美术及其思潮的沿革。"①

　　在《中国文学思想史》一书中，青木正儿极为关注文学理论与文学批评、文学史、思想史的互动关系，因此他使用更多的术语，不是"文学批评"或"文学理论"，而是更具包容性的概念——"文学思想"。在《中国文学思想史》的序言中，青木正儿说："本书分为内外二篇，内篇专采用东洋思潮讲座的《中国文学思想》，只有它的第一章序论中的《文学的地方色彩》《文学思潮三大变迁》两节，和第二章的第一节中的《原始的美意识》，是从世界思潮讲座的《中国文艺思潮》中取来做补充。外篇的《中国文艺和伦理思想》是收在昭和十五年岩波讲座伦理学里的，《周汉的音乐思想》《周代的美术思想》《道家的文艺思想》三篇是《中国文艺思潮》的一部分，《清谈》是作为东洋思潮讲座一个项目起草的。以上并为岩波讲座执笔的，只有篇末的《诗文书画论中的虚实之理》一文，是最近发表在《中国学》上的。"②由此可见，青木正儿从未孤立地审视中国文学理论，而是自始至终贯彻了"跨学科研究法"，既关注儒家、道家、玄学等社会思潮对文学理论的影响，又重视文学思想与美术、绘画、音乐等艺术领域的相互渗透。值得注意的是，青木正儿虽未明确提出"文学思想史"的研究模式，但是在具体研究理念和研究方法上却与罗宗强所创建的"文学思想史"研究模式极为契合。

　　1."文学思想史"研究模式的理念与方法

　　任何一个独立自足的学科或研究领域的成立须有一个前提，即学科属性、研究对象、研究理念的清晰界定。在《隋唐五代文学思想史》《魏晋

---

　　①　[日]青木正儿：《中国文学思想史·序》，孟庆文译，1页，沈阳，春风文艺出版社，1985。事实上，青木正儿对文学的理解，照顾到了中西学术传统的差别。他既接受了"纯文学"的西方文学观念，又兼容了诸种艺术缺乏严格界限、独立性不强的中国学术传统。中西兼顾的学术视野，为他提供了极大的研究便利，这不仅有利于西方文学新观念、新方法的引入，而且尊重了中国学术传统，在一定程度上避免了西方学术对中国学术的"文化误读"。

　　②　[日]青木正儿：《中国文学思想史·序》，孟庆文译，2页，沈阳，春风文艺出版社，1985。

南北朝文学思想史》《玄学与魏晋士人心态》等著作中，罗宗强逐步完善了"文学思想史"的理论建构。

(1)文学思想对文学理论、文学批评的超越

在当前的中国文学理论研究中，4 种术语经常被国内的文学研究界所采用，分别是"文学理论"(literary theory)、"文学理论与批评"(literary theory and criticism)、"文学思想"(literary thought)、"诗学"(poetics)。美国中国学家宇文所安(Stephen Owen)建议使用更为宽泛的"文学思想"："'文学思想'这个术语很宽泛、涵盖面很广。中国古代有不少历史时期非常重视对诗歌的'笺释'或'笺注'，特别是在明清时期，有些笺释很长，不仅仅注明典故和出处，也有把一首诗整个地做一个评论的。这样的资源也应该包括在内。如果说'文学理论'和'文学批评'这两个概念都是现代的建构，那么如果我们运用一个像'文学思想'这样比较模糊的范畴，反而可以更宽泛地传达文学话语所覆盖的范围。"①中国古典学术往往将"文学史""文学理论""文学批评"三者混合在一起，因此宽泛的"文学思想"更为贴近中国文学发展的实际状况。在 20 世纪初，青木正儿显然尚未具有宇文所安那样的理论自觉。因而，"文学思想"这一概念的使用，更能凸显出青木正儿独到而精准的学术眼光。

遗憾的是，青木正儿的中国文学思想史研究并未受到重视，"文学思想"这一概念及研究模式并未被普遍接受。在 20 世纪 80 年代，这一僵局才被打破。罗宗强显然意识到了文学理论、文学批评等概念的局限性。文学思想虽然与文学理论、文学批评密切相关，但是也高度关注文学创作。文学理论著作及其观点，其诞生往往得益于对上一时期文学创作、文学批评的总结与反思，其影响则会在下一时期的文学创作、文学批评中显现出来。因此，文学理论研究，应该参照文学创作与文学批评的总体趋向。罗宗强论道：

---

① ［美］宇文所安、程相占：《中国文论的传统性与现代性》，载《江苏大学学报》(社会科学版)，2010(2)。

　　中国文学思想史研究的特点，主要在于了解、掌握一个时期文学思想变化的过程，根据思潮的变化说明文学观念的发展演变。这里面有从文学创作中反映出来的文学思潮的变化、文学观念的变化，也有文学批评和理论方面的总结和表述。从文学创作中反映出来的思潮和观念的变化，与文学批评和文学理论的表述不一定总是吻合的。怎么说呢，有互相契合的时期，也有互相分开的时期，也有矛盾的时期。假如专门研究文学批评史，仅仅从文学批评、文学理论着眼，就会忽略文学创作中反映出来的文学思潮、文学观念变化的复杂情况，很难全面地准确地把握文学思想潮流、文学观念演变的风貌。①

文学批评、文学理论的主张可能会遭到文学创作的修正，可能在下一个时代才会对文学创作产生实际的影响。最为显著的例证是老庄的文艺思想。在绝大多数的中国文学批评史著作中，道家的文艺思想被划归为先秦部分。这当然无可非议，毕竟其诞生时代就是先秦。然而，道教文艺思想真正成为一股文艺思潮，全面对文艺创作产生影响，则是在魏晋时代。那么，道家文艺思想到底应该归属于先秦部分，还是应该归属于魏晋部分，自然成为一个难以抉择的学术问题。如果仅考虑文学批评、文学理论的诞生时期，道家文艺思想显而易见归属于先秦部分，但是这与中国文学批评史的发展真相并不符合。由此可见，将文学批评、文学理论与文学创作三者结合，才能全面而准确地树立中国文艺思想的发展轨迹。

罗宗强主张，文学思想史也应该成为一个独立的学科，因为早已存在的文学理论批评史无法容纳文学思想史。他在为张毅《宋代文学思想史》一书所作的序中说：

---

① 罗宗强、张毅：《“自强不息，易；任自然，难。心向往之，而力不能至”——罗宗强先生访谈录》，载《文艺研究》，2004(3)。

文学思想史的研究对象显然比文学理论批评史更为广泛。文学理论与批评当然反映了文学思想，是文学思想史研究的主要对象。但是，文学思想除了反映在文学批评与文学理论中之外，它大量的是反映在文学创作里。有的时期，理论与批评可能相对沉寂，而文学思想的新潮流却是异常活跃的。如果只研究文学批评与理论，而不从文学创作的发展趋向研究文学思想，我们可能就会把极其重要的文学思想的发展段落忽略了。同样的道理，有的文学家可能没有或很少文学理论的表述，而他的创作所反映的文学思想却是异常重要的。①

从研究的广度和深度来说，中国文学思想史将是中国文学理论批评史的拓展与提升。韩经太在《中国文学批评史研究》一书中指出，文学思想史研究模式的确立使宏观的中国文学理论研究形成了一个逐渐深化的三层学科架构：文学批评史—文学理论批评史—文学思想史。② 文学批评史侧重于总结各个时期各种文类与各种流派的批评思想；文学理论批评史要在文学批评史的基础上，总结出中国文学理论的体系、范畴与核心观念；而文学思想史要更进一步，从文学史、艺术史、思想史的宏观视野中，探索文学观念的生成、演变与影响。

（2）"文学思想史"的学科对象论

罗宗强曾在《我与中国古代文学思想史》一文中总结道："文学思想史的研究对象，包括各个时期文学批评、文学理论中的文学观念，也包括各个时期文学创作中所反映出来的文学观念。它要研究个人的文学思想，也要研究各个文学流派的文学思想，更要研究左右一代的文学思想潮流。有时候，还要研究不同地域不同文化环境中文学思想的不同承传与不同走向。"③事实上，从《隋唐五代文学思想史》一书开始，罗宗强就在持续

---

① 罗宗强：《序》，见张毅：《宋代文学思想史》，3页，北京，中华书局，1995。
② 韩经太：《中国文学批评史研究》，544页，福州，福建人民出版社，2006。
③ 罗宗强：《我与中国古代文学思想史》，见《因缘集：罗宗强自选集》，8页，天津，南开大学出版社，2004。

不断地深化"文学思想史"的研究理念。

　　综合起来说，"文学思想史"的研究对象主要包括四个方面。第一，古代文学思想史的"历史还原"，客观真实地描述文学思想发展演变的原貌，是"文学思想史"研究的首要任务。绝对的"历史还原"显然不可能，但须竭尽全力。罗宗强强调文学思想史研究要对"现代学术视角"保持警惕的态度："如果说，在古代文学思想史的研究中有什么大忌的话，那么，我认为，把古代文学思想现代化就是大忌。把古代文学思想现代化，结果一定会把古代文学思想史弄得面目全非，从而完全失去它'史'的价值。"①第二，对文学思想史进行总体考察，勾勒出文学思想发展演变的线索，在时期划分的基础上进而对各个时期的文学思想、文学观念进行深入分析。应从文学批评、文学理论与文学创作多角度出发，全面总结某时期的文学思想，不要脱离开文学思想史的发展脉络，孤立地看待某种文学思想。第三，文学思想史应以文学特质的研究为中心。罗宗强说："对于文学思想、文学理论、文学批评的认识与评价，涉及许多复杂的问题，可以有许许多多的视角与标准。从不同的视角与标准出发，会得出非常不同的结论。我更重视文学的艺术特质，因之在描述文学思想发展的风貌时，也就更多地从这个方面着眼，尽量地不去涉及或少涉及非文学的东西，力图在清理文学思想的发展脉络时，区分文学与非文学的界限。"②注重文学特质的研究，对文学思想史研究来说很有必要。稍有不慎，最终为文学研究的文学思想史的研究重心就有可能偏移，可能被思想史和文化史的研究所淹没。文学思想史的研究模式试图沟通外部研究与内部研究，以外部研究来辅助内部研究。第四，加强对文学流派、地域文学思潮的研究。文学流派、地域文学思潮是宏观整体的文学观念与文学思潮的具体表现，宏观层面与微观层面的结合才是完整的文学思想史研究。正如罗宗强所说："我想文学思想史研究的进一步发展，就是要往细部做，往深里做；要做得很细致，除了大的脉络之外，恐怕就是要

①　罗宗强：《序》，见张毅：《宋代文学思想史》，7页，北京，中华书局，1995。
②　罗宗强：《魏晋南北朝文学思想史·引言》，5页，北京，中华书局，1996。

研究流派的文学思想。……再就是地域的文学思想研究，地域文学观念的特点到了明清以后就表现很明显了。"①

(3)"文学思想史"的研究理念

"历史还原"对文学思想史研究来说是至关重要的，否则其他方面的研究根本无法展开。那么，如何进行文学思想演变史的"历史还原"呢？这就和学科理念的问题密切相关了。罗宗强论述道：

> 我以为，影响文学思想的最重要的因素，是社会思潮和士人心态的变化。一种强大的社会思潮，往往左右着人们（特别是士人）的生活理想、生活方式和生活情趣，深入到生活的各个角落。……社会思潮对于文学思想演变的影响，主要在于文学功能、审美时尚、题材倾向诸方面。一个充满变革思想的变革时期，文学创作自然地带来了变革思想；一个儒学复古的时期，文学中的明道主题就相对多起来。不过，我以为，影响文学思想演变最重要的还是古人心态的变化，社会思潮对于文学的影响，最终还是通过士人心态的变化来实现。文学毕竟是人学，描写人的生活、人的理解、人的心灵，社会上的一切影响，终究要通过心灵才能流向作品。心态的变化在文学思想演变中实具关键之意义。②

"文学思想史"研究模式主要涉及"宇宙""艺术家""艺术品"三大要素，从艺术创作论的角度，探索在"宇宙→艺术家→艺术品"这一链条中生命精神和审美经验的生成与传递过程。在此，便清晰可见"文学思想史"与传统的"文学理论批评史"在学术理念上的差异。"文学理论批评史"偏向于从艺术鉴赏论与功用论的角度，梳理在"艺术品→宇宙""艺术品→欣赏

---

① 罗宗强、张毅：《"自强不息，易；任自然，难。心向往之，而力不能至"——罗宗强先生访谈录》，载《文艺研究》，2004(3)。

② 罗宗强：《序》，见张毅：《宋代文学思想史》，8 页，北京，中华书局，1995。

者"这两个层面所形成的文学思想。其偏执一端的研究模式自然是与中国文学理论批评史的实况直接相关。"文学思想史"在吸收"文学理论批评史"理论成果的基础上，又填补了另一个研究视角，可以更充分地辅助中国文学思想的"历史还原"。

在"宇宙→艺术家→艺术品"的理论链条中，"宇宙"相当于社会思潮，而"艺术家"相当于士人心态。社会思潮固然会对文学创作产生影响，但是其无法直接作用于文学创作，必须经由士人心态的中间环节。因此，士人心态便当仁不让地成为"文学思想史"研究模式的核心理念。韩经太论道："士人心态研究，完全可以作为一个相对独立的学术领域。而在与文学思想史相关联的层面上，心态的研究具有探寻文学思想家及文学家之思想的心理基础的意义。打通文学理论观念与士人心理世界，也就是注目于可以视为中间地界的'情思'空间，感情的感性世界与思想的理性世界在这里交汇、重叠，一些构成理论观念的'过程'中的'细节'，恰恰集中在这里。"①换言之，士人心态的研究带领着研究者进入了艺术家生命精神与审美体验的堂奥，为"文学思想史"研究提供了一个最为便捷的突破口。

总言之，在罗宗强的推动下，中国学界掀起了一股"文学思想史"的研究热潮，断代文学思想史的著作不断涌现。《二十世纪中国古代文论学术研究史》就评论道："关于文学思想史、士人心态的研究拓展了古代文论疆界之外的领域。对于古代文论的研究而言，这一领域是一更为广阔的领域，它为古代文论的研究提供了形而下的关于士人心态与历史风貌的图景。为古代文论的研究打破其自身的封闭界限，走向更为生动、开阔的研究提供了新的范式。"②

2. 青木正儿中国文学思想史研究的三大特色

如果参照"宇宙→艺术家→艺术品"的理论链条和士人心态的核心研究理念，就会让人欣喜地发现，青木正儿也在无意识中采用了"文学思想

---

① 韩经太：《中国文学批评史研究》，560 页，福州，福建人民出版社，2006。

② 蒋述卓、刘绍谨、程国赋、魏中林等：《二十世纪中国古代文论学术研究史》，208 页，北京，北京大学出版社，2005。

史"的研究模式，并可以深化"文学思想史"的理论体系。虽然秉持着相同
的研究理念，但是青木正儿的"文学思想史"研究也呈现出了鲜明的个性
特征。但须指出的是，青木正儿的"文学思想史"研究理念涉及了诗文理
论研究、绘画研究、名物学研究、风俗研究等诸多方面。而《中国文学思
想史》作为一部文学思想的通史著作，篇幅有限，论述赅要，无法充分展
示其"文学思想史"研究的基本特点。

(1)以思想史为参照

思想史和文学思想史犹如孪生兄弟，因此必须将文学思想史的研究
置于思想史的大背景中。在《中国文学思想史》和《中国文学概说》中，青
木正儿极为关注儒、道等思想流派与文艺思想的关系。他说："思潮随时
间之推移而变迁，因各时代皆有复杂之原因，故形成具有各时代特色之
思潮，而文艺亦大多被卷入时代思潮之旋涡中。"①文学思想与文艺思潮
往往随着社会思潮的转换而变迁，与思想史具有相似的演进路线。

青木正儿明确指出，儒、道两大思潮主宰着中国文学思想史的发展。
儒家思想虽然是中国文化的主流意识形态与核心价值观，但其强势地位
并非恒久稳固，经常会受到道家等思想流派的冲击。美国中国学家牟复
礼(Frederick Mote，1922—2005 年)在《中国思想之渊源》(*Intellectual
Foudations of China*)中指出："道家的历史价值就是对儒家的制衡。每
当儒者们想冒进，过分热衷于他们的伦理宏图，用他们的标准和规范来
固化、僵化人们的生活，道家就会竭力使形势恢复到均衡。在这个意义
上，道家已经内化为中国文明的一种纠偏、革新的能力(但愿一直如此)，
使其能如此平稳地发展。"②儒、道两家的对抗与竞争对中国文化来说无
疑是一个"福音"，避免了偏执一方的极端伦理主义或极端自然主义，使
中国文化的发展始终不离社会性与个体性、善与美的理性均衡。中国思
想史的儒、道二元竞争无疑对中国文学思想史产生了深远的影响。从文

---

① ［日］青木正儿：《中国文学思想史》，郑梁生、张仁青译，8 页，台北，台湾开明书
店，1977。

② ［美］牟复礼：《中国思想之渊源》，王立刚译，84 页，北京，北京大学出版社，
2009。

学思想史的宏观层面来看，儒家与道家的争胜，伴随着儒家文艺观与道家文艺观的角逐，成为了推动文学思想演进的外部动力，而且呈现出鲜明的时代特色。先秦两汉时代，儒家思想的势力最为庞大，儒家文艺观因此占据主流地位。到魏晋时代，玄学兴起，道家文艺观独享风流。中唐以后，儒家思想再次抬头，朱熹的朱子理学则将之升格为国家意识形态，复古主义文艺观进而开始流行，儒家文艺观的主流和道家、禅宗的潜流既配合又竞争。晚明以后，道家、禅宗的思想潮流与文艺观似乎更能推动文艺的发展，最突出的例证便是戏曲和小说的繁荣。青木正儿之所以将中国文学思想史划分为"上古""中古""近古"三大时期，正是参照了思想史的儒、道对抗及其对文学史的深远影响。

　　而从文学思想史的微观层面来看，儒家文艺观与道家文艺观是互补的，亦如儒家思想与道家思想在中国文化史上是互补的，共同完善了中国文学思想的理论体系。伦理道德与自然天真之争，体现了儒、道文艺观在写作内容上的不同倾向。儒家文艺观的鉴戒主义和功利主义，讲究文学的经世致用与惩恶劝善，终使文学沦陷于伦理道德的窠臼之中。而道家文艺观的返璞归真与隐逸超脱，偏重文学的任性尚情与潇洒自然，则使文学具有了离经叛道的倾向。青木正儿在《中国文学概说》中说："从来道德对艺术持有牵制性，而艺术对道德持有抗争性。所以儒家道德动不动有牵制文学思想进展的倾向，这种事，盖素所不免的。然道家的思想，是虚无主义，是超世的，与人伦道德没有交涉。在这种意味上，道家思想自然是还有受文艺抗争的必要。"①儒家与道家在理论主张上各执一端，唯有将二者结合，才能构成一个完整的精神世界，才能形成一个均衡的文艺观念。青木正儿虽然在个人趣味上更加青睐道家文艺观，但是依然能客观理性地评价儒、道文艺观的价值。

　　（2）与文艺思想相汇通

　　青木正儿的中国学研究，所抱持的是宽泛意义上的"文艺"，自始至终将文学思想与音乐、美术思想并置一处，研究各门艺术彼此之间的理

---

　　①　［日］青木正儿：《中国文学概说》，隋树森译，36页，重庆，重庆出版社，1982。

论汇通。而《中国文艺论薮》和《中国文学艺术考》是最能体现这一研究思路的著作。前者是一部由三十篇文章所组成的论文集，内容涉及戏曲、小说、音乐、绘画等诸多方面。后者则包括《国文学与中国文学》《文学考》《艺术考》和《民俗考》四大部分。在《支那文学艺术考》的自序中，青木正儿说："我虽然以文学为研究主业，但对文学的姐妹艺术音乐与美术有兴趣，因此平素就会留意去研究文学与音乐、美术是相互渗透的。"[①]因此，将文学、音乐、绘画三者结合的广义文艺思想研究，时时处处秉持了跨学科研究的思维模式，成了青木正儿"文学思想史"的重要特色。

总体而言，青木正儿主要从三个层面来阐释文学思想与音乐、美术思想的密切关系。首先，文学、音乐、美术是同源而生的。在原始时代，文学、音乐、美术、舞蹈等诸般艺术，并未获得独立地位，而是混杂地存在于原始先民的日常生活中，是"实用娱乐"的原始美意识的具体表征。李泽厚在《美的历程》中指出，原始的美意识与艺术创作源于一种狂热的巫术礼仪活动，诸般艺术门类就交织糅合在"未分化的巫术礼仪活动的混沌统一体"之中。[②] 而青木正儿所持看法略微不同，原始美意识从原始先民的日常生活中萌芽滋长，并非仅仅起源于观念化的巫术图腾文化中。他论道："现在远溯上古，设想文艺产生的根源，大概不外是源于人性中美意识的表露。美的意识和快感有密切关系，也就是说，意识到美，就会有快感，有快感时，就意识到美。如果把美感作为文艺的基调，这就不难想象，在它产生的原始时代，是把人类的快感当作目的的。所以原始的文艺作为一个实用的娱乐组织之一曾使原始人蒙受过幸福的。"[③]美是精神的愉悦与超脱，原始美意识产生的根源是人性的娱乐本能。它渗透到了原始先民日常生活的方方面面。正如顾祖钊在《华夏原始文化与三元文学观念》中所说："根据我们对华夏原始艺术的考察，由于原始艺术担负着传递信息、组织生产和生活、教育氏族成员以及娱乐等功能，因

---

① ［日］青木正儿：《支那文学艺术考》，见《青木正儿全集》（第二卷），345 页，东京，春秋社，1984。

② 李泽厚：《美的历程》，22 页，天津，天津社会科学院出版社，2001。

③ ［日］青木正儿：《中国文学思想史》，孟庆文译，9 页，沈阳，春风文艺出版社，1985。

此，只能说艺术起源于人的生活需要。这里既有精神的需要、情感的需要，也有生理的需要和生存的需要。"①在原始美意识和文学、音乐、美术思想的研究中，青木正儿对《诗经》给予了高度重视。作为原始先民的生活大百科全书，《诗经》展示了上古时代的日常生活风貌和原始美意识，是文学、音乐、美术思想的共同源头之一。

其次，文学、音乐、美术思想呈现出相似的发展轨迹。中国文学思想经历了"实用娱乐""文艺至上""仿古低徊"三个发展阶段，而音乐、美术思想也大致上具有相近的三个发展阶段。例如，魏晋六朝是文学自觉的时代，与此同时，也是音乐、美术自觉的时代。青木正儿说："到了六朝，文艺被认为是脱离了道德的羁绊，有了自身独立的价值；绘画也渐渐地摆脱了鉴戒主义，走上以美的鉴赏为主的道路。音乐也离开儒家者流的礼乐主义，成为文人高尚的娱乐而被推崇为艺术。这种倾向，其实早在汉朝已经出现，只是到六朝儒学衰微，道家思想极为兴盛，终于一扫从来儒教强加于文学的道德威力，使奔放自由的思想高涨，取得了急剧的发展。"②魏晋六朝时代，是专门的文学理论批评著作大量涌现的时期，同时也是专门的绘画理论著作不断出现的时期，谢赫的《古画品录》便是其最具代表性的画论著作。《古画品录》提出了绘画鉴赏品评的六大原则：气韵生动、骨法用笔、应物象形、随类赋彩、经营位置、传移模写。内藤湖南曾在《中国绘画史》一书中阐明了"六法"对中国绘画的深远影响："此绘画六法广为流传，长期作为评论绘画的依据。当然，最初谢赫列举的内容后来发生了一定的变化，不过，中国是一个尚古的国度，这些方法后来一直是评论绘画的标准。"③以谢赫"六法"为代表的魏晋六朝画论不仅建立了一套绘画批评体系，而且形成了中国绘画特立独行的美学风格。潘天寿说："从绘画上看，西方的绘画多追求外观的感觉和刺激，东方绘画多偏重于内在的精神修养。中国绘画作为东方绘画的代表，

---

①　顾祖钊：《华夏原始文化与三元文学观念》，45页，北京，北京大学出版社，2005。

②　[日]青木正儿：《中国文学思想史》，孟庆文译，10页，沈阳，春风文艺出版社，1985。

③　[日]内藤湖南：《中国绘画史》，栾殿武译，19页，北京，中华书局，2008。

尤为注重表现内在的神情气韵、意境格趣。"①中国绘画在自觉时代，就
走上了与西方再现主义绘画截然不同的表现主义道路。

最后，重要理论术语的共用与汇通。广义概念的文艺在中国传统文化
中更为流行，因此文学、音乐、绘画思想也呈现出水乳交融、合流发展的
状态，最为鲜明的体现便是重要理论术语的共用。在《中国绘画美学范畴体
系》一书中，葛路详细论述了绘画批评的重要审美标准，包括美、和、气
韵、情趣(韵味)、意境、新意、画体(风格)等。② 显而易见，像气韵、情
趣、意境这些批评术语与审美标准，是文学、绘画、音乐所共享的。与此
同时，持续不断地借用绘画、音乐理论来进行文学阐发，已然成为中国文
学思想演进与深化的推动力。比如，中国古典美学的"虚实相生""虚实相
济"。青木正儿曾在《诗文书画论中的虚实之理》中对中国古典艺术中的"虚"
"实"观念进行了详细地分析。诗词中的"虚"与"实"首先是字法与句法，实
字与虚字③的结合才能使诗歌灵动活泼、情思起伏。字法、句法层面上的
"虚实之理"已成为中国古典诗歌的批评原则之一。谢榛在《四溟诗话》说：

　　　　五言诗皆用实字者，如释斋己"山寺钟楼月，江城鼓角风"。
此联尽合声律，要含虚活意乃佳。诗中亦有三昧，何独不悟此
邪？予亦效颦曰："渔樵秋草路，鸡犬夕阳村。"……

　　　　韦应物曰："江汉曾为客，相逢每醉还。浮云一别后，流水
十年间。欢笑情如旧，萧疏鬓已斑。何由不归去，淮上有秋
山。"此篇多用虚字，此达有味。④

---

①　潘公凯编著：《潘天寿画论》，39 页，郑州，河南人民出版社，1999。
②　葛路：《中国绘画美学范畴体系》，25～160 页，北京，北京大学出版社，2009。
③　关于虚字与实字，青木正儿说："要之，是以名词、数词为实字，以动词为活虚字，
以动词以外的虚字即副词、形容词、前置词之类为死虚字，其区分是很合理的。"(《中国文学
思想史》，孟庆文译，262 页，沈阳，春风文艺出版社，1985)
④　谢榛：《四溟诗话》，见《四溟诗话 · 姜斋诗话》，17～20 页，北京，人民文学出版
社，1961。

　　诗歌中实字与虚字的结合显然有利于营造丰沛的审美空间。"虚"与"实"从而被提升为一种艺术构思方式，于是有实景与虚景之区别。青木正儿指出，实景重在叙写景物，虚景重在抒发情思，二者结合才能产生出更美妙的艺术效果。①　换言之，如在目前的实景与胸中摇曳的虚景相互搭配，会制造出诗情画意的艺术境界。

　　在宋元明清诸代，"虚实之理"不仅是诗词理论的重要观念，而且受到了书画理论的关注。明董其昌在《画禅室随笔》中说："其次须明虚实，实者各段中用笔之详略也。有详处必须有略处，实虚互用。疏则不深邃，密则不风韵，但审虚实以意取之，画自奇矣。"②在中国古典绘画中，不论是构图，还是运笔、着色，均要讲究虚实相济之理。清蒋和在《蒋氏游艺秘录》中说："篇幅以章法为先，运实为虚、实处俱灵；以虚为实，断处仍续。观古人书，字外有笔、有意、有势、有力，此章法之妙也。《玉版十三行》章法第一，从此脱胎，行草无不入彀。若行间有高下疏密，须得参差掩映之趣。"③《玉版十三行》是书法家王献之的小楷代表作，疏密有致，虚实相映，在章法上堪称完美。青木正儿评价说："王献之的《玉版十三行》虽是楷书，但字安排得并不整齐，一字大、一字小，或偏左、或偏右，字的间隔也有疏密，天真烂漫，真正是虚实之妙的神品。"④由此可见，"虚实相济"是中国诗歌、绘画、书法共通的美学追求，对元明清诸代的文人画极具影响。

　　（3）中华文人生活研究

　　在罗宗强所构建的"文学思想史"研究模式中，士人心态无疑是核心理念之一。那么，如何展开士人心态的研究呢？罗宗强说："影响士人心

---

　　①　[日]青木正儿：《中国文学思想史》，孟庆文译，265 页，沈阳，春风文艺出版社，1985。

　　②　董其昌：《画禅室随笔》(节录)，见俞剑华编：《中国画论类编》，727 页，北京，人民美术出版社，1986。

　　③　毛万宝、黄君主编：《中国古代书论类编》，190 页，合肥，安徽教育出版社，2009。

　　④　[日]青木正儿：《中国文学思想史》，孟庆文译，272 页，沈阳，春风文艺出版社，1985。

态变化的因素极多，经济、政治、思潮、生活时尚、地域文化环境以至个人的遭际，等等，都会很敏锐地反映到心态上来。中国的士人，大多走入仕一途，因之与政局的变化关系至大。政局的每一次重大变化，差不多都会在他们的心灵中引起回响。在研究士人心态的变化时，政局变化的影响无疑具有不可忽视的意义。"①士人心态的研究，绝对打开了一道文学思想研究的方便之门。然而，让人备感遗憾的是，过度强调政局变化对士人心态的影响，最终瓦解了内涵丰富的士人心态研究，最终致使政局变化成为左右文学思想的主导因素。

　　值得庆幸的是，青木正儿逐步探寻到了士人心态研究的最佳方法，即中华文人生活研究。② 在《中华文人的生活》一文中，青木正儿将中华古代文人的生活样式概括为官僚、幕僚、卖文、交游、隐逸五种。③ 幕僚与卖文则是蹭蹬仕途之前的处士生活；并非所有的儒生均能在衣食无忧、安乐宁静的环境中悠闲读书，许多贫寒之士不得不为养家糊口而奔波劳碌，因而作为幕僚的客游生活与兜售文字的卖文生活，便成为其生活的重要组成部分。④ 儒家思想形成了"学而优则仕"的人生观与价值观，科举及第与宦海腾达几乎是每一个儒生文人的理想，因此官僚生活是中华古代文人生活最为核心的部分。交游生活（包括宴游、赠答、诗社等），

<hr />

① 罗宗强：《序》，见张毅：《宋代文学思想史》，8 页，北京，中华书局，1995。

② 丹麦文艺批评家、文学史家勃兰兑斯（George Brandes，1842—1927 年）的相关论点，或许能帮助我们理解青木正儿的中国文人生活研究的学术价值。勃兰兑斯在《十九世纪文学主流》的《引言》中开宗明义地指出："文学史，就其最深刻的意义来说，是一种心理学，研究人物的灵魂，是灵魂的历史。"（《十九世纪文学主流·流亡文学》之《引言》，张道真译，2 页，北京，人民文学出版社，1997）因此，他形成了"心理学的文学观"，即从心理学的视角去探析文学创作与文学思潮的生成与传播过程。勃兰兑斯论道："我一方面将努力按照心理学观点来处理文学史，尽可能深入下去，以图把握那些最幽远、最深邃地准备并促成各种文学现象的感情活动。"（《十九世纪文学主流·德国的浪漫派》，刘半九译，1 页，北京，人民文学出版社，1997）那么，如何展开"文学现象的感情活动"的研究呢？勃兰兑斯将"生活"放在了核心的位置，依靠"生活"，世界、艺术家、艺术品与欣赏者三大要素被有效地联系了起来。在研究理念上，青木正儿与勃兰兑斯遵循着相近的思路。然而，在具体的研究中，青木正儿比勃兰兑斯要青涩许多，其对中国文人生活（尤其是艺术生活）的研究与中国文艺思想的研究并未真正地融合起来。尽管如此，青木正儿对中华文人生活这一研究领域的开拓，是应该大加赞许的。

③ ［日］青木正儿：《琴棋书画》，卢燕平译，33 页，北京，中华书局，2008。

④ ［日］青木正儿：《琴棋书画》，卢燕平译，34 页，北京，中华书局，2008。

得益于意气与兴趣相投的文人圈的形成。作为高度艺术化的文人生活，它刺激了文人的诗文创作，对文学流派与思潮的形成具有决定性影响。隐逸者远离热闹喧嚣的仕宦生活圈，隐居于名山丽水，过着逍遥无羁的自由自在生活，要么出于对仕途的失望，如陶渊明；要么出于对仕途的渴求，如"终南捷径"；要么出于娱情山水与特立独行的个性气质，如"扬州八怪"的金冬心。

青木正儿将中华文人生活分为"公"（社会生活）与"私"（个人生活）两大部分。官僚、幕僚、交游、卖文属于"公"的部分，并且官僚与幕僚生活具有强烈的政治性。隐逸则完全属于"私"的部分，正如青木正儿所说："至于他们的'私'的生活，不外乎诗文抒发情志、排遣郁闷。其创作动机大致与维持生计无关，有一片自由的天地。毋庸置疑，这方面发自本身的自然性情，才是作为文人真正有意义的至尊贵至清高的生活方式。然而如果要把这种'私'的生活彻底化的话，则必须顺其自然走进隐逸世界。"①值得关注的是，越是"公"的部分就越具有政治性，而越是"私"的部分就越具有艺术性。因此，中华文人生活大致可分为政治生活与艺术生活两大部分。

连接艺术家与艺术品的，实际上是审美体验。而它正寄寓在中华文人的生活点滴之中，既包括文人的政治生活，亦包括文人的个体生活，特别是文人的艺术爱好与生活趣味。高度"日常化"的中国文学，就热衷于文人生活的描述。吉川幸次郎在《中国文学史的一种理解》中说：

> 被相沿认为文学之中心的，并不是如同其他文明所往往早就从事的那种虚构之作。纯以实在的经验为素材的作品则被作为理所当然。诗歌净是抒情诗，以诗人自身的个人性质的经验（特别是日常生活里的经验，或许也包括围绕在人们日常生活四周的自然界中的经验）为素材的抒情诗为其主流。以特异人物的特异生活为素材、从而必须从事虚构的叙事诗的传统在这个国

---

① ［日］青木正儿：《琴棋书画》，卢燕平译，32 页，北京，中华书局，2008。

家里是缺乏的。散文也是以叙述实在事件的历史散文或将身边
的日常事情作为素材的随笔式的散文为中心而发展下来的。①

既然日常生活的实际经历与审美体验是中国古典文学所描述的核心
内容，那么，对中国文人生活的熟谙，便成了深入理解中国古典诗文的
前提，对于遥居海外的日本学者与读者来说尤其如此。因此，青木正儿
饶有兴味地对中华文人生活展开具体而入微地考察与分析，试图复原高
度艺术化的中华文人生活风景。

(二)中华文人的政治生活与儒家文艺思想

青木正儿在《中国文学思想史》中提道：

> 自古以来，在文学思想领域里，从儒家传下来的最显著的
> 是鉴戒主义。它的起点，大约发自汉儒对《诗经》的道义解释，
> 后来一般学者对文学也是这样认识。其次是功利主义，它的开
> 端可以追溯到孔子的诗教。②

青木正儿明确指出，中华古典文人的生活是以科举为中心的。③ 这
意味着，能够成为帝国政治框架中的一分子——官僚，是文人生活的焦
点。儒家思想，作为帝国政治的思想基石，便统摄了古典文人的精神世
界；与此同时，它也成为左右中华文艺发展的一大思潮。

1. 中国文艺的"道学气"

中国古代文人的五种生活样式，或浓或淡都是政治性的。官僚与幕

---

① [日]吉川幸次郎：《中国文学史的一种理解》，见《中国诗史》，章培恒等译，1 页，
上海，复旦大学出版社，2001。

② [日]青木正儿：《中国文学思想史》，孟庆文译，11 页，沈阳，春风文艺出版社，
1985。

③ [日]青木正儿：《中华文人的生活》，见《琴棋书画》，卢燕平译，34 页，北京，中华
书局，2008。

僚生活毋庸置疑是直接与政治相关的。卖文则是儒生数十年贫寒苦读生活的无奈之举，是通达官僚生涯的必经之路，因而它也必然是政治性的。交游和隐逸生活的参与者也大多具有或曾经具有官僚的身份，政治亦是其生活挥之不去的部分。中国古代文人生活之所以高度政治化，和科举制密切相关。钱穆在《中国文化史导论》中说："唐代科举制度，同样为宋、元、明、清四代所传袭，沿续达千年之久……在此制度下，不断刺激中国全国各地面，使之朝向同一文化目标而进趋。中国全国各地之优秀人才，继续由此制度选拔到中央，政治上永远新陈代谢，永远维持一个文化性的平民精神，永远向心凝结，维持着一个大一统的局面。"①科举制为读书人通向文官集团提供了一道便捷之门。每一个儒生通过科举制均可实现其"修身齐家治国平天下"的人生理想。因此强烈的政治热情汹涌激荡于中国文人的胸怀之中。

中华文人的政治导向自然而然会使中国古代文学也具有浓厚的政治性。吉川幸次郎指出："知识人是把参与文学活动——不只是作为读者而参与，而是作为作者而参与——作为其必须的资格与任务的。不过还有并行的条件。作为取得知识人的资格的任务，同时还要求参与政治，参与哲学活动；参与文学创作和这两者相并列，是三位一体的要求。三者中即使只缺少一项，也不能算是知识人。"②中国古代文人在身份上是政治家、哲学家与文学家三位一体的，因此政治、儒学与文学便具有了天然的密切关系。在《中国文学的政治性》一文中，吉川幸次郎宏观地比较了中国文学与日本文学、欧洲文学，浓重的政治性是中国文学的特色。他说："这个国家的文明是以对政治的关心、对通过政治来发扬人善意的关系为轴心而发展起来的，文学也是在这个轴心上"，"不孕含政治热情的就不是文学，是这个国家文学的传统"。③ 这就使"为艺术而艺术"的纯

---

① 钱穆：《中国文化史导论》，160 页，北京，商务印书馆，1994。
② ［日］吉川幸次郎：《中国文学史的一种理解》，见《中国诗史》，章培恒等译，3 页，上海，复旦大学出版社，2001。
③ ［日］吉川幸次郎：《中国文学的政治性》，见《我的留学记》，钱婉约译，236、240 页，北京，中华书局，2008。

文艺创作倾向受到压抑，职业作家并非中国古典文学的中坚力量。

关于儒家思想对文艺的影响，吉川幸次郎使用的是"政治性"，而青木正儿则征引了"道学气"。他论道：

> 我是不懂伦理学的。只是把这种学问当作人伦的道德漫然地加以研究。带着这种味道的学问，在中国通常称做道学。所说的这种道学特别是指兴起于宋朝的所谓性理之学，故此种学问首先要兼及伦理学和哲学，但其最主要的是其实践伦理的方面。①

相较而言，"道学气"是一个比"政治性"更为宽泛的词汇，更能全面而深入地描述中国文艺的本质特征。儒家思想虽然对中国古典政治产生了难以替代的影响，但是其本身并不是政治学，而是哲学与伦理学。在此，青木正儿强调的是"实践伦理"，这才是儒家思想的核心，"道学"是其通俗的称法而已。余英时在《士与中国文化》一书中指出："中国古代知识分子所持的'道'是人间的性格，他们所面临的问题是政治社会秩序的重建。这就使得他们既有别于以色列先知的直接诉诸普遍性、超越性的上帝，也不同于希腊哲人对自然秩序的探索。因此之故，中国知识分子一开始就和政治权威发生了面对面的关系。"②"道"是中国士人所肩负的使命——从道德伦理上重塑人的灵魂、重建稳定有序的社会秩序与政治秩序。对"道"的执着追求是首要的，然后才派生出"政治性"，更何况后者仅是前者的局部而已。由此可见，儒家思想施加于文艺是"实践伦理"，具体表现为鉴戒主义和功利主义。

2. 儒家思想：文艺创作的"双刃剑"

中华文人的政治生活，会直接影响文艺创作，它时而是一种阻碍，

---

① ［日］青木正儿：《中国文学思想史》，孟庆文译，152 页，沈阳，春风文艺出版社，1985。

② 余英时：《士与中国文化》，107 页，上海，上海人民出版社，2003。

时而是一种促进。文人政治生活所秉持的核心理念——儒家思想，会成为文学创作的"双刃剑"。青木正儿在《中国文学概说》中说：

> 儒家之学自从在汉代被立于学问的正道以来，虽然在某时代也有过为道家之学所抑压的事，但是概观起来，则历代儒家之学占着压倒一切的优势。所以儒学具有指导文学的伟力，虽有时候有过于好管闲事的倾向，可是往往当文学将要流入放纵之路的时候，它能导之不使逸出常规。①

青木正儿尽管在文化趣味上对儒家思想并无好感，但是依然能对儒家文艺观做出客观而理性的评价。过于浓重的政治色彩与道德气息，会使文学板滞僵化，缺乏感人肺腑的自然情思。对"诗教""文以载道"等鉴戒主义和功利主义文艺观的强调，确实使儒家思想成为束缚文艺发展的一股思潮。但与此同时，儒家文艺观对道家的高蹈主义文艺观与宫廷文学的浮华绮靡文风是一种有益的调和。不管是"文质彬彬"与"温柔敦厚"，还是"诗言志"与"文以载道"，儒家文艺观都主张不脱离人伦道德、政治关怀的文学理念。虽然有忽视文学艺术特性的倾向，但避免了文学走向华而不实、空乏无物的境地。

在《中国文学史的一种理解》中，吉川幸次郎也就政治生活对文学创作的积极面与消极面进行了说明：

> 文学就此作为非职业性的工作而普遍化了，这往往不可避免地伴随着内容与表现的程式化、雷同，以及随之而来的淡而无味。特别是表现方面的程式，往往同时也剥夺了内容跃出程式的自由。这情况当然使小作家显然失掉了个性化的语言，经常成为千篇一律。但另一方面，与此同时，把文学作为人类所必需的工作的意识，也作为另一种传统而保持下来了。文学必

---

① ［日］青木正儿：《中国文学概说》，隋树森译，39页，重庆，重庆出版社，1982。

须经常是严肃负责的作品。尤其是参与政治和哲学活动（至少是
这样的欲望）是作为文学家的条件而被同时提出来的要求，这就
要求文学作品经常对人类全体的幸福具有某种价值。除了六朝
的某个时期和最后的一千年所产生的戏曲、小说的场合以外，
把文学作为游戏文字的事在原则上是少有的。即使在歌咏日常
生活中的小小悲欢、自然中的细小风物的场合，也常常关心其
与人间的法则、运命、问题间的联系。①

　　政治生活的熏染，使儒家的政治理念与人道关怀成为文学创作的核
心衡量标准。以政治问题、民生问题、个人感怀等的描写为核心，中国
古典文学具有了鲜明的写实性与日常性，中国文学思想史的主流是"为人
生而艺术"的流派。然而，政治生活的狭窄体验，与儒家文艺观的限制，
也造成了文学创作内容与形式两方面的程式化。
　　文人政治生活的中心舞台是变幻莫测的官僚生活，而浮浮沉沉自然
就不可避免，其对文学创作的影响也甚为显著。青木正儿指出，宦海的
贬谪或失意，更能刺激文人的诗文创作。像屈原、柳宗元、白居易、苏
轼等诗文大家，均在外放异地的时期，迸发了惊人的创造力。② 此论述
与司马迁的"发愤著书"说可谓异曲同工。司马迁在《报任安书》中说：

　　　　盖西伯拘而演《周易》；仲尼厄而作《春秋》；屈原放逐，乃
　　赋《离骚》；左丘失明，厥有《国语》；孙子膑脚，《兵法》修列；
　　不韦迁蜀，世传《吕览》；韩非囚秦，《说难》、《孤愤》。《诗》三
　　百篇，大氐贤圣发愤之所为作也。此人皆意有所郁结，不得通
　　其道，故述往事，思来者。及如左丘明无目，孙子断足，终不

　　① ［日］吉川幸次郎：《中国文学史的一种理解》，见《中国诗史》，章培恒等译，5 页，
上海，复旦大学出版社，2001。
　　② ［日］青木正儿：《中华文人的生活》，见《琴棋书画》，卢燕平译，44 页，北京，中华
书局，2008。

可用，退论书策以舒其愤，思垂空文以自见。①

　　从文艺心理学的视角来说，所谓"愤"是指"意有所郁结"。志向与抱负无以寄托，文人们的心中有一股抑郁难抒的不平之气。而诗文此时便成为其纾解沉闷心情的渠道，正如青木正儿所说的："他们往往借文学来排遣忧愁，目光接触到与朝官所见截然不同的新景事，从而丰富了诗囊，名文并获。毋宁说他们的文学创作因失意而更加旺盛。"②

　　如若仔细审查青木正儿在《中华文人的生活》一文中所列举的四位文学家，就会发现其对待贬谪与逆境的态度发生了悄然的变化。屈原与柳宗元的文学有一种忧愤、悲凉之气，而白居易与苏轼的文学则阔达、潇洒许多。由唐入宋，中华文人的人生观出现了转型，士人们能以更加平和淡然的态度去审视外部世界与内在精神的巨大反差了。在《中国文学中的希望与绝望》一文中，吉川幸次郎清晰地指出："唐代以后的中国文学，在诗方面，已与汉代、六朝不同，不太有吟唱悲伤的诗了。"③唐宋之际是中国近古文化的开端，中国古典文学的基调从"绝望"转为"希望"。中国文人价值观与生活方式的变化，带来了文学主题与美学风格的巨大转型，文学思想史也据此进入了近古的阶段。

　　3. 文人政治生活与文学思潮流派的形成

　　文人政治生活有助于文学思潮与流派的形成，并对文学思想与创作观念产生直接的影响。文学思潮是指在特定历史时期里所涌现的具有相同思想倾向与审美趣味的文学新风尚，其诞生与社会历史的变迁、文化的转型、哲学的新动向具有密切的联系。而文学流派则是由作家所形成的联合体，其在文学思想上具有类似的思想倾向与审美追求，其形成往往伴随着一个文学创作的高潮。在大多数情况下，文学思潮与文学流派

---

　　①　张少康、卢永璘：《先秦两汉文论选》，409页，北京，人民文学出版社，1999。

　　②　[日]青木正儿：《中华文人的生活》，见《琴棋书画》，卢燕平译，44页，北京，中华书局，2008。

　　③　[日]吉川幸次郎：《中国文学的希望与绝望》，见《我的留学记》，钱婉约译，222页，北京，中华书局，2008。

是合二为一的，处于互动的关系，崭新的文学思潮会刺激文学流派的形成，而文学流派则会将文学思潮发扬光大。然而，不管是文学思潮，还是文学流派，均需依靠一个作家群体的支撑。从中国古典文学发展的实际情况来看，由于政治生活而形成的文人群体，往往会成为文学思潮与文学流派的推动者。

决定文人命运的科举制度，事实上会左右文学创作的风向标。青木正儿说："到唐代，科举考试制度在隋代的基础上更加完善，并为历朝所沿袭，直至清朝末年才开始废弃。科举以外走向高官的路虽然也有，但异常狭窄。唐以后一千三百年间，读书人只要没有例外情况，都纷纷奔竞于此门。所以，考察读书人的生活，宜以唐以后的科举为中心。不用说，考试要凭实力，但是也往往被主考官的主张、嗜好等主观因素所左右，所以其中举或落第就不免会伴随几分撞运气的因素。"①科场的流行风尚，会让广大儒生士子趋之若鹜。试以北宋初的"古文运动"为例，科举考试就是散文革新运动的主战场。青木正儿在《中国文学思想史》中指出，北宋初期，欧阳修重拾韩愈、柳宗元所开创的"古文运动"，散文创作出现了复古主义的倾向，树立了达意主义与气格主义的文学标准。"古文运动"并不仅是一场文学革新，而是与儒学的复兴相随相伴的。因此，作为宋代"古文运动"的领袖，欧阳修理应在宋代儒学发展史上占据一席之地。②那么，欧阳修为什么能力挽狂澜、高擎"古文运动"的大旗呢？这和欧阳修曾为权知贡举（科举考试主考官）的身份大有关系。日本学者高津孝在《北宋文学之发展与太学体》一文中论述道：

　　　嘉祐二年，他（指欧阳修）利用权知贡举之机，对太学体予以痛惩，以至将太学体应试的士子尽数黜落。这一事件在北宋文学史上具有特别重要的意义。以后，文学的流行就逐渐转向

① ［日］青木正儿：《中华文人的生活》，见《琴棋书画》，卢燕平译，33页，北京，中华书局，2008。
② ［日］青木正儿：《中国文学思想史》，孟庆文译，67页，沈阳，春风文艺出版社，1985。

欧阳修所主张的平明达意的散体文学。从西昆派的骈体转向太
学体的散体，然后再转向欧阳修主张的平明达意的散体文学。
北宋文学史常常是围绕科场文学的流行而展开。科场文学的流
行随之能反映出文学之中的某一部分倾向，但北宋文学的流行
自身，一方面与科举制度有极密切之关系，一方面又在变化之
中，却合乎事实。科举考试制度所产生出来的官僚群，以他们为
基础的北宋文学也仍然流行于科场中，这是不能熟视无睹的。①

　　欧阳修所领导的"古文运动"，是以科举考试的政治方式来强力推行
的。科举考试，使"古文运动"的中坚力量得以形成。欧阳修与苏轼、苏
辙、曾巩等，不仅是官场同僚，而且是文气相投的师生。而在《科举制度
与中国文化》一文中，高津孝则论述了科举考试对中国古典诗学的影响。
在将诗歌纳入必考科目之后，科举考试使诗歌创作越来越规范化，渐次
出现了"诗学的玄学化"的倾向。它所着重考查的是儒生阅读见识的广博
与诗文创作的技巧，因此"以学问为诗"就成了理所当然的结果。② 由此
可见，从唐诗到宋诗的风格巨变，无疑和科举考试有直接关系。
　　官僚、幕僚、宴游等政治生活往往会形成一个人才荟萃的文人集团，
它最终推动了文学思潮与文学流派的形成。青木正儿指出，翰林院、礼
部、国子监和刑部等中央官署，往往由高才文人所充任，因此这些官署
内极易形成文人集团。例如，以李攀龙、王世贞为代表的明代复古主义
的"后七子"，绝大部分为刑部官员。其中，李攀龙曾为刑部郎中，王世
贞官至刑部尚书。③ 而在魏晋南北朝这样的乱世，推动文学发展的则是
幕僚文人。嗜好文艺的王公贵族与他们的门客会组成文学集团。在宴饮

---

　　①　［日］高津孝：《北宋文学之发展与太学体》，见《科举与诗艺——宋代文学与士人社
会》，潘世圣等译，36 页，上海，上海古籍出版社，2005。
　　②　［日］高津孝：《科举制度与中国文化》，见《科举与诗艺——宋代文学与士人社会》，
潘世圣等译，104 页，上海，上海古籍出版社，2005。
　　③　［日］青木正儿：《中华文人的生活》，见《琴棋书画》，卢燕平译，43 页，北京，中华
书局，2008。

的场合，诗歌酬唱是备受推崇的文雅娱乐活动之一。"建安风骨"的形成就和曹魏政权密切相关。王瑶说："他们(指曹氏父子)凭借着政治上的领袖地位和文学的卓越才能，大胆地运用着新体乐府，奠定了五言诗的基础。而且当时所有的著名文士，几乎皆收罗在他们幕下，风云所会，公宴唱和，才歌咏出慷慨苍凉的人生调子，放出了文学史的奇葩。所以讲到建安文学，绝不能忽略了曹氏父子的领导作用。"①到六朝时代，以皇室成员为核心的文人集团(最有影响力的三大文学集团分别是南齐萧子良文学集团、梁代萧衍和萧统父子文学集团、梁代萧纲文学集团)所开展的文学活动更加繁荣昌盛。浓厚的宫廷趣味使六朝诗文在内容上空乏浮表、华丽轻靡，而在形式上则格律规整、音韵铿锵。在中国文学思想史中，文学集团此起彼伏的文学活动将修辞主义推向了顶峰。青木正儿对六朝诗文给予了高度评价："尽管伴随着弊端，可是若从文学的外型美来论，可以高兴地说，那是当时文学的最大成就。"②可以说，若无六朝诗文在修辞方面的探索，就无唐代格律诗的繁星璀璨。

由此可见，政治参与者与文学创作者两种身份的紧密结合，使中华文人的政治生活与文学活动产生了千丝万缕的联系。从文学思想史的角度来看，中华文人的政治生活使传统诗文的创作自始至终不离"文以载道"的规范，也是刺激文学思潮与流派的诞生、发展的重要力量之一。

(三)中华文人的艺术生活与道禅文艺思想

青木正儿在《中国文学思想史》中提道：

是老庄的超脱思想掀起了爱好自然美的风潮，于是使在世界上很值得夸耀的山水画和描写景物的文学得以发达，这是一

---

① 王瑶：《中古文学史论》，212页，北京，北京大学出版社，1986。
② [日]青木正儿：《中国文学思想史》，孟庆文译，53页，沈阳，春风文艺出版社，1985。

种引人注目而且又有价值的文艺现象。①

政治生活是中华文人的社会生活，而艺术生活则是中华文人的私人生活。二者结合，才是完整的中华文人生活。刘小枫在《拯救与逍遥》中说："中国精神的品质特征是社会生活的道德化和个体意识的超脱空灵境界，所谓由儒道思想构成的精神构架。孔孟、程朱、陆王之学，为人格的成圣化的生活的伦理化提供了丰富的思想资源，庄学、玄学、禅理透彻展示出超脱人生的理据，这种超脱主义被当今某些学者誉为高超的审美精神。"②伦理道德与审美精神可以说是中华文人精神世界的两面，政治生活推崇伦理道德的价值，艺术生活则旨在营造一个超脱自在的审美世界。联系到中国思想史的诸多思想流派，儒、法是政治生活的核心理念，道家、玄学和禅宗是艺术生活的思想支撑。③

在《中国古代思想史论》中，李泽厚详细阐述了道家、玄学、禅宗及艺术生活对中华文人精神世界的重大意义。"庄玄禅正是在这个一定意义上可以陶冶、培育和丰富人的精神世界和心灵境界。它可以教人们去忘怀得失，摆脱利害，超越种种庸俗无聊的现实计较和生活束缚，或高举远慕，或怡然自适，与活泼流动盎然生意的大自然打成一片，从中获得生活的力量和生命的意趣。"④儒家思想与道家、玄学、禅宗等思想是互补的。当儒家思想所推动的进取人生受挫之时，道家、玄学、禅宗就为中华文人提供了一个超越俗世、保全心性的艺术世界，徜徉山水、幻游

---

① ［日］青木正儿：《中国文学思想史》，孟庆文译，221页，沈阳，春风文艺出版社，1986。

② 刘小枫：《拯救与逍遥》，2页，上海，华东师范大学出版社，2007。

③ 在哲学层面上，道家与禅宗是有所不同的，尽管禅宗思想的成型受到了道家哲学的深远影响。然而，在文人士大夫的生活层面上，道家与禅宗是水乳交融、难以区分的，成为他们走向自在逍遥的良方。正如葛兆光所论的："中国古代的文人士大夫也常常对老庄与佛禅并不加分别，对'心灵的清净'与'人生的自然'等同看待，并不去细细分辨其中更深层哲理理路的差异。"（葛兆光：《增订本中国禅思想史：从六世纪到十世纪》，402页，上海，上海古籍出版社，2008）

④ 李泽厚：《中国古代思想史论》，228页，北京，生活·读书·新知三联书店，2008。

诗文、品味琴棋书画，这完全是一个引人无限遐想而又触手可及的诗意空间。李泽厚认为，道家、玄学、禅宗的共同思想核心是审美精神，它们替代了宗教，成了中华文人精神世界的解毒剂。这和刘小枫的观点几乎是如出一辙的。"拯救"是西方文化精神的两大特征之一，凸显的是宗教的价值，而"逍遥"则是中国文化精神的两大特征之一，强调的是审美哲学的价值，"拯救"与"逍遥"最终成为中西文化精神分野的标志。① 冯友兰在《中国哲学简史》中将中国哲学思想分为正的哲学与负的哲学两大部分，一个完整的哲学体系应当从正的哲学开始，以负的哲学告终。儒家属于前者，道家、禅宗属于后者。将正的哲学与负的哲学综合起来，持续不断地修习内心世界，才能抵达"天地境界"，即超越无待的人生境界。② 事实上，冯友兰亦高度肯定负的哲学的精神价值，亦将负的哲学的核心认定为审美精神。

青木正儿对道家思想颇为青睐，并极为欣赏由道家思想所推促的高蹈主义生活方式。而高蹈主义的本质便是超脱诸种世俗羁绊的审美精神。青木正儿在《道家的文艺思想》一文中说："超脱的世界是人在浮世纷扰中失意和苦闷的避难所，不用说那里可以实现独善，亦即允许个人绝对自由。独善的生活一方面固然可以意气昂扬地自行其是，但内心深处仍然无法排除孤独苦闷。为了寻找消遣，超脱主义者往往选择了清谈、文艺、自然美和酒。"③由道家、玄学、禅宗所建立的个人精神世界，是难免孤独寂寥的，而此时雅士清谈、文艺、山水田园和美酒等诗意生活便成了中华文人解脱苦闷的必然选择。

1. 中华文人艺术生活的构成

虽然个性禀赋的差异使中华文人的艺术生活呈现出多彩多姿的样态，

---

① 在《拯救与逍遥》的引言部分《作为价值现象学的精神冲突》中，刘小枫指出，理性与宗教是推动西方文化发展的两大转轮，而伦理道德与审美哲学则是推动中国文化发展的两大转轮。

② 冯友兰：《中国哲学简史》，310 页，天津，天津社会科学院出版社，2007。

③ ［日］青木正儿：《中国文学思想史》，孟庆文译，219 页，沈阳，春风文艺出版社，1985。

但是其共同的审美生活追求还是清晰可见，青木正儿择其重点，详细解说了琴棋书画、文房四宝、酒与茶、饮食等重要部分。"四艺"琴棋书画可以说是中华文人最为典型的艺术生活。在《琴棋书画》一文中，青木正儿论道：

> 粗略回顾一下这一自成体系的熟语(指"琴棋书画")的变迁，四者都作为文雅艺术，被约定俗成地暗指为知识阶层的精神史。最早被开始熟用的是"琴书"一词，"书"所指的"书籍"大约是其原义。读书累了则鼓琴解闷，这一生活常态大概是产生这一熟语的原因。读书本是知识分子的主要特长，作为第二特长，学琴就成了最受重视的风习。这从"琴书"并称自可窥见。后来，"琴书"的"书"意谓书艺，反映了书法成为紧继琴艺后与知识分子密不可分的生活内容而广受重视。于是同气相求，琴艺邀请了棋艺，棋艺招徕了画艺，至此琴棋书画并称，一起代表着知识分子的雅游。[1]

受到了老庄和玄学思想的影响，琴棋书画在魏晋南北朝时代全面进入中国文人的日常生活，不管是飞黄腾达，还是坎坷窘迫，它们均能营造出一个诗意盎然、自然洒脱的艺术氛围。

在《文房趣味》一文中，青木正儿介绍了中华文人的文房生活，包括"文房四宝"(笔、墨、纸、砚)、室内装饰品(古董、瓷器、书画、盆栽花卉等)、室外园林景观等。文房趣味凸显的是清雅淡泊的艺术气味，自宋代起受到文人雅士越来越多的重视与追慕。青木正儿说："近世中国用'文房清供'来表现文房的生活情趣。这指文雅之士供于清玩的所有陈设，是他们闲适生活中娱心的三昧所在。只是，所谓清供的'清'，和我们爱茶人好尚的'涩味'不同，是以清新为出发点，加上对雅味的追求。这种

---

① ［日］青木正儿：《琴棋书画》，见《琴棋书画》，卢燕平译，4 页，北京，中华书局，2008。

旨趣最为宋代以来士大夫所遵从。"①质朴清新的文房趣味，和"魏晋风度"一样，受到了老庄思想的影响。但是二者在审美态度上却截然不同。以阮籍、嵇康为代表的"魏晋风度"不免有放浪形骸、躁郁不安的倾向，而文房趣味则在寻求一种平和宁静、淡泊雅致的生活方式。"魏晋风度"所建立的艺术生活是以摒弃儒家名教为前提的，而文房趣味所代表的宋以后文人雅士的艺术生活则能兼容儒、道、禅。文房趣味实际上反映出了宋代士大夫心态的巨大转变。李泽厚在《美的历程》中曾详细论述苏轼的典型意义。苏轼的典型意义并不在于诗、词、书、画诸方面的杰出成就，而是其在人生态度上超越了进取与隐退的二难选择。在进取的政治生活与隐退的艺术生活之间，苏轼能随心所欲地自由出入。② 士人心态的转变，自然会紧随文艺美学风格的划时代变化。

包括酒、茶和各类食物在内的饮食生活也是中华文人艺术生活的重要组成部分，并成了中国古典诗文的常见主题。兴膳宏说："中国诗歌自《诗经》以来，多取材于日常的题材。与日常生活关系密切，成为其中的主要特色。与欧洲的叙事诗相比，其最杰出的特点或许在于对日常公开的饮食生活并不是过分的关系。"③中国古典文人的精神解脱之道，并不凭借宗教信仰，而是依靠时时处处散发出艺术气息的日常生活，诗书、琴棋书画、文房、饮食、山水田园等营造了一个自得其乐的存在空间。青木正儿在晚年对中华文人的饮食生活给予了特别的关注。他在《华国风味》中说："我从小就看惯听惯父亲对酒菜的罗嗦劲儿；自从自己有了家庭，对晚餐的酒肴也爱唠唠叨叨，虽没有美食的财力，但贫穷家庭也有贫穷家庭的菜肴，这个那个地挑肥拣瘦，食欲也是相当旺盛的。加上近年饮食生活的单调穷乏，这方面的神经更加敏感，就是读书也容易注意那些吃的东西，写东西也往往走笔就是吃的话题，正业的文学研究却被

① ［日］青木正儿：《文房趣味》，见《琴棋书画》，卢燕平译，16页，北京，中华书局，2008。

② 李泽厚：《美的历程》，261页，天津，天津社会科学院出版社，2001。

③ ［日］兴膳宏：《中国古代的诗人与他们的饮食生活》，见《中国古典文化景致》，李寅生译，73页，北京，中华书局，2005。

抛到了脑后。说来也真有些不好意思，不由对自己渐渐旺盛的食欲感到大为惊讶。"①中国文学研究与个人生活习性的结合，促使青木正儿醉心于中华文人饮食生活的研究。

青木正儿关于中华文人饮食生活的著作、译作可谓丰富多彩。酒文化的著作有《抱樽酒话》《酒肴》《中华饮酒诗选》《酒中趣》等。青木正儿曾说："我生性好酒，因而饮酒、写作关于酒的著作，就成为乐事中的乐事了。"②这些著作详细考证与介绍了饮酒的传统、饮酒器具、酒肴、酒与中国诗文等问题。在《中华饮酒诗选》一书中，陶渊明、李白和白居易的饮酒诗被特别介绍。中国古典文学中的一流文学家大多好酒，随即出现了大量的饮酒诗，"酒"成为中国古典文学的重要母题。

茶文化的著作主要有《中华茶书》，此书可分为著作与译作两大部分，《吃茶小史》是青木正儿所著的关于茶文化源流的文章，而其余部分则是青木正儿所译的茶文化著作，如唐陆羽的《茶经》、宋蔡襄的《茶录》、宋徽宗的《大观茶论》等。冈仓天心在《茶之书》中论道："茶的哲学，并非仅限于一般意义上所说的唯美主义。因为它结合伦理和宗教，表达了我们关于人类和自然美的全部见解。它是卫生学，因为它强调洁净；它是经济学，因为它是在单纯之中（而非复杂和奢侈当中）给我们以安慰；它是精神几何学，因为它确定了我们和宇宙万物之间的比例感。它把所有茶道的信仰者都变成为情趣上的贵族，体现了东方民主主义的精髓。"③和酒的狂烈张扬相对比，茶是含蓄内敛的，隐藏着一股浓郁的禅学趣味。然而，不管是酒，还是茶，都是诗化哲学的核心意象，都代表着中华文人的审美人格。

青木正儿在中华食物方面的学术研究主要包括著作《华国风味》和译作《随园食单》。中国人坚持"民以食为天"的口号，因此饮食生活的研究

---

①　[日]青木正儿：《华国风味》，见《中华名物考》，范建明译，213页，北京，中华书局，2005。

②　[日]青木正儿：《酒中趣》，见《青木正儿全集》（第九卷），3页，东京，春秋社，1984。

③　[日]冈仓天心：《茶之书》，尤海燕译，2页，北京，北京出版社，2010。

无疑是了解中国文化的便捷渠道。值得注意的是，谷崎润一郎在其著作中所论及的中国菜肴恐怕更多来自于市井街衢的酒楼饭馆。中华文人所推崇的菜肴和琴棋书画、酒、茶、诗文等呈现出了类似的艺术追求。在《宋人趣味生活之二典型》一文中，青木正儿指出，中华文人超越了饕餮大宴，在饮食生活中也尝试追求或雅趣、或野趣的美学风格，宋诗和宋代文人的饮食生活是趣味相投的。①

2. 中华文人艺术生活的自然崇拜

中国文化属于大陆文化，延续了几千年的以农业为核心的生产方式，塑造了中国文化的独特气质，天人合一的思想促成了中国文化的自然崇拜。冯友兰在《中国哲学简史》中指出，"天人合一"事实上包含了一种对自然的崇拜，自然被看作最高理想，是精神自由的寄寓之地，诗、书、画、音乐、园林等诸般艺术都旨在实现这种自然理想。虽然儒家与禅宗也有自然崇拜的倾向，但是将其推向极致的还是老庄之道家思想。② 李泽厚将道家的核心精神概括为"人的自然化"。在《华夏美学》中，他说："庄子哲学作为美学，包含了现实生活、人生态度、理想人格和无意识等许多方面，这就是'人的自然化'的全部内容。美学在这里，也就远不只是个赏心悦目的欣赏问题或艺术问题，而是一个与自然同化、参其奥秘以建构身心本体的巨大哲学问题了。"③对道家思想来说，"自然"是一个至关重要的概念，它是道家审美哲学的终极理想。而中华文人的艺术生活便是"人的自然化"的具体实践，"回归自然"不仅成为中华文人的生活理想，而且是中国古典文学的重要主题。

然而在中国思想史中，"自然"是一个纷繁复杂的概念。《老子》有"道法自然"的说法，可见"自然"是老庄哲学的重要理论范畴。在《魏晋玄学论稿》中，汤用彤认为，"自然"具有四重内涵，分别为"非人为""本性"

---

① ［日］青木正儿：《宋人趣味生活之二典型》，见《琴棋书画》，卢燕平译，58页，北京，中华书局，2008。

② 冯友兰：《中国哲学简史》，18、20页，天津，天津社会科学院出版社，2007。

③ 李泽厚：《华夏美学·美学四讲》，123页，北京，生活·读书·新知三联书店，2008。

"定律""偶然（突然）"。① 对"自然"四重内涵详加分析，"定律"与"偶然
（突然）"偏重于宇宙万物的运行规律——"变"与"不变"，"非人为"与"本
性"偏重于宇宙万物的存在状态——"无为"与"本真"，前者是形而上哲
学，后者是形而下哲学。而对道家审美哲学产生更为直接影响的是后者。
李泽厚在《华夏美学》中则认为，"自然"具有两种含义，其一是返璞归真
的生存状态，其二是自然环境、山水鸟兽。② 正是保全守真的生命哲学
的探寻，自然风景才日渐被当作一个独立的审美对象来看待。魏晋以后，
在老庄和玄学思想的推动下，中华文人的"自然"崇拜日益浓厚，其最为
突出的表现便是中华文人的艺术生活。

那么，"自然"崇拜以何种方式存在于中华文人的生活中呢？在《中国
文学艺术考》中，青木正儿指出，中华文人主要通过两种方式来鉴赏自然
美，一是诗赋绘画，二是趣味生活。首先，诗赋绘画中的自然美。"自
然"崇拜促使"自然"成了中国文艺的常用题材。在魏晋六朝，山水诗、田
园诗、叙景诗、咏物诗纷纷涌现，崭新的诗文题材的开拓，无疑与中华
文人对自然美的探寻是直接相关的。在五代和宋代，山水画与花鸟画开
始越来越多地受到了文人画家的重视。而在元明清三代，文人画的发展
达到巅峰，不管是恢宏淡远的巨幅水墨山水画，如黄公望的《富春山居
图》，还是清丽雅致的花鸟画，如郑板桥的竹图，都淋漓尽致地传达了中
华文人的"自然"崇拜。其次，趣味生活中的自然美。青木正儿在此处所
议论的"趣味生活"主要是中华文人精心营构的园林。山水诗和山水画的
兴起，也紧随迎来了文人造园的热潮。刘天华在《画境文心——中国古典
园林之美》中指出，在唐代，除了两都长安、洛阳的皇家园林以外，达官
贵人与文人雅士极为热衷兴建私家园林。这些山庄、别墅——对后世影
响最大的是王维所兴建的辋川别业，运用绘画的章法，将自然界的山川
风景与花木鸟兽移入庭院之中，如此文人雅士们便可时时刻刻徜徉于自

① 汤用彤：《魏晋玄学论稿》，175 页，北京，生活·读书·新知三联书店，2009。
② 李泽厚：《华夏美学·美学四讲》，101 页，北京，生活·读书·新知三联书店，
2008。

然美之中。① 唐以后，文人造园活动更加热烈，明清两代尤其如此。青木正儿指出，即便经世致用是中华文人的核心价值观，但是他们亦会忙里偷闲，享受山水行旅或家居田园的自然闲适。中华文人的精神愉悦既来自诗词歌赋、琴棋书画，又来自日常的趣味生活，如文人园林中的假山、怪石、花木、禽鱼等，它们体现了中华文人超然卓越的艺术鉴赏品味。②

　　3. 中华文化自然观的变迁

　　在《中国文学艺术考》一书中，青木正儿详细论述了中国人的自然观以及中华文人的自然崇拜。虽然《诗经》与《楚辞》中已有描写自然风景的诗句，但是其只是远古先民日常生活的组成部分，并未成为独立的审美对象，此种现象一直持续到魏晋时代。青木正儿说："自然美的鉴赏首先出现在《诗经》中。然而，如同《诗经》所云的'诗言志'，抒情被认定为诗歌的本质，因此专门以咏赞自然美为目的的诗歌并未产生。诗篇中记叙自然美的诗句大量存在，但其绝大多数被用作比喻，来歌颂人类活动。"③

　　在先秦的文化观念里，自然与人事处于一种类比（analogy）关系之中，以自然为参考对象，社会生活才能得到深入细致的认识与理解。除了青木正儿之外，日本中国学家高木智见与美国中国学家艾兰（Sarah Allan）也涉及此问题。高木智见在《先秦社会与思想》一书中指出，将植物与人进行类比认识，是先秦文化的固定思维视角，《诗经》中"比"与"兴"的艺术手法正是最为鲜明的体现。④ 艾兰的《水之道与德之端——中国早期哲学思想的本喻》则认为，类比思维是中国古典哲学的核心思维模式。她说："中国哲人把类比类推（analogy）当作一种论辩手段的偏爱是非常闻名的。这种类比推理常被视为一种修辞学而忽略其意义。然而，

----

　　① 刘天华：《画境文心——中国古典园林之美》，227 页，北京，生活·读书·新知三联书店，2008。

　　② ［日］青木正儿：《支那文学艺术考》，见《青木正儿全集》（第二卷），583 页，东京，春秋社，1984。

　　③ ［日］青木正儿：《支那文学艺术考》，见《青木正儿全集》（第二卷），574 页，东京，春秋社，1984。

　　④ ［日］高木智见：《先秦社会与思想》，何晓毅译，64 页，上海，上海古籍出版社，2011。

一旦我们认识到这一假定，即有一共同原则支配着自然界与人类社会，那么，我们就能看到，这种类比的辩论方法——中国古代主要的辩论方法——有着更为严肃的目的。它的应用与活力是出于自然与人类相似性的假设。"①"自然"尽管如此重要，但是在先秦两汉时代，自然的山野河流与花木鸟兽并未成为独立的审美对象。

　　魏晋时代，儒学衰微，老庄思想流行，文人痴迷于返归自然、自在逍遥的高蹈生活，中国文化的自然观随之发生了质的转变。青木正儿论道："汉魏之际的诗歌受到了《诗经》及楚辞的影响，以抒情作为诗的本体。以景物来辅助抒情，因此直叙景物的诗歌日渐增多"，"在魏晋时代，老庄厌世思想盛行，具有类似思想倾向的神仙思想也备受欢迎。文人优游于尘世之外，或者探访隐居深山的修道者，并与之清谈论道，如此种种，亲近自然的倾向日益显著。"②两汉时代是一个过渡期，赋与乐府直接继承了楚辞与《诗经》的文化观念，依旧将自然作为一种铺陈或背景，但是景物描写的比重明显增大。及至魏晋南北朝时期，自然美的鉴赏成为文人的生活时尚，并且自然成为魏晋士人的精神寄托。魏晋时代，中华文人生活出现了由"公"到"私"的转变，琴棋书画、山水田园等艺术生活日益流行；与此同时，中国文化的自然观亦发生了有趣的变化，"自然"开始成为独立的审美对象。中华文人生活趣味的变迁与中国文化自然观的变迁，这两大问题是紧密地联系在一起的。

　　在青木正儿的影响下，小尾郊一对魏晋六朝文学中的自然观给予了特别关注，并将六朝时代视为自然美鉴赏的勃兴期。"总的来说，南朝是文学的勃兴期。概略言之，南朝文学可以名之曰唯美文学。南朝人对于一切都追求其美，其结果，便表现为各种文学样式，如山水诗、山水文、咏物诗、宫体诗等等。不仅在文学上，而且在艺术上，这也是一个追求美的时代。也就是说，这是一个在整个文艺领域里都以鉴赏性态度对待

_____

　　① ［美］艾兰：《水之道与德之端》，张海晏译，33页，北京，商务印书馆，2010。
　　② ［日］青木正儿：《支那文学艺术考》，见《青木正儿全集》（第二卷），578页，东京，春秋社，1984。

一切的时代。这也尤其是一个自然美鉴赏显著发达的时代。"①事实上，小尾郊一与青木正儿的看法是一致的，二人均将谢灵运和陶渊明的诗歌作为魏晋六朝嗜好自然美的典型表现；不管是山水诗，还是田园诗，其着力展现的无疑都是自然风景。

德国中国学家顾彬在《中国文人的自然观》中则进一步推进了青木正儿和小尾郊一的中国文学自然观研究。对于青木正儿与小尾郊一的论述，顾彬提出了三点批评。其一是缺乏对所引例证的详细分析，尽管材料丰富，却往往使人难得要领。其二是并未结合社会文化的发展背景对自然观的演进做出解释。其三是并未对自然观形成史展开宏观研究。② 应该说，顾彬的三点批评并不符合事实。青木正儿与小尾郊一虽然各有侧重，但是仍旧宏观而清晰地说明了自然观的形成史及其具体艺术表现，并对自然观演变的原因做出了简明扼要的解释。然而，青木正儿与小尾郊一的自然观研究确有不足之处，对于唐代以后自然观的演变史，他们是有所忽略的。这可能是真正让顾彬感到不满的地方。

顾彬的研究突破在于明确划定了自然观发展的三个阶段。第一阶段，周汉时期，"自然作为标志"，自然被视为日常生活的组成部分，或被征用于"比兴"手法。第二阶段，魏晋南北朝时期，"自然当作外在世界"，自然被视为高度理想化的诗意乌托邦，自然美的探寻日渐成为中华文人的精神追求。第三阶段，唐代，"转向内心世界的自然"，中国文化的自然观正式完成，自然被视为精神复归之所，在诗文绘画等文艺中，自然被征用作为"象征"，来表现中华文人的人格与审美追求。顾彬最后总结说："士大夫文人为世界主人的意识对自然观产生了极大影响。因为哀伤已不再是生活的主调，更因为精神上在接受理想与现实分离的存在中，寻找到了一种欢乐的宁静，所以自然也就不再是精神的投影之地，而是突然间成了纯人和纯社会的世界的一部分。由自然向人的转换的成功有

---

① [日]小尾郊一：《中国文学中所表现的自然与自然观》，邵毅平译，354 页，上海，上海古籍出版社，1989。

② [德]顾彬：《中国文人的自然观》，马树德译，4 页，上海，上海人民出版社，1990。

赖于杜甫、白居易和韩愈，他们没有回避当时的社会问题，而把对普通
社会生活（家庭、农业、城市生活及其他）的描写当成了他们作品的主题。
这种主题结束了对处在危险之中的个体自我的寻求。"①在顾彬看来，自
然与世俗的协调与否，是自然观发展第二阶段与第三阶段的分水岭。然
而，将唐代视为自然观发展的第三阶段，似乎缺乏足够的学理支撑。顾
彬所列举的唐代诗人——杜甫、白居易和韩愈——几乎都是中唐作家，
中唐文学（文化）已经显现出与盛唐文学（文化）截然不同的发展走向，而
其与宋代文学（文化）却具有类似的特征。因此，自然观发展的第三阶段
应从中唐开始，到了宋代，中国文化的自然观正式确立。换言之，宋代
以后，自然崇拜和自然美的鉴赏全面进入了中华文人的视野中。对中华
文人来说，日常生活与艺术生活从此水乳交融、无法区分了。青木正儿
虽未在理论上做出明确的总结，但是在中华文人艺术生活、文人画等研
究中，已将中国文化自然观的演变轨迹清晰勾勒出来了。

　　4. 自然崇拜与文艺思想

　　通过对琴棋书画、茶酒饮食、文房清供、山水园林等的考证与分析，
青木正儿详尽地勾画出了中华文人艺术生活的全貌，并尝试从文艺思想
史的角度上，展现出中华文人艺术趣味的变迁。在《中国文学思想史》中，
青木正儿将中国文艺思想的历史分为三个阶段，分别为"实用娱乐时期"
"文艺至上时期""仿古低徊时期"。而在中华文人艺术生活的研究中，他
自始至终极为关注作家艺术生活与艺术创作的互动关系，进一步去分析
验证先前所提出的"三个时期"观念。

　　青木正儿在《中华文人的生活》中说："笔者从发达的文人生活的长河
中，摭拾出上述官僚、幕僚、卖文、交游、隐逸五种，这可以概括古来
文人生活的样式。而且可以说，汉魏六朝时期这些文人生活样式已一应
俱备，到达了前所未有的巅峰。"②然而，须将政治生活与艺术生活区分

————————————

　　①　[德]顾彬：《中国文人的自然观》，马树德译，227 页，上海，上海人民出版社，
1990。

　　②　[日]青木正儿：《中华文人的生活》，见《琴棋书画》，卢燕平译，33 页，北京，中华
书局，2008。

开来考察。中华文人的政治生活在秦汉已经发达，而艺术生活直到魏晋六朝才走向繁荣。在儒家名教废裂、道家与玄学兴起的大背景中，文人纷纷投奔于山水田园、琴棋书画等艺术生活中，遂产生了"文艺至上"的时代。包括文学、音乐、绘画、书法在内的诸种艺术门类均获得了独立而长足的发展，呈现出了交相辉映的繁荣格局。例如，青木正儿就论述了从汉到魏晋书法艺术的兴起与繁荣。"概观古来各种书体的发展，开始是实用书法，不久演变为美术书法。美术书法不便于实用，于是新体的实用书法代之而起。然而这种实用的新体一经进步，又衍变为美术式的书法，随即又兴起实用书法。如此循环往复，产生了各种新体。这一发展从上古一直持续到魏晋时期。魏晋时各种书体大备，后来的书体不过是对它们的继承和使用罢了。士人书法艺术的目标是美术式的书法，他们是这种书法发展的动力。"①虽然草书、行书、楷书等这些风行于后世的书体在东汉均已成型，但是魏晋时代，"实用书法"观念最终被"美术书法"观念所取代，书法成为文人雅士竞相修习的艺术门类。正如刘涛所论："魏晋南北朝时期，新的书写艺技受到社会的普遍重视，文字形态自在的审美价值得到突现，书法不再是'小学'的附庸；士族书家不仅将书写作为艺能来展现，作为猎取声名的方式，而且将书法人格化。"②换言之，魏晋是实用艺术向审美艺术转型的时代，包括文学、绘画、书法、音乐等都呈现出这一发展趋势。

在《文房趣味》《宋人趣味生活之二典型》等文章中，青木正儿曾多次讨论了唐宋文化趣味的变迁。青木正儿说："六朝至唐，贵族的趣味以豪华为主调。与此相反，进入宋代以后，趋于庶民化的质朴，则成为文人的审美追求。这种质朴的趣味在很多场合下可以用一个'清'字来形容。这个概念可以溯源到道家的'清净'观。魏晋间的清谈是其滥觞，而通过

---

① ［日］青木正儿：《琴棋书画》，见《琴棋书画》，卢燕平译，7 页，北京，中华书局，2008。

② 刘涛：《中国书法史·魏晋南北朝卷》，9 页，南京，江苏教育出版社，2002。

清谈，这种好尚在士人中扎下了根，而至宋，便成为文人趣味的中心。"①在生活趣味上，唐代文人偏向于华丽典雅，而宋代文人则更喜好质朴清新。关于唐宋文化（文学）转型的问题，自始至终都是日本中国学京都学派极为关注的问题。内藤湖南在《中国近世史》中说："在文学上，也由具有贵族形式的东西，变为平民的自由的东西。"②由唐入宋，社会形态发生了质变。魏晋南北朝和唐代是贵族社会，而宋代是平民社会。社会形态截然不同，其最为直接的影响便是文化（文学）趣味的转换，贵族趣味大多恢弘华丽，平民趣味却质朴雅致。吉川幸次郎似乎受到了青木正儿茶、酒文化研究的影响，在《宋诗概说》中对唐诗和宋诗进行了比较。他说："再次用唐诗来比较，打一个比方的话，那么唐诗是酒，容易使人兴奋，可是不能成日成夜地喝；宋诗是茶，不像酒那样令人兴奋，它给人带来平静的喜悦"，"这并非光是茶与酒上纠缠，说起来还不光是诗的事，而是显示了唐代文明和宋代文明普遍性的差异。"③唐诗偏重恢宏的气象，而宋诗则擅长细密的野趣。同时写景，唐诗善于发现奇异的风景，而宋诗则着重展现日常生活的风景。趋向于质朴淡泊的宋诗及生活趣味，体现了中华文人全新的人生观——"悲哀的扬弃"。吉川幸次郎指出，宋以前的抒情诗，向来绝望多于希望，悲哀多于喜悦；而到宋代，审视人生的视角发生了悄然变化，一方面更加关注细微的日常生活，另一方面开始从宏观的哲学高度去把握个体存在，一大一小两种视角的结合，使中华文人最终超越了个体的悲哀与渺小。④由此观之，青木正儿在《中国文学思想史》中将宋元明清诸代划分为中国文学思想史的近世时期，是一个严谨而周全的划分方法。

---

① ［日］青木正儿：《宋人趣味生活之二典型》，见《琴棋书画》，卢燕平译，58 页，北京，中华书局，2008。

② ［日］内藤湖南：《中国史通论》，夏应元等译，33 页，北京，社会科学文献出版社，2004。

③ ［日］吉川幸次郎：《宋元明诗概说》，李庆等译，32 页，郑州，中州古籍出版社，1987。

④ ［日］吉川幸次郎：《宋元明诗概说》，李庆等译，14 页，郑州，中州古籍出版社，1987。

在微观层面上，中华文人艺术生活的自然崇拜深刻地影响了文艺创作。首先，"自然"成为中国文艺的重要主题之一。对于官僚、幕僚、卖文、郊游、隐逸这五种文人生活样式，我们要有实际生活与理想生活的区别。前者是由于不同的生活际遇而所做出的或主动、或被动的生活选择，而后者是心目中无限遐想，但是生活中却是往往遥不可及的完美生活。在实际生活中，人是身不由己的。幕僚与卖文是迫于生计艰难而做出的无奈选择。官僚生涯是极度不安定与耗费心力的，既有指点江山的慷慨，又有壮志难酬的苦闷。而流连于山水、沉浸于诗文的交游与隐居于世外的隐逸，却可以是文人自主选择的高度艺术化的生活。它们超脱了世俗的烦恼，返归至清静无为的山林田园，才是古人心向往之的生活理想。细究之下，我们就会发现，交游和隐逸，与中国文化的自然崇拜是互为表里的。以交游和隐逸为题材的诗歌，一方面描写了恬静优美的山水风景，另一方面展现了一种自在逍遥的生活方式，这充分地表现了中国文人的自然崇拜。

其次，"自然"也成为中国诗文的风格论与技巧论。《二十四诗品》有"自然"一品："俯拾即是，不取诸邻。俱道适往，著手成春。如逢花开，如瞻岁新。真与不夺，强得易贫。幽人空山，过雨采蘋。薄言情悟，悠悠天钧。"①司空图所论之"自然"，既可以作为一种"诗趣"（诗歌主题），也可以作为一种诗歌风格与意境。通过"幽人空山，过雨采蘋"一句，可知"自然"是指随意天成、清新淡然的诗风与诗境。像陶渊明的"采菊东篱下，悠然见南山"，就典型地体现了"自然"风格。然而，诗歌创作如何才能自然天成呢？这一问题就使"自然"具有文学技巧论的内涵。青木正儿在《道家的文艺思潮》中指出，文学技巧是人工的表现，过多的修饰雕琢，会使天然纯朴的自然趣味遭到毁损，因此对自然的尊崇就意味着否定文学技巧。② 蔡钟翔在《美在自然》一书中将"自然"的美学内涵确立为"无

---

① 郭绍虞集解：《诗品集解》，19～20页，北京，人民文学出版社，1963。

② ［日］青木正儿：《中国文学思想史》，孟庆文译，210页，沈阳，春风文艺出版社，1985。

意""无法""无工"，这事实上也是在强调"自然"反文学技巧的内涵。"无意"是指文学创作的偶然自得，反对实用主义的文学观；如若沉浸于质朴清新的山水田园之中，画意诗情就会自然而然地在文人墨客的心中涌现。"无法"是指对文学句法、章法与修辞法等的突破与超越；沿袭前代文学所总结出来的"法"，不仅会妨害"自然"的诗境，而且会阻碍自由流畅的艺术思维过程。而"无工"是指在文学创作中去除不必要的修辞技巧与人工雕琢，让艺术体验自由随意地流露出来。总体而言，"无意""无法""无工"都或明或暗地否定文学技巧，都在强调文学创作的浑然天成与质朴无华。从道家的哲学思想，到中华文人的艺术生活，再到中国文学的"自然"主题与反技巧论，青木正儿完整地展现了以中华文人生活研究佐证文学思想研究的学术思路。

（四）饮食之"香"与艺味论

青木正儿在《中国文学概说·原序》中指出：

> 文学是需要玩味，需要陶醉的；但是却不能做食而不知其味，以醉为满足的那种牛饮马食之徒。一定要养成虽在咸淡的轻重与其微妙的风味上，也能敏感到一种味觉。所谓味觉是什么呢？鉴赏力是也。鉴赏力何由养成？这需依据经验与批判吧。经验由读书而增进，批判由熟虑而正确。就是说，得到阅读而又思索这样的平凡的结论。但是怎样阅读与怎样思索，却还是问题。①

在诗画品评时，青木正儿极为重视"味""香""韵"等概念术语。之所以如此，和青木正儿对中国料理的喜爱有着极深的渊源。在中国学研究，尤其是名物学研究中，青木正儿对中华饮食可谓情有独钟，不仅撰写有

---

① ［日］青木正儿：《中国文学概说·原序》，隋树森译，3 页，重庆，重庆出版社，1982。

中华饮食的专门著作《华国风味》《唐风十题》等，还将袁枚的《随园食单》翻译成了日文。从中华饮食中，青木正儿逐渐领悟出了独到的艺术鉴赏原则——"香"。正如《夜来香》一文所说："比起色来，我更加重视其香。对于食物，我也是比起味道来更赞赏其香。文学艺术上也是一样，比起作品的美丽工巧，毋宁说其风韵即'香气'更应受到尊崇。这是出于一己的性癖，并没有什么高深的理由和理论根源。"①那么，"香"的内涵是什么，和"味""韵"有着怎样的关系，其建立了怎样的艺术鉴赏原则呢？

1. 饮食之"香"与中国艺术

中国饮食讲究"色""香""味"三者俱全，而日本饮食则注重食材本身的自然属性。青木正儿说："说得不中听点，中国饭菜如此复杂的香味埋没了食品天然的香，竟至使人分不清哪个来自哪个。从我们日本人喜欢东西的自然属性这一趣味来看，并非没有议论的余地。议论暂且搁置，中国人把东西做出香味的技术之发达，恐怕也是世界第一了。"②诸多食材、调味料的搭配，繁杂多样的烹调过程，使中国饮食超越了食材的自然属性，力求在色、香、味等方面均尽善尽美。而日本饮食与此恰恰相反，食材的香味在简单的调味料与制造过程中得以保留，其色、香、味别具一番风貌。尽管如此，青木正儿还是对中国饮食一往情深，在名物学考证中，津津有味地记录了大量的中国饭菜。

和青木正儿一样，日本现代著名作家谷崎润一郎也论述到了中日饮食的差异，并将视角扩展至中日艺术的差异。他在《阴翳礼赞》一书中说："有人说日本料理是供观赏的，不是供食用的，而我却说，比起观赏来，日本料理更能引起人的冥想。这是黑暗中闪烁的烛光与漆器，合奏出来的无言的音乐所起的作用"，"细想想便会明白，我们的饭菜总是以阴翳

---

① ［日］青木正儿：《夜来香》，见《琴棋书画》，卢燕平译，147页，北京，中华书局，2008。

② ［日］青木正儿：《夜来香》，见《琴棋书画》，卢燕平译，150页，北京，中华书局，2008。

为基调，和'暗'有着割不断的关系"。① 包括建筑、文学、艺术、饮食等在内的日本文化具有一种"阴翳"的美学风格。"阴翳"超越了日常生活的实用主义，具有浓厚的禅宗气息。日本饮食和整个日本文化是契合统一的，和日本艺术具有相同的美学追求。然而，中国饮食仅能再现中国文化的一面。谷崎润一郎在《中国饮食》一文中说："倘若读中国古诗会感到具有神韵飘渺之风格，但是这和味足色艳的中国菜肴恰恰形成鲜明的对比。我想，这两个极端合在一起才显示出中国的伟大来吧。制作这样复杂的菜肴，应该说以食为天的国民也是伟大的国民。"②中国诗与中国饮食形成了截然相对的美学风格。可以说，中国诗代表的是雅文化，中国饮食代表的是俗文化；雅文化侧重的是美与精神自由，而俗文化侧重的是渗透于日常生活细节之中的实用主义和物质享受。

　　将中国饮食与诗文、绘画联系起来，可以说是日本学者审视中国文化的思维模式，青木正儿可以说尤其擅长此道。他说："概言之，中国的文学、艺术、花、饭菜，我觉得比起日本的来香气要浓。"③不管是谷崎润一郎，还是青木正儿，都认为中国饮食之"香"比日本饮食之"香"要浓郁得多。然而，当借用中国饮食来比较分析中国艺术与文学时，谷崎润一郎看到的更多的是差异性，中国诗追求飘渺悠长的神韵，色、香、味俱全的中国饮食则试图调动饮食者的视觉、嗅觉、味觉，一雅一俗两种美学风格清晰可见。与此相反，青木正儿看到的是相似性，"香"是中国饮食与中国文学、艺术的共同美学追求之一。如若仔细分析，就会发现，两人的看法并不矛盾。谷崎润一郎所品尝的主要是市井酒楼的中国饮食，而青木正儿所喜好的恐怕是清雅别致的文人饮食，作为中华古典文人的趣味生活之一，其在宋代林洪的《山家清供》、清代袁枚的《随园食单》中

---

　　① ［日］谷崎润一郎：《阴翳礼赞》，见《阴翳礼赞》，陈德文译，12 页，上海，上海译文出版社，2010。

　　② ［日］谷崎润一郎：《中国饮食》，见《阴翳礼赞》，孟庆枢译，74 页，石家庄，河北教育出版社，2002。

　　③ ［日］青木正儿：《夜来香》，见《琴棋书画》，卢燕平译，150 页，北京，中华书局，2008。

有详细记载。由此可见，谷崎润一郎和青木正儿所领略的中国饮食之"香"是有所不同的。

中国饮食与中国文学、艺术的"香"，对青木正儿来说，强调的是嗅觉的鉴赏力。"品尝东西时嗅觉有多重要，我们用鼻子'吃'的东西有多么多，若非一旦丧失嗅觉，不会痛彻地悟到。就此我想，文学和美术的鉴赏方面，也和嗅觉之于饮食有共性，而且这对于鉴赏是至关重要的方面。"①青木正儿对"香"与嗅觉的关注，无疑受到了清初诗坛大家钱谦益"鼻观说"的影响。《香观说书徐元叹诗后》一文曰：

> 余老懒不耐看诗，尤不耐看今人诗。人间诗卷，聊一寓目，狂华乱眼，蒙蒙然隐几而卧。有隐者告曰："吾语子以观诗之法，用目观，不若用鼻观。"余惊问曰："何谓也？"隐者曰："夫诗也者，疏瀹神明，洮汰秽浊，天地间之香气也。目以色为食，鼻以香为食。今子之观诗以目，青黄赤白，烟云尘雾之色，杂陈于吾前，目之用有时而穷，而其香与否，目固不得而嗅之也。吾废目而用鼻，不以视而以嗅。诗之品第，略与香等。或上妙，或下中，或斫锯而取，或煎筜而就，或熏染而得。以嗅映香，触鼻即了。而声色香味四者，鼻根中可以兼举，此观诗方便法也。"余异其言而谨识之。②

诗中的"声色香味"是指什么呢？青木正儿指出，"声"即声律，"色"即修辞，"味"即情趣，"香"即韵致，而"香"可谓是"声""色""味"的融合与超越；以鼻观"香"，从而可以全面地捕捉到诗歌的"声色香味"。③"鼻观说"所关注的不只是作为审美感知方式之一的嗅觉，而且包括视觉、听

---

①　［日］青木正儿：《夜来香》，见《琴棋书画》，卢燕平译，148 页，北京，中华书局，2008。

②　钱谦益：《牧斋有学集》，1567 页，上海，上海古籍出版社，1996。

③　［日］青木正儿：《夜来香》，见《琴棋书画》，卢燕平译，149 页，北京，中华书局，2008。

觉、味觉、触觉在内的全方位的审美思维过程。陶礼天在《钱谦益的"鼻观"说》一文中说："一言以蔽之，所谓嗅觉审美鉴赏（'鼻观'），即是审美主体依靠审美通感的功能对艺术境界的神韵气味所作的嗅觉审美体验与判断。"①"鼻观说"类似于通感，只有打通各种感觉器官的界限，审美主体才能与审美客体融合为一，进入生动而细微的美学境界中。叶维廉则在《中国古典诗中的传释活动》中说："因为，在我们和外物接触之初，在接触之际，感知网绝对不是只有知性的活动，而应该同时包括了视觉的、听觉的、触觉的、味觉的、嗅觉的和无以名之的所谓超觉（或第六感）的活动，感而后思。"②中国古典诗歌在艺术思维上构建了一个超觉——即通感——的感知网络，而且要实现感性与知性的结合。无论是钱谦益的"鼻观说"，还是青木正儿对"香"的重视，都一而再地肯定了浑然合一的艺术思维方式。

2."香""韵"与中国古典艺术的审美境界

在解说钱谦益的"鼻观说"时，青木正儿是将"香"等同于"韵"的。他论道："画论中的'气韵'、诗论中的'神韵'的'韵'，当然皆指音声而言。然而潜藏的东西并非'声'，我想它毋宁说是'香'。这是诗歌中最常见的情形，神韵绝非单指诗歌声律方面。画的气韵，被六朝人和唐人领会为音乐方面的东西。但是按照宋以后人的论说，据我的理解，它绝不是笔墨的音乐律动所能产生出来的东西，而是指作者的品位酿出的画面上飘的'香'。"③饮食之"香"极好理解，是指嗅觉上的享受。而诗歌与绘画之"香"或"韵"，绝不可用嗅觉享受来解释，其内涵甚为复杂。

值得注意的是，在古代汉语中，"韵"往往不会单独使用，而是和其他批评术语结合起来出现，如"音韵""韵律""风韵""气韵""韵味""神韵"等。"音韵"与"韵律"凸显了"韵"与音乐的关系。青木正儿就明确指出，

---

①　陶礼天：《钱谦益的"鼻观"说》，见《艺味说》，390 页，南昌，百花洲文艺出版社，2005。

②　[美]叶维廉：《中国诗学》，22 页，北京，人民文学出版社，2006。

③　[日]青木正儿：《夜来香》，见《琴棋书画》，卢燕平译，149 页，北京，中华书局，2008。

"韵"原本是声音和音乐，能刺激人的听觉器官。根据徐复观的说法，"韵"这一字是在汉魏之间出现的。不管是曹植《白鹤赋》的"聆雅琴之清韵"，还是嵇康的《琴赋》的"改韵易调，奇弄乃发"，"韵"均指音乐的节奏律动（rhyme）。另外，"韵"也可指文学的音响韵律。《文心雕龙·声律》云："异音相从谓之和，同声相应谓之韵。韵气一定，故余声易遣；和体抑扬，故遗响难契。"刘勰所论之"韵"，已经不是音乐之"韵"，而是文学之"韵"。在语言和格律上，文学也应该追求一种铿锵抑扬的听觉美感。

　　在魏晋时代，"韵"逐渐成为人物品评的术语。在《世说新语》等魏晋文献中，"风韵""雅韵""远韵""大韵""玄韵""道韵""素韵"等之"韵"均指人的性情气度。徐复观论述道："可知韵是当时在人伦鉴识上所用的重要概念。他指的是一个人的情调、个性，有清远、通达、放旷之美，而这种美是流注于人的形相之间，从形相中可以看得出来的。"[1]对于人来说，"形相"是外在的，而"风韵"等是内在的，后者更能反映人的性格禀赋。在此基础上，"韵"往往和"气"相连，成为绘画、书法、文学批评的重要理论术语。这一转变过程对中国美学史与中国文学理论批评史来说是自然而然的。张法在《中国美学史》中说："由审美的人物品藻中产生出来的这种用精练的词汇、词组、句子来概括审美对象的方式，直接为各门艺术所接受和运用，成为中国美学的一种典型方式。"[2]

　　关于"韵"最具影响力的无疑是谢赫在《古画品录》中提出的"气韵生动"。《古画品录》，类似于中国文学理论史上的《文心雕龙》，是中国画学史上具有里程碑意义的画论著作。谢赫建立了绘画批评鉴赏的"六法"原则，而第一条便是"气韵生动"。本源于人物品评，"气韵生动"原初只运用于人物画的鉴赏，而后才拓展到山水画的评论之中。葛路在《中国绘画美学范畴体系》一书中将"气韵"内涵的发展演变划分为三个阶段："六朝至唐，气韵主要指客观对象的精神表现，也是绘画的总体效果；两宋，气韵被认为是画家的性灵、人品的产物；明清，气韵生知说更加突出画

---

①　徐复观：《中国艺术精神》，106 页，上海，华东师范大学出版社，2001。

②　张法：《中国美学史》，87 页，成都，四川人民出版社，2006。

家的气的主导作用；总的倾向是，气韵说的重心由客体转为主体。"①由此可见，"气韵"具有两重内涵。其一是艺术作品的整体美学效果。"气韵生动"意味着完美的艺术境界，是从艺术作品本体出发的艺术鉴赏原则。它是"神似"思想的深化，艺术作品的美学追求，不是与观察对象惟妙惟肖的"形似"，而是超脱于画面或言语层面的审美境界，即"神似"或"气韵生动"。其二是艺术家创作个性的精妙传达。徐复观在《中国艺术精神》中说："气韵观念之出现，系以庄学为背景。庄学的清、虚、玄、远，实系'韵'的性格，韵的内容；中国画的主流，始终是在庄学精神中发展。"②在庄子哲学影响下形成的审美人格，成为"气韵"所倾力表现的内容，唐诗或者元明的文人画就淋漓尽致地展现了这一点。

如果更加细致地分析的话，"气"和"韵"是有不同侧重的。叶朗说："'韵'和'气'不可分。'韵'是由'气'决定的。'气'是'韵'的本体和生命。没有'气'也就没有'韵'。'气'和'韵'相比，'气'属于更高的层次。所以不能把'气'等同于'韵'。"③将"韵"降格为"气"的附属，实际上是不妥的。有"气"并不一定有"韵"，充盈的个性气质转化为审美艺术境界并不是一个简单的过程。对于艺术创作来说，困难的不是无"气"，而是无"韵"。对于艺术鉴赏来说，如果无"韵"，就必然无"气"。葛路在《中国绘画美学范畴体系》中的说法要更加准确。"气的功用，主要是心（意）随笔运取象；韵的功用，主要是高雅韵致。"④"气"与"韵"位于审美过程中的不同阶段，"气"是艺术家对观察对象的审美观照，是审美境界的发现；而"韵"是艺术家的艺术构思，是审美境界在艺术作品中的具体呈现。

然而，徐复观对"气""韵"的解释稍有不同："以玄学为基柢的作品，从超俗方面去加以把握，其风格当然是淡的，这正是此处的所谓韵了。气与韵，都是神的分解性的说法，都是神的一面；所以气常称为'神气'，而韵亦常称为'神韵'。若谓一般的形貌为人的第一自然；则形神合一的

---

①　葛路：《中国绘画美学范畴体系》，38 页，北京，北京大学出版社，2009。
②　徐复观：《中国艺术精神》，108 页，上海，华东师范大学出版社，2001。
③　叶朗：《中国美学史大纲》，221 页，上海，上海人民出版社，1985。
④　葛路：《中国绘画美学范畴体系》，34 页，北京，北京大学出版社，2009。

'风姿神貌'，亦是这里的所谓气韵，是人的第二自然。艺术之美，只能成立于第二自然之上。"①"气"与"韵"是"神"的分体，其根本差异在于风格。"气"与"韵"起初均用来形容人的性格禀赋，后来都引申为审美范畴。"气"突出的是动态的力量之美，而"韵"展现的是静态的恬淡之美。

通过对"韵""气韵"的深入分析，青木正儿所论之"香"的内涵就清晰毕现了。"香"与"韵"是艺术作品所散发出来的淡雅、旷达、超脱的审美意境，其根源于艺术家的性格气质与审美品位。而从艺术鉴赏的角度来说，艺术之"香"与"韵"的捕捉需依靠通感。对"香"与"韵"的持续关注，充分表现了青木正儿对中国古典艺术的准确把握。鉴赏力的熏陶，是走进中国古典艺术殿堂的方便之门。

3. "香""韵""味"与中国古典艺术的鉴赏原则

青木正儿的《夜来香》一文有两个中文翻译版本，其一是收录于复旦大学出版社 2005 年出版的《对中国文化的乡愁》一书，由戴燕所译，其二是收录于中华书局 2008 年出版的《琴棋书画》一书，由卢燕平所译。翻译版本的细小差异，往往是概念术语上的混淆不清所致，因此理应受到学术研究的特别关注。青木正儿论到，对于文学艺术作品来说，风韵要比修辞的精巧更重要。那么，"风韵"是什么呢？青木正儿用日文词汇将其解释为"匂ひ"。戴燕将之翻译为"味道"，而卢燕平则将之翻译为"香气"。从青木正儿的相关论述来看，后者的翻译更加接近于原文。但是，前者的翻译就错误了吗？这倒未必。"香""味""韵"等，在中国古典文学艺术的鉴赏原则中，本来就界限未明；如果替换使用的话，也不会有太大的问题。因此，深入了解"香""韵"，尚须与"味"结合做一番分析，因为"味"也是青木正儿诗画鉴赏的常用术语。

在中国古典文艺批评中，"韵"和"味"往往结合为"韵味"一词，可见其内涵极为接近。首先，"味""韵"与"香"，分别对应于感觉器官的舌、耳、鼻，但在艺术鉴赏中，最终都超越了单一的感觉器官，都具有了"通感"的艺术思维方式。钱锺书在《通感》一文中说："在日常经验里，视觉、

---

① 　徐复观：《中国艺术精神》，106 页，上海，华东师范大学出版社，2001。

听觉、触觉、嗅觉、味觉往往可以彼此打通或交通，眼、耳、舌、鼻、身各个官能的领域可以不分界限。颜色似乎会有温度，声音似乎会有想象，冷暖似乎会有重量，气味似乎会有体质。诸如此类，在普通语言里经常出现。"[1]视觉、听觉、触觉、嗅觉、味觉这五觉在生理体验上是泾渭分明的，但是在审美体验中却是自由流动的。钱锺书将通感作为中国诗文的一种描写手法，通感对于中国古典文学的重要价值未必充分认识。日常生活中偶尔出现的通感现象，在文学艺术中则是基本的思维方式。叶维廉认为中国古典诗歌具有"多线发展，全面网取"的特点。[2] 那么，"多线发展，全面网取"是如何实现的呢？除了俯、仰、远、近等观察位置的结合之外，另一方式便是视觉、听觉、触觉、嗅觉、味觉的灵活变换，唯此才能将"具体经验的美学"（即瞬间映现的审美艺术空间）呈现出来。宗白华在《中国艺术意境之诞生》中说："因为这意境是艺术家的独创，是从他最深的'心源'和'造化'接触时突然的领悟和震动中诞生的，它不是一味客观的描绘，像一照相机的摄影。所以艺术家要能拿特创的'秩序的网幕'来把住那真理的闪光。"[3]所谓"秩序的网幕"便是通感的艺术思维模式，以及对审美对象全方位的观照。诗歌意境的捕捉，绝对不是轻而易举的，它需要一个心灵超脱自在的体悟过程。

其次，"味""韵""香"均产生于意境。曹顺庆在《中西比较诗学》中指出，从艺术本质论上看，"意境说"与"典型论"分别表达了中西文化对文学艺术本质的认识。[4] 可见，意境是中国古典诗学的核心概念。在《意境探微》一书中，古风对其已经进行了全面而深入地描述：

　　　　因此，我认为，"意境"是艺术活动中情景交融、意溢象外

---

① 钱锺书：《七缀集》，64 页，北京，生活·读书·新知三联书店，2002。

② 叶维廉：《比较诗学》，见《叶维廉文集》（第一卷），72 页，合肥，安徽教育出版社，2002。

③ 宗白华：《中国艺术意境之诞生》，见《艺境》，11 页，合肥，安徽教育出版社，2006。

④ 曹顺庆：《中西比较诗学》（修订版），29 页，北京，中国人民大学出版社，2010。

和人与自然审美统一的意象结构和美感形态。具体说，在"情景
层"，则是情景交融的意象结构，这是"意境"构成的物质基础。
在"象外层"，则是意溢象外的美感形态，这是"意境"的审美价
值体现。在"形式层"，则是由不同艺术媒介构成的符号系统。
这是"意境"的形式载体。不同种类的艺术，便有不同的形式载
体，也就有不同形态的"意境"，诸如文学意境，是由音象（声
象）、形象（字象、色象）、语象（句象）和意象（义象）等层面构
成，以满足审美主体听觉、视觉、味觉和心觉的全息审美要求。
"情景层""象外层"和"形式层"三者有机结合，才构成完整意义
上的"意境"。①

　　上述说法事实上是值得商榷的。"形式层""情景层""象外层"所概括
的是文本存在的三个层次，意境仅和"象外层"相当。"象外层"类似于司
空图所谓"味外之旨"（《与李生论诗书》）、王国维所谓"境界"（《人间词
话》），均能被意境所统摄，实现了审美主体之情与审美客体之景的融合，
展现了一个充盈灵动、回味悠远的心灵审美空间。而"味""韵""香"便是
意境刺激之下、在审美主体心灵世界所留下的审美感受。
　　最后，在庄子美学与禅宗思想的影响下，"味""韵""香"均倾向于一
种淡泊、宁静、悠远的审美风格。这一倾向在宋代以后表现得尤为显著。
在《与李生论诗书》中，司空图明确指出，"味外之旨"与"韵外之致"应该
是诗歌品评的艺术原则；王维与韦应物的诗歌，具有"澄淡精致"的诗风，
这最能体现司空图的诗歌美学。与《诗品》结合起来看，司空图所论之
"味""韵"在理论上是较为全面的，并不偏向于某一风格。《诗品》有阳刚
外露的风格，如"雄浑""劲健""豪放""悲慨"等，亦有内涵含蓄的风格，
如"冲淡""沉着""清奇""洗练"等。然而，宋代的诗论与画论接受的却是
"片面"的司空图。陶礼天评价说："他的'诗味'论，不是专指律绝之作，
也不是专指王韦诗派的诗，他之所以要重点论述王维、韦应物一派诗歌，

_____

① 古风：《意境探微》，288页，南昌，百花洲文艺出版社，2001。

是因为这些诗歌更能反映他的'韵外之致'、'味外之旨'的观点，同样律诗绝句的体制特点的要求，也更须要以'韵外之致'、'味外之旨'为其'全美'的标准。司空图对王维、韦应物那种'澄淡精致'、'趣味澄夐'的偏好，对宋代的诗论乃至画论等崇尚'平淡'之味、'平淡'之境产生了重要影响，我们应该辩证地思考这些问题。"①宋代诗人，如欧阳修、苏轼，对"平淡"的推崇，无疑受到了司空图的"味外之旨"的影响。唐宋文化的转型，使宋代艺术呈现出崭新的美学风格，使宋代诗人对"味""韵"的理解更加偏向于"平淡"。对此问题，京都学派的中国文学研究者，如吉川幸次郎、小川环树，都有深刻的见解。小川环树在《宋诗研究序说》中说："至此，宋诗向乐观主义的哲学接近。这种乐观主义，为欧阳修门人之一的苏轼彻底地表明出来，他既以之赋予其本身诗作的特色，同时亦决定了宋诗的性格。"②在庄禅思想的启发下，宋代文化实现了"悲哀的扬弃"，能在平凡普通的日常生活中找寻一种超脱自在的审美人生，因此在宋代新诗风的带动下，"韵"和"味"的内涵趋向于含蓄淡泊。

总而言之，"香""韵""味"在诗学内涵上是极为相近的。对青木正儿来说，"香""韵""味"代表着一种深入细致的诗歌鉴赏原则。唯有置身于丰富充盈的意境中，呼吸到醇美悠长的韵味，才能领略到中国艺术之美。

4. 对"神韵说"的推崇

对于明清三大诗论——"格调说""神韵说"与"性灵说"，铃木虎雄推崇的是"格调说"，而青木正儿则更加青睐"神韵说"。基于不同的文化立场与诗学理念，青木正儿提出了与老师铃木虎雄不同的看法，明清三大诗论中居于统摄地位的不是"格调说"，而是"神韵说"。

在《中国文学思想史》一书中，青木正儿论述道：

性灵是诗的内部要素，格调是外部要素，而神韵，不正是

① 陶礼天：《艺味说》，202 页，南昌，百花洲文艺出版社，2005。
② ［日］小川环树：《宋诗研究序说》，见《论中国诗》，谭汝谦、陈志诚、梁国豪译，134 页，贵阳，贵州人民出版社，2009。

兼有内外这两方面的要素吗？性灵是作者性格感情的流露，所
以应该是充满于诗内的思想。所谓的格是思想表现的样式，调
是诗的言语的音调，所以格调是构成诗的外部形式的骨格。神
韵是在性灵、格调之上的风味兴趣，不是游离于性灵、格调之
外的东西，可以说是从这两者之中发出的余韵。……性灵派主
张只要材料是精选好的，无论烹调技术怎样都是美味；格调派
主张不管材料怎样，只要烹调技术合于古式就有品格，依此进
行辩论。神韵派主张既要选择好的材料，也要尽力采用好的方
法，然后才能产生出美味佳肴。总而言之，诗的本质论已经完
全表现在这三者之中了。①

　　一如既往，青木正儿借用饮食来解说诗歌理论。"格调""性灵""神
韵"三者是不可偏废的，其结合才是系统完整的诗学理论。然而，"神韵"
联系了诗歌的内部与外部、"性灵"与"格调"，理应居于统摄地位，犹如
饮食，不管是材料的选择，还是烹调方法的搭配使用，其目的均是实现
"色香味"的一应俱全。从注重诗歌的"香""味""韵"，到青睐"神韵说"，
其逻辑演进是一目了然的。首先，青木正儿对文学的定义显然接受了"为
艺术而艺术"的西方纯文学观念的影响，艺术鉴赏的首要标准不是"文以
载道"或者狭义的"诗言志"，而是艺术品的审美特性，即文艺作品是否充
分调动起来了审美主体的感性与知性相结合的审美体验。以王士祯为代
表的"神韵说"旨在追求诗歌的"味外之味"，这事实上就是对诗歌审美特
性的重视。青木正儿如此评价"神韵说"："就是把在诗的命意、立格、用
字的善恶是非之外所感受到的微妙的意味和气势当作鉴赏的焦点，因此
说即使是作家也不能不留心于此来进行创作。"②"格调说"或多或少带有
着形式主义的倾向，而对诗歌的审美特性有所忽略。"神韵说"则弥补了

---

　　① ［日］青木正儿：《中国文学思想史》，孟庆文译，133 页，沈阳，春风文艺出版社，
1985。
　　② ［日］青木正儿：《中国文学思想史》，孟庆文译，113 页，沈阳，春风文艺出版社，
1985。

"格调说"的漏洞，自然便更能获得青木正儿的肯定。其次，从审美趣味上看，青木正儿更加喜好平淡闲雅的道禅文艺。"神韵说"以禅境、画境为宗，追求一种含蓄悠远的审美趣味。这与青木正儿对"香""韵""味"的酷爱是如出一辙的。这便使青木正儿对"神韵说"有了更多的好感。

　　对于铃木虎雄对"神韵说"的批判，青木正儿做出了时而激烈、时而柔和的回应。铃木虎雄指出，基于风神余韵的"神韵"，事实上仅是"格调"的一部分。① 这是青木正儿坚决不能认同的部分，他反转了"神韵"与"格调"的关系，认为"格调"的精心经营是要以"神韵"的实现为最终目的的。实际上，铃木虎雄与青木正儿的分歧点，并不在于诗学理论，而是在于审美趣味。与此同时，铃木虎雄指出，由于平淡清远的审美追求，"神韵说"阻碍了诗歌的表现力和诗风的多样化，使诗歌极易流于靡弱空虚。② 青木正儿对此点是认同的。在评价王士禛所编辑的诗集《唐贤三昧集》时，他说："所以他的趣味甚有局限，故招来了后人的讥讽，然而要旗帜鲜明地立于文坛，多少有些排他性也是在所难免的。"③三大诗说的相互论战，大都带有"排他性"，彼此往往是针锋相对、各执一端的。

　　另外，郭绍虞在《中国文学批评史》中也对"神韵说"提出了批评。"神韵说"的流弊在于空寂，其根源有三点：其一，"神韵"仅是一种诗的境界，"神韵说"并未形成一套完整可依循的诗歌理论；其二，诗的境界本应丰富多样，然而"神韵说"仅喜好淡远清澄的具有浓重禅趣、画趣的诗风；其三，"神韵说"对作诗方法与读诗方法过于荒疏，因此"神韵"变成了虚无缥缈而难以捕捉的诗歌境界。④ 这些批评无疑道破了"神韵说"的病症。当借用"韵""香""味"这些术语来论述诗歌、文人画时，青木正儿也未能避免空虚浮泛。青木正儿静态地描述了"韵""香""味"所代表的审美境界，但对其生成与传递的动态过程（即文艺心理学的角度）却并未细加论述。

---

① ［日］铃木虎雄：《中国诗论史》，许总译，178 页，南宁，广西人民出版社，1989。

② ［日］铃木虎雄：《中国诗论史》，许总译，228 页，南宁，广西人民出版社，1989。

③ ［日］青木正儿：《中国文学思想史》，孟庆文译，114 页，沈阳，春风文艺出版社，1985。

④ 郭绍虞：《中国文学批评史》，600 页，天津，百花文艺出版社，2008。

无论如何，在"韵""香""味"等概念术语与"神韵说"的基础上，青木正儿强调了鉴赏力的重要作用。只有鉴赏力提高了，读者才能深入地体悟到诗歌与文人画的意境与韵味。那么，怎样提高艺术鉴赏力呢？青木正儿指出了相互辅助的三条途径。第一，读书经验的累积。审美经验是触类旁通的，丰富的阅读经验能以联想、类似、比较的方式更为便捷地走进诗歌的艺术境界之中。第二，批评经验的累积。鉴赏力的提高，除了依靠感性的审美经验的沉淀以外，理性的批判经验的获取也绝对必要。文学文本是一个具有多层结构的审美有机体，而批评经验能够辅助读者抽丝剥茧地认识这一多重审美体系，从而更充分地将文本的思想与美感释放出来。第三，文化体验的累积。文学作品诞生的文化时空，对于读者来说，或多或少地存在着隔膜感，这在一定程度上阻碍了读者走进文学作品的审美境界。青木正儿之所以大力倡导名物学研究，正在于中华古典文人生活的复原，正在于中国古典文化体验的积累，以辅助中国古典诗文研究。

三、"文学自觉"与多元文学观念的建立

"魏晋文学自觉说"最早由日本学者铃木虎雄在 1920 年提出。在《中国诗论史》的第二篇《魏晋南北朝时代的文学论》中，铃木虎雄论道："通观自孔子以来直至汉末，基本上没有离开道德论的文学观，并且在这一段时期内进而形成只以道德思想的鼓吹为手段来看文学的存在价值的倾向。如果照此自然发展，那么到魏代以后，并不一定能够产生从文学自身看其存在价值的思想。因此，我认为，魏的时代是中国文学的自觉时代。"①后经由鲁迅 1927 年的著名演讲《魏晋风度及文章与药及酒之关系》的介绍，成为中国文学研究领域的一个常识性判断。鲁迅说："用近代的文学眼光看来，曹丕的一个时代可说是'文学的自觉时代'，或如近代所

---

① ［日］铃木虎雄：《中国诗论史》，许总译，37 页，南宁，广西人民出版社，1989。

说的是为艺术而艺术（Art for Art's sake）的一派。"①此后，在陈钟凡、郭绍虞、罗根泽等人所著的"中国文学理论批评史"中，"魏晋文学自觉说"都已成为审视中国文学理论批评发展史的重要尺度。

20世纪80年代以来，"魏晋文学自觉说"遭遇到了越来越多的质疑与反思，例如赵敏俐所论的："由日本学者铃木虎雄首倡的这一说法并不是一个科学的论断，而鲁迅先生接受这一说法本是一种有感而发，虽然具有一定的学术启发性，但是却不能把它上升为一种文学史规律性的理论判断。这样做的结果会影响我们对汉魏六朝文学的全面认识，也有碍于我们对于中国文学发展全过程和中国文学本质特征的认识。"②随后，"汉代文学自觉说""宋齐文学自觉说""春秋文学自觉说"等学术论断纷纷提出。文学史的发展是一个前后相继、缓慢演进的过程，"文学自觉"亦有一个萌芽、成长、兴盛的过程。那么，在一个连续的过程中，如何确定一个由量变到质变的转折点，以区分文学的"自觉"与"非自觉"呢？以"文学自觉"的时间点去总结概括"文学自觉"的过程，这本身便存在着理论的漏洞。然而，时期划分能够更清晰地勾勒出中国文学史的发展轨迹，"文学自觉"的时间点的确定，对文学史写作来说，又是不可或缺的。学者们只能勉为其难，纷纷从各自的视角出发，去确定"文学自觉"的时代。因此，截然不同的"文学自觉说"就自然而然地产生了。目前的当务之急，是对诸种学说的理论依据进行比较分析与反思，最终确立一个更具学理性的"文学自觉"的时间点。

到底"魏晋文学自觉说"是不是一个富于学理性的学术论断呢？回归该论断诞生的学术语境，是进行学术评判与反思的第一步。显而易见，鲁迅之所以能够提出"魏晋文学自觉说"，和日本中国学界的理论开拓密切相关。值得注意的是，不管是铃木虎雄，还是鲁迅，均未对"魏晋文学自觉说"做出深入详尽的理论阐释。语焉不详，未必就不是审慎客观的理

---

① 鲁迅：《魏晋风度及文章与药及酒之关系》，见《鲁迅全集》（第三卷），526页，北京，人民文学出版社，2005。

② 赵敏俐：《"魏晋文学自觉说"反思》，载《中国社会科学》，2005(2)。

性判断。此时，就有必要将青木正儿的《中国文学思想史》引入"魏晋文学自觉说"的理论建构史中。作为铃木虎雄的嫡传弟子，青木正儿进一步补充与完善了导师所著的《中国诗论史》，从中国文学思想史的宏观角度对"魏晋文学自觉说"进行了多角度的分析论证。因此，本章将以铃木虎雄、青木正儿、鲁迅的相关著作与论文为研讨核心，从 20 世纪三四十年代中日两国的中国文学理论研究的学术背景出发，对"魏晋文学自觉说"的判断依据展开更加深入的考察与断定。

（一）"魏晋文学自觉说"与纯文学观念的凸显

青木正儿在《中国文学概说》中指出：

> 这样看来，那么我们可以说文学的品评、故实、体论、理论四者之萌芽，悉起于周代吧。到了汉代，文学的评论越发的精密起来了。……这些著作，评论是渐渐的精密起来了，但是还没有看见作一篇文章，专论文学的。其作为专篇者，创始于魏文帝之《典论·论文》。①

在《中国诗论史》中，铃木虎雄将魏晋视作"中国文学的自觉期"，这便是鲁迅所提出之"魏晋文学自觉说"的雏形。青木正儿承袭了老师铃木虎雄的看法，并更加详细深入地论述了这一看法。具体而言，"文学自觉"的内涵是复杂的，并且审视方式不同，"文学自觉"的具体时期就会有所不同。青木正儿从"纯文学"的文学理念出发，深入阐释了"魏晋文学自觉说"的判断标准与理论价值。

1. "文学自觉"的多重内涵

关于"文学自觉"，为什么会出现差异非常大的学说呢？一个不容忽视的原因便是"文学自觉"这一词语的暧昧不清。赵敏俐说："'文学自觉'这一论断的内涵有限，歧义性太大而主观色彩过浓，因此不适合用这样

---

① ［日］青木正儿：《中国文学概说》，隋树森译，162 页，重庆，重庆出版社，1982。

一个简单的主观判断来代替对一个时代丰富多彩的文学发展过程进行客观的描述。"①"文学自觉"存在歧义性，这的确是一个很有见地的看法。然而，"文学自觉"并非一个"简单的主观判断"，只要将其内涵界定清晰，"文学自觉"就会具有客观的判断标准。

　　总体而言，"文学自觉"具有三重内涵。第一，"文学自觉"是指文学批评的自觉。"魏晋文学自觉说"的首倡者铃木虎雄所论述的"文学自觉"，事实上是"文学评论的自觉"。"魏之三祖即武帝（曹操）、文帝（曹丕）、明帝（曹叡）都是作为文学家而同时以统治者的权力来推扩、保护文学者。建安、黄初之时，文学郁然兴起，是不能不主要归为彼等之力的。而有关文学的议论，亦自曹丕及其弟曹植始"，"由上可见，在魏代，有关文学的独立的评论已经兴起"。② 可见，铃木虎雄所强调的是文学批评的独立，其标志是文学批评标准的多元化，曹丕的《典论·论文》超越了儒家"诗教"的单一标准，建立了文学批评的多元标准，既有"盖文章，经国之大业，不朽之盛事"，又有"诗赋欲丽"和"文以气为主"。青木正儿和导师铃木虎雄如出一辙，在《中国文学思想史》中讨论了"魏晋时代纯文学评论的兴起"。③ 而在国内学术界，陈钟凡和郭绍虞清晰地将"文学的自觉"认定为文学批评的独立。陈钟凡说："中国论文之有专著也，始于魏晋。时人论文，既知区分体制为比较分析的研寻；又能注重才程。盖彼等确认文章有独立之价值，故能尽扫陈言，独标真谛，故谓中国文论起于建安以后可也。"④郭绍虞则说："迨至魏、晋，始有专门之作，而且所论也有专重在纯文学者，盖已进至自觉的时期。"⑤他们均指出，魏晋时期是一个文学评论步入独立和自觉的时代。

　　① 赵敏俐：《"魏晋文学自觉说"反思》，载《中国社会科学》，2005(2)。
　　② ［日］铃木虎雄：《中国诗论史》，许总译，37、39页，南宁，广西人民出版社，1989。
　　③ ［日］青木正儿：《中国文学思想史》，孟庆文译，38页，沈阳，春风文艺出版社，1985。
　　④ 陈钟凡：《中国文学批评史》，29页，南京，江苏文艺出版社，2008。
　　⑤ 郭绍虞：《中国文学批评史》，54页，天津，百花文艺出版社，1999。

　　第二，"文学自觉"是指纯文学的自觉。鲁迅在《魏晋风度及文章与药及酒之关系》中从"为艺术而艺术"的视角出发，提出了"魏晋文学自觉说"；所谓"文学自觉"确定无疑是纯文学的自觉。从铃木虎雄到鲁迅，"文学自觉"的内涵悄然发生了变化，从"文学批评的自觉"转为"纯文学的自觉"。随之而来的是，"文学自觉"的判断标准亦悄然发生了变化。"文学批评的自觉"的标志是文学批评标准的多元化，尤其是审美主义文学观的出现。"纯文学的自觉"则需要从文学或文化的宏观视角出发去加以审定，而"文学批评的自觉"是"纯文学的自觉"的标志之一。

　　"纯文学"被鲁迅视为文化革新的聚焦点。在日本文艺批评家厨川白村(1880—1923年)文艺观的影响下，鲁迅将文艺定义为被压抑的生命力的释放与表达。因此，文艺便成为人性解放与思想启蒙的利器了。这便是鲁迅提出"魏晋文学自觉说"的初衷。鲁迅是把"魏晋文学自觉说"放在魏晋南北朝思想史的宏观视野中进行考察，并将"魏晋风度"作为"魏晋文学自觉"得以产生的文化背景。鲁迅指出，汉末魏初的文章具有"清峻""通脱"的风格，这绝对受到了以道家、玄学思想为核心的"魏晋风度"的影响。①"魏晋风度"突破了儒家意识形态的外在束缚，返回个体的精神世界，塑造了一个自由洒脱、飘逸张扬的独立人格。而新主题与新风格的诗文，对酒与药的崇拜，充分地表达了魏晋士人的"生的苦闷"与"战的苦痛"。李泽厚在《美的历程》一书中，则将鲁迅的观点变得更加明晰。"如果说，人的主题是封建前期的文艺新内容，那么，文的自觉则是它的新形式。两者的密切适应和结合，形成这一历史时期各种艺术形式的准则。以曹丕为最早标志，它们确乎是魏晋新风。"②换言之，魏晋时代"文学的自觉"有两大标志，一是"人的主题"，即在道家、玄学思想的启发下对存在的深刻体悟；二是"文的自觉"，即对文学的整个审美过程的深入探讨。前者从内容上突破，后者从形式上突破，共同迎来了一个"文学自

---

　　①　鲁迅：《魏晋风度及文章与药及酒之关系》，见《鲁迅全集》(第三卷)，525页，北京，人民文学出版社，2005。

　　②　李泽厚：《美的历程》，159页，天津，天津社会科学院出版社，2001。

觉"的崭新时代。

第三，"文学自觉"是杂文学的自觉。袁行霈在《中国文学概论》中说："中国古代并没有严格划分文学与非文学的界限，没有确立纯文学的观念。古代所谓文学，一方面容纳了在我们看来不属于文学的一些体裁，另一方面又没有把我们认为是文学的一些体裁包括进去。因此，我们确定中国文学的研究对象时，既要按照我们今天对文学的理解；又要兼顾古人的习惯，充分注意杂文学这个特点。"①换言之，中国古代文学的研究，要同时兼顾传统视角与现代视角。"魏晋文学自觉说"坚持的是纯文学的现代视角。而张少康、赵敏俐等学者之所以提出"汉代文学自觉说"，就是要回归到杂文学的传统视角，以便更加准确地描述中国文学的发展轨迹与基本特征。因此，"汉代文学自觉说"与"魏晋文学自觉说"是兼容的，它们是"文学"概念不断窄化的两个标志。

2. 青木正儿论"文学自觉"

在《中国文学思想史》一书中，青木正儿对"文学自觉"的三重内涵可谓了然于心。首先，青木正儿虽然认同的是"纯文学"，但并未忽略"杂文学"与中国古典文学的深厚渊源。杂文学、纯文学二元视角的建立极有意义，已经成为审视与界说中国文学批评理论发展史的重要维度。在《中国文学思想史》中，青木正儿从"实用主义"（或鉴戒主义）与"审美主义"（或修辞主义）的标准，将中国文学思想史划分为三大时期。具体来说，"实用主义"突出的是杂文学的特征，而"审美主义"突出的则是纯文学的特征。原始社会直至汉代，不管是诗、乐、舞未分化的原始美意识，还是儒家的文艺观，其文学观念都倾向于实用主义，因此这一时期被称为"实用娱乐时期"。从魏晋直至唐代，审美主义的文学观念逐渐走向繁荣昌盛，在文学批评与文学创作两方面均成绩斐然，专门的文艺理论著作也大量涌现，此为"文艺至上时期"。而从北宋起始，文学观念开始复古，实用主义重新抬头，诗歌与散文的复古主义运动此起彼伏，此为"仿古低

---

① 袁行霈：《中国文学概论》，4 页，北京，北京大学出版社，2010。

徊时期"。① 而在《中国文学批评史》一书中，郭绍虞和青木正儿的看法是类似的，也从"杂文学"（即实用主义）与"纯文学"（即审美主义）的视角，拓清了中国文学批评史的发展轨迹，尽管其具体的分期法是略有差别的。郭绍虞论道："文学观念经过了以上两汉与魏、晋、南北朝两个时期的演进，于是渐归于明晰。可是，不几时复为逆流的进行，于是又经过隋、唐与北宋两个时期，一再复古，而文学观念又与周、秦时代没有多大的分别。"②从周秦，到两汉，再到魏晋南北朝，是文学观念的演进期，从学术中析离出杂文学，杂文学复窄化为纯文学。而从隋唐直至明清，是文学观念的复古期，杂文学观念又重新占据主流舞台。由此可见，杂文学与纯文学两大观念的兼顾，对中国文学史的研究来说极为必要。

其次，在五四新文化运动精神的鼓舞之下，和鲁迅如出一辙，青木正儿在论述"魏晋文学自觉说"的时候亦坚持了文化革新的视角。青木正儿从内容与形式两个方面，论述了魏晋时代的文学新动向。魏晋文学在内容上挣脱了儒家意识形态的控制，形成了"超脱主义"和"自然爱"等全新的文学主题。青木正儿说："自从超脱主义和文艺结缘，在魏晋以降的文坛上产生巨大反响，形成了文人气质的一个重要的要素。从此以后，学究多由儒者充当，潜心钻研济世之学；而文人墨客则多为超脱主义者，可见其提高处士节操之风。这些人以风雅相标榜，在各种场合都表现超脱的气味"，"超脱生活是因为对人事交往厌弃的结果，这导致了同自然美的关系越来越密切的倾向"。③"魏晋风度"意味着与儒家思想截然不同的价值观，意味着与名教相对的生活方式，这使魏晋文学在内容主题上突破了两汉文学的窠臼。而综合衡量《典论·论文》《文赋》等文学理论著作和魏晋诗文创作，魏晋文学的修辞主义特征则越来越明显，这些都为南朝修辞主义的兴盛做好了铺垫。另外，青木正儿和李泽厚都将魏晋时

---

① ［日］青木正儿：《中国文学思想史》，孟庆文译，9 页，沈阳，春风文艺出版社，1985。

② 郭绍虞：《中国文学批评史》，6 页，天津，百花文艺出版社，1999。

③ ［日］青木正儿：《中国文学思想史》，孟庆文译，220 页，沈阳，春风文艺出版社，1985。

代"文学的自觉"放在魏晋时代"文艺的自觉"的大背景中来展开分析。不管是"汉代文学自觉说"，还是"春秋文学自觉说"，都有意无意地将文学自觉与艺术自觉割裂开来了。

最后，"魏晋文学自觉说"标志着中国古典文学的三大创作观念与批评体系正式确立。除了先秦两汉流行甚久的"达意主义"以外，"气格主义"与"修辞主义"在魏晋六朝日渐风行。多元文学观念极大地促进了文艺创作的全面繁荣，而且设定了中国文艺理论体系的基本框架。因此，在魏晋时代，文艺批评从政治、哲学中分离出来，获得了独立地位，一大批专门的文艺理论著作随即涌现。另外，青木正儿还从广义文艺的视角进一步验证了"魏晋文学自觉说"。魏晋是一个思想解放与文艺勃兴的时代，玄学的出现促进了人性的觉醒，和文学类似，书法、绘画、音乐在创作和理论上均有狂飙突进的发展。

综上所述，在铃木虎雄与青木正儿的学术著作中，"魏晋文学自觉说"并非一个兴致所至的学术假说，而是审慎周全的理性判断。它综合了传统视角与现代视角，标识出了中国文学从非自觉到自觉的转折点，对中国文学史与中国文学批评史的深入研究大有裨益。"魏晋文学自觉说"之所以遭遇了诸多质疑，一个重要的原因是国内学界对铃木虎雄与青木正儿的研究成果尚未有全面深入的理解。

(二)"文气说"与气格主义

青木正儿在《中国文学思想史》中指出：

　　所谓的气格主义就是要在作品中具有气魄和品格的意思。自魏曹丕提出"文以气为主"的主张，道出了气格主义以来，这种观念自觉地在文学思想领域中占据了稳固的地盘。那个主张是不管文辞的巧拙，立意的良否，只要在作品里表现出作家的性情和人格就可以。①

　　尽管铃木虎雄、青木正儿与鲁迅提出"魏晋文学自觉说"的初衷是有所差别的，但是他们均将曹丕的《典论·论文》作为纯文学自觉与文学批评自觉的标志。对于曹丕《典论·论文》所传达的文学思想，铃木虎雄在《中国诗论史》中将之概括为三大要点："文学价值论""诗赋欲丽"与"文气说"，而鲁迅则在《魏晋风度及文章与药及酒之关系》中只强调了两点："诗赋欲丽"与"文以气为主"。鲁迅将铃木虎雄的三要点精简为了两要点，将"文学价值论"与"文气说"合而为一；正是在"文气说"的基础上，《典论·论文》中全新的"文学价值论"才能成立。青木正儿的论述并未面面俱到，而是以"文气说"统领了曹丕的文艺观，这和鲁迅的观念是极为相似的。与此同时，从中国文学思想史的广阔视角中，青木正儿将"文气说"作为气格主义创作观念的开端，这是其超越铃木虎雄、鲁迅的地方。

　　1. 先秦两汉思想史之"气"

　　"气"是中国古典哲学与文艺的核心范畴。思想史的每一次转型或跃进，都会伴随着"气"之内涵的微妙变化。在先秦时代，"气"是诸子百家共享的术语概念，并且经历了一个不断引申、不断抽象的过程。

　　"气"原初是具体的，指自然界中的云气、烟气、水气、雾气等。"气"之运动，带来了自然界的万千变化。《左传·昭公元年》曰："天有六气，降生五味，发为五色，征为五声，淫生六疾。六气曰阴、阳、风、雨、晦、明也，分为四时，序为五节。"所谓"六气"，均是生动鲜明的自然现象。原始先民的抽象思维能力有限，就用贴近的日常生活经验去解释有关自然万物的规律法则。从思维模式上来说，"气"论类似于古希腊哲学中米利都派的哲学观念。"气"逐渐被当作宇宙自然的起源。《周易·系辞上》云："仰以观于天文，俯以察于地理，是故知幽明之故。原始反终，故知死生之说。精气为物，游魂为变，是故知鬼神之情状。与天地

──────────

　　①　［日］青木正儿：《中国文学思想史》，孟庆文译，15 页，沈阳，春风文艺出版社，1985。

相似，故不违。""气"在此是自然万物得以化育的本源。作为一种本体论哲学，"气"的思想代表了原始先民对宇宙万物诞生与变化的思考。

在春秋战国时代，"气"已经是综合本体论与认识论的核心哲学范畴了。张立文指出："战国时期，人们自觉不自觉地寻求天地之间各种复杂事物的统一根源。这虽来自直观思维，经验的体悟，但已从纷纭繁杂的事物联系中，撇去了很多个性、特殊性，而抽象为气，气成为普遍的、一般的各个事物的共同基础或本质，以及解释各种现象的基本出发点。气的这种特性和功能，便具有范畴的意义，形成了气的结构系统，具备了客观物质存在的内涵，自然、社会、人生的各种现象可以借气来解释，事物的变动性、扩展性，是气的动态动能的体现。"①从自然到社会，从客观世界到精神世界，"气"的解释范围不断在扩大。先秦诸子对"气"的探析莫不依据此思维模式。以老子、庄子为代表的道家以"道""气"为核心概念构建了一个宇宙万物创生模式。"道"为形而上，"气"为形而下，"气"生成自然万物与人。而以孔子、孟子、荀子为代表的儒家更侧重从人性论的伦理道德角度去探索人与"气"之关系。

杂家著作《管子》则兼收并蓄，将儒、道两家的气论思想熔于一炉。此书形成了体系化的气论思想，并运用"气"来解释人的生理与精神活动。曾振宇在《中国气论哲学研究》一书中将《管子》所论之"气"的内涵归结为三大要点：一是人类生命源于精气；二是精神意识源于精气；三是伦理道德观念源于精气。② 这三大要点是逐层深入的，《管子·内业》一篇完整地展现了这一推论过程。"凡物之精，此则为生"，自然万物均是秉气而生，因而人的生命可溯源于"气"。"是故圣人与时变而不化，从物而不移。能正能静，然后能定。定心在中，耳目聪明，四肢坚固，可以为精舍。精也者，气之精者也。气，道乃生，生乃思，思乃知，知乃止矣"，人的身体是"精舍"，定居其中的是"心"；"心"的所有感觉与思维活动均根源于"精"或"气"。再进一步，"气"便与伦理道德的"善""恶"紧密联系

---

① 张立文等：《气》，7 页，北京，中国人民大学出版社，1990。
② 曾振宇：《中国气论哲学研究》，30 页，济南，山东大学出版社，2001。

起来了。"善气迎人，亲于弟兄；恶气迎人，害于戎兵"，"气"之善恶，是人在伦理道德上的善恶，最终通过仁、凶有别的言行举止表现出来。换言之，"气"的辨析自始至终是以"人"为中心的。儒、道两家均强调"气"对人的重要作用，均强调"养气"的重要价值。但是，儒、道两家所养之"气"却截然不同。道家主无为、法自然，人的修身养性应该模仿无为之气、自然之气，因而"气"的自然性受到重视。而儒家以仁、孝、礼、乐等核心理念建立了一整套的君子之学，所谓"养气"便在于天性良知的保养与伦理道德的坚守，因而"气"的社会性得到特别关注。

在儒家思想的影响下，"气"越来越被伦理道德化，这一趋势后来成为先秦两汉时代气论思想的主流。正如曾振宇所说："中国古典哲学带有浓郁的泛道德色彩，探讨宇宙的起源与生成，并非其终极目的，为伦理道德和生命现象寻求形而上的哲学依据，才是其终极性指归。"①而随着汉代大一统政治格局的建立与"天人感应"思想的形成，"气"进一步被政治化，与国家意识形态相结合。

董仲舒在《春秋繁露》中将"气"融合进其"天人感应"的学说中。《春秋繁露·王道通三》曰："夫喜怒哀乐之发，与清暖寒暑，其实一贯也。喜气为暖而当春，怒气为清而当秋，乐气为太阳而当夏，哀气为太阴而当冬。四气者，天与人所同有也，非人所能蓄也，故可节而不可止也。节之而顺，止之而乱。人生于天，而取化于天"，"故四时之行，父子之道也；天地之志，君臣之义也；阴阳之理，圣人之法也。""四气"的运行是宇宙自然与人类社会均要遵行的普遍规律。春夏秋冬四季的轮回是宇宙自然的永恒秩序，与之类似，人类社会亦应建立一整套的秩序与规范。通过"天人感应"学说，董仲舒增加了儒家的仁孝礼乐传统的神秘性与权威性，君臣、父子之道与圣人之法，被提升到了与"天"平起平坐的级别。社会伦理与个人伦理全都被"天人感性"与"气"所统摄。

由此可见，从先秦到两汉，随着思想史的演进，"气"之内涵也不断拓展。不管是道家的自然之"气"、孔孟的伦理道德之"气"，还是董仲舒

---

① 曾振宇：《中国气论哲学研究》，59页，济南，山东大学出版社，2001。

的社会政治之"气"，无疑都使各家各派加深了对人性与社会的认识。文学是人学，文学也是社会学、历史学与政治学，在气论思想的启发下，儒道两派便形成了特色鲜明的文艺观。道家虽然有《逍遥游》《秋水》那样的散文名篇，但是从骨子里是轻蔑文学的。老子的一句"信言不美，美言不信"便将文学置于一个尴尬的境地。郭绍虞论道："不用立言，言也不求其美，所以由道家的态度言，视'文学'为赘疣，为陈迹，为糟粕。"①尽管如此，高度审美化的老庄哲学还是间接地促进文学理论的发展，加深了对文学本质的认识，并一次又一次将文学从儒家的实用主义与鉴戒主义中解放出来。

相比之下，基于对人性、社会、政治的深入理解，儒家充分地认识到了文学艺术在修身养性、移风易俗、政治教化等诸方面的重要作用。不管是诗歌，还是音乐，都是要与"礼"搭配，以"温柔敦厚"的风格，让仁、孝、忠、义等儒家核心观念深入人心。儒家在意的是文艺的社会功用，文艺的审美价值仍旧被忽略。为了充分发挥文艺的教化功能，历代统治者和道学家给文学艺术施加了太多的限制，这在通常情况下会极大地阻碍文学艺术的发展。正如青木正儿所言："自汉武帝立儒家为治学的正宗以来，虽时有消长，但儒家在国家的庇护下，以压倒的优势占领学术界，直到今天。当然，儒家对文学持有指导态度。然而，儒家的道义主张对文学来说，是束缚，不自由，也可以说很是迂腐。"②自从儒学成为汉代的国家意识形态，儒家文艺观居于主流地位，道家文艺观蛰伏待动，文学无法获得独立地位。及至魏晋时代，文学独立价值的获得，还需从"气"入手。

2．"文气说"的突破意义

魏晋文学之所以能开启一个文艺至上的全新时代，和老庄哲学的勃兴是密不可分的。道家哲学发展的新阶段——玄学，以摧枯拉朽之势冲

---

①　郭绍虞：《中国文学批评史》，27 页，天津，百花文艺出版社，2008。

②　[日]青木正儿：《中国文学思想史》，孟庆文译，12 页，沈阳，春风文艺出版社，1985。

破了儒家思想对人与文艺所施加的紧箍咒。自由精神与审美人格，可以说是庄子哲学给予玄学的最大一笔精神遗产。李泽厚论道："如果不计细节，从总体来看，魏晋思想及玄学的精神实质是庄而非老，因为它所追求和企图树立的是一种富有情感而独立自足、绝对自由而无限超越的人格本体。"①在玄学的鼓动下，个性解放的潮流出现了，文艺繁荣的态势出现了。

庄学、玄学之"气"，剥离了孔孟、董仲舒所曾赋予的伦理道德与政治的色彩，往道家的自然之"气"回归。围绕着"气"，玄学既建立了诗意化的宇宙观，又肯定了人的性情。例如，阮籍的《达庄论》曰：

> 天地生于自然，万物生于天地。自然者无外，故天地名焉。天地者有内，故万物生焉。当其无外，谁谓异乎？当其有内，谁谓殊乎？地流其燥，天抗其湿。月东出，日西入。随以相从，解而后合。升谓之阳，降谓之阴。在地谓之理，在天谓之文。蒸谓之雨，散谓之风。炎谓之火，凝谓之冰。形谓之石，象谓之星。朔谓之朝，晦谓之冥。通谓之川，回谓之渊。平谓之土，积谓之山。男女同位，山泽通气。雷风不相射，水火不相薄。天地合其德，日月顺其光。自然一体，则万物经其常。入谓之幽，出谓之章。一气盛衰，变化而不伤。是以重阴雷电，非异出也；天地日月，非殊物也。故曰：自其异者视之，则肝胆楚越也；自其同者视之，则万物一体也。
>
> 人生天地之中，体自然之形。身者，阴阳之积气。性者，五行之正性也；情者，游魂之变欲也；神者，天地之所以驭者也。以生言之，则物无不寿；推之以死，则物无不夭。自小视之，则万物莫不小；由大观之，则万物莫不大。②

---

① 李泽厚：《中国古代思想史论》，206 页，北京，生活·读书·新知三联书店，2008。
② 阮籍：《达庄论》，见陈伯君校注：《阮籍集校注》，138～140 页，北京，中华书局，1987。

阮籍的《达庄论》可以说是庄子《齐物论》的重申，正如青木正儿所论："《达庄论》是就庄子的《齐物论》加以说明，即论齐福祸，同一死生，天地为一物，万物为一指，设儒者的质疑然后回答。主要内容不过是祖述庄子之说加以敷衍，其中举出儒教与庄子思想的根本不同。"①由此可见，青木正儿是在庄玄思想的立场上去理解"气"的。

"气"既创造了宇宙万物，也创造了人。"气"的流转变化，赋予了宇宙万物以秩序井然而丰富多样的存在状态，此种状态可以称为"自然"。它具有三重内涵：一是混沌，二是法则，三是和谐。"气"所创造的宇宙、万物与人，本身就是"自然"的，就是诗意盎然的，外在的、人为的法律规则与伦理道德则会妨碍自自然然的状态。汤用彤在《魏晋玄学论稿》中评论道："玄冥是 Primitive state（原初状态）、是自然的，非人为的，犹如未经雕刻之玉石（朴），这种状态是最好的；社会上、政治上若有太朴之情形，是他们最理想的世界。在这世界内，无礼法之限制，精神上非常自由，诗人文学家多此想象，故嵇、阮有此思想。"②冲破儒家礼法的限制，返璞归真，人就能过上自由自在的诗意生活。毫无疑问，此种审美哲学会极大地促进文艺的发展。

道家与玄学的自然崇拜，将"气"从伦理道德与社会政治的枷锁中释放出来。曹丕的"文气说"便是在此背景下提出的。"气"是中国传统哲学的重要概念术语，而明确将"气"作为文学批评的原则，通常认为始于曹丕的《典论·论文》。曹丕在《典论·论文》中说："文以气为主。气之清浊有体，不可力强而致。譬诸音乐，曲度虽均，节奏同检，至于引气不齐，巧拙有素，虽在父兄，不能以移子弟。"③"气"的内涵到底是什么呢？铃木虎雄在《中国诗论史》中说："所谓气，大概是指精神的活力。"④由此，"文气说"强调文学应该是作家个性气质、心志情感的表达。陈钟凡在《中

　　①　[日]青木正儿：《中国文学思想史》，孟庆文译，239 页，沈阳，春风文艺出版社，1985。

　　②　汤用彤：《魏晋玄学论稿》，215 页，北京，生活·读书·新知三联书店，2009。

　　③　郁沅、张明高编选：《魏晋南北朝文论选》，14 页，北京，人民文学出版社，1999。

　　④　[日]铃木虎雄：《中国诗论史》，许总译，38 页，南宁，广西人民出版社，1989。

国文学批评史》中则更具体地认定为"才性"，并特别强调曹丕所谓"气"与唐宋以风格为具体内涵的"文气"是有所差别的。① 朱东润在《中国文学批评史大纲》一书中则几乎原模原样地沿袭了陈钟凡的解释："此为自古以来论文气之始，然子桓之所谓气，指才性而言，与韩愈之所谓文气者殊异。"②郭绍虞则认为"气"兼具两义，既指性格才气，又指风格，"可知时人论气，本混才气语气而为一"。③ 综合而言，曹丕在《典论·论文》中所论之"气"是兼有才性与风格两种内涵的，其具体意义因语境而不同。"气"（风格）之清浊，关键在于艺术家所引之"气"（才性），因而"文气说"则强调的是作家的性情才志。

曹丕以音乐为譬喻，强调了作家个性气质对文学的重要作用。青木正儿论道："他在这些评论中很注意作品和作家个性的关系，这实在是文学思想史上应该大笔特书的高见。"④为什么青木正儿会如此看重曹丕的"文气说"呢？首先，"文以气为主"，实际上下了一个"纯文学"的定义。其类似于英国浪漫主义诗人华兹华斯对"诗"的定义：诗是强烈情感的自然流露。虽然先秦两汉便有"诗言志"的诗学传统，但是在儒家思想的渗透之下，"志"偏向于符合伦理道德的情感或公共集体的情感。曹丕的"文气说"则去掉了放置在"情感"之前的诸多限定词，让文学与个体生命水乳交融。

其次，在"文气说"的基础上，曹丕建立了作家论、文体论与文学功用论。《典论·论文》曰："王粲长于辞赋。徐干时有齐气，然粲之匹也。如粲之《初征》《登楼》《槐赋》《征思》，干之《玄猿》《漏卮》《圆扇》《橘赋》，虽张、蔡不过也。然于他文，未能称是。琳、瑀之章表书记，今之隽也。应场和而不壮，刘桢壮而不密。孔融体气高妙，有过人者，然不能持论，

---

① 陈钟凡：《中国文学批评史》，23 页，南京，江苏文艺出版社，2008。
② 朱东润：《中国文学批评史大纲》，26 页，上海，上海古籍出版社，2001。
③ 郭绍虞：《中国文学批评史》，56 页，天津，百花文艺出版社，2008。
④ ［日］青木正儿：《中国文学思想史》，孟庆文译，39 页，沈阳，春风文艺出版社，1985。

理不胜辞，至乎杂以嘲戏。及其所善，扬、班俦也。"①不同的作家为什
么会擅长不同的文体呢？这既有作家个性气质的因素，也有文体基本特
征的因素。作家论与文体论实际上是相互关联的。中国古典文学从文学
功用论的实用主义角度进行文类划分，因应用于不同的社会文化场合，
诸种文类在内容、修辞与风格上均有不同的要求，并形成了各具特色的
"文气"。而"文气"的盎然洋溢，需要与之相搭配的作家之"气"的支撑。
但是，作家之间存在着个性气质的差异，那么自然而然便出现这种局面：
甲诗人擅长古体诗，而乙诗人则得意五七言律诗。《典论·论文》曰："夫
人善于自见，而文非一体，鲜能备善，是以各以所长，相轻所短。"②如
此"短兵相接"的比较，实际上是毫无意义的。由此可见，对作家与作品
进行评论时，文类特征与作家的性情气质是两个关键的审视角度。

　　另外，借由"文气说"，曹丕拓展了文学的表现领域，提升了文学的
价值。文学既可以作为风俗教化的工具，又可以作为作家自我抒发的载
体。曹丕在《典论·论文》中曰："盖文章经国之大业，不朽之盛事。年寿
有时而尽，荣华止乎其身，二者必至之常期，未若文章之无穷。是以古
之作者，寄身于翰墨，见意于篇籍，不假良史之辞，不托飞驰之势，而
声名自传于后。"③在高度肯定文学在儒家政治意识形态建构方面的价值
的同时，曹丕进一步地指明了文学对人类生命存在的价值。铃木虎雄评
价道："其所谓'经国'，恐非对道德的直接宣扬。"④对文学道德标准的超
越具有划时代的意义，儒家文艺观的统治地位已然被撼动了。青木正儿
进一步完善了授业导师的观点："汉代是把儒学当作经国大业。而在这
时，他表现出想要用文学取代儒学地位的意图。文儒的著作想达到不朽
的地步，不能借助他人的力量传名于后世，这已是王充说过的话，而曹

①　郁沅、张明高编选：《魏晋南北朝文论选》，13页，北京，人民文学出版社，1999。
②　郁沅、张明高编选：《魏晋南北朝文论选》，13页，北京，人民文学出版社，1999。
③　郁沅、张明高编选：《魏晋南北朝文论选》，14页，北京，人民文学出版社，1999。
④　[日]铃木虎雄：《中国诗论史》，许总译，38页，南宁，广西人民出版社，1989。

丕一洗儒家的臭味，给予文人以不朽的生命。"①从王充到曹丕，虽然语词论述相近，但言外之意的文学观念则大有不同。王充在《论衡·书解》中批驳了"文儒不若世儒"的观念，一定程度上提升了"文儒"的地位。"夫世儒说圣情，□□□□□，共起并验，俱追圣人。事殊而务本，言异而义钧。何以谓之文儒之说无补于世？世儒业易为，故世人学之多，非事可析第，故宫廷设其位。文儒之业，卓绝不循，人寡其书，业虽不讲，门虽无人，书文奇伟，世人亦传。"②王充从实用主义的文学功用论角度，肯定了文学的价值，"文儒"的文学功业可以与"圣人""世儒"相媲美。由此可见，王充的文艺观依然被僵固在儒家道德观的囹圄之内，并未真正发掘出文学的独立存在价值。

宇文所安在《中国文论：英译与评论》一书中指出，曹丕的"经国之伟业，不朽之盛事"会让人联想到儒家所谓的"三立"：立德、立功、立言。文人正是依靠着"立言"而获得不朽的。浩如烟海的史书，既记载了"立德"的圣人与"立功"的帝王将相，也记载了"立言"的风流才子。宇文所安评价道："即使曹丕在《论文》的通篇一直在回应着陈旧的汉代主题，但其围绕着'文'所提出的中心问题已不再是那个令人肃然起敬的汉代的关注，即道德力量与写作可能传达的具有非道德潜能的诱惑力量之间的斗争。诚然，《论文》完全没有把文学作为一种自治的艺术看待，但曹丕的主要关注不是伦理学，他的兴趣所在是人的性格如何被刻写在作品之中，是什么使作品那么难以抗拒而不是成为道德意义上的'好'作品，以及作家希望借写作获得不朽的问题。"③《典论·论文》是扭转文学风向的里程碑，尽管其文学观念与真正的纯文学还有一定的距离，尽管其仍旧受困于儒家文艺观的话语模式中。

---

① ［日］青木正儿：《中国文学思想史》，孟庆文译，38页，沈阳，春风文艺出版社，1985。

② 黄晖校释：《论衡校释》（第四卷），1151页，北京，中华书局，1990。

③ ［美］宇文所安：《中国文论：英译与评论》，王柏华、陶庆梅译，60～61页，上海，上海社会科学院出版社，2003。

3. "文气说"与气格主义、审美主义

曹丕的《典论·论文》，借由"文气说"的提出，引发了纯文学观念的觉醒与独立文学批评的兴起。以"文气说"为分水岭，"气"的观念在魏晋时代全面进入艺术领域，并且成了文学、音乐、绘画、书法等诸种艺术门类的核心批评术语。张法在《中国美学史》中陈述道："由气阴阳五行而来的人体结构进而形成中国美学审美对象的结构，这一结构从审美的人物品藻确立，扩展到其他审美领域，标志着中国美学的成熟，意味着中国文化的根本——气——在从先秦两汉魏晋的历史演化中，从哲学（先秦）到人体学（两汉）到政治人才学（两汉三国），最后进入美学，从审美人物品藻（魏晋）而扩衍到其他审美领域。"[①]"气"的观念已然成为中国文化的基本思维模式，自然、人、艺术等先后被纳入其认识领域之内。与此同时，以"气"为纽带，自然、人、艺术在内在精神气质上是相通的，是可以互相解释的，如"天人合一""文如其人"等便是具体表现。"气"的观念与诸种艺术的结合，无疑是激发魏晋文艺全面繁荣的内在动力。它既促进了人性的觉醒，又深化了艺术的自觉。

从中国文艺思想史的宏观视野出发，青木正儿论述了"文气说"的非凡价值。它不仅标志着气格主义与审美主义文学时代的来临，而且成为中国文艺的核心创作观念与品鉴原则。"文气说"清晰地确立了气格主义的文学观念，文学不仅仅是道德修养、移风易俗、经世致用的工具，而且是对个体生命历程与精神世界的忠实表现。性情气质的随意挥洒，自有一种感人至深的艺术魅力。然而，"文气说"怎样与审美主义文学观念建立了联系呢？涂光社在《原创在气》一书中论道："'气'为万物本根、通同一切的理念为艺术领域的主客体关系论奠定了基石；其生命精神的属性、运动变幻的特点和化生万物的功能为古代艺术论提供了一种表述审美理想和艺术创造机制的方式。"[②]庄子哲学与玄学是高度审美主义的哲学，其核心理念是"人的自然化"。"自然"是一个自在逍遥的审美境界，

---

① 张法：《中国美学史》，85 页，成都，四川人民出版社，2006。
② 涂光社：《原创在气》，44 页，南昌，百花洲文艺出版社，2001。

"人的自然化"便是人与自然合一的、审美鉴赏与审美创造合一的过程。按照气论哲学来讲，"人的自然化"是人心接纳自然之"气"的过程，亦是自然之"气"涌入人心的过程。在庄、玄的影响下，诸种艺术便援引"气"来解释整个审美过程。其直接结果是，艺术的审美主义特性在魏晋南北朝时代被普遍接受。

值得特别留意的是，"文气说"及其彰显的气格主义在儒、道两种文艺观的视野之中是有所差别的。在《中国文学思想史》一书中，青木正儿将"文气说"认定为"气格主义"，主张文学要侧重于表现作家的性情和人格。① 刘若愚在《中国文学理论》中认为"文气说"标志着"个人主义的表现理论"的流行："从曹丕的《论文》开始，表现理论趋向个人主义，着重个人的性格甚于普遍的人类感情。"②刘若愚所谓"个人主义的表现理论"，实际上等同于青木正儿所谓"气格主义"。于是，青木正儿与刘若愚的分歧点就立刻出现了。对"文气说"的考察与研究，青木正儿侧重于道家文艺观的视野，而刘若愚则同时兼顾了儒家文艺观与道家文艺观的双重视野。在诗、乐、舞交融不分的原始艺术中，"原始主义"的表现论已经形成了，其抒发的主要是人类的普遍情感。后来儒家文化对"原始主义"的表现论进行了改造，其标榜的"诗言志"事实上将一种公共性、道德化、政治化的外在理念内化为人的情感，从而表现理论与实用理论在儒家文艺观中结合在一起了。曹丕的《典论·论文》则扭转了这一局面，表现理论着重于个人的性格或情感，渐次与实用理论分离，钟嵘的《诗品》、陆机的《文赋》和刘勰的《文心雕龙》紧随其后，发扬光大了个人主义的表现理论。

与重再现的西方诗学传统相比，中国古典文论重表现。然而中国古典文学的表现理论非常复杂。刘若愚论道："当我们转到主要集中在作家与文学作品之关系，亦即艺术过程的第二阶段的中国表现理论时，我们发现，表现的对象不一：或认为是普遍的人类情感，或认为是个人的性

---

① ［日］青木正儿：《中国文学思想史》，孟庆文译，38 页，沈阳，春风文艺出版社，1985。

② ［美］刘若愚：《中国文学理论》，杜国清译，103 页，南京，江苏教育出版社，2006。

格，或者个人的天赋或感受，或者道德性格。"①大略而言，"普遍的人类情感"和"道德性格"偏向于集体化的情感，"个人的性格"和"个人的天赋或感受"偏向于纯粹个人化的情感；前者与实用主义、鉴戒主义的儒家文艺观相联系，而后者则与高蹈主义的道、玄文艺观相联系。徐复观在《传统文学思想中诗的个性与社会性问题》一文中指出："一个伟大的诗人，他的精神总是笼罩着整个的天下、国家，把天下、国家的悲欢忧乐凝注于诗人的心，以形成诗人的悲欢忧乐，再挟带着自己的血肉把它表达出来，于是使读者随诗人之所悲而悲，随诗人之所乐而乐，作者的感情和读者的感情，通过作品而融合在一起。这从表面看，是诗人感动了读者，但实际则是诗人把无数读者所蕴蓄而无法自宣的悲欢哀乐还之于读者。我们可以说，伟大诗人的个性，用矛盾的词句说出来，是忘掉了自己的个性，所以伟大诗人的个性便是社会性。"②徐复观所论及的"传统文学思想"是指"儒家文学思想"。深受儒家思想熏染的诗人，会将儒家的社会理想与人格追求化为内心的修养与志向，从而使其诗作既抒发了诗人的心声，又表达了整个社会的动态。道家、玄学崇拜"自然"，反对律法礼俗与伦理道德对人的束缚。因而，浸没于道家、玄学思想中的诗歌，绝对是主张个性、反对社会性的。

　　另外，儒、道两家虽均主张"养气"，但其"气"的内涵却有不同。德国中国学家卜松山论道："关于如何'养气'，特别是在文学和艺术领域，学者们在后来很长时间里都存在较大分歧。这些观点的一个共同之处或许在于，他们都承认文学以及书法、绘画是'气'的反映或表露。不同的是，有的认为'气'每个人都具有，但是却不能'养成'，它是人的本性中与生俱来的一部分；而另一些人则认为，'气'是可以通过培养获得的人格气质。"③道家的"气"是逍遥无待的自然之气，儒家的"气"是伦理道德之气；前者源自

---

　　①　[美]刘若愚：《中国文学理论》，杜国清译，98 页，南京，江苏教育出版社，2006。

　　②　徐复观：《传统文学思想中的个性与社会性问题》，见《中国文学精神》，2 页，上海，上海书店出版社，2004。

　　③　[德]卜松山：《中国的美学与文学理论》，向开译，50 页，上海，华东师范大学出版社，2010。

天生，后者则需修身养性。于是，中国文艺便出现了两种截然不同的风格，道家文艺任性自然、自由洒脱，而儒家文艺温柔敦厚、文质彬彬。

相较而言，刘若愚对表现论与"气格主义"的理解要比青木正儿深刻。根据儒家式与道家式两类"气格主义"的浮沉兴衰，刘若愚划分出来中国文艺表现论的四大阶段：先秦两汉，原始主义与实用主义的表现论；魏晋南北朝，个人主义的表现论；唐宋明，表现理论的晦暗时期，实用主义的表现论开始抬头，散文与诗歌领域先后出现复古思潮；晚明与清，表现理论的复苏时期，个人主义的表现论再度兴起，其典型便是"性灵说"。可见，"气格主义"对中国文艺思想史的重大意义。青木正儿独有慧眼，将"气格主义"确立为划分中国文学思想史历史时期的重要标准，尽管其认识尚显肤浅。

由此可见，曹丕所主之"文气说"，是中国古代气论哲学正式进入文艺批评的标志。魏晋时代，老庄与玄学兴起，"气"的观念渗透进文学、音乐、绘画、书法等艺术门类，审美主义与道家式气格主义开始流行，艺术的本质特征日益明晰。"文气说"理所当然地成为纯文学与文学批评获得独立地位的重要标志。

(三)"诗赋欲丽"与修辞主义

"关于喜爱对句，崇尚左右整齐之美，这是来自中国的审美观，早在周汉的文学中就已存有此风，而魏晋以来越发盛行，于是形成了这种文体。……从那以来中国人对于对句的爱好，我想是在性格上已成为一种固定的癖好。强调这种审美观，并把它显示给后代的是南朝的文人们。关于这个问题，尽管伴随着弊端，可是从文学的外型美来论，可以高兴地说，那是当时文学的最大成就。南朝的文学思想确实是修辞主义的最高潮。"①

关于《典论·论文》中的"诗赋欲丽"，鲁迅认为，曹丕旨在反抗当时

---

① ［日］青木正儿：《中国文学思想史》，孟庆文译，53 页，沈阳，春风文艺出版社，1985。

盛行的实用主义文学观，试图将诗赋从道德训勉的束缚中解放出来。①儒家实用主义文学观着重文学的内容，而"诗赋欲丽"则注意到了文学的形式，是又一股反抗儒家文艺观的文艺思潮。周振甫在《"文学的自觉时代"的文学论》中解释说："鲁迅讲'曹丕的一个时代是文学的自觉时代'，这个文学指'诗赋欲丽'，不必寓教训；加上'文以气为主'，加以壮大，即曹丕讲的文，主张丽和壮大，所以称为文学。"②"文气说"与"诗赋欲丽"的结合，才使纯文学的确立成为可能了。尽管曹丕在《典论·论文》中所论之"文"依旧沿袭了杂文学的观念，但是"诗赋欲丽"与"文气说"两大突破性的学术论断，已然使纯文学的观念呼之欲出了，文学的审美特性日渐明朗清晰。"诗赋欲丽"一改先秦两汉重内容而轻形式的文学观念，因此对中国文学思想史来说，具有划时代的意义。"丽"潜含着修辞的理念，文学形式要增强艺术表现力与感染力，就得依靠丰富多样的修辞技巧。青木正儿把重视修辞的文学观念称为"修辞主义"，并将之作为中国文学思想的三大创作观念之一。

　　1."辞达而已矣"：儒家的修辞观

　　青木正儿是将"修辞主义"与"达意主义"作为一对对位的文学观念来加以分析的。青木正儿论道："这样，想要修辞的就采取文饰，想要达意的就要求质朴。若想达到文质两全，最为理想。可是一般的倾向，容易对某一个方面感兴趣。所以，从古以来，在文学思想上往往是两派对立。"③儒家讲究"文质彬彬"，"达意主义"与"修辞主义"都受到重视，二者的结合才是完美的文艺，但这仅是一种停留在理论上、遥不可及的文艺理想。通常情况下，"达意主义"与"修辞主义"是矛盾的，艺术家不得不做出二选一的抉择。为了更好地辅佐道德伦理教化，儒家文艺观倾向于支持"达意主义"而压抑"修辞主义"。

---

　　①　鲁迅：《魏晋风度及文章与药及酒之关系》，《鲁迅全集》（第三卷），526页，北京，人民文学出版社，2005。

　　②　周振甫：《周振甫讲古代文论》，96页，南京，江苏教育出版社，2005。

　　③　[日]青木正儿：《中国文学思想史》，孟庆文译，53页，沈阳，春风文艺出版社，1985。

　　修辞与语言、文学均有密切之关系，因而儒家的修辞观与其语言观、文学观牵涉甚深。三者之中，语言观最为紧要，它决定着文学观与修辞观。在中国古典文献中，和修辞相关的最为人所熟知的一句话便是"修辞立其诚"。《周易·乾》曰："君子进德修业，忠信所以进德也，修辞立其诚，所以居业也。"此处的"修辞"与现代学术语境中的"修辞"略有不同；前者指使用恰到好处的语言，而后者则指对语言的加工润色以增添语言的表现力，二者理应是协调统一的，但在中国文学思想史中往往处于龃龉的状态。君子怎样才能"修辞立其诚"呢？《周易·系辞上》曰："言行，君子之枢机。枢机之发，荣辱之主也。言行，君子之所以动天地也，可不慎乎！"儒家认为，语言和行动一样，都是君子内心精神气质的外在展现，不仅要谨言慎行，而且要通过语言与行动的修养进一步提高道德境界。言行可感动天地，似乎和华夏民族的原始宗教信仰有关。正如李泽厚在《论语今读》中所说："言在儒门即是行动本身，所以《论语》一书多次强调慎言、讷于言等。而语言之所以即是行动，在于它直接引起严重后果，它之所以具有此种严重性甚至神圣性，其源又仍出于巫术。巫术之咒语（Word-Magic）即如是也。否则较难理解为何如此重语言。"① 儒家思想虽然形成了以人为中心的道德哲学体系，但是其神秘主义的宗教氛围并未褪尽，"诚"便是脱胎于宗教的道德情感。陈来在《古代宗教与伦理》中论述道："西周文化又是三代文化漫长演进的产物，经历了巫觋文化、祭祀文化而发展为礼乐文化，从原始宗教到自然宗教，又发展为伦理宗教，形成了孔子和早期儒家思想产生的深厚根基。"② 夏以前的巫觋文化、殷商的祭祀文化、西周的礼乐文化逐渐演变，最终促使了儒家思想的产生，重视语言的传统得到了一以贯之的继承。巫觋所用的咒语与祭司所用的颂词，都具有沟通天与人、神与人的神圣功能。当宗教性文化不断内化为道德性文化时，语言依然具有非凡的作用。作为道德修养的外在表征，语言受到了儒家思想的特别关注。

---

① 李泽厚：《论语今读》，322 页，北京，生活·读书·新知三联书店，2004。
② 陈来：《古代宗教与伦理》，18 页，北京，生活·读书·新知三联书店，2009。

在先秦时代，儒家就已经高度关注语言修辞对道德修养、礼乐政教的重要作用了。在孔子看来，言语的训练是君子必须下功夫的必修科目。余志慧在《君子儒与诗教》一书中论道："学习言语亦即学习成为君子，修辞过程也就是君子角色的自我塑造过程。正是基于培养君子的目标，孔门四科中，德行在前，言语、政事、文学又是德行的逻辑展开。"[①]言语可指日常生活的交际话语，亦可指政治场合的应对辞令，君子应该具有娴熟地使用这两类言语的能力。《论语·季氏》有"不学诗，无以言"一句，便强调了《诗经》作为君子语言教科书的价值，尽管《诗经》在道德训诫上的价值无疑要更为重大。在君子教育中，言语从属于道德；与之相对应，在儒家思想体系中，艺术从属于道德，礼、乐、诗三者配合，加强了道德训诫的感染力，就像歌曲演唱中的和声，多样化声音的结合加强了歌曲的艺术表现力。

艺术从属于道德，这是儒家文艺观的基本出发点。这鲜明地体现在有关《诗经》的文学评论中。《论语·为政》以"思无邪"来概括《诗经》的艺术特色。"思无邪"到底具有怎样的内涵？朱熹在《四书章句集注》中解释曰："凡诗之言，善者可以感发人之善心，恶者可以惩创人之逸志，其用归于使人得其情性之正而已。"[②]从道德伦理的视角，"思无邪"被朱熹理解为"正性情"，即内心情感的净化。将朱熹的阐释与《诗大序》比较一般，就显得甚有必要。《诗大序》曰："诗者，志之所之也，在心为志，发言为诗。情动于中而形于言，言之不足故嗟叹之，嗟叹之不足故永歌之，永歌之不足，不知手之舞之，足之蹈之也。情发于声，声成文谓之音。治世之音安以乐，其政和；乱世之音怨以怒，其政乖；亡国之音哀以思，其民困。故正得失，动天地，感鬼神，莫近于诗。先王以是经夫妇，成孝敬，厚人伦，美教化，移风俗。"我们不得不说，《诗大序》对诗的论述存在着逻辑漏洞。"志"到底是身心自然流露的个人情感呢，还是道德伦

理化的情感呢？如果是前者，儒家所期待的移风易俗的教化功能就无法充分实现；而如果是后者，作为一种由外而立的道德伦理情感，"志"就无法"动于中"。刘若愚也发现了《诗大序》所潜含的内在矛盾。从《尚书·尧典》的"诗言志"到《诗大序》的"诗言志"出现了一个微妙的"变奏"。诗歌本来是吟咏内心性情的，但是在儒家教化观念的渗透下，"志"的内涵被扩伸了，道德伦理化的情感也被包含在内，实用主义和鉴戒主义的儒家文艺思想几乎将重视个人性情展现的表现论推向了悬崖峭壁的边缘。① 朱熹对《诗经》的评论完全是彻头彻尾的道德伦理维度，表现论已经无容身之地了。

　　与之相对应，有学者对"思无邪"做出了完全不同的解释。李泽厚在《论语今读》中指出，"思无邪"意为不虚假，至情流露，直写衷曲。② 就像书名所指示的那般，李泽厚的解释恐怕太过现代，未必符合孔子的原意。铃木虎雄则批评朱熹的偏狭极端："思无邪三字被朱子之流曲解，以至产生了将《诗经》完全作为教训的诗而非文学的诗那样偏狭的诗学观，这是主教育论者容易陷入的弊端，实未得孔子之真意，因为孔子主教育并未至于如此之极端。读了思无邪的诗篇之人达到温柔敦厚的境界，是孔子所希望的，但是，这种诗教的效果是间接的。总的说来，在孔子那里，诗并未被当作直接的伦理教训的工具。"③道德、政治教化的单一视角，严重扭曲了《诗经》的原貌，也误读了孔子"思无邪"的本意。青木正儿显然认同铃木虎雄的观念："如果从《诗经》中把儒家道义性的见解拭去，以纯真的古代诗篇来选取时，那么具有道德性质的诗当然就寥寥无几了。"④孔子似乎看到了《诗经》的审美特性，但是在其文艺观中，文艺依旧是从属于道德的。在后世的儒家思想中，此倾向愈演愈烈，文艺最终沦为一种教化工具。

---

① ［美］刘若愚：《中国文学理论》，杜国清译，102 页，南京，江苏教育出版社，2006。
② 李泽厚：《论语今读》，49 页，北京，生活·读书·新知三联书店，2004。
③ ［日］铃木虎雄：《中国诗论史》，许总译，16 页，南宁，广西人民出版社，1989。
④ ［日］青木正儿：《中国文学思想史》，孟庆文译，145 页，沈阳，春风文艺出版社，1985。

实用主义与鉴戒主义笼罩了儒家的语言观与文艺观，进而笼罩了其修辞观。青木正儿总结出了中国文学思想的一组创作观念——"达意主义"与"修辞主义"，根据内容与形式的二分原则，"达意主义"重视文学内容的立意，而"修辞主义"则重视文学形式的修饰。总体而言，儒家文艺观还是以达意主义为主、以修辞主义为辅。在《论语》中，不管是"文质彬彬"（《论语·雍也》）①，还是"尽美矣，又尽善也"（《论语·八佾》），它似乎对达意主义和修辞主义同样重视。然而，如若细究《论语》对《诗经》、音乐等的品评，就会发现，儒家文艺观在权衡之中还是倒向了达意主义的一边。"尽美矣，未尽善也"（《论语·八佾》），武乐之所以不如韶乐，最根本的原因是"未尽善"，"善"的标准是首要的，"美"的标准只能屈居次席了。更有甚者，"巧言令色，鲜矣仁"（《论语·学而》），修辞主义已然成为"仁"的妨碍了，正如李泽厚所言："这章从消极、否定的方面规定了'仁'，即强调'仁'不是某种外在的华丽，指出外在的容色和语言都应该服从于内在心灵的塑造。过分的外在雕琢和装饰不但无益，而且有害于这种塑造。在原始巫术礼仪中，巧言令色而无真诚情愫，乃大罪恶而不可容许者。"②由此可见，儒家文艺观并未充分认识修辞对于文学的价值，当纯文学的观念尚未建立之时，当道学气依然遮盖着文学之时，修辞主义观念就不会流行起来。

2."大巧若拙"：道家的修辞观

综观整部中国文艺思想史，达意主义的影响力要远胜于修辞主义。因为儒、道两家的文艺观均在自觉或不自觉地抑制修辞主义，并不注重文学的修辞与技巧。道家文艺观摒弃修辞主义的态度甚为明显。青木正

---

① 关于"文质彬彬"，李泽厚评价说："'文'在这里指各种礼节仪文。今日有的人豪放不羁，言词直爽流于粗野；有的人恭敬礼貌，谈吐严肃，却流于呆板。'彬彬君子'的外在风貌，也不容易；如何能内在地文质协调，就更难了。'文'也可以是某种'形式主义'、'文本主义'，条条框框、华丽装饰一大堆，似乎周全好看，其实空腐不堪。朱注有理，宁质朴粗放，有生命活力，毋迂腐死板或华而不实。为人、做事，似均如此。"（《论语今读》，174 页，北京，生活·读书·新知三联书店，2004）"文质彬彬"事实上成为被空悬起来的理想口号，儒家的道德观和文艺观均不可避免地偏向于"质"。

② 李泽厚：《论语今读》，29 页，北京，生活·读书·新知三联书店，2004。

儿将道家文艺观概括为"虚无的文艺思想"，其具体表现有二：一是"对美感的绝对性的否定"，二是"对技巧的否定"。① 对自然天真的追求，实际上否定了美感以及华辞丽藻的价值。如果儒家文艺对修辞主义的态度是有褒有贬、举棋不定的，那么道家文艺对修辞主义的态度是直截了当的，是要"痛打落水狗"的。

与儒家不同，道家并不看重语言。《老子》的开篇一句"道可道，非常道；名可名，非常名"便开宗明义，一清二楚地表达了道家的语言观。"道"是超越于语言的，从而使语言处于一种无用武之地的状态。《老子》第二十一章曰："'道'之为物，惟恍惟惚。惚兮恍兮，其中有象；恍兮惚兮，其中有物。窈兮冥兮，其中有精；其精甚真，其中有信。"②"道"始终处于一种混沌不清、恍恍惚惚的状态，只能以物象为媒介间接地表现自己。语言可以形肖毕现地描述物象，但是却无法传达"道"的精微状态。"'道'之出口，淡乎其无味，视之不足见，听之不足闻，用之不足既。"③不仅语言无能为力，而且单一的感觉器官也不足以领略"道"。唯有打破诸种感觉器官的界限，经由通感的直觉化的认知方式，才能抵达"道"的微妙境界。日常生活所使用的语言，是和理性逻辑紧密地结合在一起的。中国的哲学与艺术均极不信任理性与语言，道家哲学尤其如此。既然语言失去了表达功效，那么再华丽的辞藻与再精湛的技巧都是徒劳的，由此推论，道家文艺观不重视修辞就理所当然了。

理性与语言是人与社会、与日常生活交接的工具。这便是儒家重视语言的原因之一，因为人的理性化与社会化是其追求目标。而道家是反其道而行之的，其理想是"人的自然化"，于是语言、理性以及一切人文成就都是"人的自然化"的障碍，文学也无可避免地遭遇了否定。《庄子·马蹄》曰："故纯朴不残，孰为牺樽！白玉不毁，孰为珪璋！道德不废，安取仁义！性情不离，安用礼乐！五色不乱，孰为文采！五声不乱，孰

---

①　[日]青木正儿：《中国文学思想史》，孟庆文译，210 页，沈阳，春风文艺出版社，1985。
②　陈鼓应：《老子注译及评介》，148 页，北京，中华书局，1984。
③　陈鼓应：《老子注译及评介》，203 页，北京，中华书局，1984。

为六律!"礼仪、音乐、文学等人类文明成就，事实上伤害了"自然"。只有卸除文明的枷锁，"人的自然化"方能实现。余虹在《中国文论与西方诗学》一书中评论道："在庄子那里，'自然存在'作为人应该而且可能返回的'本真生存样式'，它是人本来生存的原初样式或天然样式。在此隐含着两大走向：其一是从'自然存在'走向'人为存在'，伪而失真；其二是从'人为存在'返回'自然存在'，去伪返真。庄子之非文当由此得到根本理解。"①由此道家的文艺观可见一斑，文艺的价值遭到了彻头彻尾的否定，这与儒家重视文学的态度截然不同。事实上，道家在文艺观上存在着悖论，对文学价值的否定，并未阻挡道家经典著作《庄子》成为脍炙人口、流传千古的文学名篇。

　　文艺是对"自然"的妨害，与之相随，修辞便理所当然是对"自然"的妨害。青木正儿指出，老子的"大巧若拙"和庄子的《胠箧》《马蹄》等篇目，在谈论音乐和美术时，均有否定技巧和修辞的倾向。为了保全自然天真，它在刻意追求一种古拙朴素的趣味。②《老子》曰："五色令人目盲；五音令人耳聋；五味令人口爽；驰骋畋猎，令人心发狂；难得之货，令人行妨。是以圣人为腹不为目，故去彼取此。"③脱离世俗生活的缤纷多彩与诸般诱惑，回归一种纯真质朴的生活。修辞与技巧是人工的，与自然天成的趣味相距甚远。既然音乐和美术不应有太多的修饰，那么技巧和修辞就变得无用武之地了。因此，道家文艺观是主张达意主义，而反对修辞主义的。

　　于是，一个颇让人费解的问题便浮出水面了：否定语言与文学价值的道家思想，为什么会对中国文艺及其文艺思想产生深远的影响呢？需要特别指出的是，在否定理性化语言的同时，道家创造了一种诗意化的语言。在《中国思想之渊源》一书中，美国中国学家牟复礼论道："在庄子看来，真知并非从人们的心智反思感官经验中来，也非从心智赋予感官

---

　　①　余虹：《中国文论与西方诗学》，120 页，北京，生活·读书·新知三联书店，1999。

　　②　[日]青木正儿：《中国文学思想史》，孟庆文译，12 页，沈阳，春风文艺出版社，1985。

　　③　陈鼓应：《老子注译及评价》，106 页，北京，中华书局，1984。

印象的模式和意义中来，而是从顿然的光亮中来，在这光照中，知者、所知、大道重新归而为一。在这种神秘体验中，知者与所知合而为一，或说意识到二者的本然一体。"①"道"是一种玄虚微妙的存在，千形万状的自然万物皆是其化身。因此，体"道"便是感性直观与顿悟的过程。在西方理性哲学的传统中，认识主体只有依靠语言，通过一个审慎细致的逻辑推演过程，才能获得真知。而在道家、玄学、禅宗等高度审美化的中国哲学传统中，联系人与"道"的是一种诗意化的语言——"自然"。诗意化的语言是一种描述性的"图像语言"，其使命在于自然物象的直接呈现。叶维廉在《言无言：道家知识论》一文中说："语言之用，不是通过'我'说明性的策略，去分解、去串联、去剖析物物关系浑然不分的自然现象，不是通过说明性的指标，引领及控制读者的观、感活动，而是用来点兴、逗发万物自真世界形现演化的状态。"②叶维廉此处所谓"语言"是指日常生活的理性语言。它并非毫无意义，毕竟"图像语言"还得依靠理性语言才能在不同的认知主体或审美主体之间传递。为了不干扰自然物象的直接呈现与展示，道家等审美哲学与中国古典诗歌尽其所能地简化语言，即用最简单的名词、动词、形容词，并且要摆脱理性语言必须遵守的语法原则。例如，马致远《天净沙·秋思》中的"枯藤老树昏鸦，小桥流水人家"③一句，用六个简约的名词，白描了六个意象，并使用"意象并置"的方式直接地展现诗人所见之景、含蓄地表露诗人内心之情。所谓的"意象"，便是一种"图像语言"。出于交流、传播的目的，道家、玄学、禅宗等审美哲学还是要使用理性语言，然而其所真正倚重的是"图像语言"，其哲学理念只有依靠"图像语言"才能得以表达。依此看来，"道可道，非常道"便可有一番新解释，"道"是可以言说的，但是只能靠"图

---

① ［美］牟复礼：《中国思想之渊源》，王立刚译，102 页，北京，北京大学出版社，2009。

② ［美］叶维廉：《言无言：道家知识论》，见《中国诗学》，56 页，北京，人民文学出版社，2006。

③ 隋树森编：《全元散曲　马致远　［越调］天净沙　秋思》，242 页，北京，中华书局，1964。

像语言"来言说。

　　事实上，"图像语言"是被包含在道家"言—象—意""意—象—言"的思维模式与审美模式之中的，因为"图像语言"与"象"是相当的。魏晋时代，随着道、玄的兴起，审美哲学风行于世，文艺理论便进入了独立而繁荣的时代；而"言—象—意"与"意—象—言"便是推动文艺理论深入发展的关键因素。正如汤用彤在《魏晋玄学论稿》一书中所说的："此'得意忘言'便成为魏晋时代之新方法，时人用之解经典，用之证玄理，用之调和孔老，用之为生活准则，故亦用之于文学艺术也"，因而"魏晋南北朝文学理论之重要问题实以'得意忘言'为基础"。① "意—象—言"是"道"自我呈现的方式，而"言—象—意"是体悟"道"的方式，此一哲学思维模式最终在魏晋时代转化为艺术思维模式，便轻而易举地推动了文学理论的发展，"意—象—言"侧重于文学创作论，"言—象—意"则侧重于文学鉴赏论。"象"特别值得关注，不仅突出了文学的审美特征，而且形成了中国传统抒情诗学的核心理论。冯若春论道："在中国古代文论的'意—象—言'的创作模式中，象的中介作用体现为它把主体的心意、情致以具有视觉因素的象的方式来酝酿、成型，再用语言来描述或者展示这种意象。"② 以"象"（即"图像语言"）为媒介，中国古典诗歌营造了一个可视、可听、可感、可触的审美空间，用最简约的语言表达了丰富而悠远的情思。

　　由此可见，尽管否定语言与文学的价值，尽管反对修辞主义的写作理念，道家思想依然成为一股解放文艺的力量，促使文艺从儒家文艺观的实用主义与鉴戒主义中挣脱出来、再度返回气格主义与审美主义。与此同时，道家的哲学思维模式与话语形态被挪用至中国文艺之中，极力地支撑中国古典诗学的审美理论。

――――――――――

　　①　汤用彤：《魏晋玄学论稿》，272、282 页，北京，生活·读书·新知三联书店，2009。

　　②　冯若春：《"他者"的眼光——论北美汉学家关于"诗言志""言意关系"的研究》，136页，成都，巴蜀书社，2008。

3. 修辞主义的盛行

刘若愚在《中国文学理论》一书中指出："认为文学是美言丽句的文章（beautiful verbal patterns），这种概念是中国审美文学理论的基础。"①修辞主义的文学理念对中国文学的审美理论来说异常重要。因此，铃木虎雄与鲁迅都将修辞主义的文学理念作为"文学自觉"的衡量标准。

然而，由于儒家与道家两派文艺观的共同压抑，修辞主义在中国文艺理论批评史上并不受欢迎。仅有魏晋六朝时代是个例外，不管是文艺创作，还是文艺理论，均呈现出浓郁的修辞主义倾向。宗白华在《中国美学史中重要问题的初步探索》一文中论道："魏晋六朝是一个转变的关键，划分了两个阶段。从这个时候起，中国人的美感走到了一个新的方面，表现出一种新的美的理想。那就是认为'出水芙蓉'比之于'错彩镂金'是一种更高的美的境界。在艺术中，要着重表现自己的思想，自己的人格，而不是追求文字的雕琢。"②在《诗品》中，钟嵘分别用"出水芙蓉"与"错彩镂金"来描述、比较谢灵运与颜延之的诗歌特色。"出水芙蓉"受到了道家文艺观的直接影响，追求一种平淡清新的自然风格；而"错彩镂金"则讲究文学形式与修辞的精雕细琢，从而形成了一种绮丽多姿的文风。在魏晋六朝时代，道家、玄学左右着文艺思潮，"出水芙蓉"从而备受推崇，这一倾向在后世的文人创作与文学理论中始终是文艺的最高境界。

青木正儿在《中国文学思想史》中粗略地梳理了修辞主义文学观念的浮浮沉沉，并将之概括为三个时期。第一时期（先秦两汉）是修辞主义的萌芽期。楚辞以及受其直接影响的汉赋极为重视修辞，因此修辞主义开始萌芽。"讲究修辞的赋盛行以后，也影响了其他文学作品，于是崇尚修辞的风气逐渐兴盛起来。这种风气自从进到后汉特别显著，几乎在思想家、历史学家的文章中也都可以看到这种倾向。"③然而，汉儒并未在文艺评论上肯

---

①　[美]刘若愚：《中国文学理论》，杜国清译，150页，南京，江苏教育出版社，2006。

②　宗白华：《中国美学史中重要问题的初步探索》，见《美学散步》，29页，上海，上海人民出版社，1981。

③　[日]青木正儿：《中国文学思想史》，孟庆文译，35页，沈阳，春风文艺出版社，1985。

定修辞的价值。他们往往从道德教化、移风易俗的视角出发，把汉赋靡丽夸饰的修辞框定在儒家文艺观的"风刺"传统之中，却忽略了文学形式与语言修辞的审美性。第二时期（魏晋六朝、隋唐）是修辞主义的繁荣期。自曹丕在《典论·论文》中提出"诗赋欲丽"的口号后，修辞主义观念日益蓬勃，诗文创作与文论著作（如陆机的《文赋》、刘勰的《文心雕龙》）均热情四溢地肯定了修辞的审美价值。陆机《文赋》曰："理扶质以立干，文垂条而结繁。"从表面上看，这依然是与儒家文艺观"文质彬彬"无异的陈词滥调，但是在悄然之间，"文"的审美性已被高度重视。青木正儿如此评价《文赋》："根据这些来看，作者似乎重视'意''理'胜过'文''辞'。然而从他自身的作风来观察，毋宁说倾向于修辞，他所以这样主张，恐怕是抑制个人的兴趣，建立一套公正的理论吧？作者在这篇赋里，常注意理与文辞的关系。这种想要做到内容与形式两全的主张，不外是达意主义与修辞主义的中庸之论，这恰好是代表了从汉魏的达意主义转变为齐梁的修辞主义的过渡时期的思想。"①而将修辞主义推向高潮的无疑是刘勰的《文心雕龙》。青木正儿指出，《文心雕龙》全面总结了魏晋六朝的修辞主义文学思想，从《情采》到《隐秀》等十篇均属修辞论。②《情采》篇曰："圣贤书辞，总称文章，非采而何？"这清晰地界定了"文""采"对于文学的非凡意义。因此，兴膳宏指出，《文心雕龙》的文学论是以"文学即装饰"这一基本命题为基础的，其讲究丽文美辞的修辞主义立场是一清二楚的。③　第三时期（宋元明清）是达意主义与修辞主义的竞争期，但总体来说，诗文的复古运动，使达意主义稍占上风。明代前、后七子的"格调说"强调诗文的形式与修辞，亦坚持修辞主义的文学立场，然而不管诗文创作，还是理论建树，与上一个时期相比都乏善可陈。总而言之，《典论·论文》所开启、《文赋》与《文

---

①　[日]青木正儿：《中国文学思想史》，孟庆文译，41 页，沈阳，春风文艺出版社，1985。

②　[日]青木正儿：《中国文学思想史》，孟庆文译，49 页，沈阳，春风文艺出版社，1985。

③　[日]兴膳宏：《〈文心雕龙〉总说》，见程恩华编译：《兴膳宏〈文心雕龙〉论文集》，120 页，济南，齐鲁书社，1984。

心雕龙》推向高潮的修辞主义文学观念，加深了对文学本质的认识，审美理论与技巧理论随之成型，进而推动了诗文创作的繁荣。

修辞主义并未获得儒、道两家文艺思想的支持，那么是何种力量促使了修辞主义的兴盛与流行呢？李瑞卿在《中国古代文论修辞观》一书中详细论述了"错彩镂金"这一美学理念的文化内涵。"错彩镂金"是"华贵雕饰的世俗情感"的体现，是"富丽细腻情思"的体现，是"依艳绵密的个人私情及趣味"的体现。① 儒、道两家均以"境界"来讨论文学，前者重视浩然正气或忧国忧民的"道德境界"，而后者则重视与天地统一、高蹈无为的"自然境界"。然而，这两种境界均忽略了芸芸众生所居住的世俗世界。在审美趣味上，世俗生活酷爱富丽堂皇、多彩多姿的雕琢之风。可以说，唯有"错彩镂金"的修辞主义风格，才能将世俗社会、世俗人情、世俗趣味完美地展现出来。这实际上便是汉代文学（特别是汉赋）重视修辞的根源。李泽厚在《美的历程》中如此评价汉赋以及汉代文化："它们所力图展示的，不仍然是这样一个繁荣富强、充满活力、自信和对现实具有浓厚兴趣、关注和爱好的世界图景么？尽管呆板堆砌，但它在描述领域、范围、对象的广度上，却确乎为后代文艺所再未达到。"② 只有通过繁复锦绣的修辞，汉赋才能生动地刻画丰富多样的日常生活场景。

修辞主义的文学观念并不被高雅而独创的文人写作所看重，但是仍对中国文学产生了深远的影响。首先，历朝历代的宫廷文学、贵族文学呈现出浓郁的修辞主义特征。在论述楚辞与汉赋之时，青木正儿便强调了修辞与贵游风气的密切联系。"辞赋的创始人屈原是楚国的贵族。他的作品在思想上是宏伟的，在修辞上是典雅的，充满了贵族的气息。……屈原的作品由于他不幸的遭遇和多感的热情，创造出纯真的活文学，可是到了宋玉，则没有任何真情实感，仅仅为了娱乐王侯，只不过是用修辞的技巧以文饰其空虚的内容罢了。其实这就像演戏的人在王侯面前献出薄技一般，而没有任何可取之处。这就使赋出现了文学游戏倾向的开

---

① 李瑞卿：《中国古代文论修辞观》，188 页，北京，中国传媒大学出版社，2007。

② 李泽厚：《美的历程》，132 页，天津，天津社会科学院出版社，2001。

端，这种倾向为汉代所继承。"①宫廷文学和贵族文学通常把文学作为一种休闲娱乐，其品玩的中心便是辞藻。而兴膳宏也意识到了贵族文学与修辞主义的关系："六朝文学大体上是以难解的古典学识和烦琐的修辞学为经纬的，这个事实说明当时是注重贵族式教养的时代。"②贵族风气与修辞主义，亦是六朝骈文与宫廷诗的核心特征。其次，修辞主义往往受俗文学的推崇。俗文学一方面是文字游戏，另一方面要表达浓烈的私密化情感，因此对修辞主义的热衷便理所当然。宋词、元曲、明清小说均不同程度地具有修辞主义的倾向。

综上所述，以曹丕的《典论·论文》为里程碑，魏晋六朝文学进入了一个文学独立与文学批评独立的时代。在道、玄文艺观的推动下，文学的本质日渐清晰，一个包括实用主义、鉴戒主义、达意主义、气格主义、修辞主义等文学理念在内的文学理论体系逐步成型。因此，中日学者共同推动的"魏晋文学自觉说"是有坚固的学理支撑的。

四、文人画与诗画理论的汇通

青木正儿是一位颇具古典文化情调的学者，其生活情趣与学术研究是水乳交融在一起的。对戏曲、民俗、名物、文人画诸多领域的涉足，均和他的兴趣爱好密切相关。青木正儿在《琴棋书画》一文中说："琴棋书画是典型的文雅之娱这一点，渐渐成为我的观念。"③对文人风雅生活的追求，使其醉心于琴棋书画，尤其是文人画的研究。1922年，青木正儿与同好建立了水墨画协会"考槃社"，曾在富冈铁斋和内藤湖南的指导下，深入细致地研讨过中国近世的文人画。

---

① ［日］青木正儿：《中国文学思想史》，孟庆文译，32页，沈阳，春风文艺出版社，1985。

② ［日］兴膳宏：《〈文心雕龙〉总说》，见程恩华编译：《兴膳宏〈文心雕龙〉论文集》，114页，济南，齐鲁书社，1984。

③ ［日］青木正儿：《琴棋书画》，见《琴棋书画》，卢燕平译，2页，北京，中华书局，2008。

总体来说，青木正儿的文人画研究主要涉及四个方面。第一，文人画发展史的研究。《中华文人画谈》中的《读画丛谈》与《支那文学艺术考》中的《南北画派论》，着重论述了文人画的源流。第二，文人画艺术趣味的研究。《中华文人画谈》中的《隶家三绝》、《金冬心之艺术》中的附录、《中国文学思想史》中的《诗文书画论中的虚实之理》等，探讨了文人画独具特色的思想与美学追求。第三，文人画代表画家的研究。《金冬心之艺术》《支那文学论薮》中的《徐青藤的艺术》与《石涛的画与画论》、《支那文学艺术考》中的《黄公望富春山居图卷考》就分别深入细致地分析了金农、徐渭、石涛、黄公望等文人画大师的创作。第四，文人画理论的译介。青木正儿翻译了《历代画论》与《芥子园画传》两书，借此系统地梳理了历代文人画的理论。另外，值得特别关注的是，青木正儿自始至终都在广义文艺的宏观角度上，去审视文人画的发展史与创作、鉴赏理论，去探究中国诗与中国画共同的美学旨趣。

（一）文人画的审美理想

青木正儿在《琴棋书画》中指出：

> 在顾氏（笔者注：指顾恺之）的所谓"气"、"骨"之外，更提出"风"、"神"、"韵"。而尤重"韵"。这些可以看作是气韵说的先声吧。士人业余性质的画苑，竟至产生出如此形而上的高远理论，而且又因为这种理论的确立，使士人对画、艺的关心和好尚更趋深入。最后到了唐及宋元时代，因这一理论而蔚成为文人画的一派，和所谓"院体"重视形式技巧的专家画派形成对峙。至此，画艺日益流布于士林，成为渗透于士人生活好尚、雅游中不可或缺的要素。①

----

① ［日］青木正儿：《琴棋书画》，见《琴棋书画》，卢燕平译，11 页，北京，中华书局，2008。

　　在研究中国古代文人的艺术生活时，青木正儿论述了"琴棋书画"与文人的深厚渊源，称其为"知识阶层的精神史"。① 单就绘画而论，其价值并非一开始就受到文人的肯定，而且最终被加封的仅是与文人审美趣味契合的那部分作品。在秦汉时代，绘画仍不脱实用艺术与道德讽喻的窠臼。然而，随着"气韵"的提出，绘画日渐获得艺术的独立，和文人士大夫的艺术生活联系越来越紧密。于是，中国绘画史便出现了有趣但矛盾的现象。高居翰②在《画家生涯：传统中国画家的生活与工作》中指出："问题的根源在于这样的错配：一方面，对那些基本上专职艺事而且表现出出类拔萃的画家心存欣赏；另一方面，传统中国秩序却未能将荣誉地位授予在那样位置的人。"③绘画技艺精湛、专事于绘画的专业画家并未获得应得的喝彩与荣誉，反而作画以自娱的文人业余画家是叱咤画坛的桂冠享有者。究其原因，文人画才是中国绘画史价值评价体系的确立者，

　　① ［日］青木正儿：《琴棋书画》，见《琴棋书画》，卢燕平译，4页，北京，中华书局，2008。

　　② 在海外中国学的绘画研究领域里，美国汉学家高居翰（James Cahill，1926—2014）绝对值得关注，其代表作是《隔江山色：元代绘画（1279—1368）》（*Hills Beyond a River：Chinese Painting of Yuan Dynasty*）、《江岸送别：明代初期与中期绘画（1368—1580）》（*Parting at the Shore：Chinese Painting of the Earlly and Middle-Ming Dynasty*）、《山外山：晚明绘画（1570—1644）》（*The Distant Mountains：Chinese Painting of the Late Ming Dynasty*）、《气势撼人：十七世纪中国绘画中的自然与风格》（*The Compelling Image：Nature and Style in Seventeeth-Century Chinese Painting*）、《画家生涯：传统中国画家的生活与工作》（*The Painter's Practice：How Artists Lived and Worked in Traditional China*）等。在上述五本著作中译本的序言中，高居翰如此描述其文人画研究方法："除了那些让我沉溺其中的随想与回忆，还有一个问题是我一直在思索的：即中国绘画史研究必须以视觉为中心。这并不意味着我一定要排除其他基于文本的研究方法，抑或是对考察艺术家生平、分析画家作品，将他们置身于特定的时代、政治、社会的历史处境，或其他任何新理论研究方法心存疑虑。这些方法都有其价值，对我们共同的研究课题都有其独特的贡献。"既然文人画属于视觉艺术，那么文人画研究就应该以视觉方法为中心，即严密地考察文人画审美空间的构成法。这可以说是高居翰文人画研究的焦点。然而，高居翰全面关注了艺术品的四大要素——作品、艺术家、世界与欣赏者，以艺术家为中心的文人画创作、以欣赏者为中心的文人画消费以及文人画与中国近世思想史的密切关系，都是高居翰文人画研究反复涉及的重要问题。相比之下，囿于中国古典画论的研究视角与研究模式，青木正儿的文人画研究强调的是作品与艺术家两大因素，而忽略了世界与欣赏者两大因素；即便是以作品为中心的绘画鉴赏，高居翰的文人画研究要更为细致，对绘画形式的分析可谓巨细无遗。

　　③ ［美］高居翰：《画家生涯》，杨贤宗等译，7页，北京，生活·读书·新知三联书店，2012。

以文人画来衡量，职业绘画当然是处处不合拍的。青木正儿的文人画研究，就必须先就文人画的审美理想做出准确的判断。

1. 文人画的非职业性

文人画是与职业画相对应的概念，对于中国古代文人而言，它不仅是高雅脱俗的娱乐活动之一，而且是人格气质与审美风趣的外在表现。在《琴棋书画》一文中，青木正儿论道：

> 士夫画亦即文人画，说白了就是外行的画。外行画的优点是，不局促于形式技巧，而倾注了骨子里的、与生俱来的气质教养，从而容易渗透深远的韵致。这就是画的气韵。气韵论的一度确立，使"外行画"更进一步受到尊重，宋元以后此风尤胜。这股风气不仅盛行于画坛，也感染到书坛。古来的书法名家差不多都是文人士大夫，这话并不过头。①

在《中华文人画谈》中，青木正儿更加简明扼要地重申，文人画即外行画（素人画）。② 换言之，文人画与职业画的区别，在于创作者的因素。文人雅士与职业画师在文化素养与艺术品位上的巨大差异，直接影响了绘画的题材、笔法、风格与主旨。

文人画与职业画的分野事实上直到北宋时期才出现。青木正儿在《中华文人画谈》中论道："如上所言，士大夫画的渊源是极为古远的。在唐代以前，尽管绘画的创作者大致可称为士大夫了，但是将文人画作为一种独特画风的意识还未出现。及至北宋中叶，职业画家所代表的画院画风，即所谓的'院体'，日渐成型。与此相应，一个对立的绘画倾向也成型了，醉心于艺术的士大夫圈开始推崇一种新画风，士大夫画的观念才

---

① ［日］青木正儿：《琴棋书画》，见《琴棋书画》，卢燕平译，11 页，北京，中华书局，2008。

② ［日］青木正儿：《中华文人画谈》，见《青木正儿全集》（第六卷），75 页，东京，春秋社，1984。

随即产生。"①随着皇室画院持续不断的推动，院体画的职业画风早已定型化，而作为一股对抗性和更具个性化的绘画思潮，文人画日益蓬勃发展起来了。日本中国学京都学派的开创者之一、比青木正儿更早展开中国文人画研究的内藤湖南在《中国绘画史》一书中也发表了类似的观点："郭熙在神宗当朝期间曾经出任御画院艺学，这个时代是自五代以来兴起的水墨画趋于成熟的时期，此时还没有形成所谓院体的固定绘画风格，山水花鸟的风格与宋初的风格大体相同，其间，逐渐演变出职业画家的绘画风格，神宗时代是后来所谓文人画与院体画分离的时期。一种绘画风格延续上百年便自然而然产生出固定的格式，这种格式形成了徽宗时期院体画的基础。为了打破此种格式，画家们努力创新出一种新的手法与绘画精神，于是绘画风格分化，出现了文人画派与院体画派，这个时代就是产生出两种绘画风格的时期。"②院体画或职业画是皇家所推动的一种绘画风格，是要迎合皇室与达官的艺术品位（或政治化、或贵族化）的。这自然而然会成为绘画创作的无形束缚，会导致绘画题材的局限与绘画风格的单调。因此，院体画势必难以赢得嗜好道玄思想的中华古典文人的青睐。

对文人士大夫而言，诗文的存在意义，与琴棋书画是截然不同的。在儒家思想影响下的政治抱负与公共情感，往往是以诗文来表达的。而琴棋书画，均是高雅脱俗的文娱活动，淋漓尽致地展现了文人的个体精神世界。琴棋书画的发达史，可以说是一部文人士大夫的精神史。陶醉于琴棋书画所营建的艺术空间里，士大夫在纷繁喧嚣的宦海儒林之中享受到了淡泊与逍遥。由此可见，既然院体画无法成为文人抒发性情气质的载体，那么文人画的出现就是势所必然的。在绘画技巧的掌握上，职业画师是更胜一筹的。他们可以凭借着巧妙的布局与精湛的笔法，将自然界的山川河流惟妙惟肖地描摹到画纸上。然而，在中国艺术史中，真

---

① ［日］青木正儿：《中华文人画谈》，见《青木正儿全集》（第六卷），78 页，东京，春秋社，1984。

② ［日］内藤湖南：《中华绘画史》，栾殿武译，59 页，北京，中华书局，2008。

正受到赞誉与推崇的艺术作品所依靠的，并非忠实的模仿（Imitation），而是充分的表现（Representation）。文人更为擅长个体精神世界的表现，尽管其绘画技法是粗拙的。

对非职业化的文人画的推崇，是与中国古代文人所处的"非专业化的社会"是密不可分的。《论语·为政》曰："君子不器。"在儒家的思想观念中，君子是一个具有普世价值的德与礼的存在，而不能拘囿于某一个狭窄的领域，不能是一个工具性的存在。① 熟读四书五经、渴求一朝金榜题名、进而跻身士林的中国古代文人，本身便是非职业化的。在《万历十五年》《中国大历史》等著作中，美籍华人历史学家黄仁宇多次强调，士大夫，作为国家公务员，本身便是非专业的，缺乏应对实际事务的能力。② 当烦琐复杂的行政事务交给更为谙熟行政事务的"吏"之时，士大夫便可有更多的余裕去经营个体精神世界。需要特别注意的是，作为国家公务员，士大夫是非职业化的，而作为艺术爱好者，士大夫同样是非职业化的。他们不屑于匠气浓郁的职业化艺术，心甘情愿地做一个艺术爱好者。唯有在非职业化的艺术中，中国古代文人的个性气质才能得以自由挥洒。在《儒教中国及其现代命运》一书中，美国中国学家约瑟夫·列文森（Joseph Levenson）在分析明清文人画时，也论述到了中国古代文人生活"非职业化"的特征。"在他们从事人文科学的研究时，其职业寓于他们那没

---

① 李泽厚在《论语今读》中说："从社会学说，'君子不器'在中国传统社会里，是说明士大夫（以占有土地为经济来源）作为'社会脊梁'，不是也不可能和不应该是某种专业人员。他们读书、做官和做人（道德）是为了'治国平天下'，其职责是维系和指引整个社会生存。"（李泽厚：《论语今读》，62页，北京，生活·读书·新知三联书店，2004）对"器"的蔑视，就意味着儒家读书人拒绝成为专业化人才。中国古代文人的生活之所以呈现出"非职业化"的倾向，和"君子不器"的思想联系密切。

② 在帝制时代的中国政治理念中，士大夫是道德力量的象征，国家依靠着道德感召力来驾驭万民。黄仁宇说："政府不用技术和经济的力量扶植民众，而单纯依靠政治上的压力和道德上的宣传，结果只能是事与愿违。"道德至上的复古主义政治理念，在晚期中国帝国时代，越来越成为社会发展的一种阻碍。黄仁宇又说："李贽和他同时代的人物所遇到的困难，则是当时政府的施政方针和个人的行动完全凭借道德的指导，而它的标准又过于僵化，过于保守，过于简单，过于肤浅，和社会的实际发展不能适应。"儒家士大夫"治国平天下"的政治理念，由于缺乏社会管理经验，便成为纸上谈兵的浮夸之言。

有任何专业化的职业之中。他们是完整意义上的'业余爱好者'和人文化的闲雅的继承者。他们对进步没有兴趣,对科学没有嗜好,对商业没有同情,也缺乏对功利主义的偏爱。他们之所以能参政,原因就在于他们有学问,但他们对学问本身则有一种'非职业'的偏见,因为他们的职责是统治。"①尽管有数不胜数的浮沉坎坷,士大夫在中国古代社会中仍旧是一个优势阶层。物质上与精神上的双重"余裕",势必使士大夫的生活方式与文化品位是超脱实用主义的。"非职业化"的艺术品位,在确保了文人艺术生活纯粹性的同时,进一步凸显了中国古典文人的文化领袖地位。

文人画的非职业化,并不意味着文人画在中国古代文人的艺术生活中是可有可无的。文人画代表了一种诗意栖居的存在方式。法国中国学家程抱一说:"为这种绘画奠定基础的,是一种根本性的哲学,它对于宇宙论、人类命运和人与宇宙之间的关系提出了一些明确的观念。作为这一哲学的具体实践,绘画代表了一种特有的生活方式。它的目标不只在于创造一个再现世界的框架,更在于创造一个通灵的场所,在那里,真正的生活成为可能。在中国,艺术与生活的艺术合二为一。"②文人画的非职业化,在绘画与商业、世俗功利之间,建立了一条不可逾越的鸿沟。究其原因,文人画的价值是超越商业与娱乐的,是士大夫的一个精神归所。对存在价值的不懈追索,可以说是历代文人不得不面对的重要命题。以道德伦理为纲的儒家与以逍遥自在、返璞归真为终极目标的道家、禅宗,分别提供了两套灵魂的拯救方案。文人画以审美的方式,慰藉了中国古典文人的心灵。

2."气韵"与文人画的审美理想

青木正儿在《中华文人画谈》中指出:

---

① [美]约瑟夫·列文森:《儒教中国及其现代命运》,郑大华、任菁译,16页,桂林,广西师范大学出版社,2009。

② [法]程抱一:《中国诗画语言研究》,涂卫群译,298页,南京,江苏人民出版社,2006。

　　与职业画师所绘的院体画相比，非职业化的文人画在绘画技巧上称不得纯熟精湛。然而，在中国绘画史上，文人画更为历代文人所推崇，院体画遭遇更多的是冷眼。原因何在呢？青木正儿指出，文人画高低优劣的衡量标准，首要的是"气韵"，其次才是技巧，这已然成为历代鉴赏家的通识。①

　　作为一种绘画批评术语的"气韵"，源出于六朝谢赫的《古画品录》。②在谢赫所提出的绘画"六法"中，第一条便是"气韵生动"。在南朝时代，"气韵"是指人的精神气质。青木正儿对"气韵"一词进行了拆解分析。"气"指"风气"，"韵"指"韵度"。综合起来，"气韵"所指的便是性格与态度。以"气韵"来论画，源自东汉末以来的人物品评。当时的绘画主要是人物画，"气韵"轻而易举地由人物品评的标准转变为绘画鉴赏的原则。所谓"气韵生动"，强调的是绘画作品应该栩栩如生地将描画对象的性格态度摹写出来。③ 汉末以来，士人圈子的人物品评，促进了中国文艺理论的审美化与系统化，曹丕《典论·论文》中的"文以气为主"与谢赫《古画品录》的"气韵生动"都是这一艺术新动向的表现。正如张法在《中国美学史》中所论的："人物品藻转入审美之后，就为中国美学把握审美对象提供了一套理论模式，并运用到一切方面，使中国美学的审美对象成为人体结构的审美对象，一个由二到三到多的整体功能的审美对象。"④可见，"气韵生动"的标举，在中国绘画史上具有里程碑的意义。

　　从南朝到宋元，"气韵"的内涵逐渐发生了变化。内藤湖南在《中国绘画史》中论道："所谓'气韵生动'是神采奕奕生动活泼的意思，因此，到

---

　　① ［日］青木正儿：《中华文人画谈》，见《青木正儿全集》（第六卷），78 页，东京，春秋社，1984。

　　② 谢赫在《古画品录》的序中提出了绘画的"六法"，分别是气韵生动、骨法用笔、应物象形、随类赋彩、经营位置、传移模写。"六法"的确立，标志着中国古代绘画理论的成熟化与系统化。

　　③ ［日］青木正儿：《中华文人画谈》，见《青木正儿全集》（第六卷），81 页，东京，春秋社，1984。

　　④ 张法：《中国美学史》，84 页，成都，四川人民出版社，2006。

了宋代，山水画开始流行之后，'气韵生动'便开始用来解释画家的人品。到了近代，这个词又被用来形容画家用笔用墨，也就是指技巧。"[1]中国学者葛路在《中国画论史》中发表了几乎一模一样的看法。[2] 细究起来，有两点转变值得关注。首先，作为一个绘画批评原则的"气韵"，其应用范围逐步扩大；最初仅限于人物画与肖像画，后来日渐延伸到各种题材的绘画，尤其是山水画。其次，"气韵"由单一的批评原则慢慢地转换为多元的批评原则。在魏晋南朝时期，"气韵"是指在人物画中绘画对象的精神气质；到宋元时期，"气韵"指画家的人品；再到后来，"气韵"，类似于诗歌中的"意境"，成为绘画审美效果的衡量标准。[3]

在系统地梳理中国画论史之后，青木正儿指出，对于"气韵"的理解，中国古代画论可分为理想派与技巧派。理想派认为"气韵"所论的是画家的人品，这在中国画论史中居于主流。从魏晋六朝到宋元，"气韵"均指人的精神气质，但其具体指涉对象却发生了悄然的变化，魏晋六朝是人物画所描绘的人物，而宋元则是画家。青木正儿认为，超越谢赫的《古画品录》，而促成了这一审美转型的是宋代的郭若虚。他在《图画见闻志·论气韵非师》中说：

> 六法精论，万古不移，然而骨法用笔以下，无法可学，如其气韵，必在生知，固不可以巧密得，复不可以到，默契神会，不知然而然也。尝试论之，窃观自古奇迹，多是轩冕才贤，岩

---

① ［日］内藤湖南：《中国绘画史》，栾殿武译，19 页，北京，中华书局，2008。
② 葛路：《中国画论史》，34 页，北京，北京大学出版社，2009。
③ 在当代绘画批评的学术语境中，"气韵生动"往往是对绘画审美境界的综合衡量，其内涵因而变得越来越难以捉摸。例如，在《对焦中国画——国画的六种阅读方法》一书中，罗淑敏认为"气韵生动"所侧重的是笔墨。"所谓好的'用笔、用墨'，是有客观标准的，那就是笔墨的技巧和笔墨的内容。笔墨是一种表现内在生命的艺术语言，不管是表现'力'的'笔'，或是表现'韵'的'墨'，追求的都是一种'活'的节奏、'通'的境界，这就是我们耳熟能详的古代画论中所说的'气韵生动'是也。"（罗淑敏：《对焦中国画——国画的六种阅读方法》，142页，桂林，广西师范大学出版社，2010）由此可知，"气韵生动"同时涉及了绘画的内容与形式。

穴上士，依仁游艺，探赜钩深，高雅之情，一寄于画。人品既
已高矣，气韵不得不高，气韵既已高矣，生动不得不至；所谓
神之又神而能精焉。凡画必周气韵，方号世珍；不尔，虽竭巧
思，止同众工之事，虽曰画而非画。①

　　所谓"生知"，是指"生而知之"。"气韵"源于天赋异禀，是后天难以
习得的。画家若具有雅情逸志，其绘画自然就气韵生动了。内藤湖南如
此评价郭若虚的看法："本来，所谓'气韵生动'并没有特别深奥的意思，
只是神采奕奕、栩栩如生的意思，但是郭若虚在《图画见闻录》中提出绘
画是人品的反映之后，人们开始认为绘画除了技巧以外还应该有一种品
格。这是巧拙之外的论述，和以前相比，人们开始更加深刻地思考绘画
的内容。"②从谢赫的"六法"，到郭若虚的"气韵非师"，"气韵"在绘画评
价体系中的位置变得越来越重要。
　　谢赫的"六法"是以绘画技巧为中心的，而绘画技法的谙熟，无非是
尽其所能地将绘画对象生动形象地摹写出来。正如葛路所论的："谢赫的
六法是个绘画批评的艺术标准，没有涉及思想内容方面的问题，更没有
涉及作者的人品。气韵生动，原意是指表现对象要传神生动，要表现出
对象的精神气质。画家只有深入观察、体会对象，用以形写神的艺术技
巧，是可以达到气韵生动的。"③而郭若虚显然更加关注绘画的内容，更
加关注画家的人品如何在画纸上淋漓尽致地表现出来。
　　与此同时，以宋代韩拙为代表的技巧派，承继了谢赫的"六法"，依
然从绘画技巧的视角去审视"气韵"。韩拙在《山水纯画集》中曰："凡用笔
先求气韵，次采体要，然后精思。若形势未备，便用巧密精思，必失其
气韵也。大概以气韵求其画，则形似自得于其间矣。"④韩拙是在"形似"
的视角上去论述"气韵"的，只有准确地把握住了绘画对象的神韵气质，

①　俞剑华编著：《中国画论类编》，59 页，北京，人民美术出版社，1986。
②　[日]内藤湖南：《中国绘画史》，栾殿武译，67 页，北京，中华书局，2008。
③　葛路：《中国画论史》，84 页，北京，北京大学出版社，2009。
④　俞剑华编著：《中国画论类编》，672 页，北京，人民美术出版社，1986。

才能达到形神兼备的绘画效果。总体而言，理想派的"气韵"思想更为文人圈所推崇，在中国绘画史上更具影响力。

青木正儿对郭若虚在《图画见闻志》中的"气韵"思想给予了极高的评价。郭若虚对"气韵"内涵的重新诠释，为元明清时代文人画的蓬勃发展奠定了理论基础。和诗文一样，文人画亦成为古典文人抒情遣志、自我抒发的高雅艺术。与院体画截然不同，文人画重性情气质、轻绘画技巧，从而正式确立了中国传统绘画的写意传统。

3. 寄兴手法与文人画的题材处理手法

在《中国文学艺术考》一书中，青木正儿指出，中国古典文人对自然美的鉴赏可以表现在两个方面，一是诗赋绘画，二是趣味生活。① 前者是艺术中的自然美，后者是日常生活中的自然美，二者均与中华文人艺术生活的自然崇拜密切相关。对山川、花鸟的酷爱，既融入了文人的日常生活，又成了中国古典文艺的惯常题材。自然崇拜与文人趣味，使文人画的题材局限于山水、花鸟两大题材。

如果从世界美术史的宏观角度去审视中国文人画，就会碰到一个棘手的问题，以山水、花鸟为题材的绘画，是不是可以用西方绘画史上的风景画来称呼呢？不管是研究视野，还是研究方法，青木正儿的文人画研究是封闭与保守的，并未建立世界的、现代的、比较的眼光。但是，后代的学者已经在一定程度上弥补了这一缺憾。

文人画，尤其是宋元以来日益蓬勃的山水画，在严格意义上并不是风景画(Landscape Painting)。在中国文化与西方文化中，自然与人都处于一种对位的关系，互为对方的审视参照。西方绘画史研究者苏珊·伍德福德(Susan Woodford)论道："风景吸引画家，如同它吸引所有爱好自然的人。有些艺术家专门画风景，另一些艺术家只是偶尔转向这种对自然的研究，以清新他们的心灵与视野"，"将人的创造与自然的造化相对照就能产生一种绘画，它不仅造成视觉的美，而且沉静地展示人在自然

---

① ［日］青木正儿：《支那文学艺术考》，见《青木正儿全集》（第二卷），574 页，东京，春秋社，1984。

中的位置。"①无论是西方的风景画，还是中国的山水画，自然均是人类心灵世界的折射。然而，中西文化的自然观形成了鲜明的对照。西方文化中的自然具有哲学与神学两重维度。两种维度看似矛盾，实则不然。一方面，古希腊哲学对自然的探索，往往是对某种终极存在（如"理式"）的追寻，因为它便是自然得以形成的根据。另一方面，在基督教神学中，自然是至高无上的上帝的创造物。借由自然，人的灵魂与上帝紧密联系在一起了。需要特别指出的是，不管是古希腊哲学，还是基督教神学，都或多或少地将自然看作"神""理式"等终极价值的模仿或展示，养成了一种理性化、科学化的自然审视方式。它讲究透视法（这实际上便展示了"人在自然中的位置"、人与自然的某种难以跨越的距离），采用繁复、准确的笔法或语言，竭尽全力地去还原自然的真实风貌。中国文化的自然观是诗意化的。道家哲学是一种心灵哲学，它在寻求自由超越的心灵境界，在建构自在逍遥的艺术化生活方式。因而，在中国文化中，人与自然是合一的，观察自然与重塑自然是同时的。真正让中国人心旷神怡的，不是客观存在的自然，而是在内心世界清晰可见的自然。此种审视方式是反透视法的，超越了时间、空间、感官、理智等的局限。

　　自然观的差异，对中西绘画产生了决定性的影响。按照传统的观点来说，西方绘画的自然是写实的，而中国绘画的自然是写意的。在东、西方美术之间自由游走的日本美术理论家冈仓天心在《东洋美术里的自然》一文中说："东洋的艺术家只从自然界里攫取它的精髓。他们并不把所有的细部都纳入绘画中，他们只选择自己认为最重要的东西。所以，他们的作品不是对自然的模仿，而是对自然的探求。他们只画有意味的东西，其他都不画。"②从原始风貌的山水，到文人画的山水，有一个精简与再加工的过程，西方的风景画则不然。通过精细的构图、逼真的形象与准确的色彩，西方绘画试图给观赏者以完美的视觉感受。中国绘画

---

　　① ［英］苏珊·伍德福德：《剑桥艺术史·绘画观赏》，钱乘旦译，8 页，南京，译林出版社，2009。

　　② ［日］冈仓天心：《中国的美术及其他》，蔡春华译，161 页，北京，中华书局，2009。

不是以"眼"去看，而是以"心"去看，其简约的图形与笔法营造了一个余韵无穷的审美空间。简而言之，在中国绘画中，山水只是文人自我抒情遣怀的符号，并没有作为一个独立的审美对象来存在，因此中国山水画并不在风景画的范畴之内。

山水与花鸟是文人画与职业画共同选用的题材，因此仅从绘画题材的标准来看，文人画与职业画的界限还是模糊不清的。陈师曾在《文人画之价值》一书中论道："何谓文人画？即画中带有文人之性质，含有文人之趣味，不在画中考究艺术上之功夫，必须于画外看出许多文人之感想，此之所谓文人画。或谓以文人作画，必于艺术上功力欠缺，节外生枝，而以画外之物为弥补掩饰之计。殊不知画之为物，是性灵者也，思想者也，活动者也；非机械者也，非单纯者也。"①文人画的着力点不在于构图与技巧，而在于题材的选择与处理，以淋漓尽致地表达文人的性情气质。

对此问题，青木正儿零零散散地涉及了，但其分析并不深入。首先，文人画的题材选择问题。在《中国人的自然观》一文中，青木正儿论述了文人画题材选择的两大标准，其一是"性状气品"，其二是"道德的观念"。② 所谓"道德的观念"，是指文人的心灵坚守，撇开了功名富贵，回归本真。此种道德观同时具有了儒家与道家两重维度。那么，何为"性状气品"呢？我们可以从外在形式与内在气质两方面来理解。一方面，文人画所选择的山水与花木应充分展现出外在自然之美，在画卷上须有一个完美的外形。另一方面，它还应展现出一种超凡脱俗的性情与品格，这和信奉高蹈主义的道家思想具有密切的联系。显而易见的是，内在气质对文人画来说尤为重要。在《中国艺术精神》一书中，徐复观给予"逸"以特别的关注，可以加深我们对青木正儿观点的认识。他论道："逸即是由拔俗而把握到事物的真致。事物的真致是高出于流俗之士，所以是高逸，

① 陈师曾：《陈师曾讲绘画史》，65 页，南京，凤凰出版社，2010。
② 青木正儿：《支那文学艺术考》，见《青木正儿全集》（第二卷），583 页，东京，春秋社，1984。

是清逸。寄情于事物之真致的人，从尘缚中解放了出来；所以他的生活
形态也是高逸，清逸。并且从世俗看，也是放逸。"①"逸"既脱离了世俗
的趣味，又超越了贵族的趣味，准确地概括了士大夫的艺术趣味。例如，
为何以牡丹为题材的文人画很少呢？雍容华贵、芳香浓郁的牡丹花，是
大富大贵的象征，在贵族社会与世俗社会中是备受追捧的。但它与清新
雅丽的文人趣味是背离的，因而很少出现在文人画的纸幅中。徐复观还
进一步将"逸"分为两种：从容雅淡的"清逸"与张扬不羁的"放逸"。在元
明清的文人画坛中，黄公望、王蒙等属于"清逸"，而徐渭、石涛、八大
山人、"扬州八怪"等属于"放逸"。就青木正儿的审美情调而言，"放逸"
一派更入其法眼。由此可见，以"逸"为标准，文人画对创作题材有着严
格的挑选。在《水墨画四君子的由来》一文中，青木正儿对文人画四大题
材——竹、梅、兰、菊——的形成进行了梳理，可见其对文人画题材问
题的重视。

其次，文人画的题材处理方式。青木正儿经常将文人画与诗并置一
起而加以讨论。在《中国文人画谈》中，他将文人画称为"三绝的艺术"，
即诗文、书法、绘画三种艺术是熔于一炉的。② 唯有学识渊博、兴趣广
泛的文人才能娴熟地掌握这三种艺术，绝大多数的职业画师恐怕只得望
洋兴叹了。在《金冬心之艺术》一书的附录中，他则提到了"诗画一致"，
诗与画具有共通的审美趣味。③ 在《中国文学艺术考》中，他廓清了题画
文学的发展史，这已然成为中国古典诗歌的一个重要类型，足以印证诗
歌与文人画的深厚渊源。④ 结合起来看，青木正儿侧重于从美学上发掘
诗歌与文人画的契合性，但是却忽略了主题表达的层面，即文人画与中

　　① 　徐复观：《中国艺术精神》，193 页，上海，华东师范大学出版社，2001。
　　② 　［日］青木正儿：《中华文人画谈》，见《青木正儿全集》（第六卷），112 页，东京，春
秋社，1984。
　　③ 　［日］青木正儿：《金冬心之艺术》，见《青木正儿全集》（第六卷），44 页，东京，春秋
社，1984。
　　④ 　［日］青木正儿：《支那文学艺术考》，见《青木正儿全集》（第二卷），491 页，东京，
春秋社，1984。

国古典诗歌的主题表达方式是否是一致的。在论及《诗经》的自然观时，青木正儿指出，《诗经》大量地使用了比喻——更准确的说法是"比"与"兴"，将自然与人事相比，以达到"诗言志"的目的。但是，中国古典诗歌的比兴传统，有没有被文人画继承呢？这一核心问题，青木正儿并没有回答，而美国中国学界则研究得较为充分。

高居翰在《隔江山色：元代绘画（1279—1368）》中论道："当文人从事于绘画，而小心翼翼地避开与专业画家相关的风格特色，就显示了相同的偏见。如果一个人的画用了亮丽的色彩以及装饰性的图案来吸引观众的目光，可能这幅画就是出售用的。而绘画的正当动机，读书人认为，是要'寄兴'；这种活动本身的价值是在于修身养性；作品不可用来出售，只宜投赠知音。"[1]文人画有意识地与职业画、院体画拉开了距离，建立了反写实、反装饰的美学风格。因此，不管是构图，还是色彩，文人画均是简约洗练的。其表情达意的核心手段，不是图形，而是源自诗歌的寄兴手法，文人画所描摹的山水与花鸟是一种象征，以含蓄、内敛的方法将文人的心胸间接地展示出来了。和诗歌、散文、书法一样，寄兴手法使文人画具有了惊人的表达能力，它不仅是文人自我表达的工具，而且将时代风貌也囊括进画纸中。美国中国学界，包括高居翰、列文森、苏立文、浦安迪，均认为文人画折射出了明清的社会变动与思想变革。高居翰在《明清绘画中作为思想观念的风格》一文中说："明清时代是中国悠久绘画传统的后期，其绘画理想地表现出一个普遍真理，任何绘画的发展是随着对绘画方法和过程的不断认识而形成的。还有，当人们有意识地选择风格时，这种选择就带有附加的意义，其特殊价值归属于各种风格。它们包括地望、社会地位、甚至思想或政治倾向。风格于是就有了超出绘画界限的各种含义。"[2]风格的选择与偏好，绝不仅是美学问题，而且是不同思想观点的表现。而题材的选择与处理，则是绘画风格形成

[1]　[美]高居翰：《隔江山色：元代绘画（1279—1368）》，宋伟航等译，5页，北京，生活·读书·新知三联书店，2009。

[2]　[美]高居翰：《明清绘画中作为思想观念的风格》，范景中译，见洪再辛选编：《海外中国画研究文选》，162页，上海，上海人民美术出版社，1992。

的关键因素。在思想史的宏观视角中，对绘画的形式展开细致的分析，美国中国学界从而建立了一套全新的文人画研究模式。

(二)文人画的艺术趣味

青木正儿在《中国文学思想史》中指出：

> 清人黄左田在画的品格类别中设有"朴拙"一项，其论曰："大巧若拙，近朴归真，草衣卉服，如三代人。相遇殊野，相言弥亲，显寓于晦，心寄于身。"(《二十四画品》)可以看出，这全然是以道家的思想为评定品格的标准，显然属于老庄思想一派。我以为，在文艺领域里对"朴拙"思想的尊重，实际上是宋以后盛行的近代思潮的反映。①

在《中国文学思想史》一书中，青木正儿将中国古典文艺发展史划分为"实用娱乐""文艺至上"与"仿古低徊"三个时代。中国绘画史与中国文学史相始相伴，不仅遵循了相近的发展轨迹，而且呈现出趋同的艺术趣味。然而，文人画直至"仿古低徊"的时代(即宋元明清时代)才日渐繁荣起来。青木正儿论道："到了宋代，文艺走向反面，去华取实，弃雕琢求素朴的思潮开始流行，一种宁以'生拙'胜'巧致'，以'非美'为美的审美观发展起来。出现了既要质朴，又复归于古代淳朴的自然趋势。明显的例子是古文的复兴和绘画中的水墨画的发达。"②随着社会形态与思想史的新变动，文人画在宋以后获得了突飞猛进的发展，和诗歌、散文一样，成为备受文人士大夫珍视的艺术形式。

和感性随意的传统绘画鉴赏稍有不同，青木正儿加入了类似结构主义的分析理念，他点出了文人画的七大要素——内容上的两大要素与形

---

① ［日］青木正儿：《中国文学思想史》，孟庆文译，211页，沈阳，春风文艺出版社，1986。

② ［日］青木正儿：《中国文学思想史》，孟庆文译，10页，沈阳，春风文艺出版社，1986。

式上的五大要素，并将之与谢赫的绘画"六法"进行了比对。图虽然清晰简明，但未能全面展现青木正儿对文人画的看法，因而需要进一步解释说明。"落想"是指绘画者的创作初衷，"气韵"是指源于画家个性气质的余情。"位置"与"形似"是指宏观视角上的美学构思，而"笔""墨"与"彩"则是指微观视角上的绘画技巧。青木正儿认为，谢赫"六法"中的"传移模写"并非绘画的要素，因而将之排除于绘画诸要素之外。葛路在《中国画论史》中发表了类似的看法："六法中的最后一法是传移模写，即临摹画的技能。唐代张彦远说这一法是'画家末事'。实际上作为创作和评画直接遵循的标准，有前五法已经够了。"[①] 系统化的视角，有效地将零散、感性的传统画论统摄起来。在此基础上，青木正儿就文人画的审美趣味展开了深入细致的研究。

1. 诗画一致

既然被称为"三绝的艺术"，那么，绘画与诗歌、书法的关系，便成为文人画研究的核心问题。书法与绘画同为视觉艺术，有着类似的美学追求，先后受到了文人的青睐，被纳入清新而雅致的艺术生活之中，因此其结合是顺理成章的。然而，诗歌与绘画却有语言艺术与视觉艺术、时间艺术与空间艺术的差别，其结合是耐人寻味的。

绘画与诗文的并置，在魏晋时代便已有。但是"诗画合一"或"诗画

---

① 　葛路：《中国画论史》，37 页，北京，北京大学出版社，2009。

一致"的流行却是自宋代开始的，最鲜明的表现是题画文学的繁荣。笼统
而言，题画文学是指书写于画幅之上的诗文，要么是说明性的文字，要
么是在题材、主题与风格上与绘画相映成趣的文字。在《中国文学艺术
考》与《中国文人画谈》两部著作中，青木正儿均将题画文学分为四类：画
赞、题画诗、题画记、画跋，前两类是韵文，后两类是散文。画赞题写
于人物画上，目的是描述与赞颂所描绘之人物。题画诗与绘画的关系类
似于音乐中的和声，它们会以特色鲜明的方式刻画同一题材、表达同一
主题、呈现同一美学风格。题画诗有自题与他题两种，无论哪种类型，
都成了抒写胸怀的渠道，受到了文人的高度重视，是题画文学中数量最
多、艺术成就最高的部分。题画记是画家就绘画创作的缘起、经过所做
的记录文字。画跋是观画者对绘画所题写的鉴赏与品评。随着书法艺术
的繁荣，题画文学在魏晋六朝就兴盛起来了，在唐代继续蓬勃发展，而
从宋代起便进入全盛时代。青木正儿指出："从北宋中期到末期，苏东
坡、黄山谷这一诗派出现了。在其大力推动下，题画文学开始繁荣昌盛。
仅就题画诗而论，其隆盛的原因是诗画一致，即诗趣与画趣的类似，这
一艺术观念自此以后便已自觉了。"①在题画文学的全盛时代，文人画悄
然兴起，这绝不是时间上的巧合。当道家哲学的高蹈主义与诗歌的兴寄
传统融入进绘画时，有别于职业画师的美学理想得以建立，文人画自然
而然就日渐兴盛了。

　　在《金冬心之艺术》一书中，青木正儿就全面深入地论述了诗论与画
论的汇通现象。关于诗画一致，历代画论家均有不同程度的论述。青木
正儿特别点出了唐代张彦远的《历代名画记》、宋代苏轼的王维诗画评论、
宋代郭熙的《林泉高致》，这些材料正是青木正儿立论的出发点。在上述
的材料中，最为人所熟知的非苏轼的王维诗画批评莫属。苏轼在《书摩诘
蓝田烟雨图》中说：

---

　　① ［日］青木正儿：《支那文学艺术考》，《青木正儿全集》（第二卷），498 页，东京，春
秋社，1984。

　　　　味摩诘之诗，诗中有画；观摩诘之画，画中有诗。诗曰：

"蓝溪白石出，玉川红叶稀。山路元无雨，空翠湿人衣。"此摩诘

之诗。或曰非也，好事者以补摩诘之遗。[1]

　　诗有画境，画有诗意，王维的诗歌与绘画创作在内容与风格上呈现出相似特征。葛路评价说："作为诗人，王维主要是山水诗人，作为画家，王维主要是山水画家，他的诗画表现对象是自然美景，表现手段虽有所异，但无论是诗还是画，离开意境的创造，都会失去生命。山水诗与山水画的艺术特质，被苏轼道破了。"[2]王维的山水诗之所以气韵生动、意境悠远，正在于超越了诗与画的界限，用语言文字模写出了一个如在目前的画境。苏轼所论的"书画一致"并不仅是对王维诗画的品评，而且折射出了苏轼的文学思想——"妙想"与"意境"。所谓"妙想"，源于顾恺之所撰《魏晋胜流画赞》的"迁想妙得"。[3] 审美观照，应该注重灵动自由的想象力，用通感来超越各种感觉器官的局限性，追寻自然人世的瞬间艺术体验。[4] 唯有"妙想"，才能捕捉或再造一个艺术形象。而"意境"则强调诗歌的"言外之意""象外之景"。应该说，"意境"的营造，除了"妙想"以外，还需依靠具体而空灵的语言。洗练贴切的语言在"兴象"的同时，把更多的艺术想象空间留给读者，让其体验"象外之景"与"言外之意"。从"诗画一致"的角度来说，"妙想"侧重于艺术家对诗情画意的体

---

　　① 　孔凡礼点校：《苏轼文集》（第五卷），2209 页，北京，中华书局，1986。

　　② 　葛路：《中国绘画美学范畴体系》，53 页，北京，北京大学出版社，2009。

　　③ 　顾恺之在《魏晋胜流画赞》中曰："凡画：人最难，次山水，次狗马，台榭一定器耳，难成而易好，不待迁想妙得也。此以巧历不能差其品也。"（俞剑华编著：《中国画论类编》，347 页，北京，人民美术出版社，1986）

　　④ 　在《从比较的方法论中国诗的视境》一文中，叶维廉指出，中国古典诗歌在追求"具体经验的美学"。"显然地，中国诗要呈露的是具体的经验。何谓'具体经验'？'具体经验'就是未受知性的干扰的经验。所谓知性，如上面先后指出的，就是语言中理性化的元素，使具体的事物变为抽象的思维程序。"（叶维廉：《叶维廉文集（第一卷）》，72 页，合肥，安徽教育出版社，2002）"具体经验的美学"，在于展现瞬间涌入心头的艺术画面，因此"诗画一致"势所必然便成为中国古典诗论的艺术追求。因此，中国古典诗歌很注重"空间的玩味"，具有"绘画性"与"雕塑性"。

察，而"意境"侧重于艺术家运用精妙的语言对诗情画意的营造。

文人画如何抵达"诗画一致"的审美境界呢？青木正儿明确提出了四点。

第一，画中的诗趣。文人画之所以诗意盎然、余韵悠长，关键在于"诗心"的引入。他说："但凡画家，有两种观察自然的态度。其一是从作画者的视角出发，以眼去观察自然的形态、色彩与布局，其二是从诗人的视角出发，以心去感受自然的胸怀。后者往往被凡庸的画家所忽视，而自古以来的文人达士必须有此见地。"①两种观察自然的态度，一是眼观，一是心观；一是倚重于视觉，一是超越单一感觉局限的通感；一是重写实，一是重写意。文人画放弃了对自然山水的再现，而将绘画作为诗化哲学（以道、禅为主）的表达载体。

第二，诗中的画趣。由于艺术媒介的差别，诗与画在描写方式上是不同的，前者是主观性的、时间性的，后者是客观性的、空间性的。青木正儿指出，如果要有画趣，诗歌的叙述应该既是客观的，又是空间性的。②换言之，只有模仿绘画的观察方式与表现技法，诗才能具有画趣。小结一下，前两点都在强调诗、画两种艺术类型的跨越与融合。后两点则更加具体地谈论了"诗画一致"的实现手段。

第三，客观的描写。青木正儿认为，与李白、杜甫相比，王维的山水诗典型地表现了"客观描写"的写作原则。李白的诗以老庄思想为基底，杜甫的诗以儒家思想为依归；不管是老庄的高蹈主义，还是儒家的"诗言志"，都使其诗歌倾向于"主观描写"。而王维则将诗味与禅理融合在一起，只有"客观描写"才能还原自然的本来面貌，才能展现出冲淡雅致的禅味。事实上，王维诗歌的禅味与"诗画一致"仅仅依靠"客观描写"是不足够的，还得需要简约描写。宇文所安在《盛唐诗》中用"简约的技巧"来描述王维诗歌的写法："情感反应领域的抑制法则，在认识领域变成了隐

---

　　① ［日］青木正儿：《金冬心之艺术》，见《青木正儿全集》（第六卷），47页，东京，春秋社，1984。

　　② ［日］青木正儿：《金冬心之艺术》，见《青木正儿全集》（第六卷），48页，东京，春秋社，1984。

藏的法则。真理的隐藏深深植根于哲学传统；与西方不同，在中国传统上真理通常不是隐含于深奥复杂的面具之后，而是隐含于明白朴素的面具之后。袭用这一哲学传统将彻底改变诗歌的阅读方式：所说出来的不再一定是所要表达的，表面的情致可能并不是真正的情致。"①所谓"情感反应领域的抑制法则"，就是"客观描写"。而所谓"朴素的面具"便是简约描写，"言有近而意无穷"，浓郁的诗味与禅味是以精简的词语为媒介暗示出来的。

第四，空间的叙述。诗如何具有画境呢？在青木正儿看来，布置与色彩是两大关键点。色彩是极容易实现的，只需用精准的颜色词汇去描摹便是了。布置，即叙述法，则集中表现了诗与画的差别，正如青木正儿所言的："时间的叙述是动态的，空间的叙述是静态的。"②跨越了诗与画之间的鸿沟，"诗画一致"的美学理想才能变为现实。遗憾的是，青木正儿的论述仅止于此，并没有进一步言明诗画交融的原理。在《中国诗画中所表现的空间意识》一文中，宗白华说："中国画家并不是不晓得透视的看法，而是他的'艺术意志'不愿在画面上表现透视看法，只摄取一个角度，而采取了'以大观小'的看法，从全面节奏来决定各部分，组织各部分"，"全幅画所表现的空间意识，是大自然的全面节奏与和谐。画家的眼睛不是从固定角度集中于一个透视的焦点，而是流动着飘瞥上下四方，一目千里，把握全景的阴阳开阖、高下起伏的节奏。"③心观，而非眼观，使中国古典艺术的思维模式是沟通时间与空间的。"以大观小"的艺术思维形成了一个远近俯仰、散点游目的体察顺序。若依此顺序，诗歌便轻而易举地铺展开了一幅宁静淡然的山水画卷。法国中国学家程抱一提出了"第五维度"的说法："处于这一层次的是超越时空的空无，那是

---

① ［美］宇文所安：《盛唐诗》，贾晋华译，46 页，北京，生活·读书·新知三联书店，2004。

② ［日］青木正儿：《金冬心之艺术》，见《青木正儿全集》（第六卷），50 页，东京，春秋社，1984。

③ 宗白华：《中国诗画中所表现的空间意识》，见《艺境》，37 页，合肥，安徽教育出版社，2006。

至高的状态，任何由真启迪的画作都以它为目标。对于这终极的层次，没有什么合适的形容词。应当可以举出两个术语，中国艺术家以它们衡量一件作品的价值，并以此来表明——超越所有关于美的概念——艺术的最终目标：意境和神韵。"①诗与画的最高审美境界——意境与神韵，打通了时间艺术与空间艺术的界限。

总体而言，"诗画一致"体现了中国诗与中国画的共通审美趣味，青木正儿准确地把握住了这一点，对其进行了细致的条分缕析。与中国古典画论、诗论相比，青木正儿对"诗画一致"的研究更加系统宏观。但与宗白华、程抱一等深受西方艺术理论影响的研究者相比，青木正儿偏重于中国古典理论的总结，而缺乏超越与深化的现代学术视角。

2. 古拙论

在《金冬心之艺术》一书的附录中，青木正儿还深入分析了"古拙"。中国古典文人所嗜好的艺术或生活，如诗文、书法、绘画、瓷器、饮食、园林等，均在追求一种质朴自然的审美趣味。"古拙"之"古"，并非指古老陈旧，与"拙"同为朴素之意。"古拙"，又可称为"朴拙""生拙"，反对工巧繁复的技巧，追求纯真天然的风格。青木正儿在《道家的文艺思潮》中论道："明人顾凝远《画引》特别设立'生拙'一章评论它的艺术价值，他认为元人的绘画最有古拙的情趣，因为那时士大夫多不愿入仕元蒙朝廷而走隐逸之路，所以画中充满隐逸气氛和生拙的趣味。从明末至清代文人画兴盛起来，这种趣味被作为基调而得到肯定。对古拙的尊重已成定论而不令人感到奇怪。"②

---

① ［法］程抱一：《中国诗画语言研究》，涂卫群译，366 页，南京，江苏人民出版社，2006。

② ［日］青木正儿：《中国文学思想史》，孟庆文译，212 页，沈阳，春风文艺出版社，1986。明代顾凝远在《画引》中专门讨论了"生拙"："画求熟外生，然熟之后不能复生矣，要之烂熟圆熟则自有别，若圆熟则又能生也。工不如拙。然既工矣，不可复拙。惟不欲求工而自出新意，则虽拙亦工，虽工亦拙也。生与拙惟元人得之。"（俞剑华编著：《中国画论类编》，116 页，北京，人民美术出版社，1986）同样是对"生拙"的推崇，然而细究之下，我们就会发现，顾凝远所论之"生拙"着重讨论的是绘画笔法，而青木正儿所论之"生拙""古拙""朴拙"与主题、风格、笔法等绘画要素都有关涉。

　　具体而言，文人画的"古拙"既与形式有关，涉及内容与风格。青木正儿在艺术短评《论画形似》(原文为中文)中说：

　　　　夫形似者，画之华。而气韵者，画之实也。形气两全，物真斯得，然后画之能事尽矣。庸匠运笔，应物象形，不过皮相，名手则异于此。必润心眼，洞察隐微，发挥心灵，阐明玄妙，是以神气自发，仿佛逼真，盖写象以眼，谓之写生。摄行以心，谓之写意。写生形似而已，故不能得真。写意兼气，故能得真也。原夫绘画之道，意动于内，气发于外，意气表里，形气连属。然而气本也，形末也，是所以贵于气韵也。故与其精于形，而遗于气，宁胜于气，而失于形。东坡诗曰："论画以形似。见与儿童邻。"其所见远矣。虽然形似亦大矣，不可不学。若夫坊间所闻文人之画，笔墨荡逸，形状怪陋。石如芋头，兰如葱叶，犬猫马牛，殆不可辨。滥涂乱抹，自以为高者，非肆奇癖，以骇人目。则其技拙劣，不能得形似之失也。愚按：学画宜初务得形似，笔墨已熟，运用自在。造气韵之域而止，于是神与境会，得画三昧，恍惚忘形，不求而得之，得之而不知。神韵缥缈，默契造化，是所以写物而不为形所制也。孙子曰："微乎微乎，至于无形。"岂独兵，能至于无形，则画事之妙极矣。①

　　虽然《论画形似》着重谈论的问题是技巧与气韵，但是这二者均和"古拙"有着密切的关联。文人画确有重气韵、轻技巧的创作倾向，但却非完全否定技巧的价值。青木正儿认为，上品的绘画应该"形气两全"，即同时兼顾形似与气韵；一幅绘画若无准确而精妙的物象刻画，就绝无盎然于画纸之上的气韵。中国古典画论虽然重视"气韵"，但并没有忽视"形似"。顾恺之提出的"以形写神"，超越了形与神的矛盾，也看到了形与神

_____

　　① ［日］青木正儿：《金冬心之艺术》，见《青木正儿全集》(第六卷)，68页，东京，春秋社，1984。

的统一。谢赫的"六法"同时强调了"气韵生动"与"应物象形",更加深化了顾恺之的形神论。然而,顾恺之与谢赫的观点是在人物画的基础上提出来的,这是否适用于山水画呢?郭熙在《林泉高致》中曰:"盖身即山川而取之,则山水之意度见矣。真山水之山谷,远望之以取其势,近看之以取其质","所谓山形,面面看也。如此是一山而兼数十百山之形状,可得而不悉乎?"①"势"与"质"是指真山水的形貌,对其的精确观察与捕捉,是绘画创作的重要环节。山水画亦要追求"形似",只不过不是简单对某处山水的刻画,而是要将某地山水的整体风貌展现出来。因而,核心问题不是要不要"形似",而是如何处理"形似"以达到"气韵生动"的艺术境界。

"古拙"居中调停,有效地缓解了"形似"与"气韵"的紧张关系。在道禅美学的影响下,中国古典艺术对于形式、修辞与技巧的运用极为谨慎与克制,以防太过华丽的语言与形式淹没了回味悠长的艺术气息。不管是《老子》中的"大象无形"与"大巧若拙",还是《庄子》中的"得意忘言""得鱼忘筌",均是这一观念的鲜明展现。只有放置于道禅哲学的辩证法语境中,我们才能准确把握"古拙"的内涵。"拙"与"巧"自始至终处于对位与渗透的关系之中。青木正儿重视"形似",事实上也是重视构图、形象与笔墨的技法。"巧"的技法处理方能达到"古拙"的风格与韵味。那么,文人画如何实现了"巧"中有"拙"呢?青木正儿并没有做出直接的解释。实际上,源于诗歌寄兴传统的象征主义构图法、简约的笔墨技法以及"留白",是实现"古拙"的三大手段。这些艺术手法既实现了"巧"中有"拙",又实现了虚实相生。而"拙"与"虚"便充分地展示了文人画的自然崇拜与美学理想,正如程抱一所论的:"这个网络(笔者注:这是指文人画的表达体系)之所以能够运转,全靠一个始终暗含着的因素:虚。在绘画中,正像在宇宙中,没有虚,气息便无法周流,阴阳便无法交通。没有虚,笔画——它暗含了体积与光线、节奏与色彩——便无法显示它全部的潜

---

① 郭熙:《林泉高致》,见俞剑华编著:《中国画论类编》,634页,北京,人民美术出版社,1986。

在特性。因而，在完成一幅画作的过程中，虚出现在所有层次，从一道道基本笔画直至整体构图。它是符号中的符号，它确保绘画体系的有效性和统一性。"①青木正儿当然也注意到了"虚"对于中国古典艺术的重要性。在《诗文书画论中的虚实之理》一文中，他依次论述诗文、戏曲、书法、绘画的虚实问题。青木正儿总结道："故特意将这个问题提出展开应该是不无益处的。而且在近世的虚实之思想，如果也是本于象我的私见的忌避对偶这个观念的话，在中国艺术思想史上确有重大的意义，这不正是一个越来越值得我们需要不断探讨的问题吗？"②他显然感觉到了"虚"在中国古典文艺的艺术理念上的重要价值，但其理解尚显肤浅。"虚"绝不仅是对对偶美学的突破，程抱一的理解无疑要比青木正儿深刻。

"古拙"既然体现为一种返璞归真的自然趣味，那就必然与"野趣"是水乳交融的。在《论趣》（原文为中文）一文中，青木正儿最为推崇自然天成的"野趣"：

> 五色之于目。五声之于耳。五味之于舌。变化无穷。随不可胜数。约之曰三。曰野。曰雅。曰俗。野生于天趣。雅出于人趣。不雅不野谓之俗。雅野相对。俗居其中。人工不精。则雅变而俗。天趣不高。则野亦为俗。若夫暮宿山村。咬菜酌醪。梅香馥郁。月光在窗者。野趣也。若门无俗客。午睡初足。明窗净几。挥麈尾而闲吟者。雅致也。今使宿山村者。代醪菜以粱肉。熏以沉香。是变野为俗也。明窗净几。变为金罍玉樽。代麈尾以纤手。其为俗已甚。是知雅之杂于野。野之杂于雅。均入为俗。趣虽分为三。其实二也。且夫无为而自工是为天。工莫大焉。工之所穷。雅亦近野。论野之极致。雅亦附焉。是知雅之于野。随判为二。就其理则归一野趣。犹元气分为阴阳。

---

① ［法］程抱一：《中国诗画语言研究》，涂卫群译，341 页，南京，江苏人民出版社，2006。

② ［日］青木正儿：《中国文学思想史》，孟庆文译，275 页，沈阳，春风文艺出版社，1986。

阴阳交而三才成焉。雅野与俗。得以配三才。既配三才。地籁
不如天籁。人籁岂能如地籁乎。故曰。去俗就雅之术。在于求
野。野固趣之无上者也。①

青木正儿特别予以重视的"趣"，是中国古典绘画的重要美学范畴之
一，正如葛路在《中国绘画美学范畴体系》中所论的："求气韵、情趣，也
是中国画创作及理论上反对自然主义手法处理艺术的优良传统。"②在中
国传统的诗论与画论中，术语的辨析几乎是一个无法彻底解决的难题。
它们尽管各有其侧重点，但都倾向于从宏观而感性的角度去审视艺术作
品，因而术语之间的内涵与界限往往是交错模糊的。"气韵"与"情趣"就
是如此，既与创作者的个性气质有关，又牵涉到艺术品的美学风格，都
标识出了中国古典艺术的表现主义之路。青木正儿的文人画研究实际上
是以"气韵"或"情趣"为中心的，从而精准地触及了文人画的艺术精髓。

青木正儿首先将艺术趣味区分为"野""雅""俗"三种。"野"即"天趣"，
指的是与天地山川浑然一体、毫无斧凿做作之痕的自然趣味。"雅"指的
是徜徉于琴棋书画、田野园林之中的温文尔雅、悠闲自在的文人趣味。
"俗"是不野不雅，世俗味太浓，人工雕琢的印迹太重。事实上，在道家
审美哲学与自然崇拜的影响下，"野"与"雅"对文人雅士来说是二合为一
的，一股清新自然的山野之风弥漫于其生活细节与艺术游戏之中。在《中
华名物考》《琴棋书画》等著作中，青木正儿在详尽缜密的名物学考证的基
础上，总结出了文人艺术生活中的"雅""野"合流倾向。他在《宋人趣味生
活之二典型》一文中论道："总体上看，纯雅则流于奢侈有失清致，纯野
则失之鄙俚不生清致，皆陷于俗趣。于是雅中加几分野，野中加几分雅，
则清致始生。"③因此，青木正儿认为，去俗就雅的方法，就在于"野趣"

---

① ［日］青木正儿：《金冬心之艺术》，见《青木正儿全集》（第六卷），69 页，东京，春秋
社，1984。

② 葛路：《中国绘画美学范畴体系》，49 页，北京，北京大学出版社，2009。

③ ［日］青木正儿：《宋人趣味生活之二典型》，见《琴棋书画》，59 页，北京，中华书
局，2008。

的追寻。如果"野趣"是中国古典艺术的重要审美原则，那么"古拙"便是实现"野趣"的重要艺术手法。

　　无独有偶，和"气韵"一样，"古拙"自宋代起开始受到古典文人的推崇。青木正儿论道："这种新鲜而奇特的见解，是去虚饰而向天然纯真复归思想的反映，其对文艺的影响，是使文艺摆脱单纯追求技巧的倾向，从而前进一步。近代文艺兴起后，'古拙'和'朴拙'思想抬头，而这种思想实际上是导源于道家的主张。"①应该说，"气韵"与"古拙"的抬头，和宋诗、文人画的兴起是密不可分的，和由唐入宋的文化转型是密不可分的。包括内藤湖南、青木正儿、吉川幸次郎在内的京都学派在不同的研究领域中都在宣扬这一观点。国内学界也清晰地认识到了宋代文化发展的新动向，如张毅在《宋代文学思想史》中说："宋代士风的另一方面，是对个人情感或心性的省思，对自然生命精神的感悟，对日常生活里蕴含的诗情画意的细心品味。从宋初向内收敛的创作心态和平淡清远的审美趣味，到北宋中叶以后的崇尚清旷，对理趣和老境美的追求，以及南宋作家的重机趣、求高妙、主骚雅清空等，可看到文人士大夫把超功利的审美活动视为生命存在的真正意义和目的，形成一种追求内在精神超越的文化品格。不是外在的社会政治的事功和道德实践行为，而是内在的治心养气和吟咏性情，成为支配宋代文学思想发展演变的主导因素。"②如果对青木正儿与张毅的相关研究略加比较，就会有特别的发现。张毅的研究焦点很集中，对宋代文学思想史的发展脉络和总体风貌有着准确的把握。相形之下，由于篇幅所限，青木正儿的论述则简略许多。然而，张毅却不具有青木正儿那样开阔发散的研究视角。首先，在中国文学思想史的宏观视角中去审察宋代文学思想，进而得出了更为简明扼要的概括。其次，在绘画、文人艺术生活的参照系中去审察诗文理论，进而勾勒出了中国近代文艺的总体潮流，而不拘囿于文学。时至今日，青木正

---

　　①　[日]青木正儿：《中国文学思想史》，孟庆文译，211 页，沈阳，春风文艺出版社，1986。

　　②　张毅：《宋代文学思想史》，260 页，北京，中华书局，2006。

儿新颖独特的研究视角，依然对国内学界是有所裨益的。

综上所述，当绘画被吸纳为文人士大夫朝夕相对的雅艺之一，一套全新的主题表达方式与美学理想就必然会成型，从而极大地提升了文人画的艺术品位。以此为核心，青木正儿将中国古典画论化零为整，建立了一个完整而清晰的文人画研究框架。与此同时，他带着思古之雅情，对文人画的代表画家与中国古典画论不遗余力地展开了译介与研究。从海外中国学的视野来看，日本的青木正儿与美国的高居翰可以并称为中国古典文人画研究的两大巨擘。

五、结　语

中村乔曾如此回忆父亲青木正儿："青木生性鲠直，与世多有不合，拙于生业。厌粗俗，爱潇洒，又爱酒，但不喜欢使酒之人。这样的为人也表现在他的学问中。我是青木晚年之子，因为种种事由很多时间都不在父母身边，所以其平生的大部分我是不太知道的。据说，青木年轻时好像是一个相当古怪而严肃的人。但是我所知道的青木，因为是他的晚年，是相当温和的。我记得他的晚餐一定有酒，平时沉默寡言的青木惟独此时说话很多。"[1]虽然成长、生活于大正、昭和时代，虽然完整系统地接受现代学术的训练，但是青木正儿在生活情趣上更接近东亚古典文人，在性格上桀骜不驯、傲世独立——几乎是其文化偶像陶渊明、金农等中国文化名人的现代翻版，在学术研究上将理性审慎与性情趣味完美地结合起来。其性格、生活情趣、学术研究，都是青木正儿中国文化观的表达，都体现了青木正儿对中国古典文化的乡愁。

(一)京都学派对青木正儿的学术影响

作为日本中国学京都学派的第二代学者，青木正儿完整而深刻地继承、发扬了京都学派的研究理念与治学方法，并开创了独具特色的研究

---

[1]　［日］中村乔：《中华名物考·序言》，范建明译，8页，北京，中华书局，2005。

领域与研究方法。然而，日本中国学京都学派从来都不是抽象的，它由一位位气质个性鲜明、术业有专攻的学者们组成。总体来说，青木正儿主要接受了四位学者的学术熏陶，他们分别是内藤湖南、狩野直喜、铃木虎雄与幸田露伴。

京都大学的中国学研究在草创时期主要分为三大研究领域：哲学、历史与语言文学。在青木正儿求学京都大学的时期，承担这三个学科教学任务的分别是哲学的狩野直喜、历史的内藤湖南、语言文学的狩野直喜与铃木虎雄。对于东洋史学科的巨擘内藤湖南，青木正儿曾说："湖南先生有着清拙兼有的性格，被记者生活磨砺出无敌的气魄。"①所谓"气魄"，可概括为两方面：其一是经世致用的知识分子气魄；其二是创一家之言的学者气魄。钱婉约在《内藤湖南研究》一书中论道："他的记者经历、他的民族主义情感，以及他经世致用的治学理想，使得他比一般的中国学家更为注重对于社会政治的关怀、对于民族使命感的重视；他的学术研究也常常以预言未来、警醒时人、指导现实为己任。这构成了内藤中国学最基本的思想特质。"②内藤湖南不是两耳不闻窗外事的书斋学者，不会钻进"故纸堆"里食古不化，他总是从现实的文化政治出发展开学术研究。这一点无疑鼓舞了青年学者时代的青木正儿。1920 年，青木正儿、小岛祐马、本田成之等人发起成立支那学社、创刊《支那学》，热烈而密切地关注当时中国的文化发展动态，并将其学术研究融进现代中国文化的建设之中。青木正儿支持新文化运动，并将鲁迅、胡适、吴虞等文人学者的思想介绍到日本。年轻学者的意气风发，和老一辈学者内藤湖南的鼓励是分不开的。在中国史研究方面，内藤湖南提出了"宋代近世说"，重新对中国史进行了时期划分。此学说的影响力不局限于京都学派，而且遍及整个中国学界。青木正儿对"宋代近世说"可谓了然于心，由唐入宋的中国思想文化转型，与其学术研究紧密地结合在一起。不管

---

①　[日]青木正儿：《京都帝国大学教官时代的露伴先生》，见《琴棋书画》，卢燕平译，177 页，北京，中华书局，2008。

②　钱婉约：《内藤湖南研究》，15 页，北京，中华书局，2004。

是《中国文学思想史》中的时期划分，还是名物学与中华古典文人生活的考证，都和内藤湖南的"宋代近世说"遥相呼应。

铃木虎雄的研究侧重于中国诗文及其理论，其在《中国诗论史》中提出的"魏晋文学自觉说"，经由鲁迅的"摆渡"，对 20 世纪中国文学研究产生了深远的影响。踏着老师的研究足迹，青木正儿亦开始了中国诗文理论的研究，《中国文学思想史》和《清代文学评论史》两部著作的写作初衷，正是为了弥补《中国诗论史》的疏漏。然而，师生两人对于中国文学的立场截然不同。兴膳宏如此评价铃木虎雄："铃木先生的长期学术研究成果中，给人印象最深的是他以中国士大夫的诗歌为中心作为研究对象进行研究，而不为当时所谓的流行性研究所左右，他所沿袭的都是相对固定的、正统的研究路子。铃木先生的研究从旧的汉学中脱离出来，但仍能严守儒家的精神并保持个人的意志。"①铃木虎雄是较为传统的文学研究者，坚守着儒家的思想体系与价值观，其文学研究也侧重于被儒家主流意识形态所接纳的诗文传统。而青木正儿感染到了新时代和新文化运动的气息，在思想上反对儒家、嗜好道家，在学术研究中俗文学与俗文化占据了其研究的很大比重。

青木正儿热衷戏曲、小说等俗文学，特别在戏曲研究领域成就斐然，其代表作有《中国近世戏曲史》与《元人戏剧序说》。此成绩的获得，和狩野直喜的学术引领是密不可分的。在《狩野君山先生、元曲和我》一文中，青木正儿回忆说："从这个意义上，我敢断言，我国元曲研究的鼻祖是君山先生。我只听讲过两首曲子就毕业了，那以后先生年年继续讲读元曲，至昭和三年退职前的十七年间，大抵每年在讲，其数大概占元曲百种大半以上了吧。把这样多的元曲一字一句地考察意思、精密读懂的学者，不用说在我国，就是在中国可能也难以找到吧。如此则先生不单是元曲研究的鼻祖，而且是被学界诸后辈仰为泰斗的良师。"②将狩野直喜视为

---

① ［日］兴膳宏：《豹轩——铃木虎雄》，见《中国古典文化景致》，李寅生译，236 页，北京，中华书局，2005。

② ［日］青木正儿：《狩野君山先生、元曲和我》，见《琴棋书画》，卢燕平译，189 页，北京，中华书局，2008。

"泰斗""良师",绝不是吹捧的虚言。日本中国学界中国文学近代性研究的起步标志之一,便是戏曲、小说等俗文学研究的兴起。而狩野直喜、森槐南、盐谷温等学者便是开创全新研究领域的第一批学者。在京都大学,狩野直喜首次将俗文学的讲授带到课堂,除了孜孜不倦于元曲讲读的同时,也著有《支那小说戏曲史》。青木正儿在《中国近世戏曲史》的序言中记述说:"及进京都大学,适际会我师狩野直喜先生将大兴曲学之机运,《元曲选》《啸余谱》等,堆学斋中,乃欣然涉猎,又承老师之指授,专事研究元曲,略得窥其门径也。当卒业也,老师戒以更进而求曲学大成,嗣后十数年,或修或废,碌碌无成。"①应该说,《中国近世戏曲史》与《元人戏剧序说》的最终完成,和狩野直喜的期待与鞭策是不无关系的。

在上述四位学者中,与青木正儿性情最为投合的是幸田露伴。幸田露伴尽管在京都大学的任教时间仅有一年多,但却给青木正儿留下了深刻的印象,两人结下了深厚的师生情谊。青木正儿说:"露伴先生为人极温厚,有平民式的轻松感,而性格可谓玉壶冰清,亦可谓碧潭澄澈,一介之尘、一滴之浊也不能容忍。过惯了艺术家无所忌惮的自由生活,一旦踏进官学之门,肯定觉得官僚气味刺鼻而不堪忍受吧。"②师生二人均具有宁静淡泊的艺术家气质,均对中华名物与中国古典文人的日常生活、特别是饮食生活均有浓厚的兴趣。在《老皮囊》《蜗牛庵联话》《读史后语》等著作中,幸田露伴旁征博引,详细地考证了中华名物的渊源。此种优哉游哉的学术研究,充满了无穷的趣味,于是让青木正儿如痴如醉。阅读了幸田露伴的《蜗牛庵联话》等著作之后,青木正儿便抱定了名物学研究的志向,跃跃欲试了。③ 相比而言,青木正儿的名物学研究在理论与实践上都较为成熟。幸田露伴仅是兴之所至地展开零碎的名物学研究。

---

① [日]青木正儿:《中国近世戏曲史·原序》,王古鲁译,蔡毅校订,1页,北京,中华书局,2010。

② [日]青木正儿:《京都帝国大学教官时代的露伴先生》,见《琴棋书画》,卢燕平译,177页,北京,中华书局,2008。

③ [日]青木正儿:《蜗牛庵夜谭和蜗牛庵联话》,见《琴棋书画》,卢燕平译,184页,北京,中华书局,2008。

而青木正儿不仅形成了完整系统的名物学理论，而且围绕着中华古典文人的生活，进行了系列化的名物考证，既辅助了中国诗文的鉴赏与研究，又再现了中国文化史与思想史的变迁。

(二)对老庄文化的迷恋

对于中国文化，青木正儿总有一种难以调和的矛盾心态，这在游记散文《江南春》中表现得尤为突出：

> 为了逃避上海的喧闹，我来到了杭州，住进西湖畔一家西洋风格的旅馆"清华旅馆"。周围正值赏花季节，极其热闹——旅客叽里咕噜的说话声、悠长的叫卖声、驴马的铃声、轿夫的号子声等等，好像乡下演戏时的幕间，没完没了，让我心烦。但是同时又有一种沉静的情调，让我不禁提起笔来描述它，那就是桌上的茶具和香烟、将我载入梦乡的床、还有隔壁佣人哼着的温柔的摇篮曲，这一切使我感受到家庭的气氛。①

青木正儿的的确确对中国文化具有一股浓厚的乡愁，然而让他魂牵梦绕的是古典中国，而不是现代中国。现代中国是嘈杂喧器的，都市化的上海自然如此，可是就连诗意盎然的杭州西湖也避免不了这一"现代化进程"。而若闭上眼睛冥想，沉浸在古典诗文的艺术空间里，便有一种来自古典中国的"沉静的情调"涌上心头。冥想中的古典中国，反而比现实中的现代中国，更加真实，更加引人遐思。

青木正儿做了一个文学化的比喻，古典中国是一首文雅别致、回味悠长的抒情诗，而现代中国则是一片驳杂散乱、平白无趣的散文；前者呈现的是自然美，而后者展示的是人工美。"在旅馆的楼上凭栏眺望，一切都被沉沉夜色所覆盖，大概西湖的自然美在夜间把主权转让给了湖畔

---

①　[日]青木正儿：《江南春》，见《两个日本汉学家的中国纪行》，王青译，97页，北京，光明日报出版社，1999。

夜市的人工美，而它却安然入睡了。我虽然没有欹枕遐思的古典式幽情，但孤客欹楼的一缕愁绪伴随着湖面的夜幕悄悄地升起在心头。"①青木正儿果真没有"古典式幽情"吗？置身于日思夜想的中国文化中，为什么还有一缕孤客的愁绪呢？诗意化的古典中国早已远去，只在现代中国留下丝丝点点的痕迹。因此，青木正儿的中国旅行，正像其名物学研究，有一个清晰的目的：从现代中国的点点滴滴出发，在浩如烟海的古典文献（尤其是古典诗文）的辅助下，复原一个诗情画意的古典中国。

　　需要特别注意的是，让青木正儿魂牵梦绕的古典中国，是单面的中国，是浸淫于老庄哲学中的中国文化。青木正儿对中国文化的态度可谓爱憎分明，一方面是严词批判儒家思想，另一方面是嗜好老庄哲学与文化。在《青木正儿对中国儒学的思考》一文中，刘萍将青木正儿称为20世纪初期日本文化界的"反孔"战士。② 在五四新文化运动中，儒家思想成了批判的标靶，陈独秀、鲁迅、吴虞等学者均撰写了批儒、反儒的文章或小说。对此，青木正儿不仅热情地响应，而且积极地将其思想介绍到日本学术界，《吴虞的儒教破坏论》就鲜明地表现了其对儒家思想的看法。此文在梳理与总结了陈独秀与吴虞的反儒思想之后，便明确指出，孔子之道在现代中国是不合时宜的。

　　青木正儿论道："紧随着中华民国的政治革命，便是文化革命。其中，道德观念的革命，可能是最为痛快淋漓的部分。它破坏了几千年来根深蒂固的儒家道德，取而代之的是努力从欧洲文化输入的新道德。"③在非儒、反儒的层层声浪之中，道德问题是一个焦点话题，这事实上也是青木正儿极为关注的话题。同样是批儒反儒，陈独秀与吴虞的批判视角是略有差别的。陈独秀所秉持的是启蒙主义、人道主义与宪政精神。

----

　　① ［日］青木正儿：《江南春》，见《两个日本汉学家的中国纪行》，王青译，104页，北京，光明日报出版社，1999。

　　② 刘萍：《青木正儿对中国儒学的思考》，见北京大学比较文学与比较文化研究所编：《多边文化研究》（第一卷），375页，北京，新世界出版社，2001。

　　③ ［日］青木正儿：《吴虞的儒教破坏论》，见《青木正儿全集》（第二卷），249页，东京，春秋社，1984。

吴虞当然也沐浴着"欧风美雨",但是他更愿意从道家思想的立场上去批驳儒教。相较而言,吴虞的批儒思路更为青木正儿所欣赏,青木正儿自始至终都将儒家与道家放在对位的关系中进行考察,对道家文化的颂扬,也是一种反儒的立场。陈独秀与吴虞的批判视野要更为宽阔,伦理学、政治学、社会学等方面均有所涉及,而青木正儿则聚焦于文艺,探讨了儒、道两家对中国文艺发展的深远影响,反儒崇道之情清晰可见。

整体而论,青木正儿对儒家文艺观的评价是客观而谨慎的,一方面从文艺全面发展的角度,肯定了儒家思想对中国文艺的规导作用;另一方面以纯文学为衡量标准,指明了儒家文艺观的偏差。青木正儿并未对儒家文艺观的正反面进行专章论述,而是将其渗透于先秦两汉文学,尤其是对《诗经》的品鉴中。青木正儿在《中国文学思想史》中论道:

> 然而在修学上,则是先德行后文学,这是孔门的教育原则,是万世不移的箴言。但由于对其理解有错误,当以德行为道德学说、以文学为文笔时,开始出现了过信道义和轻视文艺的现象,文艺便很难摆脱道义的桎梏。因此,汉儒不能离开道义去观察文艺,并且如此思索之风甚盛;正因为文艺在道义的支配下不敢自由发展,它才有存在的价值。周代文艺的杰作——《诗经》与《楚辞》,虽都已达到了优美的纯文学的境地,但汉儒却不轻易把它从道义中解放出来。相反,他们硬把它拿来纳入道学的桎梏之中。呜呼亦冤哉![1]

儒家文艺观的最大弊病,是偏激地将伦理道德作为文艺的至高标准,而对文艺本质的理解并不深入。不管是从《诗经》诞生时代的文化背景去看,还是从纯文学的视角而论,《关雎》都是一首标准的爱情诗。但汉儒却将之阐释为对"后妃之德"的咏赞,此种误解全是拜单一的伦理道德视

---

[1]　[日]青木正儿:《中国文学思想史》,孟庆文译,26 页,沈阳,春风文艺出版社,1986。

角所赐。然而，儒家文艺观在中国文艺思想史中是极具统治力的，即便反叛精神十足的道家文艺观也无法撼动其地位。它既限制了文艺的表达自由度，凡有碍于或不符于儒家思想的内容均遭到抑制或打压，又忽略了文艺的审美特性。作为一股对抗的潜流，道家思想时不时会为文艺松绑，一浪又一浪地推促了文艺的大发展。这便是青木正儿反儒崇道的缘由。

对儒家伦理道德的反感与对老庄文化的痴迷，全面左右了青木正儿的中国文艺研究。首先，被儒家文艺观所贬抑的戏曲与小说被恢复真身，因此戏曲也成为青木正儿中国文艺研究的重要领域。其次，名物学与文人画这两大研究领域的开拓，几乎完全出自青木正儿对道家美学的嗜好。再次，在个案研究中，青木正儿往往会选择那些深受道家文艺熏染的艺术家，如李白、袁枚、徐渭、石涛、金农等。最后，对于明清三大诗说，青木正儿尽管认为三大诗说各有不足、三者合一才是最完善的诗论，但是对"性灵说""神韵说"的好感是溢于言表的。

总而言之，对老庄文化的痴迷，使青木正儿对中国文化的态度既现代、又古典。对胡适、陈独秀、鲁迅等学者所掀起的五四新文化运动与新文学革命，青木正儿是击鼓相迎的。他热情四溢地向日本学界介绍中国文化与文学的发展新动向。他主张中国文化要秉持自由开放的态度，如此才能进入另一个繁荣昌盛的时代。与此同时，青木正儿对清新雅致、诗意盎然的古典中国怀带着一股浓郁的乡愁，这种热忱促使他将研究焦点放在了古典中国上。

（三）中西合璧的文学批评与鉴赏原则

在道家、玄学、禅宗思想观念的影响下，中国古典诗文的鉴赏批评偏向于"点到即止"的直觉感悟，缺乏系统化、抽象化的理论梳理。即便是初步建立系统化理论的《文赋》和《文心雕龙》，依旧与西方文艺理论著作有很大的差别。不管是思维模式，还是写作形式与语言，均是诗化的。德国中国学家卜松山在《中国的美学与文学理论》中论道："在中国古代，有关哲学（或与之相关）主题的讨论很少有像古希腊人那样的严密论证，更多时候是模糊的，或者更恰当地说，是有诗的气质。这种特点是古汉语相对开放的句法结构造成的，另一方面也来自许多含义模糊的概念以及比喻性、启示性的表达方式。因此，理解这些作品需要理性与直觉、美学途径的结合，而这种方法在现代西方很大程度上已经为人所熟悉。"①中国古典哲学拥有一个源远流长的诗化哲学的传统。道家、玄学与禅宗便是诗化哲学的典型代表。认知主体只有依靠直觉体悟，透过具体的物象，才能感知到"道""自然""空"等最高的存在境界。中国古典文论直接从诗化哲学那里继承了诗意化的思维模式与话语形态。零乱、片断的感性记录便成为中国古典文论的通常形态，宋以后的诗话尤其如此。

在 20 世纪初，西方文化观念与学术理论纷纷涌进，中国学术开始了从古典到现代的转型。大致而言，中国古典文论的现代学术转型主要依靠两种方式：一是文学史研究；二是阐发研究。在 20 世纪上半叶，中国古典文论的文学史研究更为流行，日本的铃木虎雄、青木正儿与中国的陈钟凡、朱东润、郭绍虞、罗根泽等学者均援引了这一研究思路。文学史研究模式，作为一种历时研究，能清晰完整地梳理出中国古典文论发展演进的来龙去脉。西方文学观念与文学理论成了无形的参考坐标，左右着文论家与文论著作的文学史地位。然而，文学史研究模式也有致命的弱点，即周到细致却繁杂无序的文学史叙述难以一目了然地凸显中国古典文论的理论框架、核心观念与民族特色。因此，共时的阐发研究便应运而生，朱光潜的《诗论》与《文艺心理学》便是代表理论著作。在 20 世纪下半叶，阐发研究成了中国古典文论的主流研究模式。阐发研究以西方文论的理论框架对中国文论进行概括总结，建立了简明扼要的理论框架，阐明了重要概念与术语的内涵。这些学术成果值得敬佩，然而问题依然丛生不断，中国古典文论在西方文论的理论体系与话语模式遭到了严重的歪曲。西方文论反客为主，中国文论则处于"缺席"或"失语"的状态。

---

① ［德］卜松山：《中国的美学和文学理论》，向开译，98 页，上海，华东师范大学出版社，2010。

不管是文学史研究，还是阐发研究，都将西方学术的思维模式与话语形态悄无声息地带进中国文论的研究之中。哲学化的逻辑分析，已被学者们普遍接受。叶维廉细致地总结出了西方文学批评的研究思路：

在一般的西方批评中，不管它采取哪一个角度，都起码有下列的要求：

第一，由阅读至认定作者的用意或要旨。

第二，抽出例证加以组织然后阐明。

第三，延伸及加深所得结论。

叶维廉在《中国文学批评方法略论》中指出：

> 他们依循颇为严谨的修辞的法则，exordium，narratio argu-mentatio 或 probatio rebutatio，peroratio 或 epilogue（始、叙、证、辩、结）不管用的是归纳还是演绎——而两者都是分析的，都是要把具体的经验解释为抽象的意念的程序。[1]

太多的归纳与演绎，太多的理性逻辑，会妨碍研究对象审美意境的释放。西方文学批评具有"逻各斯中心主义"（logocentralism）的特性，相信理性逻辑与语言的表达能力。然而，中国古典文论是反"逻各斯中心主义"的，因而理性与语言的权威遭遇瓦解。通过"道可道，非常道"，《老子》就试图说明"道"是超越语言与日常生活逻辑的。诗文中的"气韵""自然""境界"，类似于道家哲学的"道"，只能靠感性直观才能捕捉到。

谙熟中西诗学的叶维廉，显然对西方文学批评方法的中国移植有意见，哲学性的分析步骤与逻辑话语在中国诗歌的"具体经验的美学"面前显得爱莫能助。这涉及跨文化的文学阐释问题。吟读着李白的《静夜思》，抬头仰望着高悬于天空的皓月，欧洲人会和中国人一样思念家乡与亲人吗？当然不会，因为月之意象被中西文化赋予了不同的思想与审美内涵。

---

① ［美］叶维廉：《中国文学批评方法略论》，见《中国诗学》，3 页，北京，人民文学出版社，2006。

审美观念具有民族性，其精粹往往不易被外国人所理解。京都大学老一辈的汉学家们对这一问题早就有深刻体会。幸田露伴在《邦人岂能不解中国诗味》一文中说："科学无境域，而文学至今不能言无境域。文学不能不来自本国语言文字、风俗习惯、历史地理，以及其人种体性等。故而自然受本国之影响。因此，甲国甲人种之文学和乙国乙人种之文学，不可能相同。然而，若从第一种要义立论，甲国甲人种所好之文学，亦应为乙国乙人种所好之文学。只是甲乙之间的相互理解力、鉴赏力不够，因而甲国优秀之文学，要使乙国也承认其优秀，十分困难。"①他们相信，尽管诸多的民族差异是客观存在的，但是各民族文化与文艺在文化心理与审美模式上是共通的、是可以沟通与交流的。那么，如何让审美经验跨越国界，如何让文学阐释不"天马行空"而贴近原貌呢？

幸田露伴主张，只要增强理解力与鉴赏力，才能领略异国文学的艺术魅力。这仍旧是一个大而无当、缺乏可操作性的解决方案。京都学派的两大开创元勋狩野直喜与内藤湖南却有深入的学科自觉，确立了京都学派中国学研究的基本学风，即"京都的支那学是以中国人相同的思考方法、与中国人相同的感受方式来理解中国为基本学风的"，②试图克服民族文化差异所带来的理解障碍。青木正儿再进了一步，以名物学为媒介，在复原中国古典文化图景的同时，切实地缩短了研究者与研究对象的距离。

青木正儿的中国文艺思想研究，在理念与方法上实现了中西合璧。在历时层面，青木正儿结合纯文学观念与文学史研究模式，勾画出了中国文艺思想的演变史。而在共时层面，从中国古典著述原则出发，初步建立了中国文艺理论的理论框架。青木正儿在《中国文学概说》中论道：

> 《四库全书总目》"诗文评"之序论中，把自古以来评论诗文
> 的著作分成了五种，即是：（一）究文体之源流而评其工拙者；

---

① ［日］幸田露伴：《邦人岂能不解中国诗味》，见《书斋闲话》，320 页，北京，中华书局，2008。

② ［日］吉川幸次郎：《我的留学记》，钱婉约译，4 页，北京，中华书局，2008。

（二）第作者之甲乙而溯厥师承者；（三）备陈法律者；（四）旁采
故实者；（五）体兼说部者。我把它加以敷衍修正，而试分为次
之六种。

　　（一）品评作品者。（梁钟嵘之《诗品》等）

　　（二）记载关于作品之故实者。（唐孟棨之《本事诗》等）

　　（三）论文学之体者。（晋挚虞之《文章流别论》等）

　　（四）讲说文学之理论者。（唐释皎然之《诗式》等）

　　以上四者是文学评论之要素，不过若是严格的说来，则第
二项之故实类应该除外吧。还有兼具四要素之某项者，这又有
两种区别：

　　（五）系统的论述者。（梁刘勰之《文心雕龙》等）

　　（六）随笔的杂录者。（宋欧阳修之《六一诗话》等）

　　这两种不过只是记载法的不同，但自宋代以后，随笔的评
论书作得很多。因此有加以区别之必要。①

　　依照这一理论框架，历朝历代的文艺理论著作便各归其位、化零为
整，中国文艺思想史重要概念的演进理路便清晰起来了。一味用西方理
论阐释中国古典文艺理论，会陷入"失语症"的误区，会歪曲中国文学的
原貌。而对于青木正儿而言，这一问题是不存在的，这得益于其中西合
璧的研究思路。

---

① 　[日]青木正儿：《中国文学概说》，隋树森译，161页，重庆，重庆出版社，1982。

第三章　林田慎之助与中国六朝文论研究

　　林田慎之助(1932—　)是日本著名的中国学家，他的研究内容颇为广泛，其研究重点是中国六朝时期的文学和文论，并有专著《中国中世文学评论史》。他的部分论文被翻译到中国，刊登在《古代文学理论研究》等核心期刊上，受到中国学者的关注。截至目前，林田慎之助已经发表了一百多篇论文，出版了二十部专著。这些成果彰显了林田慎之助作为学者的勤勉和精深。其中，林田慎之助的中国学研究成果占据主要比重，包括专著十八部，论文八十八篇。内容不仅涉及中国古代文论，还涉及中国古代文学史、中国古代史。本章将以林田慎之助的《中国中世文学评论史》一书为核心，着重论述他的汉魏六朝文论研究。

一、汉魏六朝文论的总体研究

(一)对中国文学批评史的总体认识

　　林田慎之助于 1967 年发表了《中国的文学评论》一文，该文后被收入其著作《中国中世文学评论史》中。对于这篇文章，日本学者小西升给予了很高的评价："这篇论文不仅是概述中国文学评论史的优秀论文，更展示了林田氏宏观把握中国文学批评史的能力。"①本部分通过探讨林田慎之助对中国文学批评史的总体评价，进一步把握林田慎之助的中国文论观。

林田慎之助对中国文学批评的评述是从《诗经》时期始，一直延续到明清时期。具体说来，他是从文学评论的成立、诗文选集的编纂和文学批评、文学史论、文学理论这四个方面分别论述的。下面对林田慎之助的观点进行具体的分析。

其一，关于文学评论的成立问题。

这一部分又被林田慎之助分为文学批评产生的萌芽和文学批评的成立两个部分。被林田慎之助视为文学批评的萌芽的是孔子对《诗经》的整理以及《论语》中散见的对《诗经》的评价。比如，孔子所谓"乐而不淫，哀而不伤"以及"一言以蔽之：'思无邪'"等。孔子的这些对已有作品的评论，可以说是文学批评产生的萌芽状态。而曹丕的《典论·论文》，则被林田慎之助认为是文学批评成立的标志。值得注意的是，林田慎之助对《楚辞章句》《毛诗郑笺》等著作的关注。他认为这些著作"符合批评的机能，具备批评的基本条件"②，应该视为批评的萌芽期。对此，小西升认为这正表现了林田慎之助显而易见、一以贯之的"对中国文学批评史中诗文选集重要性的认识"。③另外，林田慎之助指出，处于萌芽期的文学批评，都没有体现文学的自律性，均是受儒教意识形态影响，主张文学的教化功用。相比之下，真正的文学批评出现之后，魏晋时期甚至整个六朝时期的文学批评，其主流都摆脱了儒教的束缚。林田慎之助延续了铃木虎雄的看法，认为"魏的时代是自觉的时代"，文学批评也在这一时期走向了自觉。

---

① ［日］小西升：《林田慎之助〈中国中世文学评论史〉》，见《中国文学论集》(9)，169页，东京，1980。

② ［日］林田慎之助：《中国的文学评论》，见《中国中世文学评论史》，4页，东京，创文社，1979。

③ ［日］小西升：《林田慎之助〈中国中世文学评论史〉》，见《中国文学论集》(9)，168页，东京，1980。

其二，关于诗文选集的编纂和文学批评。

从整篇论文来看，这一部分是林田慎之助着墨最多之处。其目的在于反驳当时学术界对诗文选集编纂和文学批评之间关系的忽视。诗文选集编纂和文学批评之间存在着怎样的关系呢？

林田慎之助认为，选集的编订体现了编者的选择倾向，而这种选择倾向也体现了编者美学的、伦理的评价标准。研究选集的编纂情况有助于研究编纂者的文学思想，而这种思想正是文学批评的一个重要组成部分。因而，林田慎之助用了大量的篇幅对整个中国古代不同时期所出现的重要诗文选集进行了详略得当的介绍和评论。在具体的研究中，林田慎之助也实践了他自己的主张，《〈文选〉和〈玉台新咏〉编纂的文学思想》就是一例。上海师范大学教授曹旭把林田慎之助的这篇论文翻译成了中文，并在导读中说："林田慎之助是日本著名的六朝文学研究专家，这篇文章，也是他的精心之作。文章不涉及编纂者问题，而是探讨《玉台新咏》和《文选》的编纂理念问题，亦值得一读。"①其实，林田慎之助研究诗文选集编纂理念的根本目的在于洞察编纂者的文学思想。《文选》和《玉台新咏》是六朝具有代表性的诗文总集，虽然两本总集编纂的对象有部分相同，但他们编纂的思想和眼光却迥然不同。两本诗文选集背后所折射的是萧统、萧纲两兄弟不同的文学思想。在林田慎之助看来，"《文选》代表了传统或者古典主义的文学思想，《玉台新咏》则代表了当时革新的流行的文学思想"②。所谓"传统的或者古典主义的文学思想"是和"当时革新的流行的文学思想"相比较而言的，这在《文选》《玉台新咏》两书中所收录的作品之差异上可见一斑。

其三，关于文学史论。

林田慎之助对中国文学史发展的脉络进行了简单勾勒，他的观点中值得注意的地方有两处：一是梁代在文学史上通常被认为是最自觉的时

---

① ［日］林田慎之助：《〈文选〉和〈玉台新咏〉编纂的文学思想》，曹旭译，载《上海师范大学学报》（哲学社会科学版），2006(1)。

② ［日］林田慎之助：《〈文选〉和〈玉台新咏〉编纂的文学思想》，曹旭译，载《上海师范大学学报》（哲学社会科学版），2006(1)。

期；二是郑振铎的《中国文学史》、鲁迅的《中国小说史略》等著作的产生标志着现代意义上的文学史的出现。

关于梁代是最自觉的时期这一说法应该是林田慎之助的看法，这和他对梁代文坛上所盛行的宫体诗的肯定态度有关。谈到"文学自觉"，学术界普遍认同的是铃木虎雄在《中国诗论史》中所提出的"魏代自觉说"。这一理论经鲁迅1927年的著名演讲《魏晋风度及文章与药及酒之关系》的介绍，逐渐成为学术界的常识。不过近二十年来，学术界也对此说进行了不少质疑，"汉代文学自觉说""宋齐文学自觉说""春秋文学自觉说"等观点也相继出现。就林田慎之助个人而言，他是赞同铃木虎雄的判断的，他在中国古代文论的研究中也自觉地把曹丕时代作为一个分水岭，认为自魏晋时代开始，文学批评才算真正出现。只不过在这自觉时期的范围中，林田慎之助认为梁代是更自觉的时期。林田慎之助研究六朝文学和文论，非常重视文学的"自律性"，重视文学、文论和儒家思想、政治教化的关系。而六朝时期对美的追求和认识也是他研究的重点。尤其是萧纲的"放荡论"理论体系以及当时盛行的宫体诗，更是让林田慎之助对梁代文学产生了浓厚的兴趣。宫体诗的盛行，虽然在后代常为研究者诟病，但在林田慎之助看来，这种创作恰恰是摆脱了陈腐教条束缚的自觉之作，是真正属于纯文学的范畴的。如果说，曹丕的文学观中"文章者，盖经国之大业"等论述还带着儒家经世致用的气息，那么萧纲的"文章且须放荡"则完全彰显了文学创作的无拘无束，更有肯定的价值。

其四，关于文学理论的研究。

对于文学批评史中的重要著作，林田慎之助几乎都有所涉及。他按照时间的顺序，对不同时期的文论著作都进行了介绍。清代的小说评论、戏曲评论也是他论述的重点。这一部分和第一部分以文学评论为标题的内容的区别在于，第一部分重点在于讨论文学批评的萌芽和成熟期的标志。而这一部分则接续第一部分的内容，对整个文论史尤其是六朝及以后的文论做了重点评述。虽然是介绍的成分居多，但仍有可圈可点之处。

1. 对《中国文学批评史》等著作的评价

林田慎之助对中国文学批评史的评价体现在其《中国中世文学评论

史》的"自序"上。在这篇"自序"中，林田慎之助交代了自己写作此书的缘由，即对现存文学批评史著作中所存缺陷的不满。这些中国学者的著作包括陈钟凡、郭绍虞、罗根泽的同名著作《中国文学批评史》以及朱东润的《中国文学批评论集》(《中国文学批评史大纲》)。林田慎之助总结了这些著作共有的缺陷："罗列材料较多，对作家作品的评论和欣赏较多，而把批评家的理论和创作实践结合在一起进行研究的则相对较少；在对评论家相关观点的论述中，大多仅限于评论家的文学批评著作，而没有重视评论家所参与的各种诗文集编纂中所反映的文学思想。"①

　　林田慎之助对以上著作的批评是否公允呢？首先需要指出的是，林田慎之助虽然提出了缺陷所在，没有赞美之辞，但并不意味着林田慎之助对这些著作持全盘否定的态度，林田慎之助不过是在具体的问题上就事论事而已。事实上，他所提到的这几部《中国文学批评史》在中国古代文论学术史研究上占有重要地位。尤其是陈钟凡的《中国文学批评史》，作为这一学科的第一部著作，其创始之功不可埋没。纵观这四部《中国文学批评史》，可谓是各有千秋。陈钟凡的著作粗略地勾勒了中国文学批评的历史线索、主要批评家和理论著作，从而大体地勾画了中国文学批评史的基本框架，填补了中国文学批评史的空白。郭绍虞的《中国文学批评史》可谓是皇皇巨著，全书分上下两册，约 75 万字。郭绍虞有一个非常重要的特点就是注重对批评史上重要"问题"的揭示。有学者指出："与此前陈钟凡先生平铺、罗列的写法不同，郭先生注意抓住批评史中一些重要概念和关键环节，纵向上努力勾画这些概念从酝酿、形成到影响、流变的历史进程，横向上则企图揭示其理论内涵与当时文学创作、学术思想的互动关系。"②的确，郭绍虞是带着问题意识写作的，他对文学观念以及含义的变迁等问题的阐释引起了强烈的反响。而提到罗根泽的《中国文学批评史》，学者们大都会称赞其材料的丰富和论说的细致："至于罗

---

① 　[日]林田慎之助：《自序》，见《中国中世文学评论史》，1 页，东京，创文社，1979。
② 　蒋述卓、刘绍谨、程国赋等：《二十世纪中国古代文论学术研究史》，41 页，北京，北京大学出版社，2005。

著，则历来以资料丰富著称，即以晚唐五代之诗格、诗句图为例，罗著
涉及诗格 20 余种，辨其真伪，并有简单之介绍。罗著对于资料的整理，
已下了切实的功夫。"①至于朱东润的《中国文学批评论集》（《中国文学批
评史大纲》），其在体例上与以上著作不同。他采用的是以批评家为纲的
体例，这种体例有利于展示一个批评家的完整面目，但是不利于集中揭
示批评史上的各种理论问题、各种文体批评的来龙去脉。

　　作为中国文学批评学术研究史上的奠基之作，以上的著作存在缺陷
也是必然的。特别是林田慎之助所提出的那些缺陷，在以上著作中也是
的确存在的。但是，林田慎之助所指出的缺陷，其主要原因并不是以上
学者的忽视，而是在于林田慎之助与他们在文学批评的看法上存在着不
同，这也就是下面将要探讨的文论观问题。

　　2. 林田慎之助的中国文论观

　　林田慎之助的著作《中国中世文学评论史》一书的书名中用了"文学评
论"一词。在此书的序言中，林田慎之助指出了写此书的目的，即希望避
免中日学术界现存此类著作的缺陷。可见，他是怀着自觉的意识进行写
作的。那么，林田慎之助所提到的此类著作包括哪些呢？

　　林田慎之助在《中国中世文学评论史》的"自序"中指出："目前中国有
陈钟凡、郭绍虞、罗根泽所著的同名著作《中国文学批评史》，朱东润的
《中国文学批评论集》（《中国文学批评史大纲》）等，日本有铃木虎雄的《中
国文论史》，青木正儿的《中国文学思想史》《清代文学评论史》等。"②林田
慎之助把自己的著作和以上所提及的著作归为一类，说明在林田慎之助
看来，他所使用的"文学评论"一词和其他学者所使用的"文学批评""文学
思想"等词的含义是类似的。

　　之所以要提出这个问题，并明确林田慎之助"文学评论"一词的指涉，
缘于对当代学术界所使用"文学评论""文学批评""文学理论"等词的混乱
状况的考虑。比如，研究古代文论的著作就有很多种不同的命名，在中

---

①　罗宗强、邓国光：《近百年中国古代文论之研究》，载《文学评论》，1997(2)。

②　［日］林田慎之助：《自序》，见《中国中世文学评论史》，1 页，东京，创文社，1979。

国比较常见的有《中国古代文论教程》《中国文学批评史》等，在日本又有《中国中世文学评论史》《清代文学评论史》等。"文论"即为"文学理论"的简称，事实上"文学批评"与"文学评论"二者的概念是相近的，可以互用，而与"文学理论"一词则存在着差别。美国当代著名学者韦勒克与沃伦说："在文学'本体'的研究范围内，对文学理论、文学批评和文学史三者加以区别显然是最重要的……最好还是将'文学理论'看成是对文学的原理、文学的范畴和判断标准等类问题的研究，并且将研究具体的文学艺术作品看成'文学批评'或看成是'文学史'。"①韦勒克和沃伦的上述看法是广为人知的，也得到了很多学者的认可。但是，他们所讨论的关于文艺学的这三个分支实际上彼此之间又是相互联系、相互影响的。这在中国古代文论的研究中尤其明显。在以《中国文学批评史》为名的著作中，著作多采用文学史的眼光，所研究的对象并不仅有具体的文学艺术作品，而且还包括对文学（主要是诗文）的原理、范畴等问题的研究。也就是说，如果按照韦勒克和沃伦的区分，这些命名为"文学批评"的著作，所进行的其实是"文学理论"和"文学批评"两个方面的研究。出现这种情况，当然和研究对象有关。在中国古代，纯粹的文学理论著作是少数，多数的文学理论著作，都包含着文学批评，即使是体大思精的《文心雕龙》也不例外。只有明确了这一问题，才能对林田慎之助的"文论观"进行剖析。

　　前面提到林田慎之助所评价的当时中国学者写作《中国文学批评史》的缺陷问题。林田慎之助所提出的三个缺陷当中，有两个涉及的都是"文学思想"问题。一个是诗文集编纂中的文学思想，另一个是诗人的文学思想。换句话说，林田慎之助认为，这些都是文论研究所应该重视的内容。这存在着一个重要的问题：文学思想的研究和文论研究的联系何在？文学思想是否应归入文论研究的范畴？

　　事实上，林田慎之助重视文学思想的研究的做法是有渊源可循的。前面所提到的青木正儿的《中国文学思想史》，即是先例。此书的核心内

---

　　① ［美］韦勒克、沃伦：《文学理论》（修订版），刘象愚等译，32页，南京，江苏教育出版社，2005。

容重在讨论文学思想的变迁，对文论的研究只占其中很少的一部分。具体说来，只有《魏晋时代纯文学评论之兴起》《晚唐时代诗格之尊重》《南宋之诗论》是涉及文论的。随后，青木正儿又出版了《清代文学评论史》。两书在内容上有很大的不同，从《中国文学思想史》到《清代文学评论史》，两者之间存在着一个重要转变，即对文论研究的加重。除了在第二章《文学序说》中，用了一节的篇幅讲《文学思想之发展》之外，剩下的内容几乎全部围绕着清代的诗人、词人、批评家以及重要批评著作展开。不过，青木正儿在《清代文学评论史·序》中的一段话引人深思：

> 　　整体思潮动向，大抵以评论形式出现，所以阅读评论是了解思潮的捷径。盖思潮是底流，评论乃是荡漾于表面的波涛。是深渊还是浅滩，虽然根据水波也能知道，但是渊底深浅、湍石多少，从表面却未必能够看透。这正是我侧重于评论的原因，也是在这个问题上感到不安的地方。本书的写作意图，在于希望通过本书看清思潮动向，而不是单纯叙述评论的发展过程。所以，最初京都大学的讲义便题作"文学思想"。但是今天回顾一下这份讲义，它并未收到预期的效果。因此，为避免羊头狗肉之讥，改题为"评论史"，虽然如此，其中仍有不成熟之处。①

　　在这段话中，青木正儿表达了对文学思想与文学评论之关系的看法。青木认为，研究文学评论是更好地洞察文学思潮的方法。文学思想不仅不是文学评论的一部分，而且从他的字里行间似乎可以看到其更重视文学思想的意味。

　　如果说林田慎之助对文学思想的重视受到了其导师青木正儿的影响，但从林田慎之助所论文学思想的重点上来看，又与青木正儿有着很大的不同。林田慎之助虽然重视大的文学思潮，但他更关注诗文集编纂中的

---

① [日]青木正儿：《序》，见《清代文学评论史》，杨铁婴译，2 页，北京，中国社会科学出版社，1988。

文学思想以及诗人的文学思想。在整部《中国中世文学评论史》中，林田慎之助用了一章的篇幅讨论了诗人的文学思想。那么，林田慎之助研究诗人的文学思想，其思路和结论是什么呢？下面拟以《阮籍咏怀诗考——围绕其孤绝的意识》《嵇康的飞翔诗篇》两节为例进行分析。在《阮籍咏怀诗考——围绕诗中孤绝的意识》一节中，林田慎之助立足于阮籍的具体诗作《咏怀诗》（八十二首），从《咏怀诗》中常用的意象和词语入手，去考察阮籍的思想倾向。比如，林田慎之助注意到，在这八十二首诗中，经常出现的意象有木槿、蜉蝣、丘墓、坟墓，而在运用太阳这一意象时，虽有"白日""朝日""朱阳"等不同的称呼，但这些称呼常常和"损""零""倾"等动词连在一起，这样本是明亮的意象，却被染上了灰暗的色彩。此外，结合阮籍所处的时代背景和具体的人际关系，林田慎之助认为阮籍的诗中充满了"危机意识""死亡意识""登仙思想"。因此，阮籍孤绝的心态也便一目了然了。在《嵇康的飞翔诗篇》一节，林田慎之助采用了类似的研究思路。他同样是从嵇康的具体诗作出发，对嵇康诗中各种鸟类意象进行了分析。林田慎之助敏锐地发现这些象征着自由的鸟类意象在诗中经常和"百罗""网罗"等词结合在一起出现，这样一来，嵇康向往自由而不得的痛苦心态便被淋漓尽致地表达出来。可以看到，林田慎之助的研究方法印证了他对上述所指三种缺陷中第一种缺陷（很少把诗人的理论和诗人的创作结合起来）的自觉克服。不过，这里又出现了一个问题：从阮籍、嵇康的诗作而非直接从文论出发研究其文学思想，其合理性何在？

　　也许，中国当代文学思想研究专家罗宗强先生的观点能为林田慎之助的做法提供佐证。罗宗强在为张毅《宋代文学思想史》一书所写的序言中称：

　　　　如果只研究文学批评与理论，而不从文学创作的发展趋向研究文学思想，我们可能就会把极其重要的文学思想的发展段落忽略了。同样的道理，有的文学家可能没有或很少文学理论的表述，而他的创作所反映的文学思想却是异常重要的。①

----

① 　罗宗强：《序》，见《宋代文学思想史》，2～3页，北京，中华书局，2006。

此外，从前面对林田慎之助研究诗人的文学思想的思路分析中可以看到，林田慎之助对诗人的心态也是非常关注的。阮籍的孤绝心态、嵇康向往自由而不得的苦闷都是林田慎之助重点分析之处。从这一点来看，林田慎之助的研究和罗宗强先生也有相似之处。罗宗强曾经强调："我以为，影响文学思想演变最重要的还是古人心态的变化，社会思潮对于文学的影响，最终还是通过士人心态的变化来实现。影响士人心态变化的因素极多，经济、政治、思潮、生活时尚、地域文化环境以至个人的遭际等等，都会很敏锐地反映到心态上来。"①

从时间上看，林田慎之助的研究比罗宗强的研究早了十几年。以上提到的研究诗人的文学思想的文章，林田慎之助早在 1969 年就以论文的形式发表了。文章被收入《中国中世文学评论史》中，1979 年由创文社出版，而此时也比罗宗强《魏晋南北朝文学思想史》《魏晋玄学与士人心态》问世的时间早。

罗宗强的研究受到了学术界的一致好评："关于文学思想史、士人心态的研究拓展了古代文论疆界之外的领域。对于古代文论的研究而言，这一领域是一更为广阔的视域，它为古代文论的研究打破其自身的封闭界限，走向更为生动、开阔的研究模式提供了新的范式。"②当然，和罗宗强关于文学思想、士人心态的研究成果相比，林田慎之助的研究是不够广阔和深入的，但其思路上的独特之处还是值得称许的。

可见，正是出于对文学思想与文学理论之间关系重要性的深刻认识，才使得林田慎之助在自己的研究中自觉克服陈钟凡等学者所著《中国文学批评史》所存在的缺陷。可以说，对文学思想的重视尤其是对诗人的文学思想的重视正是林田慎之助文论研究的特色之所在。

（二）汉魏六朝文论中的"情""志"问题研究

汉王朝的崩溃和经学的衰微使得魏晋士人的心态发生了很大变化，

---

① 罗宗强：《序》，见《宋代文学思想史》，6 页，北京，中华书局，2006。
② 蒋述卓、刘绍谨、程国赋等：《二十世纪中国古代文论学术研究史》，208 页，北京，北京大学出版社，2005。

对政治上建功立业的失望，使他们的眼光开始从外部转向内心，走向关
注自我的过程。这一时期玄学兴起，老庄思想的辐射和抽象思辨的练习
更加促进了士人对人生对内心的探索。《世说新语》中所记载的众多名士，
就是这个时代最真实的缩影。刘伶的痴酒，阮籍、嵇康的狂傲狷介，都
彰显了其作为个人的独特性情，而他们的行为也似乎和谦谦君子有着天
壤之别。做人如此，作诗亦如此。无论是从山水诗、玄言诗、游仙诗还
是宫体诗中，都很难看到诗人对现实的观照以及忧国忧民的情怀。这种
转变在文学理论中，同样有所体现，林田慎之助认为最显著的表现就是
随着年代的递降，"情"之主导地位和崭新的文学观得以逐渐确立。他在
文中以汉魏六朝的文学理论作为考察对象，把"情""志"看作两条独立发
展的线索，通过研究"情""志"两个概念内涵以及使用的频率，来具体分
析"情"是如何取得支配地位的。

1. "情""志""诗言志"

林田慎之助对"情""志"原始意义探究的切入点是《诗大序》，尤其是
其中"诗者，志之所之也。在心为志，发言为诗。情动于中而形于言"①
这几句。林田慎之助注意到在这几句中，"情""志"两个概念同时出现，
他认为，以此为线索，可以深入探讨这两个词语各自的特点及其相互关
系，进而为研究汉魏六朝文论中"情""志"关系做必要铺垫。

(1)"情"和"志"

通过对《说文解字》中"情""志"的释义，《礼记·礼运》篇"何谓人情？
喜、怒、哀、惧、爱、恶、欲"②对情的解释，以及董仲舒"人欲之谓
情"③说法的参考，林田慎之助给出了自己的定义：

> "情"是人类生而具有的本能。汉代以前，"志"都写作"识"
> "记"之义的古字。"志"的本来意义是知性的、认识性的心理机

---

① 方玉润撰，李先耕点校：《诗经原始》，45页，北京，中华书局，1986。
② 孙希旦撰，沈啸寰、王星贤点校：《礼记集解》，606页，北京，中华书局，1989。
③ 董仲舒、苏舆撰，钟哲点校：《春秋繁露义证》，302页，北京，中华书局，1992。

能，或者说是与这种机能相对应的意识性的心理活动状态。由
此，可以把"情""志"之间的关系归纳为：感于物而兴起的喜怒
哀乐是"情"，同"情"的某种目的相对应的意识性活动状态是
"志"。既然"志"是意识到了对象的志向性的心理机能，那它就
当然也包括纯粹的理智的内容。如果从"情"到"志"有一个流动
的过程，那么"志"也应包含和生物性本能相混合的非意识冲
动力。①

从上面所引用的材料中可以看到，林田慎之助对"情""志"做了比较
明显的区分。把"情"看作原始本能，理解为情欲、情感。这种判断大抵
是不错的，这也是传统中对于"情"的基本理解。关于"志"，林田慎之助
认识到了其中原始的"记录"的含义，并用"理智""意识性活动"等词语进
行了界定。林田慎之助对"情""志"的解释带有很强的现代性，他采用了
心理学和美学上的术语，很容易让人联想到西方美学中"感性"和"理性"
的区分。按照林田慎之助的观点，"'志'是意识到了对象的志向性的心理
机能"。"志向性"可以解释为"目的性"，那么，"志"的"理智""意识性"和
"目的性"决定了它本身所具有的理性特质，这也是其区别于"情"的关键。
但是，林田慎之助似乎又没有把"情""志"完全对立，"'志'也应包含和生
物性本能相混合的非意识冲动力"一句，说明了"志"也有"情"的因素，只
不过这种因素不占主导地位。

林田慎之助对"情""志"定义的把握，是放在《诗大序》的背景之中的。
对于《诗大序》，早在 20 世纪 20 年代左右就已经有学者进行研究了。对
于"志"的理解，闻一多在《歌与诗》一文中进行了论述。他指出："志与诗
原来是一个字，志有三个意义：一记忆，二记录，三怀抱，这三个意义
正代表诗的发展途径上三个主要阶段。"②其中的"怀抱"指的是情思、感

---

①　[日]林田慎之助：《汉魏六朝文学理论中的"情"与"志"问题》，卢永璘译，见《古代
文学理论研究丛刊·第十三辑》，17 页，上海，上海古籍出版社，1988。

②　乔志航编：《闻一多学术文化随笔》，12 页，北京，中国青年出版社，2001。

想、怀念等无确定界限的心理状态。可以看到，闻一多说的"志"的第三个意义"怀抱"，和"情"之间并非是截然对立的关系，他用"情思""感想"之类的词去解释"怀抱"就说明了这一点。朱自清引用了闻一多的解释，却进一步指出："到了'诗言志'和'诗以言志'这两句话，'志'已经指'怀抱'了。"①结合朱自清《诗言志辨》中的其他论述，"怀抱"和"礼"息息相关，和政治、教化是分不开的。换句话说，作为"诗言志"中的"志"，它所表现的"意"大多是非关修身，即关治国，抒发的不是一己的情感，而多和政教有关。这样，朱志清就对闻一多的"怀抱"进行了改造，其观点在当时也引起了很大的反响。林田慎之助赞同朱自清的看法，并在文中进行了肯定。

林田慎之助和朱自清观点的相似之处在于，他们都认为"情""志"这两个概念在《毛诗序》中是按照各自的性能做了区别的，而不是像孔颖达《毛诗正义》中所解释的那样，"情志一也"。

林田慎之助还对《诗大序》中的"情"进行了分析，他认为，《诗大序》对"情"的讽刺意味格外明显，虽说提出了"发乎情""吟咏情性"，但是"止乎礼义"的限制，注定了"情"是在政治功利性和道德节制性上被使用的。从这点上来看，"志""情"在政教上有了连接点。也就是说，这时的"情"表达的是"志"的意义，承载的也是政教的功能。虽然在《诗大序》中，"情""志"并提，但总体上说是以"志"辖"情"的。作为把"情""志"并举的《诗大序》，为什么会提到"情"呢？林田慎之助认为这正是《诗大序》无法漠视《离骚》《九章》等作品的表现。这些作品中浓郁的情感流露，甚至"愤慨之情"的抒发都是酣畅淋漓的，和"思无邪"的《诗经》有着很大的不同。《诗大序》的作者显然无法对此置之不理，但是囿于正统的文学观念束缚，对"情"进行了限制。那么，事实是否如此呢？林田慎之助的看法有可取之处，但并不准确。因为《诗大序》虽把"情""志"并提，但并不具有开创之功。荀子的《乐论》以及《礼记》中的《乐记》一文都提到了"情"的作用。可以说，《诗大序》关注"情"是对荀子等人的继承和延续。

---

① 朱自清：《诗言志辨》，2 页，桂林，广西师范大学出版社，2004。

(2)"诗言志"

林田慎之助在《汉魏六朝文学理论中的"情"与"志"问题》中指出：

> 不过，我对于说《毛诗》"诗言志"说是直接从孔子"诗教"说
> 而来的观点颇感犹疑。原因是：《毛诗大序》当然不能无视屈原
> 作品的存在，而屈原并非从"诗教"的立场出发，纯粹地贯彻"言
> 志"精神的，他的《离骚》《九章》等作品，都是用缠绵的笔调，抒
> 写失意与悲哀之衷情的。①

从上面的引文中可以看到，林田慎之助不赞同"诗言志"来源于孔子
的"诗教"说。按照他的思路，孔子的"诗教"说是没有"情"的因素存在的，
而在《诗大序》产生的时代，抒发"情"的作品，如屈原的《离骚》是存在的。
林田慎之助的观点涉及《毛诗序》中"诗言志"从何而来，以及《毛诗序》中
的"志"和先秦文献中的"志"有何区别，为解决这些问题，有必要对"诗言
志"这一"开山纲领"进行梳理。

> 文子告叔向曰："伯有将为戮矣! 诗以言志，志诬其上，而公
> 怨之，以为宾荣，其能久乎? 幸而后亡。"(《左传》襄公二十七年)

《左传》的记载，是"诗言志"这种观念最早的体现。结合此句出现的
语境可以看到，这里的"诗言志"主要指的是"赋诗言志"，即所言之志，
通过吟咏《诗经》里的诗表达出来。而郑国七子的回答，表明的"志"和他
们的政治理想和抱负有关。

《左传》之外，《论语》中也两次出现"言志"：

> 颜渊、季路侍。子曰："盍各言尔志?"子路曰："愿车马衣
> 裘，与朋友共，敝之而无憾。"颜渊曰："愿无伐善，无施劳。"子

---

① ［日］林田慎之助：《汉魏六朝文学理论中的"情"与"志"问题》，卢永璘译，见《古代
文学理论研究》(丛刊·第十三辑)，19 页，上海，上海古籍出版社，1988。

路曰："愿闻子之志。"子曰："老者安之，朋友信之，少者怀之。"（《论语·公冶长》）

三子者出，曾皙后。曾皙曰："夫三子者之言何如？"子曰："亦各言其志也已矣。"（《论语·先进》）

颜渊、子路、曾皙、冉有、公西华各言其志以及孔子的总结都关乎社稷、治国，和政教相关。此外，《论语》中还记载了不少孔子对《诗经》的评价，通过分析这些评价，孔子的诗教观就一目了然了。比如，《论语·子罕》记载："吾自卫返鲁，然后乐正，《雅》《颂》各得其所。"《论语·子路》记载："子曰：诵诗三百，授之以政，不达；使于四方，不能专对；虽多，亦奚以为？"《论语·阳货》有："小子！何莫学乎《诗》？《诗》可以兴，可以观，可以群，可以怨。迩之事父，远之事君；多识于鸟兽草木之名。"可见，孔子论诗，注重的多是诗的现实功用。学诗的目的，是为了在政治外交活动中有所作为。而"兴、观、群、怨"这四个作用，除了"兴"涉及诗的审美作用之外，另外三个关注的均是诗所反映的社会政治道德风尚以及干预现实、批评社会的作用。事实上，《诗经》中并非没有纯粹表达个人感情的诗篇，《郑风》《卫风》大多表现的是男女之情，可惜不仅没有被孔子重视，反倒被斥为"淫"。孔子之后，出现"诗言志"的主要文献列举如下：

《诗》以道志，《书》以道事，《礼》以道行，《乐》以道和，《易》以道阴阳，《春秋》以道名分。（《庄子·天下》）

诗言是，其志也；书言是，其事也；礼言是，其行也；乐言是，其和也；春秋言是，其微也。故风之所以为不逐者，取是以节之也；小雅之所以为小雅者，取是而文之也；大雅之所以为大雅者，取是而光之也；颂之所以为至者，取是而通之也。（《荀子·儒效》）

君子以钟鼓道志，以琴瑟乐心。动以干戚，饰以羽旄，从以磬管。（《荀子·乐论》）

　　　　德者，性之端也；乐者，德之华也；金石丝竹，乐之器也；
　　诗，言其志也；歌，咏其声也；舞，动其容也：三者本于心，
　　然后乐器从之。(《乐记·乐言》)

　　《尚书·尧典》因为成书较晚，其中所记载的舜的话，大多认为不可靠，"诗言志"的说法也大多认为是汉儒所作，因而在此不做评论。《庄子·天下》和《荀子·儒效》中的"诗"指的都是《诗经》。因此，可以认为，这些文献中所说的"诗言志"和《诗大序》中的"诗言志"之间是存在着差别的。《诗经》所言之"志"和《左传》中的赋诗言志，其内涵是相通的，所言之"志"大多和政治抱负相关。但到了《乐记·乐言》，乃至《诗大序》，"诗言志"中的"诗"就不仅仅指《诗经》了。屈原忧愤而作《离骚》，其愤慨之情，令人为之扼腕叹息，其中的情感流露，已经不是凭借《诗经》去"言志"所能表达得了的。至此，"以文献《诗》'言志'的观念与以文体诗'言志'的观念，有了质的区别"。① 不仅如此，"志"的内涵也发生了细微的变化。"志"所具有的志向、思想的含义，并不一定非要和政教相关。比如，《庄子》提到的"志"，更多的是追求一种自适之情的志向，而不是追求建功立业，关乎政治怀抱的志向。如果说"志"在《左传》以及孔子那里，多指政治抱负的抒发，"情"处于不被关注的地位。那么，到了战国时期，无论道家的庄子还是儒家的荀子，都把"情"纳入了自己的哲学体系中，"情"的价值逐渐得到了重视。据统计，《论语》中"志"出现 12 次，"情"仅出现 1 次；《孟子》和《老子》中均未提及"情"；《荀子》中"志"出现 45 次，"情"出现 36 次；《庄子》中"志"出现 33 次，"情"出现 66 次。庄子言"情"，涉及"常情""人情""物情"等问题，但他说的"情"更多的和"真""信""自然"有关。而且，庄子提到人的感情，往往是从对人情的否定上而言的。比如，庄子认为："吾所谓无情者，言人之不以好恶内伤其身，

_____

　　①　陈良运：《中国诗学体系论》，46 页，北京，中国社会科学出版社，1992。

常因自然而不益生也。"①又说："夫道有情有信，无为无形。"②"情"在庄子这里具有自然属性，"情"即自然，不仅有人情，还有物情、天地之情。"情"的本质则是真，"真人"亦是庄子所推崇的一种人。荀子言"情"，无论是"千万人之情"还是"一人之情"，则都是指人的情感。但是，荀子言"情"，又经常和"礼""礼义""性"连在一起。比如，"体恭敬而心忠信，术礼义而情爱人"③；"礼然而然，则是情安礼也"④；"纵情性，安恣睢，禽兽行，不足以合文通治"⑤；"忍情性，綦豨利跂，苟以分异人为高，不足以合大众"⑥；等等。把"情"和"礼""性"等词连在一起使用，事实上是对"情"的一种限制，使"情"具有了一定的道德属性。荀子的这些观点，和《诗大序》中所论及的"情""志"关系颇有相通之处。

通过以上分析可以看到，林田慎之助的怀疑是有道理的。他认为《诗大序》中所谓的"诗言志"直接来源于孔子的诗教这一观点是不正确的，其主要原因在于相比于《诗大序》中的"情""志"并提及以"志"限"情"，孔子的诗论中显然对"情"关注不够。而荀子则不同，"情"是荀子学说中的重点之一，"情"和"志"都是他所关注的对象。同时，荀子在论述"情"与"志"的关系上，其以"志"限"情"，把"情"与"礼"结合的立场和《诗大序》中的观点相似，从这个意义上说，《诗大序》受荀子学说的影响更深。

如前所述，林田慎之助把"情"看作人类生而具有的本能，而把"志"看作知性的、认识性的心理机能，或者说是与这种机能相对应的意识性的心理活动状态。如果对先秦两汉"情""志"概念以及两者之间的关系进行总结的话，林田慎之助的认识大体上是可取的。"情""志"的确有着相对明显的区分，孔颖达的"情志一也"的认识则是不正确的。"情"和人的本性有关，"志"则多和政治怀抱相连。"志"的内涵有一个发展的过程，

---

①　王世舜：《庄子注译》，75 页，济南，齐鲁书社，2009。
②　王世舜：《庄子注译》，79 页，济南，齐鲁书社，2009。
③　王先谦：《荀子集解》（上），28 页，北京，中华书局，1988。
④　王先谦：《荀子集解》（上），33 页，北京，中华书局，1988。
⑤　王先谦：《荀子集解》（上），91 页，北京，中华书局，1988。
⑥　王先谦：《荀子集解》（上），91 页，北京，中华书局，1988。

"志"也有思想、志向之意（比如庄子之"志"），但这一意义在先秦两汉时期并不占主流。此外，从对"诗言志"这一命题的梳理中可以看到，和孔子相比，荀子的理论对《诗大序》的影响更深。《诗大序》中的"诗言志"作为一个命题，并不是孤立存在的，是和"情"并提，这一点尤其值得注意。《诗大序》中有"诗者，志之所之也"，又有"发乎情"，"止乎礼义"，"吟咏情性，以风其上"。《诗大序》中并没有否定"情"之存在的重要性，"发乎情，人之性也"就是明证。只不过，其更强调"情"之"合乎礼仪"。换句话说，"情""志"的内涵虽然有明确区分，但二者并非是作为对立的双方而存在的。林田慎之助认识到了"情""志"之间的差别，所以他明确指出孔颖达所谓"情志一也"的不当之处。而《诗大序》作为汉代颇有影响力的文本，其对"情""志"关系的认识势必对后代产生深刻的影响。

　　2."诗缘情"的提出和"情志"的出现

　　探求"情""志"的含义，讨论《诗大序》中"情""志"之间的关系，都是为了更深入地研究"情""志"关系在魏晋六朝时期文论中的变迁。其中，"诗缘情"的提出和"情志"这一词语的出现是林田慎之助关注的重点。

　　(1)"诗缘情"的提出

　　"诗缘情"是陆机在《文赋》中首先提出的。但是，正如林田慎之助所言，"诗缘情"的提出是有一定的背景的，尤其是"缘情"诗歌的兴起。

　　　　"缘情"，通常认为是发端于后汉的古诗十九首和其他五言
　　形式写成的民间乐府诗。由于这种民间乐府诗都是抒情性作品，
　　因此后来的魏代建安文学集团就汲取其粗犷豪放的格调，创立
　　了五言体的文人诗。然而，这一时期的文学理论中，却根本没
　　有使用"情"的概念。与此相反，"志"这一概念，在建安文学集
　　团的盟主曹操以乐府为题的诗歌中则多次使用过。①

　　　　　　　　　　　　　　　　　　————————

　　①　[日]林田慎之助：《汉魏六朝文学理论中的"情"与"志"问题》，卢永璘译，见《古代文学理论研究》（丛刊·第十三辑），19页，上海，上海古籍出版社，1988。

在林田慎之助看来，不仅是古诗十九首，建安时期五言体的文人诗
也属于"缘情"类的诗歌。可是，这一时期的文人诗中，有不少提到"志"。
建安文学时期的"志"，究竟该做何解？是指诗人政治上的志向，还是指
抒发的感情？林田慎之助认为："曹操所使用的'志'中，含有开国武将那
种慷慨的基调，同时也显示了中世纪人们那种向往神仙境界的志向，它
具有一种阳刚的能动性。"①可见，林田慎之助认为曹操诗歌中的"志"是
和政治上的志向无关的，更多的是抒情时所表现出的慷慨之气。那么，
他的依据何在？对于这一问题，林田慎之助主要从"三曹"尤其是曹操的
诗歌以及曹丕的文论（主要是《与吴质书》和《典论・论文》）入手。曹操的
诗里有不少"歌以言志""歌以咏志"之类的诗句，而曹丕在《与吴质书》中
也用了很多次"志"。比如，"伟长独怀文抱质，恬淡寡欲，有箕山之志"
等。对此，林田慎之助解释道："曹氏父子所用的'志'，完全没有儒家
'诗教'的气味。就是说，汉代儒教支柱的崩溃，以及民间乐府缘情诗风
的影响，致使曹氏父子文学理论中'志'的概念，涤除了'诗教'的观念。
而三国动乱时代的阳刚的能动精神，又使他们在自己的文学理论中拒绝
掺入'情'的概念。"②林田慎之助做出此种解释，原因何在？如果对他的
解释进行具体分析的话，可以看到，他主要是立足于当时社会政治的变
化和抒情诗歌兴起这一大背景而言的，所谓"汉代儒教支柱的崩溃"和"民
间乐府缘情诗风的影响"即是具体表现。此外，林田慎之助还多次提到曹
氏父子诗歌中的慷慨之气，慷慨之气自然也离不开强烈感情的抒发，这
也是林田慎之助认为曹氏父子诗歌中的"志"和"诗教"无关的原因。不过，
林田慎之助对于这一问题的解释，有些牵强。曹操是诗人，但更是一个
政治家。他所谓的"歌以咏志"，所吟咏的也不可能仅仅是一己的感情，
他的志向多少会和"治国、平天下"相关。此外，以他的《步出夏门行》四
首为例，其中的"幸甚至哉，歌以咏志"一句，并无实在意义，作为乐府

---

①　［日］林田慎之助：《汉魏六朝文学理论中的"情"与"志"问题》，卢永璘译，《古代文
学理论研究》（丛刊・第十三辑），19 页，上海，上海古籍出版社，1988。

②　［日］林田慎之助：《汉魏六朝文学理论中的"情"与"志"问题》，卢永璘译，载《古代
文学理论研究》（丛刊・第十三辑），20 页，上海，上海古籍出版社，1988。

诗的格式，这是乐师们配乐时加进去的，只不过和前面的诗句放在一起，具有浑然天成的气势而已。如果以此作为论证"志"含义发生变化的依据，是不可靠的。对于林田慎之助所举的曹丕的例子，"箕山之志"中的"志"，应该是"志向"的意思。"志向"本身是没有感情色彩的，可以是儒家的"志"，涉及做官，也可以是自己的"志向"，个人对人生的追求。比如，《庄子·缮性》："古之所谓得志者，非轩冕之谓也，谓其无以益其乐而已矣。今之所谓得志者，轩冕之谓也。轩冕在身，非性命也，物之傥来，寄也。寄之，其来不可圉，其去不可止。"此段中，第一处"志"作为"志向"指的是自得之乐，第二处的"志向"，却是荣华高位之意。对于曹丕的文论中为何没有言"情"这一问题，林田慎之助的解释也是含糊的。他把原因归结为"三国动乱时代的阳刚的能动精神"，令人费解。文论中涉及"情""志"问题的，大多与探究文学（主要是诗）的发生论有关，曹丕在《与吴质书》以及《典论·论文》中并没有关注诗的产生这一问题。他所关注的重点在于文学的功用、作品风格不同的原因（"文以气为主"）、文体的区别以及对建安七子等人的评价。从这个角度来看，曹丕文论中没有涉及"情"是很正常的。此外，不可否认的是，曹丕的文论中虽然没有提到"情"，但却含有"情"的因素。《典论·论文》中的"气"，即一种融合了个性、情感、志趣在内的精神状态。在《与吴质书》里，曹丕用"公干有逸气"来评价刘桢，其中的"逸气"，即刘桢诗歌中的超逸脱俗之气，这种"气"自然也和其充沛感情的投射有关。此外，就曹丕的诗作诸如《杂诗》《燕歌行》等而言，无论是表达游子思乡、女子思夫之情，还是抒发曹丕的个人情感，都是真挚而动人的，这些作品可以说全无半点陈腐气息。

与诗歌中个人情感的抒发相呼应的，是这一时期文论中对"情"的重视，最典型的就是陆机在《文赋》中所提出的"诗缘情而绮靡"。正如朱自清所言，"诗缘情"的提出是当时以及之前诗坛上"言情"之作逐渐兴起的结果：

可是，"缘情"的五言诗发达了，"言志"以外迫切地需要一个新标目。于是，陆机《文赋》第一次铸成"诗缘情而绮靡"这个新语。"缘情"这词组将"吟咏情性"一语简单化，普遍化，并概括了《韩诗》和《班志》的话，扼要地指明了当时五言诗的趋向。①

陆机"诗缘情"虽然历来被看作与"诗言志"分庭抗礼的诗学思想，但对"诗缘情"理解却素来存有争议，更有人把"缘情"理解为"言志"："且夫诗也者，缘情以为言，而可通于政者也"（朱彝尊语）。也有学者认为"诗缘情"中的"情"指的是艳情，开了梁代形式主义的文风，因此对"诗缘情"持否定态度。对此，周汝昌做了非常细致的辨析。周汝昌认为，若想洞悉陆机"缘情"之"情"的本意，不仅应从《文赋》本身出发，还要从陆机的诗赋中寻求印证。通过对《叹逝赋》《思归赋》《文赋》中所出现的三次"缘情"的分析，可以看到，"则陆机本意之于'言志'，与'闲情'、'色情'、'艳情'并无干涉，就不待烦言而自明了"②。可见，"诗缘情"之"情"是指感情，不被"止乎礼义"所限制的感情。在《文赋》中，陆机9次言"情"，其"情貌""寡情""世情""六情"等皆和礼仪规范无关。

（2）"情志"的出现

和《诗大序》中分论"情""志"不同，这一时期的文论中开始出现了"情志"③这个词语。林田慎之助一共提到"情志"4次，兹列如下：

伫中区以玄览，颐情志于典坟。遵四时以叹逝，瞻万物而思纷。（陆机《文赋》）④

夫诗虽以情志为本，而以成声为节。然则雅音之韵，四言为正；其余虽备曲折之体，而非音之正也。（挚虞《文章流别论》）⑤

---

① 朱自清：《诗言志辨》，28 页，桂林，广西师范大学出版社，2004。
② 周汝昌：《陆机〈文赋〉"缘情绮靡"说的意义》，载《文史哲》，1963(2)。
③ "情志"这个概念早已有之。《尹文子·上篇》："乐者所以和情志"，已有"情志"的说法；《后汉书·文苑列传·赞》中有"情志既动，篇辞为贵"；张衡《思玄赋》中有"宣寄情志"。魏晋以来，"情志"这个概念更是被人普遍采用。这里所探讨的，主要是文论中的"情志"。
④ 郭绍虞主编：《中国历代文论选》（第一册），170 页，上海，上海古籍出版社，2001。
⑤ 郭绍虞主编：《中国历代文论选》（第一册），191 页，上海，上海古籍出版社，2001。

屈平、宋玉导清源于前，贾谊、相如振芳尘于后，英泽润
金石，高义薄云天，自兹以降，情志愈广。（沈约《宋书·谢灵
运传论》）①

常谓情志所托，故当以意为主，以文传意。以意为主，则
其旨必见；以文传意，则其词不流；然后抽其芬芳，振其金石
耳。（范晔《狱中与诸甥侄书》）②

林田慎之助对这四处的"情志"分别进行了解释。他把《文赋》中的"情
志"释为"情操"，并认为陆机一方面主张区别"情"和"志"的活动，另一方
面又是将二者同样看待的；《文章流别论》中的"情志"，并非陆机所谓的
"情操"之义，只不过是将"情"和"志"两个概念同时并用而已，就其诗学
观点，还是以"志"为主；《宋书·谢灵运传论》中的"情志"，其中的"志"，
分明是"性情"的同义语③；《狱中与诸甥侄书》中的"情志"，是以"情"为
重点的。那么，林田慎之助的解释是否准确呢？下面对这四处"情志"逐
一辨析。

陆机《文赋》中"颐情志于典坟"可谓是开了文论中"情志"并用的先例。
众所周知，《文赋》中"诗缘情而绮靡"一句素来被看作"缘情"说的重要里
程碑。此外，据统计，《文赋》一文，共提及"情"九次，提到"志"仅有两
次，陆机重情也因此可见一斑。如果对这两处"志"（"心凛凛以怀霜，志
眇眇而临云"，"六情底滞，志往神留"）进行分析，可以发现，"志"作为
与"心""情"相对而提出的概念，所表达的意思并不是一样的。此处的
"心"为内心，"心凛凛以怀霜"指的是内心所怀有的敬畏之情，如寒霜在
胸。"志眇眇而临云"中的"志"和"颐情志于典坟"中的"志"意义相近，可
释为"志向"，林田慎之助解释为"情操"，也是可取的。"志往神留"中的
"志"应指创作时的冲动和思路。可见，在陆机《文赋》里，"志"的含义已

---

① 郭绍虞主编：《中国历代文论选》（第一册），215 页，上海，上海古籍出版社，2001。
② 郭绍虞主编：《中国历代文论选》（第一册），222 页，上海，上海古籍出版社，2001。
③ 林田慎之助在注释中表示，此种解释参考了朱自清《诗言志辨》中的看法。朱自清解
释"二班长于情理"时，将"情理"看作为"情性"。

经和"怀抱""政治情怀"等有了距离。

《文章流别论》中的"情志"，和《文赋》中的"情志"含义不同。林田慎之助认为此处的"情志"虽并用，但是以"志"为主。林田慎之助的此种说法是有道理的。纵观《文章流别论》一文，共有五处言"情"，虽然相比于"志"（仅有一处）在数量上占了上风；但是，挚虞论"情"，所沿用的依旧是《诗大序》的传统。比如，"古之作诗者，发乎情，止乎礼义"；"古诗之赋，以情义为主，以事类为佐"；"情义为主则言省而文有例矣"等。① 其中的"情义"侧重的是"义"而非"情"，通过对比"古之赋"与"今之赋"，挚虞意在批评"今之赋"的以"义正为助"，从而主张"敷陈其志"。对赋如此，对诗亦然。他主张诗以"四言为正"，并且应"颂之所美者，圣王之德也"的思想也正是延续《诗大序》传统的表现。

对于《宋书·谢灵运传论》中的"情志"，林田慎之助借用朱自清的观点，认为其"情志"就是"情性"之意，这是不错的。除了"情志"之外，《宋书·谢灵运传论》中仅有一处言"志"，即"夫志动于中，则歌咏外发，六义所因"②。而这里的"志"分明就是"情"的意思。其原因在于，沈约在文中六次提到的"情"，均是没有被限制的"情"，是人们自然而然产生的感情。③ 尤其是沈约提出的"文以情变"和"以情纬文"，明确地指出了"情"与"文"的关系。另外，沈约诗文兼备，在文坛上颇有声望。钟嵘用"长于清怨"来评价他。沈约有少量山水诗，也有赋作、艳诗等。从沈约的诗文中也可以看到，吟咏离别之情、男女之情是其诗文的主流。

《狱中与诸甥侄书》的"情志"，林田慎之助认为是以"情"为重点的。他的理由如下："在这封书信中，作者使用了'情'、'意'、'情志'、'情性'等概念。他没有单独使用'志'字，而是用'情志'的概念包括了它。因此可以推测出，在总体上，范晔的文学理论是以'情'为重点的……他主

---

① 郭绍虞主编：《中国历代文论选》（第一册），190 页，上海，上海古籍出版社，2001。
② 郭绍虞主编：《中国历代文论选》（第一册），215 页，上海，上海古籍出版社，2001。
③ 把这 6 处"情"兹列如下："刚柔迭用，喜愠分情"；"若夫平子艳发，文以情变"；"以情纬文，以文被质"；"二班长于情理之说"；"徒以赏好异情，故意制相诡"；"并直抒胸情，非傍史诗"。

张在'理'、'志'和'情'、'意'二者之中，必须把后者放到诗论的中心地
位。这大约是受了六朝主'情'的时代精神影响之结果。"①而实际上，林
田慎之助的这一看法是不准确的。首先，据统计，《狱中与诸甥侄书》中
是有单独使用"志"的语句出现的，有两处，即"后赞于理近无所得，唯志
可推耳"；"欲遍作诸志，《前汉》所有者悉令备"。这两个"志"意思相同。
第一个"志"指的是《汉书》中的"十志"②，也是范晔认为班固《汉书》中最
值得称道之处。范晔"欲遍作诸志"中的"志"也是此义。此外，从林田慎
之助的论述来看，他把"理""志"和"情""意"看作两组对立的概念，这两
组内部又是含义相近的，即"理""志"相近，"情""意"相近。而实际上，
"志"与"意"才是含义相近的概念，主要原因有两点。其一，《说文解字》
对"志"的解释为："意也。从心之声。"对"意"的解释为："志也。从心察
言而知意。从心从音。"可见，"志"和"意"作为同属于心部的两个字，含
义是相近的。其二，范晔在针砭六朝流于华美的诗文之病时有："文患其
事尽于形，情急于藻，义牵其旨，韵移其意。虽时有能者，大较多不免
此累，政可类工巧图缋，竟无得也。常谓情志所托，故当以意为主，以
文传意。以意为主，则其旨必见；以文传意，则其词不流。然后抽其芬
芳，振其金石耳。"③"韵移其意"，"以意为主，以文传意"中的"意"当作
何解？按林田慎之助的解释，此中"意"的含义和"情"是相近的。事实上，
这里的"意"即"文意"，也即是作者所要表达的主旨。"以意为主，则其旨
必见"，做到了"以文传意"，就能避免"词不达意"的情况。因而，这里的
"意"和"情"在含义上还是有很大的区别。范晔在此封书信中共提到
"情"四次，即"情急于藻"，"此中情性旨趣，千条百品"，"既任情无例，
不可甲乙辨"，"所以称情狂言耳"。具体地分析这 4 个用例，"此中情性

---

　　　① ［日］林田慎之助：《汉魏六朝文学理论中的"情"与"志"问题》，卢永璘译，见《古代
文学理论研究》(丛刊·第十三辑)，26 页，上海，上海古籍出版社，1988。

　　　② 《汉书》是我国第一部纪传体断代史，分为纪、表、志、传四个部分，它的精华在十
志，即《律历》《礼乐》《刑法》《食货》《郊祀》《天文》《五行》《地理》《沟洫》《艺文》，记述上古到汉
代的政治、经济制度和文化史。

　　　③ 郭绍虞主编：《中国历代文论选》(第一册)，222 页，上海，上海古籍出版社，2001。

旨趣，千条百品"的"情性"侧重的并非"情"而是"性"，意在说明诗人个性和性格的不同是导致作品不同的重要原因；"既任情无例，不可甲乙辨"是评价班固的；"所以称情狂言耳"是评价自己的；只有"情急于藻"才涉及"情"与诗之创作的关系，但也是为了批评急于言情而忽略文采的做法。所以，《狱中与诸甥侄书》中的"情"之文论意义是很薄弱的，由此得出范晔的文学理论是以"情"为重点的结论有过度拔高的嫌疑。

3."情""志"关系在六朝文论中的变迁

如前所述，陆机《文赋》中"诗缘情"的提出，可谓是开了六朝文论重"情"的先河。但这也并不意味着"诗言志"传统的丧失，挚虞、裴子野等人依然坚守着儒家文论的阵地，反拨着这种专主情性的文学思潮。此外，和重"情"轻"志"的主流以及重"志"反"情"的支流不同，刘勰的文论则试图调和"情"与"志"之间的矛盾，其"情志"说很好地融合了"志"和"情"，这是无法忽视的重要文论问题。

（1）重"情"轻"志"的主流

林田慎之助在探讨这一时期重"情"轻"志"的主流时，所采取的思路是通过考察"情""志"在文论中出现的频率以及作者的文学思想，来判定作者在"情""志"关系上的立场。但是，林田慎之助在论及"情""志"在文论中出现的频率时，不够精确也不够全面。因而，为了对这一时期文论在"情""志"问题的侧重上有更直观的认识，拟对六朝主要文论中所出现"情""志""情志"的次数进行统计，见表3-1。

表3-1　六朝主要文论中"情""志""情志"出现次数统计表

文论著作目录	作者	"情"出现的次数	"志"出现的次数	"情志"出现的次数
《典论·论文》	曹丕	0	1	0
《与吴质书》	曹丕	0	3	0
《与杨德祖书》	曹植	0	1	0
《文赋》	陆机	9	2	1
《文章流别论》	挚虞	5	2	1
《宋书·谢灵运传论》	沈约	6	1	1

文论著作目录	作者	"情"出现的次数	"志"出现的次数	"情志"出现的次数
《南齐书·文学传论》	萧子显	4	0	0
《狱中与诸甥侄书》	范晔	4	2	1
《文心雕龙》	刘勰	150	83	1
《诗品》	钟嵘	10	4	0
《雕虫论》	裴子野	1	2	0
《与湘东王书》	萧纲	2	1	0

注："情志"单独归类，其出现的次数不重复计入"情""志"出现的次数之中。

通过表 3-1，可以很直观地看到六朝时期，尤其是南朝时期，文论中关于"情""志"的关系上，"情"是占据主导地位的。当然，只进行数字上的统计是远远不够的，仅凭数字上的统计并不能准确地反映文论作者的思想倾向，还应具体问题具体分析。此外，这一时期，"情"与"志"之间的关系并非那么泾渭分明，有时用"志"表达的却是"情"的含义。

对于这一点，林田慎之助也有着明确的认识，不过他所论述的重点在于钟嵘的《诗品》。林田慎之助认为，钟嵘在四处使用了"情"的概念①：

（一）"其源出于国风，骨气奇高，词采华茂，情兼雅怨，体披文质。"（《魏陈思王曹植》）

（二）"咏怀之作，可以陶性灵，发幽思。言在耳目之内，情寄八荒之表。"（《晋步兵阮籍》）

（三）"巧用文字，务为研冶，虽名高曩代，而疏亮之士，犹恨其儿女情多，风云气少。"（《晋司空张华》）

（四）"惠休淫靡，情过其才。世遂匹之鲍照，恐商、周矣。"

---

① 据前面的统计，《诗品》中共有 10 处言情。这里林田慎之助说 4 次，是不正确的。但从其所举例子可以推测出，他所统计的数字是没有包含《诗品序》的，并且剔除了"情性""性情"等由"情"字构成的词语。

（《齐惠休上人》）①

　　林田慎之助对这四处"情"，分别做了解释："（一）、（二）例中的
'情'，只是'心'的意义，尤其是第（二）例之'情'中是包含'志'的意味；
（三）、（四）例中的'情'，是指淫靡的儿女之情，是同'志'完全绝缘的宫
体诗之类的艳情。"②林田慎之助把（一）、（二）例中的"情"解释为"心"的
意义，那么"心"又该作何解？联系到林田慎之助对此解释的补充，即"尤
其是第（二）例中之'情'中包含'志'的意味"，可以认为林田慎之助所谓的
"心"含有和"志"类似的含义。然后，根据钟嵘对所评论人物列的等级，
其中的"上品"与"中品""下品"之别可以看出钟嵘对"艳情"之"情"的评价
是不高的。林田慎之助的这一看法是可取的，但他忽略了一个问题，即
这几处例子只是说明了钟嵘对"艳情"的态度，而"艳情"与"情"之间，还
存有不小的差距。但林田慎之助的关注点显然并不在此，他通过对《诗品
序》的分析，得出钟嵘"似乎是基本上站在'言志'的诗论立场上"的结论。
那么，既然如此，为什么钟嵘却回避使用"志"或"言志"的用语呢？林田
慎之助认为，这正是这一时期主情思潮的影响所在，以至于这种做法是
钟嵘自觉疏离复古主义理论的结果了。林田慎之助的这种解释，并不十
分妥当。实际上，钟嵘的诗学观并不是以"言志"为目的的，他的诗学理
论实际上是重"情"轻"志"一派中的重要组成部分。林田慎之助将其视为
"言志"诗论，其主要原因在于钟嵘推崇"情兼雅怨"，而"雅""怨"是儒家
诗论的重要构成部分。不过钟嵘提倡"怨"，恰恰是他重视情感的表现，
只不过"怨"是情感中的一种而已。钟嵘的"怨"和《毛诗序》中的"怨"有着
本质的不同。他所推崇的"怨诗"并不全是讽喻之作，更多的是对个人情
感的抒发。比如，他最推崇的曹植，曹植的怨诗，很多都是对自己所遭
受不公平待遇的哀怨。"非陈诗何以展其义？非长歌何以骋其情？"也是钟

　　① ［日］林田慎之助：《汉魏六朝文学理论中的"情"与"志"问题》，卢永璘译，见《古代
文学理论研究》（丛刊·第十三辑），29页，上海，上海古籍出版社，1988。
　　② ［日］林田慎之助：《汉魏六朝文学理论中的"情"与"志"问题》，卢永璘译，见《古代
文学理论研究》（丛刊·第十三辑），29页，上海，上海古籍出版社，1988。

嵘重"情"的表现。钟嵘评论诗的一个重要标准即是"干之以风力，润之以丹采"，只有这样，才能"使味之者无极，闻之者动心"，这样的诗才是"诗之至也"。其中的"风力"自然离不开充沛的情感力量。此外，钟嵘还提出了著名的"滋味说"，提倡"即目直寻"。"至于吟咏情性，亦何贵于用事?"则反映了他追求自然，反对用典的观点。钟嵘所举的例子，诸如"思君如流水"等诗句，也都是直抒胸臆之作。因而，把钟嵘放在"言志"一派，是有失偏颇的。

除了林田慎之助着重分析的《诗品》之外，《宋书·谢灵运传论》《南齐书·文学传论》《与湘东王书》等都是重"情"轻"志"之作。尤其是萧纲的诗论，"立身切须谨重，文章且须放荡"的呼喊明确地把"做人"和"作文"区别开来。其"放荡论"的提出，可谓是把感情的无拘无束提高到了无以复加的地步。不过，纵观萧纲的诗作，其所谓的"感情"多指男女之情，这在其宫体诗中可见一斑。但是，不管是哪一种类型的"情"，"情"之抒发的无所顾忌，较之于前人，都是一种进步。

(2)重"志"反"情"的支流

前面曾经细致地分析了挚虞的《文章流别论》中"情志"的含义，即"情志"一词的侧重点在于"志"。林田慎之助认为："他(挚虞)虽身处文学史上魏晋这一五言诗兴隆时期，却还认为渊源于《诗经》的四言诗才是正统诗体，他所持的是一种古典诗学观。"①林田慎之助所谓的"古典诗学观"其实就是指与儒家诗论以及《诗大序》等一脉相承的诗学观，即主张"诗言志"，重视诗歌的赞颂、讽喻等社会功用。从挚虞推崇"古之作诗者，发乎情，止乎礼义"②，以及认为赋应该"假象尽辞，敷陈其志"③来看，林田慎之助的判断是正确的。但是，正如林田慎之助所言，挚虞虽持传统的诗学观，但无可否认的是他还是受了当时重"情"思潮的影响，他在《文章流别论》中用"情志"一词就是证明。此外，挚虞虽在文章中提"情"不

---

① [日]林田慎之助：《汉魏六朝文学理论中的"情"与"志"问题》，卢永璘译，见《古代文学理论研究》(丛刊·第十三辑)，23页，上海，上海古籍出版社，1988。

② 严可均校辑：《全上古三代秦汉三国六朝文》，1905页，北京，中华书局，1958。

③ 严可均校辑：《全上古三代秦汉三国六朝文》，1905页，北京，中华书局，1958。

多，但他也并没有明确反对"情"，只不过在自己的文学理论中更偏重"志"而已。

真正高举重"志"反"情"大旗的是梁代的裴子野。他在《雕虫论》中明确阐明了自己的观点："古者四始六艺，总而为诗，既形四方之气，且彰君子之志，劝美惩恶，王化本焉。后之作者，思存枝叶，繁华蕴藻，用以自通。若悱恻芳芬，楚骚为之祖，磨漫容与，相如和其音。"①论完诗、赋之后，裴子野对梁代文坛进行了激烈批评："自是闾阎年少，贵游总角，罔不摈落六艺，吟咏情性。学者以博依为急务，谓章句为专鲁，淫文破典，斐尔为功。无被于管弦，非止乎礼义，深心主卉木，远致极风云，其兴浮，其志弱，巧而不要，隐而不深，讨其宗途，亦有宋之遗风也。"②

由此，林田慎之助认为："裴子野是非常明确地将'情性'和'志'作为对立性的概念来使用的，就是说，那些吟咏情性的人们一点也不顾及士大夫的儒家教养，都是玩赏花木风云之趣，精巧地缝缀淫丽诗文的唯美主义者。他们都缺少一种在王道教化上能起到劝善作用的'君子之志'。"③而在裴子野看来，诗歌是彰显"君子之志"的，"劝美惩善"才是诗中应有之义。因此，对于齐梁诗文中"志"的脆弱和丧失，裴子野是痛心疾首的。林田慎之助认为裴子野对齐梁诗风的批评有一定的道理，但又指出裴子野的"主要意图是复活陈腐的汉代诗学观点，从这方面看，他一步也没有超出复古派的道义优先主义"④。林田慎之助的判断是不错的。但是，结合裴子野作《雕虫论》的背景来看，对于当时文坛上盛行的宫体诗而言，裴子野的言论未尝不具有反拨的意义。吟咏性情，尤其是吟咏男女之情，在感情的解放上，在彰显诗歌的情本质上，都有着不容忽视

---

① 郭绍虞主编：《中国历代文论选》（第一册），324 页，上海，上海古籍出版社，2001。

② 郭绍虞主编：《中国历代文论选》（第一册），324 页，上海，上海古籍出版社，2001。

③ ［日］林田慎之助：《汉魏六朝文学理论中的"情"与"志"问题》，卢永璘译，见《古代文学理论研究》（丛刊·第十三辑），27 页，上海，上海古籍出版社，1988。

④ ［日］林田慎之助：《汉魏六朝文学理论中的"情"与"志"问题》，卢永璘译，《古代文学理论研究》（丛刊·第十三辑），27 页，上海，上海古籍出版社，1988。

的意义。但是，这些诗歌尤其是宫体诗中的部分作品，感情抒发之矫揉造作，甚至流于容貌器物的细致描绘，以至于失去了打动人心的情感力量。这些缺点，正是被裴子野意识到并极力批判的。

（3）"情""志"合流

林田慎之助所谓的"情""志"合流，主要是指刘勰在《文心雕龙》中所涉及的"情""志"关系。林田慎之助认为："从刘勰论述'情'和'文采'关系的言论中，也可以看出，《文心雕龙》全书处处都贯穿着一个观点，即主张在文学创作、特别是诗赋创作中，将'志'和'情'统一、调和起来……因此，刘勰所使用的'情'这一概念，是很接近于'志'的概念的；而他所使用的'志'的概念，其内涵也包括着'情'的观念。"①需要指出的是，林田慎之助的这种看法并不是他自己的创见。他在注释中明确指出，自己在研究这一问题时，参考了郭绍虞先生在《中国古典文学理论批评史》中的看法。

那么，"情""志"之间的关系在《文心雕龙》中究竟是什么样的状态？是如何合流的呢？林田慎之助自言"限于篇幅，不能详细论述，留待他日"②。不过，遍览林田慎之助的研究成果，也没有发现他对此问题的详细论述。因此，下面拟对此问题进行进一步的论述。

据统计，《文心雕龙》言"情"150 次，言"志"83 次，用"情志"这个概念 1 次。仅从数字上就可以看到刘勰对"情""志"的重视。可以说，《文心雕龙》几乎没有一篇不涉及"情"的概念。但是，刘勰在《序志篇》又把"本乎道，师乎圣，体乎经，酌乎纬，变乎骚"作为立论的纲领。从表面上看，这似乎是互相矛盾的。刘勰一方面倡"情"，另一方面又推崇儒家经典言"志"的传统。其实，刘勰始终是把"情"和"志"结合起来论述的。试举几例，兹列如下：

---

① ［日］林田慎之助：《汉魏六朝文学理论中的"情"与"志"问题》，卢永璘译，《古代文学理论研究》（丛刊·第十三辑），31 页，上海，上海古籍出版社，1988。

② ［日］林田慎之助：《汉魏六朝文学理论中的"情"与"志"问题》，卢永璘译，《古代文学理论研究》（丛刊·第十三辑），32 页，上海，上海古籍出版社，1988。

诗者，持也，持人情性；三百之蔽，义归无邪，持之为训，有符焉尔。人禀七情，应物斯感，感物吟志，莫非自然。(《文心雕龙·明诗》)

昔诗人什篇，为情而造文；辞人赋颂，为文而造情。何以明其然？盖风雅之兴，志思蓄愤，而吟咏情性，以讽其上，此为情而造文也；诸子之徒，心非郁陶，苟驰夸饰，鬻声钓世，此为文而造情也。故为情者要约而写真，为文者淫丽而烦滥。(《文心雕龙·情采》)

夫才量学文，宜正体制，必以情志为神明，事义为骨髓，辞采为肌肤，宫商为声气，然后品藻玄黄，摛振金玉，献可替否，以裁厥中，斯缀思之常数也。(《文心雕龙·附会》)

不妨以《文心雕龙·明诗》为例，探讨刘勰是如何把"情""志"结合在一起的。刘勰论诗，以《诗经》和《离骚》为例，分别从言志美刺和发愤抒情两个角度指出诗既有劝善惩恶之功用，又有吟咏情性的特点。王元化先生认为刘勰是把"情"和"志"作为两个互相补充的概念而提出的，其中的"情"和"志"有两种意义：分别作为文学创作的性能功用和文学创作的构成因素。[1]《文心雕龙·明诗》中讨论的"情""志"涉及的是第一种意义，即把诗"劝善惩恶"的社会功用和"吟咏情性"的特点相结合。而在刘勰的文学创作论体系中，"情""志"又可被看作不同的构成因素。按照王元化先生的看法，它们分别是属于感性范畴的"情"和属于理性范畴的"志"，两者之间是互相补充、彼此渗透的。[2] 刘勰不仅把"情""志"对举，他也常常把"情"与"理""义"等属于理性范畴的概念联系起来考虑。比如，《宗经篇》："义既极乎性情。"《诠赋篇》："情以物兴，故义必明雅。"因此，刘勰在这种意义上所提出的"为情造文"和"述志为本"之说并不矛盾，"情者，文之经"与"文以明道"也不矛盾。对于"情志"，王元化先生解释为

---

① 王元化：《文心雕龙讲疏》，204 页，桂林，广西师范大学出版社，2004。
② 王元化：《文心雕龙讲疏》，205 页，桂林，广西师范大学出版社，2004。

"渗透了思想成分的感情"①，这种看法还是比较准确的。

从以上的分析中可以看到，六朝文论中"情"与"志"之间的关系与两汉时期有着很大的不同。这一时期的文论重"情"轻"志"成了主流。重"志"反"情"支流的出现，又对"情"之矫揉造作以及文坛上堆砌文辞的诗风进行了反拨。而以刘勰为代表的"情""志"合流，不仅丰富了"情""志"的内涵，而且将"情""志"关系引入了正途。林田慎之助虽然在个别具体问题的分析上有失偏颇，但他对汉魏六朝文论中"情""志"关系的总体把握还是比较准确的。以"情""志"作为切入点，也体现了他独特的学术眼光。

二、《典论·论文》与《文赋》研究

魏晋南北朝时期的文学批评，出现了前所未有的繁荣景象，鲁迅曾经援引铃木虎雄的看法，认为曹丕所处的时代是"文学自觉的时代"。而曹丕首先写作的《典论·论文》和陆机总结创作经验的《文赋》无疑是这一时期的开山之作。林田慎之助对这两篇文章的评价颇高，他认为："这两篇文章预示了六朝文学的发展方向，使文学理论具有独立的意义；更为重要的是确立了适应时代的崭新的文学价值观；提出了关于文学语言形象化的独创见解。"②鉴于此，林田慎之助对《典论·论文》和《文赋》进行了研究，并提出了不少自己的见解。

(一)《典论·论文》中"气"的内涵

"气"是中国哲学史上的一个重要范畴。曹丕在《典论·论文》中提出了"文以气为主"的命题，对当时及后世影响极大。然而，历来的学者对"气"的解释却并没有达成一致。郭绍虞认为"气"有两种意义，即才气和

---

①　王元化：《文心雕龙讲疏》，207 页，桂林，广西师范大学出版社，2004。

②　［日］林田慎之助：《中国中世文学评论史》，74 页，东京，创文社，1979。

语气，"蓄于内者为才性，宣诸文者为语势"①；朱东润认为"气"，"指才性而言，与韩愈所谓文气者殊异"②；周勋初认为"气"的意义，"对于作者而言，当指其才性"，"表现在作品之中，也就成了不同的气势，这就是风格方面的问题了"③；张少康认为，"气"指的是"文章中的气，它是由作家不同的个性所形成的"④；王运熙认为，"气"指"作家作品的总体风貌，类似于今日所谓风格"⑤。通过对他们的观点进行归纳，可以看到，尽管有差别，但"气"的含义大多不出作者的才性和作品的风格两个方面。

对于"气"，林田慎之助给出了这样的解释：

这是把有决定性的、左右文学创作个性化表现的基本因素看作"气"，并且对它做了理论上的说明。音乐演奏曲谱虽然完全相同，由于吹奏乐器的人"引气"不同，必然出现巧拙之差。曹丕的这种观点，是建立在极素朴的生理气息论上的。

……

总之，曹丕所说的"气"，是指从呼吸产生的气力，他能够决定于气力差异有联系的个性。即使父子相传，兄弟相传，而决定作家个性的气力，也是不能相传的。⑥

由此可见，林田慎之助对"气"的内涵的把握主要是在"气"之生理基础上做了进一步的延伸，同样归结为作者的个性。强调"气"之生理上的意义，是林田慎之助和以上所涉及学者的看法之区别所在。若要对"气"进行正确而完整的诠释，有必要对曹丕之前关于"气"的论述进行总结，

---

① 郭绍虞：《中国文学批评史》（上册），94 页，北京，商务印书馆，2010。

② 朱东润：《中国文学批评史大纲》，23 页，武汉，武汉大学出版社，2009。

③ 周勋初：《中国文学批评小史》，22 页，上海，复旦大学出版社，2007。

④ 张少康：《中国文学理论批评史》（上），149 页，北京，北京大学出版社，2005。

⑤ 王运熙、顾易生：《中国文学批评史新编》（上卷），71 页，上海，复旦大学出版社，2001。

⑥ ［日］林田慎之助：《〈典论 • 论文〉和〈文赋〉》，张连第译，见《古代文学理论研究》（丛刊 • 第十二辑），112 页，上海，上海古籍出版社，1987。

这样才能从中看到曹丕之"气"内涵的继承和创新之处，进而对林田慎之助的看法做出客观的评价。

　　"气"字最早出现在殷周甲骨文和青铜器铭文中，为象形字。许慎的《说文解字》解释为："气，云气也。"西周末年，随着社会矛盾的激化和周王朝的衰微，人们头脑中的"天"的概念开始动摇。在农业、天文、医药等科学发展的基础上，人们开始用"气"来解释某些自然及社会现象。《国语·周语》上记载有伯阳父论地震的一段话："周将亡矣！夫天地之气，不失其序；若过其序，民乱之也。阳伏而不能出，阴迫而不能烝，于是有地震。"《左传》中也有不少类似的例子。《论语》中也出现了"血气"（《论语·季氏》）、"辞气"（《论语·泰伯》）、"食气"（《论语·乡党》）等，《孟子》也有"我善养吾浩然之气"之说。不过，此时的"气"，还不具有哲学上的范畴意义，它呈现出来的更多的是一种朴素直观。而到了老庄那里，"气"的含义又有所拓展。老子把"气"的概念纳入其以"道"为核心的框架中，庄子则把"气"看成是弥漫在宇宙间的普遍存在。正是阴阳二气的不断变化，才构成了宇宙万物生长、发展、灭亡的生生不息之过程。老庄之外，另有稷下道家学者把"精"与"气"结合起来，提出"精气"的概念。这在《管子·内业》中可见一斑："精也者，气之精也"。又有："凡物之生，比则为生。下生五谷，上为列星，流于天地之间，谓之鬼神；藏于胸中，谓之圣人。""精气"说认为精气是构成人生命的重要物质，是人生命得以存在的必要条件。到了汉代，进一步推进"气"论的人是王充。他认为，"万物之生，皆禀元气"（《论衡·言毒》），"人未生，在元气之中；既死，复归元气"（《论衡·论死》），"人之善恶，共一元气。气有少多，故性有贤愚"（《论衡·率性》）。可以看到，王充把"元气"和人的生命，甚至个性连在了一起。

　　可以想象，对魏晋之前的"气"论尤其是对于王充的理论，曹丕应该是了然于胸的。那么，林田慎之助强调"气"的生理意义便不显得突兀了。他立足于"气"的生理意义，认为曹丕关于"气"的理论是"建立在素朴的生理气息论上"也就容易理解了。"生理气息论"和生理相关，即指作家的体力、气力。曹丕在《与吴质书》中这样评价王粲："仲宣独自善于辞赋，惜其体弱，不足起其文，至于所善，古人无以远过。"①"体弱"也就是"气弱"，王粲"气弱"，反映在辞赋上，必然不会像孔融那样，"体气高妙"。而面对"曲度虽均，节奏同检"的音乐，却有"巧拙有素"的不同结果，这也正是"引气不齐"的缘故。这里的"引气不齐"，即是指吹奏乐器时所用的气力不同所致。因此，"气"有其生理上的含义，曹丕把"体"和"气"连用，同样也证明了这一点。从这个角度说，林田慎之助的解释是正确的。他没有像很多学者那样，把"气"之生理意义排除在"文气"说的解释范围内，说明他对中国哲学史中的重要范畴"气"有着较为深刻的理解。

此外，林田慎之助从素朴的生理气息论出发，把"气"的内涵进一步延伸到"个性"这一新的维度上。然而，把"气"简单地归结到"个性"，似乎显得有些单薄。"体气""气力"的不同，固然会有个性的不同，但是"气"所代表的精神状态和丰富内涵并不只是"个性"一词所能代表的。除却"个性"之外，"情感"也是不能忽视的。曹丕用"公干有逸气"来评价刘桢，其中"逸气"一词指的是刘桢诗歌中的超逸脱俗之气。这种"气"和其充沛感情的投射密切相关。以《赠从弟》（其二）为例，"风声一何盛，松枝一何劲"以及"岂不罹凝寒，松柏有本性"的诗句将松柏不畏严寒的本性刻画得淋漓尽致，同时也很好地表达了作者自己品德高洁、不愿意同流合污的愤世嫉俗之情。正是这种豪放的、不受约束的感情的释放，使其诗读来有"逸气"。同样的，曹丕认为徐干"时有齐气"也是如此。"齐气"一词的解释素有争议。《文选》李善注释为"齐俗文体舒缓"，也有学者认为"齐气"应解释为"平平之气"，或者应以《礼记・乐记》之"齐"释"齐气"之"齐"，即较近于"舒缓""俗气"之意。② 可见，相对于"个性"，把"气"看作是一种融合了个性、情感、志趣在内的精神状态更为合适。

立足于"气"之生理意义和"个性"，林田慎之助进而认为："曹丕的文学创作理论，是建立在一种宿命论和决定论思想基础之上的。他完全排

---

① 郭绍虞主编：《中国历代文论选》（第一册），165 页，上海，上海古籍出版社，2001。
② 曹道衡：《〈典论・论文〉"齐气"试释》，载《文学评论》，1983(5)。

除了后天的修养和写作实践是文学创作食粮的看法。"①曹丕的《典论·论文》主要从文学发生论、批评论、文体论、文学价值论等方面对文学进行探讨。关于文学发生论，他主要提到的就是"气"，并通过对"气"的阐述，表达了不同作者适合不同文体、"唯通才能备其体"的观点。的确，如林田慎之助所述，曹丕的"文气"说更多地关注了作家与生俱来的禀赋气质，几乎没有提及后天的努力，这也是《典论·论文》中缺陷之所在。

（二）《典论·论文》《文赋》与魏晋清谈的关系

曹丕把才性论运用到当时的文坛，掀起了对建安七子文才的评论。可以认为，陆机由于受到才性论的启发，开创了艰巨的关于文学创作根本课题的内部过程的研究。《典论·论文》和《文赋》，是在才性论影响下产生的。二者之间，一是侧重外在的批评；二是侧重内部过程的探讨。②

可以看到，林田慎之助认为无论是《典论·论文》还是《文赋》都是与"才性论"有关系的。此外，对于《典论·论文》中曹丕对建安七子的评价，他还认为，正是"从后汉末年混浊的政治局面里产生的清谈，助长了人物品评之风"③。林田慎之助进而得出如下结论："曹丕的《典论·论文》关于文才的评论，不仅受到时人的重视，而且从形式上培植了文学领域的批评风气。从这个意义上说，《典论·论文》在文学思想史上的影响，不能不说是巨大的。"④

人物品评，以及"才性论"都是魏晋清谈的重要议题。林田慎之助把《典论·论文》和《文赋》放在当时的思想背景中去考察，其思路当然是正确的。《典论·论文》中论及建安七子，有"王粲长于辞赋，徐干时有齐

---

　　① ［日］林田慎之助：《〈典论·论文〉和〈文赋〉》，张连第译，见《古代文学理论研究》（丛刊·第十二辑），113 页，上海，上海古籍出版社，1987。

　　② ［日］林田慎之助：《〈典论·论文〉和〈文赋〉》，张连第译，见《古代文学理论研究》（丛刊·第十二辑），117 页，上海，上海古籍出版社，1987。

　　③ ［日］林田慎之助：《〈典论·论文〉和〈文赋〉》，张连第译，见《古代文学理论研究》（丛刊·第十二辑），114 页，上海，上海古籍出版社，1987。

　　④ ［日］林田慎之助：《〈典论·论文〉和〈文赋〉》，张连第译，见《古代文学理论研究》（丛刊·第十二辑），115 页，上海，上海古籍出版社，1987。

气""应场和而不壮，刘桢壮而不密"等评价。把当时文坛上有才华的诗人放在一起评价，正是受到了当时人物品评之风气的影响。人物品评并不是自曹丕始。可以说，魏晋之前，已有不少关于人物品评的语句出现。《论语·先进篇》有言："德行：颜渊，闵子骞，冉伯牛，仲弓。言语：宰我，子贡。政事：冉有，季路。文学：子游，子夏。"孔子从"德行""言语""政事""文学"四个方面评价他的弟子，可以说是开了人物品评的先河。魏晋之前，还有一部分人物评论散见在各种史书里。《史记》中的"太史公曰"，《汉书》中的"赞"，都直接地表达了作者对所为之做传记的人物的看法。但是，真正使人物品评成为一项广泛的社会活动，并能对当时的学术文化、士人生活产生很大影响，则是在汉末魏晋时期。汉代盛行的察举制和曹丕实行的九品中正制，都要求选拔那些在地方上德才兼备，有声望的人。而宗族乡间的举荐和评论就显得格外重要，这也在客观上促进了品评之风的盛行。这一时期，出现了第一部专门辨析、品评人物的著作，即三国魏刘劭的《人物志》。全书共三卷十八篇，刘劭根据不同的才性，将人物分为"兼德""兼才""偏才"三类，并透过德、法、术三个层面分为"十二才"。此外，还有曹丕的《士操》等人物评论的著作。人物评论的盛行，还和魏晋清谈之风有着密切的关系。《世说新语》中记载了士人清谈的生活图景，人物品评是其中重要的组成部分。比如，王戎评价山巨源："如璞玉浑金，人皆钦其宝，莫之名其器。"①庾子嵩评价和峤："森森如千丈松，虽磊砢有节目，施之大厦，有栋梁之用。"②人物品评之风的盛行，自然会对曹丕产生影响，林田慎之助认为曹丕在《典论·论文》中对建安七子的评价是受了人物品评之风的影响，这种看法大抵是不错的。而对于林田慎之助所谓的"《典论·论文》从形式上培植了文学领域的批评风气"，当指曹丕开启了品评诗人、辞赋家的新风尚。如前所述，虽说人物品评的历史由来已久，但是曹丕的品评却和以前的品评存在着很大的区别。他所论述的并不是人才选拔的标准，也没有涉及道

---

①　刘义庆：《世说新语》，刘孝标注，114 页，杭州，浙江古籍出版社，2011。
②　刘义庆：《世说新语》，刘孝标注，115 页，杭州，浙江古籍出版社，2011。

德情操之类的修养，他的着眼点是"文才"。《典论·论文》作为最早的专门的文学批评论文，它的指导意义是显而易见的。以后的文学理论著作，诸如《文心雕龙》《诗品》等，品评诗人甚至直接给诗人列品第的方法，多多少少都会受到曹丕的影响。

　　关于魏晋清谈对《文赋》的影响，林田慎之助是从陆机写作《文赋》的动机着手的。陆机在《文赋》的开始谈到了自己的写作动机："余每观才士之所作，窃有以得其用心。夫其放言遣辞，良多变矣。妍蚩好恶，可得而言。每自属文，尤见其情。恒患意不称物，文不逮意，盖非知之难，能之难也。"①其中，"恒患意不称物，文不逮意"涉及清谈中的重要议题之一——"言""意"之辨。魏晋时期曾经围绕着"言"与"意"的关系进行了激烈的争论。当时，以何晏、王弼、嵇康为代表的一派主张"言不尽意"，而以欧阳建为代表的一派则主张"言尽意"，两派针锋相对，水火不容。林田慎之助认识到了陆机受到"言意之辨"的影响，但对于此种影响是如何在《文赋》中表现的，以及陆机持有何种立场的问题，他并没有涉及。"患意不称物，文不逮意"固然表现了陆机对能否准确表达自己文学思想的担忧，但并不能因此就认为他主张"言不尽意"。事实上，他对"言意之辨"的双方，是各有所取，又各有所弃的。陆机承认有"言不尽意"的情况存在，但是"言"并非完全不能尽"意"。在创作的开始，作者往往会"踯躅于燥吻"，心有"意"而不能成"言"，但是经过殚精竭虑地思考之后，最后还是能够"流离于濡翰"，即语言从笔底自然流出。《文赋》的内容主要讲的就是创作问题，即研究怎样以"文"逮"意"的方法。当然，这是一个非常艰辛的过程，作文之前，不仅需要"馨澄心以凝思，眇众虑以为言"，而且还要"收百世之阙文，采千载之遗韵"。虚静的心态、丰富的想象、前人的继承、文辞的选择以及独创的意识都是必不可少的，唯此，才能写出好文章。

　　除了从写作动机上阐述"言意之辨"对陆机《文赋》的影响之外，"言意之辨"对陆机更重要的影响应该体现在《文赋》的理论建构上。关于这一重

---

　　①　郭绍虞主编：《中国历代文论选》（第一册），170 页，上海，上海古籍出版社，2001。

要问题，林田慎之助并没有涉及。"言意之辨"虽然到魏晋时期才引起广泛重视与争论，但论及其思想渊源，却可以追溯到先秦。《周易》《论语》《老子》《庄子》中都有对"言""意"关系的论述。① 可以说，"言意之辨"中的"言"和"意"作为哲学范畴首先被陆机引入了文学理论中。"恒患意不称物，文不逮意"点明了"意""文""物"作为文学的三要素。其中"文"与"意"的关系是陆机探讨的重中之重，整篇《文赋》都是通过这两个基本范畴的关系来探讨文学创作中构思、想象等一系列问题。汤用彤先生认为："盖陆机《文赋》专论文学，而王弼于此则总论天地自然，范围虽不同，而所据之理论，所用之方法其实相同，均为'尽意莫若象，尽象莫若言''得意忘象，得象忘言'也。"②

至于林田慎之助所说的"才性论"，当指当时清谈的另一个重要议题——"才性之辨"。"才性之辨"作为魏晋玄学的重要论题之一，在魏晋哲学史上具有重要的地位和意义，它体现了玄学人论方面的独特性。"才性之辨"的主题比较明显，即讨论理想人格问题，其辩论的分歧在于"才"与"性"的异、同、合、离关系。由于对"才""性"的理解以及所持立场的不同，有"才性同""才性异""才性合""才性离"四种观点存在。那么，《典论 · 论文》《文赋》与"才性之辨"之间有何关系呢？如前所引，林田慎之助认为，《典论 · 论文》和《文赋》，都是在才性论的影响下产生的。二者的区别在于，一是侧重外在的批评；二是侧重内部过程的探讨。但是，仅仅得出这样的结论，显然不具有说服力，甚至于有些让人困惑。经过前面的梳理，可以明确地看到人物品评和"言意之辨"对二者产生的影响，但是"才性之辨"的痕迹并不明显。"才性之辨"究竟在哪个点上影响了《典论 · 论文》和《文赋》？这是个值得进一步探讨的问题。

"才性之辨"之"才"和"性"的含义无疑是丰富又经常引起争论的。但

---

① 《周易》中有："圣人立象以尽意，设卦以尽情伪，系辞焉以尽其言，变而通之以尽利，鼓之舞之以尽神。"《论语 · 阳货》中有："子曰：'予欲无言。'子贡曰：'子如不言，则小子何述焉？'子曰：'天何言哉？四时行焉，百物生焉，天何言哉？'"《庄子》中有："筌者所以在鱼，得鱼而忘筌；蹄者所以在兔，得兔而忘蹄；言者所以在意，得意而忘言。"

② 汤用彤：《理学 · 佛学 · 玄学》，326 页，北京，北京大学出版社，1991。

是，如果对其含义进行归纳的话，大致可以得到这样的定义："'才'总体上指先天的禀赋的智力、能力，显现为才华、才气。'性'的内涵有两部分构成：一是自然属性的气质之性，分为阴阳刚柔之性，称之为质性的部分；二是社会属性的道（道家之道）、德之性，包括意志和亲情，因此，常称德性之性为情性。"①这样，通过"才性之辨"，魏晋时人的人格理论也就逐渐形成了。才德兼备，并且具有平淡、任达的胸怀，品格上又有清静、俊秀的特点，这样的人格就是值得推崇的。"才性之辨"中所涉及的人格理论，自然和人物品评有关，事实上，"才性之辨"就是直接源于人物品评，反过来，这一议题的张扬又促进了人物品评的繁荣和发展。因此，林田慎之助所说的《典论·论文》受"才性之辨"的影响，应该还是指向人物品评这个交叉点上。

　　而对于《文赋》，其影响应该更集中地表现在"情"上。这里需要注意的是，"才性之辨"到了正始之后，由于王弼理论的盛行，以至于"才性之辨"顺理成章地发展为"情性之辩"了。其原因在于："受王弼玄学'以无为本'的本体论影响，理想人格的模式由刘劭《人物志》的'中庸'、'平淡'的儒道合一的圣人人格向老学化的圣人人格'与无同体'、'应物而无累于物'转变。情性之辩与才性之辨都是人格要素的构成问题和本体作用问题，但情性问题距本体论更近。"②王弼论情，偏重道家自然情感，主张以喜怒哀乐之真情为内容。他倡言"性其情"，主"圣人有情"，对中国哲学的情感理论的发展有着积极的意义。从《世说新语》记载的内容中可以看到，当时诸如阮籍、嵇康、刘伶之类的名士，其性情简傲，行为怪诞，视正统的道德规则为草芥，然而，他们却受到时人的推崇。这也从一个侧面证明了"情"之无拘无束的普遍性。陆机《文赋》对"情"的重视在与曹丕《典论·论文》的对比中可见一斑。《典论·论文》中通篇无一"情"字，而《文赋》中五次言"情"。尤其是"诗缘情而绮靡"一句，更是把"情"看作是诗之本质。"诗缘情"的提法，虽说与《诗大序》中"吟咏情性"之说一脉

---

①　姚维：《才性之辨——人格主题与魏晋玄学》，90 页，北京，人民出版社，2007。

②　姚维：《才性之辨——人格主题与魏晋玄学》，152 页，北京，人民出版社，2007。

相承，但是汉儒所谓的诗歌表达情志之"情"，是要求情感的节制，要求"止乎礼仪"的。在他们那里，诗歌抒情只是一种手段，其目的在于为政教服务，以达到"经夫妇、成孝敬、厚人伦、美教化、移风俗"的效果。陆机却从未提及诗的教化作用，只是单纯地强调了其审美上的意义，并以追求"绮靡"这一独特的风格作为目标。

如前所述，陆机对"情"的重视，是受到当时整个社会风气影响的。在玄学产生前夕，即王弼、何晏等人建立玄学的系统理论之前，由于正统观念的淡化以及政局的动荡已经导致的士人心态的变化，"从统一的生活规范，到各行其是，各从所好，而大的趋向，是任情纵欲"①。而到了正始时期，王弼、何晏对"圣人有无情"这一问题的论争，更掀起了论"情"的高潮。同时，王弼作为当时"才性之辨"中的主将之一，他的"情"说也影响了"才性之辨"的走势，使得"才性之辨"经过了"情性之辩"这一转折。因此，林田慎之助认为《文赋》受到才性论的影响应该是从这一方面来说的。

《典论·论文》和《文赋》，同受才性论的影响，但却表现出一个侧重外在批评，另一个侧重内部过程的探讨。其中的原因何在？

这种质的转换，和魏末晋初政权交替时期，不安的政治状况所引起的深刻思想变化有关，当时的政治状况威胁了人们的生存。可以看到，嵇康的音乐赋、养生论对形而上学强烈的关心和洞察；阮籍的咏怀诗中贯穿着鲜明的自我凝视；向子期、郭象在庄子注中展开了对相对论的思考。这些都表现了对抽象人生哲理的关切。正是由于魏晋时期思想和文学的现实，才产生了陆机《文赋》这样追求文学创作根源内省的文学理论。②

林田慎之助认为，《文赋》侧重对文学内部过程的探讨，是和当时的思想变化有关，即受到了当时注重思辨的整体社会风气的影响。的确如此，林田慎之助在文中提到的嵇康、阮籍、向子期、郭象都是魏晋玄学的重要代表人物。而这一时期的玄学内部有着两条路线的斗争："一条路

---

① 罗宗强：《玄学与魏晋心态》，31 页，天津，天津教育出版社，2005。
② ［日］林田慎之助：《中国中世文学评论史》，82 页，东京，创文社，1979。

线是以王弼、何晏为代表的'贵无'派，包括郭象倡导的'玄冥''独化'的
神秘主义；一条路线是嵇康、阮籍、裴颜、杨泉、欧阳建等人以不同方
式对贵无论的批评。"①"贵无"和"崇有"涉及的都是哲学的本体论问题。
对哲学本体问题的关心以及由此而展开的争论，必然也会影响到陆机对
文学本质的探究。陆机进一步扩充曹丕的"四科八体"，探讨了十种文体，
并对每一种文体的特质进行归纳。此外，陆机的"感悟说"也是对文学的
发生论所做的尝试。罗宗强意识到了玄学的思辨性对陆机所产生的影响，
他指出："由于对文学特质的逐步认识，也由于玄学培养了高度思辨的思
维方法，才使对于创作过程的思维活动和艺术技巧成为可能。这就是陆
机《文赋》之所以出现的最主要的原因。"②可见，罗宗强的看法和林田慎
之助的看法是一致的。

(三)《典论·论文》与《文赋》的比较

林田慎之助把《典论·论文》和《文赋》放在一起进行比较，其目的是
进一步考察《文赋》在哪些方面对《典论·论文》进行了继承和创造，从而
在肯定《典论·论文》价值的基础上，进一步突出《文赋》的创新之处。林
田慎之助首先从文体论上进行比较，他认为：

> 文体论是曹丕和陆机文论中共同研究的对象。曹丕列举了
> 奏议、书论、铭诔、诗赋八体，陆机列举了诗、赋、碑、诔、
> 铭、箴、颂、论、奏、说十体。他们还都对各个文体加以简评。
> 曹丕从奏议说起，从通行的散文角度入手，反映了他古典的文
> 体观。陆机先从诗赋入手，表现了他更重视自我的抒情的文学。
> 这一差异，和两人不同的社会身份以及不同的文学观有关。③

---

① 任继愈：《中国哲学史》（二），168 页，北京，人民出版社，2003。
② 罗宗强：《魏晋南北朝文学思想史》，6 页，北京，中华书局，1996。
③ ［日］林田慎之助：《中国中世文学评论史》，83 页，东京，创文社，1979。

文体论是《典论·论文》和《文赋》所共同涉及的一个重要问题。曹丕论文体："夫文本同而末异,盖奏议宜雅,书论宜理,铭诔尚实,诗赋欲丽。"①用"雅""理""实""丽"四个形容词概括八种文体的特点。陆机论文体则更为细致："诗缘情而绮靡,赋体物而浏亮,碑披文以相质,诔缠绵而凄怆,铭博约而温润,箴顿挫而清壮,颂优游以彬蔚,论精微而朗畅。奏平彻以闲雅,说炜晔而谲诳。"②陆机舍弃了曹丕所划分的议、书两种文体,增加了碑、箴、颂、说四种文体。仔细比较可以发现,陆机和曹丕在对一些文体特质的认识上,还是相当一致的,比如,论及"奏",都认为应该"雅";论及"诗",无论是"丽"还是"绮靡",都把目光集中在语言的华美上。也因此,林田慎之助认为,曹丕的文体论对陆机的文体观具有决定性的影响。但是,和曹丕相比,陆机的独创性何在?如上所引,相较于曹丕论文体把"诗赋"放在最后的做法,陆机论文体以论"诗""赋"这两种文体开始,林田慎之助看到了这一区别,认为这正表现了两人文学观的差异,即古典的文学观和重视自我抒情的文学观的差异。"诗缘情而绮靡"的提法,又比曹丕的"诗赋欲丽"更胜一筹,关注语言的华美之外,更对诗之本质做了探讨,诗是表达情感的,而非"言志"。

"诗缘情而绮靡"之外,"赋体物而浏亮"的观点,也被林田慎之助认为是对古典辞赋观的反动。那么,古典的辞赋观是以怎样的面貌呈现的呢?西晋挚虞在《文章流别论》中论赋时说："敷陈之称,古诗之流也。古之作诗者,发乎情,止乎礼仪。情之发,因辞以形之;礼仪之旨,须事以明之。故有赋焉,所以假象尽辞,敷陈其志。"③在挚虞看来,借助于天地万物之象,穷尽巧丽之辞作赋的目的是为了"敷陈其志"。这里的"志"当然不是指个人的感情。整个汉代,除了诸如张衡的《归田赋》之类为数不多的抒情小赋之外,整个"赋"的主流都是以讽谏和歌颂为目的。尤其是讽谏的作用,虽然最后未必真的能收到讽谏的效果,但是在汉代

---

① 郭绍虞主编:《中国历代文论选》(第一册),158 页,上海,上海古籍出版社,2001。
② 郭绍虞主编:《中国历代文论选》(第一册),171 页,上海,上海古籍出版社,2001。
③ 郭绍虞主编:《中国历代文论选》(第一册),190 页,上海,上海古籍出版社,2001。

最受重视。"讽谏"自然是"赋"的功用价值的一种表现，这也是和儒家的政治教化有关的。《诗大序》里曾经提到过"主文而谲谏"，文学也承担着进谏的政治功能。但是，仅从"赋体物而浏亮"一句就认为陆机对古典辞赋观进行了反动，未免显得难以让人信服。无可否认，"浏亮"是对"体物"的表达方法所做的限定，并没有涉及赋这种文体的本质。可以说，陆机"赋体物而浏亮"的表述并没有给赋的本质注入新鲜的血液，也就没有林田慎之助所谓的"对古典辞赋观的反动"这一被拔高的价值。事实上，整个汉代，本身就存在有两种不同的辞赋观。《汉书·王褒传》中记载汉宣帝论辞赋："辞赋大者与古诗同义，小者辩丽可喜，辟如女工之有绮縠，音乐之有郑卫，今世俗犹皆以此虞说耳目。"可以看到，汉宣帝区别了"大赋"和"小赋"，否定了传统的"郑声淫，放郑声"的观点，"虞说耳目"和"辨丽可喜"正是对"小赋"的抒情娱乐功用的赞美。可以说，东汉所出现的抒情小赋很好地诠释了这种辞赋观。

　　《典论·论文》和《文赋》同样对文学的不朽价值进行了肯定。林田慎之助指出，曹丕和陆机都选择在文章的结尾去论及文学的价值。此外，他还认为："曹丕讲文王著书、周公制礼，陆机也说复兴文、武之道。这两篇魏晋时期的文学论著，都一面阐述立功、立德的作用，一面又把立文的价值和立功、立德等同起来，特别唤起人们重视文学具有无限生命力的重大意义。这种文学观上的共同性，《文赋》和《典论·论文》是一脉相承的。"①接着，林田慎之助探讨了这种结果出现的原因。他分析曹丕把文章比作"经国之大业"，与曹丕的"文"观念有关，曹丕的"文"，是在广义的文学概念上使用的，但是，他评价建安七子，又是偏重于纯文学概念上的"文"来说的。林田慎之助的这一看法无疑是正确的。"文学"一词，始见于《论语》。"文学，子游子夏"中的"文学"被邢昺释为"文章博学"。汉代于"文学"之外，又有"文章"，分指学术和具有文学性的辞章。曹丕的"盖文章，经国之大业，不朽之盛事"的"文章"当指此种含义。对于陆机何以同样

---

　　① ［日］林田慎之助：《〈典论·论文〉和〈文赋〉》，见《中国中世文学评论史》，85页，东京，创文社，1979。

涉及文、武之道，林田慎之助并没有讨论。不过，这也并不难理解。陆机出身名门，祖父陆逊为三国名将，曾任东吴丞相，父亲陆抗也曾是东吴大司马，陆机在 14 岁的时候已开始和其弟陆云分领父兵了。有如此身世的陆机，重视立功、立德的作用，也便在情理之中。况且，《晋书·陆机传》中记载他："少有异才，文章冠世，伏膺儒术，非礼不动。"既然"服膺儒术"，那么儒家"修身、齐家、治国、平天下"的政治理想同样会存于陆机的心中。

在比较了《典论·论文》和《文赋》的文体观、文学价值观之后，林田慎之助着重论述了《文赋》在文论史上的重要意义，并指出了《文赋》在理论上的创造性：

> 陆机构筑形式主义文论的独创性，启发了齐梁时代刘勰《文心雕龙》精致的修辞美学的研究和永明文学的精密的音韵声律论的建立，并发现了丰饶的中国文学发展的可能性。①

需要指出的是，"形式主义文论"并非是林田慎之助提出的概念。这里，他借鉴了郭绍虞《关于〈文赋〉的评价》一文中的相关论述。郭绍虞为了解决对文赋评价不一的问题，把"风"和"骚"看作文学史上两条不同的路线，进而推广到文学理论上同样有两条不同的线，并且认为这两条线是处在矛盾的不断斗争之中的。他所谓的"形式主义"，是和"现实主义"作为对立的两个概念存在的。在论文之初，郭绍虞就一再强调，"形式主义"并不是对西方文论的简单套用。郭绍虞解释道："假使不拘泥于这些术语的意义，而看作是事物在运动和发展中所造成的矛盾对立现象，那么所谓现实主义或形式主义这些名称，也就不是绝对不可以运用，而对于文赋的本质也就比较容易理解了。"②其实，郭绍虞所谓的"形式主义"

---

① ［日］林田慎之助：《〈典论·论文〉和〈文赋〉》，见《中国中世文学评论史》，87 页，东京，创文社，1979。

② 郭绍虞：《关于〈文赋〉的评价》，载《文学评论》，1963(4)。

是想说明，陆机在《文赋》里并没有提及文学创作是要反映现实的，也正是从这个角度，林田慎之助认可了郭绍虞的判断，采用了"形式主义文论"这个争议颇多的表述。林田慎之助认为，陆机在《文赋》中没有论述作家对现实的态度问题，其原因在于现实并不是陆机真正关心的兴趣之所在。虽然，陆机的"感物说"解释了创作动机，但是，"遵四时以叹逝，瞻万物而思纷；悲落叶于劲秋，喜柔条于芳春"①的触动和文学是否反映现实是两个不同的问题，不可混为一谈。

"感物说"并不能说是从《文赋》开始的。《礼记·乐记》中有："凡音之起，由人心生也。人心之动，物使之然也。感于物而动，故形于生。"又说："乐者，音之所由生也，其本在人心之感于物也。"可见，"感物说"产生已久。不过，陆机的进步之处在于，"物"从社会生活之"物"扩展到"万物"，尤其是自然景物，这在《文赋》中得到了明显的体现。此外，相比于《礼记》中受约束的"情"，《文赋》中"瞻万物而思纷"，"思纷"一词表现了思绪的无拘无束和天马行空，挣脱了"发乎情，止乎礼义"的束缚。

至于林田慎之助所说的《文赋》对刘勰和永明文学产生的影响，主要涉及《文赋》中对遣词用句的论述以及语言的音乐性、语言形象化的探讨。

关于遣词用句，陆机认为："其为物也多姿，其为体也屡迁；其会意也尚巧，其遣言也贵妍。暨音声之迭代，若五色之相宣。"②"贵妍"和"五色"表明了陆机的文辞观，即追求语言的华美，注重其修饰作用。当然，"文辞"并不是孤立存在的，"辞"要和"意"配合，才能达到好的效果，否则必然会招致"两伤"的后果。此外，还要有创新的意识，要做到"谢朝华于已披，启夕秀于未振"③，同时还要意识到"立片言以居要，乃一篇之警策"④的重要性，唯其如此，才能写出不同凡响的优美文章。

林田慎之助认为陆机体现语言的音乐性最明显的证据就是《文赋》论

---

① 严可均校辑：《全上古三代秦汉三国六朝文》，2013 页，北京，中华书局，1958。
② 严可均校辑：《全上古三代秦汉三国六朝文》，2013 页，北京，中华书局，1958。
③ 严可均校辑：《全上古三代秦汉三国六朝文》，2013 页，北京，中华书局，1958。
④ 严可均校辑：《全上古三代秦汉三国六朝文》，2013 页，北京，中华书局，1958。

述作文的五种弊病，每种都是以音乐做比喻的。比如，批评简约而缺少
情趣的文章："阙大羹之遗味，同朱弦之清泛；虽一唱而三叹，固既雅而
不艳。"①关于《文赋》与音乐的关系，相比于《文赋》的其他研究，是相对
薄弱的一部分。最早的文章是饶宗颐 1963 年所发表的《陆机〈文赋〉理论
与音乐之关系》。他认为《文赋》中的"应""和""悲""雅""艳"实际上是音乐
上的术语，但饶宗颐此文的目的是通过"乐理"来进一步说明"文理"。此
后，这方面有分量的论文是张少康 1984 年发表在《文艺理论研究》上的
《应、和、悲、雅、艳——陆机〈文赋〉美学思想琐议》一文。张文认为，
陆机是用音乐做比喻，来表明自己的美学思想，即"应"对应内容和文辞
上的丰赡之美；"和"指文章内部各因素统一、和谐；"悲"指具有强烈的
情感力量；"雅"指不能因片面追求声色之美，而导致内容轻浮，格调低
下；"艳"指在内容充实的前提下追求华艳之美。而林田慎之助提及陆机
《文赋》中的音乐美，却有着和以上两位学者不同的意义。他讨论音乐美
的目的是为了彰显陆机对音韵声调的重视。林田慎之助认为，陆机从音
乐联想到文章的音乐美，从而要求重视语言的音响，要求音韵和谐，这
正是陆机有独到见解之处。虽然陆机的这种声调修辞说，较之以平仄法、
押韵法等具体的诗律方法的理论化的程度，还有很大距离，但是陆机毕
竟启发了永明声律的建立。认为陆机的声律论早于沈约的看法，不只是
林田慎之助一人的创见。沈约曾在《宋书·谢灵运传论》中自豪地说："自
骚人以来，此秘未睹。至于高言妙句，音韵天成，皆暗语理合，匪有思
至。张、蔡、曹、王，曾无先觉；潘、陆、谢、颜，去之弥远。"②沈约
认为，自己是发现声律论的第一人。但他的这一看法遭到了陆厥的讽刺：
"自魏文属论，深以清浊为言，刘桢奏书，大明体势之致。龃龉妥帖之
谈，操末续巅之说，兴玄黄于律吕，比五色之相宣。苟此秘未睹，兹论
为何所指邪？愚谓前英已早识宫徵，但未屈曲指的，若今论所申。"③陆

---

① 　严可均校辑：《全上古三代秦汉三国六朝文》，2013 页，北京，中华书局，1958。
② 　郭绍虞主编：《中国历代文论选》（第一册），216 页，上海，上海古籍出版社，2001。
③ 　萧子显：《南齐书》，487 页，长春，吉林人民出版社，1995。

厥的反驳言论"兴玄黄于律吕，比五色之相宣"从《文赋》中而来，可见，他认为陆机的《文赋》同样是涉及诗之声律的，并且比沈约要早。

至于语言的形象化问题，林田慎之助同样借鉴了郭绍虞的看法，郭绍虞在《关于〈文赋〉的评价》一文中指出，陆机之所以意识到了"意不称物，文不逮意"，是因为他注意到了文学语言的形象问题。郭绍虞还认为，相比较而言，逻辑性的语言比形象思维下的语言更容易塑造形象，口语文学比骈文更容易塑造形象。正因为此，陆机才在《文赋》中对文学语言如何表现形象做了明确的分析。

基于以上的论述，林田慎之助进而认为："六朝文学美的创造和理论上的总结，应该看成是由陆机《文赋》开始确立的。"[1]的确，仅是从"诗缘情而绮靡"中对情感的重视，以及对文学语言修辞的探讨来看，《文赋》对此评价是当之无愧的。

三、《文心雕龙》研究

刘勰所撰写的《文心雕龙》是中国文学批评史上第一部有严密体系的文学理论著作。林田慎之助用"中国文学中唯一可称为自成体系的批评理论专著"[2]来形容此书。对于如此"体大而虑周"的著作，林田慎之助并没有进行面面俱到的研究。相反，在强烈的问题意识的指引下，他选取了三个问题点，即《文心雕龙》的文学原理论、《文心雕龙》之"道"、刘勰之"道"与韩愈之"道"的比较等进行了细致而深刻的研究。由于林田慎之助研究《文心雕龙》的论文写于 1967 年，因而只有把他的研究成果还原到具体的时代背景里，才更能显示出其研究的深度和价值。

---

① ［日］林田慎之助：《〈典论·论文〉和〈文赋〉》，张连第译，见《古代文学理论研究》（丛刊·第十二辑），127 页，上海，上海古籍出版社，1987。

② ［日］林田慎之助：《〈文心雕龙〉文学原理论的若干问题——关于刘勰的美学思想》，见王元化选编：《日本研究〈文心雕龙〉论文集》，247 页，济南，齐鲁书社，1983。

(一)文学原理论的构成

所谓的文学原理论，是林田慎之助对《文心雕龙》中《原道》《征圣》《宗经》《正纬》《辨骚》这五篇内容宗旨的一种称呼。林田慎之助认为刘勰在这五篇中"说尽了创作论的要旨，与其他文体论、表现修辞论、形象思维论、文学史论、批评论等有所区别的是：刘勰在上述五篇中提出了所谓的文学原理论，显然想以此匡正批评基准的混乱状态"。① 可见，林田慎之助所定义的文学原理论，是具有总纲性质的，即具有明确批评基准，确定创作标准的意义。

的确，刘勰在《序志》篇中有言："盖文心之作也，本乎道，师乎圣，体乎经，酌乎纬，辨乎骚。文之枢纽，亦云极矣。"林田慎之助认为，刘勰其实已经很明确地提出了这五篇文章的重要性，即作为"文之枢纽"的独特地位。然而，令他不解和困惑的是，后世很多注释家、批评家不知出于什么原因，只把《原道》《征圣》《宗经》三篇联系起来作为文学原理论论述，而把《正纬》特别是《辨骚》视为与前三篇迥然异质者而等闲视之。

林田慎之助的质疑并非是毫无根据的，他所陈述的现象也确实存在。比如，范文澜在《文心雕龙·原道篇》校释之后所附的《文心雕龙》篇目构成图即是一例。范文澜把《原道》《征圣》《宗经》列为纵系，把《诸子》《正纬》作为派生篇目来看，此五篇被他视为《文心雕龙》的总纲。《辨骚》则被置于与《明诗》《乐府》等篇章平行的地位，确切地说，范文澜是把《辨骚》看成了刘勰所论文体的一部分。日本的学者青木正儿也把《辨骚》看作文体论的一部分，他在《中国文学思想史》一书中专门评价了《文心雕龙》："《文心雕龙》为包含五十篇论评文学之巨著，自《原道》至《正纬》凡四篇，以讨论文章之起源为主。自《辨骚》至《书记》凡二十一篇，分述文章诸体

---

① ［日］林田慎之助：《〈文心雕龙〉文学原理论的若干问题——关于刘勰的美学思想》，见王元化选编：《日本研究〈文心雕龙〉论文集》，248 页，济南，齐鲁书社，1983。

之流别。"①更早的日本学者铃木虎雄则把被刘勰称之为"文之枢纽"的五篇全部归入文体论的范畴："从总体上看，上篇二十五篇是论述文学之体裁，下篇二十四篇是解说修辞之原理和方法。因此，对于《文心雕龙》，可以分为文体论与修辞论两个方面。《序志》一篇另置。"②此外，还有不少学者并不把《正纬》《辨骚》当作"文之枢纽"所包括的对象来考察，而通常把《原道》《征圣》《宗经》三篇作为"文之枢纽"。③

　　林田慎之助对《文心雕龙》文学原理论的归纳，以及把《原道》《征圣》《宗经》《正纬》《辨骚》五篇当作一个整体来看待的做法反映了他对《文心雕龙》结构体例问题的思考。关于这一问题，刘勰在《序志》篇中已经做了划分：粗略地看，可以分为三个部分，即"文之枢纽，亦云极矣""上篇以上，纲领明矣""下篇以下，毛目显矣"；再细分，可以将《序志》以外的四十九篇分为"文之枢纽""论文叙笔""割情析采"三个部分。在刘勰划分的基础上，当代学者根据自己对《文心雕龙》内容的理解，做出了不同的划分，有"二分法""三分法""四分法""五分法""六分法""七分法"等。④ 林田慎之助并没有明确地对《文心雕龙》的结构做具体的分析，他所关注的是作为"文之枢纽"的文学原理论的重要地位。因此，对于把《原道》《征圣》《宗经》《正纬》《辨骚》五篇拆开来进行结构划分的做法，他是持反对态度的。

　　研究《文心雕龙》的结构体系，不能仅仅满足于形式结构上的划分，寻求体例内在结构的逻辑关系才应是研究的重点。一般而言，对于作为

---

　　①　[日]青木正儿：《中国文学思想史》，郑梁生、张仁青译，53～54 页，台北，台湾开明书店，1977。

　　②　[日]铃木虎雄：《中国诗论史》，许总译，81 页，南宁，广西人民出版社，1989。

　　③　比如，杨明照在《从〈文心雕龙〉〈原道〉〈序志〉两篇看刘勰的思想》(《文学遗产增刊》第十一辑)一文中论证刘勰的思想反映浓郁的儒教思想这一论点时，所采用的证据大多出自《原道》《征圣》《宗经》三篇，而很少涉及《正纬》《辨骚》；牟世金在《〈文心雕龙〉的总论及其理论体系》(《中国社会科学》1981 年第 2 期)一文中认为，属于总论的只有《原道》《征圣》《宗经》三篇，而其核心观念就是衔华佩实；张文勋在《文心雕龙的理论体系》(《云南社会科学》1981 年第 2 期)中提出，总论、文体论、创作论、批评论、总序五个部分构成其理论体系的轮廓，以《原道》《征圣》《宗经》三篇为整个体系的指导思想或总纲。

　　④　参考《文心雕龙学综览》中对其结构的划分。

"文之枢纽"的五篇文章，当时的多数学者都认为其中存在着主次之分。①
《原道》《征圣》《宗经》一般占主导地位，《正纬》《辨骚》居次要地位，甚至
作为反面来衬托《征圣》《宗经》的重要性：

> 舍人自序，此五篇为文之枢纽。五篇之中，前三篇揭示论
> 文要旨，于义属正。后二篇抉择真伪同异，于义属负。负者箴
> 砭时俗，是曰破他。正者建立自说，是曰立己。而五篇义脉，
> 仍相流贯。盖《正纬》者，恐其污圣而乱经也。污圣，则圣有不
> 可征；乱经，则经有不可宗。二者足以伤道，故必明正其真伪，
> 即所以翼圣而尊经也。《辨骚》者，骚辞接轨风雅，追迹经典，
> 则亦师圣宗经之文也。然而后世浮诡之作，常托依之矣。浮诡
> 足以违道，故必严辨其同异；同异辨，则屈赋之长与后世文家
> 之短，不难自明。然则此篇之作，有正本清源之功，其于翼圣
> 尊经之旨，仍成一贯。②

　　刘永济在这一段话里指出作为"文之枢纽"的五篇文章其"义脉""流
贯"是非常重要的，这说明其中存在的逻辑关系使之成为不可分割的整
体。但是，他对《正纬》《辨骚》的释义却存在着一定的问题，对"纬"和
"骚"的说法也并不符合刘勰的原意。刘勰在《序志》篇中提到"酌乎纬"，
对纬书可以酌采其"事丰奇伟，辞富膏腴"的一面，以增加文章的文采。
纬书虽不是圣人之文，但从文辞的角度来看，还是有可取之处的。至于
其"污圣乱经"的弊端，刘勰虽然提到，但并非因此对纬书做了全盘否定。
　　与刘永济的看法不同，林田慎之助把《原道》冠于文学原理论之首，
把《征圣》《宗经》《正纬》《辨骚》四篇置于相同的地位，这种看法是比较独
特的：

---

① 比如，马宏山在《论〈文心雕龙〉的纲》（马宏山：《文心雕龙散论》，1 页，乌鲁木齐，
新疆人民出版社，1982）一文中指出，前五篇是刘勰文艺理论的准则，但五项原则既不彼此
孤立，也不互相等同，而是有本有末，有主有从，有体有用，有真有伪。
② 刘永济：《文心雕龙校释》，11 页，北京，中华书局，2010。

　　我认为刘勰从培养中国文学的古典文体表现（思想）的立场
出发写了《征圣》《宗经》两篇，接着又从探索中国文学的修辞学
变革原理和抒情的发生形态的立场出发，写了比上述二篇更为
异端的《正纬》《辨骚》；他把这四篇综合起来考察了文的发生原
理，然后构成了带有形而上学意味的《原道》，将其冠于四篇
之首。①

　　可以看到，林田慎之助把《原道》之外的四篇置于平行地位的原因在
于它们共同阐释了"文的发生原理"，而《正纬》《辨骚》则显示了刘勰古典
文体的立场和修辞情感并重的文学观念。那么，林田慎之助的这种判断
依据何在？

　　林田慎之助认为，刘勰的文学观并不是死板僵硬的，他所追求的是
继承和革新并存的理想状态："夫设文之体有常，变文之数无方……明理
有常，体必资于故实。通变无方，数必酌于新声。"②刘勰在"确认经典内
在的古典文体具有能经受历史考验的文学恒常性的同时，也看到了文学
变革的必然性，即文学的可变性会随着历史的推移在文辞表现及其风格
上显露出来，而且会根据自身的特性吸收新时代的格调。"③而相对于以
经典作为研究对象的《征圣》《宗经》来说，《正纬》的研究对象是纬书，纬
书"事丰奇伟，辞富膏腴，无益经典而有助文章"，是值得后人"采摭英
华"之处；《辨骚》的研究对象是楚辞，楚辞不仅"自铸伟词"，是"词赋之
英杰"，而且在情感的抒发上，或"朗丽以哀志"，或"绮靡以伤情"，或
"瑰诡而慧巧"，皆具有"气往烁古"的力量。纬书文辞之美和楚辞感情抒
发之强烈顺畅正是经典著作中所匮乏的。《辨骚》之"辨"不仅有"辨析"之
义，还有刘勰所谓的"通乎变"之"变"甚至"新变"的含义。刘勰在《辨骚》

---

　　① ［日］林田慎之助：《〈文心雕龙〉文学原理论的若干问题——关于刘勰的美学思想》，
见王元化选编：《日本研究〈文心雕龙〉论文集》，253 页，济南，齐鲁书社，1983。
　　② 王运熙、周锋：《文心雕龙译注》，上海，上海古籍出版社，1998。
　　③ ［日］林田慎之助：《〈文心雕龙〉文学原理论的若干问题——关于刘勰的美学思想》，
见王元化选编：《日本研究〈文心雕龙〉论文集》，256 页，济南，齐鲁书社，1983。

里说："自风雅寝声，莫或抽绪，奇文郁起，其《离骚》哉!"①一方面把《楚辞》看作不同于《诗经》的"奇文"，另一方面又说"观兹四事，同于风雅者也"②，指出了《楚辞》对于《诗经》的继承关系，正好符合通变的要求。另外，刘勰在《时序》篇中评价楚辞时，这样说道："屈平联藻于日月，宋玉交采于风云，观其艳说，则笼罩雅颂，故知炜烨之奇意，出乎纵横之诡俗也。"③把屈原、宋玉的文章当作"艳说"，并且有"奇意"，就更清楚地说明了《楚辞》较之于《诗经》的"新变"之处了。这也是林田慎之助把《正纬》《辨骚》与《征圣》《宗经》放在同一个维度进行比较的原因，这四篇文章并置恰恰证明了刘勰在《文心雕龙》中一以贯之的"通变"观。

可见，林田慎之助没有把《辨骚》当作文体论的一部分来看待是正确的。如果把以楚辞作为研究对象的《辨骚》与《明诗》《诠赋》《颂赞》《祝盟》等研究专门文体的篇章归为一类，将会显得格格不入。楚辞和《诗经》中的诗歌相比，只是一种带有浓厚地方特色、具有新的表现手法的诗歌形式，并不能算是一种新的文体类型。而他以刘勰的"通变"观作为其文学原理论的内在逻辑也是颇有说服力的。林田慎之助以刘勰的"通变"观为依托，把《正纬》《辨骚》与《征圣》《宗经》的关系描述为文学发展中继承与革新的关系是很有见地的。关于这一点，当时的国内学者鲜有提及④，后来的国内学者却有不少类似的论述。⑤

---

①　王运熙、周锋：《文心雕龙译注》，32 页，上海，上海古籍出版社，1998。

②　王运熙、周锋：《文心雕龙译注》，35 页，上海，上海古籍出版社，1998。

③　王运熙、周锋：《文心雕龙译注》，395 页，上海，上海古籍出版社，1998。

④　据詹福瑞《望今制奇，参古定法》(詹福瑞：《汉魏六朝文学论集》，189 页，保定，河北大学出版社，2001)一文："六十年代初，学术界就刘勰《文心雕龙·辨骚》篇展开过热烈的讨论，讨论的重心是刘勰对屈原作品浪漫主义特征的认识和评价问题。近年来，关于《辨骚》篇的研究文章，多数还是围绕着刘勰对屈原作品的浪漫主义特征的态度展开讨论的。"

⑤　比如，周振甫的《谈刘勰的"变乎骚"》(张少康编：《文心雕龙研究》，377～386 页，武汉，湖北教育出版社，2002)一文中指出，刘勰把"变乎骚"列入"文之枢纽"，认为是文学理论中的关键部分，《楚辞》作为文学理论的关键，主要表现在"变"上，刘勰是以《楚辞》作为文之新变的代表。另外，周振甫还用图表直观地表现了《文心雕龙》上下篇的关系。作为"文之枢纽"的五篇被分为两类：《原道》《征圣》《宗经》为"常"；《正纬》《辨骚》为"变"，两类合在一起，论文之本体，常变结合，常中求变。

(二)《文心雕龙》之"道"

确切地说,林田慎之助研究"道",源于他对《文心雕龙》文学原理论的思考。他认为,一些研究者之所以把《正纬》《辨骚》剔除出"文之枢纽"的范围,这和研究者立足于儒家文学观有关。一旦把刘勰的批评纳入儒家文学观的范畴,《正纬》《辨骚》就显得格格不入了。那么,刘勰的文学观和儒家文学观是一脉相承的吗?由这个问题出发,"带有形而上学意味"的《原道》等篇章便成为林田慎之助考察的重点,对"道"内涵的探微也就成了他无法回避的问题。

1. 林田慎之助之前的日本学者对《文心雕龙》之"道"的研究情况

在论述林田慎之助的结论之前,有必要对林田慎之助之前的日本学者关于《文心雕龙》之"道"以及刘勰文学观的研究成果进行梳理,这样才能更客观地对林田慎之助的研究成果进行定位和评价。在林田慎之助之前,铃木虎雄、青木正儿、斯波六郎、户田浩晓等学者已经对此问题进行了一定程度的研究,现择其主要观点列举如下并做简单归纳。

> 刘勰强调文章要兼具政治事业之功用,认为文人必须修养德行,固然可以认为是儒教精神的反映,但是,他与其他儒家之流时时将文学与道德混而为一,又是完全不同的。刘勰主要是继承了梁昭明太子萧统的文学观,其对文学的根本思想与萧统是基本吻合的。①

铃木虎雄认为刘勰的文学观继承了萧统的文学观,并没有将文学和道德混而为一。萧统的文学观又具有什么样的特点呢?铃木解释道,萧统是以文质兼备的思想亦即超越道德论的作为独立的文学的思想来编纂《文选》,因而在《文选》中,他才能做到不选经、诸子、策士之论、史传等,而特别注重选取具有文学价值的作品。可见,在铃木虎雄看来,刘

---

① [日]铃木虎雄:《中国诗论史》,许总译,93页,南宁,广西人民出版社,1989。

勰的文学观属于儒家的文学观，但又具有一定的进步性，其进步性主要表现在文学与道德的疏离，即没有用陈腐的道德作为衡量文学价值的标准。

　　　　这部书是代表当时文学思潮的言论，但亦旁采汉儒之儒家思想的文学说，有欲矫正时流徒趋文饰，流于浮华之弊风的意思……然而他略带儒家的偏见，以为文是翼赞经的，所以有价值，又以为经是所有文学之根源，不，好像宁欲把经也包容于文学之中。①

　　青木正儿意识到了刘勰《文心雕龙》内容上的复杂性，即"代表当时文学思潮的言论"与"旁采汉儒之儒家思想的文学说"相统一。不过，他又认为刘勰"略带儒家的偏见"，对刘勰把"经"当作所有文学之根源表示质疑。
　　彦和此处（道之文）所谓的"道"，是与"玄黄色杂，方圆体分"的作用及"日月叠璧""山川焕绮"的作用相通的元气、理法等自然之道，绝不是道德秩序、人伦规范等当然之道……彦和认为"道"是天地间的元气乃至理法，这和老庄对"道"的解释是相近的。彦和的"道"的概念继承了老庄"一道万理"的思想。"人文之元，肇自太极"，如是，则彦和的"道"就兼有前述的老庄观点以及此处论及的儒家观点。②
　　斯波六郎并没有从总体上对刘勰之"道"下结论，他的分析较为细致。斯波六郎通过对《文心雕龙》中尤其是《原道》篇中的"道"进行具体分析，得出了"道"不仅是自然之道，儒家之道，还是老庄之道的结论。

　　　　《文心雕龙》一书，是六朝文学史上的杰作，其作者刘勰（字彦和），也是文章载道说的一个信奉者，因此，整理散见在《文

　　①　［日］青木正儿：《中国文学概说》，隋树森译，164～165 页，重庆，重庆出版社，1982。
　　②　［日］斯波六郎：《〈文心雕龙〉札记》，见王元化选编：《日本研究〈文心雕龙〉论文集》，41 页，济南，齐鲁书社，1983。

心雕龙》五十篇中的文章载道说，从中看刘勰的思想体系，乃是研究《文心雕龙》文学论者要做的第一步基本工作。……这"言之文"，即为文章，乃至为文学。至此，"道"也从天地自然理法的道，向圣人大道之道转化。……文为载道之器的思想，是一种认为用文章效用经世的功利主义文学观。刘勰是带有这种意味的功利主义的批评家，根据以上所述已可明了。①

　　户田浩晓明确指出，刘勰之"道"，经历了从"自然之道"向"圣人大道"的转化，甚至认为刘勰提倡的就是"文以载道"的思想，是经世的功利主义文学观。这个"道"，无疑就是儒家之"道"。

　　通过对以上日本学者关于《文心雕龙》之"道"的看法总结，可以发现这些学者的一个共同点，即多把"道"解释为儒家之道和道家之道，而很少涉及"道"和佛教的关系，而这恰恰是林田慎之助着重强调的。

　　2. 林田慎之助对《文心雕龙》之"道"的理解

　　那么，林田慎之助对刘勰《文心雕龙》之"道"的理解是怎么样的呢？他认为刘勰在《原道》篇中把天地始生的宇宙发轫期现象描绘成美丽的自然画卷，其立论基于此："文之为德也大矣，与天地并生者何哉？夫玄黄色杂，方圆体分，日月叠璧，以垂丽天之象；山川焕绮，以铺理地之形：此盖道之文也。"林田慎之助从中发现了刘勰受《易传》影响的痕迹，并指出"《易传》是一种形而上学，它穷究作为宇宙生成根本原理的道的性格，并讲论、推敲其在人生诸相中的体验"。② 同时，结合六朝的宋都开设有儒、玄、文、史四种学问的传习所这一现实，林田慎之助进行了大胆的推测：

---

　　① ［日］户田浩晓：《文心雕龙研究》，曹旭译，42～46 页，上海，上海古籍出版社，1992。

　　② ［日］林田慎之助：《〈文心雕龙〉文学原理论的若干问题——关于刘勰的美学思想》，见王元化选编：《日本研究〈文心雕龙〉论文集》，261～262 页，济南，齐鲁书社，1983。

　　《文心雕龙·原道》篇很可能是在这种影响下产生的。刘勰根据三玄的形而上学，把宇宙生成的根本原理称之为"道"，把"道"在自然现象上编织成的图案称之为"文"。他的观点可能基于《淮南子·原道训》，因此他的所谓"道"也仍然不过是玄学思维的产物而已。①

　　接着，林田慎之助又对自己的结论进行了补充和修正。他从《梁书·刘勰传》入手，从刘勰的阅历中捕捉到了佛教对其思想的影响因素，并指出，由于西晋以来玄学包括维摩经、般若经，可知在当时的思想界里，佛教思想已经逐步占了儒、道二教的上风，这是正确理解"道"所必须考虑的情况。除了《梁书·刘勰传》之外，刘勰所作的《灭惑论》一文也是林田慎之助所关注的重点，其中"梵言曰菩提，汉语曰道"之类的论述，更为林田慎之助的"儒、佛一致论"提供了证据。因此，林田慎之助便自然而然地得出了下面的结论：

　　　　这样看来，刘勰《原道》篇所说的"道"不是存在于万物之中、秩序井然的唯物的客观法则，而是一种人格的理念，并具有存在于万物生成的本源中、难以识悟的精妙的心灵作用。
　　　　刘勰以"道心"为美的理念，也可以说能从中发现美的就是"道"。而空玄无形而万象并应、寂灭无心而玄智弥照的佛心作为万物生成之根本的"道"的人格理念，给自然和人文世界带来了美的发现。②

　　由上可知，林田慎之助所理解的《文心雕龙》之"道"具有两个基本的特质。其一，刘勰的"道"和儒家思想并没有太多的关联，它更多的是在

---

　　①　［日］林田慎之助：《〈文心雕龙〉文学原理论的若干问题——关于刘勰的美学思想》，见王元化选编：《日本研究〈文心雕龙〉论文集》，262 页，济南，齐鲁书社，1983。
　　②　［日］林田慎之助：《〈文心雕龙〉文学原理论的若干问题——关于刘勰的美学思想》，见王元化选编：《日本研究〈文心雕龙〉论文集》，263 页，济南，齐鲁书社，1983。

玄学和佛教的影响下产生的。尤其是佛教的影响，占据了主导地位。"道心"即"佛心"。其二，在"道"属于唯物主义还是唯心主义的论证上，林田慎之助站在了唯心主义的一方。他认为"道"不是唯物的客观法则，而是人格的理念，就说明了这一点。

3. 对林田慎之助观点的辨析

把林田慎之助的观点和前面所提及的日本学者的观点进行比较后可以发现，林田慎之助的结论和他们的结论之间几乎不存在继承关系。铃木虎雄等学者或多或少地承认刘勰和儒家思想的联系，而林田慎之助对此却持有否定态度。他提到儒家，也不过是为了说明在刘勰那个时代儒家思想已经被佛教和玄学超越的事实。当然，林田慎之助的创新之处也是显而易见的，刘勰与佛教的关系是以上学者所忽略的，也恰恰正是林田慎之助所极力强调的。但是，林田慎之助的观点和研究方法并非无懈可击，相反，有不少地方存有值得商榷的空间。下面将对林田慎之助的结论进行具体的辨析。

首先，关于刘勰的文学思想倾向与儒家、道家玄学、佛教之间的关系。只有对刘勰的文学思想倾向认识透彻，才能更好地理解《文心雕龙》之"道"。林田慎之助认为刘勰的思想受到玄学和佛教的影响，这点是毋庸置疑的。但是，在论证玄学对刘勰的影响时，林田慎之助主要从当时社会的思想动态即外部因素出发进行考察，而对《文心雕龙》这个具体的文本鲜有分析。这种研究方法无疑是有缺陷的。研究《文心雕龙》之"道"，探究刘勰的文学思想倾向，脱离了《文心雕龙》本身，将会导致结论缺乏说服力。当时的社会环境，玄学盛行，刘勰身处其中，也意识到了这种情况，他在《时序》篇中说道："自中朝贵元，江左称盛，因谈余气，流成文体。是以世极迍邅，而辞意夷泰，诗必柱下之旨归，赋乃漆园之义疏。故知文变染乎世情，兴废系乎时序，原始以要终，虽百世可知也。"其中，"柱下""漆园"分别指的是老子和庄子。具体在《文心雕龙》中，刘勰除了对老庄的著作进行评述外，在具体的行文中，还有不少语句直接或间接来源于《老子》或《庄子》。从对老庄著作的引用来看，刘勰对道家理论是相当熟悉的。此外，刘勰在《原道》篇中所说的"自然之道"，其中的"自然"更是道家理论所着重强调之处。在《情采》篇中，刘勰评价老子："老子疾伪，故称美言不信；而五千精妙，则非弃美矣。"又说："研味《孝》《老》，则知文质附乎性情。"结合此篇刘勰对"为文造情""为情造文"问题的讨论，可以看到老子之"真情"和"言美"正是刘勰所认同的。

在讨论刘勰和佛教之间的关系时，林田慎之助提到了儒家思想。但他的观点集中在刘勰的"儒、佛一致论"，他认为刘勰所吸收的儒家思想是被佛教伦理所归化过的，已经不再是儒家思想了。刘勰所说的"道"就是佛教的"菩提"，而"道心"也就是"佛心"。林田慎之助对其观点进行论证的材料主要是《梁书·刘勰传》《灭惑论》以及宫川尚志《六朝宗教史》中的相关内容。

可以看到，对于这个问题的研究方法，林田慎之助同样是从外部因素进行考察，而缺乏对《文心雕龙》文本的具体分析。如果说《文心雕龙》之"道"就是佛家之"道"，那么在文本中具体体现在何处？仅仅由于刘勰有过遁入佛门、编《弘明集》、在定林寺帮助僧祐校订佛经的经历，是否就能得出《文心雕龙》是其在只受玄学和佛教影响下所著之作的结论？所谓的"儒、佛一致论"究竟是指儒、佛完全一致，可以相互替代，还是指只在某些地方达到了一致？对于这些重要的问题，林田慎之助思考得显然不够深入。以下将对这些问题进行逐一论述。

刘勰在《灭惑论》中有这样一段话，尤其值得注意：

> 至道宗极，理归乎一；妙法真境，本固无二。佛之至也，则空玄无形，而万象并应，寂灭无心，而玄智弥照。幽数潜会，莫见其极；冥功日用，靡识其然。但言万象既生，假名遂立，梵言菩提，汉语曰道。①

这段话，也是林田慎之助证明刘勰是"儒、佛一致论"提倡者的主要证据。按照林田慎之助的思路，正是因为刘勰有这种思想倾向，他所著

---

① 　弘学选编：《中国佛教高僧名著精选》，27页，成都，巴蜀书社，2006。

的《文心雕龙》才不可避免地成了佛家思想的反映。事实上是不是如此呢？
这又牵涉一个问题，"梵言菩提，汉语曰道"中的"道"指的是什么？是林
田慎之助所理解的儒家之"道"吗？

　　实际上，此处的"道"，并非仅仅是儒家之"道"，也应包括道家之
"道"。一般认为，刘勰的《灭惑论》作于齐代。① 在当时的社会环境下，
儒、释、道三者之间存在着怎样的关系呢？ 总体来说，魏晋南北朝时期，
儒、释、道三者之间的状态应该是冲突和融合并存的。尽管三教在理论
上的争辩始终没有中断②，但是争辩的过程中，完全否定对方的存在价
值，提倡排斥异教的还是少数。因此，三教之间冲突的结果是相互吸收，
相互渗透，在碰撞中各自改变着自己的形态。从这个意义上说，三教相
互冲突的过程也是三教融合的过程。但是，需要注意的是，尽管玄学兴
起，佛教兴盛，儒学仍然保持着思想文化领域中的正统地位，这也是由
中国宗法社会的性质决定的。不能因为儒学在这一时期丧失了汉代独尊
的地位，就认为佛教和玄学占了上风。此外，三教融合，相互渗透，相
互吸收，并不能否定彼此之间的根本性差异，尤其是在儒、佛之间。刘
勰《灭惑论》中的内容并不是"儒、佛一致论"的阐发，而仅仅是当时儒、
释、道三教融合的反映。由此，林田慎之助据此所得出的"以佛统儒"甚
至"以佛代儒"的观点，把"道心"解释成"佛心"是不正确的。

　　事实上，通过细读《文心雕龙》也可以发现，儒家思想对刘勰的影响
是处处可见的。具体说来，主要表现在以下几个方面：

———————————

　　① 关于《灭惑论》的写作年代，学术界有争议。一般有如下两种看法：其一，认为早于
《文心雕龙》，作于齐代。持其说的学者有杨明照、牟世金等。其二，认为晚于《文心雕龙》，
作于梁代。代表学者有王元化、李庆甲等。笔者较为赞同第一种看法，主要理由在于："僧
祐《出三藏记集》十卷本当完成于南齐，而其中记载僧祐所编定的《弘明集》初编目录已记载有
刘勰撰写的《灭惑论》。我们也认为《出三藏记集》十卷本成书于南齐可信，在此不遑细论。
《弘明集》十卷本也成书于南齐，故《碛沙藏本弘明集》所载刘勰《灭惑论》，题名为'东莞刘记
室勰'，自不足为怪，所以《灭惑论》成文于南齐而略早于《文心雕龙》的结论，似是可以征信
的。"（陶礼天：《王元化先生〈文心雕龙〉研究述评》）

　　② 魏晋南北朝时期儒、释、道三教几次大的理论冲突有沙门敬王之争、白黑论之争、
夷夏论之争等，具体内容可参考牟钟鉴、张践：《中国宗教通史》（上），445～455 页，北京，
社会科学文献出版社，2000。

第一，从刘勰作《文心雕龙》的动机上看，《序志》篇有："夫有肖貌天地，禀性五才，拟耳目于日月，方声气乎风雷，其超出万物，亦已灵矣。形同草木之脆，名逾金石之坚，是以君子处世，树德建言，岂好辩哉？不得已也！"①刘勰企图通过著书扬名身后的动机是显而易见的，这正是儒家入世观的反映。

第二，《征圣》《宗经》两篇对儒家经典和圣人孔子的竭力赞美，也明确表现了刘勰的思想倾向。从"是以论文必征于圣，窥圣必宗于经"以及"若征圣立言，则文其庶矣"②等语句可以看出，刘勰主张用圣人的标准来评价文章，这里的圣人指的就是孔子。而被刘勰称为"恒久之至道，不刊之鸿教"的"经"，也不过是《易》《书》《诗》《礼》《春秋》等儒家经典。

第三，刘勰的"征圣""宗经"思想在《文心雕龙》的其他篇章里也有明确体现。比如，《明诗》篇一开始就说："大舜云：'诗言志，歌永言'。圣谟所析，义已明矣。是以'在心为志，发言为诗'，舒文载实，其在兹乎！诗者，持也，持人情性；三百之蔽，义归'无邪'，持之为训，有符焉尔。"③这里，刘勰引用儒家经典说明诗的概念以及教育作用。《史传》篇评论《汉书》有"宗经矩圣之典，端绪丰赡之功"④，同样是基于儒家立场。类似的例子，比比皆是，不一而足。

第四，刘勰关于文艺理论问题的一些论述与儒家思想仍然密不可分。比如，在关于文学的政治作用和社会作用上，刘勰继承了孔子和《毛诗序》中的主张，重视文学的政治作用和社会作用，并以此反对当时盛行的徒讲形式，"为文造情"之风。在关于文学与现实的关系上，他所说的"人禀七情，应物斯感，感物吟志，莫非自然"以及在《物色》篇中对"感物"理

① 刘勰著，黄叔琳注，李详补注，杨明照校注拾遗：《增订文心雕龙校注》，607 页，北京，中华书局，2012。

② 刘勰著，黄叔琳注，李详补注，杨明照校注拾遗：《增订文心雕龙校注》，18 页，北京，中华书局，2012。

③ 刘勰著，黄叔琳注，李详补注，杨明照校注拾遗：《增订文心雕龙校注》，64 页，北京，中华书局，2012。

④ 班固撰，颜师古注：《汉书》，205 页，北京，中华书局，1962。

论的阐发，都是在继承《礼记·乐记》的基础上所做的进一步论述。①

　　因此，林田慎之助试图把儒家的影响从刘勰思想中剥离的做法是没有说服力的。林田慎之助用所谓的"儒、佛一致论"，轻易地把佛教的影响夸大到处于无可辩驳的核心地位，是有失偏颇的。当然，佛教、道家思想、玄学对刘勰的思想以及对《文心雕龙》产生的影响是无法否认的。关于这一点，一些学者的看法比较可取："《文心雕龙》表现了儒道释相结合的文学理论与批评的思想观念，儒释道三家思想对其文学理论批评的各个层面都有重大影响，虽然儒家思想占据了其思想倾向的主体层面，就其侧重点而言，道家和佛教思想对其在文学的'内部规律'的研究上影响较大，而《文心雕龙》的理论结构和论述方法，亦以道家和佛教的影响为重。这只是相对而言，不能绝对化。"②

　　那么，《文心雕龙》之"道"到底该如何解释呢？应该在两个层次上对"道"进行解释：第一个层面，是基于《原道》篇之上的"道"，这个"道"是具有总论性质，带有哲学意味的；第二个层面，是基于《文心雕龙》其他篇章中的"道"，根据刘勰的不同表述，具体指代的又有所不同。

　　《原道》篇中提到"道"的共有六处，其中两处言及"道之文"，两处言及"道心"，另外两处涉及"道"与"文"的关系（"故知道沿圣以垂文，圣因文以明道"）。可见，《原道》讲"道"，其实是和"文"连在一起的。而对于"文"，刘勰所用的是个非常宽泛的概念。"文"可以与天地并生，"日月叠璧"是"天文"，"山川焕绮"是"地文"。等到"高卑定位，两仪既生"之时，便有了"人文"。再往广泛处说，"傍及万品，动植皆文"。而"天文""地文""人文"产生的原因，都是"自然之道"。对于"自然之道"的理解，国学大师黄侃在其《文心雕龙札记》中的解释是比较中肯的：

　　　　案彦和之意，以为文章本由自然生，故篇中数言自然，一

────────────────

　　①　穆克宏：《论〈文心雕龙〉与儒家思想的关系》，见《古代文学理论研究》（丛刊·第六辑），85～91 页，上海，上海古籍出版社，1982。

　　②　陶礼天：《〈文心雕龙〉思想倾向研究评议》，载《文学前沿》，2001(1)。

则曰：心生而言立，言立而文明，自然之道也。再则曰：夫岂
外饰，盖自然耳。三则曰：谁其尸之，亦神理而已。寻绎其旨，
甚为平易。盖人有思心，即有言语，既有言语，即有文章，言
语以表思心，文章以代言语，惟圣人为能尽文之妙，所谓道者，
如此而已。此与后世言文以载道者截然不同。①

　　黄侃立足于《原道》，认为"道"即"自然"，是有一定的合理性的。童
庆炳先生肯定了黄侃以及刘永济等人对"道即自然"的解释，并在此基础
上进一步探究了"原乎道"中的"道"。他指出："刘勰的'道'是古老的天道
自然，既不是儒家的名教，也不是道家的形而上的'道'。刘勰的自然本
体的文学观，基本上是来源于先人的自然崇拜观，而在'自然崇拜'这一
点上面，道家与儒家的思想并没有大的区别。他们都有一种对自然的敬
畏之情和神秘之感。"②刘勰在《原道》篇中讲"道"，讲"文"，采用的是一
种比较广阔的视野。他认为，不仅"天文""地文"甚至于"人文"都是从"自
然"中生发的。人在自然中发现了美，产生了感情，才有了文章。把"道"
解释为"天道自然"是童先生的独特见解，也是很有道理的。
　　但是，如前所述，这只是第一个层面上的"道"。《原道》篇被刘勰放
在《文心雕龙》第一篇的位置上，处于"文之枢纽"中最重要的地位。但是，
《原道》篇之外，"道"仍然屡见不鲜，据统计，共有 42 处。这些分散在不
同篇章里的"道"，有着不同的含义。比如，"恒久之至道，不刊之鸿教"
"唯《七厉》叙闲，归以儒道""夫子悯王道之缺""常道曰经，述经曰传"等
处的"道"指的是儒家的道理；"庄周述道以翱翔"等处的"道"指的是道家
的道理；"本体易总，述道言志，枝条《五经》"中的"道"则兼指"九流"之
"道"；"压溺乖道，所以不吊""或忿狷以乖道"中的"乖道"是指违背了正
常的道理。从这些对"道"的不同解释上，也可以看到刘勰思想的复杂性，
即儒家思想为主，但兼有道家、佛教思想，甚至还包括杂家。只有把两

---

①　黄侃：《文心雕龙札记》，5 页，上海，上海古籍出版社，2000。
②　童庆炳：《〈文心雕龙〉"道心神理"说》，载《遵义师范高等专科学校学报》，1999(1)。

个层面的含义合在一起，才能完整地诠释出"道"的内涵。

前面曾经提到，在关于《文心雕龙》之"道"是属于唯物主义还是唯心主义的论证上，林田慎之助站在了唯心主义的一方。他认为："刘勰《原道》篇所说的'道'不是存在于万物之中、秩序井然的唯物的客观法则，而是一种人格的理念，并具有存在于万物生成的本源中、难以识悟的精妙的心灵作用。"① 林田慎之助为什么要去关注"道"是属于唯物主义还是唯心主义这个问题呢？他在论文的注释中交代了自己关注这一问题的原因，即当时中国在探讨刘勰世界观的问题上，就原道的"道"究竟是唯物主义还是客观唯心主义产生了意见分歧。同时，他还坦承，自己赞同曹道衡和郭晋稀的观点："道"不属于唯物主义，而是属于客观唯心主义。② 那么，为什么当时中国国内会讨论"道"的性质这个问题呢？其实这是当时中国的社会政治环境所致。③ 总体来说，这种论争由于受当时意识形态领域非学术性因素的影响而出现了不同程度的简单化倾向，用唯心、唯物来贴标签，是简单又草率的做法。

林田慎之助赞同把"道"归于客观唯心主义的范畴，并不难理解。这当然和他对"道"内涵的理解有关。他用佛家之"道"来解释《文心雕龙》之道，用"佛心"解释"道心"，很显然和唯物主义沾不上边。林田慎之助否定"道"是唯物的客观法则，而把其归结为一种"空玄无形而万象并应，寂灭无心而玄智弥照"的理念，这种理解同样犯有方法论上的错误。因为

---

① ［日］林田慎之助：《〈文心雕龙〉文学原理论的若干问题——关于刘勰的美学思想》，见王元化选编：《日本研究〈文心雕龙〉论文集》，263 页，济南，齐鲁书社，1983。

② 林田慎之助参考曹、郭的论文有：曹道衡的《刘勰的世界观和文学观初探》(《文学遗产》1961 年第 359 期)、《对刘勰世界观的商榷》(《文学遗产增刊》第十一辑)及郭晋稀《文心雕龙译注十八篇》。

③ 这段时期，国家在思想文化领域开展了一系列活动：1951 年 10 月发动了对知识分子的思想改造运动；1954 年 10 月开始对胡适、俞平伯和胡风等资产阶级唯心主义思想的批判；1955 年 3 月 1 日又发表了《中共中央关于宣传唯物主义思想批判资产阶级唯心主义思想的指示》(简称《指示》)。《指示》中明确指出：在各个学术和文化领域中清除资产阶级错误思想的任务，是不能在一个短期的运动中解决的，必须以长期的努力，开展学术的批评和讨论，才能达到目的。现在进行的在各个学术领域中对资产阶级唯心主义思想的代表人物的批判，因而就是非常必要的。

"空玄无形""寂灭无心"均来自《灭惑论》，仅仅凭借《灭惑论》，不足以对"道"做出客观又准确的理解。因此，基于前面把"道"理解为"天道自然"的结论，"道"应该属于朴素的唯物主义范畴。"自然"是客观存在的，"道心"是"天道自然"及其变化规律的反映。这也能在刘勰对"感物论"的相关论述中得到证明。《明诗》篇中有："人禀七情，应物斯感。感物吟志，莫非自然。"从这句话中可以看到，是自然给了人感情生发的冲动以及创作的欲望，"物"本身并不是唯心主义的，而是一种客观存在的东西。

（三）刘勰之"道"与韩愈之"道"

林田慎之助关注韩愈之"道"，源于对纪昀、范文澜、郭绍虞等人把刘勰的"道"看作是韩愈《原道》以及唐代古文运动之滥觞的质疑。纪昀在评注黄叔琳辑注本的《文心雕龙》时有："文以载道，明其当然；文以原道，明其本然。"范文澜的《文心雕龙注·原道篇校释》中有："案彦和所称之道，自指圣贤之大道而言，故篇后承以《征圣》《宗经》两篇，义指甚明，与空言文以载道者殊途。"①郭绍虞在其所著《中国文学批评史》中，也有类似的说法："刘勰主张原道而开唐代文坛的风气，颜之推主张典正而开唐代诗坛的风气，这都是值得注意的事情。"②林田慎之助认为，这些评论，印象主义色彩太浓，缺乏实证性。他甚至说："我认为把韩愈的《原道》和刘勰的《原道》简单地混为一谈，是印象主义的乃至贪图方便或有意造作。"③

林田慎之助认为不能把韩愈的《原道》和刘勰的《原道》混为一谈无疑是正确的认识。那么，韩愈的《原道》以及其"文以明道"的文学观该如何理解？韩愈的《原道》和刘勰的《原道》区别何在？

按照林田慎之助的解释，隋王通在《文中子》中所表现出来的立足于道的文学观是韩愈载道文学论的源流，同属于儒家的观点。而刘勰的《原

---

①　范文澜：《文心雕龙注》，4 页，北京，人民文学出版社，1978。

②　郭绍虞：《中国文学批评史》，105 页，上海，上海古籍出版社，1979。

③　［日］林田慎之助：《〈文心雕龙〉文学原理论的若干问题——关于刘勰的美学思想》，见王元化选编：《日本研究〈文心雕龙〉论文集》，260 页，济南，齐鲁书社，1983。

道》，其中的"道"更多的是佛教之道，不能立足于儒家的文学观去评价。

关于刘勰的文学思想以及"道"的内涵，前面已经探究过了。刘勰的"道"的确不能简单地用儒家之道一以贯之，无论是总括意义上的天道自然，还是具体上的儒家之道、道家之道等，都不仅仅是儒家思想的体现。确切地说，是超越在儒家思想之上的复杂概念。因此，此处将重点讨论韩愈的"道"及其文学观，包括其载道论的源流。

林田慎之助引用了王通《文中子》卷二《天地篇》中的两句话，来说明王通的载道文学观。又引用了韩愈《答李秀才》和《原道》中关于"道"的相关论述，使之与王通的"道"进行比较。

> 学者，博诵云乎哉？必也贯乎道。文者，苟作云乎哉？必也济乎义。（王通《文中子》）[1]
>
> 愈之所志于古者，不惟其辞之好，好其道焉尔。（韩愈《答李秀才书》）[2]
>
> 斯吾所谓道也，非向所谓老与佛之道也。尧以是传之舜，舜以是传之禹，禹以是传之汤，汤以是传之文、武，周公，文、武、周公传之孔子，孔子传之孟轲，轲之死，不得其传焉。荀与扬也，择焉而不精，语焉而不详。（韩愈《原道》）[3]

从林田慎之助所列举出的材料可以看出，王通和韩愈都爱好"道"，但也不能因此就判定王通的文学观是韩愈载道文学论的源流，不仅材料不够充足，而且还需要对王通"贯乎道"中的"道"以及韩愈"好其道"中的"道"进行比较。《文中子》（《中说》）并非王通自著，而是在门人记录和后人追记的基础上整理而成的，与《论语》的成熟过程相似。其中，所记录的王通关于"道"的论述颇多：

---

[1]　郑春颖：《文中子〈中说〉译注》，27 页，哈尔滨，黑龙江人民出版社，2003。

[2]　刘真伦、岳珍校注：《韩愈文集汇校笺注》（第二册），725 页，北京，中华书局，2010。

[3]　刘真伦、岳珍校注：《韩愈文集汇校笺注》（第一册），3 页，北京，中华书局，2010。

子游孔子之庙，出而歌曰："大哉乎！君君臣臣，父父子子，兄兄弟弟，夫夫妇妇，夫子之力也。其与太极合德，神道并行乎！"……天地生我而不能鞠我，父母鞠我而不能成我，成我者，夫子也。①

子曰："吾视千载已上，圣人在上者，未有若周公焉。其道则一，而经制大备，后之为政，有所持循。吾视千载而下，未有若仲尼焉，其道则一，而述作大明，后之修文者，有所折中矣。千载而下，有申周公之事者，吾不得而见也。千载而下，有绍宣尼之业者，吾不得而让也。"②

从上面这两段话，可以很明显地看出王通所提倡的道，的确是儒家之道。不仅如此，他所极力推崇的是周公、孔子。"有绍宣尼之业者，吾不得而让也"，更是表现了他致力于宣扬孔子学说的热情和决心。那么，王通对道、佛有什么样的看法呢？

程元曰："三教何如？"子曰："政恶多门久矣。"曰："废之何如？"子曰："非尔所及也。真君、建德之事，适足推波助澜，纵风止燎尔。"③

子读《洪范谠议》。曰："三教于是乎可一矣。"程元、魏征进曰："何谓也？"子曰："使民不倦。"④

可见，王通认为儒、释、道是可以合一的，"使人不倦"的正是《洪范谠议》中的"中道"思想。

那么韩愈的"道"呢？从《原道》的表述中可以看到，韩愈极力地表明

---

① 郑春颖：《文中子〈中说〉译注》，15页，哈尔滨，黑龙江人民出版社，2003。
② 郑春颖：《文中子〈中说〉译注》，37页，哈尔滨，黑龙江人民出版社，2003。
③ 郑春颖：《文中子〈中说〉译注》，93页，哈尔滨，黑龙江人民出版社，2003。
④ 郑春颖：《文中子〈中说〉译注》，94页，哈尔滨，黑龙江人民出版社，2003。

自己所谓的"道"与老佛无关。他所提倡的"道"不仅是儒家之道，而且对
此做了限定，即从尧舜禹开始，到孟子为止，孟子之后的儒家之道传承
者，并不被韩愈承认。由此可见，与王通的"道"相比，韩愈所提倡的儒
家之"道"更加纯粹，也更加严苛。此外，在面对佛、道的问题上，韩愈
的表现也是非常激烈。《原道》之外，《论佛骨表》等文言辞激烈，将他"崇
儒反佛"的思想抒发得淋漓尽致。

　　林田慎之助把王通的《文中子》中所提倡的儒家之道，看作韩愈载道
文学论的源流是有一定道理的。从时间上来看，王通是隋朝中人，距离
韩愈所生活的中唐时期相对较近。但是，就隋朝而言，提倡儒家之道，
力求革新文风的并非只有王通一人。比如，李谔的《上书正文体》一文，
他在批判齐梁时期"竞一韵之奇，争一字之巧"①之时，对"至如羲皇、
舜、禹之典，伊、傅、周、孔之说，不复关心"②的现实状况痛心疾首，
所以李谔才上书隋文帝请求用行政手段端正文风。事实上，由于隋文帝、
隋炀帝的提倡，儒家之道在隋朝得到了某种程度的复兴。再往前看，即
便是提倡"缘情"的魏晋南北朝，也有裴子野等人提倡儒道。而韩愈的载
道文学观不仅是整个儒家之道系谱中的一环，同时也是中唐政治、文化
思想内在发展的要求所致。韩愈一再强调，儒家之道在孟子之后就不再
纯粹了，其原因在于孟子之后，"其言道德仁义者，不入于杨，则入于
墨。不入于老，则入于佛"③。所以他才极力推崇孟子以及孟子之前的儒
家之"道"。彼时，佛教未曾出现，道、墨之流也无法与儒家抗衡，儒家
的地位相当稳固。因此，如果非要给韩愈的载道文学论寻找源流的话，
至少可以追溯到孟子，这在韩愈对孟子的评价中可见一斑：

　　　　火于秦，黄老于汉，其存而醇者，孟轲氏而止耳，杨雄氏
　　　而止耳。及得荀氏书，于是又知有荀氏者也。考其辞，时若不

---

①　严可均校辑：《全上古三代秦汉三国六朝文》，4135 页，北京，中华书局，1958。
②　严可均校辑：《全上古三代秦汉三国六朝文》，4135 页，北京，中华书局，1958。
③　刘真伦、岳珍校注：《韩愈文集汇校笺注》（第一册），1 页，北京，中华书局，2010。

　　纯粹；要其归，与孔子异者鲜矣。抑犹在轲雄之间乎？……孟
　　氏醇乎醇者也。荀与扬，大醇而小疵。①

　　韩愈对孟子的高度评价不是偶然的，他的"仁义"观、"人性"说也都是在孟子学说的基础上进一步发展的。此外，在精神气质上，相比于气质温和的孔子，韩愈更像"善养浩然之气"的孟子，其"非我其谁"的气概和孟子"舍我其谁"的豪情如出一辙，难怪后人经常把韩愈和孟子相提并论。比如，苏轼曾说过："自汉以来，道术不出于孔子而乱天下者多矣。晋以老庄亡，梁以佛亡，莫或正之。五百余年而后得韩愈，学者以愈配孟子，盖庶几焉。"②
　　至于韩愈的文学观，用四个字来概括就是"文以明道"，来源于他在《争臣论》中的两句话："君子居其位，则思死其官；未得位，则思修其辞以明其道。我将以明道也，非以为直而加人也。"③"文以明道"表现了韩愈为道而学文，为道而作文的思想，这种思想在他的文章里也随处可见：

　　　　愈之为古文，岂独取其句读，不类于今者耶？思古人而不
　　得见；学古道则欲兼通其辞。通其辞者，本志乎古道者也。
　　（《题欧阳生哀辞并序》）④
　　　　读书以为学，缵言以为文，非以夸多而斗靡也。盖学所以
　　为道，文所以为理也。苟行事得其宜，出言得其要，虽不吾面。
　　吾将信富于文学也。（《送陈秀才彤序》）⑤

---

　　①　刘真伦、岳珍校注：《韩愈文集汇校笺注》（第一册），111～112 页，北京，中华书局，2010。
　　②　张志烈、马德富、周裕锴主编：《苏轼全集校注》（第十一册），978 页，石家庄，河北人民出版社，2010。
　　③　刘真伦、岳珍校注：《韩愈文集汇校笺注》，469 页，北京，中华书局，2010。
　　④　刘真伦、岳珍校注：《韩愈文集汇校笺注》，1278 页，北京，中华书局，2010。
　　⑤　刘真伦、岳珍校注：《韩愈文集汇校笺注》，1109 页，北京，中华书局，2010。

这样看来，林田慎之助把韩愈的文学观看作载道的文学观，大抵是不错的。不过，"文以载道"与"文以明道"虽然意义相近，但还是存在着细微的差别。"文以载道"是把"文"当作工具，"道"才是唯一的目的；"文以明道"，重视"道"，却并不忽视"文"。正如韩愈所言，"思修其辞以明其道"，为了"明其道"，更要好好思考如何"修其辞"。"文以明道"之外，他还主张"词必己出""陈言务去""文从字顺"等作文的方法。所以，韩愈虽然提倡儒家之道，追求儒道的纯正性和纯粹性，但他本人给后人留下的印象并非是个腐儒，他的文章也并非难以卒读。相反，韩愈的散文大多写得气势磅礴、汪洋自恣，不仅逻辑性强、论点鲜明，还自有一种气贯长虹的力量，具有极高的文学价值。

综上所述，林田慎之助对《文心雕龙》的研究是很有特点的。他所选取的三个问题，是研究《文心雕龙》所无法回避的重要问题。研究的缘起，不仅在于他学术的敏锐直觉和鲜明的问题意识，还和他敢于质疑的勇气有关。范文澜、郭绍虞等学者是当时中国文学批评研究领域中的领军人物，但对于他们的观点，林田慎之助并不是盲目追随。相反，他敢于质疑，敢于对话，这恰恰表现了他正确的学术态度。此外，他也不迷信日本学者（诸如铃木虎雄、青木正儿等）的观点，敢于发出自己的不同声音。在研究方法上，他采取的是一种内、外部研究相结合的方法，尽管对文本内部的研究相对薄弱。在具体问题的研究上，他对刘勰受玄学、佛学影响的强调，毕竟比日本同时期的研究者领先了一步。同时，他还密切关注中国国内的最新研究动态（参与当时中国国内学者对刘勰之"道"是否是属于唯物主义的论争），以使自己的研究始终与中国的学术研究同步。

四、南朝文学放荡论及其美意识研究

在浩如烟海的中国古代文学作品中，南朝文学尤其是齐、梁文学在传统的文学史上所占的地位以及所受的关注度并不高。提及齐梁文学，人们大多会联想到曾经风靡一时的宫体诗；谈到宫体诗，又大多会用"重娱乐、尚轻艳""格调不高、趣味低下"等词来评价，褒义全无，贬义多存。而对宫体诗的倡导者萧纲的评价更是众说纷纭。齐、梁文学在文学史上究竟有多大的价值？萧纲的文论以及诗歌创作对当时及后世产生了什么样的影响？对此，林田慎之助敏锐地捕捉到了解决这些问题的重要意义，他在《南朝文学放荡论的美意识》一文中发表了不少真知灼见。

(一)"且须放荡"：放荡论体系的建构

简文帝的放荡文学论主要体现在《戒当阳公大心书》"立身先须谨重，文章且须放荡"之中。① 林田慎之助从章太炎的"简文变古、志在桑中"一句评价中引出了他对梁简文帝的文论及诗作的研究。从以上的引文中可以看到，林田慎之助把简文帝的文论看作一个整体，即"放荡论"体系。"放荡"来源于"立身先须谨重，文章且需放荡"，而此体系也并非仅包括《戒当阳公大心书》一文，《与湘东王书》《答张缵谢示集书》和《答新渝侯和诗》的内容都属于"放荡论"的范畴。

萧纲在"立身先须谨重，文章且需放荡"中首次把"谨重"与"放荡"两个意义似乎完全对立的词并举，在文论史上引起了很大的反响，也招致了不少批评。究其原因，是对"放荡"一词的含义存在着争议。比如，有的学者认为，"放荡"和统治者(尤其指萧纲)的生活有关，"他们所追求的不外是荒淫腐朽的醉生梦死的生活"，而由此所产生的诗作也不过是"无聊的文字游戏"。② 也有不少学者避开对萧纲现实生活的评价，从他具体的诗作出发，去探究"放荡"的含义：或认为"指不拘礼法，任性而行，打破束缚"，或认为"指文章的笔墨蹊径，不是指文章的内容"，或认为"打破内容和情感上的束缚"③，可谓是众说纷纭。对此，林田慎之助通过对萧纲及与其关系密切的诸如徐摛、庾肩吾、张溥等人的现实生活状态的

---

① ［日］林田慎之助：《南朝放荡文学论的美意识》，见《中国中世文学评论史》，367 页，东京，创文社，1979 年。

② 胡国瑞：《魏晋南北朝文学史》，121 页，上海，上海文艺出版社，2004。

③ 归青：《"文章且须放荡"辨——兼与某些说法商榷》，载《上海大学学报》(社科版)，1994(6)。

考证，得出了"从行为的维度上看，他（萧纲）与放荡无缘"①的结论。需要注意的是，林田慎之助采用了历史的研究方法，不仅从《幽絷题壁自序》之类的文章里发现萧纲"谨重"为人的蛛丝马迹，更从《梁书》等史书相对客观的记载中去考察萧纲的生活状态。比如，《梁书·本纪第四》中有："既长，器宇宽弘，未尝见愠喜。方颊丰下，须鬓如画，眄睐则目光烛人。读书十行俱下。九流百氏，经目必记；篇章辞赋，操笔立成。博综儒书，善言玄理。自年十一，便能亲庶务，历试蕃政，所在有称。"又有："史臣曰：太宗幼年聪睿，令问夙标，天才纵逸，冠于今古。文则时以轻华为累，君子所不取焉。及养德东朝，声被夷夏，泊乎继统，实有人君之懿矣。"除了萧纲之外，林田慎之助还对与萧纲关系密切的庾肩吾、徐摛等人的生活习惯、人品学识进行非常细致的考察后发现，这些人大多为人宽厚、内行尤笃，这就更加证明了萧纲与"放荡"生活绝缘的判断。此外，林田慎之助还批评了对于当时颇具影响力的周作人和王瑶的研究方法。周作人比较推崇英国心理学家蔼理斯的理论，尤其认同蔼理斯《凯莎诺伐论》中所提出的"艺术正是情绪的操练"这一观点。受其影响，周作人把萧纲的放荡论理论及宫体诗创作看作其放荡生活中情绪释放在文学中的反映。而王瑶坚持文学发现现实的观点，也把萧纲的诗作和其生活联系在一起，认为其"放荡"的诗作来源于其放荡的生活。林田慎之助批判道："无论是周作人一方对文章心理分析学理论的套用，还是王瑶对现实直接反映的文学理论的机械应用，都是粗糙的不成熟的理论。"②

　　至于"放荡"的具体含义，林田慎之助同样把它放在历史的语境中进行考证。"放荡"一词，由来已久。《庄子》《汉书》《魏志》以及《世说新语》等文献中均有涉及，通过对不同文献中的"放荡"进行词义的考辨，林田慎之助认为，"放荡"一词具有"随心所欲的意味，表现在精神的层面，就

---

　　①　［日］林田慎之助：《南朝放荡文学论的美意识》，见《中国中世文学评论史》，370 页，东京，创文社，1979。
　　②　［日］林田慎之助：《南朝放荡文学论的美意识》，见《中国中世文学评论史》，368 页，东京，创文社，1979。

是解放、驰骋的意思"①。林田慎之助对"放荡"的解释大抵是正确的，解放、驰骋，其实说的就是自由，尤其指精神层面上的自由。在萧纲看来，立身和作文是不同的。立身需要谨重，需要以礼自持、约之于礼，而作文则可以不受礼之束缚，可以追求精神上的解放和自由，可以在情感的世界里纵横驰骋。另外，"谨重"与"放荡"二者并论，似乎也表明了萧纲注意到了文学创作中的一种复杂的现象。这种提法，和孟子的"知人论世"、苏轼的"文如其人"有着本质的不同。一个人在不同的领域内能够表现出两种不同的思想状态，作为矛盾两面性存在的立身和文章之间存在着怎样的联系，这些都是值得深思的问题。

林田慎之助之所以关注萧纲的"放荡论"，最重要的原因是"放荡论"具有不可忽视的价值和意义：

> "简文变古，志在桑中"是基于简文帝在位时宫体诗流行这一事实所作的评价。这意味着后来的文学认识发生了很大的变革，是南朝文学象征性的存在。在中国文学批评史中，关于以文学价值观的问题为基础的文学自律性问题、文学表现的美意识等问题，简文帝都发表了断片的但颇为显著的见解，并试图使之在文学论上定式化。通过对其现存的《与湘东王书》《答张缵谢示集书》《答新渝侯和诗》《戒当阳公大心书》等资料的充分分析，可以简单地追踪梁天监期文学价值观的变迁。②

林田慎之助认为，简文帝的"放荡论"及诗作变革了后来的文学认识，涉及了文学价值观、文学自律性以及文学表现的美意识等一系列问题。其中，关于文学的价值观，林田慎之助在与汉代文学价值观的比较中凸显了新的文学价值观的取向和革新意义。他认为，汉代的文学观念具有

---

① ［日］林田慎之助：《南朝放荡文学论的美意识》，见《中国中世文学评论史》，368页，东京，创文社，1979。

② ［日］林田慎之助：《南朝放荡文学论的美意识》，见《中国中世文学评论史》，365页，东京，创文社，1979。

突出的效用性，无论是娱乐权力者耳目的东方朔、司马相如的表现行为，还是扬雄对雕虫篆刻的蔑视，都是效用性的具体表现。而从汉代到魏晋南朝的发展过程中，由于儒教道德支配力的弛缓，文学观念逐渐发生了变化，文学所承载的娱乐和道德功能减弱，走向了进一步的纯化进程。这在萧纲的《答张缵谢示集书》中可见一斑："日月参辰，火龙黼黻，尚且著于玄象，章乎人事，而况文辞可止，咏歌可辍乎？不为壮夫，扬雄实小言破道；非谓君子，曹植亦小辨破言。论之科刑，罪不在赦。"①对扬雄和曹植的激烈批判，彰显了萧纲与之不同的文学观，文辞不可止，咏歌亦不可辍，文学具有其独特的价值。另外，萧纲还在《与湘东王书》中进一步批判了裴子野的文学观："未闻吟咏情性，反拟《内则》之篇；操笔写志，更摹《酒诰》之作；迟迟春日，翻学《归藏》；湛湛江水，遂同《大传》。"②裴子野是与萧纲同时代的史学家，他不满于当时文坛上"以博依为急务，谓章句为专鲁"的风气，主张"既形四方之风，且彰风云之志，劝美惩恶"的诗歌创作。对于此，萧纲进行了毫不留情的讽刺和打击。他认为，吟咏情性，没必要以儒家经典作为依托，"比见京师文体，懦钝殊常"，"裴氏乃是良史之才，了无篇什之美"。③ 林田慎之助高度评价了萧纲的这些文学主张，他认为："萧纲的文学放荡论摆脱了儒教道德的拘束，不为用典所累，一心讴歌纯粹性情的自由，是六朝文学几经曲折之后所达到的理论上的必然归结。而南朝文学在理论上的贡献就在于形成了这样一种认识，即对美的追求就是文学的表现自身。"④

　　林田慎之助以汉代的文学价值观和儒家的道德功用作为参照物，来评价萧纲放荡论的革新性，这种思路是正确的。但是，应该注意到，齐梁时期文学观念的纯化除了道德的束缚减弱之外，还有一些别的原因存

---

　　① 　叶朗主编：《中国历代美学文库魏晋南北朝卷》（下），377 页，北京，高等教育出版社，2004。

　　② 　严可均校辑：《全上古三代秦汉三国六朝文》，3011 页，北京，中华书局，1958。

　　③ 　严可均校辑：《全上古三代秦汉三国六朝文》，3011 页，北京，中华书局，1958。

　　④ 　［日］林田慎之助：《南朝放荡文学论的美意识》，见《中国中世文学评论史》，367 页，东京，创文社，1979。

在。萧纲所提倡的放荡论，彰显"情"的价值，也受到当时的社会环境以及其他文论家的影响，不把这些问题解决透彻，就无法真正地对萧纲做出客观的评价。

首先，"文""笔"之辨在魏晋六朝的发展加深了这一时期对"文"的认识。当时文章家们试图从目录、情感、音韵等各个角度对"文""笔"做进一步的分辨。其中，萧绎的观点最为引人注目，他在《金楼子·立言》中指出："古人之学者有二，今人之学者有四。夫子门徒，转相师受，通圣人之经者，谓之儒。屈原、宋玉、枚乘、长卿之徒，止于辞赋，则谓之文。今之儒，博穷子史，但能识其事，不能通其理者，谓之学。至如不便为诗如阎纂，善为章奏如伯松，若此之流泛谓之笔。吟咏风谣，流连哀思者，谓之文。"①由此可知，在梁代，对"文"的认识已经相当深刻了，善为辞赋者，并且吟咏风谣、流连哀思，这种观念和当今的文学观念也颇有相通之处。另外，宋文帝时，立玄、儒、文、史四学，使得文学的独立性表现得更加明显。

除此之外，在萧纲以前，倡导文学主情者也大有人在。比如，陆机在《文赋》中就明确提出"诗缘情而绮靡"的命题。可以说，六朝以来，经学的衰微，儒家道德束缚的减弱，是萧纲放荡论体系产生的背景。同时，"文笔之辨"的促进以及前代文论家的影响，都是萧纲文论不断完善并得以借鉴的资源。萧纲不仅是个诗人，更是梁朝历史上的一代君主，他这种特殊的身份，必然会使得他的文学理论以及他所主张的文学创作在当时产生重大的影响。

（二）"性情卓绝"：宫体诗的产生和发展

林田慎之助之所以把宫体诗作为研究的对象，其原因在于宫体诗恰恰是简文帝萧纲"放荡论"体系的具体表现。研究宫体诗，不仅可以加深对萧纲"放荡论"体系的理解，也为后面论述齐梁文学的美意识打下了基础。

---

① 郭绍虞主编：《中国历代文论选》（第一册），340 页，上海，上海古籍出版社，2001。

　　咏物诗本来以器物作为对象，后来对象扩大至美人，便成
了咏物诗的另一流派。作为咏物诗的一种素材，从歌咏美人的
诗中，派生出主要歌咏美人姿态描写的风尚。而在简文帝皇太
子时代的东宫，借助于徐摛等人之手，抑制了其他的咏物诗，
使新体得以独立。当然，从《玉台新咏》中所收集的艳体诗来看，
这种诗在古代就有了，无论是从宋代的鲍照、齐代的沈约乃至
几乎所有梁代的宫体诗中，都能发现。①

　　从林田慎之助的这段论述中，不难发现他对咏物诗、宫体诗以及艳
体诗三者之间关系的理解，即宫体诗是从咏物诗发展而来，和咏物诗之
间存有千丝万缕的联系，同时，宫体诗的源头可以追溯到古代，宫体诗
是艳情诗发展过程中的一个重要组成部分，在梁简文帝时发展到鼎盛。
此外，林田慎之助还注意到了一些特殊的诗作，如梁简文帝的《咏美人观
画》《咏舞》《咏人弃妾》等，他认为，"这些诗作为艳体诗混在其中，展示
了咏物诗与宫体诗未分化的状态"②。
　　林田慎之助认为宫体诗是从咏物诗中发展而来的，并且二者之间存
有未分化的状态。但是，究竟是如何发展而来的？宫体诗在何时从咏物
诗中彻底获得了独立？或者说这种独立是否存在着可能？这种未分化状
态产生的原因和表现是什么？对此，林田慎之助并没有给出明确的答案。
　　要解决这些重要的问题，首先应该对咏物诗、宫体诗这两个概念进
行梳理和辨析。咏物诗，顾名思义，就是以物作为吟咏对象的诗。其中
的"物"，从宽泛的意义上说，只要是天地万物，包括鸟木虫鱼山川河流
甚至星象都应算是咏物诗中"物"的范畴。至于咏物诗的源头，即哪首诗
算是真正意义上的第一首咏物诗，却存在着争议。有的学者认为，应该
追溯到《诗经》，其中的《硕鼠》《鹤鸣》等诗就是咏物诗；另外的学者则认

---

　　①　［日］林田慎之助：《南朝放荡文学论的美意识》，见《中国中世文学评论史》，378 页，
东京，创文社，1979。
　　②　［日］林田慎之助：《南朝放荡文学论的美意识》，见《中国中世文学评论史》，379 页，
东京，创文社，1979。

为，屈原的《橘颂》才是滥觞之作。争论的原因，主要集中在"咏物意识"
上。反对把《诗经》作为源头的学者大多持有这样的观点："使用了描摹物
态、引物起兴、托物喻人的表现手法，却同真正的咏物诗尚有一定的距
离，因为它们缺乏'咏物意识'。"①的确，诗中的"物"只有获得了主体地
位，成为诗中描写的核心对象时，这样的诗也能算为咏物诗。王夫之在
《姜斋诗话》中说："咏物诗，齐梁始多之。"的确如此，据统计，齐梁之
前，留存下来的咏物诗不过五十首，而齐梁八十年，却有二百三十多篇
咏物诗传世。② 齐梁时期，不仅咏物诗的数量骤增，而且咏物诗具有了
新的特点，即完全摒弃了以前的咏物诗或多或少的象征寄托意味，使得
所咏之物更加纯粹化和客观化了。总之，这一时期不愧是咏物诗发展的
高峰时期。

至于宫体诗的概念，则显得更加复杂。"宫体"二字并未在萧纲、徐
摛等人的诗文唱和中出现过，它最早出现在《梁书》和《南史》里。《梁书·
徐摛传》中记载："摛文体既别，春坊尽学之，'宫体'之号，自斯而起。"
《梁书·梁简文帝纪》也有："雅好诗体，其序云：'余七岁有诗癖，长而
不倦。'然伤于轻艳，当时号曰'宫体'。"由于宫体诗是后人所给予的概念，
因此，对宫体诗的界定众说纷纭。在对宫体诗含义的把握上，迄今为止
最有影响力的是如下两种说法："其一认为，宫体诗即艳情诗（可以以章
太炎、刘师培、闻一多为代表）；其二认为宫体诗实是一种新变体诗，它
以艳情为主，也包括其他题材（可以胡念贻、周振甫、曹道衡、沈玉成为
代表）。"③以上两种说法都有一定的道理，但是又都存在着一定的问题。
如果把宫体诗等同于艳情诗，那么宫体诗作为新体的创新之处便得不到
彰显，毕竟艳情诗的历史由来已久。《诗经》中的"郑风"和"卫风"在后世
经常被斥之为"淫诗"的原因，就是因为它们是艳情诗。而如果把宫体诗
的范围扩大到包括很多题材，那又有湮灭宫体诗这个概念本身的危险。

---

① 章培恒主编：《中国中世文学研究论集》（上），337 页，上海，上海古籍出版社，
2006。

② 阎采平：《齐梁诗歌研究》，149 页，北京，北京大学出版社，1994。

③ 归青：《南朝宫体诗研究》，19 页，上海，上海古籍出版社，2006。

这样看来，可以对宫体诗做如下界定：从产生和延续的时间上看，始于梁简文帝萧纲任东宫太子的梁中通三年（531年）左右，延续至陈朝末期；从内容上看，多以女子及其所着服饰、所用饰物为主，并刻画诗中女子微妙的心理；从形式和风格上看，注重声律的作用，讲究对偶和用典，尤以五言诗较多，崇尚形似，描写精致细腻，有艳丽之风。

从以上对咏物诗和宫体诗的梳理中可以看到，二者之间存在着重合的状态，具体表现在有一部分诗归属不明。这部分诗表面咏物，实际上却是歌咏人的，通过对物的描写可以使人不由自主地联想到物的主人。比如，萧绎的《咏晚栖鸟》，对"日暮连翩翼，俱向上林栖"①的飞鸟的描写固然占了整首诗的大量篇幅，但是"借问娼楼妾，何如荡子妻？"②的诘问却又让人从对飞鸟的关注中转向了对娼家歌女的关切。此外，由于宫体诗中对女子的描写具有"体物"的特点，即把描写女子如同摹写物品一样细致，如萧纲的《咏内人昼眠》中描写睡眠中的美人，用"攀钩落绮障，插捩举琵琶。梦笑开娇靥，眠鬟压落花。簟文生玉腕，香汗漫红纱"③这样的诗句来形容。因此，有的学者直接把描写美人的诗也归入了咏物诗的范畴，把萧纲看作咏物诗的重要代表人物。④

林田慎之助认为宫体诗从咏物诗发展而来，主要是立足于宫体诗借鉴了咏物诗"体物"的特点而言的，受咏物诗的影响，宫体诗对美人也有了非常精细的描写。林田慎之助的所谓"未分化"状态，也正是指咏物诗和宫体诗之间的这种无法消除的联系，以及无法明晰归类的客观现实。由于咏物诗和宫体诗均在齐梁时期达到鼎盛，两者之间存在着相互影响的关系，宫体诗的彻底独立并没有清晰的界限。但是，把吟咏美人的相关诗作归为咏物诗是有失偏颇的。尽管对女性客观细致描写的方法和摹物写貌类似，但倘若认为宫体诗把女子当作物来处理，则是有失公允的。宫体诗的作者们不仅描写美人之美，还揣摩美人之情，或思夫，或闺怨，

① 逯钦立辑校：《先秦汉魏晋南北朝诗》，2048页，北京，中华书局，1983。
② 张葆全：《玉台新咏译注》，283页，桂林，广西师范大学出版社，2007。
③ 逯钦立辑校：《先秦汉魏晋南北朝诗》，1941页，北京，中华书局，1983。
④ 赵红菊：《南朝咏物诗研究》，113页，上海，上海古籍出版社，2009。

或心酸，她们都是作为活生生的、有血有肉的对象存在的，并不是没有生命的、冷冰冰的物。比如，《秋闺夜思》《咏人弃妾》《春闺情》《闺妾寄征人》等都是此类的诗作。

在追溯了宫体诗产生的脉络之后，林田慎之助对宫体诗创作的原因下了个结论，即作者的想象力是宫体诗创作的媒介，宫体诗是作者想象出来的结果。通观全文，林田慎之助得出这个结论，是有两点原因的。首先，他通过实证，证明了进行宫体诗创作的诗人们的生活大多严谨，并没有放荡的生活事实，宫体诗的某些内容并不是他们真实生活的反映。其次，林田慎之助认为，作者无论是咏物，还是咏人，寄托的都不是作者自己的感情。在宫体诗中，作者描写女子的闺怨是让自己陷入女子的情感世界中驰骋想象的结果。林田慎之助所阐述的这两点原因是有道理的，机械地运用艺术反映现实的理论去指责萧纲等人生活放荡是不可取的，因为缺乏足够的事实依据。但是，仅仅因为这两个原因，就认为宫体诗是诗人发挥想象力的结果，未免显得太过简单了。不只是宫体诗，任何诗体，都会有诗人发挥想象的痕迹，想象力充其量只能是其中的一个方面，宫体诗的产生，当然有其他的更重要的原因。

追求"新变"的自觉性使然。随着文学的独立和文学价值的确立，在南朝文坛上掀起了一股追求"新变"的热潮。所谓"新变"，无论齐永明年间的"新变"还是梁天监年间的"新变"，其本质都是一样的，即反对因循守旧，致力于变革诗歌的内容和形式，以求别开生面。齐代产生的永明体就是新变的产物，注重声律，讲究"四声八病"，对后代的诗歌创作产生了深远的影响。"新变"反映在诗歌内容上，便产生了宫体诗。事实上，宫体诗的产生，也是诗歌追求美、创造美尤其是关注人体美的必然结果，诗歌美的意识链：建安风骨美—田园美—山水美—庭园建筑美—器物美—人体美，从建安到齐梁，不断发现美的新大陆。①

宫廷的环境和帝王的身份提供了可能性。宫体诗最初是在皇宫内兴

---

① 曹旭：《论宫体诗的审美意识新变》，见曹旭、吴承学编：《庆祝王运熙教授八十华诞文集》，313 页，上海，上海古籍出版社，2005。

起的，可以推测，就算是萧衍、萧纲等人生活谨重，不够奢靡，但是作为帝王，身边的宫女数量仍然是相当可观的。处于众多美人的包围之中，对于附庸风雅、崇尚新变的诗人来说，描写美人似乎具有得天独厚的条件。况且，这个时期的服饰、妆容较之于前代都发生了新变化。当时，裙子占有重要的地位，"女裙的款式丰富多样，有条纹间色裙、绛纱复裙、丹碧纱纹双裙、丹纱杯纹罗裙等，做工都非常精细"①。至于妆容，当时流行"桃花妆"和"晓霞妆"，通过化妆，女子显得格外娇俏动人。这也是宫体诗中有大量描写女子服饰外貌的原因之一。

吴歌、西曲的浸润。士人学习民歌作诗，由来已久。东晋以来，王献之、谢灵运、鲍照、惠休均有不少拟乐府传世。萧氏累叶寒贱，至齐方贵。并不显赫的出身，使得萧氏家族成员对民歌有着天然的爱好。吴歌、西曲中的《子夜四时歌》等民歌，感情淳朴真挚、热烈大胆，这也会对萧纲等人的宫体诗创作产生不小的影响。

佛教的渗透。南朝是佛教迅速发展的时期，梁武帝在位时，大力提倡佛教，广修佛寺，对士人们的社会生活乃至文学活动都产生了很大的影响。在这种社会风气下，萧纲等人，显然也是遍览佛教典籍，深谙佛教经义的。佛教典籍中为了劝导人们戒色，不遗余力地描写了女色的危害性，其中对淫荡女子的刻画非常细腻。可以说，宫体诗多多少少也会受到佛教典籍中对女色描写的影响。鉴于此，有的学者甚至认为："宫体诗的大兴实为无力走出宫廷、无法踏进山林的佛教信徒即色观空的一种方式。"②

可见，林田慎之助运用实证的方法驳斥了认为提倡"放荡论"的萧纲及其身边诗人生活也放荡的偏见，是很令人信服的。但面对生活事实和诗中所反映生活的偏差，林田慎之助仅仅将其原因归结于想象力，则是有失偏颇的。宫体诗的产生有很多其他的重要原因，也是不容忽视的。

---

① 高格：《细说中国服饰》，67 页，北京，光明日报出版社，2005。

② 刘艳芬：《佛教与六朝诗学》，199 页，北京，中国社会科学出版社，2009。

（三）"体物密附"：齐梁文学美意识的体现

林田慎之助从简文帝萧纲的"放荡论"体系出发，研究了在此理论指导下的宫体诗的发展，最后把齐梁文学的美意识作为一个重要问题进行探讨。事实上，无论是"放荡论"的理论，还是宫体诗这一具体的诗歌类型，都是反映齐梁文学美意识的重要途径。

1. 问题的提出：美在齐梁文学中的变化

林田慎之助发现在齐梁文学中，人们对美的认识发生了变化。他发现的契机来源于齐梁时期的文人对谢灵运的评价问题。对谢灵运的评价牵涉谢灵运的山水诗、自然观以及对美的认识。

当时，从晋宋到齐梁，诗赋的表现更加纤细精密，作为这种文学思潮的推进者，简文帝开拓了自己文学放荡论的美意识，并以使之定式化为急务。这也意味着正是谢灵运比裴子野孕育了更重要的文学命题。①

林田慎之助认为梁简文帝推动了诗赋表现更精密的思潮，并在放荡论中体现了对美意识的认识。林田慎之助突然把谢灵运引入评论的视野，似乎显得有些突兀，事实上并不然。提及谢灵运，是为了说明他的山水诗中所反映的魏晋自然观，以及此种自然观在齐梁时期发生了什么样的变化，这个变化产生了何种重要的意义。林田慎之助赞成村上嘉实把六朝自然观划分为道教神仙的神秘主义自然观和老庄的自适主义自然观的做法，并认为，谢灵运的山水诗创作正是基于老庄的自适主义自然观的。这种自然观摆脱了对神秘自然的敬畏，敢于亲近自然，因此在对自然的描写中能够呈现出清澄客观的描写，同时由于谢灵运受老庄思想的影响，他通过山水诗的创作，力求能够获得一种自由的主体的回复之感。那么，这种自然观到齐梁时期发生了什么变化呢？

林田慎之助认为，谢灵运笔下的山水提供了作为纯粹游乐的美的对象的感觉，而齐梁时期的山水观与之有着显著的不同。这种不同，实际

---

① ［日］林田慎之助：《南朝放荡文学论的美意识》，见《中国中世文学评论史》，372 页，东京，创文社，1979。

上就是老庄哲学和唯美主义之间所存在的差别，这可以从齐梁时期的文人们对谢诗的评价中可见一斑。南齐高帝萧道成指责"康乐放荡，作体不辨首尾"①，简文帝《与湘东王书》有"谢客吐言天拔，出于自然。时有不拘，是其糟粕"②的评价，萧子显也在《文学传论》中批评谢灵运"虽存巧绮，终致迂回"③。由此可以看到，齐梁时期的文人对谢灵运的评价总是既有肯定的，也有否定的。否定的原因大致相同，即谢诗有冗长、迂回的毛病。换句话说，他们对其山水诗的创作带有玄言诗的尾巴这一点很是不满。林田慎之助也注意到了这一现象，他认为恰恰可以从齐梁时期对谢诗的不同评价上管窥齐梁美意识的变化动态。齐梁的诗人们对谢灵运的自然描写大多是赞赏有加的，谢诗奇巧绮丽的风格也得到了肯定。而不满于山水诗附带上说理的成分，也正说明了齐梁诗人更注重山水自然本身的形态。注重山水本身，摒弃道理的说教，自然山水便在齐梁时期逐渐成为纯粹的客观的对象。这种变化带来的直接后果就是诗人们更加重视对物的临摹，追求形似，且力求描写得精妙细致。

此外，林田慎之助还从画论这个角度入手，再次考察了齐梁美意识在画论中的流变。据张彦远的《历代名画记》记载，上古时期的绘画如顾恺之、陆探微之流，大多笔迹简单、情趣淡泊，到了中古，展子虔、郑法士等人开始以笔迹细密、画风精密为宗旨了。从东晋到隋唐，画风有了明显的改变。而其中的南朝，正处在这种变化的浪潮之中。谢赫虽主张"气韵生动"，但相比于他在《古画品录》中所提到的"六法"中剩下的"五法"，即"骨法用笔""应物象形""随类赋彩""经营位置""传移模写"，依然显得相对单薄，因为后面的"五法"都是与绘画的"形似"有关，而非着眼于"神似"。根据姚最的《续画品》可以得知，谢赫本人即是以"切似"为宗旨，擅长精密风俗描写的人物画家。因此，林田慎之助认为，谢赫把主张"应会感神"的宗炳的画作列为第五等，这种评价也正是齐梁时期美意

---

①　严可均校辑：《全上古三代秦汉三国六朝文》，2800页，北京，中华书局，1958。

②　严可均校辑：《全上古三代秦汉三国六朝文》，3011页，北京，中华书局，1958。

③　萧子显：《南齐书》，908页，北京，中华书局，1972。

识发生变化的佐证。

2. 变化的结果：追求"体物密附"的美

如前所述，美意识发生变化的事实已经足够充分，新的美意识呈现出何种特点又是一个需要解决的问题。梁简文帝在《答新渝侯和诗书》中有言："双鬓向光，风流已绝；九梁插花，步摇为古。高楼怀怨，结眉表色；长门下泣，破粉成痕。复有影里细腰，令与真类；镜中好面，还将画等。此皆性情卓绝，新致英奇。"[1]其中，"令与真类"和"还将画等"都强调了诗歌创作描摹细致真实的重要性。对于这种追求形似的审美意识，林田慎之助借用刘勰《文心雕龙·物色篇》中的几句话进行了总结和概括："自近代以来，文贵形似，窥情风景之上，钻貌草木之中。吟咏所发，志惟深远，体物为妙，功在密附。"[2]简单来说，这种新的美意识的具体表现就是崇尚"体物密附"的形似。

"体物密附"的具体含义是什么？"体物密附"来源于《文心雕龙·物色篇》中的"体物为妙，功在密附"，关于这两句的意思，在陆侃如、牟世金注释的《文心雕龙》中，有这样的解释："'体'，体现、描写。'密附'，准确地描绘事物，和《比兴》篇要求的'以切至为贵'同理。'附'，接近。"[3]而王运熙、周锋的解释也大体相似："'体物'，描写外物。'密附'，密合，即文字描写与实际形貌相吻合。"[4]可见，"体物密附"的含义即为在描写外物时，注重形似，力求逼真地描写事物。在追求形似时，讲究"体物密附"，是有一定价值的。黄侃在《文心雕龙札记》中就肯定了"体物密附"的价值，他认为："体物为妙，功在密附数语。刘氏虽以此评当时，实亦凡写景者所当奉为准则也。盖物态万殊，时序屡变，摛辞之士，所贵凭其精密之心，以写当前之境，庶阅者于字句间悠然心领，若深入其境焉，如此则藻不徒抒，而景以文显矣；不则状甲方之景，可移乙地，

---

① 刘殿爵、陈方正、何志华主编：《梁简文帝萧纲集逐字索引》，98页，香港，香港中文大学出版社，2002。

② 王运熙、周锋：《文心雕龙译注》，419页，上海，上海古籍出版社，1998。

③ 陆侃如、牟世金：《文心雕龙译注》，558页，济南，齐鲁书社，2009。

④ 王运熙、周锋：《文心雕龙译注》，419页，上海，上海古籍出版社，1998。

摹春日之色，或似秋容，剿袭雷同，徒增厌苦，虽烂若缛绣，亦何用哉？"①可见，黄侃从写景状物的独一无二性上肯定了"体物密附"。

而林田慎之助从刘勰处所借用的"体物密附"，其含义也正如黄侃所论述的那样，是从积极的方面进行肯定的。

3. 林田慎之助对齐梁文学之美的认识

林田慎之助研究简文帝萧纲的文论以及宫体诗，并对齐梁文学之美表达了自己的看法。如上所述，林田慎之助除了赞同齐梁文学之美在于崇尚"体物密附"的形似之外，还认为这种美意识的进步性在于"切断了儒教道德的约束，不拘泥于用典，一心讴歌纯粹情性的自由"。②可见，林田慎之助本人对齐梁文学之美的认识主要体现在两个方面：其一，美在追求"体物密附"的形似；其二，美在讴歌纯粹情性的自由。那么，应该如何评价林田慎之助的这种认识？

首先，美在追求"体物密附"的形似。刘勰在《文心雕龙》里对"文贵形似"的现象持批判的态度。而在此，林田慎之助却以认同的态度肯定了齐梁文学的重形似之美。那么，林田慎之助是基于什么样的原因做此结论的呢？前面提到过齐梁文人对谢灵运诗歌的评价问题，对谢灵运诗歌"冗长"的批判意味着对说教的摒弃。自然山水在齐梁时期逐渐成了纯粹客观的对象之后，诗人们便更加注重对山水后来扩展到对物的真实临摹。而林田慎之助肯定的原因也在于此，他认为脱离了说教的诗歌才是真正的诗歌，注重形似关注的是诗歌本身，而与儒教等无关。同时，"不拘泥用典"的写法在林田慎之助看来也是一种进步。的确如此，齐梁文学追求"文贵形似"，追求"体物密附"，虽然重形式大于重内容，但并非一无是处。无论是"永明体"还是"宫体诗"，在发掘汉语词汇特有的音调之美，谋篇布局的均衡对称之美上，发挥了重要的作用。有的学者从美学的观点对齐梁诗歌重视形似这一特点进行了肯定："不仅是文学表现方式的趋

---

① 黄侃：《文心雕龙札记》，201～202 页，上海，上海古籍出版社，2006。

② ［日］林田慎之助：《南朝放荡文学论的美意识》，见《中国中世文学评论史》，367 页，东京，创文社，1979。

于成熟，而且标志着古代人心灵对形式美的真正敞开和向往，标志着华
夏民族精神的一次解放，标志着中国审美文化从偏于善的价值向重视美
的韵味的转变和飞跃，标志着审美意识的真正自觉和独立。"①

　　其次，美在讴歌纯粹情性的自由。这主要是基于林田慎之助对宫
体诗所做的评价。在林田慎之助看来，正是因为宫体诗讴歌了纯粹情
性的自由，所以宫体诗是美的。而齐梁时期尤其是梁代宫体诗的盛行，
恰恰表现了这一时期对此种美的推崇。的确，宫体诗的内容大多和闺
房有关，不仅没有受到儒家道德的束缚，而且几乎和"诗言志"的传统
背道而驰。从这个角度说，宫体诗似乎是自由的。但是，就其感情的抒
发而言，又是单调的。其所表达的感情大多是闺怨、相思之情。或者，
宫体诗的情感表达本身就颇受质疑。有学者指出："从中国诗歌艺术的审
美特性看，宫体诗往往是写'欲'有余，而表'情'不足；外在的形象欣赏
有余而内在的心灵体验不足，总之缺乏深刻的、意在言外的情感内涵和
精神韵味。"②

　　那么，齐梁文学之美除了林田慎之助所提到的两点之外，还有没有
别的体现呢？可以看到，林田慎之助是从文学的角度，更具体地说是从
形式和情感两个方面来论述齐梁文学之美的。如果从别的角度，如从物
质的角度，可以发现齐梁文学之美还表现在对美的创造上。关于这方面
的研究，张哲俊在其新著《杨柳的形象：物质的交流与中日古代文学》中，
发表了不少独到新颖的见解。比如，张哲俊提到了中日文学中的梅柳组
合问题，他认为："梅柳的组合形成于晋朝的庭园，真正成为普遍现象是
始于梁朝。梁朝文学有很多作品写了梅柳的组合，其中大部分作品写的
是庭院。"③不仅如此，"梁朝文学形成了柳絮梅花的组合关系，也形成了

---

　　①　仪平策：《中国审美文化史》（秦汉魏晋南北朝卷），370～371 页，济南，山东画报出
版社，2007。

　　②　仪平策：《中古审美文化通论》，215 页，济南，山东人民出版社，2007。

　　③　张哲俊：《杨柳的形象：物质的交流与中日古代文学》，248 页，北京，人民文学出
版社，2011。

雪花梅花的组合关系"①，而柳絮梅雪齐舞，表现了一种极致的美。此外，以杨柳这种物质作为研究的主要对象，张哲俊还发现："杨柳与女性关系的真正建立是始于梁朝文学"②；"梁简文帝的艳诗进一步推进了杨柳的女性化，他的贡献在于发现和描写了窗柳与美人叠映的画面，也描绘了无极软的杨柳"；③"庾信是创造柳腰之美的第一人"④。可以看到，如果从物质的角度来看梁代文学，会有不少新的发现。

综上所述，林田慎之助从梁简文帝萧纲的"放荡论"入手，系统地论述了"放荡论"的内容、价值以及"新体"宫体诗的创作情况和发展脉络，并以此引出齐梁文学之美的问题。也许在今人看来，他的某些观点似乎是文学史上的常识，但如果结合当时的历史语境，就会发现林田慎之助的眼光和学识是值得称赞的。林田慎之助的这篇论文写于20世纪70年代，当时的中国正在经历"文化大革命"，国内的学术界对"宫体诗"的研究几乎付之阙如，在当时比较有名的几本文学史里，萧纲及其宫体诗所占的篇幅非常少，有的甚至没有提及，只用"艳诗"一笔带过。此外，通过对林田慎之助的这篇论文的研究可以发现，他研究的功底是非常扎实的，比如，对"放荡"一词内涵的考证，对萧纲等人现实生活的考察，都是基于史实的，不发空洞之言。研究齐梁时期美意识的变化时，他不仅关注于文学文本，绘画理论、自然山水观甚至中国的庭园史都在他考察的范围之内，大量事实的展现，使得结论真实可信，这也是他知识渊博的体现。

---

①　张哲俊：《杨柳的形象：物质的交流与中日古代文学》，272页，北京，人民文学出版社，2011。

②　张哲俊：《杨柳的形象：物质的交流与中日古代文学》，397页，北京，人民文学出版社，2011。

③　张哲俊：《杨柳的形象：物质的交流与中日古代文学》，400页，北京，人民文学出版社，2011。

④　张哲俊：《杨柳的形象：物质的交流与中日古代文学》，504页，北京，人民文学出版社，2011。

五、结　语

　　林田慎之助的汉魏六朝文论研究成果主要集中在对这一时期文论的总体评价，《典论·论文》《文赋》《文心雕龙》，萧纲的"放荡论"等具体问题的分析上，所以本章对林田慎之助的研究也集中在这些方面。

　　关于林田慎之助对汉魏六朝文论的总体研究，重点探讨了他的文论观以及他对"情""志"问题的看法。值得注意的是，林田慎之助文论观中的一大特点即为他对诗人文学思想的重视，这也是他在写作《中国中世文学评论史》时在方法论上的一大创新。中国学者对士人心态和文学思想的关注始于罗宗强先生，但其时间却在林田慎之助之后。林田慎之助研究"情"与"志"的目的在于以此为线索对这一时期的文论进行分类，即分为"重情轻志""重志轻情""情志并重"三类。虽然在个别问题的分析上存有问题，但他对汉魏六朝文论中"情""志"关系的总体把握还是比较准确的。而以"情""志"作为研究的切入点，也体现了他独特的学术眼光。

　　关于《典论·论文》和《文赋》，林田慎之助主要从《典论·论文》中"气"的内涵、与魏晋清谈的关系以及两者之间的比较三个方面来进行研究。在对"气"的理解上，林田慎之助不仅注重了"气"所代表的个性之意，还强调"气"之生理上的意义，这是林田慎之助和诸多学者看法有所区别之处。此外，林田慎之助还把《典论·论文》和《文赋》置于魏晋清谈的背景下，并非泛泛而论，而是从才性论这一具体的角度入手，探讨二者所受到的不同影响。

　　关于《文心雕龙》之"道"，林田慎之助用"佛心"解释"道心"，他从刘勰的《灭惑论》出发，指出"道"与佛教的关系，并试图把儒家的影响从刘勰的思想中剥离出去。而通过梳理林田慎之助之前的日本学者对《文心雕龙》之"道"的研究成果，可以看到，林田慎之助看法中的独特之处就在于注意到并认真剖析了佛教对刘勰的影响。但同时，他把佛教的影响无限放大并极力涤除儒家思想影响的看法是有失偏颇的。对此，文中通过从刘勰作《文心雕龙》的动机等几个方面细致分析儒家思想对刘勰的影响，对"道"的含义做出了比较合理的解释。

　　关于萧纲的"放荡论"，林田慎之助主要从"放荡论"体系的建构、宫体诗的产生和发展以及齐梁文学中的美意识三个方面来论述的。萧纲及其宫体诗在文学史上尤其是在 20 世纪 80 年代以前所占的地位和所受到的关注度并不高，甚至负面评价颇多。林田慎之助则较早地注意到了萧纲的"放荡论"以及其创作实践即宫体诗的重要价值。他认为，萧纲的"放荡论"及其诗作变革了后来的文学认识，涉及了文学价值观、文学自律性以及文学表现的美意识等一系列的问题。此外，林田慎之助还从美学的角度探讨了齐梁文学的另一个价值，即发现了新的美，即追求"体物密附"的美。

　　在对林田慎之助的汉魏六朝文论研究进行再研究之后，可以看到林田慎之助在进行汉魏六朝文论研究时所表现出来的一些特点，具体归纳为强烈的问题意识、原典实证法、综合研究法、局部的平行比较的方法等。

　　首先是强烈的问题意识。林田慎之助在学术研究中具有非常强烈的问题意识。提出问题并试图解决问题，是林田慎之助进行论文写作的前提和核心之所在。他不仅在整部《中国中世文学评论史》的写作目的上，表现出了强烈的问题意识，在具体的写作中，同样是问题意识鲜明。比如，在《〈文心雕龙〉文学原理论的若干问题——关于刘勰的美学思想》一文中，林田慎之助的问题点在于如何给刘勰的思想进行评价，以及如何对《正纬》《辨骚》进行定位。在《汉魏六朝文学理论中的"情"与"志"问题》一文中，林田慎之助把目光集中在对汉魏六朝时期"情""志"这两个核心概念的辨析上，以及这一时期"情"与"志"之间的复杂关系上，如此等等，不一而足。可以说，林田慎之助所写的每一个章节，都会提出并解决不少问题。事实上，他是怀着论文写作的思路去进行文论史写作的。《中国中世文学评论史》的不少章节就是林田慎之助此前已经发表过的有分量的文章。他有意地分节写作，最后汇集成书，如此方法下写出来的著作便具有了如同论文一般的严谨性和精练性。问题先行，不发空洞言论，不拖泥带水，可读性极强。另外，关于诗文集编纂中所体现出来的文学

思想以及诗人的文学思想都被林田慎之助列入了文论研究的范畴。林田
慎之助的这一归类是否合理另当别论，但他对中国古代文论研究的思考
确实是带有强烈的问题意识。正是这种问题意识使得林田慎之助的研究
具有不畏权威、敢于质疑的特点，也因此使得他的研究成果不是人云亦
云的陈腐言论，而带有一定的创新性。

其次是"原典实证法"。"原典实证法"是"实证主义学派"（又称"京都
学派""关西学派"）中国学研究中的重要方法。之所以用"原典实证法"来
形容林田慎之助的研究方法，正是因为林田慎之助和"京都学派"有着千
丝万缕的联系。其所师承的两位导师青木正儿和目加田诚均是京都学派
的重要代表，青木正儿尤甚。严绍璗先生在论及"实证主义学派"的研究
方法时称："实证主义学派，从其名称上便可以窥见这一学派在对中国文
化的研究中，强调确实的事实。注重文献的考定，推行原典的研究。"①
又说："实证主义学派一方面推崇注重确实事实的治学方法……但另一方
面，他们也十分重视'独断'之学，从哲学范畴出发，摆脱烦琐之弊，从
文明的批评与社会改造的见地出发，表明独立的见解。"②青木正儿的学
术研究方法正是实证主义学派中的真实反映。青木正儿一方面进行实证
主义研究，在中国文学、南画、戏曲、音乐等领域中纵横驰骋，另一方
面又把目光投向当代中国的文化运动，为此发表了一系列的见解。在实
证主义的研究方法上，林田慎之助可谓是得老师之真传。最为典型的证
据就是林田慎之助所作的《裴子野〈雕虫论〉考证——关于〈雕虫论〉的写作
年代及其复古文学论》一文。其中对裴子野《雕虫论》的写作年代的考证可
谓是精细至极。

再次是"综合研究法"的应用。这里所使用的"综合研究法"主要是指
林田慎之助所采取的内部研究与外部研究相结合的研究方法。内部研究
与外部研究相结合的方法，指的是在研究的过程中，不仅关注文学文本、
文论文本，还重视对影响文学观念变迁的社会思潮等外部环境的研究。

---

① 严绍璗：《日本中国学史稿》，252 页，北京，学苑出版社，2009。
② 严绍璗：《日本中国学史稿》，253 页，北京，学苑出版社，2009。

内部研究与外部研究相结合，才能更好地把握文学史、文论史的发展变化规律。林田慎之助正是如此，他的研究以文学、文论文本为中心，但从来不忽视对影响文学、文论发展变化的外部环境的关照。魏晋玄学的发展，汉代经学的衰微，儒、释、道三者之间的复杂关系，都是他考察的重点。而这些外部研究对内部研究产生了哪些影响等问题也是林田慎之助试图解决的。此外，林田慎之助在研究中不仅立足于文学、文论，还旁涉了美学等方面的内容。可以说，他的研究视角是非常广泛的。比如，在研究萧纲的"放荡论"理论体系时，他试图把握这种文学理论背后所蕴含的美意识。而他在论证《雕虫论》写作年代的过程中除了文学上的资料之外，还使用了《宋略》等大量的历史文献。这固然和中国古代文史哲不分的现实状况有关，但是对历史文献的重视，对实证精神的发扬，也正体现了林田慎之助以史证文、文史互证的研究立场。这种思路下所进行的研究，其研究结论的可靠性也大大提高了。

最后是比较文学的方法，主要是局部的平行比较。林田慎之助对中国古代文论的研究并不是死板僵硬的，其研究方法上也呈现出多样化的一面。也许，他并不是自觉地运用比较文学的方法去研究，但就是这种不自觉地对比较文学方法的运用，其结果往往是令人欣喜的。在林田慎之助对中国古代文论的研究中，其所运用的比较文学的方法主要是局部的平行比较。需要指出的是，他不仅关注中日学术界的研究成果，也对西方学术界的研究动态有所了解，表现出了开阔的学术视野。比如，在《南朝放荡文学论的美意识》一文中，林田慎之助在论述如何正确研究和解释萧纲"放荡论"的"放荡"之义时，举出了英国的心理学者蔼理斯、周作人、王瑶等人的研究方法以示对照。蔼理斯的《凯莎诺伐论》中有"艺术正是情绪的操练"的观点。林田慎之助对三者的研究方法进行比较后认为："无论是周作人一方所采用的文章心理分析学理论，还是王瑶一方对文学直接反映现实这一文学理论的机械运用，都是非常粗糙的方法。"①

---

　　①　［日］林田慎之助：《南朝放荡文学论的美意识》，见《中国中世文学评论史》，368 页，东京，创文社，1979。

其中，周作人的方法即是采用了蔼理斯的心理分析方法。林田慎之助在对中国文学评论的历史进行总体论述时，同样把中国文学评论置于整个世界的范围内进行关照。一个典型的例子就是林田慎之助在总论中叙述中国六朝文论时，选取了 19 世纪的法国文论以资对照。他认为，在六朝之前，中国的文论受到儒家意识形态的影响，而之后的六朝，则逐步走向自觉。关于这一点，林田慎之助认为和法国 17 世纪的情况很相似。的确，法国 17 世纪的前半叶，正是君主专制逐步建立和巩固的时期。这一时期的文论被后来的研究者称为"新古典主义"文论，主要代表是布瓦洛的《诗的艺术》。他所倡导的理论原则主要有理性的原则、道德的原则、古典的原则、自然的原则等。在布瓦洛的新古典主义理论中，尊重理性、模仿自然、服从古代、重视道德是必不可少的。可见，对道德观的重视和对古代经典的尊崇等方面和儒家思想的束缚是有相似之处的。此外，林田慎之助还提出了另外的问题：中国文论呈蓬勃发展之势的时间，与西方相比早了很多年，但究竟是什么原因导致了中国现代文论的发展缓慢？对于这一问题，林田慎之助虽然没有给出答案，但问题的提出本身就值得思考。可以看到，这个问题的提出同样是建立在中国和西方比较的基础之上的。

当然，林田慎之助的汉魏六朝文论研究还存在着一些问题。林田慎之助本人有鲜明的反儒倾向，以本章的研究对象为例，他自觉地以是否受到儒家思想的束缚作为判断文论家思想倾向进步与否的重要原因。比如，在研究《文心雕龙》之"道"时，对刘勰之"道"是否与儒家思想有关这一问题进行了细致的研究。此外，林田慎之助还以此为标准对六朝的文论进行归类。可以说，他对六朝文论中"情""志"关系的变迁、对汉魏辞赋论两大系谱的归纳都是以儒家思想的束缚与否作为分水岭的。也因此，林田慎之助常常把汉代的大部分文论以及六朝受儒家思想影响较深的文论称为"古典"或者"传统"的文论观，而把注重文学本身审美性、表现出文学自觉意识的文论称为"进步""自觉"或者"自律"的文论观。对于"古典""传统"的文学观，林田慎之助有时不带任何感情色彩，有时会讥讽为"陈腐"，而对于另外一种，林田慎之助是褒扬之情溢于字里行间的。从林田慎之助的中国学研究成果中也可以看出，他的研究重点就在于六朝时期，而这一时期的思想潮流恰恰是受儒家思想影响相对薄弱的时期。重视文学之为文学的本体意义，是无可厚非的。但林田慎之助以此为立场进行研究，并以是否重视儒家思想作为判断文论进步性的标准，还是值得商榷的。

第四章　冈村繁与魏晋南北朝文论研究

冈村繁(1922—　)是日本著名的中国学家。他自20世纪50年代开始从事学术研究，半个多世纪以来辛勤耕耘，发表了大量论文和专著，《冈村繁全集》就汇集了他全部的著述。上海古籍出版社出版了王元化主编的《冈村繁全集》中文本，收录了大量的冈村繁的学术论文、学术作品的编译及心路历程杂记，其中包括《周汉文学史考》《文选之研究》《汉魏六朝的思想和文学》《陶渊明李白新论》《唐代文艺论》《历代名画记译注》《日本汉文学论考》《毛诗正义注疏选笺(外二种)》《梅墩诗钞拾遗》《随想篇》。本章则主要从冈村繁的文学理论研究和绘画理论研究两个部分展开，文学理论研究主要是针对他的《典论·论文》研究和《文心雕龙》研究，而绘画理论则主要着眼于其对东晋画论和顾恺之画论的研究。

一、《典论·论文》研究

(一)冈村繁研究《典论·论文》①的动机

冈村繁写《论曹丕的〈典论·论文〉》的动机相当明确，他在《日本研究

---

① 本章《典论·论文》及《与杨德祖书》的选文均见谭国清主编：《昭明文选》，北京，西苑出版社，2009。

中国古代文论的概况》中就说道：

> 对于曹丕《典论·论文》中所说的"文章，经国之大业，不朽
> 之盛事"，两书①都把这看做是中国最早的文学独立宣言，从文
> 学史的角度给了曹丕的话以很高的评价。但是，如果对《典
> 论·论文》加以仔细研究，并考虑到建安时代宫廷文坛的实际情
> 况，那么两书的这种说法恐怕未免过高地估计了当时的诗赋文
> 学，曲解了曹丕的原意。冈村繁的论文《关于曹丕的〈典论·论
> 文〉》，就是指出铃木、青木两博士此说的缺点，对学术界无批
> 判地信从他们的意见提出异议，希望重新考虑这个问题的。②

很明显，他在 1960 年写下这篇论文时是在修正 1927 年铃木虎雄所
作的《支那诗论史》和 1943 年青木正儿所作的《支那文学思想史》的若干观
点，尤其是对有关魏晋时代京都学派的现代学者所下的定论进行反驳，
也是对在这两大专著出现后学术界一直无批判的对其信从的不满。冈村
繁决定从事实出发找到相应的证据来肃清这种"唯前人马首是瞻"的学风，
事实上在 20 世纪 60 年代前除日本信奉推崇铃木虎雄和青木正儿对《典
论·论文》所赋予的意义外，国内也是沿用日本的这一创说，给予《典
论·论文》前所未有的评价。这从 1927 年鲁迅在广州夏期演讲会所论的
《魏晋风度及文章与药及酒之关系》中便可体现："用近代的文学眼光看
来，曹丕的一个时代可以说是'文学的自觉时代'，或如近代所说是为艺
术而艺术的一派。"③而此后《典论·论文》作为文学自觉的开端的说法便
一直被沿用。冈村繁于是另立新说，一方面肯定《典论·论文》的价值，
另一方面对其进行重新评价，端正《典论·论文》的文学地位。

在中国的古人给予《典论·论文》的一些评价中，冈村繁大多是予以肯

---

① 这两书指的是铃木虎雄的《支那诗论史》和青木正儿的《支那文学思想史》。
② ［日］冈村繁：《日本研究中国古代文论的概况》，曦钟译，载《文献》，1980(4)。
③ 鲁迅：《鲁迅选集》(第二卷)，380 页，北京，人民文学出版社，2005。

定的。他说："正如许多人已指出的那样，《典论》中的论文也曾对晋代陆机的《文赋》、挚虞的《文章流别志论》乃至整个六朝文学批评界产生过巨大影响，特别是在文学评论盛行的齐梁时代，它的影响达到了最高点。"①

冈村繁认为《论文》的影响也是不可小觑的，尤其是六朝时各种文学作品都受到了《典论》的影响，而当中的文学理论的发展勃兴，《典论》更是功不可没。尤其是文学理论的集大成者刘勰的《文心雕龙》也深受其影响，冈村繁也说："刘勰在多处这样利用《论文》以阐说自己的观点，他还把《论文》看做是真正的文学批评著作，且将之列于同类之首端。"②冈村繁是十分赞同这个观点的，可见他虽然质疑《论文》的首创地位，却未否定其文学批评的价值和文学理论的功用，于是他又说："颇受刘勰文学思想影响的梁朝萧统在其编纂的《文选》中载录了《论文》，至此，它获得了被后世视为在文学批评史上具有不可动摇之价值的基础。"③可见古人也是十分推崇《典论·论文》并受之影响的。而六朝各种文学理论和文人的推崇也强化了《典论·论文》的地位，所以其文学意义与将其载入的《文选》是密不可分的，但是古人并未提出《典论·论文》就是第一部文学批评著作之类的论断，也没有谈及过《典论·论文》的首创地位，只是简单地把它当作一部有关文学批评的论著来加以继承和发扬。而且在前面所引述的冈村繁的话语可知，在齐梁时代《典论·论文》的影响达到了最高点，至于后来是否影响到其他的文学文论，冈村繁没有论述，只是单从"最高点"这三个字来看，从六朝以后其影响已经没有那么深远，除前人对《文选》的注本中谈及过《论文》以及在《隋书·经籍志》载入《典论·论文》、唐朝的《旧唐志》和《艺文类聚》等登载过《典论·论文》的相关内容外，在齐梁以后出现的文论中再提及《典论·论文》的影响的不多。而近代以来重新重视魏晋的文学理论才又开始重视起《典论·论文》，但随着铃木虎雄的"文学自觉宣言"的过高评价及以后的学界的追捧，对《典论·论文》的

---

①　[日]冈村繁：《周汉文学史考》，陆晓光译，299～300 页，上海，上海古籍出版社，2002。

②　[日]冈村繁：《周汉文学史考》，陆晓光译，300 页，上海，上海古籍出版社，2002。

③　[日]冈村繁：《周汉文学史考》，陆晓光译，301 页，上海，上海古籍出版社，2002。

地位的夸赞又偏离了文学的正态发展方向而显得有些溢美了。

冈村繁于是在肯定六朝所评的《论文》的影响力之下对现今学术界过分拔高《典论·论文》地位的现象进行反拨的。他只是针对《典论·论文》作为最早的文学批评专著以及其对文学独立的宣言和"文章不朽论"的一些误读进行驳斥，并在史实根据下对《典论·论文》进行深入研究且对其地位价值重新进行客观的评价。

(二)关于《典论·论文》与《与杨德祖书》的第一篇文论的争议

冈村繁在《周汉文学史考》中指出：

> 《论文》的写作时间，我认为实际上它略晚于当时另一篇与之并列的重要文学评论即曹植的《与杨德祖书》，所以显然不能无条件地把《论文》看做中国最早的一篇文学批评专论。①

冈村繁认为《与杨德祖书》要略早于《论文》的写作时间，因此不管《与杨德祖书》是不是最早的文学专论，由于冈村繁认为它是先于《论文》的文学评论，所以无论如何也不能说《论文》是最早的一篇文学批评专论。其中肯定了两点，一点是需要颠覆《论文》首创的地位，一点是提高了《与杨德祖书》的地位，把曹植的这篇文学评论和曹丕的《论文》放在对等的位置上来论述。

冈村繁针对两篇文学评论的创作时间分别做了考察。有关《论文》的写作时间，冈村繁先用《典论·太子偏序》、卞兰的《赞述太子表》中相关材料初步推算出《典论》的写作时期是在从曹丕成为太子的建安二十二年冬十月至他继王位的延康元年十月的整三年的时间，而后根据七子所卒年份及流疫产生的时间推断《论文》的写作，应该与《与吴质书》《与王朗书》同时期，为建安二十二年以后。在冈村繁推测《论文》写作时间之前早有陆侃如先生《中古文学系年》认为，曹丕为太子，作《典论》。可见其也

---

① ［日］冈村繁：《周汉文学史考》，陆晓光译，298页，上海，上海古籍出版社，2002。

是认为《典论》作于建安二十二年后即曹丕为太子之时，与冈村繁所推测时间不谋而合。不知冈村繁是否参阅过陆侃如的论断，还是单凭史料所做的推断。此后，张可礼在《三曹年谱》中也标记"建安二十二年，曹丕撰《典论》作《与王朗书》"①，虽然张可礼认为"《典论》撰写时间，史无明文"②，但其中所引证的史料基本和冈村繁所用相同，可见此后大致沿用了这个时间的论断。虽然在冈村繁之后对曹丕创《典论》的时间有几种不同观点，但大多认为在建安二十二年后，黄初年间有所删改，至于有认为在黄初年间所作的暂且不论，因为无论如何时间都是晚于《与杨德祖书》的，只有孙明君的《曹丕〈典论·论文〉甄微》认为其是作于建安十六年，主要是鉴于《论文》最后一句话"融等已逝，唯干着论，成一家言"认为此句与文意不符，且《艺文类聚》中未收入此句，所以不可以说是建安七子都逝世后所创的。此为缪谈，因为《论文》本身就有所遗失，所以出现最后一句并不显得突兀，且《艺文类聚》中所选《论文》为摘录。所以推断并不有根有据。总的来说，还是冈村繁所推测的时间有史有据，相对准确。

而有关《与杨德祖书》的创作时间，由于在书信中有明显的"仆少好辞赋，迄至今二十有五矣"，所以曹植创作《与杨德祖书》在其二十五岁即建安二十一年至二十二年正月之时，这一时间也是基本达成共识的，冈村繁也认为这个时间大致不会有误。由此推断《与杨德祖书》要略略早于《论文》。

无论如何，这与铃木虎雄在对《论文》的创作时间上还是有差异的，铃木虎雄认为曹丕首撰评论专集，虽然他没有推断《论文》的写作时间，但根据他的行文意向推测，孔融死于公元 208 年（建安十三年），而曹丕在《论文》中评七子，在《与吴质书》中评除孔融外的六子，铃木单凭主观判断认为《论文》要早于《与吴质书》，可能作于孔融刚逝世之时，明显早于也只评除孔融外的六子的《与杨德祖书》。出于时间的推测不同，必然得出不同的论断，也正如他所说：

---

① 张可礼：《三曹年谱》，155 页，济南，齐鲁书社，1983。
② 张可礼：《三曹年谱》，155 页，济南，齐鲁书社，1983。

《论文》之所以在文学批评史上一直受到重视，是因为它被看作中国最早的文学专论。①

这就是在以创作的具体时间的史料依据来驳斥铃木虎雄的看法，言下之意是倘若不把《论文》看作中国最早的文学专论，恐怕它在文学批评史上也不会受到这样的重视，被拔高到这样的地位，而将其立于首创的地位的始作俑者便是铃木虎雄了。冈村繁是立足于考证、事实的依据来推翻学术界一直以来建立的学说基础，不人云亦云，而完全从事实说话，敢于挑战学术先驱，其治学的精神和态度也是让人相当佩服的。

但是需要注意的是，冈村繁在时间上对《典论·论文》和《与杨德祖书》进行了考辨，他是把《与杨德祖书》看作一篇文学评论拿来比较的。在开头的引文中，"我认为实际上它略晚于当时另一篇与之并列的重要文学评论即曹植的《与杨德祖书》，所以显然不能无条件地把《论文》看作中国最早的一篇文学批评专论"②，这已经认定了《与杨德祖书》是一篇重要的文学评论。但事实上即便《与杨德祖书》成书时间早于《典论·论文》，也不能就直接否定《典论·论文》是最早的文学批评专论，因为这里有两个问题要探讨，第一个问题是，《与杨德祖书》是否是一篇文学批评专论。众所周知，《与杨德祖书》是曹植以书信的形式与杨修探讨一些文学的问题，并且最关键的是想抒发自己的政治抱负，它符合书信体的格式，在体裁上只是一篇应用文，只是集中地谈到了他对文学的一些基本观点，如作家的自我认识与评价、作品的修改、文学批评的条件及文学的地位等问题，也在事实上整篇书信的内容几乎都是在进行文学批评，所以摒除其书信的格式，从内容来看是可以把它当作一篇文学评论的；但第二个问题是，《与杨德祖书》是否是一篇文学批评专论呢？答案其实不言而喻，即便它属于文学批评论的范畴，也不可以将这种书信形式的文论作为一种专论来看待，而《典论·论文》作为一部真正的论文学的专论，将

① 　[日]冈村繁：《周汉文学史考》，陆晓光译，307页，上海，上海古籍出版社，2002。
② 　[日]冈村繁：《周汉文学史考》，陆晓光译，298页，上海，上海古籍出版社，2002。

之作为一篇最早的文学批评专论的说法并没有什么错误，事实上，曹丕是比曹植更有意识地去专门论述文学，并编撰成册，将其作为一篇专门的文学理论，所以说，冈村繁的考辨的结果只适用于研究曹丕的《典论·论文》是否是最早的文学批评专论，而不适用于否定曹丕的《典论·论文》是最早的文学批评专论的结论。也正是这样，因为《典论·论文》毕竟是更集中更加专门化的文学批评专论，对后世的影响也更加深远。所以现在人们并没有接受冈村繁的这一观点，而仍是沿用铃木虎雄的观点，肯定《典论·论文》的价值，把它看成最早的一篇文学批评专论。

（三）作家批评论和文气论、文体论是独创还是继承？

> 首先必须承认，《论文》之所以在文学批评史上一直受到重视，是因为它被看作中国最早的文学专论，在它的作家批评以及由此派生的文气论、文体论里，有着引人注目的文学观点。但是，它的作家批评是对以孔融为中心的后汉末宫廷人物优劣论的直接继承。它的文气论则反映了后汉末期人物评论中特别重视"才"的倾向，这种倾向早在司马相如所言"赋家之心，包括宇宙，总览人物，斯乃得之于内，不可得而传"（《西京杂记》二）这些话中已露出萌芽。即便就其文体论而言，《后汉书》《三国志》的列传里列举有相关人物的作品文体，蔡邕有"凡群臣上书于天子者，有四名：一曰章，二曰奏，三曰表，四曰驳议"之说（《独断》上），孙权问过"书传篇赋，何者为美"（《吴志·阚泽传》），如此等等。①

按照冈村繁的说法，《典论·论文》无论是作家批评论还是文气论或是文体论的文学理论上的内容都不属于首创，只是汲取了前代的相关内

---

① ［日］冈村繁：《周汉文学史考》，陆晓光译，307～308 页，上海，上海古籍出版社，2002。

容和思想归纳而成。具体是否是这样，我们从作家批评论、文气论和文体论三个方面来分述。

　　冈村繁认为《论文》的作家批评论是对汉末宫廷人物优劣论的直接继承，这在他的《后汉末期的人物批评》的文章中有更详细的论述：

> 　　魏晋时代诸多论文之作接踵问世，迄至齐梁，形成了文学评论的鼎盛期。作为这一盛期的先驱并标志中国文学史开始有真正文学评论的时期，无疑是以魏文、陈思为中心的建安后期。
>
> 　　该时期的文学评论之所以兴盛，显然是由于其时对文学本身之独立价值有了认识。但是另一方面我们也不应忽视还有别一种时代性的推动力，即其时人们的兴趣已不限于单纯制作文笔，而决意将之向评论方向推进。形成这种推动力的是后汉末期急剧兴起的评论风气，尤其是其中的人物评论，正如人们已经指出的那样，它为不久后的魏晋时代准备了条件，使得知识人的批评意识逐渐明晰成熟。[1]

　　他将《典论·论文》以及建安晚期的文学评论与后汉末的人物评论的风气挂钩，当然他也首先考证了虽然人物评论最早散见于《论语》，但是它们都较零散，在光武帝时代为中心的后汉初期评论风气才在人才鉴识上开始兴起，并在后汉后半期形成人物评论盛行的风气，所以将《论文》的作家批评论归结为对汉末宫廷人物优劣论的直接继承。

　　但是这种继承是怎样的？按照冈村繁的原文来看，可以推测出是在形式上和内容着眼点上的继承，在形式上，冈村繁归纳出"兹就这些批评之形式方面做大体区分，可划为如下两类：甲、仅以某一人为对象、单独进行的批评；乙、二人以上并举，对之相互比较对照式的批评。"[2]《典

---

　　① 　[日]冈村繁：《汉魏六朝的思想和文学》，陆晓光译，80 页，上海，上海古籍出版社，2002。
　　② 　[日]冈村繁：《汉魏六朝的思想和文学》，陆晓光译，105 页，上海，上海古籍出版社，2002。

论·论文》的人物评论属于第二类批评形式，以二人以上并举来对照式批评。而在批评的内容上，"就当时人物批评之所重视者而言，可以举出'德'、'节'、'言'、'行'、'气'、'理'、'才'、'志'、'识'、'学'、'文'等诸多项，倘择其中主要者论之，则首位并非据'四科'之第一的'德行'，亦非'志节'之类，而是'才'。"①以前面所引的《论文》中人物评论的片段来看，在内容上确实有继承的地方，如"齐气""体气高妙"中对"气"这一人物评论内容的继承，还有在着眼点上也与当时的"才"的评论挂钩，在这种文学评论中，已然是在延续后汉后半期居于第一的"才"的评论影响下而衍生的文学上的评论，德行和志节已不处在首尾，而是一种"才"，当然这种"才"的涵盖面是广泛的，有政治上的才干，有某门技艺上的才学，但是也包括了曹丕评论中所包含的"文才"。而冈村繁还提出了更进一步的揣测，就是"曹植的作家优劣论与曹丕的作品优劣论，其源流所出当也是以孔融等为中心的当初诸种人物优劣论吧"②。之所以这么说，是因为冈村繁认为"建安前期的宫廷谈论是以具有特殊禀赋、并与文坛巨匠为友的孔融为中心而展开。……该宫廷谈论具有浓厚的贵族趣味和游戏色彩，因此可以大体推测，孔融的清谈当是范围甚广……就文学评论方面、特别是对作家作品的评论方面言之，当时很可能还出现诸如优劣论之类的话题……不过遗憾的是，能够直接证明孔融等进行过文学评论的资料并未保存下来"③。也就是冈村繁对以孔融为中心的宫廷所进行过的文学评论只是一个推测，并没有事实根据，但是按照《论文》对这几个方面的继承来看，冈村繁的这个作家批评论沿用后汉后半期及建安前期的人物评论的观点是可以站得住脚的。

在说到前面曹丕的作家批评论对后汉末人物评论的继承时，已经列

---

① ［日］冈村繁：《汉魏六朝的思想和文学》，陆晓光译，115 页，上海，上海古籍出版社，2002。

② ［日］冈村繁：《汉魏六朝的思想和文学》，陆晓光译，159 页，上海，上海古籍出版社，2002。

③ ［日］冈村繁：《汉魏六朝的思想和文学》，陆晓光译，157 页，上海，上海古籍出版社，2002。

举到对前代人物评论中所用字词"气"的继承，所以冈村繁认为"它的文气论反映了后汉末期人物评论中特别重视'才'的倾向"，也就是来源于形成"才性"的一种"气"，像冈村繁归纳王充的《论衡》中的"气"和"才性"的关系时所说的"'性'是受'五常之气'（元气）而生成，所受气的多寡厚薄则决定个性的贤愚善恶。……受元气最多最厚者为贤为善，最少最薄者则为愚为恶；其间尚有善恶、贤愚混合的中间阶层。"①在冈村繁看来，这种文气论只是前文所说的后汉末期人物评论中对"才"重视的一种反映，延续的是以往后汉末期人物评论时所用的"气"这一项，指的便是"才性"。但是文气说就只是沿用了后汉末期的这种人物评论的"气"的"才性"之说而没有开创意义了吗？其实未必，李泽厚在《中国美学史》中说道："虽然'气'的观念很早以来就和中国古代美学相关，但最为明确地把美学建立在'气'的理论基础上，以'气'的理论来贯穿统帅美学理论，始于曹丕《典论·论文》，刘勰说，'重气之旨'是曹丕论文的特色，这是很正确的。"②虽然此文气说的来源是后汉末期人物评论中有关"才性"的评说，但是在曹丕的《论文》中还是发生了一定的变化的，除了在品评建安七子时所用的"气"时，曹丕所提出的"文以气为主，气之清浊有体，不可力强而致"。无论其"文"或"文章"的指向是什么，这句话仍然是一种美学层面的"气"的理论概说，这种文论之"气"与以往的人物之"气"不同，前者着重于在美学层面上延伸至文学的内涵，后者着重于在精神层面对人物特性的归纳，它与以往的人物评论而不特指文学评论的后汉末期的"才性"批评说相比还是有着创新的地方，不能完全否定。

　　而至于文体说，虽然有冈村繁所提到的蔡邕以及孙权的文体论，但并没有着明确的文体意识，无论是蔡邕、孙权或是《后汉书》《三国志》中所记载的文体分类，都没有有意识地并且明确地将文学分类，虽然偶见不同的文体，但没有统一的文体的概论。正如罗根泽在《中国文学批评

---

　　①　［日］冈村繁：《汉魏六朝的思想和文学》，陆晓光译，221页，上海，上海古籍出版社，2002。

　　②　李泽厚、刘纲纪：《中国美学史：魏晋南北朝编》，29页，合肥，安徽文艺出版社，1999。

史》中所说："蔡邕的论铭，和他的述昭令奏议相仿，彼述诏令奏议的规程，此论铭的制度，创作方法及文章价值，都未曾论及。虽然规程制度，也有关于创作方法。至魏晋六朝的文体论，始进到多方面的研究讨论。最早的当然是曹丕的四科说。"①曹丕的"夫文本同而末异"是一种有意识的文体论说，将奏议、书论、铭诔、诗赋都统一归于"文"当中，并且又分别划归于不同的文体，这当中不单是有了文体的意识，还有了"文"这种微妙的"文学"的意识。而"凡群臣上书于天子者"很明显不包含"文学"意识，而"书传篇赋，何者为美"也是针对各种文类所发的议论，也不包含统一的"文学"意识。所以可以说《典论·论文》算是开创了一种完备的文体分类并包含着一种"文学意识"。

(四)"文章不朽说"中的传统倾向性和文章所指

冈村繁在《周汉文学史考》中指出：

> 近来文学史家们讲解《论文》时最强调的一点，就是该"文章不朽"论，甚至有人认为这是中国文学史上的一篇文学独立宣言。②

冈村繁虽然没有提出这个"有人"指的是谁，但是很明显是直指铃木虎雄的《中国诗论史》来论说的，因为在铃木虎雄的《中国诗论史》中很明显地提到"《典论·论文》可以说是中国文学史上的一篇文学独立宣言"③，也就是说有关"文章不朽说"才是冈村繁所要批驳的核心，前文所提及的《论文》的创作时间以及思想和内容上的继承性都是为了颠覆这个所谓的"文学独立宣言"做铺垫的，最根本的是对"文章不朽说"的真正意义进行考证，看看它是否真的是一篇"文学独立宣言"，着重点在"文学独立"上。

---

① 罗根泽：《中国文学批评史》，3 页，上海，上海古籍出版社，1984。
② ［日］冈村繁：《周汉文学史考》，陆晓光译，308 页，上海，上海古籍出版社，2002。
③ ［日］铃木虎雄：《中国诗论史》，许总译，南宁，广西人民出版社，1989。

而在这个问题上，冈村繁与铃木虎雄发生分歧的关键点便是"文章不朽"的"文章"到底指的是什么，包含了哪些内容？

冈村繁在《考察建安文坛的视角》中说：

> 曹丕《典论·论文》篇云："盖文章经国之大业，不朽之盛事。"但它并非像以往所认为的那样是在宣告文学的独立性，作者这里谈论的是为自己的人生观和世界观而著述，因此这里并无任何新意，而完全是传统观念的沿袭。①

冈村繁认为这种不朽说是一种传统观念的沿袭，首先是从《论文》的结尾"融等已逝，唯干著论，成一家言"出发的，他认为这与《与吴质书》中的"徐干著《中论》二十余篇，成一家言，义辞典雅，足传于后，此子为不朽矣"概念相符合，所以他得出结论：

> 曹丕认为"不朽"的文章，未必是指某个人最擅长的那种文体的作品；换言之，曹丕认为可以"不朽"的文章需要具备的最重要的条件，跟他所列举的"奏议""书论""铭诔""诗赋"所谓四科的工拙无关，而在于它能否"成一家之言"。曹丕的这种看法无疑是直接继承了司马迁的观点，它丝毫没有超出汉代以来传统著作的范围。②

冈村繁以"立言"的角度从《史记》著述的传统出发指出《典论·论文》的传统倾向性。也就是说冈村繁认为这篇所谓的文学批评的专著《论文》实际上仍未超出传统儒学的范畴，与其说是一种对"文学独立"的宣言，不如说是在为自己的政治抱负谋篇立章，冈村繁在《考察建安文坛的视

---

① 　[日]冈村繁：《周汉文学史考》，陆晓光译，296～297 页，上海，上海古籍出版社，2002。

② 　[日]冈村繁：《周汉文学史考》，陆晓光译，309 页，上海，上海古籍出版社，2002。

角》中说道：

> 　　曹丕与曹植两人都将生活的第一目标定位在政治上建功立
> 业，其次才是著述"一家之言"以传世不朽，可见他们对文学的
> 评价都不太高，在当时魏国开创期严峻的背景中，作为王子，
> 持有这种文学观是理所当然、极其自然的。最重要的是为国家
> 而追求和献身，辞赋只是区区小道，这样的观念在当时尚占主
> 导地位。对于父亲为事实上之君主的曹丕和曹植而言，这样的
> 观念更是一种不容动摇的行为准则。①

　　暂且不论曹丕的辞赋观是否真像文中所说"对文学的评价都不太高"，
这个在下面会专门论述。单看冈村繁对曹丕和曹植所处大环境以及身为
王子的地位的评判，可以说冈村繁认为无论是《典论·论文》还是《与杨德
祖书》虽然在形式上看起来是文论批评，但实质上是饱含了儒学价值取向
和政治目标的。

　　由于这种强烈的政治倾向性，冈村繁将其"文章不朽"的"文章"的所
指也更加明确化了，冈村繁直接提出：

> 　　历来最受重视，被认为表现了曹丕划时代性的文学观的所
> 谓"文章不朽论"，其实决非指辞赋这类纯文学作品，而是指一
> 部分编集成书的思想性著作。②

　　其中明确指出这种"文章"的所指是有局限性的，并不包括当下的所
有文学样式，更不用说辞赋这种纯文学的作品，而是一种应用型的像徐
干的《中论》这类的文章，这完全颠覆了以往乃至现今的诸多给《典论·论
文》赋予文学意义的学说，而由此，冈村繁也把曹丕的《典论·论文》所论

---

① 　[日]冈村繁：《周汉文学史考》，陆晓光译，277 页，上海，上海古籍出版社，2002。
② 　[日]冈村繁：《周汉文学史考》，陆晓光译，298 页，上海，上海古籍出版社，2002。

述的内容一分为二，至于《论文》前面所述建安七子的辞赋创作，被冈村繁看作曹丕所说的"不可力强而作"的文学创作，简言之，是才气使然。而徐干所作的《中论》等，虽其不擅辞赋，但他是以"力强之作"著述以传世。两个论点极其明显，由此冈村繁也推测在"盖文章……"之前佚脱了一些文字，这样才算完整的论断。这样的说法也不无道理，因为只有这样辞赋的论述，以及后面行文转向应用文的著述才能与结尾的论点相结合，也与"成一家言"相映衬，最终表现了曹丕实质的文学观。

　　但是冈村繁也提出了一些疑问，"虽然以'盖文章，经国之大业……'为界的前后两部分的论旨完全不同，但是在《文选》看起来这'文章'就是直接指上文说的'四科'而言"①。他推测有两个原因，第一个原因是古人著书时常常"文"和"文章"不分，"头脑中有一种把用文字记载的文学作品和思想著作都当做'文'（修辞）的含糊概念，因而会在不同的意义上交叉使用"②；第二个原因就是前文所述的文字有所佚脱，《文选》上所载可能并不是《论文》的全文。这两点都是冈村繁的推测，并没有足够的证据能够证明。由此也产生了一些疑问，冈村繁一方面把"文章不朽说"的"文章"所指明确成"应用性的思想著作"，另一方面又认为古人"文""文章"不分。按此说，可能曹丕自己在写《论文》时也没对"文章"的范畴有具体的把握，并与"文"的概念常常混同，至于是否包含辞赋，在思路上，曹丕应该也是混乱的，虽然他是以建功立业的伟大政治抱负来著书立说的，可在行文时可能也并未能完全掩饰自己对辞赋的真实情感，所以在《论文》中所出现的"文章"未必就有着很明确的指向性，而可能是涵盖多种文体的"文章"，只是稍稍有偏向徐干《中论》这样的结集成书的非纯文学类文章的倾向性，但其在脑海中并未有明确的区分。比如，《三国志·魏书·文帝纪》注引中就有"帝初在东宫，疫疠大起，时人凋伤，帝深感叹，与素所敬者王朗书曰：'生有七尺之形，死惟一棺之木，唯立德扬名，可以不朽，其次莫如著篇籍。……'故论撰所著典论、诗、赋盖百余篇，集

---

① ［日］冈村繁：《周汉文学史考》，陆晓光译，312 页，上海，上海古籍出版社，2002。
② ［日］冈村繁：《周汉文学史考》，陆晓光译，312 页，上海，上海古籍出版社，2002。

诸儒于肃城门内，讲论大义，侃侃无倦"。可见曹丕认为的"著篇籍"应该也是除《典论》外包括诗赋在内的，也就是说除了立德扬名外，立言也可以不朽，可是这种"立言"涵盖的可能并不单是从儒家传统中所传承下来的思想性著作，也包括诗赋类的文章。

刘师培认为："中国三代之时，以文物为文，以华靡为文，而礼乐法制，威仪文辞，亦莫不称文章，推之以典籍为文，以文字为文，以言辞为文。"①在此种倾向下，"文"的涵盖面是极广的，虽然它大于"文章"的概念，但是正如张少康所说，"在'文章'的概念中，诗歌辞赋当然是其最重要的方面，但它又不等同于纯粹的艺术文学，而是包括了非文学的一般文章（如应用文、政论文、公牍文等）在内的，甚至也包括了史传、诸子等学术著作的词章写作在内。这个'文章'概念就是当时人们的文学观念的体现，而不能把当时的'文学'概念看作文学观念，值得我们注意的是这个'文章'概念一直延续到魏晋南北朝，和曹丕的《典论·论文》的'文'……含义基本是一致的。"②冈村繁既然说曹丕在行文时将"文"与"文章"的概念混淆，那未尝不可说"文章不朽"说的"文章"中可能也包含了诗赋这些纯文学的内容。而且在中国的古代以"文以载道"的思想贯穿于整个文学中，文学和政治之间本身就没有确定的界限，甚至可以说古代的文学几乎是为政治服务的，即便一些看似与政治无关的诗词歌赋有时也会被统治者加以利用而用来"成教化经人伦"，并没有形成像日本那种纯文学与非纯文学的明显的界限，所以在《论文》中的"文章"本身就是一种政治言说，是与政治一体的，而以日本的文学理论思想为大背景的铃木虎雄所说的"文学独立宣言"就显得不合时宜，不符合古代文学与政治界限模糊的背景，但冈村繁也同样，虽然驳斥了铃木虎雄的观点，并延续了儒家的"成一家言"的经典传统放置在《论文》的不朽说中，将其文章与政治相挂钩，却将辞赋等纯文学生拉硬扯地从"文章"中分离出来也忽视了古代文学政治相统一的背景，等于在另一种形式上宣告着曹丕

---

① 　陈引驰编校：《刘师培中古文学论集》，225 页，北京，中国社会科学出版社，1997。
② 　张少康：《文心与书画乐论》，205 页，北京，北京大学出版社，2006。

将纯文学与应用文学相分离了，那也就是在另一层面上肯定了《论文》承认纯文学的存在，并与其所宣扬的应用性的文章相区分，那不也是一种对文学独立宣言的暗示了吗？可能事实上曹丕在著述时主要是意指如徐干《中论》那类的思想性篇章的"文章"的，可他在用"文章"二字概述这一观念时并未有意识地将其与辞赋等作品相区分，也未做具体说明，也有可能在文意表达时只想到自己所期许的文章样式，忽略了还有辞赋之类的"文章"，只用"文章"二字涵盖所想，待读者去意会他每个部分不同的可能的特指，这从根本上说其"文章不朽说"的"文章"就并没有有意识地把辞赋排除在外。而在此后关于曹丕的辞赋价值观的论述中，冈村繁也有相关的暗示。

(五)曹氏兄弟对辞赋价值的认识

鉴于前文冈村繁对曹丕《典论·论文》的"文章不朽"说的重新考辨以及得出其"不朽"的"文章"所指"决非指辞赋这类纯文学作品，而是指一部分编集成书的思想性著作"①的结论，他认为也有必要对曹丕以及曹植对辞赋的价值持何种态度做一探讨，于是冈村繁用了一节的篇章来专述曹丕及曹植的辞赋价值观，他认为：

> 曹丕或是曹植于人生目的上都把在政治方面建立功勋置于首位，其次是撰写"成一家言"的著作，他们都绝无视辞赋这类文学性创作具有比这二者更高价值的意识。在这个意义上，曹丕和曹植对待文学的态度并无明显不同，并且他们对文学价值的看法，都丝毫未越出传统思想域限。②

实际上以上论述是冈村繁对《典论·论文》和《与杨德祖书》两篇文学

---

① 　[日]冈村繁：《周汉文学史考》，陆晓光译，298 页，上海，上海古籍出版社，2002。
② 　[日]冈村繁：《周汉文学史考》，陆晓光译，313～314 页，上海，上海古籍出版社，2002。

批评论著价值的重新定位，言外之意是，无论在创作时间上或早还是或晚，两篇文学批评都不可以算作文学独立的最早宣言，甚至不算是文学独立的宣言，只是一种表达自我政治仕途的目标的宣言，这与以往古代文人的儒家传统并无二致。而他也在《考察建安文坛的视角》中强调："曹丕与曹植两人都将生活的第一目标定位在政治上建功立业，其次才是著述'一家之言'以传世不朽，可见他们对文学的评价都不太高，在当时魏国开创期严峻的背景中，作为王子，持有这种文学观是理所当然、极其自然的。最重要的是为国家而追求和献身，辞赋只是区区小道，这样的观念在当时尚占主导地位。对于父亲为事实上之君主的曹丕和曹植而言，这样的观念更是一种不容动摇的行为准则。"①然而冈村繁又说："曹丕和曹植在内心深处是否也把辞赋等纯文学的地位放在政治之下呢？这是颇可怀疑的。"②冈村繁认为曹丕和曹植也并不是绝对轻视辞赋文学的，他在《考察建安文坛的视角》中也说得很清楚："由于这一时代的知识人必须有学问，因此学问领域日益广博深厚；另外，辞赋一方面在观念上被视为'小道'，另一方面其创作却十分兴盛。"③还有，"曹操曾经勉励曹丕努力于学问（《典论·论文》），他甚至允许曹丕和曹植一味沉湎于文学，这一切从其功利主义的立场看，当也不能不说是理所当然的事"④。从这几个材料来看，冈村繁基本上还是认为曹丕和曹植虽在表面上寻求建功立业的政治目标，而在实践上仍是喜爱辞赋并也热衷于创作辞赋的，而这些也得到了曹操的默许。

　　铃木虎雄在《中国诗论史》对《典论·论文》的评价中对曹丕的辞赋观念的肯定自不用说，他对曹植的评价也是"并不是真正认为辞赋为小道不足可取"，如果以冈村繁为驳斥铃木虎雄的《典论·论文》的相关论断为其行文的方向的话，可以发现虽然在《典论·论文》的认识上两人差异很大，但在曹丕曹植的辞赋观的认识上，二者都是持肯定态度的，只是冈村繁更带有一

① ［日］冈村繁：《周汉文学史考》，陆晓光译，277 页，上海，上海古籍出版社，2002。
② ［日］冈村繁：《周汉文学史考》，陆晓光译，314 页，上海，上海古籍出版社，2002。
③ ［日］冈村繁：《周汉文学史考》，陆晓光译，279 页，上海，上海古籍出版社，2002。
④ ［日］冈村繁：《周汉文学史考》，陆晓光译，283 页，上海，上海古籍出版社，2002。

种怀疑的观点，而铃木虎雄是从根本上肯定了曹丕对辞赋文学的提倡。

　　事实上从曹丕和曹植对辞赋的创作及实践来看，他们也不可能是对辞赋持轻视态度的。首先，《典论·论文》中设四科，其中"诗赋欲丽"便是把诗赋与奏议、书论、铭诔等文体等量齐观，这便是将辞赋地位提升的最好佐证，再有他在《典论·自叙》中说："所著书论诗赋，凡六十篇，至若智而能愚，勇而能怯，仁以接物，恕以及下，以付后之良史。"而冈村繁虽然偶有透露自己的态度，却没有用相关史料来佐证自己的怀疑。再有有关曹植的辞赋观，王运熙先生认为："曹植一生爱做辞赋，他自称'少儿好赋，所著繁多，删定别撰为前录七十八篇(《前录自序》)'。"①冈村繁和铃木虎雄也都未为曹植的辞赋观做一史料的论证。

　　然而冈村繁虽然没有从对曹丕和曹植研究的角度来论及二者对辞赋的态度，却从前代扬雄和张衡对赋的观念和认识来佐证自己的观点，他甚至提出了一个更新的问题，他说：

　　　　在两汉尤其是后汉之时，从政治和社会方面对辞赋的评价，与从个人和趣味方面对辞赋的评价，两者是截然不同的；而且这两者又在同一时代或同一个人的生活中处于微妙的共存关系中。这意味着文学已经在本质上与政治分离，而逐步朝着独立的方面发展了。②

　　这无疑是抛出了一个有关文学在何时开始独立的问题，按照冈村繁的观点，从汉代开始文学与政治已经开始逐渐分离，所以曹丕的《典论·论文》所谈是政治，与其分离的文学价值观是可以共存并立的。从这一点看，冈村繁似乎将文学的概念窄化了，实际上他上段话中的"文学"只是含有审美性的，如辞赋类的纯文学，并不一定包含有应用性、社会性的政论文章，诚然，随着汉代辞赋的发展，文学是逐渐从政治中分化朝独

　　①　王运熙：《论建安文学的新风貌》，56页，合肥，安徽教育出版社，1998。
　　②　[日]冈村繁：《周汉文学史考》，陆晓光译，314页，上海，上海古籍出版社，2002。

立的学科发展的，但它并非不包含政治的范畴，这就如一个概念从一个概念分离后，二者仍有相交的地方。也就是说，即便按冈村繁所说的"文学实质上与政治活动分离"，但它仍包含有与政治活动有关的文学，比如《典论·论文》的"文章"。事实上，冈村繁所提出的这个相分离的观点也是与其"文章不朽说"相悖的，虽然"文章不朽说"的"文章"被冈村繁认为是一种应用性、思想性的文章，但它仍属于文学的范畴，同时属于政治，也和辞赋文学等现今文学观念中所界定的纯文学一同属于文学，而它并未与政治活动分离。所以冈村繁也将其中文学的观念混淆并混用于不同的论断中，事实上他应该将上段话中的"文学"改成"带有审美观念的文学比如辞赋"，可能会更加确切。

　　因为在"文学"观念上的界定不清，冈村繁得出的结论也出现了一些纰漏，他说：

　　　　到了直接继承汉末风气的建安时代，终于有人起来明确断言文学具有与政治互不相关而并立的性质：若乃不忘经国之大美，流千载之英声，铭功景钟，书名竹帛，此自雅量素所蓄也，岂与文章相妨害哉？（杨修《答临淄侯笺》）①

　　这篇本是杨修对曹植的《与杨德祖书》的"辞赋小道"的答复，只是表明辞赋等文学并不影响文章的发展，只要不忘经国之事就好，事实上也是在说文学不影响政治，当然这个不影响政治的文学特指的是"辞赋类的纯文学"，但并不像冈村繁说的"文学与政治互不相关"，在中国古代，不论是从哪个年代文学开始自觉，成为独立的学科，它都不可能与政治互不相关，甚至在汉以前可以说文学就是政治，对此前章也论述过。所以冈村繁所认为的杨修这段话是宣扬文学与政治是互不相关的论断是十分错误的，这也是冈村繁考虑不充分之处。

---

　　① ［日］冈村繁：《周汉文学史考》，陆晓光译，314～315 页，上海，上海古籍出版社，2002。

但总的来说，冈村繁的此种论说还是在学界掀起了不小的风暴，对铃木虎雄和青木正儿对《典论·论文》的相关论断也做了有理有据的驳斥，尤其在创作时间上和文章不朽说的传统倾向上算是给所谓的"《典论·论文》是最早的文学独立宣言"的评价有力的一击，即便是在"文学"观念上基于日本文学的大背景与国内的认识有所不同甚至有些谬误，但对此后的《典论·论文》的广泛评价带来了不小的影响。

二、《文心雕龙》①研究

（一）冈村繁与《文心雕龙》

"冈村繁是日本汉学界知名学者，主要研究领域涉及《诗经》及唐代文学。关于他对《文心雕龙》研究的贡献，甲斐胜二曾评论说：'冈村繁专门研究《文心雕龙》的论文虽然不多'，'但他对《文心雕龙》的研究却是在大学上斯波六郎的课时早已开始的。'②甲斐胜二是冈村繁的学生，他曾翻译王元化的《文心雕龙讲疏》，并由冈村繁校订。事实上，由于冈村繁是在师从斯波六郎时开始做的《文心雕龙索引》，因此在很大程度上受到了斯波六郎的影响。他在《文心雕龙索引自序》中说道：

> 对这部著作"情有独钟"的主要原因有二：一是自学生时代以来，始终随侍于先生《文心雕龙》演习，深刻体味到阅读之难，却也因此爱不释手；再者就是曾奉先生命，与同僚田中、御手洗二君携手制作过同部作品的词句卡。③

---

①　本章所引《文心雕龙》篇章见黄叔琳注，李详补注，杨明照校注拾遗：《文心雕龙》，上海，古典文学出版社，1985。
②　张少康等：《文心雕龙研究史》，311 页，北京，北京大学出版社，2001。
③　[日]冈村繁：《随想篇》，俞慰慈、俞慰刚、盛勤译，234 页，上海，上海古籍出版社，2009。

　　这两个原因都是来自他的导师斯波六郎，一方面受导师影响对《文心雕龙》"爱不释手"，另一方面受导师之命进行过《文心雕龙》的一些研究，所以他与《文心雕龙》是相当有渊源的。虽然他只有关于《文心雕龙》的两篇文章，一篇是《〈文心雕龙〉中的五经和文学美之关系》，另一篇就是《〈文心雕龙〉在唐初钞本〈文选某氏注〉残篇中的投影》。但这两篇涉及的问题却很精辟新颖，研究和考证的结论都是在其之前不曾详细研究过的。

　　另外，冈村繁虽然对《文心雕龙》研究的论文不多，但如前文所说，他对《文心雕龙》这部著作"情有独钟"，所以在他其他的论文篇章中引用《文心雕龙》的案例不在少数，尤其是他在进行汉魏六朝的文学研究中，经常有在论文中引用《文心雕龙》的例子。比如，他在《后汉末期的评论风气》一文中，开篇就用刘勰《文心雕龙》中的原句来表明自己的观点，他说："正如梁朝刘勰《文心雕龙·序志》中所云：'详观近代之论文者多矣。至如魏文述典，陈思序书，应场文论，陆机《文赋》，仲洽《流别》，弘范《翰林》，各照隅隙，鲜观衢路，或臧否当时之才，或铨品前修之文，或泛举雅俗之旨，或撮题篇章之意。'魏晋时代诸多论文之作接踵问世，迄至齐梁，形成了文学评论的鼎盛期，作为这一盛期的先驱并标志中国文学史开始有真正文学评论的时期，无疑是以魏文、陈思为中心的建安后期。"①再有他在《东晋画论中的老庄思想》中谈及"庄老告退"和"画趣变化"时提出："在东晋的顾恺之和南齐的谢赫之间隔着刘宋时代，而刘宋时代乃文学史上风格转变时期。刘勰在《文心雕龙》中有曰：'宋初文咏，体有因革，庄老告退，山水方滋……情必极貌以写物，辞必穷力而追新。此近世之所竞也。''自近代以来，文贵形似。……体物为妙，功在密附。故巧言切状，如印之印泥，不加雕削，而曲写毫芥。故能瞻言而见貌，即字而知时也。'"②接连引用《明诗篇》和《物色篇》的句子加以说明，关于《明诗篇》中的"庄老告退，山水方滋"更有专门针对此所写的论文《"庄老告

──────────

① ［日］冈村繁：《汉魏六朝的思想和文学》，陆晓光译，80 页，上海，上海古籍出版社，2002。

② ［日］冈村繁：《汉魏六朝的思想和文学》，陆晓光译，435 页，上海，上海古籍出版社，2002。

退，山水方滋"考察——淝水之战的文化史意义》来考察"庄老告退，山水方滋"的原因。另外还有他的《〈世说新语〉所见词语用典考》中也是开篇即引用了刘勰《文心雕龙·事类篇》中的语句："夫经典沉深，载籍浩瀚，实群言之奥区，而才思之神皋也。扬班以下，莫不取资，任力耕耨，纵意渔猎，操刀能割，必裂膏腴。"①并指出："诚如其所言，追求典据之好，是自后汉开始渐次流行，而至魏晋南北朝期间已臻鼎盛。"②如果说《文心雕龙》中《序志篇》《明诗篇》以及《物色篇》中的句子大家都耳熟能详，但是冈村繁所引用的《事类篇》中的语句还是比较少见的，由此也可以见得冈村繁对《文心雕龙》的熟知度，以至能够信手拈来，多次在论文中采用。

　　这些如前文所说，主要来自冈村繁的老师斯波六郎潜移默化的影响，正如杨明照引用的甲斐胜二对冈村繁的评价中所说的那样，冈村繁在大学时就开始了《文心雕龙》的研究，而致力于研究《文选》和《文心雕龙》的斯波六郎也是在此时进行《文心雕龙范注补正》以及《文心雕龙札记》的写作，在此影响下，冈村繁才有了集大成的著作《文心雕龙索引》，据甲斐胜二在《中国学研究》中对他的导师冈村繁的介绍："冈村老师年轻的时候，为了研究《文心雕龙》自己曾做了《文心雕龙——文字索引》，那时候他每天只睡三个小时，只有具有这样的精力和功力，才能进行如此艰难晦涩的版本学研究吧！"③可见冈村繁在《文心雕龙》上的用力。而其《文心雕龙索引》更是对中国的"文心索引"产生了很大的影响，这类索引在当时的中国是不曾有过的，以至于斯波六郎在《〈文心雕龙索引〉序》中说："在这两年间，冈村君就是写出一两篇有价值的论文，也比不上这样做出来的索引更有益于学术界。"④而由此在中国产生的一系列的《文心雕龙》的文字索引都是以冈村繁的《文心雕龙》索引为范本展开的，此后产生的索

---

　　①　［日］冈村繁：《汉魏六朝的思想和文学》，陆晓光译，439页，上海，上海古籍出版社，2002。

　　②　［日］冈村繁：《汉魏六朝的思想和文学》，陆晓光译，439页，上海，上海古籍出版社，2002。

　　③　［日］甲斐胜二：《日本著名汉学家：冈村繁》，载《中国学研究》（第四辑）。

　　④　［日］冈村繁：《文心雕龙索引》，5页，上海，上海古籍出版社，2010。

引更是数不胜数，所以需要对冈村繁编纂的《文心雕龙索引》进行更深入的研究。

(二)《文心雕龙索引》及其索引方法的研究

前面已经提及冈村繁的《文心雕龙索引》开启了现代的《文心雕龙》索引的编纂之风，此后国内还出现了一系列《文心雕龙》的索引著作，在李平的《20世纪中国〈文心雕龙〉研究的回顾与反思》中有着详细的介绍①，其中首先有上海古籍出版社出版的朱迎平主编的《文心雕龙索引》②，此书是在冈村繁《文心雕龙索引》和巴黎大学北京汉学研究所《文心雕龙新书通检》的基础上编纂的。吴美兰编纂的《文心雕龙研究成果索引》③和朱迎平编纂的《文心雕龙索引》同时问世，前者广泛收集海内外"龙学"研究成果，后者是就《文心雕龙》的文句、人名、书名、篇名等编排索引。李平认为"两种《索引》虽然都较粗略，但是对于正发展得如火如荼的'龙学'态势来说，出来的正是时候，可谓解了当时研究者的燃眉之急"④。

1990年，冯春田的《文心雕龙语词通释》汇释了《文心》所用语词近九千条⑤，类似《文心》语词释义大全，虽然有些笨拙，但用牟世金的话来说可谓是"龙学之一翼"。而这个时期"龙学"界一直盼望的《文心雕龙辞典》也终于有了两部。一部是贾锦福主编的，在1993年率先出版，另一部周振甫主编的也在1996年问世。后出的一部因为撰稿人相对集中，各词条的解释也就比较统一，全书整体性更强一些，特别是其中所附的《元至正本文心雕龙汇校》，更加彰显了该《辞典》的学术价值。尽管如此，李平认为"贾氏及其同仁所编《辞典》由于出版时间更早，仍旧功不可没"。⑥

按照李平在《20世纪中国〈文心雕龙〉研究的回顾与反思》中所介绍

---

① 李平：《20世纪中国〈文心雕龙〉研究的回顾与反思》，载《文艺理论与批评》，1999(5)。
② 朱迎平：《文心雕龙索引》，上海，上海古籍出版社，1987。
③ 吴美兰：《文心雕龙研究成果索引》，广州，暨南大学图书馆，1987。
④ 李平：《20世纪中国〈文心雕龙〉研究的回顾与反思》，载《文艺理论与批评》，1999(5)。
⑤ 冯春田：《文心雕龙语词通释》，10页，济南，明天出版社，1990。
⑥ 李平：《20世纪中国〈文心雕龙〉研究的回顾与反思》，载《文艺理论与批评》，1999(5)。

的，"龙学"的研究在工具书方面最重要的当数杨明照主编的《文心雕龙学综览》(1995)，这部凝聚着众多"龙学"专家心血的集大成之作，其中包含各国各地区《文心雕龙》研究综述以及《文心雕龙》研究专题综述，还有专著专书简介以及相关学者简介，最后也包含相关索引。虽然此书姗姗来迟，但却以其全面性和权威性受到"龙学"界的高度赞许，另外还有张少康、汪春泓等人撰著的《文心雕龙研究史》，探究《文心雕龙》在古代的传播、影响和历代对它的研究，近现代的《文心雕龙》研究以及当代的《文心雕龙》研究等内容。再有戚良德的《文心雕龙学分类索引》①，该索引共收集了 1907—2005 年"龙学"论文、专著 6517 条。以上工具书的出版，对于促进"龙学"的进一步发展，促进海内外学术交流，都有着无上的功德。然而，李平还认为，"大陆'龙学'界在工具、资料方面所下的功夫还是不够的"②，所以冈村繁曾经做过的《文心雕龙索引》在龙学的索引研究中仍起着至关重要的作用。

在此需要简单介绍冈村繁在《文心雕龙索引》中所用的方法和具体的语词的归纳。依照冈村繁所述，《文心雕龙索引》是以"清道光十三年名两广节署刊行的黄叔琳辑注附载纪昀评本的《文心雕龙》为底本"③，而用此注本的原因同，据冈村繁所称，"其实我编纂此《文心雕龙索引》前，铃木虎雄先生早已在一九二九年四月发表的《黄叔琳本〈文心雕龙〉校勘记》便以黄叔琳辑注附载纪昀评本为底本；同年九月，范文澜先生也在其名著《文心雕龙注·例言》里说：'《文心雕龙》以黄叔琳校本为最善。'"④可见，冈村繁对《文心雕龙》的索引是依照黄叔琳辑注的《文心雕龙》来进行安排的，这在他的《〈文心雕龙〉凡例》中做了强调，其索引与其他索引一样，有笔画检字和拼音检字，而且笔画检字表按照其索引的检字顺序排列，为方便查找附上了部首，这与一般索引方法无异。值得注意的是，冈村繁将一些人名、地名、书名、篇名的固有名词都安排在了可索引的正文

---

① 戚良德编：《文心雕龙学分类索引》，上海，上海古籍出版社，2005。
② 李平：《20 世纪中国〈文心雕龙〉研究的回顾与反思》，载《文艺理论与批评》，1999(5)。
③ ［日］冈村繁：《文心雕龙索引》，2 页，上海，上海古籍出版社，2010。
④ ［日］冈村繁：《文心雕龙索引》，2 页，上海，上海古籍出版社，2010。

中，并用记号加以注明。而其中的文字排列、每个字词的索引等采用的是传统的字词索引方式，即汉语有音兼意译为"堪靠灯"索引方式，这类索引编起来工程相当浩大，而且需要有一定专业知识，有耐心，负责任，有时间，能抄能排。在朱迎平的《文心雕龙索引》的编纂说明中就提道："在国外，文心雕龙的索引已经出版过两种：一种是日本广岛文理大学汉文学科研究室 1950 年初版，采华书林 1928 年改订再版的冈村繁编纂的《文心雕龙索引》；一种是巴黎大学北京汉学研究所 1952 年编纂出版的《文心雕龙新书通检》，这两种索引均采用'堪靠灯'式，即逐字词列为条目，详尽完备，体制庞大。由于在海外发行，后者又濒于绝版，难以为国内的文心雕龙研究者所广泛利用。"①实际上除了几乎绝版的《文心雕龙新书通检》之外，在现当代的《文心雕龙》的索引中，冈村繁的这本索引是唯一一本从字词的索引出发对《文心雕龙》进行庞大的编纂索引，所以此后的索引包括朱迎平的《文心雕龙索引》在内，无论是采用文句索引，或专有名词、术语索引，或篇目、引书索引等现代索引的方法，都是建立在冈村繁这部从字词出发的索引基础上所做的索引，可见冈村繁的《文心雕龙索引》的意义之大。但是需要注意的是，冈村繁的老师斯波六郎所编纂的《文选索引》采用的也是这种索引方法。《文选索引》是日本所编的规模最大的一部中国古典文献索引，而冈村繁在斯波六郎所布置的任务下进行《文心雕龙》的索引编纂，在索引方法上很有可能是借鉴了其老师的《文选索引》的编纂方法。

　　当然，本章最核心的研究方向主要是针对冈村繁研究《文心雕龙》的两篇论文，尤其是第一篇《〈文心雕龙〉中的五经和文学美之关系》进行深入的探讨和研究。

(三)《原道》篇中的"自然之道"的思想来源及其特点

　　冈村繁在谈及《原道》篇的"自然之道"时牵涉两个问题，一个问题是刘勰《文心雕龙·原道》中的"自然之道"的起源是否是"来自道家宇宙根源

---

　　①　朱迎平：《文心雕龙索引》，7 页，上海，上海古籍出版社，1987。

的概念"，另一个问题是这个"自然之道"是否就是一种"宇宙万物之美的根源"，是否就是将自然美和艺术美统一的"美的起源"？他在《〈文心雕龙〉中的五经和文学美之关系》中说道：

> 正如在《原道》篇第一大段中所见那样，以《周易》中儒教式的宇宙起源论为中轴，将之与推崇的"自然之道"的道家宇宙根源概念乃至汉儒的学说等加以融合，并进而巧妙用之于说明自然美和艺术美的起源问题，这无疑是刘勰的首创。刘勰首次将"自然之道"确定为宇宙万物之美的根源，进而赋予它与由此生成的自然美和艺术美同等的地位。由此看来，刘勰的"自然之道"与其说指的是天地万物的起源，毋宁说是指美的起源。①

关于冈村繁所涉及的这两个问题实际在文心雕龙的研究史上有不少探讨，而冈村繁的这个观点也并非首创，有不少人也与之持有相同观点。尤其是日本中国学的研究者们都有类似观点，如冈村繁的老师斯波六郎在其《文心雕龙札记》中就谈到"彦和的'道'的概念继承了老、庄'一道万里'的思想，特别是在论证'文'——夸大些说就是'美'——与'道'之间的关系方面，彦和可以说是古来第一人"②。这个观点几乎和冈村繁的观点如出一辙，可见冈村繁很有可能是借鉴斯波六郎对文心雕龙的观点看法并加以解说的，而之后持相同观点的兴膳宏更有专篇的《〈文心雕龙〉的自然观——探本溯源》讨论这种自然观，他还提出"贯穿《文心雕龙》的全书的基调是'文章的生命在于美'"，他甚至认为"刘勰为了使所谓包含天地自然一切美在内的自己的美学得以成立，才引用了《易》中的文句以资佐证"。③ 而在冈村繁之前的中国的《文心雕龙》研究中也有不少人持相同观点，如蔡钟翔的《论刘勰"自然之道"》就认为"论道而与自然相联系，确是

---

① ［日］冈村繁：《汉魏六朝的思想和文学》，陆晓光译，569～570页，上海，上海古籍出版社，2009。
② 王元化主编：《日本研究〈文心雕龙〉论文集》，42页，济南，齐鲁书社，1983。
③ 王元化主编：《日本研究〈文心雕龙〉论文集》，192页，济南，齐鲁书社，1983。

道家的首创，而为儒家所未曾言。但是在《老》《庄》书中还没有'自然之道'这样的提法……因此，'自然之道'一语的形成，把'自然'和'道'融为一体，弥补了这个缺陷，可以算是对老子的修正"①。而且他通过从汉代开始到魏晋玄学中广泛采用的"自然之道"的说法，如吸取了道家思想的儒学家扬雄的"有生者必有死，有死者必有终，自然之道也"以及玄学思想家王弼的"自然之道，亦犹树也，转多转远其根，转少转得其本"等，并且辨明了佛教"自然"沿袭了道家用语，依此来判断这个"自然之道"主要出自道家。另外，王运熙在其《〈文心雕龙・原道〉和玄学思想的关系》中也谈到这种"自然之道"与玄学思想的关系，主要的依据是魏晋清谈中所讨论的"名教"与"自然"的问题，以"名教"代表儒家提倡的伦理道德规范，以"自然"代表玄学的顺遂万物本性的思想，并认为《文心雕龙》是延续东晋郭象"名教"和"自然"合一的理论。② 国内学者关于"自然之道"的提法带有一定的考证和依据，而日本这些学者对"自然之道"的认识都限于固定的认识，并未做考证。

　　那么，"自然之道"的概念根源到底是不是来自道家呢？蔡钟翔认为"自然之道"不曾出现在《老子》《庄子》中，所以应当将"自然之道"分成"自然"和"道"两个部分来探讨其思想来源，首先，"自然"在《老子》《庄子》中就含有不同的含义，如《道德经》"道法自然"中的"自然"是"道"的表现，是最高哲学范畴的表现形式，而"以辅万物之自然而不敢为"中的"自然"是一种万物自化的状态。事实上从刘勰的《文心雕龙・原道》中所出现的两处"自然"——"心生而言立，言立而文明，自然之道也"和"凤以藻绘呈瑞，虎豹以炳蔚凝姿；云霞雕色，有逾画工之妙；草木贲华，无待锦匠之奇。夫岂外饰，盖自然耳"来看，这种"自然"并不是接近于哲学范畴的"自然"，而是表现事物的一种原始的状态，接近"以辅万物之自然而不敢为"中的"自然"，当然更进一步说，刘勰在《文心雕龙・原道》中所出现的

---

①　中国文心雕龙学会选编：《文心雕龙研究论文集》，358 页，北京，人民文学出版社，1990。

②　中国文心雕龙学会选编：《文心雕龙研究论文集》，358 页，北京，人民文学出版社，1990。

两处"自然"的意思也是稍有不同的，第一处的"自然"更偏向一种唯心的发自内心的为文的自然状态，而第二处自然更偏向客观的遵从万物发展的"自然"。当然，对于第一种唯心的"自然"也不是全然无为的，在《文心雕龙·熔裁》中就有云："情理设位，文采行乎其中。刚柔以立本，变通以趋时。立本有体，意或偏长；趋时无方，辞或繁杂。蹊要所司，职在熔裁，櫽括情理，矫揉文采也。规范本体谓之熔，剪截浮词谓之裁。裁则芜秽不生，熔则纲领昭畅，譬绳墨之审分，斧斤之斫削矣。骈拇枝指，由侈于性；附赘悬疣，实侈于形。一意两出，义之骈枝也；同辞重句，文之肬赘也。"所以行文不能随心所欲，自然而然，还是需要剪裁精修的；另外此文针对第二处的"自然"也显现出万物自然并非完全都是美感的矛盾性，对于自然中的芜杂还是需要剔除。可以说，刘勰所论的"自然"似乎变成了有为的一种文学原则，与《老子》《庄子》所呈现的"自然"的意思还是有所偏差的，当然我们不否认这个"自然"的词的本源是来自道家的学说，只是由于时代的发展发生了不同的变异。而由于"自然"意思的不同，其中的"自然之道"的"道"也就不能说是起源于道家了，因为如果说"自然"单纯从语词的角度来看起源于道家思想的话，"道"这个字本身并不单起源于道家思想，儒家、佛家思想都有对"道"的记录，那么这个"道"到底是源于哪一种思想呢？按照"自然之道"在"原道篇"中的文义来看，这个"道"即一种规律和法则，更加接近的不是道家学说中最高哲学范畴的那种"道"，而是更加形而下的儒学中的"道"，即一种准则。而由此，"自然之道"的来源应该是源于道家和儒家思想融合后的思想——玄学，不仅仅是老庄的思想，还带有与"无为"相反的"有为"的思想，是如王运熙所说的一种"名教"和"自然"的合一，这在"自然之道"中也深刻体现了。

那么关于冈村繁的"自然之道"是自然美和艺术美的统一，是有关美的起源之说要如何理解呢？关于此，王元化在《文心雕龙讲疏》的《刘勰的文学起源论和文学创作论》中谈道："刘勰所说的'自然之道'是具有另一种涵义的，刘勰把太极作为天地万物产生的最终原因，太极产生了天地，天地本身具有自然美（即所谓'道之文'），太极在产生天地的同时，也产生了人（圣人），人（圣人）通过自己的'心'创造了艺术美（即所谓'人之文'）。道文、人文都来自太极，这就叫作'自然之道'。"①从冈村繁对王元化的《文心雕龙讲疏》进行译介并流传日本来看，冈村繁的有关"自然之道"的观点也在很大可能上承袭了王元化的观点，所以结合斯波六郎所述的"'美'——与'道'之间的关系"以及王元化对"自然之道"另一层"自然美和艺术美"含义的解释，冈村繁便直接将这一观点作为定论用在了论文中。即他将王元化所谓的"圣人"创造的艺术美与"自然之道"产生的自然美相结合，就有"刘勰把'自然之道'视为天地万物自然美和诗文艺术美的共同根源，按照这一理论，那么'性灵所钟'的'人'就理应较'无识'的禽兽草木更容易把美发扬光大，且使之精彩焕然。此外，只要人间具有与千姿百态的自然所共鸣的对美的憧憬，那么，诗文便如山川草木一样，可以无需任何媒介而自然地焕发斑斓文采，臻于完美之境。"②事实上这个只是冈村繁对艺术美和自然美相交融的理想化的状态，他本人也指出：

> 刘勰在紧接上文的《原道》篇第二大段及第三大段，并没有像我们据常识预测的那样，将"自然之道"与纯粹的诗文艺术美两者作为有直接因果关系的对象而展开议论，却提出明显与艺术美相当疏远的"圣人"和"经典"加以彰显。③

冈村繁虽然意识到了这一点，却认为是刘勰在写《原道》时出现的矛盾性，那么事实上刘勰是否在《原道》的第二、三段与第一段矛盾呢？第一段真的就如冈村繁所述的是为了表现天地万物的自然美与诗文艺术美而设吗？事实上刘勰在写《原道》篇时，根据其题目，以及其他的"文之枢纽"的《征圣》《宗经》等篇来看，本来就是为了正本清源，而并不是为了单

---

① 王元化：《文心雕龙讲疏》，61 页，上海，上海古籍出版社，1992。

② ［日］冈村繁：《汉魏六朝的思想和文学》，陆晓光译，570 页，上海，上海古籍出版社，2002。

③ ［日］冈村繁：《汉魏六朝的思想和文学》，陆晓光译，570 页，上海，上海古籍出版社，2002。

纯地表现文章的美意识，所谓的这种美意识，日本学者在进行中国学研究时似乎有些刻意强调了，事实上延续中国古代文学传统的刘勰不可能跳出他所在的大的时代背景，而在文学等同于政治的年代，刘勰的行文也必然与主流意识形态挂钩，所谓的其中流露出的"美"的思想只是在其行文时不经意的流露，而即便有对这种"美"的自觉，也不是他行文的主流。而事实上，刘勰将"文"与"天地"的地位等同主要是为了拔高文学的地位，冈村繁也由于文学背景的差异，不能真正理解王元化所说的"自然之道"的另一层含义，王元化之所以说"自然之道"还具有"自然美和艺术美"的另一层含义，是在主流意识的含义下挖掘出的深一层的含义，事实上，正如王元化在《文心雕龙讲疏》的《刘勰的文学起源论和文学创作论》中所说，"刘勰的原道观点以儒家思想为骨干，这是不容怀疑的"①。而他所提出的另一层的含义也是在此基础上的衍发，虽然他认为刘勰有些"牵强附会"，但总体来看，还是在儒学基础上的生发。

　　所以可以说，冈村繁以及一些日本中国学家在对刘勰的《原道》篇的第一段的认识尤其是"自然之道"的认识上过分夸大了自然而生的美意识，并直接盖棺定论，认为这种"自然之道"来自道家学说，并将它作为一种美的起源。这些提法都有些言过其实了。

（四）文体起源论：对《宗经篇》"文本于五经"的学说批评

　　刘勰在《文心雕龙·宗经》中有关于"文体起源"的"五经之说"，即"故论说辞序，则《易》统其首；诏策章奏，则《书》发其源；赋颂歌赞，则《诗》立其本；铭诔箴祝，则《礼》总其端；记传盟檄，则《春秋》为根"。而冈村繁认为这是"极其牵强附会的文体起源论"，冈村繁说，"刘勰此论显然是凭恃儒家文学观的一次跨步，是其文学史观在理论上的一次跳跃，其中存在着逻辑破绽"②，"文本于经"的思想一直在中国古代统治了很

---

① 王元化：《文心雕龙讲疏》，60页，上海，上海古籍出版社，1992。
② ［日］冈村繁：《汉魏六朝的思想和文学》，陆晓光译，571～572页，上海，上海古籍出版社，2002。

久，有关《文心雕龙》的文本起源说——"文本于经"说是中国传统文学批评的基本观念之一，《史记·司马相如列传》中的"太史公曰：……相如虽多虚辞滥说，然其要归引之节俭，此与《诗》之讽谏何异"，已把汉赋与《诗经》联系起来。班固认为"赋者，古诗之流也"也确立了汉赋与《诗经》的渊源关系。而直接继承《文心雕龙》的"文本于经"说的是颜之推，即冈村繁在其论文注解中指出的"《颜氏家训·文章篇》：'夫文章者，原出五经。诏命策檄，生于《书》者也。序述论议，生于《易》者也。歌咏赋颂，生于《诗》者也。祭祀哀诔，生于《礼》者也。书奏箴铭，生于《春秋》者也'"①。这是对《宗经》篇中文体起源论学说的直接继承，另外还有明代叶绍泰对《文心雕龙》的"文本于经"提出"学不明经，终为臆说。……五经为群言之祖，后世杂体繁兴，穷高树帜，极远扬镳，亦云盛矣"②以及明代黄佐的《六艺流别》作为体现"文本于经"文体学理念的集大成者，首次用文章总集的形式把古代各体文章分别系之《诗》《书》《礼》《乐》《春秋》《易》之下；再有章学诚《校雠通义·原道》中的"今异家者各推所长，穷知究虑，以明其旨，虽有蔽短，合其要归，亦六经之支与流裔"又以六经统百家之说等的"文本于经"之说。

而且在日本中国学界也早有青木正儿的《支那文学思想史》，在评价《文心雕龙》时也有"盖六经为文学之根源，故欲包容六经于文学之中也"，说明青木正儿是支持这种"文本于经"的学说的。之后的户田浩晓也在其《文心雕龙研究》的第一章第一节《文学与五经的文章》中说："以文字记载恒久至道的经典文章，必定是所有文章的基准仪则。反过来说：所有的文章全都源出经典，而最终又归乎经典，应该说这并不违背最初的经国之名。"③冈村繁提出的质疑无疑对之前日本中国学界对《文心雕龙》的"文本于五经"的认同观带来了不小的冲击。

冈村繁对"文本于五经"的文体起源论发出了质疑，事实上关于《文心

---

① ［日］冈村繁：《汉魏六朝的思想和文学》，陆晓光译，591页，上海，上海古籍出版社，2002。

② 黄霖：《文心雕龙汇评》，6页，上海，上海古籍出版社，2005。

③ ［日］户田浩晓：《文心雕龙研究》，45页，上海，上海古籍出版社，1992。

雕龙》"文本于五经"的学说一直以来也是国内学界探讨的一个问题，并且《四库全书总目》卷一百九十二评明人黄佐《六艺流别》时已经指出："文本于经之论，千古不易，特为明理至用而言。至刘勰作《文心雕龙》，始以各种分配诸经，指为源流所自，其说已涉臆创。"①可见很早就对刘勰的这种"文本于五经"的学说发出了"臆创"的质疑，而由于冈村繁是以黄叔琳辑注、纪昀评载本的《文心雕龙》为底本，可能也受到之前引文中所做出的这个评断的一些影响。而王梦鸥在关于刘勰的创作《文心雕龙》时所存在的矛盾性提出质疑，他认为"其既要以'五经'为楷模，又要提出独特的主张，存在一种'理论的穷巷'"。这与冈村繁在进行设论时的方法一致，先提出刘勰《宗经》篇中对自然美和艺术美的创见之说，又将其与刘勰需要回归的"五经正统"对比，提出这种矛盾差异性，并认为刘勰在牵强附会。王元化在《文心雕龙讲疏》的《刘勰的文学起源论和文学创作论》中也提出了刘勰创作《文心雕龙》时对"宇宙构成论和文学起源论都采取了极其混乱的形式，这固然一方面是儒家思想本身所固有的，另一方面也处于他自己的牵强附会"②，从冈村繁与王元化的密切交往，并翻译了王元化的《文心雕龙讲疏》来看，作于 1984 年的《〈文心雕龙〉中的五经和文学美之关系》论文很可能也吸收了王元化的关于刘勰"牵强附会"说的观点。尽管如此，冈村繁对"文本于五经"的这一破绽进行了十分深入的考证，这是在以往所提出的质疑观点的论文中都不曾有过的，也正如张少康在《文心雕龙研究史》评价冈村繁的这篇论文时说道："此文的主要价值之一，就是比较充分地论证了这种'臆创'性及其原因。"冈村繁的考证的攻击点主要在"赋颂歌赞，则《诗》立其本"这几个文体起源上，并且主要是通过考证辞赋的来源和五言诗的来源印证它们并不是来源于五经。

　　在"辞赋的起源流变"考察中，冈村繁主要从作品形式出发，从屈原的《离骚》《九辩》《九章》所共用的例句加以考察，发现《离骚》《哀郢》的修辞表现手法与其他篇不同，并进一步推断出"这些作品与其说是由主人公

①　张少康：《文心雕龙研究史》，312 页，北京，北京大学出版社，2001。
②　王元化：《文心雕龙讲疏》，60 页，上海，上海古籍出版社，1992。

屈原自己所创作，毋宁说是当时在楚国的宫廷诗人们，出于悼念这位忠臣的悲惨命运和对他产生共鸣或景仰之情，而陆续竞相创作的产物"①，并不是来源于正统的五经。

在对"五言诗形成之实况"的考证中，针对刘勰《文心雕龙·明诗》对五言诗的源流出发，考证出《诗经》中的《召南·行露》等并不是五言诗产生的渊源，并通过一系列举证得出五言诗在前汉已初具雏形，并流行于楚地妇人女子中。此后才逐渐被文人利用并传入宫廷。其来源也不是发源于五经。

冈村繁的考证十分详细，举证也比较有说服力，颠覆了以往对辞赋以及五言诗来源的认识。五言诗，一直被认为起源于《诗经》的《召南·行露》："谁谓雀无角，何以穿我屋？谁谓女无家，何以速我狱？"而冈村繁却将此源流进行了实证并进行了否定。总体来说，冈村繁的研究已经十分成熟，并且得出的结论也相当新颖。但是也如张少康、汪春泓等人在《文心雕龙研究史》中说的"这些提法是否全面亦可以研究，比如，说汉魏六朝时代的诗文文体'是在与儒家的五经无缘的创作环境中产生、发展起来的'等"②，他们所指的这句话在冈村繁的论文中的原话是"据我所见，汉魏六朝的时代在读书人之间流行的各种诗文文体，大多是在与儒学五经无缘的创作环境中所产生形成"③。实际上冈村繁并不是全盘否定汉魏六朝的各种诗文文体都来自五经，只是认为大多数诗文是在与儒学五经无缘的创作环境中产生的。当然事实上冈村繁的这个言论也过于偏激化了，在儒学统治中国近千年的时代，即便魏晋南北朝出现过玄学占主导思想的情形，儒学的影响也并未就此消退，五经作为文学的传统和源头，对文体的产生也有极大的影响。

冈村繁由于对刘勰提出的"文本于五经"的牵强附会说的质疑，所以

---

① ［日］冈村繁：《汉魏六朝的思想和文学》，陆晓光译，577页，上海，上海古籍出版社，2002。

② 张少康：《文心雕龙研究史》，312页，北京，北京大学出版社，2001。

③ ［日］冈村繁：《汉魏六朝的思想和文学》，陆晓光译，572页，上海，上海古籍出版社，2002。

他对其他文论的文体及其起源认识上也产生了一定的偏差，比如他说："由曹丕的《典论·论文》、陆机的《文赋》，到萧统的《文选序》，这一系列的文体论都是在以辞赋与诗歌为首的各种文体的传统创作路线上延伸而出，是以纯粹的创作美学为基础而构筑起来。……刘勰的儒学性文体起源论中有着显然不合理的一面。"①他甚至认为："萧统的文体生成说符合各种文体在历史上出现的实际情况，可谓是具有说服力的实事求是的慧识。"②那么，如此说来，关于各种文体的言说的《典论·论文》《文赋》以及《文选序》都是从创作美学的角度出发构筑而成，而没有带有经学的传统吗？只是刘勰一个人在此为了"宗经"而牵强附会吗？

首先来看刘勰"文本于五经"的文体起源之说，这在冈村繁的论文中提到过"将'自然之道'与'经典'密切联系起来的儒教文学观在刘勰之前已经存在"③。说明冈村繁并不认为这就是刘勰的独创，而是受到了前代的影响。另外其弟子甲斐胜二的《〈文心雕龙〉论屈原与〈楚辞〉在文学史上的地位》中有这样的言说："把文章体裁编入《五经》传统中去的想法，不能以《文心雕龙》为滥觞，从晋代挚虞《文章流别志论》里可以看到同样的看法……并且这种看法可以溯源到《汉代·艺文志》——《艺文志》虽是承袭《七略》而来的，但现在看不大整本《七略》，如果可以的话或者还有可能溯源到诸子的思想上去。而让《五经》占有国教地位并据此评判各种社会活动是否具正当性，是从汉代开始的。"④并且虽然晋、宋时代儒学式微，但南齐儒教兴盛。可遵照冈村繁所考，"南齐武帝永明年间实行推重儒教的政策……'永明纂袭，克隆均校，王俭为辅，长于经礼。朝廷仰其风，

---

①　[日]冈村繁：《汉魏六朝的思想和文学》，陆晓光译，583 页，上海，上海古籍出版社，2002。

②　[日]冈村繁：《汉魏六朝的思想和文学》，陆晓光译，583 页，上海，上海古籍出版社，2002。

③　[日]冈村繁：《汉魏六朝的思想和文学》，陆晓光译，590 页，上海，上海古籍出版社，2002。

④　中国文心雕龙学会编：《论刘勰及其〈文心雕龙〉》，412 页，北京，学苑出版社，1994。

胄子观其则。由是家寻孔教，人诵儒书，执卷欣欣，此焉弥盛'"①。有这样的儒学传统加之汉代早有的"五经"正统之说，所以刘勰的"文本于五经"并不是他个人的学说，而是对以往儒教传统的承袭，只是在对文体的诠释上强加了这种五经的传统而已。说明冈村繁在进行《文心雕龙》的文体说与其他文论的文体说进行对比时，虽然将《文心雕龙》单列出来与其他区别，但并不就认为将"创作"与"经学"相统一起来的传统就只是刘勰的独创。

对于冈村繁对《文心雕龙》中"文本于五经"观念的质疑，其考证的方法和结论还是具备一定的道理的，只是鉴于对中国固有的儒学传统以及千百年来文学等同于政治的功用的疏忽，所以其结论也存在一定的片面化的倾向。

(五)《宗经》篇中的"六义"的功用

关于《文心雕龙·宗经》的"六义"，即"一则情深而不诡，二则风清而不杂，三则事信而不诞，四则义贞而不回，五则体约而不芜，六则文丽而不淫"，冈村繁这样评说：

> 刘勰这里的所谓"六义"，从创作论角度质言之，不过是《文赋》中"虽区分之在兹，亦禁邪而制放；要辞达而理举，故无取乎冗长"这一概括性文章美学法则的细则而已。②

这种提法无疑对以往《文心雕龙》研究所赋予"六义"的地位是一个反击，虽然从古至今的《文心雕龙》研究中关于"六义"这一问题的研究主要集中在是不是理论纲领或批评标准的问题上③，但是其地位往往受人重

---

①　[日]冈村繁：《汉魏六朝的思想和文学》，陆晓光译，587～588页，上海，上海古籍出版社，2002。

②　[日]冈村繁：《汉魏六朝的思想和文学》，陆晓光译，582页，上海，上海古籍出版社，2002。

③　张少康：《文心雕龙研究史》，462页，北京，北京大学出版社，2001。

视。而冈村繁却将其作为《文赋》中一个概括性美学法则的细则，由此看来他并没有把其看作一个理论纲领，甚至也不全然是批评标准。

《文心雕龙·总术》："昔陆氏《文赋》，号为曲尽，然泛论纤悉，而实体未该。故知九变之贯匪穷，知言之选难备矣。凡精虑造文，各竞新丽，多欲练辞，莫肯研术。落落之玉，或乱乎石；碌碌之石，时似乎玉。精者要约，匮者亦鲜；博者该赡，芜者亦繁；辩者昭晰，浅者亦露；奥者复隐，诡者亦曲。或义华而声悴，或理拙而文泽。知夫调钟未易，张琴实难。伶人告和，不必尽窕槬之中；动角挥羽，何必穷初终之韵；魏文比篇章于音乐，盖有征矣。夫不截盘根，无以验利器；不剖文奥，无以辨通才。才之能通，必资晓术，自非圆鉴区域，大判条例，岂能控引情源，制胜文苑哉！"刘勰认为《文赋》谈及很多问题，但并未抓住要点，这个"六义"很有可能是针对陆机对各种文体的规范的再一细化，或者更准确地说是抓住要点再规范。而最后一句"才之能通，必资晓术，自非圆鉴区域，大判条例，岂能控引情源，制胜文苑哉"说的也是要对各种体裁进行把握，还要明确各种法则。这正是《文心雕龙·宗经》中在提出文体分说后对总体的各种法则的明确的"六义"。而"六义"这一法则也是陆机在归纳十种文体后的规范细则，并且主要是从创作论的角度所规定的细则。

相较于冈村繁从创作论出发对"六义"所下的结论，其老师斯波六郎并未强调这个"六义"的角度，而只是针对"体有六义"的"体"来下定义，他认为这个"'体'字指文章的形式和内容浑一之姿"①，从斯波六郎的这一理解来说，"六义"也是对文章的形式和内容的规范，和冈村繁所谓的"美学原则"性质上是一致的。但是国内的学者在进行《文心雕龙·宗经》研究时却把这个"六义"的地位有所拔高，如牟世金在《文心雕龙研究》中评价"六义"："不仅概括了《宗经》篇的主旨，也是刘勰'征圣'、'宗经'思想的体现。"②他还认同周振甫在《文心雕龙注释·宗经》中的言论："他的宗经，既不是要用儒家思想来写作，也不要用经书语言来写作，主要是

---

①　王元化主编：《日本研究〈文心雕龙〉论文集》，89 页，济南，齐鲁书社，1983。

②　牟世金：《文心雕龙研究》，171 页，北京，人民文学出版社，1995。

六义，即写出思想感情具有感化力的，引用事例真实而涵义正直的，文辞精炼而富有文采的作品。"①虽然此中也有对"六义"来自创作论角度的要求，但更多的是将其置于理论纲领的位置来一统"宗经"之说。另外对"六义"也有批评标准的定论，如张文勋的《文心雕龙简论》将它作为一种批评标准，更有陆侃如与牟世金合著的《刘勰与〈文心雕龙〉》认为："'六义'是六种特点……这六点既是刘勰对创作的要求，也是他论文的六个批评标准，从这六点要求来看，刘勰的批评标准显然是把内容和形式结合起来。"②虽然和斯波六郎一样也谈及了文章的内容和形式的标准，但是将这种标准更加明确化，归结为一种批评标准，这就不单单是从创作的角度去看"六义"，还从文学批评的角度去探讨"六义"，这样比冈村繁从创作论角度所做的归纳要更加全面。但是冈村繁认为"六义"对《文赋》美学原则的细化的这一提法是比较有创见的。

三、冈村繁魏晋南北朝画论研究

（一）东晋画论中的老庄思想研究

1. 东晋画论与其他艺术形式中的老庄思想的定位

冈村繁在研究东晋画论时是与研究老庄思想紧密联系在一起的，以画论中反映的老庄思想来畅谈老庄思想对艺术的影响。在魏晋这个特殊的时代，文学艺术与哲学的关系是相当紧密的，它们甚至超越了以往政治和文学艺术之间的地位，成为魏晋时期的一个时代特色。这归根结底是由于魏晋时期贯穿始终的玄学清谈之风所导致的。而玄学的根本问题可以说主要是儒、道两家的问题，其中老庄思想到底处于一个怎样的地位，其实是有一个发展过程的，关于这个问题，国内外已经有了很多讨论，在此主要探讨对东晋的老庄思想的定位问题。需要注意的是，对老

---

① 牟世金：《文心雕龙研究》，171 页，北京，人民文学出版社，1995。
② 牟世金、陆侃如：《刘勰与〈文心雕龙〉》，27 页，上海，上海古籍出版社，1978。

庄思想的定位，需要从不同层面来看待，首先它作为清谈的一个中心思想，受到不少士大夫贵族青睐，但这些贵族是不是在本质上认同这种老庄思想并把它作为一种信仰便要根据人物来具体看待。

　　从魏朝的何晏、王弼再到西晋竹林七贤的"越名教而任自然"，老庄思想的地位还是有所变化的，即从儒学与老庄思想相互调和走向以老庄思想排斥儒教思想。但是在东晋的清谈家们之间老庄思想的地位又在发生变化，在冈村繁所举的以谢安、桓温、桓玄为代表的肩负领导者身份的东晋清谈家的代表者，有着一种言行不一致的举动，这尤其表现在桓温桓玄父子身上，在冈村繁的《东晋画论中反映的老庄思想》中有一段从《晋书》中摘录的事例："桓玄性贪鄙，好奇异，尤爱宝物，珠玉不离于手，人士有法书，好书及佳园宅者，悉欲归己，犹难逼夺之，皆蒲博而取。"但是，冈村繁又根据《世说新语》所载，提出："桓玄喜欢玄学的谈议……桓玄、殷仲堪、顾恺之三人曾做'了语'、'危语'，以联句为乐。"[1]这样暴虐盲横的人却被置于清谈的中心，难免让人觉得有种心口不一的感觉。所以从冈村繁看来，以老庄思想为主的清谈到底在东晋这个时期处于怎样的地位呢？老庄思想又是怎样被定位的呢？

　　他在《六朝贵族文人的怯懦和虚荣》中谈到了"东晋贵族的清谈意图"：

　　　　在东晋时代，当初无能于现实社会的北来贵族们，转而打起司马氏晋王朝的旗号，并以清谈为方便法门来夸示自己的优越性；但这不过是虚张声势，为维系贵族独裁体制而煞费苦心，不得已采取的手段而已。[2]

　　按冈村繁的说法，这一切都是由于贵族们的怯懦和虚荣在作祟，将玄谈、清谈作为一种用来矜夸的自我安慰。如果按照冈村繁的这个观点，

---

　　① ［日］冈村繁：《汉魏六朝的思想和文学》，陆晓光译，416 页，上海，上海古籍出版社，2002。

　　② ［日］冈村繁：《汉魏六朝的思想和文学》，陆晓光译，410～411 页，上海，上海古籍出版社，2002。

那么老庄思想已经不能当作一种信仰，而只是一种形式主义，贵族们也并不是身体力行并一以贯之。

此外，冈村繁在说到《六朝贵族文人的怯懦和虚荣》时，认为竹林七贤的行为不过是"出于明哲保身的考虑，需要以老庄思想为隐身衣，暂离政界以为韬晦"①。并质疑"阮籍果真称得上是得《庄子》神髓的旷达不羁、恬淡无欲的典型清谈家吗?"②并认为原因在于"门第的固定化，从而在不知不觉中导致知识阶层子弟片面发展知性和学问方面的才智，这种才智的顶点亦具有负面性，即疏远世事，无能于现实的社会生活"③。冈村繁的说法似乎过于片面，虽然"老庄思想"可以作为诸多贵族们用于避世甚至用来矜夸的一种工具，但它未必不曾作为一种真正的信仰而存在，至少"竹林七贤"中的一些人还是将老庄思想作为一种信仰来身体力行的。嵇康举手投足都在践行着老庄思想，并体现着对老庄思想的一种信仰。

由此可知，虽然冈村繁批判西晋的竹林七贤的"老庄思想"的清谈暗含虚骄的成分，是一种虚张声势，但对竹林七贤来说，从他们各自的行为来看，他们在追求一种"越名教而任自然"的将儒学排除在外的老庄思想。在东晋时代，这种思想还发生了一定的变化，虽然老庄思想作为这个时代的思想背景渗透在各种文学艺术当中，但它已经日渐式微，一方面与儒学、佛学等其他哲学思想相糅合，另一方面作为一种形式主义变成生活上的谈资，是对传统的沿袭，而非信仰的延续。

2. 老庄思想中的"自然"在画论中的体现和实际意义

冈村繁在将老庄典据与东晋画论做对照时，认为"自然"是一种庄子所表现的追求自然的志向，更进一步，用冈村繁的话说就是：

---

① ［日］冈村繁：《汉魏六朝的思想和文学》，陆晓光译，403 页，上海，上海古籍出版社，2002。

② ［日］冈村繁：《汉魏六朝的思想和文学》，陆晓光译，405 页，上海，上海古籍出版社，2002。

③ ［日］冈村繁：《汉魏六朝的思想和文学》，陆晓光译，406 页，上海，上海古籍出版社，2002。

　　它当是自觉以道教之渊源的老子之"自然"为依据而用。顺
便指出，《老子》第二十五章有曰："人法地，地法天，天法道，
道法自然。"其中所谓"自然"，指未经人工造作的事物本来之
状态。①

　　对于画论中的这种"自然"，冈村繁认为其来自《老子》的"自然"并没
有错，但要注意的是，画论中的这种"自然"与《老子》中的"自然"的意义
范畴所处的层面又有所不同。

　　首先，在老子《道德经》中，"自然"出现过五次，如第十七章"功成事
遂，百姓皆谓我自然"，第二十三章的"希言自然"，第五十一章的"道之
尊，德之贵，莫之命而常自然"，第六十四章的"以辅万物之自然而不敢
为"，以及冈村繁所列举的第二十五章的"人法地，地法天，天法道，道
法自然"。对于这五个"自然"，严灵峰认为：

　　　　"自然"二字，在老子书中具有三种不同的意义。例如，"道
　　法自然"，这个"自然"是指宇宙的穷极境界之原始状态，含"本
　　来如是"或"整个自然界"的意思，相当于英文：The Nature。例
　　如，"希言自然""百姓皆谓我自然"；这两句中的自然都是表示
　　"逍遥自在"的意思；相当于英文：Natural。例如，"以辅万物
　　之自然"句中的"自然"二字，是指"自己如此"，有自我演化或发
　　展的意思；同于"万物将自化"的"自化"。相当于英文：Sponta-
　　neous development 或 self-transformation。②

　　无论严灵峰的理解正确与否，其中的"自然"在不同篇章中含有的意
味是不同的，冈村繁只单列举老子的第二十五章"道法自然"的观点，不

---

　　①　[日]冈村繁：《汉魏六朝的思想和文学》，陆晓光译，419 页，上海，上海古籍出版
社，2002。
　　②　严灵峰：《老庄研究》，77 页，台北，"台湾中华书局"，1979。

知他是赞同"自然"在《道德经》中有不同意义而选择"道法自然"这种与画论中的"自然"意义最接近的例子，还是并未意识到其中所涵盖的不同的"自然"的意义。

且不论这种"自然"的意义如何，《老子》中的"自然"确实都有回归本源的意味，而冈村繁也将这种"自然"解释为未经人工造作的事物本来之状态。可实际上，冈村繁的这种解释只适用于画论中的"自然"的解释，却不能完全表现"人法地，地法天，天法道，道法自然"中的"自然"范畴，因为老子把自然置于末尾，是与"道"一同处于最高层面的，是在形而上的哲学的顶端的一种范畴，而天、地、人就是这种"道和自然"的下一层的表现形态，冈村繁理解的"事物本来之状态"应该还是那种"自然"最高层面的下一层的表现状态，是与画论中的"山水自然"这种物化后的"自然"的表现范畴相一致，而冈村繁并未上升到最高层面去探讨画论中的"自然"与"道法自然"中的"自然"的不同，只是简单表述这种画论中的"自然"来源于那种"道"的"自然"，而且就将其理解为比"道和自然"更低一层的事物的本来状态。

而"自然"作为一种不可言说的大的范畴，日本人与中国人对其的理解也有一些偏差，日本人大多在比形而上的层面要低一个层面的有形态的层面上去考察"自然"的，他们把自然当作敬畏和信仰的神，认为动植物、山川和人一样都有灵魂，它们本来是和人一样，只是偶然地以动植物或山川的面貌出现。日本人以一种物化后的状态去表现自然，才会用"自然"去解释西方的词汇"nature"，使之变成具有现代意义而远不同于古代意义范畴的"自然"，小尾郊一说："'自然'使人感到其意义是指自然界和自然物的，我们还不能明确指出自然是从何时起被区别于人间的，但据推测，这恐怕是从老庄思想盛行、隐遁思想盛行的魏晋时期开始的……信奉老庄思想的魏晋人似乎认为，置身于原始根本状态便是无为自然。"①其中的"自然"已经与人类社会建立起二元对立的体系，并且这种所谓的

---

① ［日］小尾郊一：《中国文学中表现的自然和自然观》，27 页，上海，上海古籍出版社，1989。

"原本状态"也是一种物化了以后低于哲学最高层面的"自然"，而冈村繁在对"自然"的表述上与小尾郊一一样都只在更低的层面去探讨这种原始状态。

再有，在源于老庄"自然"而又发展变化的魏晋时代的"自然"已经具备"道"的范畴的"自然"和自然的表现形态的两个层面的意义。但是在画论中是否总能体现属于"自然"的最本源的意义？在顾恺之的画论中属于这种最高层面的"自然"似乎并不多见。就如冈村繁所举的《画云台山记》中的例子，在进行山水画的谋篇布局上，似乎不太会考虑到走向形而上层面的道。而最能体现"道"的宗炳的《画山水序》谈的也是"以形媚道"，更多地研究的是用一种"道"的表现形态来表现道，谈的也多是低于最高层面的"自然"。而在绘画上，甚至是文学构思上就更少见到这种道的最高层面的作用力，似乎在绘画和文学的构思上更加力图表现的是形而下的情感和物质形态。

所以作为最高范畴的老庄的自然似乎在魏晋以后的艺术表现中越来越趋向于一种物化的表现形态和形而下的感情色彩，在冈村繁所描述的画论中的老庄思想似乎也开始偏向形态化了。因为在冈村繁所描述的思想范畴内并未出现"道"的最高层面的表现或是其他有关哲学的范畴，而是如前文所说的是在比形而上还要低一层的范畴中去阐释老庄思想在画论中的渗透，这种渗透，是一种偏向物化层面的而非精神层面的渗透，即冈村繁所说的属于"万物"的"自然"。

3. 庄老中的"神"与东晋画论之间的发展关系

冈村繁在研究东晋画论时谈道：

> 东晋时代画论中最为强调的基本概念是"神"。①

这个"神"按照冈村繁的观点，"指的是从人的内在酝酿溢出的精神与

---

① ［日］冈村繁：《汉魏六朝的思想和文学》，陆晓光译，420 页，上海，上海古籍出版社，2002。

个性"①。而提及画论中的"神"的本源时，冈村繁联系了老庄思想来谈东晋画论的"神"，他认为："追溯这一'神'的系谱可以发现，它最早频繁出现于《庄子》中，尤其是《庄子·渔父篇》……"②这个"神"体现在画论中实际上是一种被描画对象的本质，相较《庄子》的最高范畴的"道"而言是一种向道靠近的艺术概念，而在《庄子》中，"神"本身也是作为一种"道"的表现形态而存在的。所以关于冈村繁所要论述的画论中的"神"如果要与老庄思想进行联系，也是作为比最高范畴的"道"要低一层的艺术表现形态来进行论述的。

冈村繁进一步将这种"神"解释为：

> 《庄子》认为人的内在方面为"真"，这种"真"的外向活动便
> 成为"神"。③

事实上冈村繁直接将《庄子》中出现的"神"与画论中的"神"相联系，因为其意义上的相近就认定画论中的"神"的本源来自《庄子》的"神"似乎证据薄弱，《庄子》中的"神"和画论中的"神"似乎只是一种远亲关系，生拉硬扯放在一块有些牵强。事实上还应联系顾恺之生平修养及爱好来论及他所受《庄子》某篇章的影响，但由于顾恺之所作《启蒙记》除画论三篇外全都已遗失，而在《晋书》《世说新语》及相关论及顾恺之的画评中除了谈及顾恺之参与清谈等活动之外，难以找到最贴切的关于顾恺之与《庄子》关系的相关证据去考证顾恺之所用"神"是否就是来源于《庄子》的"神"，此问题暂时搁浅。

本文主要关注的还是东晋画论中出现的这个"神"在魏晋这个大时代

---

① ［日］冈村繁：《汉魏六朝的思想和文学》，陆晓光译，425 页，上海，上海古籍出版社，2002。

② ［日］冈村繁：《汉魏六朝的思想和文学》，陆晓光译，425 页，上海，上海古籍出版社，2002。

③ ［日］冈村繁：《汉魏六朝的思想和文学》，陆晓光译，425 页，上海，上海古籍出版社，2002。

背景下的时代意义，首先需要注意到的是在冈村繁所举在东晋的绘画的
"神"所有用例中，都是关于在进行人物绘画时提出的"神"之说，与其传
神论相呼应，所要表现的是人物的传神，而不是山水的传神。其中有：

> 戴安道中年画行像甚精妙。庾道季看之，语戴云："神明太
> 俗。由卿世情未尽。"戴云："唯务光当免卿此语耳。"
> 顾长康画裴叔则，颊上益三毛。人问其故，顾曰："裴楷隽
> 朗有识具，正此是其识具。"看画者寻之，定觉益三毛，如有神
> 明，殊觉胜未安时。
> 顾长康画人，或数年不点目精。人问其故，顾曰："四体妍
> 媸，本无关于妙处，传神写照，正在阿堵中。"
> 伏羲、神农，虽不似今世之人，有奇骨而兼美好。神属冥
> 芒，居然有"得一"之想。
> 美丽之形，尺寸之制，阴阳之数，纤妙之迹，世所并贵。
> 神仪在心而手称其目者。
> 若（用笔）长短、刚软、深浅、广狭与点睛之节上下、大小、
> 醲薄，有一毫小失则神气与之俱变矣。
> 以形写神，而空其实对，荃生之用乖，传神之趣失。空其
> 实对则大失，对而不正则小失，不可不察也。一像之明昧，不
> 若悟对之通神。
> 画天师，形瘦而神气远，据涧指桃，回面谓弟子。……王
> 良穆然坐问答，而超昇（赵昇）神爽精诣、作俯眄桃树。①

可以看出，例一是戴逵所画人物像的"神"，例二是顾恺之画裴叔则
而显现人物的"神明"，例三直接说的是画人，而例四、例五都是用"神"
来品评人物画，例六、例七虽没有直接说是进行人物绘画，但是也是根

---

① 　以上八例皆见［日］冈村繁：《汉魏六朝的思想与文学》，陆晓光译，420～421 页，上
海，上海古籍出版社，2002。

据人物绘画时提出的"神气""传神"，绘画的对象也大多是人物。而例八
作为山水画的画论篇章《画云台山记》，其中提到的"神"都是针对人物绘
画而言，基本上都是体现人物的一种精神特质，所以说这个"神"只是在
对人物绘画的描绘上所发散的一个画论的艺术概念，还没有上升到山水
画的"神韵"上去，与后代画论中所发展的"神韵"以及文论中所发展的
"神"的概念也有所不同。因为这里的"神"在东晋的绘画中是针对人物所
进行的"传神"的概说。虽然它表现的是冈村繁所认为的《庄子》中所体现
的一种人的精神内在层面所发散出来的"神"，但这并不能涵盖庄子的
"神"的整个概念，《庄子》的"神"是一种"道"的表现形态，没有具体的特
指，而这里的绘画中的"神"是特指人物的。

　　由于这种"神"与人物的特殊关系，冈村繁也察觉到了同属于魏晋时
代的人物品评，也将魏晋人物品评中的"神"与东晋绘画中的"神"相联系
起来。事实上冈村繁在 1982 年写作《东晋画论中老庄思想的反映》论文
前，在中国已经有一些人提出过相关的问题，如徐复观在《中国艺术精
神》中谈道："在魏晋玄学风气下的人伦品藻，转而为绘画中的顾恺之的
所谓'传神'，再进而为谢赫六法中的所谓'气韵生动'。这都是以人为中
心而演变的。"①这不仅论证了前段所述的"神"是以人为中心的观点，而
且在冈村繁之前已提出了魏晋玄学风气下的人伦品藻对画论的影响，尤
其是在"传神"上。事实上在 1981 年李泽厚发表的《美的历程》当中也将这
个问题做过进一步阐述："'以形写神'和'气韵生动'，作为美学理论和艺
术原则之所以会在这一时期被提出，是毫不偶然了。所谓'气韵生动'就是
要求绘画生动地表现出人的内在精神气质、格调风度而不在外在环境、事
件、形状、姿态的如何铺张描述……'以形写神'当然也是这个意思……这
种追求人的'气韵'和'风神'的美学趣味和标准，不正与前述《世说新语》
中的人物品评完全一致么？不正与魏晋玄学对思辨智慧的要求完全一致
么？它们共同体现了这个时代的精神——魏晋风度。"②他将"风神""气

---

①　徐复观：《中国艺术精神》，208 页，桂林，广西师范大学出版社，2007。
②　李泽厚：《美的历程》，94～95 页，北京，文物出版社，1981。

韵"与人物品评结合起来，认为其内在的气质以及所表现的人物的精神特质存在一致性。而冈村繁所说的"如此意义上的'神'在魏晋时代盛行于知识人之间的人物评论中也时常用及，为一种特别显著的现象。可以说，这一现象在之前的两汉时代尚无所见，只是至魏晋时代方始显现。从而，当时关于人物鉴赏的评说与关于人物画的论鉴，两者大体是同时共用'神'这一着眼于人的特定词语。这一显著现象暗示出两者之间在发生方面潜存着某种深层的关系。"①与李泽厚的评判具有某种相似性，再有，"在东晋时代人物评论与人物画评论中成为两者共同特征的'神'这一用语，它指的是从人的内在酝酿溢出的精神与个性"②。冈村繁对人物品评和人物画的评论中的"神"赋予的含义与李泽厚如出一辙，都表示一种人的内在精神气质。当然，相较于李泽厚的"气韵""风神"，冈村繁更偏向对于"神"这个单一的词的艺术发现，也将"神"作为一个单一的艺术概念将其提炼出来。

　　但是需要注意是，冈村繁说：

　　　　如此意义上的"神"，在魏晋时代盛行于知识人之间的人物评论中也时常用及，为一种特别显著的现象。可以说，这一现象在之前的两汉时代尚无所见。③

　　他的这一判断是否正确？是否在魏晋之前的两汉时代真的没有人物评论用及"神"字呢？从冈村繁所引的魏晋时代用"神"的例子中可以看出，它们都来自《世说新语》及刘峻所注引的典籍，除多数来自别传外，也有一些来自正史的引注，而在魏晋前的两汉时代带有纪传性质的人物评点

---

　　①　[日]冈村繁：《汉魏六朝的思想和文学》，陆晓光译，421页，上海，上海古籍出版社，2002。
　　②　[日]冈村繁：《汉魏六朝的思想和文学》，陆晓光译，425页，上海，上海古籍出版社，2002。
　　③　[日]冈村繁：《汉魏六朝的思想和文学》，陆晓光译，421页，上海，上海古籍出版社，2002。

的正史莫过于《史记》《汉书》两部，从中可以寻找一些"神"的用例。

其中在《史记》中找到 385 处用"神"字的例句，在《汉书》中找到 537
处用"神"字的例句，其中大多数用"神"字表示的是人名"神农"的"神"以
及"神"的最古典的原义——鬼神，这两个意思的用法在《史记》中达到了
365 处，在《汉书》中达到了 510 处。其余的包括《史记》和《汉书》在内的
"神"的用字沿用了"神"的引申义共有 47 处，表示一种精神状态或者一种
超凡脱俗的状态。兹将用例著引如下：

来自《史记》的除人名和鬼神之义的"神"的用例：

①由余曰："使鬼为之，则劳神矣。使人为之，亦苦民矣。"
（《史记·秦本纪》）

②德者，性之端也；乐者，德之华也；金石丝竹，乐之器
也。诗，言其志也；歌，咏其声也；舞，动其容也：三者本乎
心，然后乐气从之。是故情深而文明，气盛而化神，和顺积中
而英华发外，唯乐不可以为伪。（《史记·乐书》）

③乐也者，情之不可变者也；礼也者，理之不可易者也。
乐统同，礼别异，礼乐之说贯乎人情矣。穷本知变，乐之情也；
著诚去伪，礼之经也。礼乐顺天地之诚，达神明之德，降兴上
下之神，而凝是精粗之体，领父子君臣之节。（《史记·乐书》）

④然则夫所贵于有天下者，岂欲苦形劳神，身处逆旅之宿，
口食监门之养，手持臣虏之作哉？（《史记·李斯列传》）

⑤夫不能修申、韩之明术，行督责之道，专以天下自适也，
而徒务苦形劳神，以身徇百姓，则是黔首之役，非畜天下者也，
何足贵哉！（《史记·李斯列传》）

⑥其后扁鹊过虢。虢太子死，扁鹊至虢宫门下，问中庶子
喜方者曰："太子何病，国中治穰过于众事？"中庶子曰："太子
病血气不时，交错而不得泄，暴发于外，则为中害。精神不能
止邪气，邪气畜积而不得泄，是以阳缓而阴急，故暴蹶而死。"
（《史记·扁鹊仓公列传》）

⑦孔子曰："六艺于治一也。礼以节人，乐以发和，书以道事，诗以达意，易以神化，春秋以义。"太史公曰：天道恢恢，岂不大哉！谈言微中，亦可以解纷。（《史记·滑稽列传》）

⑧其设稽神求问之道者，以为后世衰微，愚不师智，人各自安，化分为百室，道散而无垠，故推归之至微，要于精神也。（《史记·龟策列传》）

⑨卫平对曰："不然。河虽神贤，不如昆仑之山；江之源理，不如四海，而人尚夺取其宝，诸侯争之，兵革为起。（《史记·龟策列传》）

⑩医方诸食技术之人，焦神极能，为重糈也。（《史记·货殖列传》）

⑪道家使人精神专一，动合无形，赡足万物。其为术也，因阴阳之大顺，采儒墨之善，撮名法之要，与时迁移，应物变化，立俗施事，无所不宜，指约而易操，事少而功多。儒者则不然。以为人主天下之仪表也，主倡而臣和，主先而臣随。如此则主劳而臣逸。至于大道之要，去健羡，绌聪明，释此而任术。夫神大用则竭，形大劳则敝。形神骚动，欲与天地长久，非所闻也。（《史记·太史公自序》）

⑫凡人所生者神也，所托者形也。神大用则竭，形大劳则敝，形神离则死。死者不可复生，离者不可复反，故圣人重之。由是观之，神者生之本也，形者生之具也。不先定其神形，而曰"我有以治天下"，何由哉？（《史记·太史公自序》）

其中①、④、⑤、⑩例中的"神"无论是"劳神"还是"焦神"都是表示一种精力，与⑥、⑧、⑪例中的"精神"的"神"大致意思相通，而⑪、⑫例中的"形神"的"神"虽也表示一种精神，但与前面的侧重点不同，它更侧重与外表的形的相对。而②、⑦例的"神"与其他的例子意思差别更显著，其中的"神"只是表示一种超出常态的状态，并不趋向于人的精神面。只有第⑨例的"神贤"中的"神"是单独描述人的，只是针对的是人的行事能力，但并不是对人的神貌气质本身的描述。

再看来自《汉书》的除人名和鬼神之义的"神"的用例：

①赞曰：臣之姑充后宫为婕妤，父子昆弟侍帷幄，数为臣言：成帝善修容仪，升车正立，不内顾，不疾言，不亲指，临朝渊嘿，尊严若神。（《汉书·成帝纪》）

②穆生曰："《易》称'知几其神乎！几者动之微，吉凶之先见者也。君子见几而作，不俟终日'。先王之所以礼吾三人者，为道之存故也；今而忽之，是忘道也。忘道之人，胡可与久处！岂为区区之礼哉？"遂谢病去。申公、白生独留。（《汉书·荆燕吴传》）

③今夫天下布衣穷居之士，身在贫赢，虽蒙尧、舜之术，挟伊、管之辩，怀龙逢、比干之意，而素无根柢之容，虽竭津神，欲开忠于当世之君，则人主必龚按剑相眄之迹矣。是使布衣之士不得为枯木朽株之资也。（《汉书·贾邹枚路传》）

④天子览其对而异焉，乃复册之曰：制曰：盖闻虞舜之时，游于岩郎之上，垂拱无为，而天下太平……朕夙寤晨兴，惟前帝王之宪，永思所以奉至尊，章洪业，皆在力本任贤。今朕亲耕籍田以为农先，劝孝弟，崇有德，使者冠盖相望，问勤劳，恤孤独，尽思极神，功烈休德未始云获也。（《汉书·董仲舒传》）

⑤于是郑女曼姬……扶舆猗靡，翕呷萃蔡，下摩兰蕙，上拂羽盖；错翡翠之葳蕤，缪绕玉绥；眇眇忽忽，若神之仿佛。（《汉书·司马相如传》）

⑥夫神大用则竭，形大劳则敝；神形蚤衰，欲与天地长久，非所闻也。（《汉书·司马迁传》）

⑦人徒之众足以奉千官之共，租税之收足以给乘舆之御。玩心神明，秉执圣道，负黼依，冯玉几，南面而听断，号令天下，四海之内莫不向应。（《汉书·司马迁传》）

⑧故世平主圣，俊艾将自至，若尧、舜、禹、汤、文、武之君，获稷、契、皋陶、伊尹、吕望，明明在朝，穆穆列布，聚津会神，相得益章。虽伯牙操递钟，逢门子弯乌号，犹未足以喻其意也。(《汉书·严朱吾丘主父徐严终王贾传》)

⑨顿首曰："臣闻乐太盛则阳溢，哀太盛则阴损，阴阳变则心气动，心气动则精神散，精神散而邪气及。销忧者莫若酒，臣朔所以上寿者，明陛下正而不阿，因以止哀也。愚不知忌讳，当死。"先是，朔尝醉入殿中，小遗殿上，劾不敬。有诏免为庶人，待诏宦者署。因此对复为中郎，赐帛百匹。(《汉书·东方朔传》)

⑩然千秋为人敦厚有智，居位自称，逾于前后数公。初，千秋始视事，见上连年治太子狱，诛罚尤多，群下恐惧，思欲宽广上意，尉安众庶。乃与御史、中二千石共上寿颂德美，劝上施恩惠，缓刑罚，玩听音乐，养志和神，为天下自虞乐。(《汉书·公孙刘田王杨蔡陈郑传》)

⑪夫广夏之下，细旃之上，明师居前，劝诵在后，上论唐、虞之际，下及殷、周之盛，考仁圣之风，习治国之道，焉发愤忘食，日新厥德，其乐岂徒衔橛之间哉！休则俯仰诎信以利形，进退步趋以实下，吸新吐故以练臧，专意积津以适神，于以养生，岂不长哉！(《汉书·王贡两龚鲍传》)

⑫观性以历，观情以律，明主所宜独用，难与二人共也。故曰："显诸仁，臧诸用。"露之则不神，独行则自然矣，唯奉能用之，学者莫能行。(《汉书·眭两夏侯京翼李传》)

⑬广汉尝记召湖都亭长，湖都亭长西至界上，界上亭长戏曰："至府，为我多谢问赵君。"亭长既至，广汉与语，问事毕，谓曰："界上亭长寄声谢我，何以不为致问？"亭长叩头服实有之。广汉因曰："还为吾谢界上亭长，勉思职事，有以自效，京兆不忘卿厚意。"其发奸摘伏如神，皆此类也。(《汉书·赵尹韩张两王传》)

⑭于兹乎鸿生巨儒，俄轩冕，杂衣裳，修唐典，匡《雅》《颂》，揖让于前。昭光振耀，响忽如神，仁声惠于北狄，武义动于南邻。是以遊衺之王，胡貉之长，移珍来享，抗手称臣。玉女无所眺其清卢兮，一妃曾不得施其蛾眉。方揽道德之津刚兮，侔神明与之为资。（《汉书·扬雄传》）

⑮伊年暮春，将瘗后土，礼灵只，谒汾阴于东郊，因兹以勒崇垂鸿，发祥祉，饮若神明者，盛哉铄乎，越不可载已！（《汉书·扬雄传》）

⑯其识事聪明如此，吏民不知所出，咸称神明。坚人去入它郡，盗贼日少。（《汉书·儒林传》）

⑰素居广平时，皆知河内豪坚之家。及往，以九月至，令郡具私马五十匹，为驿自河内至长安，部吏如居广平时方略，捕郡中豪猾，相连坐千余家。上书请，大者至族，小者乃死，家尽没入偿臧。奏行不过二日，得可，事论报，至流血十余里。河内皆怪其奏，以为神速。（《汉书·儒林传》）

⑱延年为人短小精悍，敏捷于事，虽子贡、冉有通艺于政事，不能绝也。吏忠尽节者，厚遇之如骨肉，皆亲乡之，出身不顾，以是治下无隐情。然疾恶泰甚，中伤者多，尤巧为狱文，善史书，所欲诛杀，奏成于手，中主簿亲近史不得闻知。奏可论死，奄忽如神。（《汉书·儒林传》）

⑲上思念李夫人不已，方士齐人少翁言能致其神。乃夜张灯烛，设帷帐，陈酒肉，而令上居他帐，遥望见好女如李夫人之貌，还幄坐而步。又不得就视，上愈益相思悲感，为作诗曰："是邪，非邪？立而望之，偏何姗姗其来迟！"令乐府诸音家弦歌之。上又自为作赋，以伤悼夫人，其辞曰……桂枝落而销亡，神荧荧以遥思兮，津浮游而出。（《汉书·外戚传》）

⑳重曰："潜玄官兮优以清，应门闭兮禁以闷。华殿尘兮玉阶，中庭萋兮绿草生。广室阴兮帷幄暗，房栊虚兮风泠泠……神眇眇兮密靓处，君不御兮谁为荣？"（《汉书·外戚传》）

　　㉑此皆上世之所鲜，禹、稷之所难，而公包其终始，一以
贯之，可谓备矣！是以三年之间，化行如神，嘉瑞叠累，岂非
陛下知人之效，得贤之致哉……莽按符命求得此姓名十余人，
两人容貌应卜相，径从布衣登用，以视神焉。余皆拜为郎。是
日，封拜卿大夫、侍中、尚书官凡数百人。诸刘为郡守，皆徙
为谏大夫。(《汉书·王莽传》)

　　㉒恢皇纲，基隆于羲、农，规广于黄、唐；其君天下也，
炎之如日，威之如神，函之如海，养之如春。(《汉书·叙传》)

　　其中①、⑤、⑬、⑭、⑱、㉑、㉒例中的"神"虽然都是用来形容人，
但只是表示人和神一样的威严或者超凡脱俗，并未涉及人本身的神貌气
质；而③、④、⑧、⑨例中的"神"与前文《史记》中的"劳神"等的"神"意
思相同，表示一种精力；⑥、⑦中的"神"也与《史记》中"形神"的"神"一
样，与"形"相对，而第②、⑫例只用单字"神"表示超出一般的非凡力；
⑮、⑯、⑰例中的"神明"虽是形容人，但也与前文《史记》中的第九例的
"神贤"一样，只是针对行事能力，并不触及神貌气质。但值得注意的是，
其中的⑲、⑳例是对人的神貌气质的描绘，而且只用"神"这个单字来传
达人的一种状态、气质。

　　由此可以得知，《史记》中剩余的用"神"的例句所表示的"神"的意思
大多是与先秦时早已有的表示"精神"与"形"相对的意思，或是一种超凡
脱俗的意义。但在《汉书》中除了这种原有的与"形"相对的"精神"之义外，
还有一些针对某件事情或针对人物所展现的状态。比如，在《汉书》中引
用的第①例，"尊严若神"中的"神"已经是对人物的一种评价，第⑲例的
"方士齐人少翁言能致其神"，其中的"神"也是表现李夫人的"神态"，所
以不能说两汉间就没有用"神"来描述人物，虽然这个"神"在两汉并未被
广泛用作表现人物的一种内在的精神特质，但我们从以上用例可以看出
两汉间还是有少量用于描写人物的"神"的出现，而且表现"神"这种"精神
状态"的引申义也逐渐变多，可能这对魏晋时的人物品评的用"神"产生了
一定的影响，它承袭先秦的"神"的引申义的发展而作为人物品评、画论

以及老庄中的"神"的思想的一个中间方，起着一种承前启后的作用。由
此也能解答另一个问题，关于冈村繁所说：

> 当时关于人物鉴赏的评说与关于人物画的论鉴，两者大体
> 是同时共用"神"这一着眼于人的特定词语。这一显著现象暗示
> 出两者之间在发生方面潜存着某种深层的关系。①

其中并未阐述清楚人物品评和人物画论之间的关系，在冈村繁看来，
似乎人物品评与人物画论用"神"是在同时发生的，二者的关系只是用共
同的用字"神"来相互连接，并没有挖掘二者深层的关系。事实上，既然
两汉间已有用"神"来描绘人物的事例，那么在顾恺之提出最早的画论中
所用之"神"应该是在这种人物品评(此品评并非特指魏晋这个时代)之后
发生的，可能除玄学思想的影响外，也受到这种人物品评用字的影响。
再者，魏晋时代的人物品评和人物画论中的"神"的意义只是在某一方面
存在共同点，如都是表现人物的精神特质，但在实际意义上还是有所不
同，冈村繁所指的"内在的精神气质"更偏向于人物品评中的"神"的意思，
而在画论中的"神"是朝着六朝的"神韵"发展的，虽然所画的是人物画，
表现的也是人物的"神"，但从后代的绘画中"神"的概念的不断发展来看，
更偏重的是对于绘画整体而不是绘画的局部的人所着眼的"神"，是一种
从画中所体现的一种"神韵"，还是稍稍有别于人物品评中的"神"之义的。

4. 庄老思想与画趣变化之间的联系

冈村繁在《汉魏六朝的思想和文学》中指出：

> 东晋时代画论中对"神""想"的推崇，以及为此而采用的象
> 征性表现手法，皆反映出受到当时风靡于思想界(具体而言是当
> 时清谈界)的老庄思想的浓厚影响，其中《庄子》思想的影响可谓

---

① ［日］冈村繁：《汉魏六朝的思想和文学》，陆晓光译，421 页，上海，上海古籍出版
社，2002。

具有决定性。①

在冈村繁看来，东晋的绘画观是老庄性质的绘画观，将之与庄老告退后的南齐时代的绘画观做比较，认为是"东晋时代的老庄哲学在其时开始衰退，而新的以形似为贵的诗文正勃然兴起"②所致。按照冈村繁的说法，带有神似的绘画观是东晋独有的特征，这一特点是由老庄哲学占主导的时代所致，于是冈村繁甚至得出结论：

> 从老庄思想的绘画观转趋于崇尚形似的绘画观——顾恺之与朱景玄面对同一山水对象却表现出迥然不同的看法，可以说这种显著差异象征了中国中古时期绘画观的变迁。③

以老庄思想这一单一的主导思想来权衡整个中古时期的绘画观，冈村繁的这一推理方法似乎有些以偏概全，结论也显得有些片面化了。晚唐的朱景玄虽然有偏重形似的观点，但不能说自东晋至南朝，绘画观就从偏重神似转向形似并且一直到晚唐一直是倚重形似的绘画观。那么在南朝和晚唐之间的绘画观就因为庄老的告退而没有偏重神似的绘画观出现吗？当然不是，下面将列出自南朝到晚唐期间出现的有关"重神不重形"或是"形神"兼顾但是偏重神似的相关画论或绘画观的依据。

> 南朝姚最在其《续画品录》中点评谢赫："点刷研精，意在切似，目想毫发，皆无遗失。……遂使委巷逐末，皆类效颦。至于气韵精灵，未穷生动之致。"

---

① ［日］冈村繁：《汉魏六朝的思想和文学》，陆晓光译，433页，上海，上海古籍出版社，2002。

② ［日］冈村繁：《汉魏六朝的思想和文学》，陆晓光译，435页，上海，上海古籍出版社，2002。

③ ［日］冈村繁：《汉魏六朝的思想和文学》，陆晓光译，436页，上海，上海古籍出版社，2002。

唐王维《山水诀》："妙悟者不在多言。"

唐杜甫《丹青引》："干惟画肉不画骨，忍使骅骝气凋丧，将军画善盖有神，必逢佳士亦写真。"

唐符载《观张员外画松石序》："若忖长短于隘度，算妍媸于陋目，凝觚舐墨，依违良久，乃会物之赘疣也，宁置于齿牙间哉?"

唐张彦远《历代名画记》："凝神遐想，妙悟自然，物我两忘，离形去智，身固可使如槁木，心固可使如死灰，不亦臻于妙理哉? 所谓画之道也。"（论画体功用拓写）

"是故运墨而五色具，谓之得意。意在五色，则物象乖矣。"（论画体功用拓写）

"古之画，或能移其形似尚其骨气，以形似之外求其画，此难可与俗人道也。今之画纵得形似，而气韵不生，以气韵求其画，则形似在其间矣。"（论画六法）

以上例子多偏重神似的观点，并且还有对"重形不重神"以致失了画意的批判。王维、杜甫作为唐朝著名的诗人，其主要偏重的还是写意、神韵。而张彦远的《历代名画记》自始至终贯穿的是"形神兼备"的观点，尤其注重的还是"气韵生动"。由此可见，冈村繁用晚唐朱景玄重形似的观点以偏概全地认为，从顾恺之到朱景玄的重神似到重形似的变化反映了绘画观的变迁这一观点还是有误的。再者，老庄哲学是否真的在绘画观中是处于决定性的作用呢?

从上述事例来看以及宋代的文人画的注重神似写意的观点来看，其所处的时代并不是庄老思想占主导地位的时代，而他们也偏重"神似"这一观点，除了受东晋画论的影响外，似乎还受到其他诗文主张以及佛教等诸家思想的影响。所以说虽然东晋这个时代是清谈盛行玄学占主导的时代，但并不能说画论的观点完全就由老庄思想所决定，只能说它在一定程度上受到了老庄思想的影响，而在同时也受到其他因素的影响，共同构筑了画论中偏神或偏形的观点。而且还有可能的是，在同一个时代有着重神、重形或形神兼顾的几种绘画观点的存在，这些绘画观因人而异，是受前代不同程度的影响和自我的画趣的追求，这些都不是因为庄老哲学的存在或告退所能决定的。

(二)东晋画论中的顾恺之绘画理论研究

1. 顾恺之画论中的老庄思想典据之考辨

在《老庄思想在东晋画论的反映》中，冈村繁首先就列举了一些顾恺之画论中出现的老庄典据来印证老庄思想对东晋画论的影响，他分别用"得一""巧历""轮扁""蓬蓬然""泠然""一东一西"以及"自然"这些出自《道德经》或《庄子》内外篇的典据与画论作对应的关系。其中，他在例举中标注画论中的"轮扁"的出处还存在出错的地方："'譬如画山，迹利则想动，伤其所以嶵。用笔或好婉则于折楞不隽，或多曲取则于婉者增折。不兼之累难以言悉，轮扁而已矣。'该文结尾处三句的典据出自《庄子·天运篇》关于春秋时期齐国制车工匠轮扁的故事。"[①]轮扁的故事出自《庄子》并没有错，但是据各种《庄子》注本来看，这个有关轮扁的故事应该是出自《庄子》的《天道篇》。通过查阅冈村繁的日语原文发现其中标注的仍是《天云篇》，这就说明并不是陆晓光在翻译时所出现的错误，而是冈村繁在行文时犯下的一个小纰漏。

除此纰漏外，由于所引的典据较少，冈村繁还自圆其说：

> 虽然此类事例数量之少令人意外，但是其中的典据皆出于《老子》或《庄子》，而很难找到超出二书之外的用典，这一事实极富意味。尤其值得注意的是上举事例中的第一、第二、第六的三例文字，短小却针对于绘画的本质，表达出顾恺之的绘画艺术观。[②]

---

① [日]冈村繁：《汉魏六朝的思想和文学》，陆晓光译，418页，上海，上海古籍出版社，2002。

② [日]冈村繁：《汉魏六朝的思想和文学》，陆晓光译，419页，上海，上海古籍出版社，2002。

此三例是否真如冈村繁所说针对了绘画的本质并表达出顾恺之的绘画艺术观,就此针对此三例做一探究,并讨论冈村繁所认为的顾恺之的绘画艺术观是怎样的。

先将此三例列举如下:

①伏羲、神农,虽不似今世人,有奇特而兼美好,神属冥芒,居然有"得一"之想。

②凡画,人最难,次山水,次狗马,台榭一定之器耳,难成而易好,不待迁想妙得也。此特以巧历不能差其品也。

③伏流潜降,小复东出,下涧为石濑,沦没于渊。一西一东所以下者,为欲图自然。①

此三例,前两例出自《论画》,后一例出自《画云台山记》,而冈村繁分别列出的典故是"得一""巧历""一东一西""自然"。其中除"巧历"外,都是与老庄思想中的"道"有着密切关系,冈村繁所说的体现绘画的本质,是否就是这种来自思想上的"道"呢?因为单从各例句在文中的作用来看,第①例并不是点睛之句,只是对两幅画得出的一些绘画评论,而第③例也并不是《画云台山记》的中心,只是一个有关构图的句子,只有第②例是对《论画》的开门见山的点睛之句,是对整个绘画的对象的评判,也表现出了顾恺之的绘画观点,但是冈村繁却将关注点放在"巧历"上,而不是前面有关画人物画山水的技法上。所以综合这三例,冈村繁所要着重的还是体现老庄思想的"道"的观点,因为无论是"得一"还是"自然"都是一种"道"的表现,而冈村繁也是将这种本质的状态所显现的绘画思想归结为绘画的本质,将其升华为一种作画时所要持有的本质观点。

此三例确实在一定程度上表现了顾恺之的绘画观,尤其是第②例是

---

① 〔日〕冈村繁:《汉魏六朝的思想和文学》,陆晓光译,417~419 页,上海,上海古籍出版社,2002。

对整个山水画或人物画等绘画对象的难易的定位，而且"迁想妙得"也是绘画中很重要的一个构思的观点。但这只是很少的一部分，顾恺之画论的核心"传神"论并未在这三例中得到体现，这三例也不能完全表现顾恺之的绘画艺术观。甚至，作为冈村繁所说的体现绘画的本质，只是在思想上接近一种老庄的"道"的观点，但并未完全表述和阐释出，这种以画论道的思想是在之后宗炳的《画山水序》中才得以展开。所以不能说这三例所体现的思想观就触及了绘画的本质以及顾恺之的绘画艺术观。而且，绘画的本质所包含的不单单是这种哲学范畴的"得一自然"的思想，这种思想只是在绘画的精神层面得到过一定的体现，但在绘画具体的本质上是不能用老庄的思想去一一概论的，它更多涉及的是绘画技巧层面上的，诸如形神论在绘画中的体现以及绘画的构思布局之类的低于最高范畴的一种表现形态。

所以说冈村繁在对画论中所出现的老庄典据进行列举时，认为他所列的几个例子表现了顾恺之的艺术观点甚至是绘画的本质都是不够切中肯綮的，因为首先作为顾恺之的"传神"论的最重要的绘画观并没有在这三个例子中得到体现，而且这三个例子所追求的绘画思想也只是在精神层面上触及了绘画的本质，但不能涵盖包括绘画技巧等在内的绘画本质。所以这三个例子不能说完全具有代表性，只是一些显现运用老庄思想典据的例句而已。

当然，在更深层面上，冈村繁也进一步探讨了老庄思想在画论中的具体的发生，并进行了深入的辨析探讨。正如前一节所提到的老庄思想中的"自然""神"包括之后要谈的"想"，都是从顾恺之画论中所凝聚的中心思想来具体探讨老庄思想对画论的渗透。上文所介绍的只是一些单纯借用老庄思想典据的表征，而实质上，这些借用老庄思想典据的画论（即前文引用的冈村繁所举的三例），其中就包含着冈村繁所要深入考察的"神""想""自然"这一具体的老庄思想内容，虽未触及绘画技巧上的本质，却在绘画精神的层面上，一定程度上代表了顾恺之的绘画艺术观。

2. 顾恺之画论中的"形"与"神"的关系

冈村繁在《东晋画论中的老庄思想》这篇论文中把"神"作为一个专门

的章节进行探讨，从前章所讨论的"神"可以得知，这种画论出现的"神"
是一种着眼于人的特定词语，表现的是人的内在方面的精神气质。在魏
晋绘画史上，顾恺之的传神论一直被认为是他很重要的创见，并且顾恺
之重视"神"与魏晋整个学术和艺术领域都重视"神"这是一个公认的观点，
只是在"形"和"神"的关系上对于顾恺之到底是"重神轻形"还是"形神兼
顾"还存在很大的争议。而与此同时，冈村繁也举了有关顾恺之画论和其
绘画中有关"神"的例子，但是从冈村繁所举的例子中，也存有一些矛盾
性，如他在例三所举例子："顾曰：'四体妍蚩，本无关于妙处。传神写
照，正在阿堵中。'"①其中的前半句"四体妍蚩，本无关于妙处"是明显对
形体的轻视，而在第七个例句中"以形写神，而空其实对，荃生之用乖，
传神之趣失。空其实对则大失，对而不正则小失，不可不察也。一像之
明昧，不若晤对之通神也。"②其中很明显是对"形"的着重要求，认为绘
画时不能"失其对"，需要"以形写神"，而其中也用到"荃生"这个典故，
它出自《庄子·外物》"荃者所以在鱼，得鱼而忘荃"，庄子对于"形神"的
观点是众所周知的，庄子"重神不重形"，主张"形神分离"，并且提出过
"形残神全""美在神不在形"的主张。而顾恺之在《魏晋名画流赞》中明显
不同意"形神"分离这一主张的，这与例三的前半句存在一定的矛盾性。
那么究竟顾恺之提出的是"重神不重形"的"传神论"，还是"形神兼顾"的
"以形写神"论呢？

　　首先要探讨的是冈村繁对于顾恺之画论所表示的形神关系的观点，
虽然冈村繁没有明确提出他的观点，但在他的论文中可以看到：

　　　　以此为理想的绘画实际上已不仅只是讲究形似的写生，它
　　更要求表现对象内在深层的个性情趣，我们不能不说这种绘画

---

①　［日］冈村繁：《汉魏六朝的思想和文学》，陆晓光译，420页，上海，上海古籍出版社，2002。

②　［日］冈村繁：《汉魏六朝的思想和文学》，陆晓光译，421页，上海，上海古籍出版社，2002。

具有象征性的倾向。①

　　这句话的本质虽然在说画论重"神"的倾向性，但并不是不重视"形"的，因为它是不仅讲究"形似"，还讲求"神似"的，只是在"神似"上做了更高的要求，所以在这里可以理解为，冈村繁认为顾恺之的绘画是既重视"神"又不忽视"形"的，只是"神"处于主导地位，而"形"处于从属地位。

　　以上只是冈村繁的观点，究竟顾恺之提出的是"重神不重形"的"传神论"，还是"形神兼顾"的"以形写神"论，还要从后人对顾恺之的画评和顾恺之的画论三篇来做一辨析。

　　后人对顾恺之品评依次如下：

　　北朝孙畅之《述画记》云："顾恺之画冠冕而亡面貌，胜于戴逵。"②

　　南朝谢赫《古画品录》云："顾恺之谢云：体精微，笔无妄下；但迹不逮意，声过其实。"③

　　南朝姚最《续画品并序》云："至如长康之美，擅高往策，矫然独步，终始无双。有若神明，非庸识之所能效，如负日月，岂末学之所以能亏？"④

　　唐李嗣真《续画品录》云："顾生天才杰出，独立之偶……谢评不甚当也，顾生思侔造化，得妙悟于神会……以顾才之流，岂合甄于品汇？"⑤

　　唐张怀瓘《画断》云："顾公运思精微，襟灵莫测，虽寄迹翰墨，其神气飘然在烟霄之上，不可以图画间求。象人之美：张得其肉，陆得其骨，顾得其神。神妙亡方，以顾为最……谢氏黜顾，未为定鉴。"⑥

　　唐张彦远《历代名画记》云："顾恺之曰：'画人最难，次山水，次狗马，

　　①　[日]冈村繁：《汉魏六朝的思想和文学》，陆晓光译，432 页，上海，上海古籍出版社，2002。

　　②　俞剑华：《中国古代画论类编》，352 页，北京，人民美术出版社，2000。

　　③　俞剑华：《中国古代画论类编》，360 页，北京，人民美术出版社，2000。

　　④　俞剑华：《中国古代画论类编》，369 页，北京，人民美术出版社，2000。

　　⑤　俞剑华：《中国古代画论类编》，395 页，北京，人民美术出版社，2000。

　　⑥　俞剑华：《中国古代画论类编》，402 页，北京，人民美术出版社，2000。

台榭一定器耳，差易为也。'斯言得之，至于鬼神人物，有生动之状，需神韵而后全，若气韵不周，空陈形似，笔力未遒，空善赋彩，谓非妙也。"

"详观谢赫评画，最为允惬，姚李品藻，有所未安。"

"顾恺之之迹……意在笔先，画意尽在，所以全神气也。"

"顾陆之神，不可见其盼际，所谓笔迹周密也。"①

以上是古人对顾恺之的评价，其中从孙畅之、谢赫和汤垕的画评中都可以看出顾恺之的绘画缺少形貌，形似时有时无，画迹跟不上其画意。而其余的画评都是针对顾恺之的"传神"来展开评论，并未多讲有关他对"形似"的观点。不论是谢赫对顾恺之的批判还是姚最对顾恺之的过高评价，顾恺之绘画的"神"无人否定，只是在形貌上，由于对绘画的不同追求和出发点，有些注重"形似"的画评家会对顾恺之的绘画的"形似"与否进行评判，而无论批判得是否言过其实，或是过于着重自身的背景的追求，比如追求"形似"的谢赫，从以上画家评判的各点都可以看出顾恺之在绘画上有着"重神不重形"的特点。但是需要注意的是，这些都是针对顾恺之的绘画所下的评论，只有其中引注的张彦远在《历代名画记》中的第一个例句是针对顾恺之的画论所提出的有关"形神"的观点，从"需神韵而后全"可以看出，冈村繁接受的是张彦远的观点，即"神"处于主导地位，"形"处于从属地位，但也是不可或缺的。要注意的是，必须将顾恺之的绘画和画论分成两部分来看顾恺之的形神观，因为顾恺之在写画论时是本着"形神兼顾"的观点的，但是他在作画时即在实际操作时可能会因为过分重视"神"而忽略了"形"，导致"迹不逮意"的结果。

而冈村繁所列例句也与他的观点一致，在顾恺之的画论上所主张的形神关系不应该是庄子的"重神不重形"的观点，应该是在庄子"重神"的基础上沿用到绘画上所表现的"以形写神""传神写照"的"形神不可分离"的观点。即便在画论中强调"传神"的作用，也不可忽略所画的形态，这点也是张彦远在《历代名画记》中所暗含的观点。尤其要注意的是，在冈村繁所参看的《历代名画记》中所载的，如谢赫的"迹不逮意"之说等针对

---

①　张彦远：《历代名画记》，14～25 页，北京，中华书局，1985。

顾恺之缺乏形似所提出的批评实际上针对的是顾恺之的绘画而不是顾恺之的画论，必须把顾恺之的绘画和画论分成两个部分来看他的形神观点才能得出正确的结论。事实证明，从顾恺之的画论中可以看到顾恺之是在已有的形似的基础上强调神的，所以"神"占主导地位，"形"居从属地位，这与冈村繁、张彦远对顾恺之画论而得出的形神结论观点一致。但这与顾恺之在绘画实践上无意间的形似缺失并不矛盾，因为实践和主张往往是存在偏差的，顾恺之一方面在绘画时强调"传神"要"瞩其对"，却在实际绘画中因为过分强调"传神"而无意中忽略了一些形貌，以致后代评论家观其绘画而得出其不重形似的结论，这也是因为后代绘画评论家忽视其画论而得出片面的言辞，无论如何，都应该将顾恺之的绘画图样和他的画论篇章相互联系才不至于得出有失偏颇的结论。

　　3. 顾恺之画论中的"想"的来源探讨

　　在《东晋画论中的老庄思想》中，冈村繁将"想"这个概念作为画论的一个专门术语来进行探讨，他认为：

　　　　东晋时代画论中与上述"神"相并列的另一个基本概念是"想"。①

　　由此看来，冈村繁是将"想"作为一个画论的基本概念来探讨的，但是纵观中国古代的文学理论，并查阅吉林省古代文论研究会主编的《中国古代文论辞典》，并没有"想"作为单独的术语存在，那么冈村繁将"想"作为一个名词术语并将其放在整个画论中，这个来源于哪呢？又是否可以作为一个单独的术语能涵盖于画论中呢？冈村繁在其论文中给出了一个推测性的答案：

　　　　"想"这一哲学性抽象名词在当时出现的直接机缘何在呢？

————————————

　　① 　[日]冈村繁：《汉魏六朝的思想和文学》，陆晓光译，429页，上海，上海古籍出版社，2002。

对此简而言之，当从其时佛教所谓"五蕴"(色、受、想、行、识)中"想"方面去寻求。佛教中"想"指的是取像功能，即将对象的姿形摄取于心的心理功能。众所周知，东晋是佛教思想真正参与进入玄学中的时期。因此，当时的知识人想必会很早就将该新佛教词语吸纳于清谈，并融合老庄思想而加以活用。从上述各例中可以看到，顾恺之画论中的"想"都已非作为原本佛教用语而使用，它们经历老庄思想的洗礼而成为追求雅趣的玄学概念。①

这些结论都只是冈村繁的推测，他并没有对此进行考证来论证其结论，所以在此需要进行一系列的考证来推测"想"作为一个哲学性名词术语的真正来源，以及其如何与玄学发生联系并存在于顾恺之的画论中的。

首先需要弄清楚的是在东晋顾恺之画论之前的原有典籍中，"想"是处于怎样的状态，是否是一个术语化的词。关于"想"，只在以下典籍中找到一些"想"的出处，其中有：

　　①眂祲掌十煇之法，以观妖祥，辨吉凶。一曰祲，二曰象，三曰镌，四曰监，五曰暗，六曰瞢，七曰弥，八曰叙，九曰隮，十曰想，掌安宅叙降。正岁，则行事；岁终，则弊其事。(《周礼·春官宗伯》)

　　②耳不可以听，目不可以视，口不可以食，胸中大扰，妄言想见，临死之上，颠倒惊惧，不知所为。(《吕氏春秋·仲春纪》)

　　③穷而不知其穷，其患又将反以自多，是之谓重塞之主，无存国矣。故有道之主，因而不为，责而不诏，去想去意，静虚以待，不伐之言，不夺之事，督名审实，官复自司，以不知为道，以奈何为宝。(《吕氏春秋·审分览》)

---

① ［日］冈村繁：《汉魏六朝的思想和文学》，陆晓光译，432 页，上海，上海古籍出版社，2002。

④人希见生象也，而得死象之骨，案其图以想其生也，故诸人之所以意想者皆谓之"象"也。今道虽不可得闻见，圣人执其见功以处见其形，故曰："无状之状，无物之象。"（《韩非子·解老》）

⑤景响之无应兮，闻省想而不可得。（《楚辞·九章·悲回风》）

⑥思旧故以想象兮，长太息而掩涕。（《楚辞·远游》）

⑦十六年，秦惠王卒。王游大陵。他日，王梦见处女鼓琴而歌诗曰："美人荧荧兮，颜若苕之荣。命乎命乎，曾无我嬴！"异日，王饮酒乐，数言所梦，想见其状。（《史记·赵世家》）

⑧太史公曰：诗有之："高山仰止，景行行止。"虽不能至，然心乡往之。余读孔氏书，想见其为人。（《史记·孔子世家》）

⑨太史公曰：余读离骚、天问、招魂、哀郢，悲其志。长沙，观屈原所自沈渊，未尝不垂涕，想见其为人。（《史记·屈原贾生列传》）

⑩王者心有所惟，意有所想，虽未形颜色，而五星以之推移，阴阳为其变度。以此而观，天之与人，岂不符哉？（《后汉书·杨震列传》）

从上述引文中可以看到，除了第①例"想"在《周礼》中作为一个单独的星相学的名词外，从第②例到第⑨例，"想"都作为一个动词，表示一种思考的动作，并不是作为一个单纯的名词术语存在。当然，其中的②、⑤、⑧、⑨例的"想"更加动作化，偏向一种心理欲望，表示"想要"，而第③、④、⑥、⑦例中的"想"更偏重一种心理活动状态，表示"想象""想到"之意。唯独第⑩例中的"想"似乎有了一些名词性的含义，并作为一个单独的词与"惟"并列，虽然表示一种心理活动所处的状态，但是是以名词形式而存在的，与③、④、⑥、⑦例中表心理活动的"想"在词性上还是有所区别的。事实上，在文献考据中可以发现，"想"这个词从先秦较少的用例到《史记》再到《汉书》，《汉书》中有 14 处用到了"想"，而在《魏书》中运用达 38 处，直至《晋书》中已多达 55 处。依此看来，"想"是否真

的是依赖于佛教的传入而富有了名词性甚至带有哲学性的意义，这还需
要进行进一步的考证。

依照冈村繁的说法，"想"主要是来源于佛教的"五蕴"，即"色受想行
识"，查阅《佛教大辞典》发现"五蕴"也称作"五阴"或"五众"，新译成
"蕴"。其中的"想"为"想蕴"，解释为"对境而想像事物之心作用也……以
一有情征之则色蕴之一即身他四蕴即心也。心之受想行之三者心性上各
位一种特别之作用，故名之为心所有法"①。而《佛教大辞典》中还举出北
传佛教的归属阿含部的《毗婆尸佛经》的上卷"五蕴幻身四相变迁"的例子
加以说明。自汉代佛教传入以来，"色受想行识"这一五蕴的思想也早已
传入并进入各个佛经中。虽然在传入中国的第一部佛经《四十二章经》中
未找到含"五阴""五众"即"五蕴"的"色受想行识"的思想，但在东晋之前
的其他很多佛经中都可以找到。

东汉末年的安世高所译《阴持入经》《安般守意经》中就有用例。三国
时吴国的支谦所翻译的《大明度无极经》中也有相当多关于"想"的例子，
并且与"色受行识"放在一起。例如：

> 善业曰："以不取色，不取痛、想、行、识。所以者何？色
> 无彼受，痛、想、行、识无有彼受。若此色无彼受为非色，痛、
> 想、行、识无有彼受为非识，明度之道无有彼受。所以者何？
> 吾受如取影无所得，是为明度无极之行也，是名曰菩萨大士诸
> 法无受之定——场广趣大而无有量，一切弟子、诸缘一觉所不
> 能持也。又一切智亦无彼受。所以者何？无想见故。若想见者，
> 终不得此为。"（《大明度无极经·上行品第一》）

再有：

> "幻与痛、想、行、识为有异乎？"

---

①　丁福保：《佛教大辞典》，291页，北京，文物出版社，1984。

　　"不也，世尊。色犹幻，痛、想、行、识犹为幻。"

　　"云何，善业，明是中，想知立，行五阴而为菩萨?"(《大明
度无极经·上行品第一》)

　　上述例子也是把"色、受、想、行、识"作"五阴"。东晋支遁所讲说
的佛经《维摩诘所说经》中也有关于"五蕴"的例子，如《不思议品第六》：
"夫求法者，非有色受想行识之求，非有界入之求，非有欲色无色
之求。"[1]

　　由上述用例看来，在东汉末年开始，"想"就作为一个佛教术语广泛
运用于各类佛经中，这三个例子的"想"都如同冈村繁所说的是"其时佛教
所谓的'五蕴'(色、受、想、行、识)中的'想'方面"，从中可以发现冈村
繁的考证思路是相当正确的，"想"作为"五蕴"之一表示的是"对境而想象
事物之心作用"的含义，实际就是表示对于客观情境在心中产生的主观意
境之意，在佛家看来即为"心"的一种活动表现，也如前文所举冈村繁所
说的"佛教中'想'指的是取像功能，即将对象的姿形摄取于心的心理功
能"。实际上在东晋之前传入中国的佛经中，除了"想"作"五蕴"之说的一
种外，还有支遁所讲的佛经。《楞严经》的卷九中有："于无尽中发宣尽
性，如存不存，若尽非尽；如是一类，各为非想非非处。"[2]此处的"想"
是指一种更玄妙的想象世界。

　　既然"想"在东晋之前的佛经典籍中广泛存在，并与以往的中国古代
原始典籍有着不同的意义表现，并作为一个单独的名词术语有其独特的
价值含义，它在佛学中作为"心"的一种表现方式又是怎样和玄学联系并
对画论发生作用的呢？是不是如同冈村繁所认为的那样，"想"已经不是
单纯的作为佛教用语使用，而经过了老庄思想的一番洗礼而演变成一种
玄学概念了呢？

　　在汤用彤的《汉魏两晋南北朝佛教史》中有："支谦、康僧会系出西域，

---

[1]　僧肇等注：《注维摩诘所说经》，116页，上海，上海古籍出版社，2011。

[2]　刘鹿鸣译注：《楞严经》，385页，北京，中华书局，2012。

而生于中土，深受华化……僧会《安般》《法镜》二序，亦颇袭《老》《庄》名词典故。《法句经序》引'美言不信'之语，是支谦曾读《老子》）……支谦之学说主神与道合……与玄学同流……明乎此，则佛教在中国之玄学始于此时，实无疑也。"①依照汤用彤的说法，佛教在魏时就已和玄学发生关系了，而支谦之后的康僧会，据谢赫的《古画品录》可知，曹不兴是因为康僧会而开始信佛并画佛像，而卫协师承于曹不兴，顾恺之师承于卫协，三人都是中国最初的三大佛画家。可以说顾恺之也无形中受到佛教的影响。再有与清谈家们联系更加密切的东晋佛家高僧支通（支道林），对玄学和画论的影响更加深远。首先，支道林本身就是一个清谈家，在《高僧传》中有"支通向秀雅尚庄老。二子异时风好玄同矣。又喻道论云支道林者。识清体顺而不对于物。玄道冲济与神情同任。此远流之所以归宗。"而《世说新语》中也有很多关于支通参与清谈的例子，如《世说新语·文学》："支道林、许、谢盛德，共集王家，谢顾诸人曰：'今日可谓彦会，时既不可留，此集固亦难常，当共言咏，以写其怀。'许便问主人：'有庄子不？'正得鱼父一篇。谢看题，便各使四坐通。支道林先通，作七百许语，叙致精丽，才藻奇拔，众咸称善。于是四坐各言怀毕。谢问曰：'卿等尽不？'皆曰：'今日之言，少不自竭。'谢后粗难，因自叙其意，作万余语，才峰秀逸，既自难干，加意气凝托，萧然自得，四坐莫不厌心。支谓谢曰：'君一往奔诣，故复自佳耳。'"虽然《世说新语》中没有支通与顾恺之直接交往的例子，但从支通与谢安等人在王羲之的家里参与清谈的活动来看，支通与器重顾恺之的谢安也有很深的交往，佛学家参与清谈，在你来我往中必定会产生一些相互的影响。而支道林曾说讲过《维摩诘经》，顾恺之也曾绘画过维摩诘像，在张彦远的《历代名画记》中就有："顾生首创维摩诘像，有清羸示病之容，隐几忘言之状。"②虽然顾恺之画的维摩诘有清谈之士之风，但这不可以不说是玄学和佛学相互交融而成的，而在上述所举的例子中也有《维摩诘经》中关于"五蕴"的释例。由这几方面看来，

———————————————

　① 汤用彤：《汉魏两晋南北朝佛教史》，95页，武汉，武汉大学出版社，2008。

　② 张彦远：《历代名画记》，23页，北京，中华书局，1985。

自东汉以来经典中多出的"想"的概念，以及在顾恺之的画论中首创出现"想"的概念，未尝不可以说是受佛教中的"想"这一概念术语的影响。

当然，在顾恺之画论中的"想"与佛教中的"想"的概念还是有一些偏差，正如冈村繁所说：

> 从上述各例中可以看到，顾恺之画论中的"想"都已非作为原本佛教用语而使用，它们经历老庄思想的洗礼而成为追求雅趣的玄学概念。①

但是冈村繁认为"当时知识人用的'想'，不仅已是名词，而且还包含了思想性、哲学性的深长意味。"②从此后的文学理论的相关词汇和对此后画论的考察来看，"想"并没有作为一个单独的具有深长意味的术语而被人们广泛借用和讨论，在以后的文学理论中并未成为一个专业术语，也并没有在此后的画论中得到发展，冈村繁将"想"这个存在于顾恺之画论中的词单列出来并赋予很深的思想性、哲学性意义似乎过分拔高了这个词，虽然其中包含着佛学的影响意义，并且与玄学相融合，但未必就可以作为一个独立的画论术语存在于整个画论文论史中。

四、结　语

冈村繁师从斯波六郎，可以说是京都学派中国学研究的传承者，从以铃木虎雄、狩野直喜为中心的中国文论的研究方向开始，形成了以斯波六郎为中心的广岛大学的研究主题，在与导师共同完成《文心雕龙索引》后，冈村繁开始了从京都学派沿袭下来的学术研究，涉猎面极其广博，在文论、画论、书论、版本学以及学术动向研究方面均有成就。他

---

①　[日]冈村繁：《汉魏六朝的思想和文学》，陆晓光译，432页，上海，上海古籍出版社，2002。

②　[日]冈村繁：《汉魏六朝的思想和文学》，陆晓光译，430页，上海，上海古籍出版社，2002。

一直致力于学术研究，有着十分踏实和实事求是的学风，并且敢于推翻前人的观点，在文论研究方面硕果累累。而其有关魏晋南北朝时期的文论画论方面的研究更是见微知著，有着与众不同的独到的学术见解和学术观点。而本章正是对冈村繁的魏晋南北朝文艺论研究进行分析研究。

　　本章主要分为文学理论研究和绘画理论研究两部分，而文学理论的研究主要是针对冈村繁的《典论·论文》研究和《文心雕龙》研究展开，绘画理论主要是关于东晋画论和顾恺之画论的研究。

　　关于《典论·论文》研究，主要从《典论·论文》的文学价值、内容中"文章"的具体所指以及曹丕、曹植对辞赋价值的认识三个方面来探讨。其中有关《典论·论文》的文学价值，本章用了三个部分来进行研究，首先是从冈村繁研究《典论·论文》的动机出发，发现他是为了肃清京都学派一直以来"唯前人马首是瞻"的学风，从事实出发，对之前铃木虎雄和青木正儿给《典论·论文》赋予的意义进行批驳。对此，冈村繁用《与杨德祖书》和《典论·论文》的时间对比，判断出《与杨德祖书》时间较早，认为"不能把《典论·论文》当作最早的一篇文学批评专论"来看待。对于时间这个节点，冈村繁的事实论证十分充分。但是，冈村繁单纯从时间上进行批驳似乎略显单薄，应该还从内容上进行比对，并且必须先弄清《与杨德祖书》是否是一篇文学批评专论。另外，冈村繁还对《论文》的有关作家批评论、文气论和文体论的独创性进行了质疑，也进行了一些在《论文》之前的举证，论证资料很丰富，也有很强的说服性，只是在文气论中对"气"的理解有些偏差。曹丕的文气论的"气"相较之前的"气"还是有所变化，更具文学性，以致其文体说也涵盖了以往文体分类所不曾涵盖的东西——文学意识。由于冈村繁对《典论·论文》的文学价值的质疑，也对其内容中"文章"的所指发生了质疑，认为其中的"文章"是指"一部分编纂成书的思想性著作"。如果在冈村繁的推论上进行再思考，可以推测此中的"文章"本身是一种政治言说，尽管曹丕也许并未意识到其中的具体所指。由此，关于曹丕的"辞赋价值"的认识，也如冈村繁所言，并未跳出"传统的思想框框"，但冈村繁也并不完全否定曹氏兄弟对辞赋的热爱。

　　关于冈村繁对《文心雕龙》的研究，则从《文心雕龙》的索引、"自然之道"的特点、"文本于经"的文体起源说以及"六义"的功用等方面来进行的研究。首先，冈村繁的《文心雕龙索引》无疑意义重大，尤其是使用"堪靠灯式"的索引方式，工程烦琐艰巨，对以后的索引都有着非比寻常的意义。而在内容思想上，冈村繁也有新的研究发现，《原道》篇中所出现的"自然之道"，被冈村繁看作一种"美的起源"，但他有些过分夸大由自然而生的美意识，还直接认为这种美来源于"道家学说"，对于《文心雕龙》研究中各派不同的思想研究来说，这一研究并不能算是十分完备的。而有关文体起源论，冈村繁更是对"文本于五经"的学说进行了批评，并举五言诗以及辞赋等的来源等例来摒除其"五经"来源的儒学传统，虽然论证观点颇有新意，但还是脱离了一些中国古代的时代背景及文化传统，其结论有些过于偏激。在"六义"的功用中，冈村繁把它当作一种"概括性美学法则的细则"，虽与其他研究者的观点有所出入，但想法还是颇有创见的。

关于绘画理论的研究，鉴于冈村繁主要是针对东晋这个画论开创时期的研究，所以本章的研究也主要着眼于东晋这个时代，而且在对东晋画论的研究中，冈村繁是偏向于将画论思想与文论思想结合的。冈村繁主要致力于研究东晋这个以多种思想为背景的时代，老庄思想对画论的一种渗透。其中，冈村繁从"自然"以及"形神论"来对东晋画论中的老庄思想进行探讨。在对画论中的"自然"的探讨中，冈村繁着重将其与老庄思想中的"自然"相结合，但二者意义还是有所偏差，而且冈村繁对老庄思想的"自然"只停留在其物化的形态上，并不能到达哲学的最高范畴，也没有从那种最高层面去进行探讨，这归根结底还是由于文化背景的差异。在对画论的"神"的研究中，冈村繁致力于将其与人物品评中的"神"相结合，将其归结为一种人内在的精神个性，并推断"神"用于人物评论在之前尚无所及。通过对史书查阅，发现之前的"神"表示人内在的精神个性并用于人物评论的实例确实尚少，而且冈村繁的论据也十分充足。在东晋画论的研究中，冈村繁还着重研究了顾恺之的画论，并对顾恺之的"形神观"进行了讨论，鉴于老庄思想的影响渗透，冈村繁认为顾恺之更重视"传神"，事实上，经研究发现，顾恺之在画论中的主张是"形神兼备"的，只是在具体的绘画实践上过于偏重"传神"。而关于顾恺之画论，冈村繁还另辟蹊径，总结出一个"想"的画论观念，并与佛家"五蕴"挂钩，经查证，此"想"确实来源于佛家"五蕴"，与冈村繁的推论符合，只是"想"并没有作为一个画论或是文论概念存在于古代典籍中，这个概念范畴只是冈村繁自己生造出来的。

根据以上的研究，可以总结出冈村繁的几个研究特点：

首先，冈村繁十分注重对中国古代文献资料的阅读和收集。这一点，在他的《文心雕龙索引》中就可见一斑，其中复杂繁多的文献被有序地串联起来，可见冈村繁倾注了极大的耐力和决心。另外，在冈村繁的诸多论文研究中，都可以看到不计其数的举证，而且各个例子的来源文献都不单一，且相当繁多，也可见冈村繁对文献的把握的完整性。

其次，冈村繁善于提出超出传统的、观点颇新的推论。这个从他的《典论·论文》研究的动机中就可看出，他不拘泥于前人的研究成果，反复用事实说话，也敢于挑战权威，以自己的推论来论证自己的观点。而且无论是在他的文论研究还是画论研究中都可以看到他的研究亮点，很多观点都十分有创见，而且与现行研究都不大相同，独具个人特色。另外，在新的观点产生的同时，冈村繁也善于提出新的概念范畴进行集中式研究，如在画论研究中，他从"神""想"这些画论概念来着眼进行研究。

最后，在强大的文献基础下，冈村繁对自己推陈出新的观点也带有充分的文献依据，他十分注重实证研究。这一研究风格，不仅是从京都学派的研究传统中继承的，还是冈村繁多年的学术习惯所带来的。冈村繁的每一个观点的提出，都必定带有十分充足的文献证据，甚至有些观点还是他在文献考据中才发觉的，由此，冈村繁的实证研究还带有一定的连贯性，他总能从一个推论的文献依据中发现下一个推论，而这一切都有强大的文献史料作为论据。比如，画论中关于"神"的研究，冈村繁就采用了大量篇幅进行举证，并在举证的过程中又发现了画论中的这个"神"与人物品评中的"神"的特殊联系。

第五章 兴膳宏与《文心雕龙》研究

兴膳宏(1936—)，日本著名中国文学研究专家。兴膳宏的研究领域主要集中在六朝的文学和文论上，有专著《潘岳·陆机》《庾信》《中国的文学理论》《异域之眼》等。在他丰富的研究成果中，最引人注目的当属其对《文心雕龙》的研究。1968年，日本筑摩书房出版了兴膳宏的《文心雕龙》日译本，这也是第一次将《文心雕龙》全部翻译成日文，因而在《文心雕龙》研究史上具有非常重要的意义。兴膳宏关于《文心雕龙》的研究论文主要有《〈文心雕龙〉与〈诗品〉的文学观的对立》《文心雕龙的自然观》《〈文心雕龙〉与〈出三藏记集〉》《日本对〈文心雕龙〉的接受和研究》等。本章将从兴膳宏对《文心雕龙》的理论研究和接受研究两个方面来评述兴膳宏《文心雕龙》研究的学术价值。

一、兴膳宏对《文心雕龙》的理论研究

20世纪60年代以前，日本《文心雕龙》的研究侧重于译校和版本的研究，70年代以后侧重于理论研究。学者以过去的训诂考据成果为依据，通过时代背景，对刘勰的身世、思想、世界观、创作论等方面做了深入细致的探讨，特别是自然观、风骨论、创作论、美学及其《文心雕龙》与佛教的关系等是他们研究的重点。户田浩晓、目加田诚、兴膳宏、加贺荣治、高桥和巳、林田慎之助、船津富彦等人皆有研究成果公之于

世，而兴膳宏氏又是其中当之无愧的佼佼者。兴膳宏关于《文心雕龙》的理论研究，主要包括以下几个部分，即《文心雕龙》的原道论、文体论、自然观、隐秀论、奇正观等。

(一)《文心雕龙》原理论

1. 原道论

作为《文心雕龙》的起首，《原道》篇可以说是全书最为重要的篇章。对《文心雕龙》所"原"之"道"的解释，是理解刘勰以及《文心雕龙》全书指导思想的关键所在，正如牟世金所说："若不知'原道'之'道'为何物，便无'龙学'可言。"①由于刘勰本身思想的复杂性以及六朝儒、释、道、玄杂糅的学术思潮影响，刘勰所原之"道"，既复杂又抽象，准确地把握它并不是件容易的事情，学界对《原道篇》的解释也呈现出众说纷纭之势。

中国龙学界对"道"的看法大概有如下六种，即自然之道(黄侃、杨明照、郭绍虞、蔡钟翔等主其说)、儒道(子贤、陈耀南等主其说)、佛道(张启成、马宏山等主其说)、宇宙本体(炳章、曹道衡等主其说)、自然规律(陆侃如、翁达藻、张少康等主其说)和儒玄相融之道，此外还有易道、以儒为主兼通佛老等。从中可以看出，国内研究者对刘勰所论之道的内涵认识存在着很大分歧，即使是相近的观点也存在着不同，相同的学者在不同时期，也会提出不同的看法。而且，中国学者所注目的是"道"为何物、刘勰所原之"道"究竟是唯物还是唯心等问题。

日本对《文心雕龙·原道篇》的研究呈现出与国内学者不同的面貌。不同于中国研究者的政治教化色彩以及简单的唯物唯心二分法，他们更多关注美的形式，由于这种理论研究上的关注，六朝文学作为丽辞美文的代表，自然引起他们的强烈兴趣；加之日本民族长于具象、短于抽象的思维特征，导致日本学者不是像西方哲学家那样特别重视对高度抽象的"道"的含义的深究与剖析，而是将重点放在研究"道"和"文"之间的关

---

① 中国《文心雕龙》学会选编：《文心雕龙研究论文集》，36 页，北京，人民文学出版社，1990。

系，即"道"和"美"或"装饰性文学"的关系。这样的研究有利有弊：弊端在于对"道"的内涵阐发存在模糊不清的缺陷，益处是将文学理论研究的重点真正落实到"文学"上。兴膳宏论《原道篇》，便是日本学者研究《原道篇》的典型方式。

兴膳宏对《原道篇》的研究主要体现在《文心雕龙·原道篇》译注（1968年）、《文心雕龙的自然观——探本溯源》（1981年）和《〈文心雕龙〉与〈出三藏记集〉》（1982年）等文章中。现将他的主要观点提炼如下：

（1）本体论意义上的"道"

兴膳宏认为，《文心雕龙·原道篇》中的"道"包含儒、佛两层含义，以儒家思想为主。一方面《文心雕龙》以儒家经典《周易·系辞传》为骨干，所谓的"道"是"先万象而存在于宇宙间的真理""天地万物自然满呈美艳文采的'宇宙原理'"①。另一方面，刘勰认为"孔释教殊而道契"，因而"道"又兼有佛教之义，与同为刘勰所著的《灭惑论》中"菩提"一词产生微妙对应，道即菩提，菩提亦是道，两者运思虽殊，在本体上却是一致的。

（2）存在论意义上的"道"

兴膳宏认为，"《文心雕龙》全书的基调是'文章的生命在于美'，刘勰为了使所谓包含天地自然一切美在内的自己的美学得以成立，才引用了《易》中文句以资佐证"②。《原道篇》"道沿圣以垂文，圣因文以明道"一语显示了"道"的存在脉络，圣人领悟了道的含义，并在"文"中表现出来，五经是圣人思想的体现、体悟"道"的美文经典。因此，必须重视研究"道"与"文"的关系。

（3）刘勰与韩愈"原道"辨析

兴膳宏指出："刘勰的'文以原道'不同于韩愈的'文以载道'，韩愈所谓的'道'是与老、佛等思想不相容的儒教之道，五经是为弘扬儒教之道；而刘勰的'道'是宇宙原理，虽以儒家原理为主，但融合了玄佛等思想，

---

① 彭恩华编译：《兴膳宏〈文心雕龙〉论文集》，103页，济南，齐鲁书社，1984。

② 彭恩华编译：《兴膳宏〈文心雕龙〉论文集》，192页，济南，齐鲁书社，1984。

圣人所作的经书文章体现了道，本质上是美的表现。"①

现对兴膳宏的三个观点进行具体阐释。

第一，关于本体论意义上的"道"。

兴膳宏认为"道"即"宇宙原理"，该论断与国内主"道"为宇宙本体的观点相近，本体论者如炳章、曹道衡等人认为"道"是"宇宙万物的本源""宇宙的本体"。兴膳宏将"道"解释为"宇宙原理"，主要原因在于《原道篇》大量引述了《周易·系辞传》。

兴膳宏首先分析了《易传》在《原道篇》中的诸多影响。从《文心雕龙》的整体结构来看，"《文心雕龙》迄于《序志篇》，共五十章，系仿《易》'大衍之数五十'之义"②。从具体内容上看，"尽管《文心雕龙》引用了大量典故，然而刘勰的理论只是以一本古籍为核心而形成的，这本古籍就是《易》"③。《原道篇》屡用《易传》的词句，且频繁提到有关《易传》的故实，如"丽天之象""高卑定位，两仪既生""是谓三才"之类，都是《易传》的说法。再从《原道篇》的论述来看，该篇起始二段开宗明义提出："天地自然等万物皆有'道'，发而为文，遂成丽饰。"④这样以宇宙论为起点论述文学的方法，也是模仿了《周易》。兴膳宏据此反复强调，"《原道篇》的理论体系是以《易·系辞传》中的观点为骨干而建立起来的"⑤，或者如杨明照所说，"刘勰文原于'道'的论点来源于《周易》"⑥。

兴膳宏认为，《易传》本身即是独特的存在。"它是儒家的经典，却与五经之中以人事记载为主体的诸书不同，其特色在于阐述超时空观念的哲学，是五经中最具有形而上思辨性的经典。"⑦（按：《法言·寡见》篇："说天者莫辩乎《易》。"天相对于人而言，是一种形而上的思维）同时，《易

① 彭恩华编译：《兴膳宏〈文心雕龙〉论文集》，102页，济南，齐鲁书社，1984。

② 彭恩华编译：《兴膳宏〈文心雕龙〉论文集》，192页，济南，齐鲁书社，1984。

③ 彭恩华编译：《兴膳宏〈文心雕龙〉论文集》，64页，济南，齐鲁书社，1984。

④ 彭恩华编译：《兴膳宏〈文心雕龙〉论文集》，191页，济南，齐鲁书社，1984。

⑤ 彭恩华编译：《兴膳宏〈文心雕龙〉论文集》，92页，济南，齐鲁书社，1984。

⑥ 杨明照：《从〈文心雕龙·原道·序志〉两篇看刘勰的思想》，见中国文心雕龙学会编：《文心雕龙研究论文集》，134页，北京，人民文学出版社，1990。

⑦ 彭恩华编译：《兴膳宏〈文心雕龙〉论文集》，195页，济南，齐鲁书社，1984。

传》又是魏晋玄学所宗三玄(《老子》《庄子》《周易》)之一，而魏晋南北朝时佛教的兴盛，又离不开对玄学的依附。汤用彤指出："当时佛学的专门术语，一派大都袭取《老》《庄》等书上的名辞，所以佛教也不过是玄学的'同调'。故晋释道安《鼻奈耶序》上说：以斯邦(中国)人《老》《庄》教行，与方等经兼忘相似，故因风易行也。"①所以《易传》如兴膳宏所说，成为"儒家与本质相异的道家哲学的切点"，同时也是"与佛教形而上学成为切点的经书"。② 这里的《易》着重于哲学会思方式，无关于政治社会主张或价值观点，故易与道家、佛教找到相通的切点。从这一层面上来说，《文心雕龙·原道篇》的主导思想虽然是儒家，但同时也杂糅着道家、佛教等思想。兴膳宏把各家观点整合成一个形而上的"道"的体系，这种本体论的"道"是儒、释、道三教合一的表现，也是三家思想的共同基础。

既然《原道篇》"文原于道"的观点来源于《易传》，而《易传》又与儒、道、佛、玄诸家有紧密的联系，因而对兴膳宏所说"道"即"宇宙原理"的观点也应该从多方面论证。兴膳宏的"道"即"宇宙原理"可以这样理解：刘勰是以《易传》的儒教宇宙起源论为主旨，融合吸收了道家的"道为万物之宗"的宇宙根源概念以及汉儒的学说，第一次将这些内容运用到自然美和艺术美的关系上来。

冈村繁的《〈文心雕龙〉中的五经和文章美》意旨与兴膳宏相近，理解兴膳宏的"原道论"，可以从中找到佐证。冈村繁认为："《原道》篇作为第一大段主眼的'自然之道'这一天地万物根源的概念，虽在本书中，与太极同义(按："太极"一语始见于《易传》，"是故易有太极，是生两仪"，是儒家强调的宇宙本原)，而其用语本身，乃是源于《老子》《庄子》流派，是属于道家宇宙万物本源论范畴之物。"③也就是说，《易传》的道论同时吸收了道家的思想。先秦道家以老子和庄子为代表，"道家论道，着重于天道方面的探索。老子从天道自然而深入到本体论，首先提出道为'万物之

---

①　汤用彤：《儒学·佛学·玄学》，203 页，南京，江苏文艺出版社，2009。

②　汤用彤：《儒学·佛学·玄学》，65 页，南京，江苏文艺出版社，2009。

③　[日]冈村繁：《〈文心雕龙〉中的五经和文章美》，见《中华文史论丛(一九八五年第二辑)》，69 页，上海，上海古籍出版社，1985。

宗'的思想"①。老子认为道是无形无状的形而上本体，是宇宙万物的本体和本原，天地万物是从道产生的。老子说："道冲而用之或不盈，渊兮似万物之宗。"②又说："有物混成，先天地生。寂兮寥兮，独立而不改，周行而不殆，可以为天地母。吾不知其名，强字之曰道，强为之名曰大。"③道是万物存在的依据，又是派生万物的本原，它产生天地万物的过程是"道生一，一生二，二生三，三生万物。万物负阴而抱阳，冲气以为和"④。庄子同样把"道"看作宇宙万物的本原，"庄子的道，首先是一个本体性范畴，含有本体论的意义。庄子认为，道是宇宙万物的本体，世界万物都由道产生"⑤。《庄子·大宗师》："夫道，有情有信，无为无形；可传而不可受，可得而不可见；自本自根，未有天地，自古以固存；神鬼神帝，生天生地；在太极之先而不为高，在六极之下而不为深，先天地生而不为久，长于上古而不为老。"可见，道是产生天地万物的本体。总体来说，"老庄都追溯天地人产生的本根，认为道是天地人的本体和本原。这在中国哲学史上第一次把道提升为本体论范畴，对中国哲学道论的发展具有重大意义"⑥。

《原道篇》之"道"虽然受到道家的影响，但其主旨还是儒家经典《易传》。《易传》以儒家思想为主旨，其道论同时吸收了道家和阴阳家的思想。《周易·系辞上传》说："形而上者为之道，形而下者为之器。"将形而上之道体与形而下之器用统一起来，表现出对道器关系的认识，后人将《易传》"形而上"之道赋予了本体意义，"道"就变成了产生宇宙万物的本体。《原道篇》论述"人文"产生的根源时云"人文之元，肇自太极，幽赞神明，《易》象惟先"，此处"太极"或是"道"初生时的名称，阮籍《通老

① 张立文等：《道》，38页，北京，中国人民大学出版社，1989。
② 王弼注，楼宇烈校释：《老子道德经注校释》，10页，北京，中华书局，2008。
③ 王弼注，楼宇烈校释：《老子道德经注校释》，62～63页，北京，中华书局，2008。
④ 王弼注，楼宇烈校释：《老子道德经注校释》，117页，北京，中华书局，2008。
⑤ 张立文等：《道》，43页，北京，中国人民大学出版社，1989。
⑥ 张立文等：《道》，47页，北京，中国人民大学出版社，1989。

论》曰："《易》谓之'太极'，《春秋》谓之'元'，《老子》谓之'道'。"①强调了三者之间的共通性。"太极"是《易传》首先提出的哲学范畴，《周易·系辞上传》说："《易》有太极，是生两仪，两仪生四象，四象生八卦。"此处包含有宇宙万物生成论的含义。从宇宙万物生成论的意义说，太极是天地万物的本原，从太极产生天地阴阳，天地阴阳又产生四时，四时产生八卦之象。也就是说，太极是天地万物产生的本原，人文也是产生于太极。

兴膳宏在译注《原道篇》时，提到了西汉淮南王刘安主持编撰的《淮南子》。《淮南子》以道家思想为指导，吸收诸子百家学说，融会贯通而成，是战国至汉初黄老之学理论体系的代表作。兴膳宏认为："《淮南子》最初卷有《原道训》一篇，汉高诱作注：'原是本，道是本之根，包裹天地，以历万物，故曰原道。'"②《淮南子》此处"道"的含义，有万物本体的意味，道是产生万物的根源。《原道训》有言"道者，一立而万物生矣"，讲的就是"道"生万物的本体论。

以上从道家之道、儒家《周易》之道、汉代《淮南子》之道出发，论证兴膳宏所说的"道"是"宇宙原理"，三家对"道"的含义虽有区别，但都认为"道"是产生万物的根源本体，具有形而上的本体性质。

兴膳宏虽然认为《文心雕龙》的主导思想是儒家思想，《原道篇》是以儒教经典《周易》作为理论基础而写成，但他认为不能忽略南北朝时期佛教的广为流传以及刘勰自身的佛教修养。

佛教自印度传入中国，汉代时依附中国道术而为佛道。魏晋时期依附于玄学，到了十六国，佛教广为流行，并与玄学逐步融合，南北朝时取代玄学，成为占主导的社会思潮。不过印度佛学著作中很少看到"道"的论述。魏晋南北朝时儒、释、道三家处在冲突与融合的状态，在中国僧人的佛学著作中使用了道的范畴。这可以说是佛教中国化，中外文化相互融合的体现。"《大藏经》中保存的反映三教论争的著作、资料中，有

①　严可均校辑：《全上古三代秦汉三国六朝文》，1310 页，北京，中华书局，1958。
②　［日］兴膳宏：《文心雕龙（日文全译本）》，311 页，东京，筑摩书房，1968。

不少中国僧人关于道范畴和道的思想资料。佛教关于道的思想主要揭示了什么是道、佛与道的关系等问题。"①

　　最先体现儒、释、道三家冲突与融合的是汉魏之际牟子的《理惑论》。牟子本人从学习儒家经传转而锐志于佛道。在《理惑论》中，牟子一方面扬佛抑儒，认为佛教之道为至尊。另一方面又融合儒、释，不废儒家之道，认为儒教自有其效用所在；佛教也并不违背儒家孝道，佛儒皆主神魂不灭之说。他的道同时吸取了道家自然无为的思想，开启了佛教玄谈的风气。②

　　南北朝时期，佛教般若学、禅学和涅槃学得到发展，成为三大主要思潮。此期代表人物有慧远(334—416 年)、竺道生(355—434 年)、僧肇(384—414 年)等，南北朝时期儒、释、道之争依然激烈，佛教徒融合儒、释、道的言论资料也较为常见。例如，宗炳的《名佛论》，即清晰地将儒、释、道的同异之处勾勒出来。他一方面为佛教大力辩护，认为"彼佛经也，包五典之德，深加远大之实，含老庄之虚，而重增皆空之尽，高言实理肃焉感神，其映如日，其清如风。非圣谁说乎?"在这里，宗炳认为佛经为"圣人"所说，包含儒道而又高于儒道，在德教上超过儒学，在玄虚上超过老庄。从宗炳的论述，也可以看出佛教入中国后，与中国文化结合的状况。另一方面，宗炳又极力融合儒释道三家，认为佛儒相通，儒家尊崇神道，神理之极，便是佛法。儒佛二教共同作用，既可"养民"，也可"养神"。③

　　此外，佛教以寂为本，以有为末，强调"执寂御有以趋道"④，道安《安般注序》："夫执寂以御有，崇本以动末……兹乃趣道之要径，何莫由斯道也。"⑤这与道家的本末之辨、虚静之说相近。道安以为"本无"是世

---

①　张立文等：《道》，119 页，北京，中国人民大学出版社，1989。

②　王洪军：《中古时期儒释道整合研究》，66 页，天津，天津人民出版社，2009。

③　王洪军：《中古时期儒释道整合研究》，85 页，天津，天津人民出版社，2009。

④　张立文等：《道》，122 页，北京，中国人民大学出版社，1989。

⑤　严可均校辑：《全上古三代秦汉三国六朝文》，2373～2374 页，北京，中华书局，1958。

界的本体、宇宙的本原，与儒道对"道"的阐释相类似。

总体来说，佛教本身虽很少言道，但在中国的流传过程中，却吸收了中国本土文化，产生了融合的趋势，因此佛教的"菩提"与中国的"道"，是存在一致性的。

对于刘勰来说，他置身于这样的时代潮流中，自身又有着极高的佛学修养，因而"在意识根源上存在着'孔释一也'的观念，而且儒家色彩极浓的刘勰的理论，在发想的基点上受到形式比较隐秘的佛学的影响也并非不自然的现象"①。兴膳宏据此认为对"道"概念的进一步理解有必要以刘勰的另一著作——《灭惑论》作为参阅资料。

《灭惑论》是刘勰弘扬佛教的著作，关于其写作时间在《文心雕龙》之前还是之后，学界尚存在争论。《灭惑论》中，针对从道教立场非难佛教的《三破论》所提出不奉中国之"道"而奉羌胡之佛的质问，刘勰这样回答：

> 至道宗极，理归乎一；妙法真境，本固无二。佛之至也，则空玄无形，而万象并应，寂灭无心，而玄智弥照。幽数潜会，莫见其极；冥功日用，靡识其然。但言万象既生，假名遂立，梵言菩提，汉语曰道。
>
> 一音演法，殊译共解，一乘敷教，异经同归。经典由权，故孔、释教殊而道契，解同由妙，故梵、汉语隔而化通。②

引文清楚地表现了刘勰儒、释、道三教合一的思想，儒教与佛教虽然在思想特征及产生基础上全然相异，但是在"道"的根源上却是一致的，佛教的真理"菩提"与中国的"道"是可以等同互换的。三者均将"本无"之道作为世界的本体，宇宙的本原，具有形而上的本体论性质。

兴膳宏以为三教合一最明显的例子在于"本末思想"，即上文提到过的探本索源的"回归理论"，在儒、释、道三家均有重要体现。回归于根

---

① 彭恩华编译：《兴膳宏〈文心雕龙〉论文集》，105 页，济南，齐鲁书社，1984。
② 彭恩华编译：《兴膳宏〈文心雕龙〉论文集》，107 页，济南，齐鲁书社，1984。

源的主流是道家哲学，如《老子》第十六章"夫物芸芸，各归其根。归根曰静，是谓复命；复命曰常，知常曰明。"《庄子·秋水篇》"请循其本"等。而演绎性地发展了老庄哲学的何晏、王弼以来的魏晋玄学，本末思想也具有重要的意义；表现在儒家中，如《礼记·大学》"物有本末，事由终始。知所先后，则近道"；同时佛教对本源亦有强烈的关心，兴膳宏以为六朝佛教徒中复归根源意愿极为鲜明的当属东晋慧远，慧远在一系列著作中表现了一贯地向根源收缩的倾向，特别是在《沙门不敬王者论》中，慧远更明确指出"孔释一也"的观点："常以道法之与名教，如来之于尧孔，发致虽殊，潜相影响，出处诚异，终期则同。"①这样一来，兴膳宏以为《原道篇》中所原之"道"，潜在中也可能兼有了佛教的影响。

综合上述论证，兴膳宏认为《原道篇》的"道"是以儒家《周易》之道为主，融合了释、道精神的"宇宙原理"，道是本体，具有形而上性质。

第二，关于存在论意义上的道。

在梳理了道在运思中的本体地位之后，兴膳宏继续论述道的存在形态，即道以文饰作为存在方式并通过文把自身体现出来。

上文简要提出中日对《原道篇》研究的区别之一在于日本学者重视研究"道"和"文"之间的关系，将侧重点放在六朝时代丽文美辞的修辞主义立场以及刘勰对此的态度。兴膳宏前期或同期的《文心雕龙》研究者，几乎均表现出这样的研究意识。

青木正儿在《中国文学思想史》中将中国文学思想史分为上古、中古、近古三个时期，其中魏晋南北朝至唐代是所谓的文艺至上的中古时期；他又从表现形式这一角度把中国文学思想分为达意主义、气格主义和修辞主义，而六朝时期，"修辞主义的思潮在所有文学中全都高涨起来，靡丽的诽谤遗留于后世代，修辞主义的泛滥，在这一时期达到最高潮"②。兴膳宏在论文中采用了青木正儿"修辞主义"学说，认为刘勰文学论的第一步是从"古来文章，以雕缛成体"这种认识出发，其骈文文体是"文学即

---

① 严可均校辑：《全上古三代秦汉三国六朝文》，2394 页，北京，中华书局，1958。

② ［日］青木正儿：《中国文学思想史》，汪馥泉译，15 页，北京，商务印书馆，1936。

装饰"这一基本命题的忠实实践;《原道篇》虽以《易》为全书的基调,但在论述过程中,却形成了与《易》相去甚远的独特范畴,为了使包含天地自然一切美在内的美学得以成立,才引用了《易》中文句加以佐证。① 这样的看法,可以说是对"文"的"美"研究的极致,儒家经典《易》竟成了表现"文章生命在于美"这一主题的"筌蹄";而"宗经"的原因在于体验了自然原理的圣人文章会流露出自然的美,是完美的装饰性文学的典范,所谓"圣贤书辞,总称文章,非采而何!"因而经书是纠正后世靡丽文风的全能规范,不得不宗。

兴膳宏对文的装饰性的重视有其学术传承。下面将列举日本龙学研究的相似观点,以求展现出日本学者对《原道篇》的独特研究意识。

斯波六郎是较早研究《文心雕龙》的日本学者,其《〈文心雕龙〉札记》是日本注解或校释《文心雕龙》的权威性著作。在《文心雕龙·原道篇札记》中,斯波六郎指出:"《原道篇》所引之词多出自《周易》,然而从'叠璧''焕绮'这样动人的美感角度上来描绘'天文''地文'是彦和文章的特色,也是六朝人面目跃如之处。""彦和的'道'的概念继承了老、庄'一道万理'的思想,特别是在论证"文"——夸大些说就是'美'——与'道'之间的关系方面,彦和可以说是古来第一人。而彦和以这种观点作为其文学论的基础,这是他的理论中最值得注意的特色。"②

兴膳宏对《原道篇》的论述,在"道"的含义深究上,较之斯波六郎,有一定程度的提高。他对"道"和"义"关系的叙述,在斯波六郎论述的基础上,又引用了更多的例子作为例证。

林田慎之助是目加田诚的高足,其《〈文心雕龙〉文学原理论的若干问题》发表于《日本中国学会报》1967 年第 19 号,是较早的《文心雕龙》理论研究佳作,兴膳宏的研究或许有受其影响之处。林田将《文心雕龙》前五篇作为文学原理论,认为纬书和楚辞具有丰富的审美特性,开拓了"超越

---

① 彭恩华编译:《兴膳宏〈文心雕龙〉论文集》,106 页,济南,齐鲁书社,1984。
② [日]斯波六郎:《〈文心雕龙〉札记》,见王元化选编:《日本研究〈文心雕龙〉论文集》,40~41 页,济南,齐鲁书社,1983。

经书古典范围、产生革新式异端的可能性，影响了中国文学的表现修辞学的革新原理和抒情的发生形态"，"《原道篇》以'道心'为美，叙述美之理念的发掘。其主旨是以自然的美丽的绘画现象为道之文。发想是把宇宙（自然）间道与文的关系转换为人类社会（人文）中心与文章的关系"。①

　　冈村繁是斯波六郎的高足，其《文心雕龙索引》至今仍是研究《文心雕龙》或六朝文学不可或缺的文献。其《〈文心雕龙〉中的五经和文章美》写于1984年，论述刘勰关于五经和文章美的关系。冈村繁认为刘勰将各种文体的起源求助于五经，并表现出将五经和诗文的艺术美密切联系起来的意图。"将诗文以文采作为本质的说法是《原道》篇第一大段的宗旨，与本文卷尾《序志》篇中所谓'古来文章，以雕缛成体'的文学观，正可相呼应。""刘勰对自然之道，与其说是视为天地万物的起源，毋宁说是视为美的起源。"②兴膳宏论《原道篇》的文章早于冈村繁此文，两者在对"道"的含义理解上几乎相同。

　　以上所举三位学者都是日本研究《文心雕龙》的代表性人物，从其资料印证中，可以窥见日本学者对文论研究中"美"的形式的高度敏感和重视程度。从论述的相似性来看，与其说是谁影响了谁，还不如说是日本龙学研究对《原道篇》的集体认识。国内研究学者的《原道篇》研究，鲜有此论。

　　第三，关于刘勰与韩愈"原道"辨析。

　　有很多思想概念虽具有共同中文字眼，却在命题上有微妙差异，刘勰和韩愈的"原道"就是一个不得不说的公案。

　　与刘勰一样，韩愈亦著有《原道》篇。作为唐代古文运动的领袖人物，韩愈提倡儒学复古主义思潮，认为"道"的复活和儒教精神的回复是文体改革所不可或缺的要素，这与刘勰宣扬孔子之"道"，以五经为宗，恢复儒教权威，两者在表面上存在相似之处；且刘勰和韩愈在尊孔的态度上，

　　①　［日］林田慎之助：《〈文心雕龙〉文学原理论的若干问题》，见王元化选编：《日本研究〈文心雕龙〉论文集》，258～265页，济南，齐鲁书社，1983。
　　②　［日］冈村繁：《〈文心雕龙〉中的五经和文章美》，见《中华文史论丛》（第二辑），68～70页，上海，上海古籍出版社，1985。

均效学孟轲、扬雄，因而研究者多有将刘勰"文原于道"的观点等同于韩愈的"文以载道"。例如，范文澜注"原道"云："彦和所称之道，自指圣贤之大道而言，故篇后承以《征圣》《宗经》二篇，义旨甚明，与空言文以载道者殊途。纪评曰：'自汉以来，论文者罕能及此（《原道》）。彦和以此（《原道》）发端，所见在六朝文士之上。'又曰：'文以载道，明其当然；文原于道，明其本然。识其本乃不逐其末。首揭文体之尊，所以截断众流。'"①但究其根本，范文澜还是以儒家载道主义文学论对《原道篇》进行解释，纪昀与范文澜所言相似，两者显然将原道和载道理解为同义语。

在国内学者中，最早明确提出文原于道和文以载道的不同的，当是黄侃。《文心雕龙札记》注"原道"云：

> 《序志》篇云：《文心》之作也，本乎道。案彦和之意，以为文章本由自然生，故篇中数言自然，一则曰：心生而言立，言立而文明，自然之道也。再则曰：夫岂外饰，盖自然耳。三则曰：谁其尸之，亦神理而已。寻绎其旨，甚为平易。盖人有思心，即有言语，既有言语，即有文章，言语以表思心，文章以代言语，惟圣人为能尽文之妙，所谓道者，如此而已。此与后世言文以载道者截然不同。②

黄侃认为文章的本源在于自然，其创作过程亦是自然而然，与韩愈所说"文以载道"是截然不同的概念。汤用彤发展了黄侃的学说，认为"文"有两种不同观点，"文以载道"与"文以寄兴"③，前者是实用的，曹丕《典论·论文》所谓文章为"经国之大业"是也；后者为美学的，刘勰《文心雕龙》是也。

而在日本龙学研究界，林田慎之助早在 1967 年所写的《〈文心雕龙〉

---

① 范文澜：《文心雕龙注》，4 页，北京，人民文学出版社，1958。
② 黄侃：《文心雕龙札记》，5 页，上海，上海古籍出版社，2006。
③ 汤用彤：《儒学·佛学·玄学》，290 页，南京，江苏文艺出版社，2009。

文学原理论的若干问题——关于刘勰的美学思想》一文中，已指出刘勰"原道"与韩愈"文以载道"的不同，他认为郭绍虞所说刘勰主张"原道"，开创了唐代文坛的风气的论断混淆了刘韩二人《原道》的区别，韩愈载道文学的源头当是隋王通在《文中子》所称的文学观立足于道的"贯道说"，《文中子》卷二《天地》篇云："学者博诵云乎哉，必也贯乎道。文者苟作云乎哉，必也济乎义。"①

兴膳宏在《〈文心雕龙〉与〈出三藏记集〉》中，亦将"原道"与"载道"区别开来论述。兴膳宏指出："刘勰与韩愈虽然在尊孔的态度上效学孟轲、扬雄，但在根本问题上却是截然不同的。"②兴膳宏简要对比了刘勰与韩愈的不同之处。首先，韩愈与刘勰对"道"的定义是截然不同的。韩愈《原道》篇云："斯吾所谓道也，非向所谓老与佛之道也。尧以是传之舜，舜以是传之禹，禹以是传之汤，汤以是传之文、武，周公，文、武、周公传之孔子，孔子传之孟轲。"他所谓的"道"是与老、佛等思想不相容的，独尊儒家道统。而刘勰的"道"是指天地自然满呈美艳文采的"宇宙原理"，与老庄道家哲学以及佛学存在着联系。其次，韩愈是为了弘扬儒教之"道"才重视五经的价值；刘勰则认为五经是体现了自然美的文学的典范，因而给予了高度评价。一番对比之后，兴膳宏发出这样的感慨："遗憾的是，把刘勰尊崇孔子及六经的特质与韩愈等做比较分析的文章至今尚未之见。"③

兴膳宏在《颜之推的文学论》中，又针对这个问题加以简单区别论证："刘勰把文章渊源归于经书，这是因为他认为美的文章应该体现天地自然的原理，而只有经书才实现了这样的理想。因此，后世误入歧途的文章必须以复归经书的精神为开宗明义的原则。他的文学观具有把经书视为专门的文学书籍的特色，与唐代韩愈的载道之说是完全异趣的。"④

---

① ［日］林田慎之助：《〈文心雕龙〉文学原理论的若干问题——关于刘勰的美学思想》，见王元化选编：《日本研究〈文心雕龙〉论文集》，261 页，济南，齐鲁书社，1983。

② 彭恩华编译：《兴膳宏〈文心雕龙〉论文集》，101 页，济南，齐鲁书社，1984。

③ 彭恩华编译：《兴膳宏〈文心雕龙〉论文集》，103 页，济南，齐鲁书社，1984。

④ ［日］兴膳宏：《六朝文学论稿》，彭恩华译，112 页，长沙，岳麓书社，1986。

2. 宗经论

《文心雕龙·序志篇》叙述《文心雕龙》的枢纽云："盖《文心》之作也，本乎道，师乎圣，体乎经，酌乎纬，变乎骚。"《宗经篇》作为《文心雕龙》文学原理论的第三篇，是《原道篇》所谓"道沿圣以垂文，圣因文以明道"中"道—圣—文"之"文"，宇宙的原理通过圣人在文章中得以具体化，经书文章体现了圣人的意志，本身是出类拔萃的文学的精华，是后世多种文体的渊源。

美的文章应该体现天地自然的原理，体现了圣人意志的经书实现了这样的理想。刘勰在文章创作的实践中表现出对先前经书的深刻认识。①《文心雕龙·宗经篇》特言五经"渊哉铄乎"，是"群言之祖"，他将二十几种文体的起源直接归结于五经：

> 故论说辞序，则《易》统其首；诏策章奏，则《书》发其源；赋颂歌赞，则《诗》立其本；铭诔箴祝，则《礼》总其端；纪传盟檄，则《春秋》为根：并穷高以树表，极远以启疆，所以百家腾跃，终入环内者也。②

于经书求文体渊源之说，在中国古代文论史上有其历史。青木正儿在《中国文学概说》中指出："明确的五经渊源说，以《文心雕龙·宗经篇》为首倡，颜之推《颜氏家训》继之。"兴膳宏在青木正儿的基础上，指出早于刘勰二百余年的挚虞在《文章流别志》中提出了五经渊源说的雏形，《文心雕龙·宗经篇》最为明确地提出该说，颜之推的《颜氏家训·文章篇》受《文心雕龙》影响较大，与刘勰相近观点颇多。③为此，兴膳宏特别撰《颜之推的文学论》一文，论述颜之推与刘勰文学论的关系。下文将着重对该文进行阐述。

---

① ［日］兴膳宏：《文心雕龙》（日文全译本），221页，东京，筑摩书房，1968。
② 范文澜：《文心雕龙注》，22页，北京，人民文学出版社，1958。
③ 彭恩华编译：《兴膳宏〈文心雕龙〉论文集》，67页，济南，齐鲁书社，1984。

值得注意的是，兴膳宏特别指出"刘勰把文体渊源归结于五经，并不单是对文体的形成作历史的考察，而且同时具有文学当以经书文章为规范及再次回归经书的见解。"①因而，"复归经书"的主张是医治浮华文风的良药，也是构成《文心雕龙》骨骼最重要的命题。在此基础上，兴膳宏又列举了世界文学历史上著名的"复古"变革运动，深化了对刘勰由复古进行革新这一主张的认识。

兴膳宏还论及颜之推的文学理论，他认为："文学观随着时代的发展而发展，我们可以认为颜之推的理论正是与《文心雕龙》一脉相承的。可以说他是最后一个持这样的文学理论（综合性、尊经）的六朝人。"②

关于颜之推的文学论和《文心雕龙》之间的关系，除上文提到的青木正儿外，兴膳宏之前的日本学者已多有提及，现兹取一二。

伊势津藩儒斋藤正谦在所撰《拙堂文话》卷五（江户时代末期）云："文章体制，亦出于六经，非唯道理也。"③他用以证明"文章体制出于六经"的例子，乃是《颜氏家训·文章》《文心雕龙·宗经》及柳宗元《杨评事文集后序》。

王晓平考证《文心雕龙》在日本的流传时提到了《史记会注考证》的著者泷川资言与《文心雕龙》的关系。泷川资言1918年在《日本汉文学史》发表《书〈文心雕龙〉后》一文亦提到相同观点：

> 彦和之书，上述《诗》《书》《易》《礼》《春秋》《论语》，下采魏文、陈思、应场、陆机、挚虞、李充，穷源沿流，记载靡遗。齐颜之推《家训》、唐刘知几《史通》，已袭其语仿其文，则是书之行久矣。（《家训·文章篇》云："夫文章者，原出《五经》：诏命策檄，生于《书》者也；序述论议，生于《易》者也；歌咏赋颂，生于《诗》者也；祭祀哀诔，生于《礼》者也；书奏箴铭，生于《春

---

① 彭恩华编译：《兴膳宏〈文心雕龙〉论文集》，68页，济南，齐鲁书社，1984。

② ［日］兴膳宏：《六朝文学论稿》，彭恩华译，120页，长沙，岳麓书社，1986。

③ 转引自王晓平等：《国外中国古典文论研究》，323页，南京，江苏教育出版社，1998。

秋》者也。"与《雕龙·宗经》篇其旨全同。又云："陈思王《武帝
诔》，遂深永蛰之思；潘岳《悼亡赋》，乃怆手泽之遗。"是全袭
《雕龙·指瑕》篇语。)后世诗话文论，概其子孙也。①

　　王晓平称这是他所读到的日本最早评论《文心雕龙》的文章，泷川资
言在日本学者中也许是第一次看出了它对中国文学理论发展的重大影
响。② 兴膳宏《颜之推的文学论》中论"文章五经说"以及颜之推创作论中
全袭《雕龙·指瑕篇》语言的观点与泷川资言如出一辙，有可能受到泷川
资言的影响。

　　《颜之推的文学论》以《文章篇》为中心探讨颜之推表现在《颜氏家训》
里的文学观。兴膳宏自认为文章的创新处在于"从来多有将他的文学观作
为北朝人的立场来看待的论考，而本文却着重从他前半生在南朝社会度
过，思考中多反映南朝教养这一面来定论"③。不过，早在兴膳宏之前的
中国学者，就已意识到这点，朱东润先生在 1944 年所著的《中国文学批
评史大纲》中说：

　　　　世论颜之推者，谓为代表北朝，因与萧梁诸人并举，目为
　　南北分野，此言非也。之推南人，仕梁为湘东王国左常侍，元
　　帝即位，为散记侍郎，江陵陷后入周，寻奔北齐，齐亡复入周，
　　隋开皇中太子召为学士，身世大抵与庾子山相类。至其持论，
　　略有异同，然萧梁之初，昭明、简文，议论悬殊，即分两派，
　　皆性习使然，不关地域之南北也。……
　　　　综观之推之论，盖衍萧梁绪余，而充之以学人理解者，其
　　立足点在此，然与北朝固无涉。观其论诗则薄魏收、卢询，又
　　讥北方儒士不涉群书，经纬之外，义疏而已。斯则之推固不乐

① ［日］猪口笃志：《日本汉文学史》，641～642 页，东京，角川书店，1984。
② 王晓平等：《国外中国古典文论研究》，323～328 页，南京，江苏教育出版社，1998。
③ ［日］兴膳宏：《中国的文学理论》，427 页，东京，筑摩书房，1988。

与北人为伍者，或指为代表北方，不亦过乎。①

兴膳宏所持观点，奇妙地与朱东润产生了共鸣，或者受其影响也是可能的。

兴膳宏认为，颜之推和刘勰文学观中主要的共同点，"首先应推对文学的综合性、总体性的认识，对儒家文学传统的尊重和把古代文学精神与今世表现技法融合的目标"②。

其中"综合性、总体性认识"以及"对儒家文学传统的尊重"的相似点体现在三方面：

第一，《文章篇》中"文章"的概念包括了当时韵文、散文的所有部类，且内容涉及文体的各个种类，这符合六朝人传统的"文章"概念。

第二，颜氏理论的核心之一——"文章源出五经"与刘勰"道—圣—文"的文学源流观极为相似。

第三，颜之推重视文人德行与教养的文学观和《文心雕龙·程器篇》非常相近。

此外，颜之推对刘勰观点的继承还表现在创作论上，兴膳宏提炼出三点相似的创作论。

其一是《文章篇》将创作上的要素比拟成人体的各部分有趣比喻，在《文心雕龙·附会》篇中已有先例可见。《颜氏家训·文章》云："文章当以理致为心肾，气调为筋骨，事义为皮肤，华丽为冠冕。"这与《附会篇》中所言"夫才童学文，宜正体制：必以情志为神明，事义为骨髓，辞采为肌肤，宫商为声气"相类似。

其二是颜之推改革时文流弊的"本末并重"的做法与刘勰宗经、通变的文学观类似。所谓"本末并重"，是指"把古代文学精神与今世表现技法"融合起来的做法。表现在颜之推的《文章篇》中，是指：

---

① 朱东润：《中国文学批评史大纲》，77~80 页，上海，上海古籍出版社，2001。

② ［日］兴膳宏：《六朝文学论稿》，彭恩华译，118 页，长沙，岳麓书社，1986。

古人之文，宏材逸气，体度风格，去今实远；但缉缀疏朴，未为密致耳。今世音律谐靡，章句偶对，讳避精详，贤于往昔多矣。宜以古之制裁为本，今之辞调为末，并须两存，不可偏弃也。①

颜之推认为只有将古人文章的气度格调和今世文章声律对偶等结合起来，才能实现文章的改革。刘勰《文心雕龙》原理论，既有复归儒家正统的《原道》《征圣》《宗经》，又采纬书和楚辞的文辞，同时又详论了六朝时十分发达的文章技法如《声律》《丽辞》《事类》《练字》等，表现了刘勰执正驭奇的观点，这与颜之推主张"以古之制裁为本，今之辞棹为末"是相类似的。南北朝文学批评史上，刘勰、钟嵘与颜之推同属折中派。② 兴膳宏引铃木虎雄对颜之推的创作论的评论，"颜氏抱理辞兼备，古今并用之见，可谓北朝有数的中庸论者"③。可见，刘勰与颜之推均继承了儒家的传统文学观，但绝不是单纯的尚古论者。

其三是《颜氏家训·文章篇》与《文心雕龙》对用典误用及措辞不当用例的指摘，近乎相似。关于此点，上文泷川资言已提出"陈思王《武帝诔》，遂深永蛰之思；潘岳《悼亡赋》，乃怆手泽之遗。是全袭《雕龙·指瑕》篇语"，兴膳宏此处论证并非创见，在此不赘述。

虽然《文心雕龙》对《颜氏家训·文章篇》的影响是显而易见的，但是令人疑惑的是，颜之推在其著述中从未提及刘勰或者《文心雕龙》，那么，如何解释《文章篇》受到《文心雕龙》的影响呢？兴膳宏以为，当缺乏证明影响的直接材料时，就需要动用想象来弥补材料的缺憾。在兴膳宏看来，颜之推虽未直接言明《文心雕龙》，但"颜氏青年时代的读书痕迹，（按：颜之推年轻时曾仕南朝梁元帝，《文心雕龙》是梁元帝的爱读的书籍之一，因此颜之推或许在年少时曾读过此书。）数十年后又与对江南的种种追怀，

① ［日］兴膳宏：《六朝文学论稿》，彭恩华译，121 页，长沙，岳麓书社，1986。
② 王运熙、杨明：《魏晋南北朝文学批评史》，187 页，上海，上海古籍出版社，1989。
③ ［日］铃木虎雄：《中国诗论史》，许总译，115 页，南宁，广西人民出版社，1989。

同时从意识深处浮出而表现在《家训》之中"①。

该论文的独到之处主要表现在采用了知人论世的研究方法。兴膳宏认为要对颜之推的文学观进行深入的考察，在注意社会环境（南北朝社会）这一重要因素时，更应重视其文人自身的资质，颜之推与其说是文学家，不如说学者更为恰当。这种研究方法源于兴膳宏这样的认识，即"文学史不应该是作家和作品杂乱无章的集合体，为了系统理解潮流的推移，有时必须棹舟驰入历史的长河，考察某个作家在世的情况"②。

（二）《文心雕龙》文体论

刘勰的《文心雕龙》文体论部分（包括从《明诗》到《书记》二十篇）总结了前人关于文体研究的经验，对各种文体做了精详的论述，成为文体论的集大成之作。"文体论"虽占全书篇幅的五分之二，但目前对这一部分的研究却很受忽视，有些人甚至认为文体论属于无关紧要之作，没有理论价值，不值得花力气去探讨。这大抵是因为刘勰分体过于烦琐，且在今天没有什么实用价值。兴膳宏对文体论的论述，侧重于文体论流变历史的研究，此外，围绕着文体论，也发表了一些富有特色的新见。

1. 文体论

兴膳宏对《文心雕龙》的文体论研究，主要文章有两篇：《文心雕龙总说》和《六朝文学文学观的展开——以体裁论为中心》，两篇文章以介绍性为主，将《文心雕龙》之前的体裁论搜罗殆尽，较为清晰地梳理了《文心雕龙》产生之前文学体裁的分类状况。

关于刘勰文体论，一个争论的焦点问题是《辨骚》篇属不属于文体论的范围。一种看法是从《辨骚》到《书记》二十一篇都属于文体论。范文澜早在 1923 年就以"诗之旁出者为骚"，而将《辨骚》篇列为文体之一，到1936 年，又明确列《辨骚》篇为"文类之首"。③ 除此之外，尚有刘大杰、

---

① ［日］兴膳宏：《六朝文学论稿》，彭恩华译，117 页，长沙，岳麓书社，1986。

② ［日］兴膳宏：《六朝文学论稿》，彭恩华译，151 页，长沙，岳麓书社，1986。

③ 牟世金：《关于〈辨骚〉篇的归属问题》，载《中州学刊》，1984(1)。

郭绍虞、朱东润、黄海章、赵仲邑、陆侃如、杨明照、杜黎均等人也持相同观点①。日本学者青木正儿与范文澜说法一致，"《文心雕龙》从《原道》到《正纬》四篇主要论文章的起源，由《辨骚》到《书记》二十一篇是论文章的各种体裁说明了文体的流别"。② 另一种看法则认为《明诗》以下至《书记》二十篇是文体论的范围，刘永济、段熙仲、马茂元、王运熙、周振甫、郭晋稀、马宏山诸家持这类看法③。此外，还有折中看法，认为《辨骚》既可以作为刘勰的基本原理论，又可以视为文体论，缪俊杰是此说的代表。

　　兴膳宏认为《辨骚》篇并不属于文体论，在他看来，刘勰文学论的基本立场是"完美的装饰性文学"，在将经书作为后世文学重大规范的基础上，文学祖述的较小规范是《楚辞》，因为《楚辞》"虽取熔《经》意，亦自铸伟辞"，即《楚辞》既具有风雅的一面，同时也有异于经典的特质，其重要性在于"向文学注入了非经书的要素"。④ 因而，兴膳宏将前五篇作为文原论，将《辨骚》后的二十篇作为文体论。兴膳宏此类看法，与林田慎之助相似。

　　《六朝文学文学观的展开——以体裁论为中心》是兴膳宏"文体论"研究的重点，该文共六章，其中前两章题为《"文学"与"文章"》，发表于1988年出版的《佐藤匡玄先生松寿论集》，后四章未发表，全文载入《中国的文学理论》，作为总论展开论述。兴膳宏在《中国的文学理论》"后记"中介绍了将《六朝文学文学观的展开——以体裁论为中心》作为第一篇论文的两个缘由。其一是"作者以为，虽然从语汇的'户籍调查'说起，追溯

　　① 见朱东润《中国文学批评史大纲》，黄海章《中国文学批评简史》增订本，赵仲邑《文心雕龙译注·前言》，陆侃如、牟世金《文心雕龙选译·引言》，杨明照《文心雕龙校注拾遗·前言》，杜黎均《文心雕龙文学理论研究和译释》。

　　② ［日］青木正儿：《中国文学思想史》，49页，北京，商务印书馆，1936。

　　③ 见刘永济《文心雕龙校释·辨骚》，段熙仲《〈文心雕龙·辨骚〉的重新认识》《文学遗产》393期，马茂元《晚照楼论文集》，王运熙《刘勰为何把〈辨骚〉列入"文之枢纽"？》《文学遗产》475期，周振甫《文心雕龙注释·前言》，郭晋稀《文心雕龙注释·前言》，马宏山《〈文心雕龙〉散论》。

　　④ 彭恩华编译：《兴膳宏〈文心雕龙〉论文集》，122页，济南，齐鲁书社，1984。

历史的沿革，但在旧中国包括了所有体裁的'文章'，早以不能代替'文学'这一概念的时候，文学革命发生了，这一事实应当充分注意"，其二是希望由"文章"一词"发现形成六朝文学理论发展特征的重要原因"，因为"文章本身具有综合的、离心的观点，力图广泛地包含由语言表现的一切样式，而另一方面，又具有对特定的韵文样式特别是五言诗的爱好的向心视点"。① 作者正是努力从中发现形成六朝文学理论发展特征的重要原因。在这篇总论描写的框架之下，展开各论。

《"文学"与"文章"》是兴膳宏在《文心雕龙》1988 年国际研讨会上宣读的论文。在这篇文章中，兴膳宏将古代中国"文学"或"文章"的观点与现在中日普通使用的文学概念——由语言来表现的艺术作品，即相当于英语 literature 的观念进行对比，在对"文学"和"文章"语源考证和词语用法的基础上，探求了"文"的社会地位变迁这一线索。

兴膳宏认为，作为现代意义上的"文学"一词，其最初的"文学"或"文章"均与"礼乐法制"存在联系。

"文学"一词，先秦时期是广义上的含义，几乎相当于现在的学术学问或文物制度。"文学"始见于《论语》，《论语·先进》说："德行：颜渊、闵子骞、冉伯牛、仲弓；言语：宰我、子贡；政事：冉有、季路；文学：子游、子夏。"子游、子夏等是偏于读书知礼一方面，此时的"文学"是学术学问之意，文学的价值在纪事载言。"文学"兼有 literature 的含义要到 3 世纪魏晋以降，才鲜明地显现出来，随着文学概念的转变，文学价值的问题也重新得到审视，曹丕是提出文学社会价值的第一人，称文章为"不朽之盛事"。

兴膳宏指出，先秦时期的"文章"，较之"文学"显然更重视形式上的意味，此时"文章"泛指一切表现于外的文采，如孔子称尧："焕乎其有文章。"也有狭义上使用的，如子贡称孔子"之文章，可得而闻也"。这也正如罗根泽所说："先秦时无文学之文，故其狭义的'文章'，与其所谓'文

---

① ［日］兴膳宏：《中国的文学理论》，426 页，东京，筑摩书房，1988。

学'无大异，不过较重形式而已。"①一直到汉代的班固，"文章"才第一次作为语言表现这个特定意义上使用，不过此时的"文章"范围非常广泛，"是将经书、子书、登载在礼乐志上的郊祀歌、司马迁的《史记》、司马相如、王褒、扬雄等人的辞赋、董仲舒的对策等，统统包括进去了"②。兴膳宏认为，对于刘勰来说，狭义文学和广义文学之间并不存在明显的畛域，只是形成了浑然一体的这样一个"文章"的概念，包括了当时韵文、散文的所有部类，且内容涉及文体的各个种类。

《"文学"与"文章"》之后的四章中，兴膳宏详尽地追溯了文体论的流变历史。汉代《汉书·艺文志》将"文章"分为"六艺略""诸子略""诗赋略""兵书略""术数略""方技略"，其中"诗赋略"确定了"有韵的文"这一特殊性存在，这或许是三国以后显在化的文章流别的萌芽。兴膳宏以为，首先区分文章体裁并对后世有一定影响的是三国时代的曹丕，《典论·论文》将文章体裁分为奏议、书记、铭诔、诗赋四科八类，其中前四类是六朝人所谓的"无韵之笔"，后四类是"有韵之文"。晋代陆机《文赋》继承了曹丕的方法，并进一步把文体分为诗、赋、碑、诔、铭、箴、颂、论、奏、说十类。至挚虞的《文章流别志论》和李充的《翰林论》都是辨析文体的更为成熟的著作，可惜均已散忘，虽然有佚文存在，但无法窥其全貌。兴膳宏特别指出，在陆机和挚虞的时代，"文章"当中确立起以韵文为先的方向。至刘勰的《文心雕龙》文体论，总结了前人关于文体研究的经验，对各种文体进行全面、详细的论述，成为文体论的集大成之作。刘勰的文体论对后世影响深远，明代吴讷的《文章辨体》和徐师曾的《文体明辨》等文体分类均受到刘勰的启发和影响。此外，《文心雕龙》对昭明太子萧统编纂的华丽文章总集《文选》可能有影响，《文选》大量收录了刘勰在《文心雕龙》中提及的作品；《文选》六十卷，诗赋占了一半，兴膳宏以为在除此以外的各种文体中，能感觉到刘勰的存在，盖《文心雕龙》可能

---

①　罗根泽：《中国文学批评史》(一)，85 页，上海，上海古籍出版社，1984。

②　[日]兴膳宏：《"文学"与"文章"》，载《暨南学报(哲学社会科学)》，1989(1)。

对《文选》的收录标准起到指导作用。①

　　关于《文心雕龙》的骈文体写作，兴膳宏研究的创新之处在于将刘勰的思想与创作、《文心雕龙》的骈文体与其理论构建、内容圆通及叙述的平稳结合为一体，认为："刘勰文体的一个特征是：在巧妙地运用对偶法保持平衡的同时展开理论。换句话就是：在以对偶法开辟新的理论格局的同时始终贯彻调和的意向。""刘勰的理论非但综合性强和周到，而且始终保持平稳，没有激进的笔调，这些在很大程度上都是得益于骈体文体。""《文心雕龙》前半部二十五篇与后半部二十五篇的对应设置也是平衡意识下的产物。"②

　　2.《文心雕龙》与《文章流别志论》

　　兴膳宏的文体研究本着"原始要终"的思想，重视《文心雕龙》文体论对其他文论的继承和影响，并着重研究了挚虞《文章流别志论》对《文心雕龙》文体论的影响。

　　西晋挚虞(？—311年)所著的《文章流别志论》二卷是一部以文体论为中心的理论专著，对《文心雕龙》的文体论产生相当大的启发。兴膳宏论述此二者联系的文章，以《挚虞〈文章流别志论〉考》为主，挚虞文体论对刘勰最大的影响，大概是确立了以韵文为优先以及将生者排除在评论外的原则。③

　　因《文章流别集》三十卷与《文章流别志论》二卷均早以亡佚，现仅存《流别志论》少量佚文，兴膳宏此作将"《文章流别志论》作为六朝文学理论发展的一环，以《流别志论》的某些部分为主进而探求原书的本来面目"④。在考辨《流别志论》原书形式的过程中，进而阐发《文章流别志论》对《文心雕龙》的影响。

　　兴膳宏首先区分了书名《文章流别志论》中"志"与"论"的关系："'志'

　　①　[日]兴膳宏：《中国的文学理论》，22～42页，东京，筑摩书房，1988。
　　②　彭恩华编译：《兴膳宏〈文心雕龙〉论文集》，125页，济南，齐鲁书社，1984。
　　③　[日]兴膳宏：《中国的文学理论》，427页，东京，筑摩书房，1988。
　　④　[日]兴膳宏：《六朝文学论稿》，彭恩华译，229页，长沙，岳麓书社，1986。

从名称上看，似乎当如《汉书·艺文志》等，是一种著作目录。"①同时，
兴膳宏又借刘师培《搜集文章志材料方法》所述加深对"志"的理解："志
者，以人为纲也；流别者，以文体为纲也。"大抵"志"是与文学有关的目
录，亦有文士的小传。② "论"是与文学理论相关的评论。兴膳宏将《流别
论》的逸文所述及历代文人和后人著作中有关记载列表后得出《流别志论》
的两个特点：

第一，佚文涉及的十三种文体即"颂、赋、诗、七、箴、铭、诔、哀
辞、哀策、设论、碑、图谶、述"都是有韵之文。牟世金在《〈文章流别志
论〉原貌初探》一文中谈到《流别论》仅以有韵之文为对象③，与兴膳宏的
推断一致。

第二，论中提到的文人没有与挚虞同时代的晋代人，而是以两汉诗
人为中心，以王粲、刘桢等魏初诗人为下限的。④

兴膳宏以为，刘勰《文心雕龙》师法挚虞理论主要表现在以下三点：

首先，刘勰在《文心雕龙》中多次提及《流别志论》，特别是前半部文
体论有明显的继承挚虞说法的痕迹。

其次，两者文学观的基础都是以古典的正统主义为目的，因而能够
殊途同归。挚虞理论中一个显著的倾向是对文体的渊源表现出贯彻始终
的强烈关心，他的理论是在频繁地以儒家著作为中心的古典文学理论的
基础上构筑起来的。刘勰理论的根本是经书，是体现天地自然美的文章
的典型，这个理论较之《流别志论》，体系更加整然，原理更加精密。

最后，两者选取的文人均有时间限制。刘勰慎重地避免提及与自己
相近的时代的文学，其叙述严守到东晋的界限，这近似于挚虞把生存者
排除在外的原则。⑤

①　[日]兴膳宏：《六朝文学论稿》，彭恩华译，230 页，长沙，岳麓书社，1986。

②　王运熙、杨明：《魏晋南北朝文学批评史》，120 页，上海，上海古籍出版社，1989。

③　牟世金：《〈文章流别志论〉原貌初探》，见朱东润等编：《中华文史论丛》（一九八七
年第二、三合辑），上海古籍出版社，1987。

④　[日]兴膳宏：《六朝文学论稿》，彭恩华译，232 页，长沙，岳麓书社，1986。

⑤　[日]兴膳宏：《六朝文学论稿》，彭恩华译，237～240 页，长沙，岳麓书社，1986。

(三)《文心雕龙》创作论

《文心雕龙》从《神思》到《物色》的二十篇，以"剖情析采"为中心，着重研究有关创作过程中各个方面的问题，是为创作论。创作论是《文心雕龙》研究的重点。兴膳宏对《文心雕龙》创作论的研究，以神思论、隐秀论、物色论为主。

1.《文心雕龙》和《文赋》

清代著名学者章学诚曾指出，《文心雕龙》与《文赋》有着极深的渊源关系，"刘勰氏出，本陆机氏说而昌论文心……可谓愈推愈精矣"①。《文心雕龙》言及陆机及其作品的地方很多，它与《文赋》存在继承与发展关系已是不争的事实，但二者广泛而复杂的内在联系和重要区别，仍然值得我们予以深究。

日本学者很早之前也注意到《文赋》对《文心雕龙》的影响关系，铃木虎雄在《中国诗论史》一书中对《文赋》和《文心雕龙》的理论关系做了基本的梳理。他指出，晋代陆机的《文赋》是《文心雕龙》修辞学说、艺术思维论的最大理论渊源，除了陆机关于词句必须避免与前人暗合、不可追随他人、耽于孤兴之外，将其他诸条与刘勰之论相比较，基本精神大体是一致的；并且，刘勰的进一步发挥，还可以认为是对陆说的补足。② 铃木虎雄此说，提纲挈领地概括了两者之间的广泛关系，但并没有深究具体的联系到底体现在哪里，兴膳宏则在此基础上，不遗余力地探寻《文心雕龙》和《文赋》之间内部的具体联系，从而比较清晰地展现了《文心雕龙》各篇如何在陆机《文赋》论述的基础上，更精细地加以考察论述的脉络。

兴膳宏关于《文心雕龙》和《文赋》关系的文章，具体有三：其一是《文心雕龙》译注，其二是《文学本质纵横谈——〈文赋〉》(1973 年)，其三是《从文学理论史上看到的〈文赋〉》(1988 年)。《文心雕龙》翻译在某些篇目的题解、注释，特别是《神思篇》中多引陆机《文赋》；《文学本质纵横谈》

---

① 叶瑛：《文史通义校注》，278 页，北京，中华书局，1985。

② ［日］铃木虎雄：《中国诗论史》，许总译，83 页，南宁，广西人民出版社，1989。

则是兴膳宏专著《潘岳·陆机》(《中国诗文选》卷十，筑摩书房)中的一篇论文，从《文心雕龙》全书出发，探讨《文赋》与《文心雕龙》的具体联系；《从文学理论史上看到的〈文赋〉》以《神思篇》和《声律篇》为中心，选出《文赋》中的想象论和声律论，追溯它们在文学理论史上掀起的波痕，特别是探讨它对《文心雕龙》的影响力。

在《文学本质纵横谈——〈文赋〉》一文中，兴膳宏具体分析了《文赋》的理论特色、创作时间、二十段的各自大意以及与《文心雕龙》的联系。

兴膳宏认为，《文赋》不同于前期从社会角度论述文学的论文，它是以陆机的内在体验为主，探讨文学创作构思、艺术思维的神秘过程，带有唯美主义的感觉倾向和形而上学的抽象意味。[①] 刘勰的《文心雕龙》虽然发展了《文赋》所提出的许多问题，但它以体系性、论理性为主要特征，是中国文学批评史上伟大的孤立现象。此外，兴膳宏经考证后认为杜甫所说的"陆机二十而作《文赋》"是不大准确的，《文赋》当作于公元 300 年左右，是陆机(261—303 年)晚年的作品。

现以《文赋》各小节为单位，将兴膳宏对《文心雕龙》与《文赋》关系的论述要点归纳如下，其中涉及《神思篇》想象力论与《声律篇》声律论的地方，将在《从文学理论史上看到的〈文赋〉》一文的分析中加以具体论述，此处略去。

首先是刘勰对陆机所著《文赋》的态度。《文赋》论文学创作之利害所由，对文学妙趣的论述可谓详尽。兴膳宏以为，刘勰对《文赋》的态度，是带着批判意味的：

> 陆赋巧而碎乱。《序志篇》
> 昔陆氏《文赋》，号为曲尽，然泛论纤悉，而实体未该。《总术篇》

刘勰认为《文赋》长于细部的论述，但对文学的本质却没有充分的理

---

① 　［日］兴膳宏：《潘岳·陆机(中国诗文选)》，203 页，东京，筑摩书房，1973。

论阐发。不过有趣的是，刘勰对陆机的理论虽然有不满的态度，但在其《文心雕龙》中，却师法《文赋》处甚多。

《文赋》首段论述创作前各种动机的触发，包括内心对宇宙的观察，古典文学的修养以及对自然万物的感发等。《文赋》以自然万物作为文学创作的契机，描写文学感性的涌动状态，兴膳宏据此认为陆机是古代文学中将自然与人心的交感作为自觉的理论加以阐发的第一人，深刻地影响了《文心雕龙·物色篇》对自然与文学关系的描述①，不过刘勰的《物色篇》是对陆机理论的阐发，《文赋》只强调了人心对"四时""万物"的感兴，所谓"遵四时以叹逝，瞻万物而思纷。悲落叶于劲秋，喜柔条于芳春，心懔懔以怀霜，志眇眇而临云"。而《物色》篇显然更为重视"物色"对人心的作用，"春秋代序，阴阳惨舒，物色之动，心亦摇焉。……物色相召，人谁获安？是以献岁发春，悦豫之情畅；滔滔孟夏，郁陶之心凝。天高气清，阴沉之志远；霰雪无垠，矜肃之虑深。岁有其物，物有其容；情以物迁，辞以情发"。刘勰的更大贡献，是将"物"与"心"的互相作用描述在文学理论中，所谓"写气图貌，既随物以宛转；属采附声，亦与心而徘徊"。

《文赋》第二章描写下笔前构思的过程，特别是想象力的状况。兴膳宏认为《文心雕龙·神思篇》所论述的创作活动中想象力的活动受到《文赋》的影响。具体是描述想象力的自由状况"故寂然凝虑，思接千载；悄焉动容，视通万里"与《文赋》"收百世之阙文，采千载之遗韵。谢朝华于已披，启夕秀于未振。观古今于须臾，抚四海于一瞬"论旨相近。

《文赋》第三章主要描述写文章时的布局、语汇的选择和开篇的难易情况。兴膳宏以为《文赋》论述作文的迟速与作家个性的关系对《文心雕龙·神思篇》有影响。《文赋》云"或操觚以率尔，或含毫而邈然"，以司马相如作为文思缓慢的例子，《文心雕龙》亦有类似表述：

　　　　人之禀才，迟速异分，文之制体，大小殊功。相如含笔而

---

① 　[日]兴膳宏：《潘岳·陆机(中国诗文选)》，212页，东京，筑摩书房，1973。

腐毫，扬雄辍翰而惊梦，桓谭疾感于苦思，王充气竭于思虑，
张衡研京以十年，左思练都以一纪。虽有巨文，亦思之缓也。
淮南崇朝而赋《骚》，枚皋应诏而成赋，子建援牍如口诵，仲宣
举笔似宿构，阮瑀据案而制书，祢衡当食而草奏，虽有短篇，
亦思之速也。①

此外，兴膳宏认为《文赋》此章对文章有机组成问题的相关论述，《文
心雕龙》的《熔裁篇》和《附会篇》均有继承。②

《文赋》第五章是文体论。其中前半部是围绕作家个性与文体关联的
一般论，后半部是具体的体裁论。兴膳宏认为《文心雕龙·定势篇》对《文
赋》所论文体与个性的问题有所发展。《定势篇》所述"是以模经为式者，
自入典雅之懿；效《骚》命篇者，必归艳逸之华；综意浅切者，类乏酝借；
断辞辨约者，率乖繁缛"与《文赋》中"故夫夸目者尚奢，惬心者贵当。言
穷者无隘，论达者唯旷"类似。③

另外，《文赋》此处区分了十类体裁，分别是诗、赋、碑、诔、铭、
箴、颂、论、奏、说。其中诗、赋作为十类体裁之首，摆脱了早先的实
用目的，作为纯粹文学而存在，所谓"诗缘情而绮靡，赋体物而浏亮"，
显然是更重视诗、赋的情感性和艺术性。兴膳宏以为，《文心雕龙》的文
体论，与陆机唯美的感觉主义一致，将诗、赋（《明诗篇》《诠赋篇》）放在
文体论最前面的部分，显示了六朝丽辞美文的时代风潮，也可以说，是
受了陆机文体论重视审美性的影响。④

《文赋》第六章论述文章立意、用辞与音韵的重要性，特别是"文章
的音乐性"是该文的又一亮点。陆机以为支撑文章美的重要要素之一，
在于声律及文章音乐性的提出，此处已经显示出修辞主义文学的先风。
六朝后期齐梁时代，诗文制定了各种烦琐的声律规则，是声律论的高

---

① 范文澜：《文心雕龙注》，494 页，北京，人民文学出版社，1958。
② ［日］兴膳宏：《潘岳·陆机（中国诗文选）》，218 页，东京，筑摩书房，1973。
③ ［日］兴膳宏：《潘岳·陆机（中国诗文选）》，222 页，东京，筑摩书房，1973。
④ ［日］兴膳宏：《潘岳·陆机（中国诗文选）》，226 页，东京，筑摩书房，1973。

潮时期。而陆机则是以汉语音调作为创作理论的最初提倡者，"暨音声之迭代，若五色之相宣"即是明证。要之，陆机的基本态度是文字和音声是表里一体的有机存在，《文心雕龙·声律篇》亦提到此问题。① 关于声律论问题，兴膳宏《从文学理论史上看到的〈文赋〉》有具体阐述，留待下文细说。

《文赋》第七章论述文章内容取舍，须条理一贯。兴膳宏以为《文心雕龙·熔裁篇》继承了这种说法，认为规范文体、剪裁浮词是作文的必需，所谓"蹊要所司，职在熔裁，櫽括情理，矫揉文采也"。不过，刘勰并不赞同陆机在《文赋》第十章所谓的"彼榛楛之勿翦，亦蒙荣于集翠。缀下里于白雪，吾亦济夫所伟"在《熔裁篇》中，刘勰认为文章若如陆机所提倡的"榛楛勿翦，庸音足曲"就会造成文辞泛滥，骈赘过多。兴膳宏将陆机重视秀句，同时不舍凡庸辞句的理论称之为"饶舌肯定论"，此命名甚为有趣。

《文赋》第十三章论作文的弊病之一在于虚饰过多，真情隐匿。兴膳宏以为《文心雕龙·情采篇》所说"为文造情""为文者淫丽而烦滥"与《文赋》"言寡情而鲜爱，辞浮漂而不归"类似。

陆机论文重视秀句，《文赋》第八章描述了一篇之中引人注目的秀句的效果，所谓"立片言而居要，乃一篇之警策"，《文心雕龙·隐秀篇》中关于秀句的理论当受其影响。而从"隐"这一角度看，《文赋》对《文心雕龙》亦有所影响。《文赋》第十六章论述言语不能穷尽之处的创作的妙味，所谓"盖轮扁所不得言，故亦非华说之所能精"，陆机从《庄子·天道篇》中"轮扁斫轮"的典故出发，明确提出了创作过程中言语表现的界限问题，刘勰《文心雕龙·神思篇》亦采相同典故，云"伊挚不能言鼎，轮扁不能语斤"，目的是表示文章有"思表纤旨，文外曲致"之处，亦即《隐秀篇》所述"隐也者，文外之重旨者也"。

总体来说，《文学本质纵横谈——文赋》(1973 年)是概述性的文章，以《文赋》为基点，寻找其投影在《文心雕龙》全书中的"影子"。关于《文

---

① ［日］兴膳宏：《潘岳·陆机(中国诗文选)》，229 页，东京，筑摩书房，1973。

赋》与《文心雕龙》的相关联之处，均指出大概而不及细节。在兴膳宏《从文学理论史上看到的〈文赋〉》（1988 年）中，则具体采撷了想象力论和声律论，探索《文赋》对《文心雕龙》的影响，此二点在《文学本质纵横谈》一文中已经有简单涉及，该文在此基础上进行了深化。

《文心雕龙》论想象力和声律的篇章主要是《神思篇》和《声律篇》。关于《神思篇》，兴膳宏在译注《神思篇》时，于解题之处说："神思是想象力的灵妙作用。刘勰论创作活动中想象力的作用，多取陆机的《文赋》之说。陆机是以人的内在性为焦点追寻想象力的轨迹，刘勰则是以形而上的精神与形而下的现象间相互作用为出发点，论述想象力。"① 的确，《神思篇》论想象力的作用，引用陆机《文赋》处甚多。在论述中兴膳宏参考了王运熙的意见，王运熙认为"《神思》谈作文的构思和想象。这是创作过程中的第一步，故首先予以论述。陆机《文赋》论创作，也是首先论述构思和想象，刘勰在这方面大约受到陆机的影响。"②

兴膳宏认为，《神思篇》主要在三个方面受《文赋》的影响。

其一是想象力的超时空性，前文已有提及。陆机《文赋》在论述构思活动之初时，想象力是处在"精骛八极，心游万仞""观古今于须臾，抚四海于一瞬"的超时空状态，刘勰亦有相似表述，《神思篇》云神思的"远游"状态用"文之思也，其神远矣。故寂然凝虑，思接千载；悄焉动容，视通万里"。可以说，关于艺术想象力自由性的探讨，始于陆机，成于刘勰。

其二是想象力的形象性。兴膳宏以为，陆机《文赋》主要以创作者的内心视点来探寻想象力的轨迹，而刘勰的想象力论则以"思理为妙，神与物游"为主旨，将文学构思过程中内在的精神与外在事物的相互作用作为想象力的具体过程，从而将陆机抽象的想象力形象化为"神"与"物"的交涉，"自然"与"文学"（《物色篇》"情以物迁，辞以情发"）的对话。③ 此外，

① ［日］兴膳宏：《文心雕龙》（日文全译本），349 页，东京，筑摩书房，1968。
② 王运熙：《〈文心雕龙〉的宗旨·结构和基本思想》，载《复旦学报（社会科学版）》，1981(5)。
③ ［日］兴膳宏：《中国的文学理论》，48 页，东京，筑摩书房，1988。

陆机在《文赋》序言中提及"恒患意不称物，文不逮意"，兴膳宏以为，此处作为主体的"意"与客体的"物"之间具有"神秘的气味"。

兴膳宏此处说法与王元化类似。王元化在《释〈神思篇〉杼轴献功说》中论证了陆机和刘勰的想象理论。王元化指出，陆机与刘勰均看到了作为心理现象的想象活动和客观实际生活有一定联系。陆机《文赋》"伫中区以玄览，颐情志于典坟，遵四时以叹逝，瞻万物而思纷"，不过陆机的论述到此停止，刘勰接着对什么是想象问题做出回答。① 刘勰对陆机的阐发，也正是兴膳宏所说的"心""物"交互作用。

其三是想象力的通塞问题。《文赋》第十八、十九章论述创作过程中的想象力通塞问题。兴膳宏认为《文心雕龙·神思篇》"枢机方通，则物无隐貌；关键将塞，则神有遁心"，《养气篇》"且夫思有利钝，时有通塞"与《文赋》"应感之会，通塞之纪"相类似，都强调了想象力畅通与堵塞对文章的影响。不同的是，针对《文赋》"不识开塞之所由"而放弃了的问题，刘勰却提出了解决的方法。在《神思篇》和《养气篇》中，刘勰提出了处理想象力"通塞"的方法。《神思篇》云：

> 是以陶钧文思，贵在虚静，疏瀹五藏，澡雪精神。积学以储宝，酌理以富才，研阅以穷照，驯致以怿辞，然后使元解之宰，寻声律而定墨；独照之匠，窥意象而运斤：此盖驭文之首术，谋篇之大端。

也就是说，刘勰以为精神活动的有效进行必须使心灵保持"虚静"的状态，同时要有丰富的学问见识以及创作技巧。

兴膳宏还指出，《养气篇》也是解决《文赋》所说想象力通塞的"良药"，它与《神思篇》遥相呼应，提出了活力涵养理论。当处在"六情底滞，志往神留。兀若枯木，豁若涸流""理翳翳而愈伏，思乙乙其若抽"（《文赋》）的状态时，不能再"揽营魂以探赜，顿精爽于自求"（《文赋》），"钻砺过分"

---

①　王元化：《文心雕龙讲疏》，121页，桂林，广西师范大学出版社，2004。

就会导致"神疲而气衰"（《文心雕龙·养气篇》）。兴膳宏在《养气篇》译注中这样认为：

> "气"是"支撑人类生命的精气和活力。刘勰认为，作家的心灵必须常蓄养丰富安定的活力，作家的创作，决不是酷使精神使生命受损，必须保持思索活动中不断地新鲜活力。也就是说，作家体内涵养的活力是文章生命力的保证。"①

《养气》指出，"精气内销"则"神志外伤"，为了写作时思路畅通，必须注意涵养精神，也就是"吐纳文艺，务在节宣，清和其心，调畅其气，烦而即舍，勿使奎滞"。《神思》强调"陶钧文思，贵在虚静"，《养气》也宣称"水停以鉴，火静而朗，无扰文虑，郁此精爽"。

在具体的创作技术上，兴膳宏以为刘勰的声律论，亦受到《文赋》的影响。其《声律篇》注释云：

> 声律是中国语的四声（汉字的四种声调）区别，后汉末开始少量意识到音律，不过具有完整音律意识的，当是晋代陆机。（清顾炎武说）②

关于文学理论中最初意识到音律者为陆机的说法，黄侃在《文心雕龙札记》论《声律篇》中亦指出：

> 为文须论声律，其说始于魏晋之际，而遗文粲然可见者，惟士衡《文赋》数言。其言曰：暨音声之迭代，若五色之相宣。③

---

① ［日］兴膳宏：《中国的文学理论》，411 页，东京，筑摩书房，1988。
② ［日］兴膳宏：《中国的文学理论》，375 页，东京，筑摩书房，1988。
③ 黄侃：《文心雕龙札记》，117 页，上海，上海古籍出版社，2006。

兴膳宏在论文中基于上述二家之说，反复重申陆机《文赋》论文常与音乐相关，是文学理论上关于声律问题的嚆矢。此外，兴膳宏指出，陆机在论述文章技术上的缺陷时也多以音乐比喻。例如：

> 或托言于短韵，对穷迹而孤兴。俯寂寞而无友，仰寥廓而莫承。譬偏弦之独张，含清唱而靡应。或寄辞于瘁音，徒靡言而弗华。混妍蚩而成体，累良质而为瑕。象下管之偏疾，故虽应而不和。或遗理以存异，徒寻虚以逐微。言寡情而鲜爱，辞浮漂而不归。犹弦么而徽急，故虽和而不悲。①

兴膳宏以为，刘勰和陆机虽都强调语言的声韵之美，人类的言语本身蕴含音乐性，因而无论声律之美如何重要，都必须以表现人的思想感情为根本。因此，声律美的最高要求就是"故言语者，文章神明，枢机吐律吕，唇吻而已"，也就是以自然的声韵之美充分表达人的内心世界。

总体来说，兴膳宏认为刘勰继承并发展了陆机的理论，将文学创作从不可知论中解放出来。

2. 隐秀论

《隐秀篇》是《文心雕龙》研究中争议最大的一篇，原因大致有两点：其一，该篇残文无法确定真伪。② 其二，该篇主旨一直存在争议。据闫月珍《刘勰论隐秀》(《〈文心雕龙〉与 21 世纪文论研究国际学术研讨会论文集》，2008)一文概括，目前关于"隐秀"主要有四种说法：以刘师培和詹

---

① 　郭绍虞主编：《中国历代文论选》(第一册)，173 页，上海，上海古籍出版社，2001。

② 　最早的《文心雕龙》刻本为元至正十五年(1355 年)本，此篇自"始正而末奇"至"朔风动秋草"的"朔"字，中间共四百字整为阙文，此本每半页十行，每行二十字，所缺四百字，正合一版。最早对《隐秀》篇补文提出疑义的是纪昀，在他主持修撰的《四库全书总目》中曰："癸巳三月以《永乐大典》所收旧本校勘，凡阮本所补，悉无之，然后知其真出伪撰。"又曰："此一页词殊不类，究属可疑。呕心吐胆似玉溪《李贺小传》呕出心肝语。锻岁炼年，似《六一诗话》周朴月锻季炼语。称渊明为彭泽，乃唐人语，六朝但有征士之称，不称其官也。称班姬为匹妇，亦钟嵘《诗品》语。此书成于齐代，不应述梁代之说也。且隐秀三段，皆论诗而不论文，亦非此书之体，似乎明人伪托，不如从元本缺之。"

暎为代表提出的柔性美；以罗根泽和缪俊杰为代表提出的含蓄美；以周振甫、范文澜、王运熙和牟世金为代表提出的修辞说；以张少康为代表提出的艺术形象论。

兴膳宏关于《隐秀篇》的论文主要是《〈文心雕龙·隐秀篇〉在文学理论史上的地位》。该篇是兴膳宏在《文心雕龙》1995年国际研讨会上提交的论文。兴膳宏在纵向层次上，分别梳理了《文心雕龙》"隐""秀"的各自含义以及对后世文学理论的影响；在横向层次上，又将文论与当时的画论、书论进行对照，显示魏晋六朝的整体文化思潮。该论文不仅是接近《文心雕龙》本质意义的一篇佳作，同时也充分体现了兴膳宏的治学方法。

兴膳宏对"隐""秀"的含义界定乃是根据《文心雕龙·隐秀篇》对"隐秀"的解释："隐也者，文外之重旨者也；秀也者，篇中之独拔者也。"他认为"隐"相当于《神思篇》所说"思表纤旨，文外曲致"，是指"不用文字直接表明意思，而具有微妙之味或含蓄之意"，其含义和"含蓄""余味""余音"等比较接近，但不能说完全相同。"秀"在文论上是指一篇作品中最突出的地方，基本上继承陆机《文赋》"立片言而居要，乃一篇之警策"的想法。换言之，即一篇诗文中做眼目的秀句。①

在含义界定的基础上，针对"秀"，兴膳宏探讨了六朝以后秀句集的编选情况以及秀句理论的发展，最后得出这样的结论，"溯源于陆机、深化于刘勰、钟嵘的秀句的概念，至唐代就为不少诗论家所注目，与那时的诗论蓬勃兴起的风潮结合起来，产生了把秀句融合在一起的新式评论。以后，以欧阳修《六一诗话》为开祖的宋代诗话又继续沿袭和发展了这种方法。"②兴膳宏后来又写有《日中秀句考》（载《中国古典文化景致》），对"秀句"理论做了进一步研究，用比较文学的方法，以"秀句"作为衔接点，探讨了中国和日本诗歌的不同特征。

---

　　① ［日］兴膳宏：《文心雕龙（日文全译本）》，405页，东京，筑摩书房，1968。
　　② ［日］兴膳宏：《〈文心雕龙·隐秀篇〉在文学理论史上的地位》，载《北京大学学报》，1996(3)。

不过，细究兴膳宏论证秀句理论在宋代文论的影响，他举的例子似乎不是特别恰当。兴膳宏选用了欧阳修《六一诗话》里介绍梅尧臣的诗论："必能状难写之景，如在目前，含不尽之意，见于言外，然后为至矣。"将梅尧臣意旨等同于刘勰的，并不是兴膳宏一人的看法。最早的大概是宋代张戒的《岁寒堂诗话》："诗序云：'情动于中而形于言，言之不足故嗟叹之。'子建李杜皆意有余，汹涌而后发者也……刘勰云：'情在词外曰隐，状溢目前曰秀。'梅圣俞云：'含不尽之意见于言外，状难写之情如在目前'三人之论，其实一也。"①大概此类看法均是从意境理论的沿革角度入手，认为刘勰"隐秀"论是最早的意境论的来源，梅尧臣的"如在目前""见于言外"也是意境论的表现。

问题的根源在于对"秀"含义的界定有所欠缺。"秀句"作为"一篇之警策"，并不是强求而来。钟嵘《诗品》云："观古今胜语，多非补假，皆由直寻。"在钟嵘看来，所谓的"胜语"（秀句）多是不假借用典用事的自然而发。刘勰也指出秀句是"思合而自逢，非研虑之所求"。可见刘、钟两家秀句理论的共识在于"秀句不是由努力所产生，而是通过语言不能表达的某种奥妙的途径才会出现的"。黄侃在《文心雕龙札记》中也表达了类似的意思："隐秀之篇，可以自然求，难以人力致。"②梅尧臣说，给人的感觉是写景会意并不是出于自然，而有强力而为的意味，这可以从范文澜《隐秀篇》的注释中得到印证，"（梅尧臣二语中的）'含状'二字，即是有意为之，非自然之致。虽与隐秀之旨略同，而似不可混"③。

"隐"涉及魏晋玄学的"言意之辨"，汤用彤概括魏晋玄学对文学理论的影响时说，"魏晋南北朝文学理论之重要问题实以'得意忘言'为基础"，自陆机"课虚无以责有，叩寂寞而求者"，至刘勰之"文外曲致""情在辞外"，均为魏晋南北朝文学理论所讨论之核心问题也，而刘彦和《隐秀》为此问题做一个总结。④ 兴膳宏论述"隐"，也从言语和理论角度入手，探

---

① 杨明照：《文心雕龙校注拾遗》，580 页，上海，上海古籍出版社，1982。

② 黄侃：《文心雕龙札记》，197 页，上海，上海古籍出版社，2006。

③ 范文澜：《文心雕龙注（上、下）》，633 页，北京，人民文学出版社，1958。

④ 汤用彤：《儒学·佛学·玄学》，292 页，南京，江苏文艺出版社，2009。

讨文学理论对言语桎梏的超越，他认为："《文心雕龙》隐秀篇所提到的
'文外之重旨'，是'言不尽意'思想向另一方面的开展。既然语言有界限，
未能全面表达意思，就要追求超越字面意义的奥妙味道。换言之，以语
言的不完备性为前提，要在文字之外别开生面。"①从中可见，兴膳宏是
将刘勰的著述看成是对语言屏障的挑战。兴膳宏的论述聪明地避开了学
界关于刘勰是"言尽意"还是"言不尽意"的争论，他认为，理论或创作必
然受到语言表现的限制，但凡能用语言呈现的，就要尽言语之能事；不
能表现出来的，则追求超乎语言的文外之旨。这也是兴膳宏另一篇文章
《词语与理论》(载《中国古典文化景致》)所探讨的问题。

　　《隐秀篇》给后代的文学理论开辟了"秀"和"隐"两条不一样的道路，兴
膳宏虽然区分了"隐""秀"含义以及对后世文论影响的不同，但同时也指出：
"'隐'与'秀'，一看好似两条相反的要素，但实质上深处结合在一起。它们
实在可以说是既一而二，又二而一的。"②不过兴膳宏并没有对"隐""秀"的
一体性进行具体阐释，要全面理解"隐秀"，还得借助中国学者的研究。

　　王元化认为："《文心雕龙》创作论诸篇的篇名，往往把两个具有不同
意蕴的字组合成一个词。单独看来，每个字具有特定的涵义，合起来看，
两个字组合成一个完整的新概念。如《隐秀篇》：隐者情在词外，秀言状
溢目前，隐秀合称大致是申明言有尽而意无穷之旨。"③也就是说，"隐"
和"秀"有其各自含义，但总体含义是文章的"文外之致"。

　　然而王元化并没有区分"隐""秀"的"既一而二，又二而一"的性质，
更清楚地理解兴膳宏所谓的"隐""秀"一体，当是刘永济的《文心雕龙校
释》。刘永济在对《隐秀篇》释义时，阐明了"隐""秀"的一体性：

---

　　①　[日]兴膳宏：《〈文心雕龙·隐秀篇〉在文学理论史上的地位》，载《北京大学学报》，
1996(3)。

　　②　[日]兴膳宏：《〈文心雕龙·隐秀篇〉在文学理论史上的地位》，载《北京大学学报》，
1996(3)。

　　③　王元化：《〈文心雕龙〉创作论八说释义》，见《文心雕龙研究》，443页，武汉，湖北
教育出版社，2001。

　　文家言外之旨，往往即在文中警策处。读者逆志，亦即从此处而入。盖隐处即秀处也。例如《九歌·湘君篇》中"心不同兮媒劳，恩不甚兮轻绝"，及"交不忠兮怨长，期不信兮告予以不闲"，言外流露党人与己异趣，信己不深，故生离间。而此四句即篇中秀处。又如《少司命》篇中，"悲莫悲兮生别离，乐莫乐兮新相知"二句，为千古情语之祖，亦篇中秀处也。而屈子痛心于子兰与己异趣，致再合无望之意，亦即于此得之。又如相如《大人赋》："吾乃目睹西王母暠然白首，戴胜而穴处兮，亦幸有三五足为之使。必长生若此而不死兮，虽济万世不足以喜。"皆篇中秀处。而相如讽武帝求仙无益之意，亦即于此得之。且前文盛夸大人仙游之适，皆为此而设也……①

3. 自然观

　　此处"自然"非《原道篇》所云"自然之道"，而是指实体的自然或自然界。《文心雕龙》的自然观是日本龙学研究的一个热点问题，原因大概在于日本人对自然具有亲近的感情，表现在文艺研究领域，则是对文学中描写自然景物的重视。

　　日本学者论述《文心雕龙》"自然观"的文章较多，代表性作品有目加田诚的《中国文艺思想中的"自然"问题——以六朝诗论为主》（载《日本中国学会报》18号，1966年），小尾郊一的论文《论〈文心雕龙·物色篇〉及齐梁文学的自然观》（载《中华文史论丛》1985年第2辑）、专著《以中世文学为中心在中国文学中表现的自然和自然观》（岩波书店，1962年），兴膳宏《〈文心雕龙〉的自然观——探本索源》等。其中目加田诚的"自然"研究，侧重于写作思维时的"自然而然"，诗文中的自然景物仅仅是附带提及；小尾郊一的论文意旨与兴膳宏相近，研究对象是自然风物，然而两者在研究方法上有所不同，兴膳宏的论文更富逻辑性，而且重视将文学理论和文学史结合起来研究。

---

① 刘永济：《文心雕龙校释》，157页，北京，中华书局，1962。

　　《〈文心雕龙〉的自然观——探本索源》（1981 年）是兴膳宏《文心雕龙》
创作论研究的一篇力作，引起国内学者的较大关注。该文在刘永济《文心
雕龙校释》已经论及而王元化《文心雕龙创作论》更明确地加以阐释的《物
色篇》"心物交融说"的基础上，就《原道》《物色》诸篇表现的自然观加以考
察，叙述它和六朝山水诗创作、绘画理论的继承关系，探讨刘勰对自然
的看法。兴膳宏认为天地自然皆有道，文章之美在于对自然的体认。谢
灵运的山水诗体现了为求"道"而与山水景物进行的对话，正是刘勰"心物
交融"自然观的体现。写作该文时，兴膳宏正在立命馆大学院讲授谢灵运
的诗（兴膳宏同期发表了《谢灵运诗索引》，京都大学中国文学会，1981
年），因而论文中夹杂着大量的谢灵运诗歌分析，从而将文学史研究和文
论研究完美地结合在一起，增强了论文的说服力。

　　兴膳宏以《原道》《物色》等篇体现的自然观为主，叙述自然和文章的
关系。

　　就《原道》篇而言，其自然观角度在于：天地日月乃至山川草木鸟兽
虫鱼等自然万物之内，都有披着文的外衣的道存在，唯有作为人中性灵
典型的圣人才能感知。也就是说，山水风物就是自然本身，自然本身很
美，是产生文学的泉源，作为"三才"之一的"人"，必须体悟自然中蕴藏
之道，方能"心生而言立，言立而文明"。因此，体悟作为"道"的体现的
自然万物，就成为文学的重要内容。

　　就《物色》篇而言，其自然观角度在于心物关系。兴膳宏以"自然和
文学"翻译《物色》篇名，所谓"物色"，乃是自然风物。"物"是"主体以
外的一切对象，以自然风物为主"；"色"是物有文饰，也就是李善注
"有物有文曰色，风虽无正色，然亦有声"。兴膳宏认为："诗的感情，
是心情与自然互相作用的触发——这也是刘勰论自然与文学的立论出
发点。"①

　　兴膳宏从形象思维论入手，探索文学创作过程中"心物徘徊"的现象。
他指出，在具体的创作过程中，当心处在观察阶段，自然对人会产生影

————————

　　①　［日］兴膳宏：《文心雕龙（日文全译本）》，433 页，东京，筑摩书房，1968。

响，所谓"情以物迁，辞以情发"（《物色篇》），"情以物兴"（《诠赋篇》）是也；当心处在形象构思阶段，心对物会产生反作用，所谓"物以情观"（《诠赋篇》），"思理为妙，神与物游"（《神思篇》）是也。当客观上的"物"和主观上的"心"互相起作用时，文学创作的构思方为完整，这也正是《物色》篇所说："写气图貌，既随物以宛转；属采附声，亦与心而徘徊。"

兴膳宏论证《文心雕龙》自然观的根源在于谢灵运的山水诗，正是基于以上心物交融说。在梳理了以"山林皋壤"为题材的诗歌流变历史后，兴膳宏得出这样的结论："谢灵运之前诗歌对'山林皋壤'的抒写并未达到刘勰所说心物宛转的境界，只有到谢灵运，才真正到达心和山水进行对话的境地。"①谢灵运的山水诗特质是《物色篇》所持"自然观"的根源，两者的相似之处表现在："谢灵运的内省癖和读山水的耽溺在心灵深处难分难解地紧密联系，这也正是《物色》篇《赞》中所云'目既往还，心亦吐纳……情似往赠，兴来如答'。"②

兴膳宏重视将文论与相关艺术领域进行对比研究，六朝时期诗书画论的全面萌发是他跨领域比较的重要原因。此处兴膳宏通过谢灵运同时代人宗炳的《画山水序》（《历代名画记》卷六）来加深对谢灵运自然观的理解，盖当时山水画的兴起早于山水诗，因而画论对相邻领域的文学产生影响也是很自然的事情。汤用彤在《魏晋玄学与文学理论》一文中论述了魏晋玄学对音乐、绘画、文学等的影响：

　　　　"文"不仅限于辞章，且包括音乐、绘画等，因而魏晋玄学对文艺理论和文学理论都产生了深远影响。晋代开始，绘画从人物画到山水画，这可以说是宇宙意识寻觅充足的媒介或语言之途径。盖时人觉悟到发揭生命之源泉、宇宙之奥秘，山水画比人物画为更好之媒介，所以此时"庄老告退，而山水方滋"。晋人到此发现了这种更好的媒介，故不但用之于画，而且用之

---

①　王元化编选：《日本研究〈文心雕龙〉论文集》，207 页，济南，齐鲁书社，1983。
②　王元化编选：《日本研究〈文心雕龙〉论文集》，209 页，济南，齐鲁书社，1983。

于诗，而山水诗兴焉。①

　　由此可见，诗文领域的理论来源于画论，谢灵运和宗炳在重视实体山水形象这一点上，是相近的。宗炳的理论特色在于：山水的具体形象中蕴含抽象的、形而上的道，"圣人"体验到"道"，并使山水之神和人心之神相互感应，描绘出精妙的山水实体。此与《文心雕龙·原道篇》所云"道沿圣以垂文，圣因文以明道"是相似的。以同时代的名僧慧远为媒介，兴膳宏谨慎推断"谢灵运和宗炳之间由慧远为介进行心智交流的可能性还是很大的，因为他们的诗文中都出现过为求'道'而与山水进行的对话"。

　　文章最后得出这样的结论：

　　　　在自然界中认识"道"、与山水进行对话、进而追求身边的"道"的形式而论，谢灵运、宗炳等刘宋文人的存在可以说是文学史上划期的现象。……如果说谢灵运的自然观不仅在文学上，而主要是在文化传统上是一部分人所共有的遗产的话，似乎可以把刘勰的观点视为谢灵运观点的延伸。②

　　关于宗炳《画山水序》与《文心雕龙》理论渊源的论述，与兴膳宏同时代的日本学者，已有多人早于他论述。例如，林田慎之助《〈文心雕龙〉文学原理论的若干问题——关于刘勰的美学思想》指出，宗炳的画论《画山水序》是从释教的立场就山水论道，与刘勰的《原道》篇的内容颇为相近。"宗炳的山水以形媚道和象征道，这与刘勰《原道》篇以自然的美丽的绘画现象为道之文的主旨是一致的。"③又如安东谅《围绕〈文心雕龙·神思〉篇》对刘勰《神思》篇与陆机《文赋》在艺术构思和想象活动方面做了详细的比较，他注意到了宗炳的画论对《文心雕龙》尤其是《神思》篇的影响，并

---

① 汤用彤：《儒学·佛学·玄学》，287 页，南京，江苏文艺出版社，2009。
② 王元化编选：《日本研究〈文心雕龙〉论文集》，212～213 页，济南，齐鲁书社，1983。
③ 王元化编选：《日本研究〈文心雕龙〉论文集》，263 页，济南，齐鲁书社，1983。

对宗炳的《画山水序》和《神思》篇做了具体的比较研究。不同于其他学者直接论述宗炳《画山水序》与《文心雕龙》理论的相似点，兴膳宏的独到之处在于探寻导致两者理论相似的影响媒介，他对谢灵运、宗炳、慧远以及刘勰关系的梳理，即是明证。

兴膳宏此文的独到之处在于以下两点：

其一是新颖的问题意识与研究视角。国内对《物色》篇的研究多着重于《物色》篇是对当时山水文学的总结，谢灵运的山水诗创作虽为研究者所指出，却忽视了《物色》篇的自然观可能正来源于谢灵运的山水诗。例如，蒋祖怡在《文心雕龙·物色篇试释》中说："像谢灵运等的'山水文学'的出现，是当时文坛上的一种新品种。刘勰的《文心雕龙》中用《物色》一个专篇来总结一下它的写作经验确乎有此必要。"①祖保泉《〈物色〉小札》说："重视写山水诗，成了刘宋以来的风气。既要写山水诗，便不得不讲究'写气图貌'——形象化地描绘自然景物。刘勰有鉴于此，便总结这方面的创作经验，撰《物色》篇。"②兴膳宏则反其道而行之，不说《物色篇》是对谢灵运山水诗的总结，而说谢灵运的山水观影响了刘勰的自然观。

其二是提出了一些有价值的观点。兴膳宏认为："某些学者认为刘勰有关'形似'的论述是对晋宋以来某种作风的批评，这种解释可能失当。"他指出"文贵形似"与宋初诗"情必极貌以写物"的特质是相呼应的，因而"刘勰对于近代以来的文字至少从'贵形似'的侧面表示了积极的同感"。③

4.《文心雕龙》与《诗品》

《文心雕龙》与《诗品》是六朝文学理论的精华，两者关系的考辨是六朝文论研究的重点。1968 年兴膳宏从翻译《文心雕龙》开始，走上了文论

---

① 　中国文心雕龙学会编：《文心雕龙研究论文集》，681 页，北京，人民文学出版社，1990。

② 　中国文心雕龙学会编：《文心雕龙研究论文集》，676 页，北京，人民文学出版社，1990。

③ 　批评者如陆侃如、牟世金《文心雕龙选译》（山东人民出版社，1968 年）云："最后他对晋宋以来作家的弊病，提出批评。"又如，林田慎之助《〈文心雕龙〉文学原理论的若干问题——关于刘勰的美学思想》云：《物色》篇是对文学史上的这一动向从正面进行严肃的批评。形似的表现方法和写实精神是山水文学的'副产品'。"

研究道路，在翻译《文心雕龙》的同时，他还参加了高木正一主持的"诗品研究班"，两大文论在兴膳宏身上交流碰撞的结果，便是产生了《〈文心雕龙〉与〈诗品〉在文学观上的对立》这篇文章，兴膳宏力图由"奇"这一评语用法的不同，阐释两部著作在文学观上的对立。

作为早期文论研究的代表作，《〈文心雕龙〉与〈诗品〉在文学观上的对立》显示出兴膳宏对研究对象的高度敏感以及准确把握力。不过，较之后来的著作，该文在论断上存在绝对化的倾向，兴膳宏自己也认为该文存在一些不无幼稚的议论，但是作为迈向文学理论研究的处女作，对他具有很大的意义。

20世纪80年代是中日学者学术交流的活跃期，该文于1983年被收入王元化编选的《日本研究〈文心雕龙〉论文集》，在中国学术界引起了强烈的反响，可谓"一'奇'激起千层浪"，不少学者撰文参与了这一讨论，中日两国学者形成了一场关于刘勰《文心雕龙》与钟嵘《诗品》在文学观上是否存在对立的论争。

兴膳宏开篇即提出，《文心雕龙》和《诗品》在触及诗型、声律、典故等具体问题上的对峙，根源在于两者的文学观存在根本对立，"奇"字是兴膳宏论证文学观对立的线索。

兴膳宏认为，"奇"在《文心雕龙》中最基本的概念是非经书和非正统的，作为与"正"对立的概念而出现的。"奇"一般作为负面的形象出现，典型的例子如《体性》篇将作家的文风分为八个类型，其中有"典雅"和"新奇"两类：

> 总其归途，则数穷八体：一曰典雅，二曰远奥，三曰精约，四曰显附，五曰繁缛，六曰壮丽，七曰新奇，八曰轻靡。典雅者，熔式经诰，方轨儒门者也……新奇者，摈古竞今，危侧趣诡者也。①

在这里，"新奇"是作为"典雅"的对立文风，"奇"因而也具有"危侧趣

---

① 范文澜：《文心雕龙注（上、下）》，505页，北京，人民文学出版社，1958。

诡"的"怪奇"之意，并与"诡""异""讹"等概念结合起来。

兴膳宏又指出，并不是所有的"奇"都是刘勰批评的对象。《楚辞》作为非经书要素的元祖，它的"奇"一方面具有崭新价值的独创性，另一方面是反价值的新意。只有立足正统性，"奇"才能转化为崭新的独创性。兴膳宏因而断定"由经书的正统性为支柱的奇，是刘勰文学论的要谛"①。

钟嵘的"奇"和刘勰的"奇"在概念和价值评定上都是大相径庭的。"奇"在《诗品》中"几乎都是作为崭新、独创的色彩，而不具备异常、新颖等反价值的侧面"②，象征文学的个性和独创性。在《诗品》中，"奇"和"气"往往并用，作为评价诗人的高度赞语，如《诗品·上品·曹植评》云："骨气奇高，辞采华茂。"《上品·刘桢评》云："仗气爱奇，动多振绝。"在这里，"奇"和显示文章生命力的"气"的并置，明显透露出钟嵘对"奇"的赞誉。③ 根据两者对"奇"的不同态度，兴膳宏指出，刘勰的文学观是正统主义的，而钟嵘的文学观却具有标新立异的倾向。

除了对"奇"的态度不同，兴膳宏还总结出两者之间对立的另外三点表现：

（1）二者对刘桢、王粲的评价不同

在"建安七子"中，钟嵘《诗品》给予刘桢比王粲还要高的评价："仗气爱奇，动多振绝。真骨凌霜，高风跨俗。但气过其文，雕琢恨少。然自陈思已下，桢称独步。"而刘勰的见解正好相反：

> 仲宣溢才，捷而能密，文多兼善，辞少瑕累，摘其诗赋，则七子之冠冕乎！（《文心雕龙·才略篇》）

南北朝时期，时评一般将王粲列为"建安七子"之首，如沈约《宋书·谢灵运传论》云："子建仲宣，以气质为体，并能擅美，独映当时。"就将

---

①　王元化编选：《日本研究〈文心雕龙〉论文集》，223 页，济南，齐鲁书社，1983。

②　王元化编选：《日本研究〈文心雕龙〉论文集》，225 页，济南，齐鲁书社，1983。

③　王元化编选：《日本研究〈文心雕龙〉论文集》，224 页，济南，齐鲁书社，1983。

王粲与曹植并称。陈寿《三国志》更是专门为王粲立传，刘桢却只是在王粲的附传中稍稍言及。兴膳宏据此认为刘勰的观点符合当时的定评，而钟嵘是"要在这一点上不仅与刘勰唱反调，而是想力排众议，以示自己在批评方面独具只眼。"①

不错，兴膳宏的这一论断带有想象臆断的观点。钟嵘的观点虽然与时评相异，表现出标新立异的倾向，但实际上"钟嵘认为南朝靡丽诗风远源于楚辞，他特别推崇源出《诗经·国风》的曹、刘等人，而对源出楚辞的王粲、张华等人创作评价很低，寓有以《诗经》质朴刚健文风矫正时弊之意，与刘勰提倡宗经意趣也互相沟通"②。因而，钟嵘此处不仅不是标新立异，而且与刘勰的宗经倾向产生共鸣。事实上，魏晋以来华文丽辞的文风对时评有很大影响，沈约、陈寿等人对王粲的高度评价当与之相关，加之刘勰《文心雕龙》的全书基调如兴膳宏所说是"文章的生命在于美"③，因而源出楚辞一派的王粲较之出于国风的刘桢，得到更高的评价也是自然而然的事情。因而兴膳宏以为刘勰的"正统"体现在与时评一致的倾向上，这一认识难免有失偏颇。看似标新立异的钟嵘，其实根源上十分重视雅正之风，因而以此来作为刘勰与钟嵘在文学观上对立的表现，似乎欠缺妥当。

（2）二者在论述态度上有差异

兴膳宏认为，刘勰对诸家的文学理论最大的不满是不能把文学的本质探究到底，因而探源溯根，谨小慎微，对当代连一句直接批判的话也没有，具体的批评对象是从战国至东晋的文学，对宋代就只做了简略的触及。钟嵘对诸家理论的最大不满是"皆就谈文体，而不显优劣"，因而大胆品评优劣，甚至对当代作家做了辛辣的批判。

（3）二者对待沈约呈现出不同态度

刘勰、钟嵘、沈约生活于同一时代，三者之间的关系却是微妙的。

---

①　王元化编选：《日本研究〈文心雕龙〉论文集》，228页，济南，齐鲁书社，1983。

②　王运熙、杨明：《魏晋南北朝文学批评史》，186页，上海，上海古籍出版社，1989。

③　王元化编选：《日本研究〈文心雕龙〉论文集》，192页，济南，齐鲁书社，1983。

兴膳宏简单叙述了刘勰、钟嵘与沈约的不同关系：刘勰受到沈约的推举，《文心雕龙》得以闻名；同时刘勰的文学理论也受到沈约的很大影响，《宋书·谢灵运传论》开头说"民禀天地之灵，含五常之德。刚柔迭用、喜愠分情"，认为人荟萃全宇宙的灵妙作用于一身，并由其资质中自然地产生文学，沈约此文学论与刘勰所说的"文学是宇宙原理的体现"类似。而钟嵘和沈约的关系却很"僵"，《南史·钟嵘传》称："嵘尝求誉于沈约，约拒之，及约卒，嵘品古今诗为评言其优劣曰：'观休文众制，五言最优，齐永明中，相王爱文，王云长等皆宗附约，于时谢朓未遒，江淹才尽，范云名级又微，故称独步，故当辞弘于范，意浅于江'，盖追宿憾，以此报约也。"朱东润以为宿憾之说，今无可考，沈约本来文章就辞密意浅，因而不能说钟嵘是为报宿仇而贬低沈约。① 研究者多以为刘勰属于中央文坛的主流派集团，而钟嵘则属于对中央持批评态度的地方文坛。清纪昀《沈氏四声考》卷下针对刘勰、钟嵘对声律的不同态度，发出如下感慨：

> 休文四声之说，同时诋之者钟嵘，宗之者刘勰。嵘以名誉相轧，故肆讥弹；勰以宗旨相同，故蒙赏识。文章门户，自昔已然；千古是非，于何取定？②

可见从门户之见来论证刘勰、钟嵘区别的看法，兴膳宏之前，多有所见，作者从二者生平出发来论证区别的角度，显然是为了强调钟嵘的"爱奇"有其际遇的原因。

在这场文学观的论证中，直接与兴膳宏文章进行商榷的有邬国平《刘勰与钟嵘文学观对立说商榷》(《文艺理论研究》，1984 年)、吴林伯《〈文心雕龙〉与〈诗品〉》(《〈文心雕龙〉研究》，1986 年)和蒋祖怡《试析刘勰与钟嵘的诗论》(《〈文心雕龙〉研究》，1986 年)。论者或觉得"奇"

---

① 朱东润：《中国文学批评史大纲》，62 页，上海，上海古籍出版社，2001。
② 杨明照：《文心雕龙校注拾遗》，407 页，上海，上海古籍出版社，1982。

含义不一致（邬国平），或者以为"奇"字含义的多义性不能作为二人对立的证据分析（吴林伯），因而用"奇"来推断文学观的对立本身存在问题，刘勰和钟嵘虽存在一些不同之处，但在文学观上并没有达到对立的地步。

　　萧华荣和王运熙虽未直接驳斥兴膳宏的观点，但也撰文对钟嵘、刘勰两家诗论进行比较，萧文认为刘、钟的文学思想不存在根本的对立，他们的文学思想基本上都属儒家。刘勰论文更强调思想和教育作用，钟嵘更强调抒情性和感染作用。这就是他们文学思想的主要差异，是他们在某些具体问题上存在着分歧的根源。① 王文认为二人诗赋的渊源"同祖风骚"，对一些作家的评价方面都是相同的，在诗歌的性质作用、思想内容、体裁样式、用典、声律、尚"奇"，及对部分作家作品的评价上都有不同之处，总体倾向是认为两人有差异，但不应当视为对立。两人诗论的差异主要是表现在：钟嵘的诗论更能适应这方面的时代潮流，刘勰则受儒家传统的约束较强一些，观点比较保守。② 世纪之交，日本学者清水凯夫再次发难，认为直接驳斥兴膳宏的三篇论文行文欠妥，不能完全驳倒"对立"说。③

二、兴膳宏对《文心雕龙》的接受研究

　　兴膳宏对《文心雕龙》的接受研究，主要包括《文心雕龙》在日本的流布历史，日本文学对《文心雕龙》的接受以及日本研究《文心雕龙》的历史等。

　　关于《文心雕龙》在日本的接受和研究历史，日本学界目前已有三种版本，分别是兴膳宏的《日本对〈文心雕龙〉的接受和研究》《〈古今集〉真名序札记》、户田浩晓的《〈文心雕龙〉小史》和釜谷武志的《日本研究〈文心雕

---

　　①　萧华荣：《刘勰与钟嵘文学思想的差异》，载《中州学刊》，1983（6）。
　　②　王运熙：《钟嵘诗论与刘勰诗论的比较》，载《文学评论》，1988（4）。
　　③　［日］清水凯夫：《与兴膳宏之刘勰钟嵘文学观对立说论争概观》，载《许昌师专学报》，2000（1）。

龙〉简史》。另王晓平在《国外中国古典文论》一书中也介绍了《文心雕龙》的流布情况。

(一)《文心雕龙》对日本文学的影响

《文心雕龙》在日本流传已近千年,对日本文学产生了较为深远的影响。据户田浩晓《〈文心雕龙〉小史》称,最早研究《文心雕龙》对日本文学影响的是土田杏村。土田杏村在其著作《文学的发生》第八章《批评文学的发生及其源泉》中,引《原道篇》及《程器篇》之文为佐证,论述了日本延喜五年敕撰和歌集《古今集序》①与《文心雕龙》的关系。作者认为《古今集序》"夫和歌者,托其根于心地,发其花于词林者也"虽出自《诗经大序》,却也更可能直接来源于《文心雕龙·原道》的"心生而言立,言立而文明,自然之道也"。又云:"《古今集序》既采取了随情性所发而自然地加以表现的诗歌的纯艺术主义立场,又提出了让道德主义在个人德性与国家政治上发挥效用的主张;后一种观点大概来源于《文心雕龙》,因为刘勰的思想就是这样一种道德主义。"②

此外,太田青丘在其《日本歌学与中国诗学》(清水弘文堂书店,1968年)一书中指出,日本歌学很好地感受与摄取了古代中国的诗学,化为自己的血肉。书中对《古今和歌集》与《诗品》《文心雕龙》等中国文论的关系做了细致的对照分析。

兴膳宏的《〈古今集〉真名序札记》在太田青丘研究的基础上,就纪淑望写的《古今集》汉文序如何学习中国的文学理论,如何把它消化在自己的论述中,以及另一方面与作为先声的中国理论之间有哪些不同,试图从构想、理论结构、语汇等方面加以阐明,尽可能从新角度提出问题。兴膳宏在论文中细致爬梳,搜索《古今集》序中存在的直接或间接的中国古典文辞证据,显示了其严谨、细致的治学精神。

---

① 《古今和歌集》是受醍醐天皇之令编著而成的首部敕撰和歌集,延喜五年(905年)左右成书,简称《古今集》。

② 王元化编选:《日本研究〈文心雕龙〉论文集》,22页,济南,齐鲁书社,1983。

(二)日本对《文心雕龙》的接受和研究

1. 日本对《文心雕龙》的研究状况

《日本对〈文心雕龙〉的接受和研究》一文是兴膳宏在 1984 年中日学者《文心雕龙》学术讨论会上的发言稿，当时王运熙代表中国方面报告了《文心雕龙》的研究情况，而后兴膳宏就以上题目做了报告。兴膳宏的这篇文章主要概述从奈良朝至现代，日本以怎样的形式接受《文心雕龙》，兴膳宏特别注意辨析近代以前日本对《文心雕龙》的接受情况，也发现了一些其他学者所未注意到的资料。下面拟对比其他学者的同类研究，展现兴膳宏该文的独特成就。

总体来说，兴膳宏该文的独到之处表现在如下三个方面：

第一，兴文指出：“《文心雕龙》在日本可见的最早记载是公元 9 世纪末《日本国见在书目录》，其第三十杂家类和第四十总集类著录有《文心雕龙》十卷。”①

户田浩晓《〈文心雕龙〉小史》称“由宇多天皇宽平年间（889—897 年）藤原佐世辑录《日本国见在书目》杂家部与别集部著录中有《文心雕龙十卷刘勰撰》”②，釜谷武志的《日本研究〈文心雕龙〉简史》亦称宇多天皇的宽平年间，藤原佐世编辑《日本国见在书目》，在这本书杂家部和别集部都记录：“《文心雕龙》十卷，刘勰撰。”③经考证，兴膳宏所说为正确。《日本国见在书目录》四十卷“惣集”下录“《文心雕龙》十，刘勰撰，在杂撰”。

中国学者王晓平的研究将日本接受《文心雕龙》的历史又往前推了十几年。王晓平考证后认为，从都良香（844—879 年）对《文心雕龙》的引用来看，该书传入日本的时间早于日本学者所认为的 9 世纪末，最迟 9 世纪 70 年代，《文心雕龙》在贵族文士中有一定范围的流传。④

第二，兴膳宏善于从文学的隐微之处发见影响的存在。例如，虫麻

---

①　[日]兴膳宏：《六朝文学论稿》，彭恩华译，378 页，长沙，岳麓书社，1986。

②　王元化编选：《日本研究〈文心雕龙〉论文集》，21 页，济南，齐鲁书社，1983。

③　齐鲁书社编：《文心雕龙学刊》（第一辑），469 页，济南，齐鲁书社，1983。

④　王晓平等：《国外中国古典文论研究》，316 页，南京，江苏教育出版社，1998。

吕《秋日于长王宅宴新罗客》（按：载于《怀风藻》，公元 751 年，日本最早的汉诗选集）有"加以物色相召，烟霞有奔命之场。山水助仁，风月无息肩之地"一句，该句系仿效骆宾王的《初秋登王司马楼宴赋得同字》序中的"物色相召，江山助人"，兴膳宏由此联想到《文心雕龙·物色》篇中的两节："若夫珪璋挺其惠心，英华秀其清气，物色相召，人谁获安?"考虑到《怀风藻》所作时期，《文心雕龙》还未传入日本，而初唐四杰之一卢照邻在《南阳公集序》中所云"近日刘勰文心钟嵘诗评，异评锋起，高谈不息"，想见骆宾王也曾读过此书，因此间接得出了"虫麻吕的文章虽是直接效学初唐四杰的文体，却又是间接地反映了刘勰的观点"①这样的结论。

第三，《文心雕龙》研究方法的指导意义。

兴膳宏指出，今后的《文心雕龙》研究，要从以下三个方面着手②：

其一，考证《文心雕龙》对前期文学理论的继承和后期文论的影响，确立《文心雕龙》在文学史上的地位。

其二，考察《文心雕龙》和佛教的关系，不能拘泥于佛教用语，从刘勰的思考方法的立场出发，多方面探讨《文心雕龙》可能受佛教思想影响的问题。

王元化在《一九八三年在日本九州大学的演讲》中也提出了相同看法。他认为，简单的语言类比法并不能够来证明《文心雕龙》是以玄佛思想为主体或骨干的。因为在不同的理论家、思想家那里，即便使用同一的概念或同一的名词与术语，也往往包含着完全不同的含义，简单的语言类比纵使没有牵强附会，也不足以用来断定一部作品的主导思想及其思想体系。③

其三，有必要在广阔的世界文学的范围里从比较文学的角度来考察《文心雕龙》，以此明确它的理论价值。

兴膳宏的《文心雕龙》研究方法，对我国学者显然有很大的指导作用，

---

① ［日］兴膳宏：《六朝文学论稿》，彭恩华译，379 页，长沙，岳麓书社，1986。
② 王元化编选：《日本研究〈文心雕龙〉论文集》，23 页，济南，齐鲁书社，1983。
③ 王元化：《文心雕龙讲疏》，296 页，桂林，广西师范大学出版社，2004。

从文学理论总体史和中西比较文学角度来研究《文心雕龙》，对确立《文心雕龙》在中国古代文论史以及世界文论史中的地位，意义重大。

2.《文镜秘府论》与《文心雕龙》

日本最早征引《文心雕龙》文字的是空海的《文镜秘府论》。《文镜秘府论》六卷是日本弘法大师空海为有志于诗文写作的后学指南，汇编了中国六朝、唐的创作理论而成。六朝末到隋唐的文学理论文献在中国本土大部分已经不存，因而保存了部分散佚材料的《文镜秘府论》地位尤为重要。

兴膳宏于 1986 年历经四年完成《文镜秘府论·文笔眼心抄》的译注工作，在他看来，经由中国已经失传、仅仅残存在日本的文献来寻求中国文学理论的源流，对于有系统地构筑曾经空海剪裁的隋唐文学论的理论体系，意义是重大的。他结合空海的《文笔眼心抄》《三教指归》等著作对《文镜秘府论》的研究，对于切实了解该书的编纂情况有很高的价值。张少康在《兴膳宏退官集序》一文中高度评价了兴膳宏的《文镜秘府论》研究：“特别是他对弘法大师《文镜秘府论》的译注和研究，至今仍代表着这方面的最高水平，包括中国学者在内都无人能超越。”[1]

兴膳宏首先厘清了日本当时（1985 年左右）对《文镜秘府论》的误解。在《空海与〈文镜秘府论〉》一文中，兴膳宏指出：“一些学者将《文镜秘府论》所写的内容完全归结于空海创作的论述，是没有道理的。”他认为：“在《文镜秘府论》这本书中，空海的作用与其说他是一位作者，倒不如说是一位编者更为贴切。”[2]兴膳宏经考证后指出，该书中第一卷（天卷）开头总序和第三卷（东卷）、第五卷（西卷）小序三篇文章完全是空海写作的，除此之外均是从六朝至中唐的中国文学理论书籍中抄录出来而按照部韵分类编纂的，具有集中国人理论著述之大成的性质。[3]

兴膳宏研究《文心雕龙》与《文镜秘府论》关系的专文是《〈文心雕龙〉在

---

① 张少康：《文心与书画乐论》，269 页，北京，北京大学出版社，2006。

② ［日］兴膳宏：《空海与〈文镜秘府论〉》，见《中国古典文化景致》，李寅生译，121 页，北京，中华书局，2005。

③ 《〈文心雕龙〉在〈文镜秘府论〉中的反映》亦收入兴膳宏《中国的文学理论》一书，在该书的后记中，兴膳宏又表达了类似的意思。

〈文镜秘府论〉中的反映》。兴膳宏在文中主要考察这样的问题：六朝文学
理论的精华《文心雕龙》的观点，在空海重编的这些文学理论资料中，以
怎样的形式，在怎样的程度上反映出来？①兴膳宏的考证主要分三个方
面，由浅入深地探讨了《文心雕龙》投影在《文镜秘府论》上的波痕。

第一，编者空海的序与《文心雕龙》有密切的关系。

兴膳宏认为："空海将文章的起源和天地自然之文紧密联系起来加以
论述，与《文心雕龙·原道》篇有一定相通之处。"②《文心雕龙·原道篇》
也是从宇宙的立场谈起，强调人类创作的文章体现了自然。因而，"空海
在自己文学理论的形成上得力于《文心雕龙·原道》篇甚多。"③

他举出两个例子来证明他的论点：其一是空海早期著述《三教指归》
(797)的《序》中，将文章的产生与天象联系起来论述：

> "文之起，必有由。天朗则垂象，人感则含笔。是故鳞卦聊
> 篇，周诗楚赋，动乎中，书于纸。"他如天卷总序的开头论说佛
> 教与儒教的真理，是自然的文字显观；人类的文章，是从天地
> 自然之文中产生的；西卷序《论病》中，"夫文章兴，与自然起；
> 宫商之律，共二仪生。是故奎星主其文书，日月焕乎其章，天
> 籁自谐，地籁冥韵。"④

其二是在空海与刘勰对文学起源的论述中，《周易·系辞传》的说法
均起了理论核心的作用，两者之间的理论相似之处也是明显的。

第二，《文镜秘府论》直接引用于《文心雕龙》的说法。

《文镜秘府论》天卷《四声论》(系隋刘善经《四声指归》中的一节)引用

---

① [日]兴膳宏：《〈文心雕龙〉在〈文镜秘府论〉中的反映》，见《中华文史论丛(一九八五
年第二辑)》，88页，上海，上海古籍出版社，1985。

② [日]兴膳宏：《〈文心雕龙〉在〈文镜秘府论〉中的反映》，见《中华文史论丛(一九八五
年第二辑)》，89页，上海，上海古籍出版社，1985。

③ [日]兴膳宏：《六朝文学论稿》，彭恩华译，379页，长沙，岳麓书社，1986。

④ [日]兴膳宏：《六朝文学论稿》，彭恩华译，379页，长沙，岳麓书社，1986。

了《文心雕龙·声律篇》，并注明了出处：

> 　　又，吴人刘勰著《雕龙篇》云："音有飞沉……亦文家之吃
> 也。"又云："声画妍媸……故遗响难矣。"

　　空海此处《四声论》虽然引用了《声律篇》，但却是转引自隋刘善经的《四声指归》，因而户田浩晓氏认为"弘法大师可能自己没有看过《文心雕龙》"①。

　　南卷《论文意》中被认为引自皎然《诗议》的文字中，有两个地方把刘勰的论述作为"古人云"加以引用。

> 　　晋世尤尚绮靡，古人云："采缛于正始，力柔于建安。"
> 　　古人云："具体唯子建、仲宣，偏善则太冲、公干，平子得
> 其雅，叔夜含其润，茂先凝其请，景阳振其丽，鲜能兼通。"

　　二者都引自《明诗》篇，但后者与《文心雕龙》原文有一些差异，宗旨也不大相同。使人感到奇怪的一点在于，既然如兴膳宏所论述，空海是清楚知道《文心雕龙》这部书，天卷《四声论》引用《文心雕龙》之说用"吴人刘勰"，而此处却以"古人云"这样含混的人称代指，这样不免对空海是否真正熟悉《文心雕龙》产生疑惑。兴膳宏对此的解释也有些含混"不直接举著者刘勰之名，却把他视作'古人'，也不能不使人感到自梁讫中唐这三百年的时间距离"②。

　　兴膳宏在此遗漏了一处《文镜秘府论》对《文心雕龙》的直接引用，特此补述。《文镜秘府论·六意篇》："六曰颂……古人云：'颂者，铺陈以（按当作似）赋，而不华侈；贡慎如铭，而异规诫。'"（地卷页十九下）此处

---

　　①　［日］户田浩晓：《〈文心雕龙〉小史》，见王元化编选：《日本研究〈文心雕龙〉论文集》，21页，济南，齐鲁书社，1983。

　　②　［日］兴膳宏：《〈文心雕龙〉在〈文镜秘府论〉中的反映》，见《中华文史论丛（一九八五年第二辑）》，91页，上海，上海古籍出版社，1985。

当出自《文心雕龙·颂赞篇》："原夫颂惟典懿，辞必清铄，敷写似赋，而不入华侈之区；敬慎如铭，而异乎规戒之域。"

第三，没有明确标明《文心雕龙》或刘勰之名，但同样可以看到显著影响的地方。

例如，南卷《论体篇》的理论构造与语汇有学习《文心雕龙》的痕迹，《论体》后半部论述创作活动中的思考活动作用与《文心雕龙》的《神思篇》和《养气篇》有密切联系，均指出了创作中心有通塞的状况以及秉心养术的解决方式；另外，南卷《论文意》其中有两条也涉及创作之际不可殚精竭虑，而应当经常涵养生气活力的文字，也是对《文心雕龙》观点的发挥。北卷卷首《论对属》沿袭了《文心雕龙·丽辞篇》，强调对偶的作用。

兴膳宏立论小心谨慎，如上文所述，《文镜秘府论》中受《文心雕龙》影响已经是很明显的事实，但兴膳宏也承认，并没有确凿的证据证明空海真正读过《文心雕龙》这本著作。因而兴膳宏最后也只是说：

　　　　《文心雕龙》在 9 世纪末已经传入日本，虽然空海在写作《三教指归》(797 年)时有无学习刘勰理论没有确切证据，但是在《文镜秘府论》(810—820 年之间)中，空海引用了《文心雕龙》这部书，因此空海在编纂《文镜秘府论》时，是清楚地知道《文心雕龙》这部书的。①

在指出了《文镜秘府论》对《文心雕龙》的借鉴引用后，兴膳宏同时也论述了《文镜秘府论》部分文体与《文心雕龙》的不同。《文镜秘府论》中南卷《论文意》前半部分，有以"或曰"开头的一连串长长短短的四十八句句子，兴膳宏根据本文所用底本宫内厅本旁注中"王氏论文云"一语推知引自王昌龄《诗格》的材料。这与《文心雕龙》的骈体形成鲜明

---

　　① ［日］兴膳宏：《〈文心雕龙〉在〈文镜秘府论〉中的反映》，见《中华文史论丛(一九八五年第二辑)》，91 页，上海，上海古籍出版社，1985。

对比。

　　通过发掘《文镜秘府论》与《文心雕龙》的同异处后，兴膳宏得出这样的结论：《文镜秘府论》对隋、唐时期以及盛、中唐时期所收诸家理论是不同的，前者理论来源集中于《四声指归》《文章式》，此类文章基本上是骈体，与《文心雕龙》文体相似之处颇多。后者如王昌龄《诗格》、皎然《诗议》在文体上不同于《文心雕龙》，多用短章形式，颇具后世诗话的情趣。因而"在《文镜秘府论》中，尽管稍稍有些不协调，但事实上却并存着两种不同风格的评论：一种是带有强烈的唐代独特风格的盛中唐评论，一种是带有《文心雕龙》余韵的隋、初唐的评论"①。

　　关于《文镜秘府论》中哪些是空海所撰，哪些是抄录中国文学理论的问题，近来研究有所进展。王晓平在《国外中国古典文论研究》一书中补充，卢盛江从"九意·夏意""云从土马"中的"土马"一词入手，结合现代考古出土的土制马形等有关考古学及民俗学、古文献等材料，进行综合分析后认为"土马"从物一词，到"云从土马"之事，都为中国所无而为日本特有，"云从土马"的出典只可能在日本。由此推测"九意"作者当为日本人，再结合日本密教等材料，推测"九意"作者即为空海本人，为进一步探索"九意"作者提供了一些新线索。②

（三）兴膳宏的《文心雕龙》译注

　　兴膳宏的《文心雕龙》译注是第一部日文详注全译本，彭恩华在《兴膳宏〈文心雕龙〉论文集》一书中提到了兴膳宏翻译《文心雕龙》的大致缘由和翻译情况。日本筑摩书房于20世纪60年代邀请许多知名的专业研究者分别担任翻译、注释任务，编辑、出版了共五十卷的《世界古典文学全集》，其中第二十五卷是《陶渊明·文心雕龙》。该卷《文心雕龙》部分由兴膳宏教授全译（每篇均有意译、训读及注释三部分），卷末尚有附录三种，

---

　　①　[日]兴膳宏：《〈文心雕龙〉在〈文镜秘府论〉中的反映》，见《中华文史论丛（一九八五年第二辑）》，96页，上海，上海古籍出版社，1985。

　　②　王晓平等：《国外中国古典文论研究》，339页，南京，江苏教育出版社，1998。

其中《文心雕龙总说》于《文心雕龙》的思想、结构、文体及版本、刘勰的身世评述甚详。① 以下对兴膳宏《文心雕龙》的翻译成就，做一简要探讨。

1. 日本的中国文学翻译

兴膳宏在《中国研究近五十年・文学》一文中回顾了第二次世界大战前后日本翻译中国文学的情况，现将脉络梳理如下：传统江户时代汉学，采取训点、送假名和头注的汉籍注释形式。大正时代的《国译汉文大成》(1922 年)及其续编，表现出新的翻译特色，即采用日语翻译或者加以详细说明，不过此时翻译是带着文言腔的、生硬的说明式译解。第二次世界大战后中国文学研究整体上开始转型，从带有旧道德气息的"汉文学"蜕变为"中国学"，中国文学正式作为优秀的"世界文学"的一部分，被日本学者作为研究和认识的"客体""异文化"加以对待。京都学派采取了"把中国作为中国来理解"的态度，即承认中国历史发展的主体性，依据中国文化发展的内在理路来认识和理解中国。② 此时翻译也呈现出新气象，采用流利的现代日语来翻译中国作品，译语平易而新鲜。

兴膳宏的《文心雕龙》翻译，就是在这样的背景下进行的，他将《文心雕龙》这样复杂难解的古典文论，翻译成新鲜、流利的现代日语，对中国古典文论在日本的普及，可谓劳苦功高。

2.《文心雕龙》翻译三家

目前日本有三种《文心雕龙》全译本，分别是京都大学兴膳宏的《文心雕龙》(日文全译本，筑摩书房，1968 年)；九州大学目加田诚的《文心雕龙》(全译本，平凡社，1974 年)；东京立正大学户田浩晓的《文心雕龙》(日文全译本，上、下册，明治书院，1974 年出版上册，1978 年出版下册)。目加田诚最早开始《文心雕龙》的部分翻译工作，兴膳宏则是最早将《文心雕龙》全书翻译成日文的学者。

兴膳宏采用流畅的现代日语来翻译《文心雕龙》，对《文心雕龙》在日本的推广起到很大作用。此外，兴膳宏的译本注释精详，具有极高的学

① 　彭恩华编译：《兴膳宏〈文心雕龙〉论文集》，133 页，济南，齐鲁书社，1984。
② 　钱婉约：《日本中国学京都学派刍议》，载《北京大学学报(哲学社会科学版)》，2000(5)。

术价值。因而，兴膳宏的译注不论是对门外汉、初学者还是《文心雕龙》的专门研究家，都具有很大意义。

三、结　语

在日本当代研究《文心雕龙》的学者中，兴膳宏是当之无愧的佼佼者，同时也是最受中国龙学界瞩目的日本中国学家之一。兴膳宏从20世纪60年代末期开始《文心雕龙》研究，此时正处于《文心雕龙》从传统的校注、版本研究向现代理论研究的转折点。他的研究兼具扎实的文献学基础与缜密的逻辑分析能力，成绩主要集中在基础性的《文心雕龙》译注、理论研究以及接受研究等领域。他对《文心雕龙》的理论研究，具有极大的理论包容力，既吸收了前人的成果，同时又有不少新见。兴膳宏《文心雕龙》研究的魅力主要在于以下两点。

第一，兴膳宏是从魏晋南北朝文学研究起家的，转到文论研究领域后，依然没有忽视对六朝文学的研究。文学理论本身是对文学现象和规律的总结，兴膳宏对《文心雕龙》的研究，常常和当时的文学史结合起来分析，这样的好处在于既有高度的理论提炼，同时又有具体的文学支撑。此外，兴膳宏的研究重视语言的细读，文学研究尚不用说，即便在文论研究中，也常常能发掘具有独特意味的词语，从细节入手展开论述，如他从"奇"来探讨刘勰与钟嵘在文学观上的不同，从"探本索源""原""源"等字来研究《文心雕龙》和《出三藏记集》的相似之处，均能从细微处发现大问题，发表独创之见。

兴膳宏结合六朝文学以及文本语言研究文论，同时著作中也夹杂着作者本人充满人情味的推测，这一切使他的著作呈现出新鲜的意趣，读来有妙趣横生之感。要之兴膳宏不仅有学者所必需的深刻的洞察力和广阔的视野，而且兼具他人所不能及的感性的细腻，这是中日大多文论研究学者都不具备的独特品质。

第二，兴膳宏克服了日本学者研究中短于逻辑思维的缺陷。日本学者注重大量占用资料，穷搜欲尽，考辨谨严，不尚空论，但又时有罗列过繁、阐发不足的情况。也就是说，日本学者长于细部的思考而短于逻辑整合，兴膳宏却能将微观研究和宏观研究很好地结合起来，逻辑思维极其清晰，如他的《〈文心雕龙〉与〈出三藏记集〉》，在结构安排上非常巧妙，呈现圆形对称结构。前七章从《出三藏记集》角度来眺望《文心雕龙》，后六章从《文心雕龙》来看《出三藏记集》，探索产生《文心雕龙》五十篇深文奥理的根本原理。而且在后半部分的论述中，又不断对应前半部分的研究，如第十二章对慧远佛学思想的研究即是对第二章范文澜说法的深发。整个论文环环相扣，内容圆融而又充实。正如张少康所言："兴膳先生在学术研究方法上，既继承发扬了日本研究中国学的传统优点，即特别注重收集丰富的资料、展开详细的考辨，做微观的个案研究，又十分重视吸收西方学术研究长处，善于进行深入的理论思考，从宏观的角度，高屋建瓴地提出问题。"①这或许也正是兴膳宏《文心雕龙》研究为中日学者所推崇的主要原因。

---

①　兴膳教授退官纪念中国文学论集编集委员会编：《兴膳教授退官纪念中国文学论集》，6 页，东京，汲古书院，2000。

第六章　韩国学者对中国文论的研究

韩国的中国古代文论研究始于民族解放的 1945 年，由此开始至 2000 年初期，以每十年为一个单位。本章对 1990 年之前中国古代文论研究成果的整理参考了韩国已有的研究成果①，其中主要参考了徐敬浩的《国内中国语文学研究论著目录》和李宇正的《韩国的中国古典文学理论研究的现状和任务》。本章所考察的研究对象限定为韩国国内的研究成果，并不包含韩国学者在海外的研究成果，其原因在于海外的研究成果会不可避免地受到所在国研究倾向的影响，这有可能会对正确理解韩国国内的研究流向造成一定的混乱。

一、文论研究的开端：从 1945 年解放至 1960 年

韩国的文论研究始于 1945 年 8 月 15 日的胜利解放，实际上对于"国学"资料的整理和介绍，早在 20 世纪 90 年代初期就

---

① 先行研究成果包括徐敬浩的《国内中国语文学研究论著目录》(1945—1990，正一出版社，1991)，李章佑的《韩国中国语言文学研究的回顾和展望》(《中国语文学》15，1988)，岭南中语中文学会《硕博士学位论文目录》(《中国语文学》15，1988)，李宇正的《韩国的中国古典文学理论研究的现状和任务》(《中国学报》38，1998)，梁会锡、金惠贞的《扩张与迎合之间：21 世纪韩国的中国语文学研究的现状》(《中国语文学》52，2007)等。

作为殖民地反抗运动的一环而蓬勃发展，而基于西方近代方法的学术研究则是后话了。本文的研究对象——20世纪以来的中国古代文论研究，与韩国的学术发展史基本同轨。

中国的文学和理论书籍自新罗时期开始传入朝鲜半岛，主要是零散分布于文集与诗话中，对当时的文学创作起到了一定的积极作用。[①] 近代学术意义上的中国文论研究大约始于1945年至1960年，这段时间发生了1950年的战争、"四一九革命"和"五一六军事政变"等韩国现代史上的重大事件。在人们还未尝尽解放的喜悦之时，由意识形态冲突引发的长达数年的战争几乎堵塞了学术发展之路，因而这一时期的研究成果微乎其微。尽管在如此恶劣的学术研究环境下，仍有一些学者怀着不灭的热情和使命感，写出了颇有分量的学术著作，代表性的著作就是李家源的《中国文学思潮史》[②]。在那一书难求的时代里，韩国学者依靠自身的努力刊行了研究中国文学思潮的著作，从学术发展史的角度来看，不得不说是一项非常重要的成果。

（一）李家源的《中国文学思潮史》刊行

李家源的《中国文学思潮史》从意识形态的角度介绍了中国文学的发展脉络。全书共有十一章，从第二章西周的"北方现实思潮的发达"至第十一章清代"写实主义"，记述了中国文学思潮的发展过程。作者在《〈中国文学思潮史〉小叙》中指出，出版此书的目的是反思当时偏重于考据学的研究方法。作者在第一章中提出：由于中国南北的地理条件差异，中国文学也形成了两大主要潮流，《切韵序》《日知录》《庄子》《道德经》《论语》等书都可以证明这一点。基于这一观点，作者又在第二章"北方现实思潮的发达"中分析了作为北方文学的《诗经》，研究了《诗经》对世界的看

---

① ［韩］金周汉：《新罗人的中国文学理论受容样相》，见《新罗和周边诸国的文化交流》，150页，1998。

② ［韩］李家源：《中国文学思潮史》，一潮阁，1959。

法和"儒家思想指导下的诗教"。《诗经》十分重视儒家思想的"诗教"，对后世文学产生了巨大的作用，在传统社会里具有权威性。在介绍"兴"这一手法时，将其解释为先言他物以引起所咏之词，因而称之为引譬连类的应用方法，《论语》记载孔子对弟子也讲到了这一点。这种与诗的原意并无关联的比喻方法传到后世(孟轲、荀况之后)，一直延续到汉代的齐、鲁、韩、毛四家的观点。按照上述逻辑，也可以解释"观""怨"。第三章的核心内容是南方浪漫思潮的发达——春秋战国时代，楚辞的神话色彩十分浓厚，9篇均为神话题材，这种超现实的手法有别于《诗经》的"雅""颂"。李家源认为楚人超现实的思想是受到了殷人宗教和信仰的影响。另外李家源还提到了老庄思想，《道德经》充满了神秘幽玄的浪漫情调，有时也会采用诗的写法，很多地方也参照了楚辞的形式。庄子的散文代表了个人主义和自由主义，文章极具奔放自由的特点，通过明喻和暗喻来表现了他的思想。李家源认为通过中国各个时代的文论，可以看出当时的文风。

(二)车相辕的《中国古典文学理论》

这一时期的另一成就是车相辕的《中国古典文学理论》①，这一论文是作者长期致力研究的综合性成果。在此论文之前，作者还著有《王充文学理论》《陆机文学理论》《孔门文学理论》《文心雕龙和诗品中的文学理论》等，说明他很早就开始研究中国古典文学理论。之后车相辕坚持研究文论，留下了丰硕的成果。作者的这些成就拓宽了中国古典文论研究的视野，当时韩国对中国古代文论研究还几乎是一片空白，他的研究指明了前进方向，受到了极高的评价。

下面以车相辕的博士论文《中国古典文学理论》为中心来看一下当时的文论研究状况。《中国古典文学理论》是车相辕这一期间研究文论的总结，主要集中研究了隋唐之前的文论。此书按照时间顺序展开，分为"春秋战国时代""两汉时代""魏晋南北朝时代"三编。

---

① ［韩]车相辕:《中国古典文学理论》，博士学位论文，首尔大学，1967。

第一编分为三章，第一章第一节"孔门的文学理论"主要研究了孔子的文学观（主要是以《论语》为中心探讨了文学的功用性和现实性）。第二节"孟子的诗论"研究了告子、公孙丑、万章等人的知言说、揣摩法、以意逆志。第三节"荀子的文学论"以《大略篇》《劝学篇》《儒效篇》为据，比较研究了重道思想、尚用文学论、乐论、诗说。车相辕还比较了孟子和荀子的文论，发现孟子更注重主观的"思"，荀子注重实际层面上的"学"；孟子主张诗且尚文，荀子主张文而尚用；孟子主张性本善，而荀子认为性本恶。第二章"墨家的文学理论"第一节"墨翟的文学观"以《非命篇》《耕柱篇》《节葬篇下》《贵义篇》《天志篇》等篇目为中心，分析了墨家的文学理论。车相辕比较了墨家和韩非子，研究认为墨子功利的尚用主义来自韩非子。第三章"道家的文学理论"以老子的自然主义和庄子的神论为中心，分析了两人的道家文学理论，研究了天才和环境、修养、感兴以及无欲纯一的境界。最后在"庄子的浪漫主义"这一部分中，车相辕认为庄子的思想是通过荒唐无稽的言辞来说明语言难以表达的神秘性，所以一定要有神秘的开头和结尾。庄子文学的浪漫主义亦源于此，《老子》和《庄子》的《养生主》《天道篇》《逍遥篇》《达生篇》等均有此类特征。

第二编"两汉时代"主要研究了汉代的文学观念和文学理论。首先，第一章"汉人对于文学的新认识"提出了汉代"文学""文章"具有怎样意义的问题。车相辕认为"文学"含有"儒学"的意义，而"文章"则指言论和创作。到了汉代，这两个概念的区别越发明显，其原因是艺术形态逐渐分化，学术界出现了章句训诂学。《墨子·非命中》《荀子·大略篇》《史记》《淮南子》《论衡·超奇篇》等文献的记载可以证明文章的分化趋势。第二章第二节"汉儒的辞赋观"主要论述了扬雄的赋论及其前后关系。从创作《法言·吾子篇》的时期来看，扬雄早年的文学作品以辞赋为主，到了晚年则侧重创作儒学思想的文章。这便是他所说的"神化所至"，"神"在"心"之后，只有潜心才能逐渐到达神化的境界。他还提到了赋的神秘性。第五节"扬雄的文学理论"首先以《问神篇》为对象，分析认为孔子精神的标准是以圣人为中心的文化观。另外车相辕还认为儒道融合，通过分析《汉书·王贡两龚鲍传》《淮南子》《法言·问神篇》等文，他指出扬雄的文学观念并不是只有单纯的儒家思想，同时还受到了道家思想的影响。第六节"王充的文学理论"主要从两方面来说明王充的文论内容：第一，文学、文人的认识和人、学者的关系；第二，阐述了王充的文学观念。首先，王充喜欢朴直的文章，反对才华丰浓的文章，写文章的人分为四种——儒生、通人、文人、鸿儒，鸿儒比文人水平更胜一筹。王充主张"内容和形式一致""文言一致论""文学进化论""个性的发挥""重视创作"，车相辕以为王充的文论具有现实主义的色彩。

　　第三编"魏晋南北朝时代"分为七章。第一章"曹丕和曹植的文学理论"是关于曹丕的文体论和文学论的部分，车相辕认为曹丕的文体有着"本同末异"的特点。"本"代表其实用性，"末"代表不同的风格，由此可以看出曹丕具有现实主义的倾向。另外曹丕还提出了"气"的问题，体现了唯心主义的态度，而"气"更早的文人已经提到，并不新鲜，但是曹丕的看法对后世文体论产生了巨大的影响（比如对《文心雕龙·定势篇》的影响）。第二章"陆机的文学理论"主要研究了《文赋》，《文赋》将文体分成了10种，这种分法拓展了曹丕的文体四分法，更是对刘勰《文心雕龙》文体论产生了巨大的影响。车相辕以为陆机的理论表现为"内容与形式的两全""重视感情和想象""重视文用和天才性"。第三章"葛洪的文学进化论"，分析了葛洪的《钧世》《辞义》《尚博》等篇章，认为葛洪受王充和陆机的启发，追求雕琢的修辞，字句具有骈俪化的特点，这体现了葛洪文学当随社会变化而变化的主张。第四章"南朝文学理论"概述了南朝的文学理论状况。第一，主要通过《南史·儒林传序》、《廿二史札记》"六朝清谈之习"条、《宋书·武二王传》等文，说明南朝儒学衰微和流行清谈。第二，根据《南史·梁简文帝纪》证明南朝的形式主义文学，起源于"文学语言的技巧化"和"唯美文学的兴起"。第三，研究了"文质兼美说"。从《文选序》可以看出萧统的形式主义文学理论受到葛洪"古朴今丽"观点的影响，萧统的《文选》体现了他文质兼美的主张。第五章"沈约和声律说"通过"新诗和古诗的比较"（《梁书·王筠传·沈约报书》），阐明了声律对诗歌的效果，认为合律的诗歌效果要强十倍（《梁书·刘杳传·沈约报刘杳书》）。此外车相辕还研究了沈约的"八病说"，"八病说"适用于五言诗，也适用于散文,对唐代文学产生了巨大的影响。第六章"《文心雕龙》和《诗品》中的文学理论"研究了这两部最有代表性的文论著作。第一研究了《文心雕龙》,认为《文心雕龙》的编纂目标是"敷赞圣旨",《序志》《明诗》证明了这一点。《文心雕龙》文体理论的目的是"矫讹"和"矫诡",《定势》《杂文》等篇阐述了这一看法。第二,《诗品》的文论特征。第一研究了"品第的标准",即作品的优劣要根据优劣基准来判断(《诗品·序》),五言诗的范本便是曹植、陆机、谢灵运等人的作品,由此可以看出钟嵘主张"尊重自然",排斥人工雕饰的思想(《诗品·序》)。车相辕分析了钟嵘的"艺术性标准",认为钟嵘并不是全面反对修辞主义,而是反对过度的引经据典,也反对原封不动地继承古代文风。其实钟嵘不仅不反对修辞,而且高度评价具有"文雅"艺术性的五言诗,由此还提出了诗文之味的说法。刘勰在《文心雕龙》中提出了九种"味道"。无论是在唯心的层面上,还是在技巧的层面上,钟嵘《诗品·序》"味"的观点都是适用的,诗论引入"味"的观点与当时的文学风格是一致的。第七章"北朝文学理论"讨论了两个问题,首先在"南北朝文学理论的差异"的部分中,探讨了文学在地域、风俗、政治、宗教上的差异。在"颜之推的文学理论"部分中,通过《颜氏家训·文章篇》研究了颜之推文章论的起源说、作用说和要素说,主张同时使用古文和今文的折中说,认为应该重视文学的理气。《诗说》仍然坚持儒家思想,《诗经》可以说是颜之推文学观形成的源头。

　　综上所述,车相辕探讨了唐宋以前文论的发展历程,分析了各个时期文论的代表人物,但没有通过多样的方法和例证更加深入地论证。作为文论的最初研究者,通过研究深化了对唐宋以前文论的理解,并阐述发现的一些问题,这是难能可贵的。

(三)车柱环的《钟嵘〈诗品〉校证》与《刘勰〈文心雕龙〉疏证》

　　车柱环对中国古代文论的校勘工作引起了学术界的关注。在此之前,其译注《诗话与漫录》①的刊行对于宣传中国古典文论的重要性很有意义。

---

① 　[韩]车柱环:《诗话与漫录》,民众书馆,1966。

《诗话与漫录》介绍了自高丽时代起至朝鲜时代后期产生巨大影响的中国各种古代文论，严格而言，这本书并非专门研究中国文学理论的著作，但学界仍给予了很高的评价，其原因在于这本书是受中国古典文学理论影响的产物。受到这本著作的影响，韩国的汉文学研究界开始出现了多种不同的研究方法，并取得了丰硕的成果。

车柱环的研究成果以《钟嵘诗品校证（文言文）》、《钟嵘诗品校证（续完）》、《钟嵘诗品校证（校证补）》、《文心雕龙疏证（一）》、《文心雕龙疏证（二）》为代表。此外，《刘勰和他的文学观——文心雕龙论》这篇文章研究重点在于校勘原典，揭示了中国初期文学论的特征。

车柱环是迄今为止中国古典文学理论研究中成果最为丰富的学者①，他的研究为魏晋南北朝文学理论研究提供了良好的契机。车柱环与李家源、车相辕都是中国古典文学理论研究的开拓者。车柱环的校勘本与文论研究著作不同，校勘是为研究做准备的基础性整理工作。这项工作的重要程度丝毫不低于研究，因为从古代流传下来的古籍中会有很多错字和遗漏之处，有必要纠正这些错误。然而此前韩国学界没有高度重视版本的校勘，在这样的背景之下，车柱环的校勘可以视为韩国文论研究开始的标志之一。

《钟嵘诗品》的校勘与刊行在先，下面首先来看这一校勘本的始末。车柱环在1963年发表的《钟嵘诗品校证（校证补）》"引文"中提到了刊行校勘本的动机，并介绍了所参考的各个版本。第一次撰写校勘本是在1958年，那时车柱环在美国哈佛大学燕京学院求学。这期间（1958—1960年）《文心雕龙》的英译本出版发行，引起了包括车柱环在内的当地许多学者的关注。② 车柱环为了完成校勘本，在回国的途中（1960年）搜集了法国国立图书馆、伦敦博物馆、日本内阁文库等地所藏的有关《钟嵘诗品》的资料。那时搜集的材料除了《陈学士吟窗杂录》、宋陈应行撰本、日本内

---

① 李宇正在其论文《韩国的中国古典文学理论研究的现状和任务》中指出，1950—1996年的中国古典文学理论研究论著有600多篇，其中关于魏晋南北朝时期的理论最多，达到149篇。

② ［韩］车柱环：《文心雕龙私话》，载《中国文学理论》（第二辑），2003(6)。

阁文库所藏二种、明嘉靖四十年刊本、日本文政九年刊官版本，还有五十余本，都为他撰写校勘本提供了参考。[①] 车柱环还清楚地记述了各种版本的收藏与版本的关系，明刊本原馆藏于枫山文库，官方版本藏于原来的"昌平坂学问所"。内阁文库本和官方版本都是由明刊本转刻而来的，上述列举的版本皆是明刊本系列的。校勘本参考的资料（《诗品》的刊本）十分清楚，这对校勘具有十分重要的意义。车柱环的校勘成果分三次发表，第一次是 1960 年的《钟嵘诗品校证》，前半部分包括了导言，还有其他《诗品》校注本和后世文史学家的评论文章。后半部分是校正部分，刊载了《诗品·上》的校注。第二次发表是在 1961 年，发表的部分是《诗品·中》《诗品·下》的校注。第三次是在 1963 年，发表了《钟嵘诗品校证补》，这是日本内阁文库所藏的《陈学士吟窗杂录》的《诗品》校注本。此本有"引文"和《诗品（上、中、下）》的"校记"，在后半部分刊印了上述版本的校注本《诗品》的"序"和"上、中、下"内容全文，由此可获得《诗品》全部具体详细的内容。车柱环校勘时使用的原文底本是周履靖辑的《夷门广牍》，李徽教在《闲堂先生的钟嵘〈诗品〉研究》中提到了这一点。[②] 车柱环的校注本出版之后，对于其他研究者产生了广泛的影响，其中就有日本诗品研究班的《钟氏诗品疏》与兴膳宏的《诗品》，此外还有很多学者也参考上述校勘本的部分，这里不一一列举。[③]

　　下面要介绍的是《文心雕龙》的校勘本。车柱环在校勘《文心雕龙》期间，1961 年曾作为访问学者，在台北研究了一年。他与《钟嵘诗品疏证》的作者王叔岷见面，并得到了很多帮助，也发表了许多成果。他校勘的《文心雕龙》50 篇中的 6 篇就是在此期间发表的，剩下的部分都是在回国之后完成的。由于在台北已经深入思考了校勘的基本方向和方法，他发表了名为《刘勰和他的文学论——文心雕龙论》（1964 年）的论文。这是韩国学界第一次具体地介绍和研究《文心雕龙》，他在这篇论文中提出了十

---

　　① ［韩］车柱环：《钟嵘诗品校证（校证补）》，载《亚细亚研究》，第 6 卷，第 1 期，1963。

　　② 刊行委员会：《闲堂车柱环博士颂寿论文集》，2 页，索瓦鲁大学出版部，1981。

　　③ 刊行委员会：《闲堂车柱环博士颂寿论文集》，2 页，索瓦鲁大学出版部，1981。

个观点：①文章流别论；②心的机能和创造；③个性和风格；④情志和修辞；⑤作风的变迁和创作；⑥韵律和章句法；⑦譬喻和夸张；⑧文字和语汇；⑨环境和文学；⑩批评及其标准。这十条是他对《文心雕龙》的真知灼见。在此基础上又补充修改了两次之后，校勘本终于问世。

　　1966年，车柱环发表了《文心雕龙疏证（一）》，收录了"原道第一""征圣第二""宗经第三""正纬第四"，清楚地标记了错字和相关资料的来源，这是这一校注本的特征之一。最后的"附记"详细记录了校勘参考文献中的谶纬书。1967年发表的《文心雕龙疏证（二）》，收录了"辨骚第五""明诗第六"这两部分。这两个校注本是用文言文写成的。实际上在校注本发表之前，韩国学界没有关于《文心雕龙》的研究积累，只能偶尔参考一些我国台湾发行的古注本。车柱环校勘的《诗品》和《文心雕龙》，可以说是韩国研究中国古代文论的开端。

　　车柱环研究中国古代文论初创期的学术成果，大多是介绍性的。20世纪60年代文论研究的一个特色，是通过作家论接近理论研究。除了车相辕和车柱环在文学理论研究部分提及的成果之外，还出现了一批相关论文：李锡浩的《金圣叹论》、河正玉的《孔子的文学思想》、徐张源的《章炳麟的文学观》、李汉祚的《柳宗元的文学思想》、安振高的《王充的文学观——以其〈论衡〉为中心》，等等。① 这些研究成果通过代表性作家的具体研究，阐述了研究对象的文学特征及理论渊源，以此来说明中国文学的整体演变过程及其特征，这对下一时期的研究者具有重要的指导作用。现在以上文列举的论文中的3篇为例进行具体分析。

　　河正玉的《孔子的文学思想》探讨了以孔子为中心的儒家文学观：第一，不是单纯地讨论文学，而是将文学作为健全人格的一部分。第二，作为人格一部分的文学观念对后世文学的影响。河正玉阐述了孔子的生平思想，为了清楚地把握孔子的思想，他将孔子与道家的思想进行对比

---

　　① ［韩］李锡浩：《金圣叹论》，硕士学位论文，首尔大学，1961；［韩］河正玉：《孔子的文学思想》，硕士学位论文，首尔大学，1964；［韩］徐张源：《章炳麟和他的文学观》，硕士学位论文，首尔大学；［韩］李汉祚：《柳宗元的文学思想》，载《中国学报》，1966（5）；［韩］安振高：《王充的文学观——以其〈论衡〉为中心》，硕士学位论文，首尔大学，1968。

分析。通过研究《孟子》，清楚地看到孔子对孟子的影响关系，并揭示孔子的文学观对后世的影响。由此得出的结论是，所有的学问，所有尚未分化的思想，相互交织浑然一体，有力地支撑了"仁道"的追求，文学也被包括在其中。

徐张源的《章炳麟的文学观》研究了清末民初的章炳麟。他认为章炳麟作为古文派的一员，对当时流行的今文派文章采取了批判的态度，否定了《东莱傅议》似的策论和桐城派的文章。理由是章炳麟在《国故论衡·文学总略》里提出了"榷论文学，以文字为准，不以彣彰为准"的观点。章炳麟的"反雕琢，反夸饰""用字"相关的说法，以及文学性因时代和环境而变的看法，得到了学术界的关注。所谓的"文字本以代言"，即特别强调了语言和文字一致性的重要意义。

安振高的《王充的文学观——以其〈论衡〉为中心》指出了王充论文的七个特点，它们分别是现实主义的文化观、文人的认识、儒家论、言文一致、文学的进化、内容和形式的均衡、创作和模仿。这些观点是围绕着《论衡》85篇展开的。安振高这篇论文的研究角度与车相辕的《王充的文学理论》十分类似，车相辕仅仅分析了王充论文的核心部分，安振高在车相辕的基础之上作了更深的探讨，对王充各种观点进行例证。这些研究成果都为以后的研究奠定了方向，但遗憾的是这一时期研究的局限性在于没有在更为宽广的层面上，把儒家思想和中国文学联系起来研究。

二、20 世纪 70 年代的中国文论研究

实际上韩国学界真正研究中国古代文论始于 20 世纪 70 年代，同前一时期相比，这一时期社会很不稳定。从 20 世纪 60 年代开始，军事政权开始登上韩国的政治舞台，对文学和学术研究都产生了一定的影响。然而在这样紧张的社会氛围中，学术研究却呈现出了蓬勃发展的奇特现象。有人认为这是出于一种针对政治现象的反抗心理，也许是出于这一原因，这一时期的学者开始对具有反抗意义的文学理论产生了浓厚的兴趣。比起那些文学艺术的美学问题，韩国学者更加关注文学与社会对立

关系的效用论。此时期的另一个特征是学术研究需求的增长，为了便于发表研究成果，出现了许多学术团体和学会杂志。这种现象从 20 世纪 70 年代开始一直持续到 80 年代，种种原因促成韩国学界的中国文学研究领域取得了丰硕的成果。

(一)文论研究以及整理

这是一个真正研究中国古典文学理论的时期，研究范围覆盖了从上古到清代各个时期的文论。这一时期的文论研究特征是开始研究了具有进步倾向的文学论，这种现象在 20 世纪 60 年代的文论研究中从未出现过。

首先看一下文学理论的研究状况，20 世纪 60 年代至 70 年代，车相辕和车柱环取得了很多学术成果。车相辕发表了《清人诸派文学理论——中国正统文学理论的终结》《神韵、肌理两说的关系》《中国古典文学理论评事》《格调派诗论》等成果。这些成果探讨了中国古代文论的流向，也精练地介绍和概括了各个时期理论的特征。这些论文均收录在他的《中国古典文学评论史》，此书由七编构成，一至三编是上文已经提到过的车相辕的博士论文。现在评介四至七编的内容，需要再次提及上文的内容，便于衔接以下即将讨论的内容。车相辕在博士论文的"序文"中提到魏晋南北朝时期以后的文论也是对这个时期文论的再次解释，而四至七编的内容正是魏晋南北朝以后的文论。

第四编是"隋唐代古文运动的理论与批评"，共分五章。第一章论述了"折中说"和"王化说"等初唐史家的文学理论，提到刘知几论述的"信实与应用""尚简"等内容。第二章是古文运动高潮时期的"文与古文""文与文化"。这里还论述了刘冕在古文运动中主张的"教化论""道德说""形式和内容的三个境界""环境与文气"等。第三、第四节，在形式层面和观念层面上分析了韩愈和柳宗元在古文运动时期的主张。第三章"古文运动的沉滞期"主要研究了皮日休、陆龟蒙、刘向等人的文学观。第四章主要研究了古文运动的结果。第五章"唐代现实主义诗论"，研究了初唐陈子昂诗论的"风骨"和"兴寄说"，又从"反齐梁诗风"和"浪漫主义诗论"的角度分析李白的诗论，还分析了杜甫诗论中的"折中""进化""音律和藻饰""非战思想"。白居易诗论中的"风雅比兴说""讽谏比兴说""讽喻诗和现实""六意说""乐府""诗乐合一说"也多是体现了现实主义的精神，元稹的"杜诗评论"彰显了元稹的诗歌观以及他的"新乐府论"。最后在"诗佛派的诗论"中，车相辕研究了皎然《诗式》、司空图《二十四诗品》的内容，概括了诗佛派的主要看法。

　　第五编"宋金元代"共分三章。第一章"宋代古文运动理论和批评"论述了宋初柳开、石介、王禹偁等人的主要观点，阐明了"文统"和"道统"的对立及其意义，也评述了欧阳修、曾巩、"三苏"、吕南公等人的文学理论。在"道学家的文学理论"中论述了朱子的文学观，在"政治家的文学理论"中主要论述了司马光、王安石等人的"礼教治政的文章"。第二章"宋人诸派的诗论"，论述了宋代代表性诗人（特别是欧阳修、梅尧臣、苏舜钦、苏轼、黄庭坚等）以及各个诗派（韵味派、禅味派、江西派、反江西派、诗话派等）的诗论，还比较了北宋和南宋的诗论。第三章"金元两朝的文学理论"以元好问、赵秉文、李之纯、王若虚、雷渊等为中心，论述了金代的文学理论。元代文学理论的部分评述了郝经、方回、戴表元、刘将孙、杨维桢等人的文学主张，认为他们大多有性灵的倾向，这一倾向一直延续到明代，起到了桥梁的作用。

　　第六编的明代文论分为四章，第一章"明代保守派的文学理论"首先探索了唐宋派（王慎中、唐顺之、归有光）的理论，接着又以秦汉派（王世贞、屠隆）的主张为中心概述了保守派的理论。车相辕还从"道""文""宗经思想"的角度评述了宋濂的文学理论，认为"广义的道和文的概念"可以解决所有的问题。第二章"明代保守派的诗论"综述了各派的诗论，道学派宋濂和方孝孺"否定诗人之诗"的理由、拟古派轻视宋诗、茶陵派"重视格和声两方面"等内容是车相辕感兴趣的问题。车相辕认为"前七子派"攻击宋诗、主张"诗必盛唐"是矛盾的，他还梳理了"后七子派""包容宋诗"以及"从格调到性灵"的演变过程。第三章"明代新文学的理论和批评"概括了公安派的主要观点："尚真和韵趣""文学的进化""反对模拟""性灵与文体解放的关系""重视内容""重视小说和戏曲"。竟陵派的诗论与公安派不同，公安派主张"矫正七子派的极浅和极熟"，竟陵派则"矫正公安的俚僻"。第四章"明末改革派的文学理论"研究了钱谦益的"反文必秦汉说"和"宋文为宗"的说法，指出顾炎武、黄宗羲"轻视空文、反对雕琢"，实际是主张"功利主义性的文化观"，他们的主张分别体现在《日知录》和《郑禹梅刻稿序》中。

第七编"清代的文论"收录了前面列举的车相辕的 3 篇论文。第一章"清人诸派的文学理论"论述了五个方面的内容。第一，"清初古文派的文学理论"将侯方域、魏禧、汪琬、朱彝尊等人作为研究对象，揭示了清初文论的要义。他们都是将保留经学的原本作为了标准。第二，以戴震、钱大昕、焦循、罗汝怀为中心，认为他们主张论文不仅仅要达意而简洁，而且还要"述事为主，着重考据"。第三，"性灵派的文学理论"以袁枚和章学诚的自主性情为中心，通过《章氏遗书》《宋儒论》等文章描述了性灵的作用。第四，"主流桐城派的古文运动"主要研究了方苞、刘大櫆、姚鼐等人的桐城派古文理论，根据散见于《望溪文集》《海峰文集》《惜抱轩文集》的看法，认为他们主张"文道合一圣贤和文人合为一体"。第五，"非主流派的文学理论"的部分主要评述了阳湖派、骈文派、折中派，以恽敬、阮元、曾国藩分别作为研究重点。恽敬为了从桐城派中独立出来，批判了桐城派，认为在南宋之后几乎没有什么值得一看的大作。阮元提倡"骈散调停"，曾国藩在此基础上认为魏晋骈文和散文都处于尚未分化的状态。第二章"清人诸派的诗论"分别论述了尊唐派、宗宋派、自立派的诗论，第四节"神韵派的诗论"研究了"神韵"的意味、"品格和风格"等，认为"诗禅一致"或"诗禅一如"是神韵派的理论根据。第六节"格调派的诗论"是以"尊唐贱宋""温柔敦厚""与神韵说妥协""学与才"为重点。第八节"肌理派的诗论"评介了试图折中格调、神韵两派以及完善王士禛神韵说的人物翁方纲。翁方纲在《神韵论上·下》中批判了"神韵说"的空寂。"同光派的诗论"部分简明地介绍了清末同光体诗派的内容，他们从"七子派"的"诗必盛唐"中解放了出来，融合了历代各派的特征。他们标榜的是杜甫、韩愈、黄庭坚、苏轼等。车相辕以《石遗室诗话》为中心，探讨了折中合一的论点。其著作以简单易懂的方式，大体叙述了历代中国古典文论的演变过程，虽然对某些文论观点的论述不够深入、细致，但是概括性的论述有助于把握特定时期的文论。

车柱环取得了很大的成绩，这一时期主要发表了《宋代诗话》(上、中、下)、《唐代品格论》(上、中、下)、《严羽诗论》(上、中、下)、《元明诸家诗论》(上、中、下)以及《诗话与漫录》①等论著。据此可以看出这一时期文学批评的基础已经确立，下面有必要评述他的文论研究成果。

首先是《宋代诗话》。车柱环以欧阳修的意见为中心，归纳出诗话是关于诗歌文体、内容的自由描述的定义。"欧阳修和梅尧臣诗论"部分概括了北宋诗论的特征，并研究了欧阳修的"诗穷而后工"、梅尧臣的诗"古淡有真味"等观点。第三部分"苏轼和黄庭坚的诗论"，指出了苏轼与欧阳修的不同，并没有排斥道佛；认为黄庭坚以作诗法为中心，创造"点铁成金、夺胎换骨"的技法。其中，"严羽诗论"的部分分析了严羽《沧浪诗话》的思想，解析了"妙悟和入神""不涉理路和无迹可求""安身立命和香象渡河"以及"词理意兴和春秋诛心"等问题。在"元代诗论"部分主要以四个代表性诗人为中心，论述了如何评价他们诗作的问题。车柱环以《滹南遗老集》的诗话为中心论述了王若虚的诗观，还以元好问《论诗绝句》30 首作为研究对象，以批判的角度考察了诗作的艺术性问题。"明代诗论"通过明初诗论的代表性诗人——杨维桢、宋濂、方孝孺、高启等人的诗说展开了研究，解释了当时诗人的诗观，具体内容分别是杨维桢的"铁崖体"世界、宋濂的"诗文一源说"、方孝孺的"诗经诗"、高启尊重古代的态度、强调诗的格调本性等，而且还考察了后世诗人如何理解、运用上述四家诗论的状况。此外，"诗话"部分不仅研究了中国古典文学理论，也研究了韩国汉文学，尤其是重点探究了文学批评的渊源。

继两位学者之后，20 世纪 70 年代最瞩目的成就是确立了文学批评的研究体系，先行研究主要是个案研究，而这一时期的研究则具有了体

---

① 与其说这本书是一本关于文论研究的书籍，倒不如说是一本为文论研究打基础的基本材料。此书翻译并收录了韩国高丽后期到朝鲜后期 33 人的代表性诗话集。该翻译书发行后增加了研究者对于批评文学方面研究的兴趣，很多成果得以发表。尤其是书中介绍了中国古代文学理论，对于理解其在韩国的接受很有帮助，其价值受到了很高的评价。

系性与综合性。李炳汉在 1967 年发表了《散见于诗话中的李朝文人文学观——通过与中国文学理论的比较》，此后还陆续发表了《对于批评的层次》《中国文学史的时代区分》《独创模仿和剽窃：汉诗批评体例的比较》等论著，并在这些成果的基础上完成了自己的博士学位论文《汉诗批评体例研究》，于 1975 年由首尔通文馆出版。此时期虽然汉诗批评理论在韩国不成体系，但是李炳汉的论文打破了这一局限性，留下了光辉的业绩。他的博士论文共六章，值得注意的是在结构上依据《诗品》的体例，通过梳理源流始末，比较分析了中韩诗歌理论的独创性。其中，"品格论"部分记述了从刘勰的《文心雕龙》到袁枚的《读诗品》对《诗品》评价的变化，还探讨了风格概念的变化。李炳汉通过个案论述了中国诗歌理论如何运用到韩国汉诗的批评之中的这种研究方法，对今后的研究者具有指导意义。第二章"源流批评论"，依据《诗品》的体例研究了内容，主要有"国风的遗意""意境""主题的一致"和诗语字句的袭用等，都以历代诗论、诗话为中心展开。第三章"独创、模仿和剽窃"部分以曹丕、魏庆之、唐顺之、王世贞、章学诚等人的理论为中心，研究了他们各自的独创性，还分析了释惠洪的《冷斋夜话》、朱子的《朱子全书》、欧阳修的《苕溪渔隐丛话》、袁枚的《续诗品》和吴乔的《围炉诗话》。第四章"与作家环境的关系"，以《毛诗序》和《孟子·公孙丑》为中心论述了环境论，以《文心雕龙·体性》、曹丕的《典论·论文》、严羽的《沧浪诗话》为中心论述了"天禀与质"。第五章"时代区分和批评基准"中的第四节"作为批评基准的唐诗"分为"盛唐和晚唐""唐诗和宋诗""唐诗和明诗"等部分，描述了特定时期诗作的特征。第六章"品格论"第二节，为了论述"格的种类"，研究了刘勰的"八体"以及皎然的《诗式》、齐己的《风骚旨格》、张为的《诗人主客图》和姜夔的《白石道人诗说》、严羽的《沧浪诗话》、杨载的《诗法家数》、范德机的《木天禁语》、袁枚的《续诗品》等，评述了他们的观点与意义。

　　这一时期另一值得注意的成果是金学主的《汉代诗研究》，此书第二章"汉代的诗学"主要研究了《汉书·儒林传》《汉书·艺文志》，以及郑玄的《诗辨》，并比较分析了陆机的《毛诗草木鸟兽虫鱼疏》、郑樵的《诗辨妄》的观点，阐释了现代学人对于诗歌的认识，记述了"四家诗"和"六家诗"的来历。第三章通过《毛诗序》论述了诗的概念,这里主要论述了《尚书》《礼记》《文选》和王先谦的《诗三家义集疏》等文,解释了《诗经》中关于诗的含义。这篇论文是汉代诗理论研究的一大成果。

(二)文学理论著述的翻译和刊行:《文心雕龙》与《中国诗学》

这一时期文论的翻译受到了学术界的广泛关注,中国古代文论都是用文言文写成的,对外国学者来说,阅读、理解与研究是十分困难的。校注本又有很多不完善的地方,研究起来存在许多困难,因而翻译工作就显得十分重要,在翻译方面做出重要贡献的是李章佑和崔信浩。

李章佑在 1965 年完成了硕士论文《韩退之散文研究》,以此为起点完成了许多研究成果。他在 1976 年翻译出版的《中国诗学》和 1978 年出版的《中国文学理论》,对研究古代文论方面提供了方法论的借鉴意义。由于视角不同,韩国学者对此的评价也并不相同,尽管如此,学者们的研究中也经常引用此书的观点,这表明韩国学者十分重视《中国文学理论》。李章佑的译著出现于文论研究十分兴盛的时期,对理解汉诗的原理和特征,以及对推动文论研究起到了积极作用。

这一时期值得关注的还有崔信浩译著的刘勰《文心雕龙》,在这本书出版之前,车相辕已经研究了《文心雕龙》,但当时还没有出现全译本的《文心雕龙》,崔信浩的译本是全译本,这也就带动了韩国的《文心雕龙》研究。在此之前购买的原著,由于内容艰深晦涩,即使参考了校注,也很难真正理解。很多学者只能理解一些片段,难以展开整体研究。此译本是以文光图书公司刊行的黄叔琳注本为基础翻译的,注释十分详细。它的出现打破了当时的研究困境,满足了需求。

虽然翻译与辞典是必备的先行条件,但实际上韩国学界并不十分重视翻译与辞典,这一点迄今为止也没有得到改观。崔信浩克服了当时现状存在的困难,最终完成了翻译,可以说这是这一时期中国古典文论研究的里程碑。但他翻译的《文心雕龙》也有遗憾,没能具体地比较分析校注本。

(三)研究对象的多样化："公安派"文论、"唐乐"以及"文学史"的刊行

20世纪70年代研究的另一个特征是以明清文论为研究重点，特别关注明清交替时期的公安派文学理论和清代文学理论。这一时期对激进的文学理论有着极大的兴趣，这与70年代韩国历史现实有着很大的关系。这一时期以车相辕的《清人诸派的文学理论》(1970年)、《神韵·肌理两说的关系》(1973年)、《格调派诗论》(1975年)最有代表性，此外还出现了金学主的《袁宏道性灵说的展开》(1971年)、黄泰运的《顾炎武的诗和文学观》(1971年)、车柱环的《元明诸家诗论(上、下)》(1975年)、元钟礼的《明清三大诗论综论》(1979年)等论著。除了车相辕和车柱环之外，其他学者都是新一代研究者，他们的研究内容集中在文学理论的进步性方面。

前文已经介绍了车相辕、车柱环的研究，在此不再介绍，下面介绍其他学者的研究。元钟礼主要研究了明清的格调说、性灵说、神韵说，并从"风格"角度详细分析了特征。金学主研究了公安派的文论，特别分析了袁宏道性灵说的精神和逻辑，认为性灵说的核心是"反复古"。为了证明这一点，作者列举了《叙小修诗》《文钞序文》《随笔》《游记》等文章。黄泰运梳理了顾炎武看到明清交替的历史而对文学本质所做出的深刻思考，救民、人道等思想是关注的核心问题，具有很强的目的性。这些论文体现了当时韩国学者的研究倾向，热衷于研究明清时期的理论，就是来自对现实的关注，同时这些研究为以后的研究打下了基础。

20世纪70年代是学术研究全面兴起的时期，韩国汉文学研究已经不再局限于典故研究，而是热衷于寻找新的方法和视角，这一现象同60年代截然不同，这一时期不是文论研究的鼎盛时期。金学主关于袁宏道的研究、吴相勋关于李卓吾的研究(《李卓吾的交友观和人生观》)备受瞩目，研究对象是具有进步倾向的人物，这些人的作品和理论在当时的韩国学界还并未引发广泛的关注。当时学者购书十分困难，只能在我国的台湾和日本等地买到。购置李卓吾的著述尤为困难，他的《焚书》《续焚书》以及《藏书》等在台湾没有出版，只能辗转从北京订购，因而这些研究

十分难得。公安派文论的研究不是始于中国文学学者，而是始于韩国文学学者，1978 年姜东烨发表的论文是最早的一篇。姜东烨在《对于朴趾源的文学观》中，对明清文学思潮和朝鲜后期文化的现实主义文学意识进行了比较研究。此后 1991 年李愚一发表了《公安派和北学派的学理论比较研究——以袁宏道和朴趾源为中心》，也论述了两个流派的相关性。韩国学者主要关注的是李卓吾在《童心说》《时文后续》和《与友人论文》等文中提到的"真心"。袁宏道以《雪涛阁集序》和《时文叙》等文为中心，强调了文学的进化，指出文学随着时代而变化，这一点也引起了韩国学者的关注。

三、20 世纪 80 年代前期 (至 1984 年)

20 世纪 80 年代可以说是中国文学研究，尤其是文论研究的黄金期。首先是学术研究发展极为迅速，研究成果的数量突飞猛进。80 年代分为前、后两个时期，1984 年之前是前期，1985—1989 年为后期。前期与后期的分界线正值韩国民主化风潮的鼎盛时期，文论研究与当时的社会现实存在着一定的关联，剧变的社会现实给研究者带来了一定的影响。

(一)作为文论研究对象的"经学"及其周边范畴

20 世纪 80 年代初期文论研究的特征是以经学为对象，实际上应当更早展开以经学为中心的文论研究。经学是中国思想的中心，文论的诸多观念始于经学。80 年代出现这一新的变化的原因并不十分明确，但是已经意识到应从根源开始研究中国学。这一时期研究者的数量突然增加，研究对象也越来越广泛，这也是展开以经学为中心的文论研究的原因。

这一时期最有成就的是金兴圭，他的《朝鲜后期的诗经论和诗意识》，是具有方法论意义的重要著作，主要研究了朝鲜后期文人视为经典的《诗经》。第二章"《诗经》的争论焦点及其文学思想层面的意义"论述了两个方面：第一，通过《大序》《小序》研究了诗的背景与起源，又以《论语》的《为政》《卫灵公》《阳货》为对象，研究了诗的功能和"温柔敦厚"的诗教观。第二，论述了宋代以前的诗经论和朱熹的关系，通过《诗集传》来解释朱子的诗经论。作者从近代新知识的观点梳理了诗论的含义，同时也阐明了《诗经》在汉诗中的地位以及诗本身的意义。白琪洙的《孔子艺术思想》、洪淳昶的《司马迁的文学观——以〈史记·屈原列传〉为中心》和权锡焕的《庄子文学论》等大多侧重于研究技巧和艺术层面，开辟了文学理论的另一片天地。

白琪洙以诗、礼、乐为文学的基点，对孔子的艺术论进行了哲学性的探究，认为"诗"与"乐"是表现美的形态。洪淳昶以《史记·屈原贾生列传》为中心，通过对屈原作诗的过程的说明，揭示了司马迁的文学观点。权锡焕通过对庄子文学中先验性的要素"气"、体验性的要素"坐忘"和综合性的要素"神明"展开全面分析，认为《庄子》的见解奠定了中国近代文学观念的基础。南宫铉的硕士学位论文《朱熹的文学观研究：以诗经传序及楚辞集注序文为中心》以《诗经传序》为对象，研究了朱熹的文学观，认为《诗经》包含的精神即"诗教"，描述了诗的形成过程（静—感物—有欲—有思—有言—诗），这是研究中国文论本质的不同尝试。

（二）变化与对立：明代至清末的文论

进入 20 世纪 80 年代，明清文论的研究呈现出了越来越活跃的趋势。这种现象在 80 年代初期尤为显著，大多以明清交替期或清末的理论为研究对象。这种研究倾向来自对社会政治现实的反抗，也可以理解为间接批评社会现实的一种手段，当时的学术研究更侧重于对社会现实的关注。

这一时期的此类论文主要有李桂柱的《沈德潜论诗钞考——以〈古诗源〉中的批评诗为中心》（1980 年）、元钟礼的《李东阳诗论试谈》（1981年）、金进暎的硕士学位论文《王士祯诗论研究》（1981 年）、金政六的《袁枚的性灵说及其先声》（1981 年）、高八美的《袁中郎的文学观》（1981 年）等。李桂柱研究沈德潜的《古诗源》，其目的是阐明清代诗学的具体内容。元钟礼也通过李东阳诗学研究掌握了格调诗论的特征，他在完成硕士论文以后一直研究明清诗论的流派，在创作论和鉴赏论方面取得了进展。

金政六研究性灵说，反对格调派的拟古和雕琢，主张走向"《诗经》的世界"。高八美研究了袁中郎的文学观，充分肯定了文学个性、自由性情，也肯定了小说和戏曲的地位。但是他没有介绍袁中郎文论的哲学层面背景，这是令人遗憾之处。

（三）初期研究者的持续性研究和新研究者的出现

韩国对于中国古典文论的研究主要集中于魏晋南北朝时期，早期的研究主要依靠日帝时期在京城帝国大学学习中国学的一些学者以及 20 世纪50 年代之前完成学业的学者，这种现象持续了很长时间。70 年代到 80年代，韩国很多大学的中文系培养出了不少年轻学者，有的学者在外国完成学业，但是更多的是韩国本土培养的学者。80 年代的研究迎来了巨大的发展，此时期被称为"研究的绝盛期"。值得注意的是，即使研究者越来越多样化，他们研究文论的重点依然是中国早期文论，其中多是研究宋代之前的文论。这一点和前期的研究重点相同。

为了便于理解，下文将研究对象分为唐宋之前和唐宋之后，分别介绍各个时期的研究成果，以求掌握不同时期的研究脉络。唐宋之前文论的研究成果主要有崔奉源的《文心雕龙的文体论研究》、文璇奎的《曹植的文学环境与文学观》、洪瑀钦的《苏轼文论简介》、崔民和的《陆机研究——通过〈文赋〉探知其文学理论中心》、宋天镐的《司空图〈诗品〉研究》、金学主的《〈汉书·艺文志〉的文学意识》、郑在书的《葛洪文学论研究》《再论葛洪文学论——文学进化论和感赏论》、文明淑的《〈史通〉中出现的刘知几的文论》、陈玉卿的《司空图论诗考》、元钟礼的《北宋理学者诗论小考》、全英兰的《陶潜与刘勰的文学观比较研究》、朴钟汉的《王充论衡文学论研究》，等等。崔奉源、宋天镐、陈玉卿研究了《文心雕龙》和《诗品》。崔奉源对《文心雕龙》文体论的研究，标志着文体研究的开始。宋天镐的研究涉及了司空图诗论主要内容，并分析了《诗品》的特征，还研究了其对后世的影响，他认为王士祯的神韵说就是源于《诗品》。陈玉卿以唐代 300 年间的作品为中心，研究发现司空图诗论的观点源于魏晋的诗歌理论。上述研究成果从各个领域进行了初期的尝试，有一定意义。

文璇奎的论文《曹植的文学环境和文学观》，分析曹植的文学观时，还利用了钟嵘的《诗品》、曹丕的《典论·论文》和《三国志·魏书·王粲传》等文献。他认为《赠丁翼》《赠丁仪王粲》《求自试表》《杂诗》《与杨德祖书》等诸篇也显示了曹植的文学观念，"文学是宝贵的"，"文学的生命是长久的"，"文学的完整性难以达到"等都是曹植文学观的组成要素。

崔民和研究了陆机的《文赋》中关于"声律理论"的实质。在他之前，韩国学者对西晋时期从曹丕到刘勰之间的文论特征进行了一些研究，但是没有研究文论中的声律理论。文明淑通过《史通》研究了刘知几的文学观，肯定了唐初实用主义价值的观点。同时他也指出，刘知几致力于建立以史传文为核心的实用主义文学观念，论述的核心是唐代的语言使用、简略叙述、真实表达和有效果的模拟等。金学主的论文《汉书艺文志的文学意识》把握了汉代文学理念的特征（重视诗赋和小说），但没有全面研究，而是局限于《汉书·艺文志》。全英兰也发表了比较陶潜和刘勰文学观的论文，讨论了两人文学认识的共同点，如自然主义文学观、以儒家经典为基础的现实认识及对当代衰败文学的挑战意识等。

唐宋以后文论的研究状况，这一时期出现了元钟礼的《李东阳诗论试谈》、李丙镐的《钱谦益文学论之重要观点》、尹银淑的《曾国藩古文论》等论文。元钟礼的论文研析了李东阳的诗观和创作论，展示了明清文论的特征。李丙镐的论文以钱谦益的文论为核心，探讨了"性灵"和"学古"的问题。尹银淑的论文将曾国藩的古文论分为文原论、文体论、创作论、风格论，指出了曾国藩古文论的核心。

(四)《文心雕龙疏证》和《〈诗品〉汇注》

20世纪70年代以来，研究韩国汉文学和中国古典文学的学者都把诗话视为重要的文论研究对象，这不仅因为诗话是文论的普遍形式，还因为韩国古代文人受到宋诗话的影响，从高丽时期开始热衷于编撰诗话，而且形式多种多样，这种现象一直持续到了朝鲜后期。同别集的"论""说"以及序文一样，诗话被视为理解个人或是特定集团的文学特征或是流派倾向的重要资料，诗话对理解和评价特定时期的文论起到了很大的作用。诗话类没有收入于文集的正集中，并不代表它缺少价值，实际上它对于准确理解文人的文学思想，具有特殊意义。

20 世纪 80 年代前期的诗话研究主要有李章佑翻译的《续唐诗话·韩愈条》(1980—1986 年)，共 12 回，这本著作有助于加深对唐代文学、韩愈的文学观以及周边文人的文学创作的理解，提高了学界对于这一领域的关注。正如前文介绍，李章佑的研究不限于诗话，他一直致力于各种文论的介绍和翻译。梁会锡的《用事考——以唐诗和诗话为中心》(1982年)，研究了唐诗与历代诗话的用事，发现用事具有修辞学的表现技巧特征。李昌龙的《诗话中出现的李白的投影》(1983 年)，梳理了韩国历代诗话(以六类代表诗话集和其他诗话为中心)对李白诗歌的批评，试图建构诗歌批评的理论。李哲理延续了李章佑的研究方向，对于词话以及将在下文中论及的《诗品》研究都留下了十分重要的成果。赵钟业是韩国学界具有代表性的诗话研究者，他的诗话研究主要讨论了汉诗研究的方法论，比较了韩国、日本以及中国的诗话。① 此外赵钟业编选了韩、中、日具有代表性的诗话资料集，为研究者提供了极大的便利。赵钟业的研究是继车柱环的译作《诗话与漫录》之后最为闪耀的研究成果，为深入了解韩、中诗话与文论的交流提供了契机。他的论文《诗话之定义》(1983 年)整理了诗话的定义(比较了古今诗话定义)，界定了狭义的纯粹诗话。

文本是文论研究的基本要素。研究魏晋南北朝的文论，首先必须校正原始文本。李徽教的《〈诗品〉汇注》(岭南大学出版社，1983 年)获得了学术界的高度重视。这本校注与车柱环的《文心雕龙疏证》《钟嵘诗品校

---

　　① 赵钟业的《中韩日诗话比较研究》(台湾学海出版社，1984 年)分为三部分：诗话的起源与发展、三国的代表性诗话资料介绍以及与此相关的研究。主要内容一共四篇，第一篇是导论，论述诗话的理论意义、中国诗话和日韩关系。第二篇是资料篇，介绍六朝之后一直到清朝的诗话、日韩诗话资料。第三篇是研究部分，介绍唐宋诗话和中国诗话的意义，日韩诗话和唐宋诗话如何互相影响等。第四篇论述了研究方法论问题。他还出版了原资料集，对这方面研究作了极大贡献。尽管如此，本文仍然没有将此篇文章作为重点进行研究，其原因就在于他属于国外的研究丛书，所以只将其作为这一时期一种研究倾向作为参考。

证》一起，被评价为韩国的中国古典文论研究的重大成就。① 李徽教校注了钟嵘的《诗品》全文，包括序、上品、中品和下品。李章佑的《诗品汇注序》清楚地说明了校注者的意图和方法：

> 《诗品汇注》倾力校勘原文，训释字句，探索出处，批判评说，注明名物故事和诗人的生平、特色等。作者考核、取舍凡是和钟嵘诗品有关问题的诸家说法，发掘新证据，展示自己的意见，努力毫无遗漏地阐明，是一本学术价值丰富的论著。②

《〈诗品〉汇注》汇集了迄今为止的全部校注，被认为是《诗品》校注的权威文本。车柱环认为李徽教的汇注比车柱环的校注本更加完善，更具有学术价值的成果。此外，文本整理良好、辞典丰富，也是研究得以顺利展开的基础。在文本的校勘与注释受到广泛重视的状态下，那些投入巨大时间和精力进行校注的研究者显然是做了不可估量的贡献。

综合上述内容，可以发现这一时期的特征：一是译注和研究诗话，主要代表学者有李章佑、李徽教、赵钟业等。他们通过研究诗话而受到关注，奠定了诗歌批评理论的基础。除了李章佑、李徽教，还出现了新的研究者。李哲理就是新研究者之一，他在这一时期(1982—1984 年)共发表了 4 篇研究王国维《人间词话》的论文③，此后又研究了《诗品》，他的研究得到了李章佑的关注。二是理论文本的整理。赵钟业被视为韩国学界具有代表性的诗话研究者，他还编辑、出版了韩、中、日代表性的诗话资料集，为研究者提供了便利。

---

① 李章佑在《韩国中国文学研究的回顾和展望》(《中国语文学》15，岭南中国语文学会，1988 年)强调了此书的重要性，评价了这一成果。

② 车柱环：《序》，见《诗品汇注》，岭南大学出版部，1983。

③ 李哲理于 1982 年用相同的题目完成了硕士论文(岭南大学研究生院)，之后又发表以《钟嵘〈诗品〉研究》为题的博士论文，可以说其硕士论文对博士论文的帮助很大。

四、20 世纪 80 年代后期(至 1989 年)

20 世纪 80 年代后期的韩国学界仍然热衷于研究文论，其特征是范围十分广泛，涵盖了从遥远的周代到清末。据统计，这一时期学者们发表的论文大概有 169 篇，① 通过论文篇目的调查可以清楚地了解研究情况。调查的结果并不只是单纯的数据，其中还包含着这一时代的研究特征和论文价值，由此可以预测此后的研究倾向，显示研究者关注的热点问题，有助于了解文论作品本身的重要性同实际研究的关系。

(一)先秦两汉的文论研究:《庄子》《史记》

韩国汉文学研究界关于周代和两汉的文论研究成果不多，主要研究了《诗经》《庄子》《论语》《尚书》和《老子》。整个 20 世纪 80 年代的基本研究方向是文学的社会作用，关注的热点是时代动向的洞察力在特定作家、作品中的体现。尤其值得一提的是，这一时期掀起了对朝鲜后期实学派文人作品的研究热潮。有的学者提出了"文学究竟应该如何写作"的问题，并认为解决问题的一个途径是《庄子》。《庄子》研究从 20 世纪 80 年代后期成为研究热点，而且一直持续到了 20 世纪 90 年代初期。② 韩国汉文学研究界的这种特殊现象，对中国文论研究也产生了一定的影响。这一时期的学者们不断寻找文论研究的新方法，同时也摆脱了过去研究《文心雕龙》的方式，试图从新的视野来研究。金世焕的《〈庄子〉中道与美的体验》研究了"道和文学性的语言表现问题"，探明了美学世界。在对《庄子》的《外物》《天道》《达生》《秋水》等诸篇的研究中，分析了《庄子》的文学性。在"道和语言的相关性"中，认为"道"的观念是"道通为一"，这种观点可以去除有局限的知识，从而追求绝对的价值，《庄子》将之称为"大美"。

---

① 参见以徐敬浩编《国内中国语文学研究论述论著》(正一出版社，1991 年)为中心的中国学或中国文学有关的学术刊物。

② 由于《庄子》研究的热潮，尹在根重新诠释创作的《不要因为鹤腿长就弄断它》震动了当时的读书界，这一现象对时人很有启迪作用。

金世焕认为《天道》中的"形、色、名、声"仅仅是表达对象的一种方式，"道"并不是通过文字传播的。换言之，"道"是以对事物的美的观照为基础，追求永远而绝对的真实与完美，这便是《庄子》追求美的体验。权锡焕的硕士学位论文《庄子文学研究》集中研究了"文体意识"和"艺术论"。

20世纪80年代后期的汉代文论研究侧重于汉代的诗文学、王充的文论、《山海经》等，关于司马迁和《史记》的研究成果较多，系统研究了司马迁的文学理论，探索了《史记》列传的形成原理以及文章结构，这在一定程度上满足了这一时代的需求，符合20世纪80年代韩国的社会背景和时代氛围。林春城的硕士学位论文《〈史记〉议论文的内容和技法分析》和《司马迁的文学理论与文艺批评——以〈史记〉议论文为中心》，是两篇观点相辅相成、相互补充的论文。

此时期，关于孔子、《论语》与王充的研究方面出现了一些研究成果。① 研究汉代文论的学者，除了上述提及的学者，还有边成圭，他在《汉代文学和儒家思想》中指出，进入汉代以后，出现了很多儒家文学观的论述，其中具有代表性的论述就是《毛诗序》。金权的《先秦语言观的成立及对汉代经学的影响》主要研究了汉代经学的定型与语言观念，唯名论、唯实论是研究的焦点。他还比较了《易传》的"解经精神"，以及《墨子》和《荀子》的语言观念，由此揭示了先秦语言观的特征。

(二)魏晋南北朝的文学论：陶渊明

在中国学术界的研究中，魏晋南北朝时期的文论研究占据了最大比重，《诗品》《文心雕龙》等理论著作以及当时文人的文学理论，因成为后代文学创作的根基而广受关注，研究成果硕果累累。但是韩国学术界和中国学术界不同，20世纪80年代后期韩国学者的研究成果不多。这一时期发表的论文大概有30篇左右，这一数量与魏晋南北朝时期文论的重

---

① 参见李宇正《韩国的中国古典文学理论研究的现状和任务》(《中国学报》38，1998)中的表2"先秦·两汉时期文化理论研究现象"。

要地位不成比例，对特定理论或作家也缺乏集中研究。① 不过对陶渊明的研究还是可圈可点的，这一方面的代表性研究有金周汉的《陶渊明诗文的渊源和作品考》、姜孝琴的硕士学位论文《中国自然诗的特征研究——以陶渊明·谢灵运·孟浩然·王维的自然观为中心》。此外，还有全英兰的《陶潜和刘勰的文学观比较研究》(1984 年)，探讨了魏晋南北朝的文学思潮，也研究了《汉书·扬雄传》以及《晋书》和曹丕、曹植的文论。

(三)韩愈、白居易的文论以及唐诗论

20 世纪 80 年代后期，韩国汉文学研究界关于唐、五代文论的论文大概有 170 余篇，其中有 10 余名学者发表了相关论文 2 篇以上。这是文学创作十分活跃的时期，相较于其他时期，文学应当受到学者更多的关注。李章佑的硕士学位论文《韩退之散文研究》开启了韩愈文论的研究先河，此后潜心研究并发表了许多论文。他研究了数年《续唐诗话》中关于韩愈的部分，出版了翻译本。他的《韩愈的古文理论》第三章"韩愈的古文理论"，详细论述了"道的根源"和"古文的理论"。他认为韩愈在《北史·柳虬传》中论述了"文"的本质，在《答李翊书》中提出了完善自己主张的看法，改变了文章的体系，以此来排挤骈文。他主张将古文理论和创作方法相结合，"道"与"文"统一。他指出韩愈文论创造性的部分是去除"陈腐的语言"，去掉作品中的杂乱成分，去掉文中缺憾的部分。

李章佑的研究可以说是唐代诗文理论研究的总结，他是韩国研究韩愈文学理论当之无愧的代表性人物。除了李章佑以外，还有不少其他学者研究韩愈，高八美的《韩愈的"以文为诗"研究——以诸家诗话中的批评为中心》论证了韩愈"诗文合一"的看法。崔琴玉的《韩愈文论的特征和古文运动的展开》的第二章和第三章讨论了韩愈文论的内容和特征，第四章探讨了古文运动的方向以及目标。金钟美《韩愈的古文理论研究》的第四

---

① 这一时期发表的论著计数如下：陶渊明(3)、乐府(3)、诗歌(2)、陆游(1)、六朝艺术(1)、六朝小说(1)、陆机(2)、文选(1)、竹林七贤(1)、曹植(2)、曹丕(1)、寓言(2)、风(1)、嵇康(1)、谢灵运(1)等。

章"用语言体现道"，分析了古文理论的实质。

　　白居易的文学创作对韩国古典诗歌（包含汉诗）的发展产生了极大的影响①，因而韩国学者的研究比较关注白居易。较早的白居易研究成果有曹佐镐的《白乐天研究》、杨森的《白乐天与他的诗》、金得洙的《白居易研究》等，这些论文虽不是专门研究白居易的文论，但其中有涉及文论的内容。20 世纪 70 年代之后，金在乘发表了几篇相关论文，但也没有专门研究白居易文论。到了 80 年代，这种状况发生了变化，1984 年俞炳礼发表了《白居易诗论的二重性》，从实用和表达的角度对相关问题进行了论述。金在乘的《白居易诗论考》研究了白居易诗论的内容、形成过程、文学史背景等问题，还分析了《与元九书》和其他几篇诗作、诗序、策论等，认为白居易的诗论是以儒家思想为依据的现实主义文论，并以人文主义为基础，主张以人生和社会为目的进行诗歌创作。白居易的《与元九书》近乎文学性自传，内容分为诗的简介、诗的编纂、诗的目的和态度、自己作的诗四部分。他还指出白居易强调儒家功利主义的诗歌效用论，扬善惩恶、补察时政、教化百姓是诗歌的基本功能。"文章合为时而著，歌诗合为事而作"是白居易典型的儒家文学思想。金在乘的《元白往复书考》以元稹的《叙诗寄乐天书》作为理解元稹文学观的材料，总结和概括了元稹的文学观。他认为《叙诗寄乐天书》与《杜甫墓系铭》《乐府古题序》等对文学思想的研究有着十分重大的意义。

　　进入 20 世纪 80 年代后期，金在乘的《白诗评论小考》通过历代文人的评论，分析了白居易的文学理论及其特点。他的博士学位论文《白乐天诗研究》，概括总结了白居易文学。第二章"文学思想"探讨了白居易文学理论的依据和渊源。他对不同体裁诗歌的分析，有助于理解白居易的文学理论。俞炳礼发表了《元和体考》、《白居易的"仕"·"隐"意识》等论文，之后完成了博士学位论文《白居易诗研究》②，其中第四章"创作理论"研

---

　　①　参见孙八洲：《国文学上的白香山》（1968 年）。

　　②　俞炳礼研究白居易文学理论的结论出现在他的博士论文中，文论和相关部分，即第二章第三节"元和体和唐诗风格的变化"、第四章"白居易诗的渊源和创作理论"、第五章"艺术技巧"等，把这些作为论述中心。也许有助于理解其研究倾向。

究了白居易的文论，将白居易的文论分为诗论、作诗方法论、诗歌流变论三种，梳理了白居易理论的核心。金在乘和俞炳礼的博士学位论文，被认为是这一时期的重要学术成果。

20 世纪 80 年代后期，韩国学者还研究了唐代其他文人的文论。元钟礼在《杜甫、苏轼、朱熹诗论的比较研究》中比较了苏轼与杜甫、朱熹的诗论。黄善在的硕士学位论文《李白乐府诗研究》的第五章通过分析历代诸家对李白乐府诗的评论，探讨了一些关于文论的问题。这个时期还有以论述杜甫的诗论观为目的进行的对杜甫诗歌的研究，黄善周的《杜诗试论——以草堂期为中心》、郑在旭的《杜甫社会诗研究》都是杜诗研究的硕士学位论文。其中，郑在旭《杜甫社会诗研究》的第四章"对杜甫社会诗的评价"涉及了文学功能论。李白、杜甫的诗歌在文学史上具有极高的地位，但他们在文学理论与批评方面著述较少，因而学者们在这一方面的研究成果也不多。此外，文学理论盛行于中唐，而非盛唐，这也是李杜诗论研究不多的原因之一。

司空图是唐代具有代表性的文学理论家，虽然《二十四诗品》被认为是历代诗论中最优秀的著作，但却没有得到学者们的关注，关于司空图的研究论文寥寥无几。彭铁浩《司空图〈二十四诗品〉研究》的第三章，比较研究了司空图的《二十四诗品》与钟嵘的《诗品》、袁枚的《续诗品》，第四章论述了"品格"，第六章研究了司空图的诗论和道家的关系。边成圭的《司空图诗论》分析了司空图的风格论、韵味说、意境论。为数不多的研究成果表明韩国学者对司空图虽仍有关注，但是没有取得较大的进展。

与此相反，韩国学者对以王维为中心的山水田园诗与陈子昂诗论的关注度非常之高。李哲理的《王维诗特色试论——以山水诗的"诗中有画"因素分析为中心》分析了画论与诗论的关系。安奇燮《陈子昂的诗论和"感遇诗"考察》的第二章"诗论的形成背景"和第三章"诗论的内容"集中研究了陈子昂的诗论，认为陈子昂主张继承汉魏风骨和"比兴"精神，弘扬诗歌的写实主义精神，需要克服齐梁体的唯美主义文学倾向，追求内容的真实性、形式的写实性和语言运用的逻辑性。姜昌求的《陈子昂诗论考》专门研究了陈子昂的诗论。第二章研究并指出了诗论的形成背景：其一，

克服齐梁唯美主义之风；其二，改造初唐诗风的革新运动；其三，通过
抒写其政治理想来展现诗歌的现实主义。第三章论述了"风骨"和"兴寄"。

　　柳宗元的文学理论是唐代文论的重要组成部分，韩国学者对柳宗元
文论的研究、评价各自不同。有的学者认为柳宗元的思想中包含了"及
物"和"辅时"这两个唯物主义元素，① 柳宗元参与"古文运动"是实现这种
理想的一个方式，"理道"是"有利于社会发展之物"。20 世纪 80 年代前
期韩国学术界没有特别关注柳宗元的文学和理论。80 年代后期开始关
注，关注的焦点是文学形式和古文运动。刘世钟的硕士学位论文《柳河东
诗的内容和形式分析》的第四章分析了柳宗元的诗歌形式和诗歌意识。李
渼的《柳宗元文学创作的艺术风格考》，研究了柳宗元各种文学体裁中体
现的"文势"和理论基础。洪承直的硕士学位论文《柳宗元寓言文的讽刺性
研究》，通过寓言阐述了柳宗元以无神论为基础的进步世界观。第二章
"柳宗元思想的基础"将柳宗元追求的目标分为了三个层次：第一，宣传
以无神论为基础的世界观；第二，抒发自己"以生人为主"的政治思想；
第三，追求"文以明道"的文学思想。洪承直指出为了实现这三种主张，
柳宗元选择了寓言的文学形式，运用了强烈的反语和讽刺的手法。上述
论文中有 2 篇是硕士学位论文，这表明年轻研究者的批判探索精神和当
时研究的整体倾向是一致的。

　　如上所述，这一时期的文论研究以韩愈和白居易的文论为中心，此
外还有李杜的比较研究、司空图的《二十四诗品》、王维和陈子昂的诗论
以及柳宗元的文学理论等。此时期的研究者偏重于研究特定时期、特定
作者及其作品。

（四）苏轼和欧阳修以及改革派文论研究

　　宋代的文学理论由于思维的多样化，出现了各种不同的理论主张。
众所周知，这一时期的理论对韩国文学，尤其是高丽文学发展产生了极

---

　　①　俞炳礼等译：《中国文学理论批评史》(敏泽著，191 页，诚信女大出版社，2011)隋
唐五代时期篇《柳宗元的政治思想与文学思想》。

大的影响。唐宋诗文也是李氏朝鲜科举考试的中心内容之一，甚至出现了"学苏入杜"的口号。流传至今的各种韩国诗话中，详细记载了与宋代文论的关系。不过，相对于宋代文学与文论的重要性，20 世纪 80 年代后期韩国学术界对于两宋文学理论的研究并不多。这一时期大约出现了23 篇研究成果，大多是以特定诗人为中心探讨诗歌的特征。相对而言，韩国学界对苏轼和欧阳修等人的文论有所研究，当然这与二人的重要地位有关。无论是对中国文学研究者还是对韩国汉文学研究者来说，苏轼都是不可忽略的存在，尤其是在韩国汉诗文学的发展过程中，关于苏轼的研究始终起着典范作用，因而出现了 9 篇硕士学位论文。

　　李永朱的《苏轼诗论研究》是较早的硕士论文，这篇论文是迄今为止研究苏轼诗论最为具体详细的文章。第二章涉及苏轼文学理论的"达意""自然成文"和"融古与创新"。第三章是诗论，包括形而上学论、表现论、技巧论与审美论、效用论等。第四章主要论述了苏轼的"诗画一律论"。禹埈浩《苏东坡文赋的特征》的第三章分为说理、文以载道、相对主义三个部分。洪瑀钦的《苏轼文学里的"法度"和"新意"考察》的第三章，将具有"法度"意味的独创性和祖述性作为典型，说明了"思无邪"的思想根基与"无形式的形式"的创作原理。第四章论述了与"新意"这个概念相关的内容：第一，点明万法归一的道理，将其视为人生和宇宙的基准；第二，主张思想自由和行为合理；第三，反对文体和修辞的制约，主张内容决定文体，完善了文章内容决定文章形式的"辞达"方法。

　　继洪瑀钦之后，韩国的汉文学研究者们以高丽后期至朝鲜朝的韩国汉诗文为对象，围绕"新意"进行了深入的探讨。安永吉的《宋代绘书的文学化倾向与苏东坡的诗书画理论》从共时的视角研究了苏轼的"诗书画三绝"，其中第三章综合研究了苏轼的诗书画理论。这篇论文是综合研究苏东坡诗文与书画艺术的开端，具有特殊的学术价值，但是安永吉在这篇论文之后，没有再发表相关的研究成果。

　　欧阳修是 20 世纪 80 年代前期研究的热点，研究欧阳修的诗、词以及诗论的论文有 4 篇，后期的相关研究论文则比较少。20 世纪 80 年代后期值得关注的是车柱环的《欧阳修的诗观》，这篇论文分析了欧阳修主张的诗话精神，认为"文学的核心精神是个性的张扬"。欧阳修在《薛简肃公文集序》《梅圣俞诗集序》等文中主张"诗穷而后工"，认为这是完美诗歌应有的态度。这之后，郭鲁凤的《欧阳修散文研究》主要研究了欧阳修散文的分类和特征，认为道胜文至、穷而后工、简而有法是其散文的特征。虽然这篇论文不是专门研究欧阳修的文论，但对理解欧阳修的文论有很大帮助。柳钟睦的《欧阳修的文论及其实践》的第二章把欧阳修的文论整理为三点：其一为"道胜文至"，认为这既是欧阳修文论的出发点，也以儒家经典为依据；其二为"事信言文"，认为欧阳修克服了本末倒置的骈文家和以内容为中心的古文家的缺陷，追求内容和形式的有机结合，达到了内容与形式完美统一的境界；其三为"简而自然"，如同《春秋》在遣词造句方面，哪怕是一字也要使用最含蓄、最有表现力的语言，也要在短短的文章中蕴含着深刻的意味，这是欧阳修所追求的境界。

　　这一时期韩国学界还研究了王安石和黄庭坚的文论。柳莹灼的《王安石文学观小考(1)》和《王安石文学观小考(2)》认为王安石的文学观主要有如下内容：提倡"致用为主"，文学要有助于社会统治，即"有补于世"；文学的内容和形式哪一个更为重要，这个问题没有固定的答案，这取决于写作的目的。柳莹灼在论文中还论述了王安石文学意识的变化和重要性。20世纪80年代前期，韩国学界没有关注黄庭坚的文论，80年代后期崔日义的《黄山谷诗论研究》，具体研究了黄庭坚的诗论，其中第三章以"法古和创新的调和"为核心分析了黄庭坚诗论的体系和内容，第四章探讨了江西诗派的影响，第五章通过后世的评论分析了黄庭坚诗论的本质。

　　除了研究特定诗人的文论之外，一些学者还研究了宋代文学与理论的整体发展。陈英姬的《北宋古文家的道与文小考》考察了宋初乱象的克服过程以及以晚唐为基础的宋诗的形成过程。文明淑的《宋初诗革新运动研究》通过对三大作家的作品分析了宋初诗坛洪流，论述了宋代整体文学的流向与特征。20世纪80年代后期的研究活动非常活跃，但研究方法缺少创新，也缺少宏观概括的成果。

(五)公安、桐城派的文论和清代的诗论、小说论

20世纪80年代后期,明清文论、诗论、小说论的研究成果比较丰富,散文理论的研究成果有8篇,主要分为两类:一是李贽与公安派文论研究,二是唐宋古文和朱子世界观的研究。此外还有学位论文,共有2篇博士学位论文和11篇硕士学位论文。

李贽与公安派文论的研究始于20世纪70年代,但70年代韩国的社会、政治对学术研究有一定的局限,直到80年代后期社会、政治形势有所变化,学术研究才取得丰硕成果。20世纪70年代后期至80年代,韩国汉学界的一个重要命题是"文学的真正意义是什么",使得"真心"成为广泛讨论的话题,而"真心"即袁宏道所说的"童心"。研究李贽与公安派文论的成果主要有李泰成的硕士学位论文《李贽文论研究——以〈焚书〉为中心》,论文的第三章认为李贽文论的渊源可以追溯到王充、葛洪的文论以及王阳明的理论。第四章将李贽的文论内容归纳为五点:第一,从"童心说"看文学的本质;第二,"自然流露说";第三,"重视自然美";第四,重视小说、戏曲等形式的通俗文学;第五,文学随着时代的发展而进化。金学主的《汤显祖和公安派文学论》比较了汤显祖与公安派的文论,阐明了汤显祖文论的本质。第二章从"明代反复古主义的潮流与公安派的文学论"的角度主张性灵说,认为汤显祖的文学论与公安派一致。李炳汉《李贽文学论——以"童心说"为中心》的第三、第四章阐明了"童心"的意义,第五章论述了文学进化论与李贽文学论的本质。

唐宋古文也是文论研究的主要对象,这些研究也与桐城派文论密切相关。李康来的硕士学位论文《桐城派方苞的古文理论研究》研究了桐城派的方苞,方苞的"古文义法"是桐城派古文理论的基础,第三章从五个角度说明了"古文义法",还研究了古文与时文的关系。崔泳准的硕士学位论文《姚鼐文论研究》研究了桐成派创始人之一的姚鼐,比较了姚鼐与方苞的不同,论文分为三个部分(第三章"文章原论"、第四章"作文论"、第五章"风格论"),从文学角度论述了清初经世致用的文章观。尹银淑的硕士学位论文《曾国藩的古文论》的第四章从文原、文体、创作、风格等

角度，考察了古文复兴的理论基础。通过研究曾国藩骈俪体的修辞手法，分析了使文本更有文采、更有视觉效果的文章论。权应相的《徐渭文学论研究》研究了徐渭的文学理论，徐渭主张克服复古主义，要求文学改革。第二章分析了反复古的个性和情感效用论，第四章研究了徐渭的曲论，徐渭关心当时的民间文化，对戏曲有极高评价，要求戏曲表现时代。

这一时期的戏剧研究成果数量奇少，发表的论文只有 20 余篇，戏曲文学研究的论文 8 篇，其余多是研究舞台演出方面的文章。

这一时期的诗论和诗话研究比较丰富，诗论的研究对象主要为复古诗论和清诗传统，诗话主要研究了严羽与谢榛。元钟礼发表了《前后七子的复古诗论和他们的儒家现实参与意识》和《王世贞与胡应麟的诗论比较研究》，前者试图探明明代前后七子的诗论(以第二、三、四章为核心)，关注他们倡导的拟古主义和现实的关系。后者以胡应麟为重点，研究了胡应麟如何克服王世贞神韵说的限制，创造了新的作诗法。宋永珠的《"神韵"诗论的批评和反响》通过研究 4 位诗人的作品，阐述了神韵说的问题，并指出了神韵说的局限，比如风格狭小、整体感觉比较空寂、性情缺乏、修饰过多、才情有限等。金进瑛的《清代诗传统序说》分析了中国古典诗歌的传统，论述了从赋比兴到妙悟神韵的变化过程。金仁洙的硕士学位论文《郑板桥诗研究》的第三章第三节"文学精神"，以个性主义和现实主义为主线，分析了郑板桥的诗歌意识。他认为郑板桥是有个性的艺术家，在其书画中也能够发现诗歌中的文学精神。这些研究都关注了对前代诗歌影响的克服和创造新价值的问题。很多学者关注清代文学，这是以往没有出现过的现象。20 世纪 80 年代后期的研究潮流迎合了新的变化。

诗话研究主要以《沧浪诗话》为主，严羽强调盛唐诗风的禅宗"妙语"，而对当时十分流行的江西诗派有所批判，研究严羽诗论和研究复古诗论有一脉相通之处。例如，李寿尊的《〈沧浪诗话〉研究》、全弘哲的《谢榛〈四溟诗话〉研究》等。前者研究南宋的诗话，后者研究明朝的诗话。李寿尊的论文主要分析了严羽的诗话理论，第三章研究了诗辨，第四章研究了诗体，第五章研究了诗评。李寿尊还评述了各个时代的诗歌和诗人。

全弘哲论文的第二章论述了谢榛诗歌理论的背景，第三章涉及诗原论（学古和妙语），第四章研究了创作论（句法和远近法），第五章研究了批评论（点评了风格和造句、声律）。

小说理论研究主要研究了明清小说理论，李镇国的《晚明小说论试探——小说〈序·跋文〉虚构意识中的创作论》主要研究了小说的序、跋文，第三章梳理了小说概念，第四章论述了小说技法与虚构问题。清代小说理论的研究成果不多，魏幸馥的《清末小说理论残考》主要研究了小说的功能。具良根的博士论文采用了社会学方法论研究了清末谴责小说，这也是 20 世纪 80 年代韩国研究者普遍采取的方法。

（六）历时性的文论研究与批评史展开

这里所要讨论的内容是在中国文学的整体背景下，作为文学发展内在动力的文论。韩国学者的研究集中在古典文学理论、古文运动以及批评史方面，此外还有关于杂剧的研究，但诗歌研究相对较少。古典文学理论是一个超越了形式限制的宽泛名称，对古典文学理论的全面研究形成于 20 世纪 80 年代后期，尤其是 1985 年左右。车柱环和洪瑀钦的研究成果最为卓著，他们在文学理论领域的领头作用从 20 世纪 80 年代一直延续到了 21 世纪。

吴台锡的《中国文学史上的文·质论的展开》、李炳汉的《中国古典文学理论与自然》以及车柱环的《中国诗论》等都是总体研究的成果。吴台锡以文学本质问题的表现样式为中心撰文，以作品的内容为中心研究"质论"的产生和特征，把中国文学史作为整体研究对象。李炳汉试图研究中国文学的根本原理，以自然观为中心阐明中国文学的特征和生成原理。20 世纪 80 年代后半期，车柱环梳理了诗歌的理论问题，论述了从先秦孔孟的诗观到清代的文论发展过程，以诸家的诗话和诗论为中心描述了文论发展的特征与原理。1983 年洪瑀钦编译的《汉诗韵律论》（王力《汉语诗律学》）对语言文学整体进行了理论的描述与证据的探索。洪瑀钦的《汉诗论》，全书共分为五章，包括自我、对象、物我交感、心像、表现论等内容，具体研究了语言文学的理论部分。

　　文学批评史也是整体研究的一部分，金进瑛的《中国文学批评史
（上）：对于"神""道"的考察》、李炳汉、李永朱合著的《中国古典文学理
论批评史》、李钟汉译的《中国文学理论批评概要——总论》等，这些成果
掀起了文学理论研究的热潮。金进瑛的论文虽然没有完成（他本人可能计
划继续发表），但是已发表的每一部分都具有一定的价值。作者从"形而
上学的文学理论""唐宋人的文学论""三苏的神气论""儒道二家的论神"等
多个方面，论述了中国文学批评中的"神""道"问题。李炳汉和李永朱合
著的《中国古典文学理论批评史》，研究了从先秦到清末各个时期的文论
核心人物和他们的观点，内容丰富，颇有价值。李钟汉的译著《中国文学
理论批评概要——总论》参考了湖南师范大学谌兆麟的《中国古代文论概
要》，共分 3 篇发表——"总论"、"先秦文学理论批评"、"两汉文学理论
批评"，都是 20 世纪 80 年代的重要研究成果。

五、文论研究的整理期：20 世纪 90 年代以来的情况

　　对韩国来说，20 世纪 70 年代至 90 年代的这 20 余年是中国古典文学
理论研究的全盛时期，以有限的环境（还没有和中国建立邦交关系）为背
景，这一时期的显著特征是取得了让人刮目相看的成果。相较而言，这
里讨论的 20 世纪 90 年代的特征与前期截然不同。首先最为显著的特征
是研究成果较少，其次是相较于零散的普通论文，更多的是在博士学位
论文基础上修改深化而成的论著。所以这里要以学位论文为中心来探讨，
这一时期其他方面的成果另作讨论。

（一）原论研究的集中化：《诗品》和《文心雕龙》以及小说理论

　　下面依次以博士学位论文和著述的顺序来进行探讨。首先来看一下
金权的《汉儒经典解释中的言语观研究》（首尔大学博士论文，1990 年）。
作者于 1981 年发表了自己的硕士学位论文《说文解字部首的字次及其意
义》之后，继续致力于研究经典著作以及文学和语言学之间的关系。这篇
论文主要研究经典著作释义时的语言相关性，作者在论文中虽然主要以

经典解释为中心展开，却对理解中国人的语言观很有意义。论文通过第三章先秦时代、第四章今文经学、第五章古文经学的分析，形成了对文学基本语言的认识，并认为这就是接近文学本质的捷径。作者对于文学研究中十分基本的问题——语言的探讨，也极具价值。实际上，迄今为止的研究成果对最为基础的"文学与语言"这一问题一直缺乏关注。从这层意义上来看，正是由于金权的研究，才使得文学研究在 20 世纪 90 年代初期步入了正轨。

　　这一时期的另一研究成果是李哲理的《钟嵘〈诗品〉研究》(岭南大学博士论文，1990 年)。对于《诗品》的研究在前面已有提及，在李哲理的博士论文之前，学术界已经有了一些零散的研究和注释，学者们主要致力于以"词话"为中心的文论整理以及以《诗品》为对象的解释和部分性研究，并对中国诗歌原理的理解和分析方法论进行探索。但对钟嵘《诗品》展开深入、全面、综合性研究的却是李哲理。他在论文中通过对第二章钟嵘的文学观，第三、四章"诗体"的源流，第五章中各个时代的评文的分析，系统研究了《诗品》的文学理论。前面也已经屡次指出，对古典文学研究来说，文献整理还只是第一层次的工作。李哲理对《诗品》的综合性研究，是在 20 世纪 60 年代车柱环的《钟嵘〈诗品〉校证》和 1983 年李徽教《〈诗品〉汇注》的基础上进行的。这些成果为古典文学研究提供了一种方法论模式，从这一点上来说意义重大。①

　　其次是 20 世纪 90 年代中期金元中的《〈文心雕龙〉修辞论研究》(成均馆大学博士论文，1995 年)。中国文学理论，尤其是魏晋南北朝文学理论最具有代表性的著作是《文心雕龙》和《诗品》。但是自 20 世纪 60 年代车柱环的研究论文及校勘本出现之后，这一方面的研究没有取得更大的进展。随着 20 世纪 70 年代韩语译本的刊行，研究才开始活跃，金元中便是重要的研究者之一。他强调了创作论的具体方法——修辞论。这一

---

　　① ［韩］李宇正：《韩国的中国古典文学理论研究的现状和任务》，见《中国学报》38，173 页，1998。

方面的研究持续至 20 世纪 90 年代中期为止，出现了 40 余篇研究成果。①
这个时期的博士学位论文，还有 1992 年彭铁浩的《〈文心雕龙〉研究——
以其思想和理论体系为中心》(首尔大学)和 1996 年赵成植的《〈文心雕龙〉
的认识论考察》(成均馆大学)，它们集中研究了《文心雕龙》的理论。彭铁
浩认为《文心雕龙》追求的文学论特性是"折中"，作者通过对宗经思想、
佛教思想等内容的分析来印证了这一结论。赵成植在《文心雕龙》的认识
论层面上，分析了魏晋南北朝文学中唯美主义盛行的原因。以上几篇论
文虽然时间相近，但分别从不同的层面深入分析了《文心雕龙》的丰富
理论。

　　在小说理论的研究方面，有李腾渊的《晚明小说理论研究》(韩国外国
语大学博士论文，1991 年)，这篇论文为被冷落的中国古代小说理论增
添了活力。这篇论文以晚明小说的序跋和评点为对象，以其中的小说理
论为中心，论述了"本质论""创作论""批评论"等核心问题，并从文学批
评的角度来揭示了晚明小说理论的地位。李腾渊还论述了历史小说的历
史事实和小说叙事的关系，指出神魔小说虽然使用了虚构和幻想的素材，
但其主题包含了作家想要表达的深层含义。此外，李腾渊还根据话本小
说的序跋，研究了从"说话"到章回小说的发展过程及其意义，分析了小
说的教化性、语言的通俗性等内容。1992 年金进暎发表了《王士禎诗论
研究》(首尔大学博士论文)，第三章"王士禎诗论的渊源"介绍了从《诗经》
到格调说和性灵说的诗论特征；第四章"王士禎诗论的内容"主要说明了
神韵说的核心问题。

　　这一时期洪尚勋翻译了《中国小说批评史略》(方正耀著，乙酉文化
社，1994 年)，这部著作在批评史的层面上梳理了从先秦到明清的小说
理论，共有 4 篇。这部著作不是研究特定时期的作家及其作品，而是描
述了中国古典小说理论的整体发展过程，由此可以了解小说理论发展的
连贯性。这样的成果是以前人的研究成果为基础，说明进入 20 世纪 90

---

　　①　[韩]李宇正：《韩国的中国古典文学理论研究的现状和任务》，见《中国学报》38，
169 页，1998。

年代以后，韩国学者对于原论的综合性研究抱有更大的兴趣。

这一时期文论研究的另一个特征是在文本整理的基础上开始着重研究内容。热衷于集中研究特定理论或是作家，前面列举的金元中、彭铁浩、赵成植等学者就展开了此类研究。黄莹德在《孔子的文学观》（公州师大硕士论文，1990 年）中以孔子编纂的各种文献为主，仔细研究了孔子所说的"文学"及其意义。第二章从"文观"和"诗观"两方面分别阐释了"文明与学术"的意义，以及后者"效用性"的重要性。其次，裴丹尼尔的《袁宏道的文学观研究》（韩国外国语大学硕士论文，1990 年）以袁宏道的性灵说为中心，讨论了真情、个性、风格，第四章比较了袁氏三人的文学观，概括了袁宏道文学观的特征。朴承圭的《袁中郎文学理论研究》（忠南大学硕士论文，1990 年）认为袁中郎的文学论的本质是"真""变""时"，描述了创作论和批评论。这与裴丹尼尔研究公安派文学论的看法很不相同。李文赫《金圣叹的〈水浒传〉批评和小说论》（成均馆大学硕士论文，1990 年）的第四章论述了小说体裁回目和内容的变化，又从人物、构成、体裁三个部分阐述了小说的本质。

韩国的古代文论研究每个时期都有所不同。文论研究成果较多发表于 2002 年"韩国中国文学理论学会"，又刊行于这一学会的《中国文学理论》论文集中。截至 2013 年，共刊行了 13 本相关论文集。从这些论文集的论文，可以看到这一时期的研究倾向。

禹在镐在《袁宏道诗论》（2003 年）中，将袁宏道的诗论核心分为五个部分，即性灵的发现、真与质的表达、趣和淡的体现、反对模仿（提倡独创）、"工意"和"工似"的区别。崔在赫的论文《苏轼"传神"创作论》（2004 年），提出了用绘画的"传神"理论来解释文学创作的看法，研究了苏轼的《传神记》和《评诗人写物》两个个案。柳晟俊在论文《〈沧浪诗话·诗辨〉的诗创作论》（2005 年）中，认为严羽通过《诗辨》解释了诗的精神即"诗道在妙悟"或"以试为主"，还分析了"兴趣与入神"的关系，强调了"起结""句法"和"字眼"等诗歌技巧，提出一定要避用俗字，并注意"音节"，控制感情的起伏。崔琴玉的《陈师道诗论的"工"和"妙"》（2005 年）首先以《后山诗话》为中心，阐述了"工"的意味：第一，有意识的创作的结果便是"有

工"；第二，强调了语言简洁的"语益工"；第三，没有"工"的"工"，即
"无工"（非力学可致）；第四，说明了悟道的"工"。崔琴玉以"语妙""意
妙""胸中之妙"说明了"妙"的含义。这个"妙"字可以说明"精微"的含义，
用"神妙、神化不测、微之极"来解释，与神妙的老子思想十分相似。赵
星天的《论王夫之诗论上的"温柔敦厚"》（2006 年）认为，王夫之诗歌创作
原理可以用儒家诗教的"温柔敦厚"来解释，《古诗评选》和《唐诗评选》就
是体现了"温柔敦厚"诗教的具体内容。

（二）理论著述的刊行和 20 世纪 90 年代的整理

20 世纪 90 年代至 21 世纪的过渡时期，研究成果的数量极为丰富，
集中诞生了许多有价值的研究成果。首先，韩国古典文学的学者从文学
理论接受者的角度展开了研究：1989 年李炳赫在研究高丽汉诗文学的过
程中发表了《高丽末性理学受容期的汉诗研究》（太学社），描述了"性理
学"的传入过程。沈浩泽的《高丽中期文学论研究》（启明大学，1991 年），
研究了高丽文学及接受北宋文学过程。安大会的《朝鲜后期诗话史研究》
（国学资料院，1995 年），研究了唐宋诗论的论争与朝鲜后期诗话。金月
星的《朝鲜后期的神韵论受容研究》（江原大学博士论文，2004 年），研究
了神韵说传入韩国的情况及其意义。这些成果主要研究了韩国接受中国
文论的情况，韩国古典文学的发展过程也是学者的研究对象。既然韩中
古代文论存在交流的关系，那么也需要韩、中两国学者相互交流。至今
为止，韩国学者已经翻译了中国学者的一些理论著述，但还不能满足学
术研究的需求，希望今后有更多中国学者的著述在韩国翻译出版。

下面介绍这一时期的文论研究成果，洪瑀钦的《汉诗论》（岭南大学，
1991 年）分为七章，其中有自我论和表现论内容。洪瑀钦自 1978 年完成了
《苏东坡文学之研究》之后，主要致力于以苏轼为中心的诗歌精神和文论的
研究。1983 年翻译的王力《汉诗韵律论》，在学术界产生了较大的影响。金
在乘的《白乐天诗研究》（明文堂，1991 年），正如书名中所示，主要研究
白居易的文学，但第二章第二节"白居易文学观的内容与变貌"，研究了
《新乐府序》《寄唐生》《与元九书》《故京兆元少尹文集序》等篇什，论述了

白居易的文学观。李炳汉编著的《中国古典诗学的理解》（文学与知音社，1992年），是21位中国文学研究者共同执笔的著作，主要研究了中国古典诗学的基本理论，从第一章"感物言志"到最后一章"诗评"，共二十四章，简明扼要地论述了中国古代文论的基本问题。

进入21世纪以后，也有不少理论著作。金元中于2002年出版了《中国文学理论的世界》（乙酉文化社），在此之前，他致力于以《文心雕龙》（前面章节中已有提及）为中心的中国文学理论研究。这本著作没有脱离过去尝试的研究方法，把中国文学理论分为"语言""自然""传统"以及"风格"四个部分，努力探寻中国文学批评的理论根据，这也是理解和说明中国文学与古代文学理论问题的一种回答。崔日义一直致力于中国诗论的研究（《黄山谷诗论研究》，首尔大学硕士论文，1988年），他的《袁枚的诗和诗论》（新星出版社，2003年）主要分析了袁枚的诗作，但是第二部分"袁枚的诗论与文论"研究了袁枚以及清代诗论和文论的特征。

这一时期的理论著述尤为引人注目的是宋龙准、吴台锡、李致洙的《宋诗史》（亦乐出版社，2004年），这些学者都是宋诗研究专家，他们把握了两宋的诗歌流向，总结了宋代诗歌体裁的特征，也记述了代表性诗人和各个诗歌流派的诗文主张。这本著作内容丰富，吸收了近半个世纪以来的研究成果，也是韩国研究中国文学理论中的一大成就。崔在赫的《中国古典文学理论》（亦乐出版社，2005年）研究了先秦至魏晋南北朝时期的文学理论，此书并不是描述独特的理论体系，而是一种导读性质的著作。

21世纪也翻译出版了海外研究类著述，比较重要的是2008年出版的俞炳礼等4人翻译的《中国文学理论批评史——魏晋南北朝篇》（敏泽著，诚信女子大学出版部）。自20世纪70年代翻译出版外国学者的专业理论著作以来，翻译著作没有得到广泛的关注，但此书产生了一定的影响。

六、结　语

实际上近代学术意义上的中国文学研究始于20世纪40年代，研究中国文学的学者可以分为几代：早期学者（研究活动主要在 1945 年前后）、第二代（1950 年以后）、第三代（1960 年以后），以及第四代（1970 年以后）学者至今仍在进行着研究活动。[①] 中国古代文论的研究起始时间更为迟晚，韩国研究文学理论的历史大概有 50 余年，除去 20 世纪 50 年代的战争，实际研究的历史只有 40 多年。与中国文学的历史和数量比较，40 余年的历史不得不说是十分短暂的。中国古代文论的研究其实始于 20 世纪 70 年代，一直持续到 90 年代末期，大约有 30 余年。

中国古代文论的研究始于 20 世纪 70 年代，这一时期的最大成就是校注与翻译了"诗话"与《文心雕龙》，此外出版了批评类著述以及多少具有进步性质的公安派文论研究成果。20 世纪 80 年代出现了很多研究成果，研究者的数量也急剧增加。前期（1985 年之前）关注的是"经学"、明清交替期间的文论，唐宋诗话的译著十分盛行，代表性的研究成果是《文心雕龙》和《诗品》的文献整理，这对后来的研究产生了极大的影响。20 世纪 80 年代后期是在前期成果的基础上研究了从周代至清朝的理论，研究对象主要为各个时期代表性作家的文论。

从学位论文以及所出版的研究著述来看，20 世纪 90 年代以来至 21 世纪的这段时期，较多以中国文学、文论整体作为研究对象。此外《诗品》《文心雕龙》以及小说理论的研究也取得了瞩目的成就。在如此丰硕的研究成果的基础上，希望今后能出现更为完善的成果，也希望在研究具有丰富思想体系的中国理论的同时，还希望研究文学与哲学的关系，建立宏观的文论研究方法。

"新学术体系"的韩国中国文论研究起步较晚，也没有能够充分利用现有的学术资源。韩国悠久的汉学研究没有整合中国文学与理论的研究，

[①] 第二、三代研究者的成果构成了迄今中国文学研究成果的根基。根据徐敬浩在《国内中国语文学研究论著目录》一书中的调查，这些研究者中发表 50 篇以上论文的有 7 位。他们是车柱环（136）、许世旭（126）、柳晟俊（102）、金学主（99）、张基权（72）、文璇奎（68）、李章佑（56）。括号内的数字表示发表的论文或著作的数量。

同属于东亚文明圈的中国和日本也是如此。① 韩国学界产生这一现象的原因是韩国汉文学学者把中国古典文学理论看作本国文化的一个因素，而不是当成外国文化。中国古典文学理论是中国文学学者的研究对象，但也是韩国文学、汉文学学者的研究对象，研究对象重合，因而本文将韩国文学、汉文学的研究成果也作为了调查对象。

中国古代文学理论的研究尤其需要汉学的力量，如将这种传统与现代学术体系结合起来，必然会取得更多具有深度的研究成果。韩国汉文学研究者一直致力于中国古典文学理论著述的研究。中国古典文学与韩国古典文学之间的比较研究，就是其中的一个组成部分，将二者结合起来有利于理解中国古典文学理论。以往古代文论研究只属于少数研究者，20 世纪 80 年代后期以来成为许多年轻学者的课题，并产生了很多研究成果。20 世纪 90 年代初，中韩建交为学术交流创造了良好的条件，但实际上学术研究发生了巨大的改变。古典文学研究本来是学术研究的主要对象，但建交之后现代文学以及语言成为了研究的主要对象，古典文学理论的热度逐渐消散，21 世纪以来这一现象日益严重。梁会锡主张不能止步于 20 世纪八九十年代的研究成就，还应该注重质的提升，他的这一看法是正确的。

为了改善和解决这些问题，一些研究者回顾了研究史，甚至考察了国外的研究情况。② 李宝暻在 2002 年发表的《文和小说的婚姻：近代中国的小说理论再编》，主要研究了中国现代作家、以中国文学传统为基础的小说概念以及变迁过程，作者认为嫁接古代理论与近现代理论是很困难的。徐敬浩 2003 年出版的《中国文学的发生和变化的轨迹》，从"我们的视角"（即韩国视角）研究了中国文学的发生和变化的轨迹，在相当广阔的文化现象中，充分考量了文学的发展过程。值得关注的是第二、第三、第四章，第二章"中国文学传统的几点特性"的第四节"文人写作规范"，

---

① ［韩］李章佑：《韩国中国文学研究的回顾和展望》，见《中国语文学》15，505 页，1988。

② ［韩］高仁德：《日本的中国古典文学理论研究概况：以诗文论为中心》，《中国语文学论集》58，2009。

概述了中国文学理论的开端；第三章"文字使用和文字语言的形成"分析了文学和语言的相关性；第四章"文学文字的诞生"，分三部分深入分析了中国文学的诞生、发展的理论根据和变化。朴钟淑等 26 人合著的《中国文学的传统与探索》设定了不同的主题：第一章"中国文学的起源和理论"、第二章"中国文学的自然性和美学"、第三章"中国古典诗歌的时代精神和内心世界"、第四章"中国古典诗歌的形式和艺术表现"、第五章"中国现代文学的彷徨和探索"。第一章集中在理论，但是也用多种理论论述了其他方面，提供了中国文学传统的新视角。

后　记

　　这是国内第一本研究东亚学者研究中国古代文论的专著，东亚学者有关中国古代文论的研究成果比书中研究的部分丰富得多。此书不可能研究所有的研究成果，即使是具有代表性的学者也没能全部纳入进来。本书作为第一本相关领域的专著，难免存在一些问题与失误。不过既然是第一本，今后还可能出现第二本、第三本，至少此书可以为今后研究和出版的相关成果，提供一些成功的经验又或是一些失败的教训。本书是集体合作的成果，各章执笔者如下：绪论，张哲俊；第一章，李飞飞；第二章，李勇；第三章，高贝；第四章，束洁；第五章，孙婷婷；第六章，姜贵仁。最后由张哲俊和高贝统稿，高贝还补充和核对了一部分注释。

张哲俊

2014 年 1 月 17 日于京师园

图书在版编目（CIP）数据

海外汉学与中国文论．东亚卷/张哲俊主编．—北京：北京师范大学出版社，2020.7

ISBN 978-7-303-22892-8

Ⅰ.①海…　Ⅱ.①张…　Ⅲ.①汉学—研究—东亚　②中国文学—古代文论—研究　Ⅳ.①K207.8　②I206.2

中国版本图书馆 CIP 数据核字（2017）第 235403 号

营　销　中　心　电　话　010-58807651
北师大出版社高等教育分社微信公众号　新外大街拾玖号

HAIWAI HANXUE YU ZHONGGUO WENLUN
DONGYA JUAN

出版发行：北京师范大学出版社　www.bnupg.com
　　　　　北京市西城区新街口外大街 12-3 号
　　　　　邮政编码：100088
印　　刷：北京盛通印刷股份有限公司
经　　销：全国新华书店
开　　本：730 mm × 980 mm　1/16
印　　张：33
字　　数：475 千字
版　　次：2020 年 7 月第 1 版
印　　次：2020 年 7 月第 1 次印刷
定　　价：98.00 元

策划编辑：周　粟　　　　责任编辑：杨磊磊　冯　倩
美术编辑：李向昕　　　　装帧设计：周伟伟
责任校对：康　悦　　　　责任印制：马　洁